本书为国家社科基金西部项目"泰戈尔梵爱和谐思想对我国早期
新诗生态的影响研究"（项目批准号：11XZW011）的最终成果
国家社科基金西部项目资助

泰戈尔梵爱和谐思想
对我国早期新诗生态的影响

戴前伦 / 著

Taigeer Fanai Hexie Sixiang
Duiwoguo Zaoqi
Xinshi Shengtai De Yingxiang

中国社会科学出版社

图书在版编目(CIP)数据

泰戈尔梵爱和谐思想对我国早期新诗生态的影响/戴前伦著.
—北京:中国社会科学出版社,2015.7
ISBN 978 7 5161 6716 8

Ⅰ.①泰…　Ⅱ.①戴…　Ⅲ.①泰戈尔,R.(1861~1941)—哲学
思想—影响—新诗—诗歌研究—中国　Ⅳ.①I207.25

中国版本图书馆 CIP 数据核字(2015)第 167010 号

出 版 人	赵剑英
选题策划	郭晓鸿
责任编辑	熊　瑞
责任校对	邓雨婷
责任印制	戴　宽

出　　版	中国社会科学出版社
社　　址	北京鼓楼西大街甲 158 号
邮　　编	100720
网　　址	http://www.csspw.cn
发 行 部	010 - 84083685
门 市 部	010 - 84029450
经　　销	新华书店及其他书店

印　　装	北京君升印刷有限公司
版　　次	2015 年 7 月第 1 版
印　　次	2015 年 7 月第 1 次印刷

开　　本	710×1000　1/16
印　　张	24
插　　页	2
字　　数	403 千字
定　　价	86.00 元

凡购买中国社会科学出版社图书,如有质量问题请与本社营销中心联系调换
电话:010 - 84083683

目　录

序

    戴前伦教授的学术专著《泰戈尔梵爱和谐思想对我国早期新诗生态的影响》是其国家社科基金项目"泰戈尔梵爱和谐思想对我国早期新诗生态的影响研究"的最终成果。三年前，当得知该项目立项时，我为他的这项比较文学研究成为国家级项目备感高兴；现在，当得知该项目顺利结项、其最终成果将付梓问世时，笔者认为这是他多年来潜心研究、目不窥园的必然结果，也是他二十多年来持之以恒、坚韧不拔地研究比较文学的精神结晶。我不禁为他抵掌而呼、加额以贺，并乐意为其专著作序。

    我与前伦已有近二十五年的交情。我们相识于 1989 年初夏，当时四川省首届比较文学学术研讨会在四川外语学院隆重举行，前伦在会上所作的《〈文心雕龙〉创作论与贺拉斯〈诗艺〉的比较》的发言，引起了我的注意。在会后的交流交谈中，我发现他一心向学，思维敏捷，敢于挑战，颇有见解，且为人热情正直，笃诚敦厚。因此，笔者委托他撰写了此次会议的综述，并在《当代文坛》发表。由是，他成为我省首届比较文学学会会员，不久又被选为理事。此后我们交往渐多，常在本省和全国学术会议上以及其他活动中见面交流，相谈甚欢，笔者常在会上会下将我省首届比较文学学会会员笑称为"黄埔一期学员"。从 20 世纪 80 年代末至今，仍未被社会的天风海浪卷走的"黄埔一期学员"已寥若晨星，但前伦是这几颗坚守天空的可贵"晨星"之一。二十几年来，"黄埔 N 期学员"在比较文学研究的道路上从歌乐山到望江楼，从佛都乐山到气都达州，从万顷竹海的宜宾到千年帝都的北京，从九省通衢的武汉到六朝古都的南京，从"海上生明月"的沪上到"杳霭逢元君"的长白山，一路披荆斩棘，一路踏歌而行。如今，我省的比较文学队伍已由小至大，会员已由少到多，成果已由薄而丰，前伦及其成果见证了这一坎坷不凡的历程。

    前伦的专著《泰戈尔梵爱和谐思想对我国早期新诗生态的影响》的研

究内容和研究方法均有所创新。在研究内容方面，该专著关于泰戈尔梵爱和谐思想对我国现代早期新诗生态的影响这一重要领域的复杂问题作出了系统的分析和概括，对泰戈尔思想作出了新的阐释，认为其核心思想是梵爱和谐思想，"梵"不是"神"，而是大自然伟大的无限生命，梵爱和谐思想的本质是生命的整体和谐；分析论证泰戈尔梵爱和谐思想对我国现代早期新诗生态在意象选择、主题表达、小诗发展和思想内容方面的影响，既有广度、有重点，又有系统性；分析我国现代早期新诗接受泰戈尔梵爱和谐思想影响的路径、哲学基础和文化历史语境有一定深度。在研究方法方面，该专著以流传学、媒介学、渊源学为主，适当运用了主题学、译介学和接受学等方法，突破了比较文学中传统影响研究的单一研究方法，凸显了研究方法的综合性，研究方法有所创新。

这部专著特色突出。第一，选题新颖独特。自泰戈尔获得诺贝尔文学奖至今，关于"泰戈尔梵爱和谐思想对我国早期新诗影响"的研究成果，该专著几为唯一。第二，资料翔实丰富，准确充实，所有引用资料来源清楚，具有可靠性和规范性。该专著资料的搜集与处理难度较大，但其搜集广泛，处理恰当，既有泰戈尔本人及其研究的丰富资料，又有我国现代泰戈尔研究的翔实资料作为其有力支撑，尤为可贵的是研究了大量的我国现代早期传播广、影响大的著名报刊和著作的原始资料并以此作为其强力支撑。第三，该专著学术视野开阔，研究背景广阔，将泰戈尔的成长与梵爱和谐思想的形成置于印度传统文明与现代文化、历史发展与文化融合、家庭环境与社会环境、哲学影响与文学熏陶的广阔背景之中，将我国现代早期新诗接受泰戈尔梵爱和谐思想的影响置于古代哲学基础与现代思想诉求、近代思想沾益与现代思想启蒙、中国传统文明的批判继承与西方现代思潮的洗礼融合所构建的文化大框架之中，足见其学术视野开阔，学术基础扎实。

前伦的这部专著对解决泰戈尔梵爱和谐思想研究的国际化、现代化、多元化等理论问题具有学术价值，对促进我国精神文明建设和生态文明建设、促进中印文化共荣共进具有现实意义和社会价值。

是为序。

曹顺庆

2014 年 12 月 8 日于川大花园

绪　论

在全球，"欧洲文化中心论"、"西方文化优越论"曾从黑格尔的经典形态开始，在 19 世纪初至 20 世纪中叶风靡世界，甚嚣尘上；时至今日，这种文化偏执论仍然在不少国家的文化界和思想界时隐时现。在中国，五四运动时期曾掀起"全盘西化"、唯西方文化马首是瞻的狂潮，虽然这股狂潮很快平息，但其潜流不可低估，曾在 20 世纪 80 年代中后期沉渣泛起，影响甚大；时至今日，仍有国人尤其是有些青年人以崇尚西方文化、西方思想、西方行为方式和生活方式为荣，将东方文化包括中国传统文化抛于九霄云外。然而，有一位伟大的哲人与众不同，他逆"欧洲文化中心论"、"西方文化优越论"的潮流而动，以毕其一生的超人精力，照彻人心的等身著作，远涉重洋的若干演讲，尤其是彪炳千秋的不朽诗篇，极力阐扬东方文化的博大精深，赞颂东方精神的温良可贵，展现梵爱和谐的无穷魅力。他就是印度的神圣哲人、文坛的一代宗师、诗坛的泰山北斗——泰戈尔。

罗宾德拉纳特·泰戈尔（Rabindranath Tagore, 1861—1941）是亚洲第一位诺贝尔文学奖获得者。他学识渊博，多才多艺，思想深邃，人格崇高，他不仅是印度近现代著名的哲学家、思想家、社会活动家、小说家、剧作家、画家、音乐家、印度国歌的词曲作者，"在南亚近代和现代文学史上，最伟大的作家"，① 而且是一位蜚声世界、饮誉全球的伟大诗人：在印度，他被尊为"诗圣"；在世界，他被称为"诗哲"。泰戈尔"主要是位诗人，但他比西方意义上的诗人要伟大得多"，他"像太阳一样给自己时代以光和热，给自己国家的道德和精神世界以生命"。② 泰戈尔一生

---

① 季羡林：《泰戈尔》，见《季羡林全集·第十卷·学术论著二》，外语教学与研究出版社 2009 年版，第 320 页。

② 克里巴拉尼：《泰戈尔传·导言》，倪培耕译，人民文学出版社 2011 年版，第 2—3 页。

著有诗集 68 部（不含"作品集"，"选集"，诗歌与散文、论文、小说、戏剧等合集中的诗集），其中生前出版 62 部（包括泰戈尔自译的英文诗集《吉檀迦利》、《园丁集》、《新月集》、《格比尔诗百首》等诗集），逝后出版 6 部；长篇小说 11 部，中篇小说 1 部，短篇小说集 9 部；戏剧 50 部（其中生前发表 44 部，包括诗剧 9 部，逝后出版 6 部）；关于文学、艺术、哲学、宗教、政治方面的论文集 30 部（其中生前出版 24 部，逝后出版 6 部）。① 此外，泰戈尔还创作了歌曲 2100 余首，绘画 1500 余幅。泰戈尔是 "20 世纪初既属于印度和东方世界，也属于西方世界的一位不可多得的百科全书式的文化巨人"。② 1913 年，泰戈尔凭借内涵丰富厚重、诗意优美隽永的诗集《吉檀迦利》荣登诺贝尔文学奖神圣殿堂，由此奠定了他在印度文学史和世界文学史上的崇高地位，像他这样伟大的具有广泛影响力的天才诗人，在世界诗歌史上是绝无仅有的。印度文学评论家，《泰戈尔传》的作者克里希那·克里巴拉尼（1907—1992）满怀深情地评价泰戈尔道："在现代作家中他具有独一无二的特点。一方面，精通文学艺术的孟加拉专家喜欢他的诗歌和散文，博学的教授撰写了一部又一部有关他作品的论著；另一方面，在加尔各答人口密集的大街小巷和孟加拉偏僻的乡村，具有纯朴感情的人们，也同样在陶醉地吟唱着他所创作的歌曲。"③ 国际著名东方学大师、梵学佛学家季羡林（1911—2009）高屋建瓴地评价泰戈尔 "既是伟大的诗人，又是伟大的哲学家。他把诗歌创作和哲学思想水乳交融地糅在一起，形成了自己独特的文体"。④ 季羡林还站在世界文学的制高点上阐明泰戈尔与中国文学的关系，他认为，自五四运动前夕中国加入世界文学行列以后，"中国大力介绍世界文学，其国别之多，作家之众，简直可以说是前无古人，举世稀见。在所有被介绍的外国大作家中，泰戈尔占有一个独特的地位。他的作品直接影响了五四运动后期中国新文学的创作"。⑤ 著名比较文学专家、国家级重点学科比较文学与世界文学学科

---

① 以上数据是笔者根据印度著名文艺评论家、泰戈尔的孙女婿克里希那·克里巴拉尼著《泰戈尔传》"罗宾德拉纳特·泰戈尔著作目录"所统计。

② 尹锡南：《世界文明视野中的泰戈尔·引言》，巴蜀书社 2003 年版，第 18 页。

③ 克里巴拉尼：《泰戈尔传·导言》，倪培耕译，人民文学出版社 2011 年版，第 3 页。

④ 季羡林：《泰戈尔经典散文集·代序》，新世界出版社 2010 年版，第 2 页。

⑤ 同上书，第 1 页。

带头人、教育部长江学者曹顺庆（1954—）以世界文学的高度、跨文明的全球视野，评价泰戈尔是"东西方都能接受并受其影响的世界级的诗人"。① 著名翻译家、中国比较文学学科奠基人之一的贾植芳（1915—2008）则从中国文化、文学、作家和读者跨时代所受影响的视角评价泰戈尔，认为泰戈尔是"对中国文学和文化产生过很大影响的外国作家之一，中国的许多现代作家，如徐志摩、冰心、郑振铎都受过他的影响"，"作为文学家的泰戈尔无疑是世界文学的一座丰碑，也是亚洲文学的骄傲。他的诗，如《吉檀迦利》《飞鸟集》《园丁集》《新月集》已经影响了一代又一代的中国读者"。② 周恩来（1898—1976）曾以外交家、共和国总理和文学界知音的身份对泰戈尔予以高度评价："泰戈尔不仅是对世界文学做出了卓越贡献的天才诗人，还是憎恨黑暗、争取光明的伟大印度人民的杰出代表……中国人民永远不会忘记泰戈尔对他们的热爱，中国人民也不能忘记泰戈尔对他们的艰苦的民族独立斗争所给予的支持。"③

　　基于对泰戈尔生平经历、代表诗集、代表哲学著作及其与我国现代早期新诗生态的关系的综合分析，笔者认为，泰戈尔的言论、思想，尤其是诗歌中蕴含着丰富而深刻的"梵爱和谐思想"，其"梵爱和谐思想"对我国早期新诗生态产生了深刻的影响。

一　泰戈尔梵爱和谐思想释义

　　学者、专家一般认为，泰戈尔的核心思想是宗教哲学思想、佛教思想、人格至上主义和人道主义思想。爱尔兰著名学者、诗人、诺贝尔文学奖得主叶芝（旧译夏芝，1865—1939）认为泰戈尔的"艺术渐渐深沉了，成为宗教的与哲学的；所有人类的灵感都在他的颂歌里"。④ 在叶芝看来，泰戈尔的思想和艺术就是宗教与哲学的思想和艺术。张闻天（1900—1976）说："太戈尔完全是印度哲人的承继者"，"一个直觉的哲学家，他

---

① 曹顺庆：《比较文学论》，四川教育出版社 2002 年版，第 92—93 页。
② 贾植芳：《〈诗人的精神——泰戈尔在中国〉序》，见孙宜学编《诗人的精神——泰戈尔在中国》，江西高校出版社 2009 年版，第 7 页。
③ 克里巴拉尼：《泰戈尔传》"译者前言"，人民文学出版社 2011 年版，第 3 页。
④ ［爱尔兰］叶芝：《太戈尔〈吉檀迦利集〉序》，高滋译，载《小说月报》1923 年第十四卷第九号"太戈尔号"。

已经升到小我之上，已经得到意识的真自由……古印度的哲人，他们打开束缚，启示他们的灵魂在大经典的里面。这就是太戈尔！"① 在张闻天看来，泰戈尔是继承印度先哲宗教传统、开启印度人灵魂的杰出哲人和诗人，既然如此，那么泰戈尔的思想就是烙上诗人印记的宗教哲学思想。陈独秀（1879—1942）认为，泰戈尔反对物质文明的思想是典型的"佛教思想，我们已经够受了，已经感印度人之赐不少了"，② 他偏激地认为泰戈尔的佛教思想于事无补，于国无益。徐志摩（1897—1931）从人格的视角切入道："泰戈尔在与我们所处相仿的境地中，已经很高尚地解决了他个人的问题，所以他是我们的导师、榜样。他是个诗人，尤其是一个男子，一个纯粹的人；他最伟大的作品就是他的人格。"③ 徐志摩最崇拜泰戈尔的伟大人格，因此他认为泰戈尔是人类前行的人生导师，泰戈尔的精神集中表现为人格的独立、纯粹与崇高，泰戈尔的思想集中表现为包含人性、人道在内的人格至上主义。瞿世英（1901—1976）也认为，"太戈尔是以伟大的人格濡浸在印度精神里面，尽力地表现东方思想"。④ 克里巴拉尼《泰戈尔传》的翻译者倪培耕说："歌德等德国古典主义文学运动的代表作家追求完整而和谐的人，恰恰是泰戈尔终身倾慕的人道主义理想。"⑤ 倪培耕认为，追求成为"完整而和谐的人"是泰戈尔作为人道主义者的人生理想，泰戈尔的思想内核就是人道主义精神。

　　不可否认，宗教思想、人格至上主义和人道主义精神确是泰戈尔思想的重要构成元素，但是笔者认为，泰戈尔的核心思想是"梵爱和谐"思想。

　　从系统论的视角来看，泰戈尔的思想是一个丰富复杂完善的系统，是东西方文化有机结合的结晶。如果将泰戈尔的思想比喻为一棵根深叶茂、干壮果硕的大树，那么印度传统文化的梵我合一思想是它的根基，西方文化的人道主义的泛爱论是它的枝叶，万有和谐的思想是它的主干，梵爱和谐的思想则是它的果实。也就是说，泰戈尔的思想以

---

① 张闻天：《太戈尔之"诗与哲学"观》，载《小说月报》1922 年第十三卷第二号。
② 陈独秀：《我们为什么欢迎泰戈尔？》，载《中国青年》1923 年第二期。
③ 徐志摩：《太戈尔来华》，载《小说月报》1923 年第十四卷第九号"太戈尔号"。
④ 瞿世英：《太戈尔的人生观与世界观》，载《小说月报》1922 年第十三卷第二号。
⑤ 倪培耕：《泰戈尔传·译者前言》，见《泰戈尔传》，人民文学出版社 2011 年版，第 5 页。

本土的梵我合一思想为基础，合理吸收了西方的泛爱论，运用万有和谐的宇宙观将梵我合一和泛爱论有机结合起来，最终形成了"梵爱和谐"的思想。

泰戈尔的梵爱和谐思想首先是梵我合一的思想。泰戈尔认为，宇宙中的人和万物都是生机勃勃、不可亵渎的生命，这些林林总总的个体生命构成了宇宙的生命系统，这个生命系统来源于一个无形无状、却无处不在的精神本体，这个本体就是"梵"（Brahma），因此，"梵"是宇宙的最高本体和精神存在，是宇宙意识和最高灵魂，具有无穷的生命力，梵的精神"实质上它是万物的生命和光芒，它是宇宙意识"，[①] 它是最高灵魂，"在那心灵的永恒圣地，最高灵魂已经完整地闪现。所以《奥义书》云：'在至美至洁的内心宇宙和心空，深知灵魂中有真智和无限的梵天者，能实现全部愿望'"，[②] 作为宇宙意识、最高灵魂的"梵"无所不在，"不能说我们像发现了其他事物一样发现了梵。……我们只要舍弃私我就会发现梵无所不在"。[③] 既然梵无处不在，涵盖着宇宙万物，主宰着人间万事，那么它的力量就是"无限"的；既然梵涵盖着宇宙万物，那么当然就涵盖了"我"和"自然"，支配着"我"的灵魂和自然的生命。泰戈尔认为，梵不仅居于"无限"的宇宙空间，显于世界万物，而且潜藏在"有限"的"个我"的灵魂之中，因此潜居于人体中的梵就主宰着个我的灵魂和意识，"我们的肉体和灵魂已经沉浸在梵的意识中"，[④] 可见"梵"与"我"是同一的，不可分离的，是心心相属、融为一体的，"最高灵魂接纳了我们的灵魂。两者举行了婚礼。梵天从此没有私物，因为他已与我们的灵魂结合。在无始的元古时期，已为婚礼诵念了祈福的咒语，大声宣告：我心属于你，你心属于我"。[⑤] 从哲学视角来看， "梵"与"我"是同一的，"梵"就是"我"，"我"就是"梵"，"我"是"梵"的幻化形体，"梵"是我的最高本体，因此梵我合一，我梵一如。梵我合一思想不仅包含着和谐、整体的思想，而且蕴含着辩证、平等的精神。从人生观视角来看，人

① 泰戈尔：《人生的亲证》，宫静译，商务印书馆1994年版，第12页。
② 泰戈尔：《泰戈尔经典散文集》，白开元译，新世界出版社2010年版，第139页。
③ 泰戈尔：《人生的亲证》，宫静译，商务印书馆1994年版，第94页。
④ 同上书，第13页。
⑤ 泰戈尔：《泰戈尔经典散文集》，白开元译，新世界出版社2010年版，第140页。

生的终极关怀就是达到梵我合一的境界，如果达到了这种境界，人生就是快乐圆满的。

　　泰戈尔的"梵爱和谐"思想也是"爱的哲学"。王统照（1897—1957）最早将泰戈尔思想的核心概括为"爱的哲学"，认为泰戈尔是"爱的哲学"的创造者："太戈儿却不仅是印度正统之宗教的实行者，并且为'爱'的哲学与创造者，'爱'的伟大的讴歌者。"① 泰戈尔认为，作为观照万物、爱怜众生的"梵"，潜居于人体之中与"我"的个我灵魂结合，便化为一种深沉的"爱"。爱是一切事物发展的原动力，爱使生命完满。泰戈尔在其哲学代表作《人生的亲证》中充分阐述了爱的真谛、作用以及爱与梵的关系：永恒的甜美的爱构筑起人生的乐园，"在那里，我们的爱才结果，我们的生命才完满"，② "爱不仅是感情，也是真理，是植根于万物中的喜，是从梵中放射出的纯洁意识的白光"。③ 泰戈尔在《爱之实现》中阐述了爱与世界的关系："世界是从爱中生的，世界是被爱所维系的，世界是向爱而转动的，又是进入于爱之中的。"④ "爱"是泰戈尔哲学的核心理念之一，他认为人的本质就是"爱者"，"人在本质上既不是他自己的，也不是世界的奴隶，而是爱者，人类的自由和人性的完成都在于'爱'，爱的别名就是'包容一切'，由于这种容纳力，这种生命的渗透力，使人类灵魂的气息与弥漫于万物中的精神才能结合起来"。⑤ 郑振铎（1898—1958）分析了泰戈尔其人与爱的关系，揭示了其"爱的哲学"的具体内涵和外延："他是一个爱的诗人（The Poet of Love）。爱情从他的心里灵魂里泛溢出来，幻化了种种的式样；母的爱，子的爱，妻的爱，夫的爱，情人的爱，爱国者的爱，自然的爱，上帝的爱，一切都在他优美的诗歌里，满声而恳挚地唱出来。"⑥ 由此可以说，泰戈尔"爱的哲学"所蕴含的思想是一种"泛爱"或"博爱"思想，如果由近及远、由微观到宏观地加以剖析，那么这种"爱的哲学"包含了自然之爱、恋人

---

　① 王统照：《泰戈尔的思想与其诗歌的表象》，载《小说月报》1923 年第十四卷第九号。
　② 泰戈尔：《人生的亲证》，宫静译，商务印书馆 1994 年版，第 65 页。
　③ 同上书，第 68 页。
　④ 郑振铎：《太戈尔传（续）》，载《小说月报》第十四卷第十号"太戈尔号"。
　⑤ 泰戈尔：《人生的亲证》，宫静译，商务印书馆 1994 年版，第 11 页。
　⑥ 郑振铎：《太戈尔传》，载《小说月报·太戈尔号》1923 年第十四卷第九号。

之爱、夫妻之爱、母子之爱、他人之爱、祖国之爱、人类之爱等多层面的
元素。

　　在人与自然的关系中，泰戈尔"爱的哲学"首先表现的是"自然之
爱"，因为人类只有爱自然、与自然和谐相处，才能获得自身生存的基本
条件。在泰戈尔看来，"梵"是世界的创造者，世界万物（包括人）皆由
梵所化育，人与梵、与大自然具有最元初的亲密关系，作为"森林民族"
的印度人与大自然的关系尤其如此，所以泰戈尔的爱首先给予大自然，他
从小就对美丽宽容的大自然充满无限的爱，常常对大自然赞美有加，他认
为和谐的大自然对人格、人性具有永恒的作用，他说："我证悟的第一阶
段，是由于我对大自然的亲密无间的感觉而实现的——这里所谓的大自
然，并不是对我们的心灵开启其信息渠道并与我们的活生生的肉体有着物
质关系的那个大自然，而是以各种表现满足我们的人格需要的那个大自
然，这些表现以其多样的形式、颜色、声音和运动的和谐……它对我们的
人性具有永恒的作用。"① 因此，自然塑造了人类的秉性和人格，爱自然
就是爱人类自身。

　　在人与人（包括母亲、儿童、恋人、他人等）的"爱"的关系中，
泰戈尔既是一位倡言爱的导师，又是一位实践爱的仁者。泰戈尔认为儿童
是梵天的使者，是人类生活的希望，是母亲心中的宝贝，是未来世界的新
月。因此他一生钟爱天真纯洁的儿童，对儿童充满慈爱之情，他的言行和
诗歌常常表现出深似海、纯如玉、甜如蜜的母子之情或父子之情，如"孩
子在纤小的新月的世界里，是一切束缚都没有的"，"他知道有无穷的快乐
藏在妈妈的心的小小一隅里，被妈妈亲爱的手臂所拥抱，其甜美远胜过自
由"，"他用了可爱的脸儿上的微笑，引逗得他妈妈的热切的心向着他，然
而他的因为细故而发的小小的哭声，却编成了怜与爱的双重约束的带
子"。② 在爱情观上，泰戈尔说："真正的爱能排除道路上的重重障碍，扩
展自己的极限。"③ 泰戈尔认为，"爱与被爱"都是自我灵魂的快乐追求，

---

　　① 泰戈尔：《人的宗教》，刘建译，《泰戈尔全集》第二十卷，河北教育出版社 2000 年版，
第 250 页。
　　② 泰戈尔：《新月集·孩童之道》。
　　③ 泰戈尔：《在杭州对学生的讲话》，见《泰戈尔经典散文集》，白开元译，新世界出版社
2010 年版，第 222 页。

情爱的完美及其最高境界在于和谐，"一位情人为了实现他的爱必须有两种意志，因为爱的完美在于和谐，是自由与自由之间的和谐"。① 对于素不相识的人，泰戈尔主张要怀有博大的仁慈之心，博爱众人，体现梵心，这样才能达到人生的终极目的——"梵我合一"：人们为了与伟大灵魂合为一体，必须做到"在你的上方，在你的下方，在你的四面八方，保持你对全世界的同情与无量慈悲，其中不要有障碍，不要有任何害人之心，不要心怀敌意。除睡眠外，无论立行坐卧，常怀此念，是谓生于梵"。②

在个人与祖国、民族、人类的利益的关系中，泰戈尔不仅是一位爱国主义者，他鲜明地主张个人可以为祖国牺牲一切乃至生命；而且是一位世界主义者，他坚定地认为人类是超乎一切国家之上的，因此热衷于为整个人类服务。泰戈尔是"印度国家主义的诗人"，"对于上帝的爱与祖国的爱，是他的生命里的两个主要的特色。上帝是他永久的伴侣，祖国则是他常常想到的目的物"。③ 季羡林对泰戈尔的爱国主义思想和诗篇精神给予了切中肯綮的定论："他关心自己民族的兴亡，反对殖民主义和帝国主义的掠夺，抗议英国的鸦片贸易，抗议法西斯的横暴，抗议日本军国主义分子侵华，关心周围的社会，同情弱小者、儿童和妇女，歌唱世界大同。所有这一切都表露在他的文学创作中。他既是低眉善目的菩萨，又是威猛怒目的金刚。"④ 克里希那·克里巴拉尼认定泰戈尔"是个爱国者，是个热爱整个人类的爱国者。他毕生支持社会主义并为之奋斗"。⑤ 从爱亲人、爱众人和爱祖国的亲证出发，泰戈尔的思想进一步发散、拓展、提升到爱人类、爱和平的无上境界。泰戈尔的爱的哲学，对于亚洲、欧洲，乃至全世界，都具有伟大的使命意义，因为人类的永久和平与自由发展存在于各国人民的和谐之中。从这个视角来看，泰戈尔是一个世界主义者，是人类的伟大良心。他说："我要再说一遍，除非我们爱人类，否则我们决不能对人有正确的认识。文明不是依靠已发展的众多的权力来判断和评价，而

① 泰戈尔：《在杭州对学生的讲话》，见《泰戈尔经典散文集》，白开元译，新世界出版社2010年版，第57页。

② 泰戈尔：《人的宗教》，刘建译，《泰戈尔全集》第二十卷，河北教育出版社2000年版，第281—282页。

③ 郑振铎：《太戈尔传》，载《小说月报》1923年第十四卷第九号"太戈尔号"。

④ 季羡林：《泰戈尔经典散文集·代序》，白开元译，新世界出版社2010年版，第2页。

⑤ 克里巴拉尼：《泰戈尔传》，倪培耕译，人民文学出版社2011年版，第7页。

是依靠人类的爱，依靠法律和制度所体现出的进步程度。"① 泰戈尔认为"人类是超乎一切国家之上的。国家的，种族的各种分子，以及他们在人类社会里的合作是宇宙和谐的发展的要着"，东方与西方"必相遇于友爱，和平与相互了解之中"。②

　　在泰戈尔看来，宇宙是一个生命的整体，人和万物都是宇宙的生命，人和万物的个体生命都由宇宙生命维系着，统率着，这个宇宙生命就是"梵"，"梵"与人的生命情感"爱"是和谐协调的，"宇宙是统一的，接续不断的。宇宙与个人亦是统一的，调和的，都是惟一生命之运行。日夜在我血脉中运行的生命之流亦运行在宇宙中和谐的跳舞着。…在生死之海波中亦是这惟一生命在那里摇动。四肢为此生命世界所感触便觉着十分荣耀"。③ 宇宙中全是生命，全是运动，我们爱生命所以爱生活，而生命的起源、价值和意义就是爱。"梵"与"爱"是和谐一体的，梵虽隐而不见、不可言表，但个我可以通过生命情感的"喜"和灵魂的"爱"来体验梵，从而证悟梵爱和谐、梵我合一。泰戈尔常常把"爱"称作"喜"、"乐"，他认为"梵"与"喜"是和谐的，生命的整个目标是梵爱和谐，所以他认同《奥义书》所说的在梵中获到生命圆满、实现人生目标的观点："必须意识到被梵绝对包容的生命不是一种纯粹的精神专注的行为，它必须是我们生命的整个目标。在我们一切思想和行为中都必须意识到无限者的存在。"④ 对于泰戈尔的思想，季羡林先生作过精要的概括："既然梵我合一，我与非我合一，人与自然合一，其间的关系，也就是宇宙万有的关系，就只能是和谐与协调。和谐与协调可以说是泰戈尔思想的核心。"⑤

　　概而言之，笔者认为泰戈尔"梵爱和谐"思想的要义是："梵"是宇宙的最高主宰、最高灵魂，"我"是宇宙的个我灵魂；就其实质而言，"梵"不是"神"，而是大自然伟大的无限生命，"我"是宇宙的有限个我生命；梵存在于万物之中，潜伏于人体之内；万物是梵在自然界的显现，人是梵在世界的化育。因此梵我一如，我梵和谐。"梵爱和谐"思想包括梵我合一、

①　泰戈尔：《人生的亲证》，宫静译，商务印书馆1994年版，第71页。
②　郑振铎：《太戈尔传》，载《小说月报》1923年第十四卷第九号"太戈尔号"。
③　瞿世英：《太戈尔的人生观与世界观》，载《小说月报》1922年第十三卷第二号。
④　泰戈尔：《人生的亲证》，宫静译，商务印书馆1994年版，第94页。
⑤　吴岩：《泰戈尔抒情诗选·前言》，上海译文出版社2010年版，第2—3页。

泛神论、爱的哲学等重要内容。"梵我合一"不仅包含我梵一如的和谐思想，而且蕴含梵即我、我即梵的平等思想；"泛神论"不仅包含一切皆神、一切无神、自由创造的世界观，而且蕴含我即神、神即我的平等思想；"爱的哲学"不仅包含爱所有人、爱一切物（自然、宇宙、动植物）、物我合一、我物一体的泛爱、平等思想，而且蕴含爱祖国、反殖民，爱和平、反战争，爱光明、反黑暗，爱自由、反禁锢，爱生命、反迫害的博爱思想和人道主义精神。因此，"梵爱和谐"是大自然伟大的无限生命与人类因爱而生的个我生命、与爱相关的珍贵感情的整体和谐，即生命的整体和谐：其核心是"爱"，包含爱恋人，爱配偶，爱亲人，爱儿童，爱平民，爱自然，爱生命，爱光明，爱自由，爱祖国，爱和平，爱人类等元素；其旨归是"和谐"，即宇宙和谐，天我和谐，人与自然的和谐，人与人的和谐，人与社会的和谐，直至天下和谐，世界大同；其本质是大自然伟大的无限生命与人类因爱而生的个我生命、与爱相关的珍贵感情的整体和谐，即生命的整体和谐，因为世界的人与物都是生机勃勃的生命体，他们构成了互为依存、互为观照的融洽和谐的整体，所以，梵爱和谐就是生命的整体和谐。这种整体和谐是"爱"的崇高精神与"梵"的最高灵魂的整体和谐，个我的有限生命与"梵"的无限生命的整体和谐，人类生命的生态系统与自然生命的生态系统的整体和谐，作为自然人的个体生命与作为社会人的群体生命的整体和谐。泰戈尔"梵爱和谐"的思想系统包含三大基本要素：一是以"博爱"为核心，以仁慈、宽恕、和平，反对西方物质主义为表征的"人道主义"思想；二是以"泛神论"为核心，以创造、自由、民主、平等，反对殖民主义为表征的"个性主义"思想；三是以"和谐"为核心，以牺牲、舍我、隐忍，张扬东方精神文明为表征，以圆满快乐为终极目标的"梵我合一"的思想。

二 新诗、新诗生态及时间阈值的界定

"新诗"这一范畴看似简单，实则不然，它是我国现代声势浩大、规模宏阔的新文化运动的产物，是先进知识分子和文学智者思想精进、锐意革新的结晶。"新诗"最早叫"白话诗"，我国第一位写白话诗的大家是胡适（1891—1962），他从1916年7月开始创作白话诗，并陆续发表在《新青年》等刊物上，三年后结集为《尝试集》出版，这部诗集是我国的第一部白话诗诗集，引起了巨大轰动，确立了新诗开天辟地的地位。对于

白话诗的主张和写作的要求，胡适说："我到北京以后所做的诗，认定一个主义：若要做真正的白话诗，若要充分采用白话的字，白话的文法，和白话的自然音节，非做长短不一的白话诗不可。这种主张，可叫做'诗体大解放'。诗体的大解放就是把从前一切束缚自由的枷锁镣铐，一切打破；有什么话，说什么话；话怎么说，就怎么说。这样方才可有真正白话诗，方才可以表现白话的文学可能性。"① 胡适的新诗主义强调了诗歌体式的解放，突出了新诗的自由性，但还未涉及新诗的内容。郭沫若（1892—1978）的新诗观与胡适有异曲同工之妙，他说："诗实在并不是好神秘的东西，只要你有真实的感情，你心里有了什么感动，你把它一说出来便成为诗。"② "诗的本质专在抒情。抒情的文字便不采诗形，也不失其诗"。③ 郭沫若强调了新诗的本质是抒发真情实感，这在确定新诗内容方面是一大进步，但又强调只要把感情、感动说出来就是诗，未免忽视了新诗的艺术性，可能会导致新诗过于直白而丧失生命力。胡适"诗体大解放"的号召、白话诗的写作主张和要求，特别是他敢为天下先而创作白话诗的勇气和实践，使我国现代早期的诗坛掀起了写作白话诗的热潮，白话诗如雨后春笋，层出不穷，诗坛一片繁荣。但是，胡适倡导的写作白话诗可以"有什么话，说什么话；话怎么说，就怎么说"和郭沫若只要把感情、感动"说出来便成为诗"的观点也对诗坛产生了一些负面影响，不少白话诗内容贫乏，无病呻吟，语言直白，味同嚼蜡，没有艺术性可言。周作人（1885—1967）认为发生这种现象的根源之一是对新诗的定义和特点不甚明了，他主张新诗应以抒情为主，不仅要抒发真实感情，并且要讲点节制，讲点艺术，要有诗的味道。于是，他给"新诗"作出了如下解释："本来诗是'言志'的东西，虽然也可用以叙事或说理，但其本质以抒情为主"，"我觉得新诗的第一步是走了，也并没有走错，现在似乎应该走第二步了。我们已经有了新的自由，正当需要新的节制。"④ 朱自清（1898—1948）通过肯定卢冀野编辑新诗选本《年选》的主张，表达了自己对新

① 胡适：《〈尝试集〉自序》，载《新青年》1919 年第 6 卷第 5 号。
② 郭沫若：《诗歌底创作》，见《郭沫若谈创作》，黑龙江人民出版社 1982 年版，第 45 页。
③ 郭沫若：《郭沫若致宗白华》，见《郭沫若全集》第 15 卷，人民文学出版社 1990 年版，第 47 页。
④ 引自孟泽《何所从来——早期新诗的自我诠释》，九州出版社 2011 年版，第 76、75 页。

诗含义的观点，即新诗应该"求其成诵，求其动人，有感情，有想象，有美之形式，蜕化诗之沉着处，词之空灵处，曲之委婉处，以至歌谣鼓词弹词，有可取处，无不采其精华。"① 朱自清对新诗的内容应重视打动人心的感情、应以抒情为主的主张，与郭沫若、周作人的观点是一致的，在强调新诗的通俗性方面，与胡适是一致的；但作为诗人兼学者的他，还是没有对新诗的内涵作出定义。徐志摩认为："我们相信诗是表现人类创造力的一个工具，与音乐与美术是同等性质的；我们相信我们这民族这时期的精神解放或精神革命没有一部像样的诗式的表现是不完全的。"② 徐志摩触及到了新诗的内容是要"表现人类创造力"，并希望产生能够代表中华民族精神解放和精神革命的史诗式的新诗，但他仍然没能揭示新诗的内涵。新诗要健康发展，就要体现新诗的价值，诚如我国第一部新诗选本《新诗集（第一编）》的"导言"所说，新诗的价值就是"（1）要合乎自然音节，没有规律的束缚；（2）描写自然界与社会上各种真实的现象；（3）发表各个人正确的思想，没有'因词害意'的弊病；（4）表抒个人优美的情感"。③ 这篇"导言"对新诗价值的界定相当准确，已涉及新诗的形式和内容，但从逻辑学的角度看，也不是对新诗概念的定义。

　　究竟什么是新诗？笔者认为，新诗的概念有广义和狭义之分。广义的新诗是指与传统旧体诗相对的新体诗；狭义的新诗是指我国 20 世纪 20 年代新文学运动开始出现的具有新形式、新内容的自由诗。废名（1901—1967）认为，"新诗应该是自由诗"。④ 吕进（1939—）说："中国新诗有个奇特现象：只有自由诗。……自由诗成为中国新诗的全体（不只是一体、不只是主体）了。"⑤ 新诗的所谓新形式，首先是指语言的"新"，就是不用文言文，而用白话文；其次是指句式韵律的"新"，即突破了我国传统诗歌整饬押韵的束缚，尤其是突破了律诗必须有"一定的字句，一定的对仗，一定的声韵"的束缚，可以大胆运用参差错落的句式，不讲究对

---

① 朱自清：《选诗杂记》，《〈1917—1927 中国新文学大系〉导言集》，天津人民出版社 2009 年版，第 156—157 页。

② 引自林庚《新文学略说》，载《中国现代文学研究丛刊》2011 年第 1 期。

③ 陈绍伟编：《中国新诗集序跋选（1918—1949）》，湖南文艺出版社 1986 年版，第 3—4 页。

④ 废名、朱英诞：《新诗讲稿》，北京大学出版社 2008 年版。

⑤ 吕进：《现代格律诗的新足音——黄淮〈九言格律诗〉》，见《新诗文学体》，花城出版社 1990 年版，第 144 页。

仄平仄，甚至可以不押韵。新诗的所谓"新内容"就是有鲜明的时代性和巨大的包容性：既可赞颂促进时代发展、社会进步、思想革新的新人新事，又可大胆批判阻碍时代发展、社会进步、思想革新的保守势力和顽固分子；既可歌颂光明、自由、民主的理想，又可揭露黑暗、禁锢、专制的现实；既可赞颂砸碎旧世界、创造新世界的"怒目金刚"的精神和力量，又可抒发对爱情、亲情、自然、人性、人道、和谐、和平执着追求的"慈眉善目"的思想和情味。这样的新诗，可以使我国现代早期的诗苑萌发百花齐放、自由和谐的生态；这样的新诗，已经使我国现代早期的诗苑呈现出百花齐放、自由和谐的生态。

　　本著作所谓"新诗生态"的"生态"，既非生物学意义的"生态"，也非"生态批评学"的"生态"和"生态文学"的"生态"。"生态"一词源于古希腊，意思是指"家"或者我们所处的环境，后来引申指生物在一定的自然环境下生存和发展的状态，即一切生物的生存状态、生物与生物之间以及生物与环境之间相互依存的关系。生物学意义的生态，强调的是生物个体和群体与自己所处自然环境的生存发展的状态。美国生态批评的开拓者、著名生态批评学者格伦·A. 洛夫为"生态批评"下了一个简明扼要的定义，他指出，生态批评是"致力于文学与环境之间的关系研究，通常被称为生态批评"，"文学与自然世界之间关系的研究就存在于田园文学传统中"。[①] 我国学者也认为，生态批评是"当代生态思潮与文学研究的结合，是文学研究的绿色化，是对生态危机的综合回应，它把关怀自然作为自己的神圣使命，对推动现代工业文明的'现代性'进行痛苦而又深刻的批评与反思，拒斥机械自然观、主客对立的二元论、还原论，走出'人类中心主义'的片面主体论，重建自然与人在本源上的生态关联，重新实现自然与人的和解"。[②] 可见，生态批评是研究文学与环境、人与自然世界的关系的学问，旨在唤起人们对生态危机的关注和现代工业文明的反思，对人类中心主义和人与自然对立论的批判，从而建立人与自然的和谐关系。所谓"生态文学"则是"以生态整体主义为思想基础，以生

---

① 格伦·A. 洛夫：《实用生态批评——文学、生物学及环境·导论》，胡志红等译，北京大学出版社 2010 年版，第 2 页。

② 胡志红：《西方生态批评研究》，中国社会科学出版社 2006 年版，第 1—2 页。

态系统整体利益为最高价值的考察和表现自然与人之关系和探寻生态危机之社会根源的文学。"① 由此可知，生态文学是反映人与环境、人与社会发展保持动态平衡的生态关系的文学，或者说生态文学是以文学为手段表现人类与生态环境、社会发展的关系的文学，是以环境生态系统的整体利益为最高价值的文学，不是以人类生存的最大利益为价值判断的文学。

本著作所谓的"新诗生态"，是指我国现代早期诗坛上形成的新诗百花齐放、欣欣向荣的生存发展状态和百家争鸣、自由和谐的文化景观。所谓"我国早期新诗"，其时间阈值是指我国从 1915 年 10 月 （《青年杂志》一卷二号首次刊载陈独秀翻译的泰戈尔诗《吉檀迦利》的《赞歌》四首），到 1929 年 3 月 （泰戈尔第二次访华）之间所发表的新诗作品。

三　本著作的研究方法及意义概述

迄今为止，比较文学的基本研究范式已发展为法国学派的影响研究、美国学派的平行研究和中国学派的跨文明研究。"影响研究"是法国学派的基本特色，它主张以文学关系为主轴，以流传学（即誉舆学）为起点，以媒介学为中介，以渊源学为重点，构建成一个完整的比较文学学科理论和方法论体系。即是说，影响研究的基本方法是流传学、媒介学和渊源学。从信息论的角度来看，这是一种信息的传播与接受的基本路径。信息论认为，任何信息的传播都是由信源→信道→信宿所构成的。这里的流传学是信源研究，媒介学是信道研究，渊源学是信宿研究。流传学也叫誉舆学，法国比较文学大家梵·第根（1871—1948）说，流传学"是一位作家在外国的影响之研究，是和他的评价或他的'际遇'之研究，有着密切的关系，竟至这两者往往是不可能分开的。我们可以把这一类的研究称为'誉舆学'（Doxologie）"。② 因此，"流传学"是从施加影响的放送者（他国作者、作品、流派、思潮）出发，去研究作为终点（本国读者、作品、流派、思潮、社会）的接受影响的情况，即是说"流传学就是从给予影响的放送者出发，去研究作为终点的接受的情况，包括文学流派、文艺思

---

① 王诺：《生态危机的思想文化根源——当代西方生态思潮的核心问题》，载《南京大学学报》2006 年第 4 期。

② 梵·第根：《比较文学论》，戴望舒译，转引自曹顺庆主编《比较文学教程》，高等教育出版社 2006 年版，第 62 页。

潮、作家及文本等在他国的际遇、影响及被接受的情况"，① 其中理论思潮的影响"可以是哲学、政治、文学理论等多方面的"。② "媒介学"研究外国作品传入本国的路径（渠道）和方式，包括个体媒介、团体媒介和文本媒介。"渊源学"是对放送者的跨国影响渊源的实证性追溯和研究，它以接受者为出发点，去探寻放送者的影响，以揭示本国作家的作品或文学现象的内容（主题、题材、人物、情节）和形式（语言、结构、体式、风格）的外来因子。简言之，影响研究就是研究文学的传播者与接受者之间的影响与被影响的关系，"突出文学传播和交流过程中的'实证性'和'文学关系研究'"，③ 主要寻求接受者与放送者之间的相似性或相同性。不过，"影响并不局限于具体的细节、意象、借用，甚或出源——当然，这些都包括在内，而是一种渗透在艺术作品之中，成为艺术品有机组成部分，并通过艺术作品再现出来的东西"。④ 这是美国比较文学家约瑟夫·T. 肖的观点，意即影响研究中的"影响"不仅指放送者（一国文学或某位作家、诗人的思想及其作品），对接受者（另一国文学或某位作家、诗人的思想及其作品）的"细节、意象、借用，甚或出源"所发生的显性影响，而且指接受者"渗透在艺术作品之中"的具有某种外来效果而无具体实证的隐性影响。"平行研究"是比较文学美国学派的基本特色，它是与法国学派的影响研究相对而出现的比较文学研究范式，它不认为一国作家作品文学形象对另一国作家作品文学形象的影响必须是"实证性"的影响，而主张比较文学是对没有实际接触或事实联系的不同国家的作家作品文学形象进行对比研究，论述其异同，总结出文学发展的规律性。它以本科研究的比较诗学、主题学、文类学和类型学，跨学科研究的文学与艺术、文学与宗教历史哲学、文学与社会科学、文学与自然科学等构建成一个完整的比较文学学科理论和方法论体系。"跨文明研究"是自20世纪80年代以来比较文学异军突起的中国学派的基本特色，它"以跨文化的'双向阐发法'、中西互补的'异同比较法'、探求民族特色及文化根源的'模子寻根法'、促进中西沟通的'对话法'及旨在追求理论重构的'整合与建构

① 曹顺庆：《比较文学教程》，高等教育出版社2006年版，第63页。
② 同上书，第71页。
③ 同上书，第97页。
④ 张隆溪选编：《比较文学译文集》，北京大学出版社1982年版，第38页。

法'等五种方法为支柱，构筑起中国学派'跨文明研究'的理论大厦"。①
在跨文明研究中，"变异研究"是尤具特色的研究方法，包括文化过滤与
文学误读、译介学、形象学、接受学和文学的他国化研究。

　　本著作将以影响研究（流传学、媒介学、渊源学）为主，同时适当运
用平行研究（如主题学）和跨文明研究（如译介学、接受学）的有关理论
和方法，主要研究泰戈尔本人主体及其作品客体所负载的"梵爱和谐思想"
在我国现代早期传播与接受的情形，重点研究泰戈尔"梵爱和谐思想"对
我国现代早期新诗生态的影响。这种影响，有些是直接的，实证性的，显性
的，如泰戈尔"梵爱和谐思想"对我国现代早期代表性诗人郭沫若、冰心、
徐志摩、郑振铎、王统照等人新诗的影响；有些则是间接的，非实证性的，
隐性的，即"渗透在艺术作品之中"的具有某种外来效果而无具体实证的
隐性影响，其实，这种隐性影响才是真正的影响，它更常见，更广泛，正如
法国文学史家朗松（1857—1934）所说，文学的"真正的影响，是当一国文
学中的突变，无以用该国以往的文学传统和各个作家的独创性来加以解释时
在该国文学中所呈现出来的那种情状——究其实质，真正的影响，较之于题
材选择而言，更是一种精神存在，是得以意会而无可实指的"，② 如泰戈尔
"梵爱和谐思想"对我国现代早期其他众多诗人新诗的影响。

　　泰戈尔自 1913 年获得诺贝尔文学奖之后，就成了具有世界影响力的
著名诗人和文化名人，从此全球出现了较为持久的"泰戈尔热"，因而国
内外研究泰戈尔的文章和论著连篇累牍，成果丰硕。据笔者赴中国国家图
书馆、北京大学图书馆、首都图书馆等重要图书馆所查阅的图书和报刊，
以及笔者所收藏、掌握的图书资料、互联网上的有关资料初步统计：国内
外关于泰戈尔的论著，仅传记就达 200 多种；国内书刊、会议评论、译介
文章（1913—2008）707 篇；泰戈尔研究博士、硕士论文（2002—2007）
17 部（篇）；研究及翻译的专著和编著（1984—2003）30 部。③ 可见，几

---

① 曹顺庆：《比较文学教程》，高等教育出版社 2006 年版，第 17 页。
② 引自王向远《比较文学"影响研究"新解》，载《商丘师范学院学报》2003 年第 6 期。
③ 上述数据参见克里巴拉尼《泰戈尔传》"译者前言"，人民文学出版社 2011 年版；董红
钧编著《泰戈尔精读·附录》，上海大学出版社 2009 年版；孙宜学编《诗人的精神——泰戈尔在
中国》"附录二"，江西高校出版社 2009 年版；张羽《泰戈尔与中国现代文学》"附录一"，云南
人民出版社 2004 年版。

十年来国内外对泰戈尔的研究非常重视，成果相当可观。但令人遗憾的是，近几年来，代表国家社会科学研究最高级别的国家社会科学基金资助项目，对泰戈尔这位具有世界影响力的诗圣的研究却十分薄弱。在国家社会科学基金 2008 年至 2013 年的 17867 个资助立项（包括国家社会科学基金 2008 年度、2010 年度和 2011 年度的重大项目、重点项目、一般项目、青年项目、西部项目、后期资助项目、中华学术外译项目共计 9077 项。2012 年度立项项目共 3833 项，其中重点项目 160 项，一般项目 1806 项，青年项目 1325 项；西部项目共立项 542 项。2013 年度立项的年度项目和青年项目共 3826 项，其中重点项目 272 项，一般项目 2023 项，青年项目 1531 项；再加上国家立项的重大项目 192 项，西部项目 507 项，后期资助项目 365 项，中华学术外译项目 67 项，则 2013 年度国家立项总计为 4957 项）中，关于泰戈尔研究的立项只有笔者获得资助的一项，仅仅占全部立项的万分之零点五六（十年前的 2003 年曾有过一项关于泰戈尔研究的国家社科基金资助立项，即侯传文的《话语转型与诗学对话——泰戈尔诗学比较研究》）。在上述所有关于泰戈尔研究的专著、编著、论文等成果和国家社科基金资助立项中，直接涉及"泰戈尔梵爱和谐思想对我国早期新诗影响"的研究也仅有笔者获得的国家社科基金资助立项的一项。上述数据说明，本专著的研究具有稀缺性、紧迫性、必要性和重要性。

　　毋庸置疑，对于我国的现代启蒙和现代化进程的推动，不仅西方的民主科学思想产生了巨大作用，且东方的人文精神也发挥了重要作用；尤其在诗坛，泰戈尔的梵爱和谐思想对早期新诗生态产生了深刻的影响。在我国强化文化大发展、大繁荣，着力建设精神文明、生态文明，构建和谐社会的今天，泰戈尔的梵爱和谐思想具有特别重要的意义和价值；在当下文学发展风生水起、诗歌发展不尽人意的情形下，研究泰戈尔梵爱和谐思想对我国早期新诗生态的影响具有同样重要的文化价值、学术价值和现实意义。至于研究泰戈尔梵爱和谐思想对我国早期新诗生态影响的具体意义和价值，本著作最后一章将详细论述。

第一章　大梵无形　大哲有源

——泰戈尔梵爱和谐思想的渊源与形成

在人的生命旅程中,每一段生活经历都是一种生命体验,每一种生命体验都是一种人生亲证,每一种生命体验和人生亲证都是一种思想形成的精神渊源。泰戈尔在漫长的生命旅程中,积累了复杂多样的生活经历,积淀了多种深刻的生命体验和人生亲证,这样的生命体验和人生亲证使泰戈尔逐渐形成了"梵爱和谐"的思想。

马克思说,人是社会关系的总和。这种社会关系包括家庭关系,社会集团与集团、阶层与阶层、团体与团体的关系,个人与个人的关系。人的成长与各种社会关系有着千丝万缕的联系;人的思想的形成,不仅深受家庭中父母、兄长和其他长辈的影响,而且深受社会背景、社会活动、历史文化的影响。泰戈尔梵爱和谐思想的形成,有其深刻的文化环境渊源和生命体验渊源。文化环境渊源包括家庭文化环境和社会文化环境因素;生命体验渊源包括"爱"的生命体验、"梵"的生命体验以及梵爱和谐的生命体验。

第一节　家庭文化环境的影响:泰戈尔梵爱和谐思想的萌芽

泰戈尔于 1841 年 5 月 7 日出生于印度加尔各答市中心乔拉桑戈一个富裕的信仰印度教的婆罗门亚种家庭,① 按排行他是第十四子。他的家族

---

① 古代及近代印度社会实行种姓制度,按照地位从高到低将人分为婆罗门、刹帝利、吠舍和首陀罗四大种姓,这些种姓世袭不变。但是由于违反教规而被降格或者不同种姓之间通婚而生育的后代均为次等种姓或亚种姓。

在印度加尔各答是一个名门望族，产生了不少名人大家。泰戈尔曾自豪地说："我家的大多数成员都有些天赋，他们中有画家，有诗人，有音乐家，我们家的整个气氛中都洋溢着创造精神。"① 泰戈尔的祖父德瓦尔伽纳塔（1794—1846）智慧、勇敢、精明、潇洒，富有商业天赋，拥有银行、船队，因而家庭殷富，被称为商业"王子"；他信奉印度教，乐善好施，积极资助印度教徒学院、加尔各答第一所医学院；在政治、宗教方面，他与社会改革家、宗教改革家拉贾·罗姆摩亨姆·罗易是可靠朋友，不遗余力地支持罗易领导的宗教改革和社会改革，并且创立了土地所有者协会。德瓦尔伽纳塔对加尔各答的经济、政治、宗教发展有较大影响，为家族留下了宝贵的精神财富。"他和罗姆摩亨姆·罗易都是现代印度的缔造者之一。"②

泰戈尔的父亲代温德拉纳特（1817—1905）是一位哲学家、社会改革者。泰戈尔曾多次谈到自己的家庭氛围和父亲的影响："我生长在一个以奥义书经典作为日常礼拜的家庭，并且在很久以前父亲就作出了榜样。父亲在他漫长的一生中一直保持着与神的密切交往，但是他没有忽略对世界应尽的责任，也丝毫没有减少对世俗事务的强烈兴趣。"③ 代温德拉纳特对于他的父亲、"商业王子"德瓦尔伽纳塔来说是青出于蓝胜于蓝，他接过父亲晚年奢侈带来的不景气的家业，重新经营，扭转危机，从而恢复了家庭的财富。但代温德拉纳特与父亲有着截然不同的性格，他简朴纯洁，德行崇高，沉稳持重，人们称他为"大仙"，因为他的生活就像2500多年前撰写奥义书的大仙们一样纯洁清正。他笃信印度教，对婆罗门信奉的创造大神梵天顶礼膜拜，崇尚神秘的祭祀活动和宗教狂热活动，1839年，他组织成立了崇奉独一无二的梵天的宗教协会"通梵协会"（后更名为"知梵协会"，该协会宣传印度教精神），他"整天除了梵天、梵天之外，什么都不放在心上"，④ 主要忙于改良主义事业。泰戈尔的父亲还喜爱大自然，热衷于冒险的旅行，在大自然和旅行中对梵进行深刻思考，调和对自

---

① 泰戈尔：《自传》，李南译，见刘安武等主编《泰戈尔全集》第二十卷，河北教育出版社2000年版，第15页。

② 克里巴拉尼：《泰戈尔传》，倪培耕译，人民文学出版社2011年版，第9页。

③ 泰戈尔：《人生的亲证·作者序言》，宫静译，商务印书馆1994年版，第1页。

④ 克里巴拉尼：《泰戈尔传》，倪培耕译，人民文学出版社2011年版，第13页。

然美和生活美的感受。"大仙"不是远离社会、国家和人民的修行者，而是一位思想觉悟极高的人，他的本性和哲学是反对逃避主义的，因此他时常关心祖国的尊严和命运，同情下层人民的不幸遭遇。泰戈尔父亲的思想和行为对泰戈尔梵爱和谐思想的形成产生了重要的影响。

泰戈尔的母亲夏勒达·黛维（生卒年不详）出身于正统的印度教家庭，她虽然没有什么文化，但具有勤劳善良、坚忍宽容等优秀品质，且擅长操持家务，劳于抚育儿女，她能使家人成为著名人物，而自己甘于默默无闻，无私奉献。

泰戈尔的大哥德维琼德拉纳特（生卒年不详）是大学者、诗人、音乐家、哲学家和数学家，长诗《梦游》可与斯宾塞的《仙后》媲美，被称为孟加拉的不朽著作，他还创作了传唱久远的歌词《印度，你明月般的面庞蒙上了灰尘》。二哥萨特因德拉纳特（1842—1923）是位梵文学家，早年在英国学习，最早把马拉提虔诚诗介绍给孟加拉读者，又用孟加拉语翻译了《薄伽梵歌》和迦梨陀娑的《云使》，还创作了印度人民喜爱的歌曲《胜利属于印度》。三哥海明德拉纳特（1844—1884）热爱祖国和孟加拉语，他教育少年泰戈尔要运用祖国的孟加拉语，不要用英语写作，鼓励泰戈尔在孟加拉语的道路上勇敢前进。他是在孟加拉文坛上赢得了崇高地位的作家，可惜英年早逝，但泰戈尔永远感激和怀念自己的三哥。四哥巴楞德拉纳特（约1846—约1876）是位影响力强劲的作家，虽然只活了30岁，但在孟加拉文坛上竖起了丰碑。五哥乔迪楞德拉纳特（1849—1925）是那个时代富有激情的音乐家、诗人、剧作家和艺术家，是位旷世奇才，且富有爱国热情和民族自尊心，在他敢为人先的开创性精神的感召下，印度人民逐渐觉醒，他对小兄弟泰戈尔的思想、理智和诗才方面产生了深远的影响。大姐苏达米妮（1847—1920）在母亲去世后，成为泰戈尔的抚养人。五姐斯瓦尔纳库马莉（1856—1932）是富有才干的音乐家和女作家，是孟加拉第一位长篇小说女作家。其他姐姐希楞默依·黛维（1868—1925）作为社会服务者而闻名于世，萨勒拉·黛维（1872—1945）是作家、音乐家、民族独立运动的积极参加者。

就泰戈尔与家庭成员的关系而言，"泰戈尔的这些家庭成员对其梵爱和谐思想的形成都产生过或深或浅、或多或少、或大或小、或直接或间接的影响"。①

泰戈尔是一个哲学家、思想家，是印度文化和爱国精神的先行者和实践者，他又是一位歌者，一位戏剧家，一位教育家；但超乎这一切的，他却是一个"爱"与"梵"的伟大诗人：爱自然，爱亲人（包括爱父母，爱妻子，爱子女），爱儿童，爱梵天，爱和谐，爱自由，爱光明，爱祖国，爱和平，爱人类。这一切的"爱"都融化在他深邃的思想、优美的诗歌和切实的行动中。他的梵爱和谐思想的形成，有其广阔的背景、深远的渊源、深刻的人生亲证和真切的生命体验。

一　爱自然的生命体验与思想形成

泰戈尔说："几乎从幼年时起，我就对大自然的美丽有一种深刻的感受，对与树木和云彩为伴有一种发自内心的情感。"② 大自然是泰戈尔一生都不会忘怀的快乐源泉。泰戈尔热爱自然思想的形成，居然最初始于限制他自由的"仆人统治"。泰戈尔的家庭是一个宗法联合的大家庭，不仅有父母兄姐十几人，而且许多亲戚也常住其家。由于人口众多，父亲又常常外出游历林居，母亲生育过多身体羸弱，精力不济，兄姐常常在外参加社会活动，因此父亲就把家庭的生活料理和事务管理交给身强力壮的仆人负责，于是幼年的泰戈尔主要由几个高大威猛的男仆管理照料。泰戈尔天性活泼，不易看管，而这些男仆都是很粗心很自私的，所以他们为了免除看护的麻烦，常常把泰戈尔关在一间屋里，不准他自由行动。有一个仆人，常叫泰戈尔坐在一个指定的地点，用粉笔在地上画一个圆圈，把他包围起来，并且惊吓他说，如果他离开这个圆圈一步，就会有危险。泰戈尔便坐在那里一动也不动。因为他读过印度史诗《罗摩衍那》（Ramayana），知道有一个人因为擅自离开别人所画的圈子，后来竟遇到许多危险。幸而他所坐的地方靠近于窗口，他可以从窗中看见花园，看见水池，看见许多树木，有绿荫蔽日的榕树，神圣葱茏的菩提树；鸭子在池中游泳，树影在水面摇曳；还看着往来的人群，自由飞翔的鸟儿。天然的景色，美丽的自

---

① 戴前伦：《泰戈尔梵爱和谐思想的文化渊源》，载《中外文化与文论》第25辑，四川大学出版社2013年版，第63页。

② 泰戈尔：《自传》，李南译，见刘安武等主编《泰戈尔全集》第二十卷，河北教育出版社2000年版，第15页。

然使他忘记了"仆人统治"的囚禁之苦。童年的"仆人统治"虽然使泰戈尔形成了内向、腼腆、胆小的性格，但也使泰戈尔萌生了对大自然的热爱之情，逐渐形成了对世界敏锐的观察力和丰富的想象力。后来泰戈尔回忆说："当我回顾我的童年的时候……似乎自然常紧握了她的手掌，向我问道：'告诉我，我手里有什么东西。'我永远不敢回答，因为无论什么东西，在那里都是有的。""有时坐在卡及普尔一株老楝树下，谛听井水凄清地流入果园，将奇妙的思绪融入想象，送到不远的恒河流里漂放。"① 可见，泰戈尔爱自然的心，在童年时代就已萌芽。

如果说"仆人统治"对幼年泰戈尔发生过"歪打正着"的初爱自然的影响，那么父亲对童年泰戈尔却产生了正面的真爱自然的重要影响。在泰戈尔出生之后，父亲又有过一个孩子，但不幸早夭，泰戈尔实际上是他父亲的最后最小的孩子。泰戈尔自幼聪颖过人，白皙英俊，活泼可爱，因此父亲相当疼爱这个幼子。泰戈尔随父亲去喜马拉雅山的游历，是他热爱大自然思想形成的真正萌芽。那是泰戈尔快满 11 岁时，他父亲叫他一起到喜马拉雅山去旅行，他欣喜若狂。四月中旬，父子俩便动身去喜马拉雅山。他们沿着崎岖的山路盘旋而上，环顾四周，山路旁的春花与他们结伴而行，森林中若隐若现的瀑布飞漱而下；山路两旁，古松参天；侧耳倾听，鸟语声声；低头俯视，沟壑纵横，雨林茂密，艳丽的太阳鸟啄食花朵，活泼的叶猴、斑鹿跳跃其间；举目远望，重峦叠嶂，云飞雾绕，山腰间层林叠翠，峰岭上白雪闪烁。少年泰戈尔目不暇接，心间流淌着无以言表的愉快。这一切自然美景是泰戈尔闻所未闻，更见所未见的，他恍惚进入了童话世界，一颗好奇和探索的童心完全沉醉于这山区的美景之中，热爱大自然的情感油然而生。他们终于爬上了一座山峰，并住在山顶上。虽然已是四月中旬，但那里依然寒冷，山峰阴面的冬雪还没有消融。他们的房屋下面有一片森林，好奇的少年泰戈尔常常独自外出去欣赏大自然的美景，他由这个山峰爬上那个山峰，仰望青碧无垠透明无尘的天空，对望从千丈悬崖上倒挂下来的银链似的瀑布，聆听如琴如笛如歌如诉的水声，友爱地拍拍身边如祈祷者静静伫立的大树，亲昵地踢踢身旁如玩伴相依相偎

---

① 泰戈尔：《往事悠悠》，白开元译，见《泰戈尔经典散文集》，新世界出版社 2010 年版，第 171 页。

的岩石，他的心胸猛然扩展，心情怡然自得，心海轻波荡漾。大自然的无比美丽和无限神秘深深地吸引着他。喜马拉雅的山水树木花草奇石组成的和谐迷人的景色，使泰戈尔从内心深处爱上了大自然。

故国山水已使童年泰戈尔身心陶醉，欧洲风光更使青年泰戈尔眼界大开。1878 年 9 月泰戈尔 17 岁时，他的二哥想把他送到英国去留学，父亲答应了。于是泰戈尔便随了二哥乘船抵达亚丁港，在苏伊士下船换乘火车去巴黎，最后到达伦敦，赶往五哥五嫂居住的布赖顿。冬天到了，他们正坐在火炉旁边取暖，孩子们忽然很激动地跑进来说："下雪了，下雪了！"泰戈尔和孩子们立刻跑出去看雪景，因为在印度，在加尔各答是见不到雪的踪影的，也不可想象自然雪景有多么迷人，多么令人惊喜。屋外异常寒冷，雪花飘然而下。高远的天空挂着一轮皎洁的明月，明月散发出流水般柔和澄澈的光辉，大地铺满洁净的白雪，这对于泰戈尔来说真如梦境一般，欧洲的自然之美与他故乡的自然之美是迥然不同的。泰戈尔晚年无不留恋地回忆说："这梦幻般洁净的景色，是我从未见过的。我大步跨出门槛，凝望着这奇妙的美景，我仿佛觉得，大自然的一切都隐退了，只剩下那裹着白色袈裟的大仙，在静静地思考着。"① 不久，泰戈尔又随二哥到德文郡度假。德文郡的风景十分优美，他站在一块伸向大海的岩石上，极目远眺，海浪连天翻涌；环顾周遭，松树郁郁葱葱，那伸展开的绿荫宛如森林女神飘动的长袍。他尽情领略了德文郡森林与海浪绘就的绮丽风光。英国布赖顿的纯净、伦敦的温润、德文郡的绮丽，法国庄园的葡萄、塞纳河的水波等欧洲自然风光使久居热带的泰戈尔眼界顿开，思绪翻飞，使初入青年期的泰戈尔热爱自然的思想日趋成型。

如果说泰戈尔在幼年时期热爱大自然，多半出于天性，青年初期热爱大自然，多半出于浪漫，那么，当他跨入青年与中年的交汇点时仍然热爱大自然，则多半源自于对人与自然融于一体的"梵爱和谐"的体验和证悟。他 29 岁时，父亲放手让他去管理位于东孟加拉的西莱达田庄，他毅然来到了这个天人浑然一体的乡村。他常常住在一艘家艇里，泛泊在帕特玛河及它的支流上面，与自然保持密切的接触。他对于自然的方方面面都观察，研究，恋念，爱惜。泰戈尔平生最爱大自然的空间与流动，天空与

---

① 克里巴拉尼：《泰戈尔传》，倪培耕译，人民文学出版社 2011 年版，第 60 页。

河流，这两组天然图画在西莱达的乡村都显现得生动可感、淋漓尽致，别有一番迷人的境界。他在西莱达田庄给家人的信中写道："实在的，我非常亲爱这个帕特玛河，它是怎样的荒芜，怎样的旷远无垠。……河水流经许多奇异的地域，人道的水流也是如此，它从它的各支流里流着，经过浓密的森林，寂寞的草地，繁华的城市，常伴以它的神乐"，帕特玛河"一端连在生之根里，而其别一端则入死之海里——而全都则包围在神秘的黑暗中；在这两个极端中间，躺着生命，劳动与爱情。……所有这一切在我心里惊醒了一种敏锐的趣味与沈挚的愉快。"① 帕特玛河这位恒河之女，以及它两岸的广漠平原的影响，都反映在泰戈尔此后所有的著作里。这里使他的"金色孟加拉"穿上了理想的衣衫，并且给他在生命的真实里无限的意义。他如此爱恋孟加拉，如此亲切地抚摸着孟加拉的绿河、青山、星天以及闲暇而自由的生活。毫无疑问，东孟加拉西莱达田庄的醉人美景是泰戈尔热爱自然思想形成的重要渊源。

　　当然，毋庸置疑，泰戈尔热爱自然思想的形成与印度地理环境的影响也密不可分，因为印度民族是一个森林民族，所以印度人尤其是泰戈尔这样生长在文化氛围极其浓厚的书香门第的人，对外界环境特别敏感，热爱自然就是他的天性，并且他将这种天性保持了一生。泰戈尔认为，和谐的大自然对人格人性具有重要作用："我证悟的第一阶段，是由于我对大自然的亲密无间的感觉而实现的……这些表现以其多样的形式、颜色、声音和运动的和谐，使我们的生活丰富多彩……它对我们的人性具有永恒的作用。"② 因此，泰戈尔常常以诗歌纵意描写和纵情歌颂大自然。

　　泰戈尔与大自然和谐相处的生命体验是人与自然整体和谐的生命体验，其热爱自然的思想是人类生命的生态系统与自然生命的生态系统的整体和谐思想。

二　爱亲人的生命体验与思想形成

　　泰戈尔在成长过程中始终沐浴着亲人之爱的阳光雨露。因此在泰戈尔

---

① 郑振铎：《太戈尔传（续）第七章》，载《小说月报》1923 年第十四卷第十号"太戈尔号"。

② 泰戈尔：《人的宗教》，刘建译，见《泰戈尔全集》第二十卷，河北教育出版社 2000 年版，第 250 页。

梵爱和谐思想中，爱亲人的思想占据着元初的地位。他的爱亲人的思想包括爱父亲、爱母亲、爱兄长、爱嫂子的多种元素。

父亲之爱和爱父亲的思想情怀是泰戈尔爱亲人思想形成的精神基础。父爱一般是威严不语、严厉苛刻的，而泰戈尔的父亲之爱却充满大海般的宽容，大地般的深厚，大山般的崇高，春风般的和煦。面对聪颖过人的幼年泰戈尔，父亲细心地教他孟加拉语和梵文，教他读史诗《罗摩衍那》和《摩诃婆罗多》，泰戈尔 8 岁时就开始写诗，无疑这两大史诗使他受益匪浅。父亲还教泰戈尔读《吠陀》，严格要求少年泰戈尔背诵《吠陀》的许多名言，此后《吠陀》成了泰戈尔生活中不可或缺的精神食粮，泰戈尔从中获得了思想能量和精神欢愉。

在泰戈尔父子到喜马拉雅山旅行期间，沿途和山居时的几件事可以照见父爱之心和爱父之情。"父亲没有让儿子囿于自己的实践。他这次旅行把孩子带在身边，是想把那颗娇嫩的心，引到正确的方向上去。"[①] 在途中的鲍尔甫停留的时候，泰戈尔的父亲常常让他坐在身旁，让他选读梵语、孟加拉语和英国文学，以及富兰克林传记；黄昏，父子俩一起吟唱颂神曲；夜晚，父亲又教他天文课，泰戈尔听着父亲讲的天文知识，望着满天星斗的夜空，沉入无边的遐想之中。泰戈尔在鲍尔甫期间的行动非常自由，他父亲并不禁止他的游散。沙地上有许多美丽的圆石，小溪在他们中间流过。他常在这个地方，收集许多奇形的圆石，把衣袋都放满了，他把这许多收获，都取出给他父亲看；他父亲很热心地鼓励他说"真是有趣！你可以用这些石子装饰我的小山"。所谓小山，就是一个土堆，他父亲常坐在顶上做早祷。他在鲍尔甫最喜欢读的书就是《罗摩衍那》。他常常坐在露天底下，带着沉挚的情感读这本书。有时，他读到书中悲哀的地方竟哭起来；有时，遇到可笑的地方，他又笑起来；读到冒险的地方，他又为书里的英雄着急。这时，他又得到了一本日记，常在这本日记上写他的童年的诗歌。他将这本日记拿在手里，便觉得自己是个诗人；他常坐在绿草上，在一株小可可树下，两只赤足伸直着写诗，在那里写出了他的第一部诗剧（或叫英雄诗篇）。他父亲不仅支持他写诗，任其文学天才放射光芒，而且还训练他的管理才能，叫他负责保管旅行所需的钱账，为管好钱、记

---

① 克里巴拉尼：《泰戈尔传》，倪培耕译，人民文学出版社 2011 年版，第 32 页。

好账负责任。此外还叫泰戈尔拆开他那块贵重的金表。泰戈尔对父亲的鼓励、支持和信任充满无限的爱意和敬意。

泰戈尔随父亲抵达了喜马拉雅山，他们在高达 7000 米的德尔豪杰峰游览、读书、做宗教仪式。他父亲带了好几部书来教他读，如《富兰克林传》，《通俗天文学》，《罗马史》，尤其是教他读《奥义书》，他虽然觉得深奥难懂，但比《罗马史》更有意义。父亲在家中、阿默尔特萨尔和喜马拉雅山间经常教他读的《奥义书》，使他终身受益。他睡着一会，他父亲便到他床边，推他起来，那时夜的黑色还未褪去，这时是他记诵桑士克里底文的时间。太阳升起，吃了早餐，等他父亲做完祈祷，他们便出去散步。散步回来，泰戈尔又读一小时左右的英文。下午又读书，他父亲看他要睡了，即停下不教，而那时睡眠却又飞走了。他取了棒子，到山上去乱跑。他父亲并不阻止他。这位大哲向来是不干预儿子的自由的。"在父亲身边的这个机缘，在孩子的精神和道德的发展上，起着最具建设性的影响。"① 泰戈尔与父亲旅行喜马拉雅山的四个多月时间，是他童年生活最愉快最幸福的时光，也是他童年时代思想启蒙最有价值的一段深刻记忆。从此，泰戈尔和喜马拉雅山结下了不解之缘，后来，他称喜马拉雅山是"蛰居在心灵上的情人"。

当泰戈尔步入青年中期时，始终关爱他成长的父亲让他干了两件重要的事情：泰戈尔 26 岁时，父亲让他担任宗教改良组织"梵社"的秘书；29 岁时，父亲放手让他去管理位于东孟加拉西莱达的田庄，这个田庄是泰戈尔家族三个重要田庄之一，这年岁末，泰戈尔领受父命到达西莱达田庄。这既是父亲对他的充分信任，更是父亲对他的深沉的爱。事实证明，泰戈尔不仅把这个田庄管得非常好，而且与田庄的农民结下了不解之缘，他十分感激父亲让他从事这项事业。在泰戈尔诗歌创作、田庄管理、社会活动等方面的重要时刻，他父亲总是及时地当面或写信给予鼓励和支持。当少年泰戈尔开始写赞神诗时，他父亲得知后十分高兴，赓即叫泰戈尔把这首诗朗读给他听。泰戈尔欣欣然朗声吟诵道："当你蛰居在眼里，眼睛如何凝视你 / 当你深居在内心，内心如何知道你。"父亲听后非常激动地说：如果我们国家的领导者是人民自己的人，而且又能懂得诗人的语言，

---

① 克里巴拉尼：《泰戈尔传》，倪培耕译，人民文学出版社 2011 年版，第 32 页。

那么他一定会奖赏这位少年诗人的。当泰戈尔的诗集出版时，他父亲总是给予精神上的鼓励，有时还给予物质上的资助，如泰戈尔的选有 100 首诗的《祭品》出版时，他父亲就毫不犹豫地为儿子资助了一笔钱。泰戈尔对父亲的鼓励和资助常怀感激之情。

父亲对泰戈尔学习上的教育，宗教上的引导，行动上的宽放，文学上的支持，人格上的启示，事业上的扶持，父子之爱的交融，对泰戈尔产生了潜移默化的重要影响。泰戈尔深深爱着父亲，对父亲有着极高的评价，在父亲去世后所立的纪念碑上，泰戈尔撰写的墓志铭是："他是我生命的安慰／我心中的欢乐／我灵魂的和平。"

母亲之爱和爱母亲、嫂子之爱与爱嫂子的思想情怀是泰戈尔爱亲人思想形成的心灵支柱。母爱似阳光无私无我，似春雨润物无声，似清泉温柔甘洌，泰戈尔的母爱正是这样的。虽然他的母亲因生育了十五个孩子而身心疲惫，很少悉心照料年幼的第十四子泰戈尔，但在泰戈尔的眼里、心里，时时感受到了母爱，他爱母亲的善良淳朴，温良俭让，聪慧上进。他听父亲说过，母亲与父亲结婚时只读过一年书，但他父亲耐心教她学习孟加拉语；几年之后，他母亲竟然用她所学的孟加拉语改写了史诗《罗摩衍那》。尤其是泰戈尔 11 岁时随父亲游历喜马拉雅山之后的一件事，足以显现母亲对他的期望和鼓励，以及母亲之爱的温柔深澈。自泰戈尔由喜马拉雅山回到加尔各答后，他在家庭里的地位较前显著提高。他这次归来，不仅是从旅行回家，而且是从仆人的专制底下，回到他家的内室里去（此前家中的男孩子是不能到母亲或姐姐、嫂子的内室去的）。当许多家人聚在他母亲室内时，泰戈尔不仅能够自由出入，而且他在他们当中已能占据一个特殊位置。黄昏时，母亲主持家庭聚会，家人都集在天井里，泰戈尔是一个重要的发言者。以前，他在师范学校时，第一次在读本中知道太阳比地球大一百多倍，重三十多万倍的事实，回家时便惊喜地跑去告诉他母亲；现在他在这个黄昏的聚会中，又把他在喜马拉雅山所学的天文学知识搬出来，海阔天空地大谈宇宙的秘密；他还娓娓地讲述自己在喜马拉雅山的所见所闻，声情并茂地朗读自己创作的诗歌；最使母亲喜欢的是他说已能用梵语背诵瓦尔米基的《罗摩衍那》原本，母亲急切地叫他把《罗摩衍那》的原文背诵几节给她听。但是他所读的原文的《罗摩衍那》实在只有读本中的几节，而且已记得不大清楚。母亲一直认为儿子是天才，所以这时泰戈尔在母亲面前没有勇气说"我已经忘记了"。于是只好就所能记得的参以自己的话背出来。母亲的喜悦之情一时按捺不住,就面对正在写书的大哥夸奖泰戈尔背原文的《罗摩衍那》背得真好。从这件事情之后,泰戈尔更爱给予自己关爱、鼓励、希冀的母亲了。由于童年对母爱贪婪的渴求,由于对温柔多情的母爱的怀念,以及对天真烂漫儿童生活的回顾,泰戈尔长大后将一系列儿童诗汇集为《新月集》付梓出版。

一般来说,在一个大家庭中,嫂叔之间在行动上应保持一定距离,语言上要讲究一定分寸,精神上很少沟通交融,印度婆罗门家族尤其如此。但是,在泰戈尔的家族中,嫂叔之间的关系却另有一番景象。在泰戈尔 13 岁时,母亲溘然长逝。于是,大姐苏达米妮就成为泰戈尔的抚养人。其实,真正陪伴泰戈尔成长、给予泰戈尔慰藉和快乐的是他那漂亮温柔的五嫂迦登帕莉。母亲的病逝无疑给最需要母爱的少年泰戈尔以沉重打击,原本内向、羞涩的少年泰戈尔倍感孤独寂寞。因此,比泰戈尔大三岁的五嫂迦登帕莉,把自己的爱倾注在泰戈尔身上,在本应享受天伦之乐的家庭里给这位丧母的孩子从未有过的疼爱和地位。泰戈尔爱读毗湿奴虔诚诗,这首诗在他心灵深处播下了爱的"半人半神"、"亦母亦友"的女神种子,本来心中这位女神的影子是朦朦胧胧的,但迦登帕莉这位具有非凡魅力的嫂子的爱,使泰戈尔心中的女神具体化、形象化了。在泰戈尔心中,五嫂迦登帕莉既是女神,又是女友。五嫂的出现,在他心里开拓了一个崭新的世界,因为迦登帕莉是文学的真正爱好者,也是泰戈尔诗歌的知音。少年诗人写了诗,常常得意扬扬,总要先朗诵给嫂子听,嫂子总是笑吟吟地说他的诗没有别人的诗写得好,既鼓励他写诗,又给他指出一些毛病,并让泰戈尔记住一句梵文诗:"乞求平庸诗人荣誉的人,最终会成为嘲笑之箭的牺牲品。"在五嫂所给予的爱和鼓励下,泰戈尔思如泉涌,诗情迸发,他 14 岁时在文学期刊《知识幼苗》上发表了第一部叙事长诗《野花》。五嫂喜欢《孟加拉观察》杂志,但她不喜欢自己读,而喜欢听泰戈尔读。当时天气炎热,又没有电扇,于是嫂子就用手为泰戈尔扇风。正因为五嫂与少年泰戈尔这样亲密无间,所以当五嫂走亲戚去以后,泰戈尔看不见嫂子的身影,总是心神不定,感到空虚寂寞。这位痛失母亲的孩子和这位无子女的妇女之间产生了强烈的爱和友谊。然而,上苍总是不作美,命运总是捉弄人,在泰戈尔 22 岁结婚后刚半年时,年仅 25 岁的五嫂迦登帕莉突然自杀了，这对于泰戈尔不啻晴天霹雳。母亲去世时泰戈尔虽然悲痛，但那时他毕竟少不更事，而现在被他奉为女神的五嫂突然离世，使泰戈尔的心灵遭受到了窒息般的打击。因为多年来五嫂一直是他最亲密无间的朋友，最可依可赖的心灵保护神，嫂子的慈母般的爱和他对嫂子的赤子般的爱，使泰戈尔的灵魂得到洗礼，精神得到升华。此后，泰戈尔常在诗歌（如诗集《最末的故事》）中表现出对嫂子的思念之情。若干年之后，每每谈及或念及嫂子时，泰戈尔仍然爱意有加，思念绵长。可以毫不夸张地说，五嫂是泰戈尔的亲密朋友、文学知音、精神支柱、道德楷模和心灵女神，对泰戈尔的精神和心灵的影响极为深刻。

母亲之爱和嫂子之爱将泰戈尔的爱演化为对所有女性和儿童的爱，泰戈尔在成年后写了许多歌颂母爱和童爱的诗歌，后来结集为影响巨大的《新月集》并出版。

兄长的爱和爱兄长是泰戈尔爱亲人思想形成的重要渊源。由于泰戈尔的父亲"大仙"经常外出从事社会活动或者旅行，因此在泰戈尔成长过程中，几位兄长的爱对他产生了重要的影响。大哥德维琼德拉纳特是位大学者、诗人，他的诗歌不仅充满爱国情怀和爱的精神，而且敢于创新，勇于探索，他在诗歌创作领域的独特而勇敢的实验，在泰戈尔的心灵上烙下了深刻的印迹。大哥大嫂办文学期刊，泰戈尔积极参与，经常为这个刊物写诗撰稿，给予大力支持。二哥萨特因德拉纳特是位梵文学家，特别喜爱小弟弟泰戈尔。他精通英语和孟加拉语，用孟加拉语翻译了《薄伽梵歌》和迦梨陀娑的《云使》，在泰戈尔幼年时，他就教泰戈尔英语和孟加拉语，泰戈尔17岁时，已在英国有住房的二哥极力促成他到英国留学和游历。二哥给予了他走出国门、游历欧洲、学习法律、接触西方文学和思想、拓展人生视野的宝贵机会，这种欧游的切身体验以及西方人道主义和博爱精神，对泰戈尔"爱的哲学"奠定了一定基础。二哥在泰戈尔的成长和发展上产生的影响是深刻的、永恒的，泰戈尔对二哥的爱也是深刻的、永恒的。五哥乔迪楞德拉纳特也非常喜欢小弟弟泰戈尔，在泰戈尔的政治倾向、道德、理智、自我认知、反感奴性和文学创作方面给予了积极帮助，产生了最直接且最深刻的影响，作为比五哥小13岁的泰戈尔一直感激地接受了这些帮助和影响。如果说五嫂迦登帕莉奏响了泰戈尔灵魂知音的琴声，那么五哥乔迪楞德拉纳特则开启了泰戈尔思想认知的窗户。泰戈尔参加了五哥创建的秘密社团"生气勃勃协会",创建这个协会的目的是争取印度的独立解放。在协会的活动中,大凡讨论问题,五哥总是让泰戈尔自由发表意见,即使说得不够正确或不够得体,五哥从来不会制止他的发言。通过参加协会的活动,泰戈尔不仅逐渐改变了羞怯的性格,增添了勇气,增长了见识,而且逐渐萌发了祖国必须独立的爱国思想。五哥还创办了具有进步思想的文学月刊《婆罗蒂》,泰戈尔时常在这个期刊上发表作品,如长篇叙事诗《诗人的故事》。五哥还带领泰戈尔体验各种自然和生活,带他到孟加拉北部什拉依德赫的庄园旅行,这里成了泰戈尔创作旺盛时期瑰丽多彩的土壤;带他到遥远的西莱达田庄,体验农村生活,接触各色人物;他和五哥五嫂曾同住在恒河之滨的别墅里,常常泛舟恒河,即兴赋诗,度过了一段幸福的日子。又因为有五哥对五嫂的开明支持,所以五嫂才有机会将慈母般的爱倾注在泰戈尔的心上。母亲不幸去世的生离死别没有在泰戈尔的心中留下过度悲哀的阴影,因为五哥五嫂的爱使他享受到了家庭的天伦之乐。后来,五哥创办了《婆罗蒂》文学月刊,大哥任编辑,泰戈尔常撰稿,因此登上了家庭舞台,创造的活力与日俱增。泰戈尔所敬佩的七哥乔蒂林德罗那特从不给他戴上家教的桎梏,没有其他家庭兄长的威严冷酷,泰戈尔可以像和同龄人似的和七哥争论,磋商文学创作的有关问题。七哥尊重泰戈尔这个年幼的弟弟,这就开阔了泰戈尔的胸襟,促使泰戈尔的身心健康发展。如果七哥蛮不讲理、独断专横地管教泰戈尔,那么泰戈尔恐怕就会被塑成了另一副模样了,虽然可以深得上层文明社会的赏识,但恐怕不会成长为蜚声世界的泰戈尔。

兄长们的爱是泰戈尔思想的重要源泉,兄长们的关心是泰戈尔成长的催化剂,兄长们在文学上、思想上、行动上的所作所为是泰戈尔的无声榜样,促使他逐渐走向成熟。泰戈尔从少年时期起就常常参加兄长们的一些文学活动和社会活动,他的这些积极行动是兄长们活动的一个组成部分;泰戈尔对兄长们的爱是他爱亲人思想的有机组成部分。

由于浓厚的爱亲思想,因此泰戈尔写下了不少爱亲诗篇,如《天文学家》、《远航》、《母爱》、《急切》、《英雄》、《永别》、《谁最淘气》等。

家庭是社会的组成细胞,亲人是社会人的构成因子。所以,泰戈尔与亲人和谐相处的体验是生命整体和谐的体验,其挚爱亲人的思想是作为亲人的个体生命与作为社会人的群体生命的整体和谐思想,即人与人、人与社会的整体和谐思想。

三 爱情的生命体验与情爱观念的形成

泰戈尔生长在以理性和道德进步著称的维多利亚时代中期，虽然他自幼受到以恪守道德、遵奉教义为荣的父亲的影响，在男女关系上总是羞涩内敛，但是，一旦爱情来临，他却充满激情地追求，一旦婚姻确定，他就充满深情地维系。就在这看似矛盾的情感纠葛中，泰戈尔获得了爱情的生命体验，逐渐形成了自己的爱情观念。

关于爱恋人的生命体验。泰戈尔在16岁时，二哥萨特因德拉纳特为了给泰戈尔做好留学英国的准备，便把泰戈尔送往孟买的朋友阿特玛拉姆家里暂住。阿特玛拉姆让英籍家庭女教师爱娜担任泰戈尔的英语辅导教师。爱娜俏丽活泼，年龄比泰戈尔稍大。在两个多月的相处中，爱娜很快被英俊少年、天才诗人泰戈尔所吸引。她有时从泰戈尔背后蹑手蹑脚地蒙住他的眼睛，有时用力拉住泰戈尔的手突然松开，乘势倒到在泰戈尔的怀里。爱娜爱上了泰戈尔，在英语教学及交往中获得了快乐，泰戈尔也在爱娜的这些举动中获得了快乐，初次感到爱意萌生、心旌摇荡，他觉得自己也爱上了英国少女爱娜，他们成了一对小恋人。爱娜要求泰戈尔给她起一个特殊的名字，泰戈尔就给她起名叫纳莉妮，并将纳莉妮写入自己创作的一首长诗《诗人的故事》里，还充满激情地朗诵给爱娜听，爱娜听后十分感动地说："诗人，我想，假如我躺在临终的床榻上，你的歌声也能使我起死回生。"泰戈尔和爱娜度过了一段纯洁快乐的日子以后，很快厌弃了初恋的游戏和空泛的快乐并离开了爱娜，踏上了去英国的旅途，但泰戈尔对迷人的爱娜有所留恋，他从与爱娜的交往中体验到了爱情的快乐和力量。当泰戈尔从英国回来时，爱娜已被离愁折磨得奄奄一息，泰戈尔见后心里十分难受和遗憾，这时他才感觉到对她的爱一直深埋在他心里。这段短暂的初恋经历，让泰戈尔初次获得了爱情的生命体验，给他的心灵留下了难以磨灭的烙印。

关于爱妻子的生命体验。泰戈尔的父亲不仅喜欢泰戈尔天纵诗才般的文学才能，而且从游历喜马拉雅山管理钱账的小事中发现了聪明能干的小儿子的管理才能，他认为泰戈尔的文学热情和才能不会妨碍对家庭产业的管理。怎样才能让诗思天马行空的泰戈尔回到地上踏实行走，"大仙"认为，只有通过婚姻才可以拴住这位浪漫不羁的诗人。于是，"大仙"让家人为泰戈尔物色婚姻配偶。"大仙"在维护社会传统习俗方面相当保守，他认定泰戈尔必须与婆罗门家族通婚。由于泰戈尔家族是婆罗门种姓中的一个亚种姓，地位不高，所以泰戈尔的婚配对象只能在低等婆罗门家族中去寻找。于是，泰戈尔这个大家庭中最能干的女性二嫂和五嫂就带领妇女们集体"远征"吉夏兰小镇，在那里选中了拉什乔塔利的女儿帕兹达列妮，"大仙"拍板，把她作为泰戈尔的未婚妻。拉什乔塔利家族的地位比泰戈尔家族的地位还要低，并且帕兹达列妮本人既不漂亮，又没有什么文化，仅上过一年学。泰戈尔对具有"精神导师"和"生活家长"双重身份的父亲既敬重，又孝顺，认为父亲的话永远正确，因此唯命是从，只好默许了这门婚事。这位在社会上鼓吹改革和自由的泰戈尔，在诗歌中充满浪漫激情、表现爱情唯美的泰戈尔，在人生阅历中曾旅英留学、向往西方自由恋爱的泰戈尔，却应允了父亲定下的本无爱情可言的婚事，这看似不可理解，但其实是泰戈尔的另一种生命体验，因为帕兹达列妮十分热爱自然，热爱生活，勤劳善良，温柔贤良，这倒符合泰戈尔的性格和情爱观念。1883 年 9 月，22 岁的泰戈尔在乔拉桑戈老家举行了不被重视的婚礼，为纪念纳莉妮，他给妻子起名"默勒纳莉妮"。结婚以后，帕兹达列妮以淳朴的性格，踏实的行动，温存而崇高的品质和操持家务的非凡才干，弥补了她魅力的不足，她心甘情愿地把丈夫的崇高理想当作自己纯洁的理想。因此泰戈尔越来越喜欢这个贤淑的妻子，并使他更新了对爱情的认识，确立了自己的爱情观："相爱的两个人拥有全世界"。他见妻子几乎是文盲，就耐心细致地教她学习孟加拉文字和梵语，经常给她讲述印度两大史诗《罗摩衍那》和《摩诃婆罗多》的故事。几年后，聪明勤奋的妻子在他的指导下，竟然用孟加拉语成功改写了梵语的简易读本史诗《罗摩衍那》，写完后帕兹达列妮十分高兴，泰戈尔也非常激动，夸赞不已，引以为豪。后来，帕兹达列妮生育了五个孩子，这些孩子都聪明伶俐，活泼可爱，抚育孩子的事都是妻子承担的，泰戈尔由衷感激妻子、挚爱妻子。在西莱达管理庄园期间，泰戈尔经常回到加尔各答，与妻子团聚。泰戈尔 29 岁时第二次赴英国旅行，轮船从孟买启程，航行在浩瀚无边的大海中，他一连四天把自己关在船舱里，思念妻子帕兹达列妮，他将自己的感受和爱意融入书信中，告诉妻子："星期日夜间，我感到魂不附体，我发现自己抵达了乔拉桑戈。你睡在大床的一侧，贝莉和贝皮睡在你的身旁。我怀着无尽的爱意抚摸你，在你耳旁轻声慢语说：'小媳妇，记住，今天夜里，我离开躯壳，前来看望你。当我从国外归来，我将考问你：你是否感觉到我的出现。'然后，我吻了贝莉和贝皮，就回转去了。"① 泰戈尔与妻子难分难舍，对妻子的爱更加深沉了。但是，"祸兮福所倚，福兮祸所伏"，在泰戈尔41岁时，妻子身患重病，泰戈尔拒绝雇佣职业看护，亲自担任看护并极为称职，整整两个月，日夜守候在妻子病榻边，给妻子喂药喂饭。印度本属热带，当时正值酷暑，又没有电扇，泰戈尔静静地坐在妻子身边，轻轻地摇动扇子，为妻子扇风祛热。然而，天不假年，妻子溘然逝世。中年丧妻是人生的大不幸，泰戈尔为妻子的逝世悲痛不已，常常在家中阳台徘徊踯躅，通宵达旦。为了怀念妻子的温情，他还叮嘱长子罗梯将母亲的一双拖鞋妥当保管。1902年，泰戈尔出版了纪念妻子的满怀深爱的诗集《怀念集》。泰戈尔爱妻子的生命体验是一个奇迹，"婚姻不以恋爱始而以恩爱终，这是印度，也是整个东方传统的婚姻家庭模式"。②

在爱情方面，泰戈尔对爱娜的爱是初饮爱河，眼见波翻浪卷，携手冲浪前行，带有情窦初开的少年浓厚的浪漫主义色彩；对妻子帕兹达列妮的爱则是并肩撑着长篙在帕德玛河漫溯，越到青草更青处，看见的景色越幻丽迷人，这是历经风雨的中青年淳厚的现实主义感情，如同橄榄，越咀嚼越有味。泰戈尔在妻子去世后将近40年的漫长岁月里，对妻子始终忠贞不二，以至于终生未再娶，这足以证明泰戈尔对妻子爱得多么深沉辽远。泰戈尔一生把对初恋情人和终身妻子的爱，以及由此派生出的愿天下有情人终成眷属的美好祝福，酝酿于胸中，凝聚于笔端，写下了许多爱情诗篇，抒发了对挚爱爱人的情感，表达了自己的爱情理想、爱情的生命体验。如诗集《诗人的故事》（1878）、《野花》（1880）、《帕努辛赫诗抄》（1884）、《心灵集》（1890）、《园丁集》（1913），还有单篇爱情诗《两姐妹》、《蓬发姑娘》、《黑姑娘》、《同一座村庄》、《普通的姑娘》、《无所畏惧》、《坚强的女性》、《远飞的心绪》、《邂逅》、《孟加拉新婚夫妻的对话》、《小媳妇》等，表现在爱中寻找快乐，也在爱中失去快乐的思想。

---

① 克里巴拉尼：《泰戈尔传》，倪培耕译，人民文学出版社2011年版，第102页。
② 侯传文：《寂园飞鸟——泰戈尔传》，河北人民出版社1999年版，第73页。

爱情是人类的至真至深的情感，是上苍赐予人间的最珍贵的礼物，是人生至高至美的境界；爱人是个体生命相识、相知、相融、相谐的精神支柱，是陪伴个体生命走向终点的神圣伴侣。因此，泰戈尔与恋人、与妻子和谐相伴的爱情体验是生命整体和谐的体验，其爱恋人、爱妻子的思想是人与人、人与社会、人类至真至美生命之间整体和谐的思想。

四　爱儿童的生命体验与思想形成

众所周知，泰戈尔的《新月集》是写儿童活动的诗集，是写给儿童读的诗集，是歌颂纯真童年的诗集，整部诗集融汇了泰戈尔对儿童的无限热爱之情。他的这种爱儿童思想的形成，有其人生经历的渊源。泰戈尔"一生都喜欢孩子"，"大自然和孩子是他永远不会忘怀的两个快乐的源泉"。①泰戈尔爱儿童思想的形成主要源于爱儿女的生命体验。

泰戈尔 25 岁时，大女儿玛吐莉勒达出世，时隔两年，大儿子罗梯降生，泰戈尔亲昵地将这两个孩子称为贝莉和贝皮。他和妻子一共生育了五个孩子，其中两个儿子，三个女儿，泰戈尔十分喜爱这些孩子。他在西莱达管理庄园，经常回到加尔各答，与儿女相聚。在女儿和儿子出生以后，他带家眷到了绍拉普尔。天有不测风云，人有旦夕祸福，正当泰戈尔将全部的爱倾注在孩子们身上时，家庭灾祸突然降临。泰戈尔 41 岁时，妻子遽然病逝，于是照料看护几个孩子的家事落到了泰戈尔身上。孩子们失去了妈妈，就缠住了他，他以巨大的定力隐藏住心底的痛苦和悲哀，尽力倾听孩子们的谈话，从他们一个个小小的话题中获得乐趣。泰戈尔 42 岁时，他十分疼爱的富有才华和思想的二女儿莱努卡患了重病，他悉心照料生病的女儿，尽量使孩子在生命垂危时感受到强烈的父爱，但是不久二女儿还是被病魔夺去了生命；他 45 岁时，亲自送长子罗梯德拉纳特去美国留学，专攻农学，以期儿子回国后能继承他在西莱达农庄的事业，做一个对广大农民有用、为农民服务的农业科学家和庄园主；他 46 岁时，最小的、年仅 13 岁的、他最疼爱的小儿子突然染上霍乱而死去，他又遭受到生命中最大悲痛的袭击；他 57 岁时，大女儿又离世。真可谓"福无双降，祸不单行"，"屋漏偏逢连夜雨，行船又遇打头风"，三个儿女相继去世给了热

---

① 克里巴拉尼：《泰戈尔传》，倪培耕译，人民文学出版社 2011 年版，第 61、63 页。

爱子女的泰戈尔以沉重的打击，至爱亲人的生离死别使泰戈尔经历了刻骨铭心的生命体验。但是，泰戈尔并没有倒下，这位精神的铁人仍然屹立着，他将深爱子女的思想情感埋在心底，凝聚笔端，融入诗中，寄托在《新月集》、《吉檀迦利》等作品里。

泰戈尔的神秘主义和崇敬"梵"的宗教思想的形成，除了自幼受到《奥义书》的深刻影响和印度教神秘主义宗教情感的浸润之外，还有一个至为关键的影响因子，那就是与至爱亲人生离死别的生命体验、人生思索和灵魂拷问。这接二连三至爱亲人生离死别的沉重打击，即使是钢铁铸就的心灵也难免伤痕累累、瘢迹重重。作为常人的泰戈尔，被这些突如其来的致命打击逼得喘不过气来，几乎对生活和生命丧失了信心，但作为思想家、哲学家的泰戈尔，在痛失亲人的悲绝之余冷静了下来，他仰望苍天，环顾世界，对生命的真谛和影响生命存在的因素进行了反复深入的思索和拷问：生命因何而来？依何而存？为何而去？凭何可永生？是什么力量使生命骤然终结？冥冥之中，是神的召唤，还是梵的驱使？是宇宙的主宰，还是灵魂的升华？这一系列的难解谜团，使泰戈尔不得不对《奥义书》所宣扬的宇宙的最高主宰、人生的最高境界和最终归属的"梵"产生由衷的崇仰之情和敬畏之心。他意识到，"不可反抗的生命力的可怕重量不是我们必须忍受的——这一真理那天像奇妙的上天启示那样突然在我的心里出现"。① 对于宇宙和梵而言，个人的生命是十分渺小的；对于死亡之神而言，个人的生命是十分脆弱的，个体的抗争是无济于事的；乐极就会生悲，悲极也可生乐。泰戈尔既领悟到了死亡的奥秘，又证悟到了梵的魅力，他从心灵深处顿悟到：死亡是人生苦难的解脱，是人生终极的圆满。没有大悲大痛，就没有大彻大悟；没有大彻大悟，就没有大作大著。于是，作为诗人的泰戈尔，在"外部的形势和内心的需求两个方面迫使他只好孤独地依靠自己内在的力量，站在自己的上帝面前"，他"在宗教顿悟方面最惊人的是，从宗教中汲取了格外热爱这块土地和生活的鼓舞"，② 死神洞开了他观察事物、体验梵的心灵窗户，从此他不但不再惧怕和厌恶死

---

① 泰戈尔：《回忆录·我的童年》，谢冰心、金克木译，人民文学出版社 1988 年版，第151 页。

② 克里巴拉尼：《泰戈尔传》，倪培耕译，人民文学出版社 2011 年版，第 181—182 页。

亡，而且在诗中歌颂死亡，歌颂梵，歌颂万能的主。他拿起自己得心应手的如椽之笔，在小儿子罹病离世后的两年中写下了一百多首颂神的诗篇，结集为《吉檀迦利》，于 49 岁时（1910 年）出版。泰戈尔这个时期的宗教诗歌是用心血谱写出来的，是产生于痛苦和孤寂的心灵感受，其中《吉檀迦利》是他虔诚的宗教感情和深刻的梵爱和谐思想的成熟表现。泰戈尔为了寄托深爱孩子的情愫，表达热爱所有儿童的爱心，以及凭借对梵虔诚单纯的感情与无与伦比的高超技艺的完美结合，创作了许多优秀的爱童诗歌，并结集出版，如《儿童集》（1903），《渡口集》（1906），《新月集》（1913），《逃遁集》（1918，大女儿去世后所作），《童年的湿婆集》（1922）等。

　　泰戈尔热爱儿童的思想还表现在他积极参与文学月刊《儿童》的撰稿及活动中。当他刚刚经受深爱的五嫂突然自杀的沉重打击后不久，他的家族主办了一个以儿童为主要读者的文学月刊《儿童》，这个期刊由他二嫂主办，二嫂邀请他为刊物的主要撰稿人之一，他欣然答应，并积极为该刊撰写儿童诗歌等文学作品，积极参与该刊所主持的一些进步活动。泰戈尔终其一生；始终挚爱着儿女们，体验到儿女不仅是他生命的延续，更是他生命不可分割的最重要的组成部分。在与儿女们共同成长的生活过程和生命体验中，泰戈尔逐渐形成了梵爱和谐思想中热爱儿女的思想。

　　儿童是梵天赐予人类的使者，是个体生命爱情的结晶，是人类至真至纯至善的生命，是人类生态系统的花朵，是人类社会未来的希望。因此，泰戈尔与儿童和谐相处的体验是生命整体和谐的体验，其热爱儿童的思想也是人与人、人与社会至纯至善整体和谐的思想。

第二节　　社会文化环境的生命体验：泰戈尔梵爱　　　　　　和谐思想的形成

　　如果说家庭文化环境的影响是泰戈尔梵爱和谐思想形成的元初源泉，那么社会文化环境和思想意识的影响就是泰戈尔梵爱和谐思想形成的汹涌河流，因为每一个时代占支配地位的思想意识总会在整个世界的不同社会里反映出来，尽管这些不同的社会之间存在着不同的外部联系。泰戈尔所处的时代，国际商业和资本主义在印度迅猛发展，英国殖民主义者对印度实行严酷统治，社会剧烈动荡、各种思潮和行为不断涌动。

　　泰戈尔出生前后，印度的社会背景和时代潮流为泰戈尔改良社会和爱国思想的孕育和产生创造了必要的条件。

　　泰戈尔诞生的时期在印度历史上并不是一个重要的时期，但它在孟加拉历史上却属于一个伟大的时期。印度河与恒河是印度人精神生活的象征，它们交汇之处有印度教的圣地，它们汇合时，印度"三大运动"的潮流已在印度的生活中汇合。

　　第一种运动是宗教运动，它是由印度宗教改革家、梵社创始人拉贾·拉姆摩亨·罗易（1774—1833）所倡导的。在罗易之前，印度的精神生活通道一直被形式主义和实利主义的信条所壅塞，这些信条将其活动范围囿于外物，却缺乏精神的内涵。思想导致运动。罗易领导的这场宗教运动是一场革命运动，它力图重新打开一条印度人精神生活的通道。罗易坚定地与那些怀疑生气勃勃的新思想的正统派展开了一场大战。他的宗教改革思想是一种伟大的精神，冲破了宗教保守派设置的樊篱，让新思想的阳光普照印度。泰戈尔的父亲也是这场运动的领导人之一，为了领导这场运动，他遭到社会的排斥和打击，但他勇敢地接受了保守派的挑战，承受着社会的排斥和打击。泰戈尔就出生在这种新理想迭出的时代氛围之中。

　　第二种运动也同样重要，它是文学革命运动。19世纪印度最伟大的小说家般吉姆·钱德拉·查特吉（1838—1894）是当时孟加拉所发生的文学革命的第一位先驱者。尽管他比泰戈尔年长许多，但当年聚集在他身边的文学青年当中就有泰戈尔。他是泰戈尔的同代伟人。当时，印度文学创造性的生命力几乎消失殆尽。这位伟人勇于反对正统观念，他将各种冗赘的形式等僵死的重负从孟加拉语言中驱除出去，用他那神奇的文学魔杖一点，便将印度文学从长久的沉睡中唤醒。泰戈尔从青年时期起就对般吉姆深怀敬意，并立志要像般吉姆那样在文学领域有所建树。

　　第三种运动是民族运动。它所表达的是印度人民力图维护自身人格的心声，这是印度人民对不断蒙受外国列强侵略、侮辱而宣泄愤怒的心声。当泰戈尔出生后，人们的反殖民意识刚刚觉醒，在泰戈尔的兄长与堂兄长中就涌现出了这一运动的领导者。他们挺身而出，去拯救千百万被损害与被侮辱的灵魂。民族运动开始宣告：这不是一场反动的运动，而是一场革命的运动。它以大无畏的气概宣称，要拒绝和反对一切崇洋媚外的心态和行为，要使印度民族获得尊严和骄傲。

当时这三种运动正如火如荼地进行着，泰戈尔的家人积极投入其中，他们不得不用自己的思想和精神的活力去建立起自己的世界，寻求一个坚实的基础。虽然他们不能创造基础，但是能够建立一个上层建筑：描绘新的生活，寻求存在于人民自己心中的基础，使人们相信生活存在于变化之中，因为变化意味着运动的人应该记住，在变化的背后，肯定有着一条潜隐的统一的主线。这主线一定不是外在的，而是在我们自己的心灵里。

世界上一切伟大的人类运动都与某种伟大的理想相联系。如上所述，泰戈尔出生和成长于三种革命运动的理想所汇合的社会环境和家庭氛围之中。泰戈尔的家庭是一个不得不过着自己的生活的家庭，这使泰戈尔自幼就寻求一种能够运用自己内心判断标准来实现自我表现的精神指导。坚持物质性事物的追求是极其陈腐的，展现人的精神境界的追求才是真正现代的，泰戈尔站在后一方面，因为他是现代人。他出生和成长在一个反叛的家庭，一个有着忠实于内心理想信念的家庭。作为革命者，他有权将精神的自由旗帜插到宗教和社会保守派所崇拜的偶像——物质力量与物质积累的神龛中。

泰戈尔梵爱和谐思想的形成，与下列所述的母语使用、参加兄长的宗教社会改革、与圣雄甘地的交往、留学英国和回国后的所见所悟、管理西莱达农庄的震撼行为，以及创办桑地尼克坦学校的惊人创举等社会环境和活动密切相关。

一　母语使用和社会活动的生命体验：萌生社会意识、国家意识和爱国情愫

语言不是单纯的高等动物的声音，也不是单纯的日常生活的对话，而是包含着人的思想情感、负载着本民族共同认知的思维载体。泰戈尔一家人所操的语言别具一格，加尔各答人称之为"泰戈尔家庭语言"。当时，所谓有教养的社会阶层把孟加拉语幽禁在女性居住的内宅，而客厅里与客人交谈、亲友间的写信、学校里的教学，则一律使用宗主国的英语。泰戈尔家族未发生这样的变态行为，他们对孟加拉语极为钟爱，凡事都讲孟加拉语，因为在泰戈尔家族看来，只有孟加拉语才是印度的国家语言，热爱民族语言是爱国精神的主要表现之一。因此，孟加拉语是泰戈尔家族受教育和交流的必用语言，这种每天都在不停使用的孟加拉语，使泰戈尔家族

尤其是泰戈尔本人逐渐萌生了国家意识和热爱本民族语言，进而热爱祖国的思想。泰戈尔不仅与家人一起在日常生活中使用孟加拉语，而且他所创作的诗歌都是用孟加拉语书写的，后来有一部分重要诗集因为全印度和西方国家的需要，才由他自己翻译为英语而出版。

在泰戈尔少年时，孟加拉还未掀起如火如荼的爱国运动。郎迦拉尔（1748—1827）的诗作《没有独立谁愿意活着》，赫姆·昌德拉（1839—1918）的名作《两亿人的生息之地》，唱出盼望祖国独立的心声。对在庙会上举行文艺活动的倡议，泰戈尔一家人表示了极大的热情。泰戈尔的二哥为此特意创作了歌曲《胜利属于印度》，堂兄卡纳写了《羞怯如何歌唱印度的光荣》，大哥写了《印度，你明月般的面庞蒙上了灰尘》。七哥筹建了一个秘密团体，经常在废弃的旧屋开会，会场上摆着《梨俱吠陀》、其他典籍和死人的头盖骨，祭司是梵社成员、孟加拉教育家拉贾那腊衍·巴苏（1829—1900）。在这种社会环境中，富有激情、喜欢思考的少年泰戈尔也常常参加父兄们的一些社会活动，他在那里接受了拯救印度的启蒙教育。志士仁人的理想和行动的影响通过平常的活动一点一滴注入泰戈尔心里，他常常陷入对一些社会现象的沉思之中。泰戈尔少年时代就受到时代背景和社会活动的潜移默化的影响和感染。

泰戈尔从青年时代开始，在几十年的生命历程中，积极参与了家族和印度的林林总总的社会活动。泰戈尔家庭像一个社会舞台，常有著名诗人、学者、艺术家、政治家、社会活动家，或社会各界名流在这里聚会。1867 年，泰戈尔家族组织了一种张扬民族精神的"印度教徒集会"，这个集会每年举行一次，规模较大，影响也大，它是为争取国家独立而斗争的印度国民大会的前身。泰戈尔 14 岁时参加了这个年会，并在会上朗诵了自己创作的一首歌颂印度的孟加拉语爱国诗歌，《印度每日新闻》报道时称赞泰戈尔这首诗歌使满座为之倾倒，这是泰戈尔第一次获得在人民面前露面的机会。泰戈尔的五哥乔迪楞德拉纳特是一位坚定的爱国主义者，他发起了一个名叫"生气勃勃协会"的社会改革的秘密社团，协会的目的之一是促进民族工业壮大发展，泰戈尔追随五哥，成为该协会的一名成员，积极参加协会的活动。该协会的所有成员"要把国家的缺点和民族的贫困烧成灰烬的爱国热情，一直激励着罗宾和千千万万的后来者。通过参加这些活动，罗宾从中获取了精神力量。对祖国的爱，对祖国命运的关注，贯穿他的一生"。① 泰戈尔 17 岁赴英国留学途中，发现停泊在亚历山大港的各国船只中，竟然没有一艘祖国印度的船只，他心里特别难受，质朴纯洁的爱国情怀顿时使他觉得国格和人格受到极大的侮辱。泰戈尔从青年时代开始就担任一些有利于社会改良和国家进步的社会职务，逐渐产生了热爱祖国、改良社会的思想。他 23 岁时，遵从父亲之命担任了原始梵社的秘书。梵社是宗教和社会改革家罗易创办的印度近代最早的宗教和社会改革组织，在印度的宗教和社会改革运动中处于领导地位，19 世纪 60 年代达到顶峰，其地方分会组织达到 54 个。后来梵社内部的少壮派和保守派发生激烈冲突，梵社便分裂为印度梵社和原始梵社。罗易去世后，原始梵社由泰戈尔的父亲"大仙"主持。泰戈尔虽然此前从未系统研究过宗教，从未对宗教产生过兴趣，但他还是欣然应允，担任了这个比较繁忙的秘书职务。他担任秘书后，经父亲同意，着手对原始梵社进行改革，修改了少壮派攻击过的而实践证明又是符合社会发展潮流的传统规矩。他为原始梵社的集会撰写了颂神曲，为宗教改革家罗易撰写了评介长文，还写了许多宣传父亲的宗教信仰、批判打着印度教旗号的所谓激进民族主义者的文章，在印度宗教改革运动的问题上不惜与自己崇拜的大作家班吉姆·钱德拉·查特吉展开论争。他甚至以"祖孙对话"的形式，给早在他出生前十六年就去世的祖父写信，畅谈历史潮流不可倒退、社会进步势在必行的观点，当然在祖孙对话中泰戈尔有时也表现出对祖父维护文化传统、对社会改革持保守态度的妥协与调和。其实，这种妥协与调和正是泰戈尔一生对待宗教信仰和社会改革的矛盾心理的表现。虽然梵社改革的步履维艰，最终没有成功，但这事使泰戈尔形成了基本的政治观点：要努力破坏旧世界，建设新世界。这种观点为他后来的"泛神论"思想的形成奠定了基础。泰戈尔 26 岁时，参加社会改革，作关于印度婚姻制度的报告，公开谴责童婚习俗。他 32 岁时在一封信中鲜明地表达了对祖国爱之切、责之深的情感和观点，认为印度是个不幸被神遗弃的国家，人们的思想功能、感觉功能和行使意志的能力都衰退了。泰戈尔这种以爱为内核、责为外壳的观点，意在唤醒印度人民的爱国意识，激发了人民的爱国行动。他 37 岁时，英国政府为了扑灭印度民族主义情绪，通过了"反煽动法"，悍然逮捕了印

①　侯传文：《寂园飞鸟——泰戈尔传》，河北人民出版社 1999 年版，第 36 页。

度民族主义运动领导人、伟大的爱国者巴尔·甘加达尔·提拉克（1856—1920）。泰戈尔时任孟加拉文学协会副主席，他在加尔各答群众集会上发表了《无声的抗议》的演说，强烈谴责英国殖民主义当局对提拉克的迫害，并积极参加为提拉克辩护的募捐活动。他 44 岁时，印度总督寇松宣告了孟加拉分治，导致全印两个主要教族出现分裂。爱国的泰戈尔和孟加拉人民十分愤怒，他立即投入战斗，领导反对分裂的爱国游行示威活动，发表慷慨激昂的演说，参加反对英国殖民当局分裂印度的司瓦代什运动，创办政治性月刊《宝库》，撰写一系列文章唤醒人民觉悟，起来反抗殖民主义者的统治，争取民族独立。他还创作了充满爱国主义情感的歌曲，鼓舞人民反抗殖民主义的斗争："哦！上帝，愿我祖国的山山水水／空气和果实都变得甜蜜／哦！上帝，愿我故土的屋宇和市场／森林和田野都变得丰富／哦！上帝，愿我的人民的希望和誓言／事业和诺言都付诸实现／哦！上帝，愿我民族的儿女们／生命和心灵都融为一体！"泰戈尔 46 岁时，与领导民族自治运动的国大党领袖发生意见分歧，回桑地尼克坦从事文学创作和教育活动；发表论文《疾病与治疗》，阐明自己对争取印度独立的观点；51 岁时，创作著名歌曲《人民的意志》，后被定为印度国歌；56 岁时，在加尔各答的印度国大党会议上朗读他的诗篇《印度的祈求》；58 岁时，写信给印度总督，毅然宣布放弃英国政府授予的"爵士"称号，以此抗议英国殖民当局在阿姆利则的暴行。泰戈尔几十年参与的社会活动、发生的爱国行为和经历的生命体验，充分反映了泰戈尔人生的两个自我：进行实践活动的自我和进行观察判断的自我。

泰戈尔坚持使用孟加拉语、参与兄长的宗教社会活动、大型社会集会，尤其是积极参与或领导的争取民族解放、国家独立的各种社会活动，便逐渐形成了社会意识、国家意识和爱国思想。

泰戈尔改良社会和爱国思想的形成，有深广的时代背景和社会因素，这就是他的家族和他本人所经历、所参与的宗教改革运动、社会改良运动、民族独立运动和文学革命运动，以及印度民族资本的发展、广大民众日益觉醒的潮流的洗礼，如果没有这样的时代背景和社会活动，那么"泰戈尔本人也许成为吟风弄月的抒情诗人，而不会成为忧国忧民的伟大诗人"。[①]

---

①　克里巴拉尼：《泰戈尔传·译者前言》，倪培耕译，人民文学出版社 2011 年版，第 24 页。

二　留学英国前后的生命体验：产生博爱自由民主平等思想

泰戈尔 17 岁第一次去欧洲，在英国伦敦大学学习，接触到了欧洲文学大师中的莎士比亚、拜伦、雪莱、海涅等人的作品，对他们热爱自由民主平等的思想、主张博爱人道的精神推崇备至；29 岁时第二次赴欧旅英，感受到了西方文化的博爱精神和妇女的自由权利，并将欧洲妇女的待遇与印度妇女的遭遇加以比较，产生了对自己祖国妇女的同情心和爱怜心。泰戈尔将自由、民主、平等，尤其是博爱的思想融入自己的作品中，"这种博爱的情感贯穿在他所有的作品里。它不仅是他所有诗歌的源头，事实上也是生活中的伟大真理，它唤醒人们心中的'人性'"。① 在欧洲，泰戈尔还涉猎德国文学，阅读海涅作品的译本，通过一位来自德国的女传教士了解海涅。然后，年轻的泰戈尔雄心勃勃，又将目光聚焦于德国伟大的启蒙主义思想家、诗人、狂飙突进运动的杰出代表歌德，力图借助于他所学的一点点德文，通过研读歌德的代表作《浮士德》，进而了解歌德所代表的启蒙主义思想家极力提倡的自由、民主、平等、博爱的思想。他很赞赏歌德在《浮士德》中宣扬的"在外部行动"的人生哲理，以及歌德临终前希望看到"更多的光"的追求。泰戈尔还研读了歌德的其他著作，从歌德热爱自然，崇尚自然，追求民主、自由、平等、光明，倡导做完整和谐的人等思想中获得启迪。他相信找到了歌德及其西方思想这座宫殿的入口。泰戈尔近距离地接触和认识了席卷 18 世纪欧洲的启蒙主义思想，逐渐萌发了自由、民主、平等、博爱的思想。

不仅如此，成年后的泰戈尔还在某些方面超越了歌德。歌德主张在精神王国追求自由，泰戈尔不仅在精神领域追求自由，而且诉诸"外部行动"，在社会活动中追求着自由、民主、平等，常常参与印度社会的重要政治活动。歌德主张对人类施以博爱，泰戈尔不仅主张博爱，而且在行动上实践博爱，如第一次从欧洲回国后，他住在加尔各答，看见楼下的工人、市民等下层人民的苦难生活，常常思考生活的反差，人生的真谛，产生了同情心和博爱心；在管理西莱达农庄时，对农民的多方爱恤。歌德常常在灵魂深处进行着前锐思想家、天才诗人与市政议员、魏玛枢密顾问之

---

① 克里巴拉尼：《泰戈尔传》，倪培耕译，人民文学出版社 2011 年版，第 71 页。

间的斗争，而泰戈尔虽然出身婆罗门贵族，但在他的心灵深处没有贵族与平民、天才诗人与天生农民的矛盾斗争，他常常站在民族前行和人类进步的前沿，在青年时就批判英国帝国主义以鸦片毒害中国人民的罪恶，中年时又严厉谴责帝国主义、殖民主义的野蛮侵略，声援各国人民的正义斗争，赞颂苏联的社会主义，甚至在西莱达农庄创建了类似苏联农庄的农业发展体制。可见，泰戈尔不但具有自由、民主、平等、博爱的思想，而且常有将这些思想付诸现实的行动。

泰戈尔留英回国几年后担任了原始梵社的秘书，他既着手于原始梵社内部的改革，又参与了印度的社会改革和思想大论战。19 世纪 80 年代是印度的社会改革和思想大论战的年代，宗教和思想各派的争辩和论战形成了百家争鸣的局面。这些百家争鸣都是涉及国家和民族的大问题，包括印度将何去何从，如何继承传统文化和对待基督教等外来文化，宗教和社会习俗应该不应该改革，如何改革等，泰戈尔所在的加尔各答成了百家争鸣的文化中心。在这场百家争鸣的论战中，泰戈尔崇拜的新毗湿奴派领袖般吉姆·钱德拉·查特吉对他的思想产生了重大影响。在宗教和社会改革中，般吉姆既反对梵社少壮派代表凯沙布叛离印度教的改革，又不赞成印度教排斥外来文化的主张，他承袭了印度教梵社的一些合理观点，吸收了以基督教为代表的西方文化的平等自由博爱思想，形成了"新毗湿奴派"。新毗湿奴派的思想基础是"爱"，包括自爱、爱家庭、爱祖国、爱人类这"四爱"，其中爱人类与爱神同义。这四爱的范围由小到大，程度由浅入深，层次由低到高，是社会人走向自我完善、接近梵的渐进过程。由于新毗湿奴派的四爱主张充分体现了人性与人道，因此深得人心，影响甚大，形成了新毗湿奴运动。泰戈尔时常去拜访般吉姆，倾听他的谈话，虽然泰戈尔对般吉姆的有些观点并不赞同，但还是与他进行一些必要的交流。泰戈尔还为般吉姆创办的《传道士》月刊撰写了一些探讨宗教改革的文章和赞颂毗湿奴神的抒情诗歌。般吉姆所阐扬的西方的平等自由博爱思想和他领导的新毗湿奴派的四爱思想，对泰戈尔梵爱和谐思想的形成产生了重要影响。

此外，泰戈尔的婚姻状况也促使他萌生了平等思想。泰戈尔的家庭属于低等婆罗门，高等婆罗门不愿与之结姻，于是泰戈尔家族只好让泰戈尔与乡镇低等婆罗门结姻。这件终身大事使泰戈尔更加厌恶婆罗门森严的等级制度，从而产生平等思想并将其融入梵爱和谐思想。

就其实质来看，泰戈尔坚持使用母语和参与社会活动的生命体验、留学英国前后的自由民主平等博爱的生命体验，是"梵爱和谐"的生命整体和谐的体验，其间所萌生和逐渐形成的社会意识、国家意识、爱国精神，以及博爱自由民主平等思想，是以"博爱"为核心，以仁慈、宽恕、和平，反对西方物质主义为表征的爱国主义和"人道主义"思想。

三　管理西莱达农庄和创办实验学校的生命体验：梵爱和谐思想的成熟

泰戈尔从 29 岁（1890 年）起遵从父命开始管理西莱达农庄，到 40 岁（1901 年）在桑地尼克坦办学，在西莱达农庄生活达 11 年；从 40 岁到桑地尼克坦创办实验学校，到 42 岁在桑地尼克坦定居，直至 80 岁（1941 年）生命历程终止，泰戈尔在桑地尼克坦生活长达 40 年。从西莱达农庄到桑地尼克坦的半个世纪，是泰戈尔思想的成熟时期，他不仅经历了亲近农村、怜爱农民的生命体验，产生了平等爱民的思想，而且经历了艰苦探索印度精神、独立创办实验学校的生命体验，其梵我和谐思想逐渐成熟，这就是：爱农民，田主与佃农和谐；爱儿童，人与人和谐；爱祖国，个人与国家和谐；爱生命，"我"与"梵"和谐。

（一）管理西莱达农庄、探索印度精神的生命体验：梵爱和谐思想的初步形成

在印度，由于自古以来就实行严格的种姓制度，因此作为贵族的婆罗门从骨子里鄙视达萨、首陀罗等平民，并规定不得与平民通婚，一般不与平民对话、交往，更别说对平民有同情心和爱怜心。但是，作为婆罗门的泰戈尔家族与之截然相反，在他们拥有的几处田庄中，庄园主与农民相处融洽，关系良好，尤其是泰戈尔管理的西莱达田庄，出于对劳苦农民的同情心和怜爱心，他对农民相当平等友好，农民对他也十分友善，感恩戴德，泰戈尔在此获得了心灵的洗礼和全新的生命体验。

丰富的乡村生活使泰戈尔获得了与祖国土壤直接接触的机会，管理田产的日常事务使泰戈尔目睹了广大人民群众的生活。泰戈尔初到西莱达田庄时，注意观察农村的生活场景、农民的生活状况和所受遭遇。他发现田庄主接见佃农时的座位安排有严格的尊卑之分，铺上宽大柔软的布单的座位是给婆罗门和高级印度教徒坐的，而穆斯林和低等婆罗门则只能垂手站

立，他不忍心看到那些弱小无助的人受到这种侮辱。于是决定改变这种不平等的习俗，他让所有参加会见的人都坐在大布单上，虽然他的这个决定遭到了婆罗门和高级印度教徒的强烈反对，但他仍然坚持这样做。

在西莱达田庄，泰戈尔开始体察到人世的悲苦，这便是他与农民近距离接触之后的切身感受。他在农村中见到了许多诚实朴质的农民，被他们淳朴的精神和虔心的理想主义所感动，常常给他们一些物质上的帮助。一些心地淳朴的老年农民经常来看望泰戈尔，泰戈尔总是非常高兴地接待他们，亲切地与他们拉家常，对他们问寒问暖。泰戈尔透过他们衰弱、皱缩、老迈的躯体，看到他们柔和质朴的灵魂闪射出的夺目光芒，觉得他们具有孩子一样的不怀疑的单纯和不动摇的忠诚。然而农民的疾苦与无助使他在睡梦中都觉得不安，从下面这封他于 1893 年写给家人的信里，足以看出他对农民的同情和怜爱："当我对印度农民观察时，我心里觉到忧愁。他们是如此的无助，好像是地球母亲的婴儿们。她如果不用自己的手去喂养他们，他们便要挨饿了。当她的胸干燥时，他们便号哭着；如果他们得到一点东西吃，他们便又立刻忘了一切的过去的苦恼了。……在宇宙的工作里，慈悲必定有在什么地方，不然我们怎么能够得到它呢？但去寻它的寄托的地点却极不容易。几千万无辜的不幸的男女的怨郁，没有高级法庭可以告诉。"[1] 按照印度当时的通行法规和一般田庄的惯例，佃农缴纳的税赋是相当沉重的，泰戈尔同情他的佃农穷苦贫弱的窘迫境况，于是打算为他们减少一半的赋税，共计 10 万多卢比。这个大胆的减税计划必然会大大减少泰戈尔家族的收入，因此必须经他父亲和家人同意才能实施。他父亲倒很开明，同意心爱的小儿子的减税计划，而要家人同意却并非易事，所以泰戈尔就挨家挨户地到与田庄有经济利益关系的人家去，苦口婆心，极力游说，终于获得了大家的支持。西莱达田庄的佃农们为此欢呼雀跃，奔走相告，对泰戈尔感恩不尽。但是泰戈尔自己一家 7 口人仅靠他每月几百卢比的工资过活，佃农们十分感动。乡村农民缺医少药，身体羸弱，泰戈尔又研究起家庭药学帮助那些有病的人，无论白天还是黑夜，一听说有人病了，他便带上药具，亲自去看望他们，给他们送医送药。因此，他与农民的接触愈为密切，本着正直而慈悯的人道主义去管理他们，

---

① 郑振铎：《太戈尔传·续》，载《小说月报》1923 年第十四卷第十号"太戈尔号"。

力图让农民摆脱贫困和落后的窘境，从而建立起与农民之间的和谐关系。泰戈尔对于农民的恩惠、怜爱和同情，以及他想改善农民生活的理想，农民都十分感激他，将他的名字深深地刻在他们心里。在西莱达的许多年里，泰戈尔将这些见闻感受写进诗中，创作了许多思想性极高的诗歌，如《金色船集》（1894）、《缤纷集》（1896，其中有著名诗篇《两亩地》）、《收获集》（1896）等。

　　泰戈尔从管理西莱达田庄开始，对农民的认识逐渐深刻，怜爱农民的思想日益成熟，帮助农民的行动卓然有效。从 1890 年之后的几十年间，泰戈尔主要关注、关爱的人群和阶层就是印度的农民，其间不仅贯穿了他怜爱农民的思想，而且付诸可贵的实际行动。为了给予农民切实的帮助，解决农民的实际问题，泰戈尔先在西莱达田庄，后在什利尼克坦帮助农民修建了道路和池塘，建立了学校、医院、银行，创建了合作企业和农民自治制度。当他的儿子从美国学成归来后，他便安排儿子到田庄工作，并仿效美国开设了一个农场，建立了一个农业科学实验室，还在农场引进了当时领先的拖拉机，以减轻农民劳动强度，提高农业生产效率，努力实现集体农业的发展。对于实行半机械化后剩余的劳动力，泰戈尔倡导他们开展家庭手工业。泰戈尔这种怜爱农民的思想和解决农民困难的创新行动，尤其是集体农业发展的实验，"比圣雄甘地早二十年，比民族政府早半个世纪"。① 泰戈尔的这一系列思想和行为，的确是超乎寻常、难能可贵的。

　　泰戈尔管理西莱达农庄期间，正值 19 世纪与 20 世纪相交之际，也是印度经历传统文化与近代文化和外来文化激烈碰撞的阵痛时期。19 世纪中后期，以巴尔·甘加达尔·提拉克为代表的新民族主义者登上了政治舞台，1895 年掀起了"司瓦拉吉"（即民主、自治）运动，无疑这个运动具有爱国民主的性质。作为爱国者，泰戈尔虽然身在西莱达农庄，但眼观新民族主义运动的新形势，心系国家民族何去何从的前途。新民族主义运动引起了英国殖民主义者的恐慌，执政当局逮捕了提拉克，并通过了"反煽动法"。殖民当局的残酷镇压激怒了印度人民，泰戈尔立即投入人民的反抗运动，支持新民族主义运动，声援和营救提拉克，在加尔各答的群众集会上，泰戈尔义正词严地宣读了题为《窒息》的檄文，强烈抗议殖民当局

---

① 克里巴拉尼：《泰戈尔传》，倪培耕译，人民文学出版社 2011 年版，第 123 页。

的暴行，并在会后积极参加为营救提拉克的募捐活动。作为原始梵社的秘书，泰戈尔对新民族主义者提出的恢复和利用印度教传统的观点和行为又不完全赞同，虽然他出身于印度教家庭，深受父亲宗教思想的影响，但他自少年时代起就对不平等的婆罗门种姓制度和极端的印度教主义有抵触甚至反感情绪。因此，泰戈尔常常漫步在西莱达的田间小道和山坡林荫，静坐在帕德玛河船屋的灯下，作为思想者的他，沉沉地思考着一个历史和时代的大命题：传统文化需要完全继承还是完全扬弃？现代文化与传统文化是冲突的还是协调的？究竟什么是真正的印度精神？泰戈尔冷静思考，艰苦探索，试图找到印度人的精神家园，把握住印度文化的精神脉动。的确，印度悠久的历史产生过伟大的传统文化和精神。奥义书时代，通过许多"大仙"和智者对自然与人生、个我与宇宙的秘密的自由探索，积淀了"梵我一如"的精神；佛陀时代，经过林立的学派和宗派之间的论争，积淀了"悲天悯人、普度众生"的博大精神；锡克教时代，通过许多志士仁人反抗入侵者的斗争，积淀了"尚武不屈"的坚忍精神；古代印度教时期，通过吠檀多哲学大师、众多思想家的不懈努力，积淀了"不二论"（即一元论学说，认为宇宙精神"梵"与个我精神是同一不二的）、"四大种姓"和"四大人生价值"（即"利、欲、法、解脱"的人生价值。利，即财富；欲，即欢乐；法，即道德；解脱，即灵肉圆满）的精神；近现代印度教继承了古代印度教的"不二论"，整合了佛教、基督教的思想，积淀了"梵我同一"、"平等博爱"的精神，这种印度教精神已经不是古代纯粹的封闭的"不二论"，主张打破"四大种姓"制度，建立综合的开放的思想体系。而新民族主义者要恢复和利用的竟是古代的传统的印度教精神，这与近现代印度教、基督教和伊斯兰教并立的现实是相悖的，不合拍的。泰戈尔认识到，正因为上述各个时代精神的不断创立、继承、改造、融合和发展，才使印度即使几度被外来民族入侵、占领、统治，但印度文化始终未曾消亡，因此，"政治的自治固然重要，然而如果没有精神上的自立自强，这个民族是不能真正站立起来的"。① 基于这种深层次的理解、探索和证悟，泰戈尔认为，真正的印度精神不是某一种宗教的教义和思想，而是综合多种宗教、具有永恒价值和普遍智慧、符合现代社会发展所

① 侯传文：《寂园飞鸟——泰戈尔传》，河北人民出版社 1999 年版，第 124 页。

需的思想融合而成的精神。这种精神既要继承传统文化的精髓，又要吸收现代文化的精华，传统文化与现代文化不是矛盾冲突的，而是互动和谐的；这种精神既要蕴含印度文化的养分，又要吸收外来文化的精华，印度文化与外来文化不是矛盾冲突的，而是互动和谐的。这种印度精神从思想内核来看，既包含婆罗门教和印度教推崇的奥义书梵我一如的思想，又包含佛教的慈悲平等、基督教的平等博爱的思想；从印度精神的社会性来看，既包含独立自强的爱国主义精神，又包含普爱众生的人道主义精神。简言之，真正的"印度精神"就是"梵爱和谐"的精神。泰戈尔探究、理解和归结的这种梵爱和谐的印度精神，是他这个时期最重要的思想结晶。至此，泰戈尔的梵爱和谐思想已初步形成。

（二）桑地尼克坦的生命体验：梵爱和谐思想的成熟

如果说泰戈尔经历了亲近农村、怜爱农民的生命体验，从而产生了平等爱民的思想，在西莱达农庄期间对印度精神艰苦探索的生命体验，初步形成了梵我和谐的思想，那么，泰戈尔创办实验学校以及在桑地尼克坦四十年生活的生命体验，则使梵爱和谐思想臻于成熟。

泰戈尔40岁时放弃了舒适优裕的生活和令人迷恋的社会环境，在遥远清幽的喜马拉雅山脚下的桑地尼克坦（意为"和平宅院"，这是他父亲当年购买这块土地时所给的命名）创办了儿童实验学校（后来发展成为闻名世界的国际大学），他把西莱达田庄交给从美国农业大学毕业回来的长子罗梯管理，自己则全身心投入到创办、管理和发展实验学校的生命体验之中。

泰戈尔创办儿童实验学校的动机具有深刻的时代背景、强烈的针对性和自己教育思想与"爱的哲学"的实验性。早在创办这所实验学校的十年前，泰戈尔就目睹了印度贫苦儿童的不幸遭遇，他在《教育的变革》中指出："再没有比可怜的孟加拉儿童更不幸的人了。在那种年龄里其他国家的孩童用自己刚长出来的牙津津有味地咀嚼甘蔗，而孟加拉儿童则必须坐在学校的长凳上，他们骨瘦如柴，难看的双腿袒露在围裤边角外面，不时遭受老师的斥责，同时还要尝到藤条的滋味。这种教育制度的一个必然结果是，在生活的每一个领域里，他的认识力量减弱了。"[1] 对于教育和人

---

① 泰戈尔：《教育的变革》，引自克里巴拉尼《泰戈尔传》，倪培耕译，人民文学出版社2011年版，第168—169页。

的生命成长来说，贫穷苦难并不可怕，贫穷能使人们完全接触生命和世界，促进个我对世界的体验。因此，泰戈尔创办的儿童实验学校把孟加拉的贫苦儿童和其他社会成分的子女作为主要的招生对象；同时，他的儿子和女儿也是这里的学生。这种招生对象与印度的习惯和当时的教育制度相反。泰戈尔创办这所儿童实验学校除了这样的时代背景和强烈的针对性之外，还有一个重要动机，就是要实验自己的教育思想和"爱的哲学"。泰戈尔所受的教育并非正规的连续的学校教育，历经了不少折磨和痛苦。他念过小学，但学习的内容枯燥乏味，儿童又没有自由，没有享受到应有的爱，所以他退学回家，接受家庭教育；后来他又进过师范学校，因为这里的教师不仅不给学生自由，而且动不动就打骂学生，丝毫没有爱的影子，他受不了这种身心折磨，又退学回家，再次接受家庭教育；但家庭教育毕竟有限，于是他二哥又带他到英国留学，但刚刚学习了几个月，父亲就把他召回国来了。泰戈尔自己求学的艰难历程和痛苦的切身体验，使他逐渐产生了自己独特的教育思想。泰戈尔认为，最高的教育应该是不仅给我们以信息，而且要使我们的生命与万物和谐统一。因此，他决定要创办一所让儿童们既能学习知识，又能亲近自然、享受自由、获得"爱"和快乐、使"生命与万物和谐统一"的学校，以此来实验自己的教育思想和爱的哲学，从而实现自己的教育理想，获得真切的生命体验。

泰戈尔这所学校办学的宗旨是为平民阶层、其他阶层和全社会培养乡村发展的人才，进而为整个印度民族培育人才，开辟一条复活印度精神之路。泰戈尔不仅仅是一位浪漫的诗人和耽于冥想的思想家，更是一位勇于实践、脚踏实地的实干家和教育家。他创办的这所实验学校，从学校的办学理念、办学宗旨、办学模式的设计到学校发展蓝图的勾勒，从广泛复杂的社会联系到务实具体的管理工作，从扩大招生规模到注重教育质量，从课程设置到课堂教学，他都亲力亲为，例如他发现没有适合所招学生的孟加拉语读物和教科书时，他就自己动手，精心编写这类读物和教科书，并鼓励学校的教师参与教材的编写。学校课程的设置也从社会需要和人的成长需要的实际出发，除了必需的自然科学技术和人文社会科学的课程之外，还设置了大量的让学生与当地农民密切接触、参加农业劳作、为农民服务的系列活动，使学生真正成为扎根在土壤中的现代新型农民。这样，在这所学校毕业的"崭露头角的知识分子，他们终将成为明天的积极公民，而扎根在土壤中的农民，是印度经济和印度社会的坚固核心"。①

在这所实验学校，泰戈尔首先关心的是学生心灵的健康发展，给这些儿童慈爱和关怀，同时注重儿童的身体健康，培养学生热爱祖国的感情。他要求全体师生都用自己祖国的孟加拉语进行课堂教学和生活对话，而不是像官方公立学校那样，强迫学生学习和运用英语。他鼓励孩子们运用祖国的语言，自由轻松地表达自己真实的思想感情。他的教育实验的宗旨就是让学生的成长不是处于教师的"教"与学生的"学"的氛围之中，而是处在现实的生活气息之中，要培育学生与大自然的亲近感，让学生的精神与导师的精神同步成长，学生的内心世界与客观的外在世界和谐发展，教育的目标是实现心灵的自由。因此，他要求孩子们动脑、动口、动手，全方位开放感官去感知生活，认知周围世界。泰戈尔认为，大自然是儿童最好的老师、最美的课堂，因此他让孩子们到学校广场的树荫下去上课，观察自然界万物的形态及变化；如果孩子们上课十多分钟后注意力分散了，他就允许学生去观察树上跳跃的小松鼠，甚至爬上树去坐在树杈上读书；他给孩子们充分的自由，允许他们坐在树荫下做作业或答考试题。这种关爱学生、亲近自然的生活式教育，调动了学生探索大自然秘密的积极性，培养了学生热爱大自然的感情，使学生逐渐建立起与环境相依相存、融为一体的和谐关系。在这所实验学校里，通过泰戈尔的教育引导，大家都认为生命不是静止的静思的，而是在活动中运动中觉醒着的；生命的最高目的，是与安宁的自然融为一体，即达到"生命与万物和谐统一"。泰戈尔引导学生运用所学的孟加拉语和文学艺术知识，自己动手办报纸。学生们在夜间编辑自己的报纸，全校共有四种报纸，都是用手书写、用手作图的。他们所写的，有的是诗歌，有的是文学评论。泰戈尔的学校除了重视学生的活动能力培养之外，还注重学生个性发展和个人自主的教育、集体服务和公共事业的教育，其教育的终极目标是培养完美的人。

泰戈尔全身心地爱自己的学生。泰戈尔在桑地尼克坦期间虽然失去了自己最心爱的一双儿女，但是，他从爱自己周围的每一个学生的生命体验中获得了足够的补偿。春日，他带领孩子们缓缓穿行在百花丛中，吟诵着春的诗篇；夏夜，他带领孩子们团团围坐在清风朗月下，轻唱着夏的夜

---

① 克里巴拉尼：《泰戈尔传》，倪培耕译，人民文学出版社 2011 年版，第 124 页。

曲，讲述着动人的故事；秋季，他带领孩子们尽情表演他创作的戏剧。这与我国至圣先师孔子所赞赏的曾皙的理想极为相似："莫春者，春服既成，冠者五六人，童子六七人，浴乎沂，风乎舞雩，咏而归。"① 泰戈尔还嘱咐妻子给孩子们做的饭菜要尽量增加一点营养，而他自己所吃的却极为简单。他要求教师绝对不能打骂学生，不得无由呵斥学生。泰戈尔的实验学校"和平宅院"始终沉浸在神圣和谐的氛围之中。晚餐后，学生与教师们联合开展各种智力上的娱乐活动；他每周总有两次对学生和教师们的讲演。学生们除了上课，还要参加一些体力劳动。他们虽然吃的是平常菜饭，但精神饱满，学习勤奋，泰戈尔对待学生就像对待自己的孩子一样慈爱有加。他除了对学校的管理之外，总是最大限度地参与孩子们的活动、游戏和交谈，从这些活动和交流中，他发现了纯真可爱的童心之美，领略到天真自由的童年之趣，体验到热爱儿童、天人一体的生命之乐。"简朴的生活，高尚的思想"，这两句话是泰戈尔的学校生活的准确写照。泰戈尔42岁时（1903年），决定长期与学生们生活在一起，将家搬到桑地尼克坦，从此定居在这里，直至38年后生命到达终点。

1918年，泰戈尔四方奔走，筹建国际大学。1921年12月23日，国际大学在桑地尼克坦正式成立，泰戈尔自豪地宣称："整个世界相会在一个鸟巢里"，"国际大学是印度拥有献给全人类的精神财富的代表。国际大学向四周奉献出自己最优秀文化成果，同时也向他人汲取最优秀精华，并把这种做法看作是印度的职责。"② 泰戈尔创办国际大学的目的，就是要将她办成印度文化的"森林"，世界学子学者云集的"鸟巢"，东西方文化交流的平台、心灵的栖息地和爱的精神家园。国际大学建成后，他把一片爱心都献给了他一生的"情人"——国际大学及其学生，学生们亲切地称他为"古鲁特父"（意为"大智大慧的导师"）。他不顾年逾花甲的高龄，坚持每周或间周在浓荫蔽日的林间、在绿荫如毯的草地为学生上一次课，即作一次演讲，演讲他关于文学、哲学、宗教、艺术和教育的最新思考和见解，他的演讲都是胸有成竹的即兴演讲，从不带稿，出口成章。大学生们为"古鲁特父"的新颖观点、卓越见解、超人智慧和敏捷表达由衷

① 《论语·先进》，朱熹《四书集注》，岳麓书社1988年版，第188—189页。
② 克里巴拉尼：《泰戈尔传》，倪培耕译，人民文学出版社2011年版，第248页。

折服，佩服得五体投地。他讲完课，坐在菩提树下的藤椅上，学生们围着他，争先恐后地问候导师，并不时向导师提问，泰戈尔对学生们的提问都饶有兴味地给予回答，直到学生满意为止。他的演讲答问妙语连珠，学生们听讲如沐春风，师生关系和谐洽洽，师生之爱其乐融融。在平日的早会和集会时，学生们都自豪自信、满怀深情地合唱泰戈尔亲自为国际大学所写的校歌："她是我们自己的／我们心中之所爱／桑地尼克坦／在她的手臂中／荡漾着我们的轻梦。"

泰戈尔为办好儿童实验学校和国际大学，不仅在精神上殚精竭虑、呕心沥血，而且在经费上费尽心机和周折，作出了令人钦佩的爱的奉献。在相当长的时期内，学校的资金筹措十分困难，泰戈尔毅然变卖了在布利的房产和一部分书籍作为学校的经费，他的妻子甚至将心爱的首饰也变卖为现金，支撑学校的资金运转。泰戈尔于1913年获得诺贝尔文学奖后，将全部奖金捐献给了为平民孩子提供教育的桑地尼克坦实验学校和国际大学。泰戈尔把桑地尼克坦的全部财产都献给了国际大学。1923年他又将自己已发表的孟加拉语著作的版权献给了国际大学。

世上没有一条完全平坦的道路，人生没有全程如蜜的境遇，精神没有风平浪息的港湾。泰戈尔在桑地尼克坦的办学初期，不仅历经经费短缺、生源枯萎、宗派反对、流言非议的种种曲折磨砺，而且在实验学校开学后的短短五年之间，接二连三经受了相濡以沫的妻子病故、疼爱有加的二女病逝、精神导师父亲与世长辞、寄予厚望的小儿子遽然死去的"四丧亲人"的沉重打击。再加之1905年他参加反对英国殖民当局分裂印度的司瓦代什运动，与领导民族自治运动的国大党领袖发生意见分歧，轰轰烈烈的民族自治运动功败垂成。五年来，泰戈尔忍受着常人难以忍受的多重折磨和痛苦，经历了切肤入髓的生命体验：四位至亲至爱的亲人遽然离世，民族主义者的谴责辱骂，英国殖民政府的监视迫害，祖国众人的误解怀疑。因此，他感到心力交瘁，痛苦难当，感叹人的渺小无助和生命的短暂有限。在无尽的痛苦孤独寂寞中，他不禁仰天叩问：我犯了什么罪？上天给我这么多的惩罚！还有完没完呀，天哪！"天者，人之始也；父母者，人之本也。人穷则反本，故劳苦倦极，未尝不呼天也；疾痛惨怛，未尝不呼父母也。"① 他向天长叹，向神

---

① 司马迁：《史记·屈原贾生列传》，岳麓书社1988年版，第626页。

倾诉：我这样虔诚地爱梵天，爱这个世界，爱我的国家，爱所有的人，但为什么会得到这样的回报？泰戈尔沉思着生与死、天与物、人与神、人生与宇宙、精神与物质的终极秘密，寻找着与命运之神顽强搏斗的超越解脱之路。这时，在宗教气氛浓厚的大家庭中生活、成长起来的泰戈尔，神秘主义在他心中悄然抬头，他回顾着自己与神亲近的历程，企图接续与神的对话：他 16 岁时所写的诗歌《帕努辛赫》，是与神的初步接触，对神的外在模仿；28 岁时出版的诗集《心灵集》，是与神的再次接触，对神的心灵的向往与追逐，对梵的模糊体验；40 岁时出版的诗集《祭品集》，是与神的心灵亲近，对神的虔诚之爱，对梵的清晰体验；现在，他再次与神对话，做精神的沟通谛视和亲密接触，获得了更深层次的生命体验和梵的认知。他认识到：无论如何生命比死亡更重要，精神比生命更重要，精神是维系生命、自然和物质世界的纽带；梵是宇宙的最高主宰和精神本体，梵我合一是人生的最高境界和圆满终极；既然梵我合一，梵即"我"，"我"即梵，"我"是人间一分子，那么，神与"我"一样，不是不食人间烟火的，而是存在于人间和"我"的心上的；"我"对梵的向往和对神的爱，也应该是对人生理想的向往和对生活、对生命的爱；死亡并不可怕，因为它是与神的更高境界的亲密接触、与梵的合二而一，因此应该由衷赞美它，不过生命更值得赞美和歌唱。泰戈尔的精神和灵魂面临艰难抉择，他觉得，追求与梵的融合不是为了终极解脱，而是要实现生命的证悟、人格的升华，到达理想的彼岸；对神的亲近和梵的皈依不是出离红尘、禁止人欲，而是让"人"对生命更加尊重、对大自然和生活更加热爱。因此必须尽量摆脱目前痛苦的磨难对精神的打击，作出精神和灵魂的抉择，否则将前功尽弃，一事无成。经过深思熟虑，泰戈尔认为，只有超然物外的人生态度和寻得生命真谛的与梵对话，才能摆脱这种痛苦的磨难对精神的打击。泰戈尔反复阅读研究奥义书，以奥义书的真理作为思考的突破口，寻求生命真谛和与梵对话终于有了思维的结果：他清楚地将顺了人与宇宙与梵的关系，深刻地证悟到了生命的真谛，豁然找到了人生的行动指南。他说："奥义书说：'人如果在这一生中能亲证至高神，他就是真实的，如果不能，对他来说就是最大的灾难。'但是，这种亲证神的本质是什么呢？……她所寻求的并不是增加某种东西，而是在万物的变化中寻求不变，这最高的永恒之喜与万物之喜的合一。奥义书说：'在梵中失去一切，正如一支箭已完全射中目标。'所以必须意识到被梵绝对包容的生命不是一种纯粹的精神专注的行为，它必须是我们生命的整个目标。……如果充满喜的活力没有布满天空，人就不可能生活或行动。让我们在我们的一切行动中感受这无限者的活力的推动而备觉高兴吧！"① 泰戈尔毅然决定以自己的"一切行动"来感受无限者"梵"的活力、魅力和动力，在切实的行动中彻底摆脱所历痛苦的磨难对精神的打击，"在万物的变化中寻求不变，这最高的永恒之喜与万物之喜的合一"，即个我的有限生命与"梵"的无限生命的整体和谐，"爱"的崇高精神与"梵"的最高灵魂的整体和谐，这就是梵爱和谐——生命的整体和谐。

泰戈尔的"一切行动"主要包括实验学校的建设发展和精神作品的著述。在实验学校的建设发展方面，通过泰戈尔的多方联络和艰苦努力，桑地尼克坦实验学校的招生规模不断扩大，教育质量不断提高，办学声誉不断提升，学校大名蜚声海外。于是，泰戈尔在这个坚实的基础上建成了国际大学。至此，桑地尼克坦成了一个世界性的"鸟巢"，在那里聚集了英国的天才学者安德鲁斯、皮尔逊和埃尔赫斯特，法国学者西尔凡·莱维夫妇，德国大学莫利兹·温特尼茨，查尔斯大学的博士维·莱斯尼，这些学者都是国际大学的教授。此外，国际大学还邀请了一批蜚声世界的作家与学者作为客座教授，如美国宾夕法尼亚大学的斯特拉·卡朗利什，法国—瑞士语言学者伯诺瓦，俄国学者鲍格达诺夫，哥伦比亚大学毕业的法劳姆。1925 年冬，意大利杰出的东方学者卡洛·佛尔米奇和基埃塞皮·图西成为国际大学的访问教授，并为国际大学赠送了一批价值颇高的图书。1926 年冬，埃及福阿德国王也向国际大学赠送了一套阿拉伯书籍。当泰戈尔六十岁生日时，托马斯、康德、凯萨林、霍普曼等著名作家、学者组成委员会，将一大批德国经典著作赠送国际大学图书馆。这些国际知名学者的不断加盟，学校图书设备等条件的不断改善，学科建设的不断发展，使国际大学迅速跨越国界和学科界，成为名副其实的国际性大学。

在精神作品的著述方面，从桑地尼克坦实验学校开学到《吉檀迦利》问世的九年，泰戈尔把大自然的美和生活中的真善美当作神赐予的美，进而把这些美和生命作为神在生活中的具体象征加以歌颂；即使对死亡的歌

---

① 泰戈尔：《人生的亲证》，宫静译，商务印书馆 1994 年版，第 93—94 页。

赞，也不是看破红尘、逃离人世的解脱，而是把它作为完成今生任务的必然选择，企望通过生命的圆满达到与神相会、与梵合一的终极目的。因此，泰戈尔以神赐之笔谱写出一首首锦绣诗篇，抒写了他对自然与人生、儿童与亲人、生命与死亡、生活与社会、和平与人道、宇宙与神灵的深邃之思和热爱之情，表达了他"一生感受最深的儿童时代的生活体验和本时期的宗教体验……二者的联系便是对未知世界的神往和追求"，① 其诗歌创作日臻完美，硕果累累，佳作迭出。这九年间，他相继出版了诗集《怀念集》、《儿童集》、《渡口集》、《故事和叙事集》、《致敬集》，直至 1910年出版最杰出、最深刻、最迷人的宗教抒情诗集《吉檀迦利》（1913 年凭此一举获得诺贝尔文学奖）而达到巅峰。泰戈尔从 40 岁（1901）时在桑地尼克坦创办儿童实验学校到 68 岁（1929）时出版了 15 部诗集，其中包括表现"梵爱和谐"思想最集中、对我国影响最大的诗集《吉檀迦利》、《园丁集》、《新月集》、《采果集》和《飞鸟集》。

在桑地尼克坦的岁月是泰戈尔人生旅程最为辉煌的岁月。泰戈尔把自己满腔的爱献给了桑地尼克坦实验学校和国际大学，献给了自己钟爱的儿童，献给了自己喜爱的教育事业、文学事业和社会理想。在这里，他爱儿童，爱自然，爱生活，爱生命，爱神，爱梵，爱塑造人类灵魂的教育事业，爱桑地尼克坦这块热土，爱自己的伟大民族和祖国；他证悟了生命的体验，完成了精神的嬗变，实现了梵与爱的和谐融合。至此，泰戈尔的梵爱和谐思想臻于成熟。

（三）反殖民爱和平活动的生命体验：梵爱和谐思想的升华

泰戈尔梵爱和谐思想包含丰富的爱和平、爱人类的元素。例如 1898年英国政府通过"反煽动法"时，泰戈尔在加尔各答群众集会上发表题为《窒息》的演说，谴责英国殖民当局对民族主义运动领袖提拉克的迫害。由于在爱和平、爱人类、非暴力主义等思想方面的认同，印度伟大诗人泰戈尔与印度伟大领袖圣雄甘地（1869—1948）建立了深厚的友谊，他们不仅相互拜望，而且在思想观念上有深入的切磋，精神信仰上有无言的交流。1915 年 3 月，泰戈尔与甘地两位巨人第一次见面，从此奠定了终身友谊的基础。1925 年 5 月泰戈尔在桑地尼克坦会见圣雄甘地，与甘地进行了

---

① 侯传文:《寂园飞鸟——泰戈尔传》，河北人民出版社 1999 年版，第 188 页。

长时间的单独讨论，在反殖民、爱和平、爱人类等方面达成了共识。不久，圣雄甘地被捕入狱，在监狱宣布绝食，泰戈尔探望了狱中的甘地，并赞扬甘地反殖民、爱和平的坚定意志和英勇行为。泰戈尔还设法帮助甘地，写诗文抗议英国殖民当局逮捕甘地。后来他出版了题为《圣雄与被压抑的人性》一书。1940 年 2 月，圣雄甘地和他的妻子到桑地尼克坦对泰戈尔进行了最后一次拜访，泰戈尔把国际大学的存在和发展委托给了甘地。此后，国际大学成了国家负责的大学。

泰戈尔一生与中国人民建立和保持了友好关系。他同情旧中国人民的悲惨遭遇，支持中国人民的反帝事业，树立了和平使者和世界主义者的崇高形象。他早在 20 岁时，就在《婆罗蒂》杂志发表了题为《鸦片——运往中国的死亡》的檄文，强烈谴责英帝国残忍毒害中华民族的旷古未闻的罪行。国际大学建成后，泰戈尔为了加强系科建设，首先设立了中国系，这在印度历史上是破天荒的；之后，为了促进中印人民之间的友谊，他在桑地尼克坦划出一块环境优美的园地建立中国学院大厦，将原来的中国系扩展为中国学院；中国学院成立时，他亲自主持典礼，并发表了题为《中国与印度》的热情洋溢的演讲，盛赞中印千年友好历史，高度评价中国和中国人民。1924 年 4 月至 5 月，应梁启超的邀请，也是孙中山的邀请，泰戈尔访问了中国。在中国访问期间，他在上海、济南、北京等地发表了几十场演讲（第二年以"在中国的谈话"为题出版）。在演讲中，他怀着对中国人民的热爱和同情之心，赞美中印人民之间悠久深厚的友谊，称颂东方文化的道德精神和中国人民的民族精神，反对西方的物质主义和侵略复仇主义，主张通过道德价值来抚育文明的力量，并且由衷寄托中国人民终当觉醒的希望，乐意分享当中国人民站立起来时的欢快。泰戈尔虽然在当时的中国不被人理解，却受到梁启超、蔡元培、胡适等文化名人的尊重。这期间，诗人徐志摩一直陪伴着他。泰戈尔访华不仅恢复和发展了中印人民的传统友谊，而且掀起了中国的泰戈尔研究热，获得了丰硕的学术成果和社会成果。他离开中国后不久，在学界泰斗蔡元培的领导下，我国成立了"中印学会"，并决定在泰戈尔的国际大学建立中国学院，当年 9 月在上海建立了"亚洲学会"。后来泰戈尔生病住院时，蔡元培等中国文化界人士联名致电慰问他，泰戈尔在复电中祝愿中国人民早日获得民族的解放和自由。他的电文在印度各大报纸发表，并经由路透社向全世界广播放送。

　　泰戈尔不仅支持中国人民的正义事业，表达爱和平、爱人类的思想，而且支持世界人民反对侵略战争、争取和平自由、建设自己国家的斗争，表现了爱和平、爱人类的思想。当意大利法西斯侵略阿比西尼亚（即埃塞俄比亚）时，泰戈尔表达了强烈的愤怒，在加尔各答举行的反侵略集会上，他发表了慷慨激昂、掷地有声的演讲："阿比西尼亚的椰林，被意大利的炮火燃烧着……可是，人类的文明，绝不会被野兽毁灭，真理和正义，绝不会逃离人间，英勇的阿比西尼亚人民和刚强的中国人民都已奋起，对敌人作殊死的斗争，我深信他们终将得到最后的胜利。"① 1930 年泰戈尔接受苏联政府的邀请，访问了莫斯科，他把访问苏联看作是"朝圣"，他对俄国革命和苏联人民给予了高度评价。泰戈尔在生命的最后三个月里，一如既往地关心祖国人民为独立解放所进行斗争和世界人民反法西斯的斗争：他反复念叨自己的祖国变成了英国殖民主义者镇压人民的硕大集中营，为独立解放所进行的斗争的不合作运动领导人圣雄甘地还被关在监狱里；法西斯独裁者希特勒军队的疯狂铁骑正在杀向全体人民和平安祥、当家做主的社会主义苏联；善良勤劳、渴望和平的中国人民正在经受野蛮残忍、杀人如麻的日本法西斯的痛苦煎熬。因此，他感到这种血腥的残忍所带来的痛苦远胜于病魔带来的肉体痛苦。泰戈尔在自己的生命将要走到尽头时，却如此关心着人类的命运与世界的和平，希望世界的每一个人都能够成为真正的人，拥有自由的人，获得新生命的人，都能够主宰和实现人类的命运，他认为这样的人才是伟大的人。

　　上述这些活动和义举，充分反映了泰戈尔反殖民、爱和平、爱人类的思想，正如他自己所说："我对于人类的善良有一种特殊的敏感。所有这一切都渴望着被表现，于是自然而然地想要赋予它们以自己的表达方式。"② 郑振铎评价道："太戈尔的爱的哲学，对于欧洲，乃至全个世界，实是具有很大的使命的。……太戈尔的使命就在于此；人类的永久和平与自由与发展即存在于这个和谐之中了。"③

　　综上不难看出，泰戈尔管理西莱达农庄和创办实验学校的体验是"梵

---

　　① 魏凤江：《我的老师泰戈尔》，贵州人民出版社 1986 年版，第 123 页。

　　② 泰戈尔：《自传》，李南译，《泰戈尔全集》第二十卷，河北教育出版社 2000 年版，第 15 页。

　　③ 郑振铎：《太戈尔传》（续），载《小说月报》1923 年第十四卷第十号"太戈尔号"。

爱和谐"的生命整体和谐的体验，其梵爱和谐思想从在西莱达农庄对印度精神的艰苦探索而初步形成，到在桑地尼克坦对生命的深度认知、对梵的灵魂证悟而日臻成熟，再到积极参与或领导印度的反殖民、爱和平、重创造、争取自由民主平等的频繁社会活动而不断升华，都真实体现了其梵爱和谐思想形成的艰难历程和博大复杂的精深内涵，充分展示了诗人的宗教意识、哲人的精神世界和伟人的人格魅力，彰显了以"泛神论"为核心，以创造、自由、民主、平等，反对殖民主义为表征的个性主义和爱国主义思想。

第三节　地域文化、历史文化、宗教文化和文学经典的影响：梵爱和谐思想的文化渊源

一　泰戈尔梵爱和谐思想的地域文化和历史文化渊源

泰戈尔梵爱和谐思想的形成与印度的地理自然环境、历史人文环境、印度河—恒河文明、雅利安文明、吠陀文化密切相关。

古代印度地理环境特殊，疆域相当辽阔，在孔雀王朝时期，阿育王控制的疆土囊括了现在的印度本土、巴基斯坦、孟加拉国，以及远达阿拉伯海的广大领域。印度的地势南北高峻，中部低洼平缓。北有高耸入云的"世界屋脊"喜马拉雅山，南有迤逦曲折的高止山脉构成的德干高原；西北部有母亲般温柔的印度河，中北部为沃野千里的恒河平原，"印度河、恒河这两条清澈神圣的河流，孕育了古老而伟大的印度河—恒河文明"。[①] 正如泰戈尔所说："印度的恒河、埃及的尼罗河和中国的长江等大河，在世界上是凤毛麟角的，这些河流像母亲一样，抚育着各个国家的广大土地，它们之中的每一条河，哺育着原始大地的古老文明。"[②] 印度东、南、西三面临海，形成海岸线绵长蜿蜒的典型次大陆。在古代，这种相对封闭的地理环境有利于部族势力的割据，造成干戈不息的"列国"状态。印度地处热带，长夏无冬，阳光充足，雨量丰沛，是森林的王国，花草的美

---

① 戴前伦：《泰戈尔梵爱和谐思想的文化渊源》，《中外文化与文论》第 25 辑，四川大学出版社 2013 年版，第 61 页。

② 泰戈尔：《论文学·文学创作》，《泰戈尔全集》第二十二卷，倪培耕、白开元等译，河北教育出版社 2000 年版，第 121 页。

苑，鸟兽的乐园。"这种优美的自然生态使印度人自古就与大自然构成了亲密无间的和谐关系"，① 为婆罗门教、印度教的人生四行期的"林居期"创造了优越的条件。所以泰戈尔认定："在印度，文明的诞生始于森林，这种起源和环境形成了与众不同的特质。印度的文明被大自然的浩大生命所包围，由它提供食物和衣服，而且在各方面与大自然保持最密切、最经常的交流。"②

印度是世界四大文明古国之一，具有悠久的历史和灿烂的文化。印度又是一个宗教色彩十分浓厚的国家，宗教深刻地影响到文化、政治、经济、军事等各个领域，因此可以这样说，印度的历史、文化史几乎就是一部宗教更迭和发展的历史。在 20 世纪 20 年代之前，人们将雅利安文化作为印度文化的唯一代表。但是，20 世纪 20 年代的一次考古发掘，发现了"哈拉帕遗址"，这个遗址无可辩驳地表明，早在三千多年前，印度就已经出现了总面积远大于巴比伦"两河流域文明"的"印度河文明"，这个文明系统建构了以农耕文明为基础的城市文明雏形。印度河文明系统的居民使用石犁，并且已经会铸造和使用青铜器具，大多数人从事农业和畜牧业，他们已会拦河筑坝、修渠引水。该文明系统已有宗教行为，盛行对地母神、树神、牡牛以及生殖和祖灵崇拜，并且创造了虔诚而简单的祭祀和瑜伽修习的宗教仪式，这为后代的宗教文化奠定了基础，产生了显著的影响。

当印度河文明走向衰落的时候，雅利安人于公元前 1200 年左右乘机侵入印度，并逐渐形成了印度雅利安文化。雅利安人（即"高贵的人"之意）本是居住在黑海沿岸的强悍的游牧民族，因为生存的需要和环境的原因，这个强悍的游牧民族分为几支部族，迅速向欧洲、亚洲扩张移居，在人类历史上形成了上古时期规模巨大的世界性游牧部落迁徙浪潮。其中一支部族从俄罗斯南部进入伊朗，再向东南方挺进，越过印度西北部的兴都库什山的开柏山口侵入印度河流域，这些进入印度的雅利安人成为"印度雅利安人"。他们经过激烈残酷的战争，战胜了土著的印度人，从而统

① 戴前伦：《泰戈尔梵爱和谐思想的文化渊源》，《中外文化与文论》第 25 辑，四川大学出版社 2013 年版，第 61 页。

② 泰戈尔：《人生的亲证》，宫静译，商务印书馆 1994 年版，第 2 页。

治了印度河流域，其势力逐步向恒河流域扩展。在文化思想方面，他们运用多种形式与土著印度人进行最大限度的交流，逐步与土著印度人磨合直至融合。这样，印度便迅速从原始社会转型为奴隶社会，雅利安人成功建构了卓越的"雅利安文明"。雅利安文明诞生了吠陀、吠陀教和婆罗门教，创立了种姓制度。种姓制度是雅利安人由于内部出现阶级分化而形成的一种森严的等级制度。雅利安人皮肤白皙，自认为是"高贵的人"，于是他们把印度原有的皮肤黝黑的土著人称为"达萨"，即奴隶，将印度人分为四等：第一等人叫"婆罗门"，是执掌宗教事务的僧侣贵族，享有至高无上的权利；第二等人叫"刹帝利"，是执掌军政大权的世俗贵族；第三等人叫"吠舍"，是从事生产劳动的平民；第四等人叫"首陀罗"，是被征服的达萨。它们成为雅利安社会最基本的四种姓，也是雅利安社会的基本构成阶级。

公元前 9 世纪左右，雅利安人内部发生矛盾冲突，婆罗多族内的两个支系俱卢族与般度族之间发生战争，北印度几乎所有部族都卷入了这场大战，战争虽然持续时间较短，但规模宏大，后来成为世界第一大史诗《摩诃婆罗多》的主要题材来源，这部史诗对印度文化、文学影响甚大。

公元前 8 世纪到公元前 6 世纪，恒河流域的大多数部落过渡为国家，进入史称十六国的"列国时代"，形成了百家争鸣的局面，产生了反对婆罗门种姓制度不平等的沙门思潮，由此诞生了佛教、耆那教等宗教派别。公元前 324 年，旃陀罗笈多（即月护王，前 324—前 300 年在位）建立了孔雀王朝，其孙子阿育王（前 273—前 236 年在位）统一了印度除南端之外的全部次大陆，孔雀王朝进入全盛时期。阿育王推崇释迦牟尼，大力支持佛教，因此佛教得到空前发展，传入南亚、东南亚、东亚包括中国等各国，并对这些国家产生了十分深远的影响。

公元 320 年，旃陀罗·笈多一世（320—335 年在位）建立了笈多王朝，其统治约为三百年。笈多王朝时期政治稳定，经济繁荣，文化活跃，大多数帝王信奉婆罗门教，因此佛教逐渐衰微，婆罗门教文化得以复兴，种姓制度再度兴起。在笈多诸王统治时期，编纂了婆罗门教和后来的印度教的基本法规，印度人引以为傲的两大史诗《罗摩衍那》和《摩诃婆罗多》就在这个时期最后形成。这两大史诗是泰戈尔从小就特别喜欢阅读的文学巨著，对他产生了重大的影响。公元 8 世纪，宗教大师商羯罗

（788？—820？现代日本学者中村元经考证认定为 700—750）对宗教进行大力改革，他顺应历史潮流，吸收了佛教和耆那教的某些教义，创立了印度教。商羯罗在当地统治者的支持下大力发展印度教，使印度教在全印度迅速发展起来，重新成为印度最大的宗教派别。至今，"足以作为印度文化代表的是印度教文化，在印度，印度教徒占总人口的 82% 以上，印度教文化居于主流地位"。① 印度教对泰戈尔及其家族产生了重大影响。

公元 711 年，阿拉伯倭马亚王朝哈里发派大将阿西姆占领了印度河下游的信德地区，此后伊斯兰势力不断侵入，并于公元 1206 年建立起几乎统治全印度的德里苏丹国，伊斯兰教随之传入。公元 1526 年建立了莫卧儿王朝，在莫卧儿伊斯兰教徒的统治下，印度教的发展曾一度受挫，但许多印度教贵族和民众继续信仰印度教。

公元 16 世纪至 19 世纪初叶，葡萄牙、法国、英国殖民者相继侵入印度。19 世纪中叶，印度沦为英国的殖民地，因此印度的历史发展和宗教信仰面临西方基督教文化的严峻挑战。于是，印度教与基督教文化发生接触、碰撞、斗争、融合，逐渐构成现代印度教，教内的新派纷然兴起，掀起了近代启蒙运动。在印度近代启蒙运动中，现代印度教中诞生了一些社会和宗教改革团体，如宗教改革家罗姆摩罕·罗易与 1828 年创立的梵社，达耶难陀·娑罗室伐底于 1875 年创立的圣社，哲学家、政治家辨喜于 1897 年创立的罗摩克利希那传教会等，这些社会和宗教改革团体反对英国殖民主义者的统治，反对婆罗门的种姓制度，批判婆罗门专横跋扈、偶像崇拜、歧视妇女等宗教和社会陋俗，主张"宗教要为贫苦人民服务"，谋求社会福利，开展教育工作，努力为社会平民服务，促进了近现代印度的社会改革和民族主义运动的健康发展。"印度近代启蒙运动的宗教和社会改革团体及其活动，对泰戈尔家族特别是他的父亲、兄长，尤其是对泰戈尔本人梵爱和谐思想中爱儿童、爱祖国、爱人民、爱和平、爱人类等元素的积淀形成，产生了重要的影响"。② 印度以宗教史为主线的历史文化是泰戈尔梵爱和谐思想形成的重要文化渊源。

① 陶笑红：《印度文化》，载《外国文化讲习录》，北京大学出版社 2010 年版，第 135 页。
② 戴前伦：《泰戈尔梵爱和谐思想的文化渊源》，《中外文化与文论》第 25 辑，四川大学出版社 2013 年版，第 62 页。

二　泰戈尔梵爱和谐思想的宗教文化渊源

如上所述，印度的历史和文化史基本上是宗教史，印度文化基本上是宗教文化。这种宗教文化支配着印度人的思想观念、思维方式和行为方式，深刻地影响着以泰戈尔为代表的印度哲学家、思想家、文学家的思想和作品。印度的宗教文化是泰戈尔梵爱和谐思想的重要文化渊源。

在印度，每种宗教都有自己的崇拜偶像、宗教经典和宗教教义。

吠陀教是雅利安人创立的宗教，也是印度最早的宗教，它构建的文化是吠陀文化。"吠陀"是梵文"Veda"的音译（又译为韦达、韦陀），本义是"知识"，"启示"，意译为"明"。"吠陀"是印度上古文献的总集，其中一部分是雅利安人进入印度之前已有的文献，大部分是雅利安人进入印度之后形成并汇集的文献。吠陀有广义和狭义之分。广义吠陀包括吠陀本集、梵书、森林书和奥义书；狭义吠陀专指吠陀本集，其中的《梨俱吠陀》最为古老，于公元前 1500 年至前 1000 年间编纂成书。在吠陀本集中，对印度文化、思想、文学影响最大最深远的是《梨俱吠陀》。《梨俱吠陀》不仅具有宗教性，而且具有文学性，它汇集了祭祀的颂诗一千余首，将宇宙划分为天、空、地三界，并将三界中的诸多自然物和自然现象人格化，作为描写赞颂的对象。吠陀教信奉多神，崇拜经过神化的自然力、祖先、英雄人物，反映了雅利安人进入印度前后的社会状况和宗教思想。

婆罗门教是吠陀教被注入新的内容之后形成的宗教，于公元前 1000 年左右随着印度奴隶制国家的形成而逐渐形成。婆罗门教的基本经典是吠陀，其基本纲领是吠陀天启、祭祀万能和婆罗门至上，所崇拜的主神是梵天、毗湿奴和湿婆。婆罗门教认为，梵天创造了世界，毗湿奴维持世界的和平安宁，湿婆既可毁坏世界又可还原世界，所以这三大主神分别是创造之神、维护之神和毁灭之神。在三大主神中，婆罗门教特别崇拜梵天。婆罗门教认为，人的一生只有完成了"四行期"才能获得圆满。所谓"四行期"，实际上是人的学习、成长、生活、修行的几个阶段。第一行期为"梵行期"，一般为 12 年。首先举行"入门式"，然后赴教师家里，从师系统学习吠陀，接受正规的宗教训练，敬事师长，完成学业。第二行期为"家居期"。在这一行期内，学成归家，寻找所爱的婆罗门娶妻生子，从事与自己身份相符的职业，履行布施、慈善等"爱"的世俗义务。第三行期为"林栖期"。在这一行期内，等待儿子成年后，把家政交付给儿子，本人进入密林居住，严行祭祀，潜心修行，实施"苦行"和"禅定"，以亲证梵我一如的境界。所谓苦行，就是以种种方式折磨自己的肉体，如卧荆、日晒、火烤、绝食、手臂高举而不放下。苦行的目的在于抛弃肉体，升华精神，使灵魂最终得以解脱。"禅定"就是瑜伽，通过瑜伽的虚静修炼，与"梵"神秘结合，可获得神通力量，并证悟"梵我一如"，得到解脱。第四行期为"遁世期"，指晚年舍弃一切，托钵云游，接受施舍，将人生的苦乐悲愁置之度外，以求得最后的彻底解脱。"婆罗门教的人生'四行期'的实质是：要求人们学习吠陀经典以构建'明'，投入世俗生活以体验'爱'，静入宗教生活以证悟'梵'"，① 最终达到梵我合一、梵爱和谐的人生最高境界。

　　婆罗门教的经典在吠陀本集之外，又出现了梵书、森林书和奥义书。梵书是解释吠陀的著作，它的主要内容是宗教仪式、神话、巫术，也涉及当时的社会生活、历史和自然科学。"在这些梵书中，祭祀本身成了最高目的。包括天神在内的一切力量都源自祭祀。而婆罗门执掌祭祀，也被抬高到等同天神的地位。婆罗门的祭祀理论至此达到鼎盛。"② 森林书是梵书的附属部分，因婆罗门哲学家在森林中传授而得名。它的内容是对祭祀的意义、仪式和方法的说明，也涉及探寻宇宙与人生的奥秘，人与自然、神的关系等问题。一般认为，奥义书是森林书的附属，是吠陀的最后部分，也被称为"吠檀多"，意为"吠陀的末尾"或"吠陀的最高意义"。但有时奥义书本身既是森林书，又是奥义书。

　　在婆罗门教的众多经典中，奥义书的影响最为深远。奥义书的梵文作"Upanishad"，原意为"近坐"，蕴含"秘传"的意思。传于世上的奥义书很多，约为二百种，但一般认为最古老、最重要的有十三种。"奥义书（Upanishad）在印度古代思想史上占有重要地位，是印度上古思想转型的关键著作，对印度古代宗教和哲学的发展产生了深远影响。"③ 奥义书的内容虽然十分庞杂，但它的核心内容是阐扬"梵我一如"的思想，即宣扬

　　① 戴前伦：《泰戈尔梵爱和谐思想的文化渊源》，《中外文化与文论》第 25 辑，四川大学出版社 2013 年版，第 62—63 页。
　　② 黄宝生：《奥义书·导言》，《奥义书》，黄宝生译，商务印书馆 2010 年版，第 3 页。
　　③ 同上书，第 1 页。

"梵我不二"的学说,其著名命题是"我即梵","梵即我"。《唱徒集奥义书》三之十四说:"全能全智全嗅全味者,包含天地默而不乱者,彼乃吾之精神;彼乃梵。"① 从《唱徒集奥义书》可知,"梵"与"我"都是世界的本质,梵产生万物、包容万物,"我"也产生万物、包容万物。奥义书还认为,凡是不能与梵合一,执着于外界物象者,必然产生苦恼和罪恶,即《大林奥义书》三之四所说:"一切异于梵者悉受痛苦。"② 这就是说,凡是"我"与"梵"合一者,皆能解脱一切烦恼和痛苦,达到不生不死、幸福圆满的人生最高境界。奥义书认定,要达到梵我合一的境界,就需要智慧,这种智慧是离开外界现象,离开言语思虑以证悟梵的"禅定",通过禅定的"静修"、"坐忘"才能到达梵我合一的境界。婆罗门教在三大主神中尤其崇拜"梵天",认为梵天是世界的创造者和主宰者,是宇宙的最高灵魂和精神主体,后来便逐渐将梵天抽象化,演化为"梵"。"梵"的原意为咒力、祈祷,引申义为由祈祷而获得的神秘力量,进而引申为"世界的主宰","宇宙的最高本体"。奥义书认为梵具有"真"、"识"(或"知")、"乐"三大特性,"真"、"识"、"乐"是三位一体的存在。"真"是指梵的存在是真实的,这个存在是真理,是不可否认、毋庸置疑的。《大森林奥义书》说:"确实,在太初,这个世界唯有梵。它是唯一者。作为唯一者,它不显现","它创造出优秀的形态正法。正法是刹帝利性中的刹帝利性。因此没有比正法更高者。……确实,正法就是真理。"③《大森林奥义书》不仅认为梵是真实的,而且认为凡是知道梵是真实的事实的人,就可以获得梵的无穷力量,从而战胜世界,"知道这个最早产生的、伟大而奇妙的梵是真实,他就战胜这些世界。知道这个最早产生的、伟大而奇妙的梵是真实,他怎么会被战胜?因为梵是真实。"④ 梵的存在我们无法用感官去接触它,不能用语言来表达它,但它无处不在,无时不在。"识"指梵是精神性的,非物质性的;是主体,非客体;是潜藏于知觉者内心深处的光明。识是一切的根本,识就是梵。"乐"是指无上的圆满、无限的"喜",是获得解脱之后的幸福,是人与神与自然和谐

---

① 汤用彤:《印度哲学史略》,中华书局 1960 年版,第 22 页。
② 同上书,第 179 页。
③《奥义书》,黄宝生译,商务印书馆 2010 年版,第 30 页。
④ 同上书,第 97 页。

合一后的自由自在。所以《自在奥义书》说："唵！那圆满，这圆满，圆满出自圆满／从圆满获得圆满，始终保持圆满／唵！和平！和平！和平／自在居住在活动于这个世界的所有这一切中／你应该通过弃绝享受，不要贪图任何人的财富。"①

印度教是继承和发展婆罗门教而形成的宗教，它与婆罗门教没有本质的区别。印度教继承了婆罗门教的教义和传统，仍然以吠陀为基本经典，以"吠陀天启"、"祭祀万能"和"婆罗门至上"为三大纲领，以梵天、毗湿奴、湿婆为三大崇拜主神，以"四种姓"为基本社会结构，也实行人生的"四行期"，也认为梵具有"真"、"识"、"乐"三大特性，"梵我合一"、"梵我和谐"是人生最高境界。但是，印度教对婆罗门教又有所发展，在主神崇拜中，梵天的地位有所下降，毗湿奴和湿婆的地位有所提升，突出了毗湿奴维护世界稳定、和平的力量，强调了湿婆可以让世界毁灭后重生的创造力量；近现代印度教还主动整合了佛教提倡平等、善待众生的思想，吸收了西方基督教倡导博爱的思想。可见，印度教较之婆罗门教更具有包容性、开放性和合理性，因此，至今的印度仍然有80%以上的人信奉印度教，使印度教文化成了印度的主流文化。

泰戈尔"信仰宗教而鄙夷顽冥不化的教派主义"。② 他受吠陀经典的影响而获得了"爱"和"梵"的生命体验。泰戈尔在11岁后的日子里，父亲常常教他读印度教经典《吠陀》，并要求他背诵《吠陀》中的许多名言。成年之后，泰戈尔仍然时常阅读《吠陀》，《吠陀》给予他强大的精神力量，他逐渐领悟到了《吠陀》所宣扬的"爱"和"梵"的思想。泰戈尔受印度教经典奥义书的影响而证悟了"梵"和"爱"的生命体验。泰戈尔的父亲——"大仙"代温德拉纳特是基于奥义书学说的"一神教"新教运动的领导人。泰戈尔在父亲的教导、家庭环境的影响和自己刻苦的学习中受到奥义书的深刻影响，他说："钻研《奥义书》，使我的家庭与《往世书》时期前的印度建立起密切联系。孩童时代，我几乎每天以纯正的发音朗读《奥义书》的诗行。"③ 他与父亲在喜马拉雅山同住几个月的

---

① 《奥义书》，黄宝生译，商务印书馆2010年版，第249页。

② 克里巴拉尼：《泰戈尔传·导言》，倪培耕译，人民文学出版社2011年版，第6页。

③ 泰戈尔：《往事悠悠》，《泰戈尔经典散文集》，白开元译，新世界出版社2010年版，第171页。

日子里，父亲不仅督促他读梵文，读奥义书，而且以他对神灵的虔诚行为影响着泰戈尔。后来，他的父亲忙着解决第二世界的问题，泰戈尔却努力爱这地球，爱这地球上的人类，力图与宇宙合而为一。

　　在印度，深厚的神秘主义的宗教情感和梵的证悟使人们的心灵保持着活力，给人们的精神以抚慰。泰戈尔受神秘主义的宗教情感的影响而证悟了"梵"与"爱"的生命体验。他生长于笃信印度教的家庭，自然而然会受到印度教神秘主义的宗教情感的熏陶感染。他受印度教的神秘主义所形成的宗教，其本质上是一个诗人的宗教，他自己曾经坦言："我的宗教本质上是一个诗人的宗教。它与我的联系就如同我的音乐灵感与我的联系一样，通过同样的看不见、摸不着的途径。我的宗教生活如同我的诗人生活一样，遵循了相同的神秘的发展路线。"① 泰戈尔第一次从欧洲回国后，住在加尔各答的一条主要街道的宅子里，读着奥义书，掩卷沉思着人生的真谛、生命的神奇、天人的关系和宇宙的奥秘。当他站在阳台上，凝视着东方冉冉升起的朝阳时，恍然觉得"在我眼前一张帷幕突然被掀开。我感到，世界沐浴在一种奇特的光明之中，欢乐和优美的波涛在四周翻滚"。② 此时此刻，宇宙的光明注满了他的心灵，他的灵魂融入了世界；此时此刻，奥义书中关于"梵"的精神内涵和梵天的形象闪过他眼前，他第一次获得了深刻的精神体验，豁然顿悟到了"梵"的神奇：宇宙一片光明，人间一片欢乐；世界万物，浑然一体；天人相通，物我两融。这就是他看见世界放下面纱后所证悟的"梵"的经过，神秘主义在他的心底开始萌芽。从此之后，泰戈尔觉得，每个人，即那些吵扰"我"的人，也都似失掉他们人格的外层墙界；世界的每一个人，每一种事物，都是真实的生动的；"我"的生命充满了快乐，充满了爱，即使对于每一个人及每一最微小的东西。泰戈尔领悟到了生命和生活的真实意义，不在于物质上多么富裕，感官上多么享受，而在于精神充实，境界崇高，有追求，有寄托，有信仰，有爱心。此时，他豁然获得了崇高的生命体验——个我的有限生命与"梵"的无限生命的整体和谐；顿悟到了"爱"的伟大——"爱"的崇高

---

　　① 泰戈尔：《自传》，见《泰戈尔全集》第二十卷，李南等译，河北教育出版社 2000 年版，第 18 页。
　　② 克里巴拉尼：《泰戈尔传》，倪培耕译，人民文学出版社 2011 年版，第 78 页。

精神与"梵"的最高灵魂的整体和谐。这是泰戈尔第一次亲身关于"梵"与"爱",关于"梵爱和谐"的生命体验和精神证悟。后来,泰戈尔住在西莱达村庄里,有一次他去沐浴之前在窗前驻足片刻,俯瞰着干涸河床岸边的一个集市。突然,他感到自己的心一阵怦动,他的经验世界仿佛瞬间被照亮了,那些精神上原来孤立而模糊的个我生命与梵的关系的思考、现实中大自然的伟大力量与爱的事实,达到了认知意义上的高度统一,即个我的有限生命与"梵"的无限生命的和谐统一,"爱"的崇高精神与"梵"的最高灵魂的和谐统一。这是泰戈尔又一次亲身关于"梵"与"爱",关于"梵爱和谐"的生命体验和精神证悟。泰戈尔在管理西莱达农庄期间,他在强烈关注祖国和普通人民的生活的同时,神秘主义渐趋浓厚。许多热爱泰戈尔作品的读者和潜心研究泰戈尔的学者都对他的神秘主义颇感兴趣,但往往又百思不得其解。其实,"罗宾德拉纳特的神秘主义不是别的东西,而是他对万事万物存在的一种亲近感,是他对那条把一切有生物联结在一起,同时又把生物与无生物、有形物与无形物联结在一起的链环的先知先觉。从这个意义上来说,这种神秘的知觉从他儿童时代起就已深深扎根于他的灵魂之中"。①

泰戈尔信仰由吠陀教和婆罗门教演化而成的印度教,继承和发展了婆罗门教和印度教尊重宇宙,热爱自然,挚爱亲人恋人、广爱他人以及人类,追求精神升华与注重社会实践,崇敬梵的至高真理和观照现世生活等合理的教义,尤其是奥义书"梵我合一"是人生的最终归宿和最高境界的主张,但是,他不赞同婆罗门教唯我独尊、高人一等的森严等级观念和由此派生的种姓制度,反对排斥异己、顽冥不化的教派主义,主动吸收佛教平等民主、普度众生的教义和观念,伊斯兰教的和平主义、基督教的博爱思想,在精神上体现了印度教、穆斯林和基督教三种伟大文明的完美结合,从宇宙观和人生观的视角上,泰戈尔逐渐形成了"梵爱和谐"的重要思想。因此,印度宗教文化经典吠陀和奥义书的精神、印度教"梵"的神秘主义和"爱"的生命体验是泰戈尔梵爱和谐思想的重要渊源,它使泰戈尔产生了"梵"的观念,"爱"的哲学,以及人生的最高目标"梵我合一"的境界,从而形成了"梵爱和谐"的思想。

---

① 克里巴拉尼:《泰戈尔传》,倪培耕译,人民文学出版社 2011 年版,第 135 页。

　　由上可见，泰戈尔的梵爱和谐思想与印度的雅利安文明，吠陀教、婆罗门教、佛教、印度教等宗教文化，尤其是奥义书的思想内容密切相关。此外，先后传入印度的基督教的博爱仁慈思想，伊斯兰教的全面和平思想也对泰戈尔梵爱和谐思想产生了一定影响。

三　泰戈尔梵爱和谐思想的文学渊源：爱与梵的证悟

　　在泰戈尔的家中，他的父亲和兄长的书房除了藏有大量梵文经典之外，还有许多孟加拉文学经典和英国文学经典，以及各种新出版的书报刊物，"其藏书的丰富和广泛，不亚于一所普通大学的图书馆"，① 这为自幼聪明好学的泰戈尔创造了汲取文学养分、培养艺术修养的良好条件。泰戈尔凭借这个有利条件，阅读了大量的孟加拉文学经典和英国文学经典，从而学识大进，眼界大开，精神大振，灵魂大净，思想受到印度传统文化和西方开明思想的双重影响，促进了梵爱和谐思想的形成。

　　文学经典的主题思想给了泰戈尔深刻的生命体验。一般说来，作为诗人或富有诗人气质的思想家，其思想、观念最容易通过形象生动的文学作品所表现的主题思想而受到影响，泰戈尔也不例外，梵文古典文学、中世纪毗湿奴虔诚诗歌和西方文学影响着他诗歌创作的发展。在梵文古典文学方面，泰戈尔主要通过所受的传统教育和阅读《罗摩衍那》、《摩诃婆罗多》、《沙恭达罗》等古典文学名著汲取营养，其中梵文古典文学《罗摩衍那》的爱情故事、《摩诃婆罗多》热爱和平的思想对泰戈尔梵爱和谐思想的影响至为深远。少年泰戈尔在阅读《罗摩衍那》这部史诗时，常常被"爱妻遭劫"和"救妻复国"的生动情节所打动，这样的爱情故事为泰戈尔的爱情观念和行为奠定了一定基础。《摩诃婆罗多》是世界最长的史诗，它赞扬坚战公正、谦恭、仁慈的美德，歌颂其代表的正义力量；批判难敌贪婪、傲慢、残忍的恶行，鞭挞其代表的邪恶势力；它表现了人民厌恶战争、渴望和平，希望明君而不是暴君统一天下的强烈愿望。《摩诃婆罗多》"渴望和平"的主题使泰戈尔萌生了热爱和平、向往和谐的思想。印度古典文学和中世纪毗湿奴虔诚诗歌所蕴含的"爱"与"梵"的主题对泰戈尔的影响微妙而深刻。少年泰戈尔还喜欢阅读孟加拉现代文学作品并受其

---

　　① 侯传文：《寂园飞鸟——泰戈尔传》，河北人民出版社 1999 年版，第 33 页。

影响，如孟加拉现代文学先驱迈克尔·默图苏德·德特根据《罗摩衍那》中的一段情节而创作的《因陀罗耆的伏诛》，该史诗与传统相反，展现的是国与国之间的政治斗争和两种文明的斗争。除了印度古典文学的影响之外，西方文学经典和同时代诗人及其名作所蕴含的主题思想对泰戈尔梵爱和谐思想形成的影响也不可小觑。泰戈尔的兄长们曾留学英国，在这样的家庭环境中，少年泰戈尔在兄长指导下学习英语，喜欢阅读家中所藏的西方文学作品。他12岁那年，父亲为他主持了成人仪式，再次把他送进了孟加拉学院学习，同时聘请了两位家庭教师，一位教他梵语文学《沙恭达罗》，一位教他英语版的莎士比亚戏剧。泰戈尔学习后，将它们翻译成了孟加拉诗文。泰戈尔兄长的书房藏有大量的英文文学书籍，泰戈尔如饥似渴地阅读这些书籍。在西方文学经典中，意大利诗人但丁、德国诗人歌德、海涅，英国诗人拜伦、雪莱和济慈的诗歌所表现出来的追求自由、民主、平等的思想对泰戈尔的影响甚大。青年泰戈尔曾在英国留学，接受过西方教育，西方文学经典对他的影响是深刻的，尤其是英国文学和德国文学经典的影响。泰戈尔留学英国期间，进入伦敦大学学习，崇尚英国文学，将莎士比亚、拜伦、弥尔顿奉为文学之神。在此期间，他大量涉猎除上述诗人之外的许多文学大家的作品，如雨果、勃朗宁夫人、克里斯蒂娜·罗塞谛、史文鹏、胡德、穆尔、奥古斯特夫人、韦伯斯特等人的作品，他在后来出版的诗集《刚与柔》（1886）中，还将这些大家的作品译为孟加拉文纳入本诗集。西方文学作品所表现出来的追求自由、民主、平等的主题思想对泰戈尔的思想影响甚大。同时代诗人及其名作对泰戈尔影响较大的有两人。一是孟加拉现代抒情诗先驱者比哈尔拉尔·吉卡拉沃尔迪（1838—1903）。通过"亦母亦友"的热爱文学的五嫂的引导，泰戈尔少年时就喜欢阅读比哈尔拉尔赞美祖国山河、向往祖国独立的爱国诗歌；二是五哥的同学、抒情诗天才阿克塞·乔杜李的影响。阿克塞·乔杜李是文学硕士，才华横溢，热情开朗，精通英国文学，酷爱孟加拉文学。他常到泰戈尔家来，少年泰戈尔喜欢听他大谈英国诗歌，因此对莎士比亚、乔叟、拜伦、雪莱、华兹华斯有了初步了解。阿克塞·乔杜李还极具鉴赏能力，对少年泰戈尔的诗歌总是大加赞赏，从而鼓舞了泰戈尔写诗的信心。印度古典文学和中世纪毗湿奴虔诚诗歌所蕴含的"爱"与"梵"、西方文学作品所表现的自由、民主、平等的主题思想，是泰戈尔梵爱和谐思想形成的重要文化渊源。

泰戈尔积淀家庭文化环境、社会文化环境、宗教文化和文学经典的生命体验所逐渐形成的梵爱和谐思想，蕴含着深沉的爱自然的童心、爱父母的赤心、爱儿童的淳心、爱恋人的琴心、爱平民的善心和爱宇宙的"梵心"。这些"心"即精神所在，通过有机组合而形成"爱生命"的"喜""乐"之心，因为自然万物从喜生，依喜而养，向喜前进，最终归入喜，生命不朽者的存在显现于喜的形式之中。泰戈尔和奥义书所谓的"喜"和"乐"的实质就是"爱"，因为"所有的东西都是从永久的快乐中生出来的……这个快乐，它的别名就是爱"，① 而"爱"是富有生命力的，生命是和谐合一的，造化也是和谐合一的。在这"造化合一"的原理中，人们"认识到自己的生活的永恒和自己的情爱的无限"，"我们通过自己的感官和心灵以及人生经验予以观察的这一世界，与我们自身深刻地合为一体。神圣的合一原理，一直是一种内在相互关系的原理"。② 在"合一"的背景下，个体生命与宇宙生命相融为一，构成生命的整体和谐。因此，人与世界是和谐同一的，世界的真善真爱也是和谐合一的，"善意味着我们的自我在人类世界之中的自由，爱亦复如此。我们的内心必须是真诚的，这不是就履行尘世职责而言，而是指在精神上的满足，惟其如此才能与'完善者'和谐，同'永恒者'合一"。③ "爱"与"梵"也是统一的，爱产生于梵，梵照耀着爱。人类的灵魂最终要回归到梵和爱，在人的终极追求和终生修习中，生命的爱与梵最终合二而一，和谐一体，达到永恒。这就是"梵爱和谐"的最高境界。

综上可见，地域文化、历史文化、宗教文化和文学经典的影响，是泰戈尔梵爱和谐思想形成的文化渊源。

---

① 郑振铎：《太戈尔传》（续），载《小说月报》1923 年第十四卷第十号"太戈尔号"。
② 泰戈尔：《人的宗教》，刘建译，《泰戈尔全集》第二十卷，河北教育出版社 2000 年版，第 247—248 页。
③ 同上书，第 363 页。

第二章　大师有往　大知无涯

——泰戈尔梵爱和谐思想在我国现代早期的传播

在我国20世纪20年代，曾经卷起过声势颇大的"泰戈尔热"；在"泰戈尔热"的氛围下，泰戈尔的梵爱和谐思想便在我国文化界、思想界和诗坛迅速传播并流行。具有悠久历史和骄人文化的中国，何以在此时掀起外来文化的"泰戈尔热"？泰戈尔的梵爱和谐思想是以什么方式传入我国的？细细思索，其传播的原因和方式相当复杂：从理论来看，既与流传学相关，又与媒介学相关；从历史语境与文化语境来看，既与伟大诗人、文学大师泰戈尔于1924年专程前往我国访问、传播大知无涯的梵爱和谐思想的重大事件密切相关，更与当时深刻复杂的政治因素、时代因子、文化背景、思想诉求等社会生态息息相联。这种社会生态最直接的构成元素无疑是1915年蔚然兴起的新文化运动、1917年油然产生的文学革命运动，尤其是1919年猛然爆发的五四运动，而最潜在的构成元素还应该追溯到近代中国的第一次思想文化启蒙运动——戊戌维新运动。

第一节　政治·文化·思想·文学的生态苑囿：泰戈尔梵爱和谐思想在我国现代早期传播的文化历史语境与社会生态

一　戊戌维新运动：泰戈尔梵爱和谐思想在我国现代早期传播的政治土壤

1840年的鸦片战争，英国帝国主义以坚船利炮轰开了清王朝闭关自守的大门，清政府与英国政府签订了《中英南京条约》，开了近代中国丧权辱国、割地赔款的先河。此后，英、法、美、日、俄、德的帝国主义侵略者掀起了瓜分中国的狂潮：1844年《中美望厦条约》、《中法黄埔条约》

签订；1856—1860 年的第二次鸦片战争，清政府分别与英、法、美、俄签订了《天津条约》，与英、法、俄签订了《北京条约》；稍后清廷又于1874 年、1875 年和 1881 年分别签订了《中日北京专条》、《烟台条约》和《伊犁条约》；1894—1895 年的中日甲午战争，清政府又与日本签订了中日《马关条约》。至此，通过签订上述一系列不平等条约，中国被割让的领土有香港岛、辽东半岛、台湾全岛及附属各岛屿、澎湖列岛等；被强行侵占的领土有黑龙江以北、外兴安岭以南的 60 多万平方公里领土、乌苏里江以东约 40 万平方公里的领土、新疆地区 9 万多平方公里领土；1860 年英法联军还烧毁了"万园之园"圆明园。1840—1895 年，中国对外国列强的赔款数额高达 2 亿 8 千多万两白银。与此同时，外国列强逼迫清政府开放沿海及内河通商口岸，在城市建立租界，开办各类工厂，拥有关税权、领事裁判权、外国兵舰自由行驶权、外国人自由传教权等。[①] 中国已然沦为半封建半殖民地国家。

　　面对帝国主义肆无忌惮的侵略和欲壑难填的扩张，面对国土不断沦丧、白银大量外流、国家日益贫弱的局面，一方面，以慈禧太后为代表的腐朽的清政府一而再、再而三地忍让退避、委曲求全、苟且偷安；另一方面，以康有为、梁启超、谭嗣同、严复为代表的先觉的知识分子不甘于这种局面，于 1898 年（农历戊戌年）力图通过意欲图新图强的光绪皇帝，"挽狂澜于既倒，扶大厦之将倾"，掀起了富国强兵、救亡图存的"戊戌维新运动"。戊戌变法维新的主要政治主张和思想诉求为：其一，要求维护国家的独立和主权，反对一系列不平等条约所规定的严重危害国家主权和民族利益的条款。其二，要求为民族资本主义的发展开辟道路，主张以重商政策为国策，从而取代自古以来以重农抑商为国策的传统。其三，要求改变封建的君主专制政体，实行君主立宪制，因为君主制"权偏于上"，民主制"权偏于下"，而"君民共主者权得其平"，"合亿万人为一心"。其四，要求废除八股取士的科举制度，提倡"西学"，兴办学校，学习西方资产阶级的政治学说和科学技术。只有实现上述政治主张和思想诉求，中国才能富强起来。当然，维新派的这些政治主张和思想诉求遭到了以慈禧太后为代表的封建顽固派的坚决反对和无情镇压。慈禧太后迅疾宣布重

---

① 参见《中国近代史》，工人出版社 1984 年版，第 63—66、88、101 页。

新"垂帘听政"，发动"戊戌政变"，囚禁了皇帝光绪，逮捕并杀害了谭嗣同等"戊戌六君子"，维新领袖康有为、梁启超分别逃亡法国、日本，戊戌维新运动宣告失败。

虽然戊戌维新运动是一次倏起忽败、仅存百日的资产阶级改良运动，但确是我国近代史上第一次思想文化的启蒙运动，其影响深远、意义重大。首先，戊戌维新运动是一次爱国、进步的思想文化启蒙运动，它鲜明地提出了维护国家独立和主权的主张，唤醒亿万中国人应当把国家主权、民族利益放在第一位，为此即使坐牢、流放甚至砍头都在所不惜。其次，促成了近代中国第一个思想解放、文化觉醒的社会生态的形成。维新派通过兴民权、设议院、定宪法，通过办学校、立学会、开报馆等举措，宣扬西方资产阶级的自由民主思想，平等博爱精神，抨击封建专制主义。"运动的宗旨和性质虽不乏直接的经济学目的，但其政治的和意识形态领域的色彩却更为强烈与突出。换言之，同以'自强'、'求富'为内容的洋务运动相比，戊戌变法的着重点更偏于针对封建主义的政治改良和意识形态批判"，"从世界史的普遍趋势看，这样的运动所标志的正是资本主义早期的启蒙阶段"，① 这对于唤醒人们的思想觉悟和精神力量，以挣脱封建思想文化桎梏的束缚，具有重要的启蒙作用。再次，戊戌维新运动为后来声势更为浩大、影响更为深远的新文化运动和五四运动开辟了思想和文化航向，为泰戈尔以反帝爱国、热爱自由民主平等和平、张扬博爱精神为重要内涵的"梵爱和谐思想"在我国的传播与接受准备了丰厚的政治土壤。

二 新文化运动：泰戈尔梵爱和谐思想在我国现代早期传播的文化阳光

新文化运动是 1915 年至 1923 年我国文化界中一群受过西方教育和接受了西方思想洗礼的，以陈独秀、李大钊、鲁迅等激进民主主义者为代表的知识分子发起的一场思想文化革新运动。新文化运动的产生有着深刻的复杂的时代背景。在政治上，一方面，甲午战争、戊戌变法失败后，帝国主义变本加厉地加紧了对中国的侵略和掠夺，中国陷入半殖民地的泥沼越来越深，中国人逐渐成为帝国主义的奴隶，国家丧失主权和国格，人民丧

---

① 仪平策：《中国近代史上第一次思想启蒙运动》，载《文史哲》1998 年第 5 期。

失自由和人格。另一方面，辛亥革命的胜利果实被袁世凯窃夺，袁世凯登上总统宝座之后，为保住总统地位和笼络人心，便大搞尊孔祭天、尊孔读经活动，1912 起全国各地成立了"孔教会"、"尊孔会"，1913 年 6 月袁世凯亲自颁布"尊孔令"，通告全国举行"祀孔典礼"。于是中外反动派沆瀣一气，掀起了一股尊孔复古的逆流，为袁世凯复辟帝制大造思想文化舆论。以袁世凯为代表的北洋军阀统治使中国日趋黑暗，陷入半封建的境地。因此，有识之士意识到，中国必须进行反帝反封建的思想文化斗争，实行民主政治，以使国人觉悟警醒，奋然前行。在经济方面，由于 1914 年 8 月在欧洲爆发了第一次世界大战，欧洲各帝国主义国家忙于互相吞并，暂时放松了对中国的制约、掠夺，于是中国的民族资本主义得到较快发展，资产阶级强烈要求军阀统治者实行宽松的经济政策，以发展中国的资本主义。在思想文化方面，其生态为：其一，自"开眼看西方"的林则徐之后，中国许多富有远见的知识分子积极译介和宣扬西方资产阶级的民主、自由、平等、博爱的启蒙思想和政治学说，使这些思想诉求逐渐深入人心。其二，北洋军阀统治者所宣扬的"尊孔复古"意在为袁世凯称帝铺平道路，这是"司马昭之心，路人皆知"的，所以"尊孔复古"越来越不得人心。其三，有识之士深刻认识到，辛亥革命失败的最深层次原因是未能充分"唤醒民众"，使民众树立民主共和的意识。诚如后来孙中山遗嘱所说："余致力国民革命凡四十年，其目的在求中国之自由平等。积四十年之经验深知欲达到此目的，必须唤起民众。"而唤起民众最有效的方法就是进行思想文化的革新，使"民主、自由、平等、博爱"的思想诉求充盈人们的头脑，以支配真正的民主共和的行动。

新文化运动分为前期和后期两个阶段。前期以陈独秀于 1915 年 9 月创办《青年》杂志为标志性起点，以 1919 年 5 月爆发五四运动为结点；后期以五四运动为起点，以五四运动的热潮基本消退的 1923 年为结点。新文化运动是一次思想解放、文化革新的运动，其前期的主要内容为提倡民主科学，反对专制迷信；提倡新道德，反对旧道德；提倡新文学，反对旧文学。其后期的主要内容为宣传俄国十月革命，宣传马克思主义。新文化运动的主要精神是批判封建文化，传播西方文化。陈独秀创办的《青年》杂志（1916 年 9 月迁往北京后改名为《新青年》）吸引和团结了一大批进步知识分子，他们高举"民主、科学"的大旗，积极为该杂志撰稿，纷纷发表犀利泼辣的文章，从政治观点、学术思想、伦理道德、文学艺术等方面，向尊孔复古势力发起猛烈攻击，对封建主义文化进行无情批判，主张男女平等，宣扬个性解放，彰显民主自由，倡导人道博爱。《青年》（《新青年》）杂志不仅致力于批判中国封建腐朽文化，而且积极译介、传播外国进步文化，借助外国文化的利器，攻击封建文化的痼疾，尤其难能可贵的是在《青年》杂志创办伊始的1915年10月，新文化运动领袖陈独秀就率先翻译了诺贝尔文学奖的第一位东方得主、印度伟大诗人泰戈尔的代表作《吉檀迦利》的第一至第四首诗，题名为《赞歌》，在《青年》杂志第一卷第二号上发表，这引起了诗坛乃至文学界和文化界的广泛注意。1917年，陈独秀、胡适又举起"文学革命"的旗帜，提倡白话文，反对文言文；提倡新文学，反对旧文学，进行文化领域中归属"人文"、深入"灵魂"的文学的革新，涌现出了一大批使人耳目一新、振聋发聩的新诗歌、新小说、新散文、新戏剧，有力地推动了新文学的发展。1918年，周作人在《新青年》杂志上发表文章，阐述人性、人道与爱的关系，倡导"人道主义"和"爱"，强调从人性出发，要爱人、爱己、爱子女，进而爱人类。新文化运动先驱们还为中国人描绘了一幅理想的新时代、新社会的蓝图：这个"理想的新时代新社会，是诚实的、进步的、积极的、自由的、平等的、创造的、美的、善的、和平的、相爱互助的、劳动而愉快的、全社会幸福的"。①

新文化运动影响广泛，意义深远。在思想层面上，沉重地打击了中国封建专制思想和尊孔复古思想，传播了西方的民主自由思想，拓展了一代知识分子开眼看世界的视野，初步构建了知识分子的现代人格和人文精神。同时，富有远见和人类爱心的知识分子倡导"人道主义"和"人性"、"爱"，表达了人类本身的思想诉求和性格特质。前期的新文化运动为五四运动的爆发奠定了思想基础。在道德层面上，由于新文化运动提倡新道德，反对旧道德，因此，中国两千多年来束缚人的个性生命力的旧道德受到猛烈冲击，而释放人的个性生命力的新道德迅猛张扬。在文化层面上，动摇了封建旧文化的统治地位，以时代所需的西方文化初步替代了旧文化，强化了中外文化的交流，加深了国人对外国文化的认识和理解。总

---

① 《新青年宣言》，载《新青年》第7卷第1号。

之，新文化运动为泰戈尔以热爱自由民主平等、张扬博爱精神、重视个性生命释放和生命整体和谐为重要内涵的"梵爱和谐思想"在中国的传播与接受准备了充足的文化阳光。

三　五四运动及后期新文化运动：泰戈尔梵爱和谐思想在我国现代早期传播的思想新风

中日甲午战争后，帝国主义列强对积贫积弱的中国的侵略和掠夺日益加剧。八国联军攻入北京后，1901 年（即辛丑年），清政府与帝国主义列强签订了《辛丑条约》（亦称《北京议定书》），赔偿英国、美国、日本、俄国、德国、法国、意大利、奥匈、比利时、荷兰、西班牙等十一国列强白银高达 4 亿 5 千万两，加上海关税、盐税和通商口岸的常关税及其 39 年利息，共计白银 9 亿 8 千 2 百多万两；列强可在北京、天津等城市和京榆铁路沿线包括山海关在内的 12 个要地驻扎军队；各省官吏必须保护外国人的安全。《辛丑条约》是中国近代史上赔款数额最庞大、主权丧失最严重、精神屈辱最深沉、给中国人民带来空前灾难的不平等条约，标志着中国完全沦为半殖民地半封建的国家。虽然第一次世界大战期间，欧洲帝国主义列强暂时放松了对中国的侵略和掠夺，但是，日本帝国主义趁机加紧了对中国的侵略，妄图把中国变成它独占的殖民地。1914 年 8 月，日本派兵入侵山东，打败了原来侵占山东的德国军队，德国在山东的权益便转到了日本手中。1915 年 1 月，日本向袁世凯递交"二十一条"，企图灭亡全中国。称帝心切的袁世凯为了换取日本帝国主义的支持，居然委派外交总长陆徵祥、次长曹汝霖在"二十一条"上签字。北洋军阀段祺瑞执政后，进一步投靠日本帝国主义，向日本大量借款。1918 年初，日本大量出兵哈尔滨、牡丹江、佳木斯等地区，逐步控制了我国东北地区。1918 年11 月第一次世界大战结束，德国战败，协约国获胜。1919 年 1 月，协约国在巴黎召开"和平会议"（史称"巴黎和会"），居然否决了作为协约国之一的中国代表提出废除日本强加的"二十一条"、收回山东、青岛合法权益的提议，竟然决定由日本承袭德国在山东的各项权益。"巴黎和会"的消息传至北京，举国震惊、一片哗然，尤其是青年学生义愤填膺，怒不可遏。1919 年 5 月 4 日，在进步人士李大钊、北京大学学生干部及北京学生联合会领导人段锡朋、方蒙、罗家伦、傅斯年、邓中夏、张国焘等人的组织领导下，政治敏感性最强的北京大学学生率先行动起来，举行大规模的游行示威，北京的其他 12 所高校的学生 3000 多人立即响应，加入游行队伍。随即，大量的知识分子、工人、市民也纷纷加入滚滚的游行队伍。震惊世界的声势浩大的"五四爱国运动"在北京爆发，其浪潮迅速席卷全国，工人阶级成为运动的主力。上海、山东、江苏、湖北、湖南、江西等地的工人、学生、商人积极响应，纷纷举行大规模的游行示威，数十万人罢工罢课罢市，仅"上海参加罢工的工人约六、七万人"。[①] 五四运动给外国帝国主义和中国军阀及其反动势力以沉重打击，同时遭到北洋军阀政府的残酷镇压，数百名学生被逮捕、被打伤，陈独秀在北京前门外闹市区散发《北京市民宣言》，鼓动学生、劳工、军人、商人参加运动也被逮捕。但是，各地学生团体和社会知名人士纷纷通电，抗议北洋政府的这些暴行。面对强大的社会舆论压力，卖国贼曹汝霖、陆宗舆、章宗祥被相继免职，总统徐世昌提出辞职，直至 6 月 28 日，迫使中国代表没有在巴黎和约上签字。五四运动后期，从 1921 年 11 月至 1922 年 2 月，日本终将德国在山东的租借地交还中国，原驻青岛、胶济线的日军撤退，青岛海关归还中国，中国收回了山东半岛的主权和胶济铁路的权益。至此，五四运动取得了中国近代史上反帝爱国的一次巨大胜利。

　　五四运动是新文化运动的重要组成部分，是后期新文化运动的起点。五四运动期间，在思想文化方面承袭前期新文化运动，进行着反对封建文化、宣传外国文化的斗争。1919 年 10 月，复职的大总统徐世昌举行秋定祭孔活动，同时组织了以昌明"周公孔子之学"为宗旨的"四存学会"。尊孔复古派反对新文化，反对新道德，极力抵制包括马克思主义在内的外国文化。因此，五四运动鲜明地提出"打倒孔家店"、"推倒贞节牌坊"的口号，继续高扬"民主"、"科学"的旗帜，倡扬"反帝"、"爱国"、"自救"的民族精神，发扬忧国忧民、不屈不挠、敢于斗争的时代精神，继续向封建旧文化和旧道德发动猛烈攻击。同时，在五四运动及后期新文化运动中，不少有识之士发表了许多富有创见的思想诉求。例如，郭沫若受泰戈尔思想影响而形成的"泛神论"思想，由泛神论而引发出的反抗帝国主义、反抗封建主义的精神，朱自清对此评价道："他的诗有两样新东

---

① 参见《中国近代史》编写组《中国近代史》，工人出版社 1984 年版，第 189 页。

西，都是我们传统里没有的：——不但诗里没有——泛神论与 20 世纪的动的和反抗的精神。"① 周作人承续前期新文化运动中自己的主张，继续倡导"人性"，"人道主义"，这就与泰戈尔"爱的哲学"所体现出来的人性与人道主义潜同暗合、趋于一致。

五四运动是中国人民彻底反帝反封建的爱国运动，是中国从旧民主主义革命到新民主主义革命的转折点，是中国历史由近代史进入现代史的开端，它拉开了中国现代文化与文学的序幕。五四运动具有重大而深远的历史意义和文化意义，毛泽东（1893—1976）对五四运动给予了高度评价："五四运动是反帝国主义的运动，又是反封建主义的运动。五四运动的杰出的历史意义，在于它带着为辛亥革命还不曾有的姿态，这就是彻底地不妥协地反帝国主义和彻底地不妥协地反封建主义。"② 概而言之，五四运动的历史价值、文化意义和深远影响为：其一，从政治上看，五四运动是中国人民彻底反对帝国主义、封建主义和北洋军阀政府的伟大爱国群众运动，它拉开了全民族反帝反封建斗争的序幕。其二，从社会发展形态看，五四运动是中国从旧民主主义革命到新民主主义革命的转折点，是中国历史由近代史进入现代史的开端。其三，从思想和意识形态看，五四运动宣扬的民主、科学、爱国、自救的精神，唤醒了人民的思想觉悟，使人民进一步认识到帝国主义、封建主义对中国的巨大危害，引导知识分子和进步人士自觉寻找拯救中国的思想信仰，为马克思主义在中国的传播打通了渠道，大造了思想舆论。五四运动及后期新文化运动中有识之士张扬的"泛神论"思想、人道主义思想，从激发人们既要有强烈的反抗精神，又要有博大的"爱"的情怀两个方面拓展了新思想的广阔领域。其四，从文化层面看，五四运动进一步深化了新文化运动的主张，大大动摇了以儒家文化为宗的封建文化的统治地位和森严的等级制度，营造了学习和接受外国自由、平等、博爱、和平、个性解放等先进文化的积极氛围。因此，五四运动为泰戈尔以反帝爱国、热爱自由民主平等、张扬"爱的哲学"、重视个性生命释放和生命整体和谐为重要内涵的"梵爱和谐思想"在中国的传播

---

① 朱自清：《〈诗集〉导言》，见《〈1917—1927 中国新文学大系〉导言集》，天津人民出版社 2009 年版，第 149 页。

② 毛泽东：《新民主主义论》，见《毛泽东选集》袖珍本，人民出版社 1967 年版，第 659—660 页。

与接受储备了充足的和煦新风。

四 文学革命与新文学运动：泰戈尔梵爱和谐思想在我国现代早期传播的文学雨露

泰戈尔梵爱和谐思想在我国的传播除了戊戌维新运动准备了丰厚的政治土壤，新文化运动准备了充足的文化阳光，五四运动储备了和煦的思想新风之外，还有文学自身发展过程中发生的重要事件所创造的良好条件和所构成的文化语境。

中国文学发展到 20 世纪初叶最重要的事件无疑是"文学革命与新文学运动"。文学革命与新文学运动本是新文化运动的重要组成部分，但为了强调"文学"在泰戈尔梵爱和谐思想传入中国时所产生的重要作用，厘清泰戈尔梵爱和谐思想在我国现代早期传播与流行的文化语境，以及在我国现代早期的文学发展史上所提供的生态条件，因此很有必要将文学革命与新文学运动单列出来加以研究，因为"法国学派认为，比较文学是'国际文学关系史'……法国学派反对平行研究式的比较，而仅仅承认'文学关系'为比较文学研究的正宗"，① 比较文学的"影响研究"其实就是"文学关系学的研究。比较文学学科理论中的文学关系学研究，就其学科定位来说有两个方面：一方面它强调对文学关系史的研究，另一方面它继续追求一种实证性的文学关系研究"。②

如上所述，"文学革命与新文学运动"是新文化运动的重要组成部分。文学革命发轫于胡适的《文学改良刍议》（见 1917 年 1 月 1 日《新青年》第 2 卷第 5 号），正式提出这一命题的则是陈独秀的《文学革命论》（见 1917 年 2 月 1 日《新青年》第 2 卷第 6 号），兴盛于 1918 年 1 月《新青年》编辑部的扩大，李大钊、鲁迅、钱玄同、刘半农、周作人、胡适、沈尹默等参加编辑部工作。此后新文学运动轰轰烈烈，声势浩大，新文学的创作风生水起，硕果累累，中国现代文学从此拉开大幕，踏上前无古人的光明征途。

文学革命与新文学运动发生的缘由是多方面的，主要缘由为：一是新文化运动使然，因为新文化运动提倡新文化、新道德、新文学，就必然以

---

① 曹顺庆：《比较文学教程》，高等教育出版社 2006 年版，第 7 页。
② 同上书，第 46 页。

革命的姿态和现代的利器，向维护封建旧文化、旧道德的重要工具的旧文学发动猛烈进攻，这个现代的利器就是革命的文学。二是外国文学使然，因为"中国新文学，是中国传统文学和外国文学相结合的产物，从思想、内容、语言到形式，都是崭新的。它既是对传统文学的继承，又是对传统文学的革新；既是对世界各国文学的借鉴，又是对世界各国文学的融化"，① 外国文学影响中国的文学革命，不独为西方文学，而且受印度文学的影响，如陈独秀早在新文化运动之初就译介了泰戈尔《吉檀迦利》的四首诗。三是中国文学自身发展使然，因为在戊戌维新前后的"诗界革命"就已倡导写作"新派诗"，主张在诗歌内容上要反映时代的新事物，新思想，抒发作者的真情实感，诚如朱自清所说诗界革命对文学革命中的新诗运动给予了"很大的影响"。

文学革命的主张或理论建设相当系统。首先，胡适以文学革命先行者的姿态鲜明地亮出了文学改良"八事"的旗帜："文学改良，须从八事入手。八事者何？一曰，须言之有物。二曰，不摹仿古人。三曰，须讲求文法。四曰，不作无病之呻吟。五曰，务去滥调套语。六曰，不用典。七曰，不讲对仗。八曰，不避俗字俗语。"② 这"八事"旨在使白话文学成为"中国文学之正宗"，已经比较全面地涉及文学在思想内容、情感态度、表达形式、语言要求等方面的变革，所以陈独秀赞扬胡适是文学革命"首举义旗的急先锋"，郑振铎评价《文学改良刍议》是"五四文学革命的一个发难的信号"。

其次，陈独秀高屋建瓴地提出了文学革命的"三大主义"："推倒雕琢的、阿谀的贵族文学，建设平易的、抒情的国民文学；曰，推倒陈腐的、铺张的古典文学，建设新鲜的、立诚的写实文学；曰，推倒迂晦的、艰涩的山林文学，建设明了的、通俗的社会文学。"③ 陈独秀提出的"三大主义"从宏观上为文学革命指明了进攻和发展的方向，矛头直指封建主义文学，明确了文学革命批判的对象是阿谀的贵族文学、陈腐的古典文学和艰涩的山林文学，其建设的对象是与之相对的平易的国民文学、

---

① 郁龙余：《泰戈尔与中国新文学——纪念泰戈尔诞辰 140 周年》，载《东方文学研究通讯》2001 年第 4 期。

② 胡适：《文学改良刍议》，载《新青年》1917 年第 2 卷第 5 号。

③ 陈独秀：《文学革命论》，载《新青年》1917 年第 2 卷第 6 号。

新鲜的写实文学和通俗的社会文学。其中，"国民文学"确定了新文学的作者、读者和服务对象是平民市民，涉及文学的平民化问题；"写实文学"明确了新文学的思想情感必须是真实诚挚的，同时明确了新文学的表现手段须借鉴西方的"写实主义"（即批判现实主义和自然主义的结合），这涉及文学的创作方法问题，对后来文学研究会的"为人生而艺术"的"写实主义"奠定了基础；"社会文学"则明确了新文学的内容、主题必须是反映现实社会生活和时代精神的，而且语言必须是通俗易懂、为大众所能理解和接受的，这涉及文学的社会功能问题。因此，陈独秀的《文学革命论》对文学革命运动的发展，发挥了引领和推动的巨大作用。

紧接着，在胡适、陈独秀高举的"文学革命"旗帜的感召下，《新青年》的撰稿人和进步知识分子积极响应胡、陈的号召，纷纷阐述自己对文学革命的见解和主张。刘半农（1891—1934）立即呼应，发表《我之文学改良观》，对"胡君所举八种改良，陈君所揭三大主义，及钱君所指旧文学种种弊端，绝端表示同意"，[①] 他还提出了散文和诗歌的改革，以及文章分段和使用标点符号的问题。钱玄同（1887—1939）主张以白话代替文言，力主言文一致，并与刘半农以"双簧"形式，挑起"白话"与"文言"的争战，愤怒斥责林纾、刘师培等复古派是"桐城谬种"、"选学妖孽"。在讨论新文学应当具有怎样的思想内容时，周作人的见解比较引人注目，他联系到西方文艺复兴运动的"人道主义"和墨子的"兼爱"，从人性出发，指出中国古代的文学作品许多都属于"非人的文学"，因此他以进化论和人性论为哲学基础，提倡"人的文学"，并阐述了新文学与"人的文学"的关系：我们所说"人的文学"中的"人"，是"'从动物进化的人类'。其中有两个要点，（一）'从动物'进化的，（二）从动物'进化'的。我们承认人是一种生物，他的生活现象，与别的动物并无不同。所以我们相信人的一切生活本能，都是美的善的，应得完全满足"。[②] 他强调文学应表现人性，即人的本能、本性所具有的"美"和"善"，并由此产生的"爱"。他主张文学要传达作者和作品中人物的"爱"："我说

---

① 刘半农：《我之文学改良观》，载《新青年》1917 年第 3 卷第 3 号。
② 周作人：《人的文学》，载《新青年》1918 年第 4 卷第 4 号。

的人道主义，是从个人做起。要讲人道，爱人类，便须先使自己有人的资格，占得人的位置。……人为了所爱的人，或所信的主义，能够有献身的行为"，"到了人类，对于恋爱的融合，自我的延长，更有意识，所以亲子的关系，尤为深厚。祖先为子孙而生存，所以父母理应爱重子女，子女也就应该爱敬父母。这是自然的事实，也便是天性"。[①] 周作人宣扬的人道主义，强调爱人、爱己、爱子女，进而爱自然、爱人类的观点，实际上是他对西方两大伦理思想体系——个性主义和博爱主义的综合与统一，这就直接为泰戈尔以"博爱"为核心的梵爱和谐思想在中国现代早期的传播与流行创造了良好的条件。冰心（1900—1999）在五四之后发表了一系列以"爱"为主题的小说、诗歌和散文，表达了作者的母爱、儿童之爱和自然之爱的思想感情；她创作的动力和源泉，就在于她"始终拥有一颗博大的爱心"，"她的爱心精神影响了千千万万的人"。[②] 冰心的这种以"爱"为核心的思想和作品、对泰戈尔"宇宙与人和谐"、"梵我合一"思想的无限赞美和向往，直接为泰戈尔梵爱和谐思想在我国现代早期的传播与流行搭建了沟通的平台，为泰戈尔梵爱和谐思想种子在我国现代早期新诗诗坛的生长建造了美好的苑囿。

　　对于文学革命的目的，胡适明确指出："文学革命的目的是要用活的语言来创作新中国的新文学——来创作活的文学，人的文学"，"中国新文学运动的一切理论都可以包括在这两个中心思想的里面。"[③] 所谓"活的文学"是指文学作品必须来自于鲜活的现实生活、鲜活的生命和鲜活的语言（白话文），而不是封建文学作品所写的拟古的陈腐的生命僵死的语言（文言文）。所谓"人的文学"是指文学作品要抒写普通大众的真实思想、真实情感（性情、情志），"性情可以为诗，而非诗也。诗者，艺也。艺有规则禁忌，故曰'持'也。'持其情志'，可以为诗"，[④] 而不是封建文学作品只知一味地为封建统治者歌功颂德、树碑立传，也不是儒家的"为天地立心，为生民立命，为往圣继绝学，为万世开太平"。

---

① 周作人：《人的文学》，载《新青年》1918 年第 4 卷第 4 号。
② 陈恕：《冰心全传》，中国青年出版社 2011 年版，第 492 页。
③ 胡适：《建设理论集》导言，见《〈1917—1927 中国新文学大系〉导言集》，天津人民出版社 2009 年版，第 1、16 页。
④ 钱钟书：《谈艺录》，生活·读书·新知三联书店 2008 年版，第 107 页。

对于文学革命的见解或理论建设，康白情的《新诗底我见》、傅斯年的《戏剧改良各面观》、欧阳予倩的《予之戏剧改良观》等文章，也都提出了一些建设新文学的意见。在这方面，于文学革命中涌现出的重要文学社团对文学革命的理论各抒己见，颇有见地。1920 年 11 月在北京成立的文学研究会宣称：文学不是"高兴时的游戏，或失意时的消遣"，"文学是一种工作，而且又是于人生很切要的一种工作"，[①] "文学应该反映社会的现象，表现并且讨论一些有关人生一般的问题"，[②] 提倡新文学在创作方法上应运用"写实主义"，文学须"为人生而艺术"。在这个大前提下，文研会的成员各有不同的表述，如王统照主张文学应表现人与自然的和谐关系，许地山认为丰富的人生也应有宗教精神的空间。1921 年在东京成立的创造社的观点与文研会的观点大相径庭，该社主张"本着我们内心的要求，从事文艺的活动"[③]，强调创造精神，强调天才、神会和灵感，尊重主观感受，要求表现自我，提倡新文学在创作方法上应运用"浪漫主义"，文学须"为艺术而艺术"。在这个大前提下，创造社的成员各有不同的表述，如郭沫若主张文学（包括诗歌）应表达泛神论所蕴含的强烈的创造精神和反抗精神，郁达夫主张文学应表现人与自然的和谐关系。此外，弥洒社、浅草社、沉钟社与创造社的主张比较接近。1922 年 3 月在杭州成立的湖畔诗社"专心致志做情诗"，歌颂自由的爱情，主张诗歌应抒发作者的纯真情感。1923 年成立的新月社的成员多是从欧美回国的留学生，因此他们倾向自由主义思想和改良主义思想，既反对封建军阀政治，又惧怕社会主义思潮，文学上重视形式美和语言美，倡导和实验了新格律诗。1924 年11 月成立的语丝社认为新文学应该任意抒写，无所顾忌，要催生新事物，排击旧事物。该社在指斥社会弊端、抨击旧文化和歌赞新生命、新事物、新生力量方面作出了贡献。

上述这些重要的文学社团的理论主张和见解，对于我国现代早期文坛传播泰戈尔的反映社会现实、抒写人生感悟、表现自我情感、歌颂自由爱

---

① 《文学研究会宣言》，载《小说月报》1921 年第 12 卷第 1 号。
② 茅盾：《中国新文学大系·小说一集·导言》，见《〈1917—1927 中国新文学大系〉导言集》，天津人民出版社 2009 年版，第 54 页。
③ 郑伯奇：《中国新文学大系·小说三集·导言》，见《〈1917—1927 中国新文学大系〉导言集》，天津人民出版社 2009 年版，第 97 页。

情、赞美生命新生、讴歌人与自然和谐、表现宗教精神的诗歌，以及这些诗歌所蕴含的梵爱和谐思想，创造了良好氛围和有利条件，形成了宽松的文化语境。

从1917年到20年代末，文学革命造就了新文学，新文学不仅在理论上丰富多彩、百家争鸣，而且在创作实践上百花齐放、成绩斐然。诗歌是新文学创作的急先锋，诗坛涌现了大批诗人及其诗作，如第一部白话诗集即胡适的《尝试集》（1920），第一部影响最大的新诗集即郭沫若的《女神》（1921），在泰戈尔《飞鸟集》影响下出现的小诗运动及冰心的小诗集《繁星》、《春水》（1922），宗白华的小诗集《流云》（1923）等。积极创作白话诗的还有刘半农、沈尹默、周作人、俞平伯、康白情、刘大白等，尤其是体现人道主义、个性主义和博爱主义的白话诗比比皆是，如胡适的《老鸦》、周作人的《小河》、陈衡哲的《鸟》等诗作表现了追求自由的个性主义，胡适和沈尹默的同题诗《人力车夫》，沈尹默的《宰羊》、《鸽子》，刘半农的《车毯》、《相隔一层纸》、《学徒苦》，俞平伯的《无名的哀诗》等诗作，都表现了对下层劳动者或弱小动物的同情怜悯的人道主义和博爱主义精神。创作新诗的还有鲁迅、李大钊、陈独秀、陈衡哲、沈玄庐，新月诗派的闻一多、徐志摩，湖畔诗人冯雪峰、潘漠华、汪静之、应修人，抒情诗人冯至，象征诗派的李金发等，他们的诗作都各标新意，影响较大。此外。小说、话剧、散文、杂文等也是作家辈出，作品丰富，因这些文体不在本著作的研究范围之内，故不赘述。同时，为促进新文学的发展而成立的文学社团和为新文学作品提供发表园地的文学期刊如雨后春笋，蓬勃滋生。"这一时期，是青年的文学团体和小型的文艺定期刊蓬勃滋生的时代。从民国十一年（一九二二）到十四年（一九二五），先后成立的文学团体及刊物，不下一百余。"① 新文学在诗歌、小说、戏剧、散文方面丰硕的创作成果，以及众多的文学团体及刊物，彰显了文学革命的实绩，为中国现代文学建立了不朽之功。王统照（1897—1957）评价说："国内新文学蓬勃发达的现状，日甚一日；……这正是已由荒芜的时代，而入于收获的时

---

① 茅盾：《中国新文学大系·小说一集·导言》，见《〈1917—1927中国新文学大系〉导言集》，天津人民出版社2009年版，第55页。

代，究竟是很乐观的。"① 《中国新文学大系》的主编赵家璧（1908—1997）认为新文学运动"对于未来中国文化史上的使命，正像欧洲的文艺复兴一样，是一切新的开始"，"他们所产生的一点珍贵的作品，更是新文化史上的至宝"。②

文学革命丰富的理论建设和新文学丰硕的创作成果在中国现代文学史上具有划时代的意义和深远的影响。概而言之其意义和影响为：其一，明确了文学的性质，即文学是反映社会和人生以及作者思想感情的"人"的文学。其二，明确了文学的功能，即文学具有认识社会、认识人生、开启民智、服务国民的作用。其三，明确了文学的内容和任务，即反对和批判封建专制，追求和表现社会民主；反对和批判对人的行为、精神和爱的压迫束缚，追求和表现人的行为、精神和爱的自由解放；揭露和批判社会的腐朽黑暗，追求和表现社会的平等光明；反对将人与自然的关系对立起来或割裂开来，主张将人与自然的关系统一起来，使之达到协调和谐的境界。其四，为中国的现代文学开辟了道路，为学习借鉴外国文学营造了良好的文学氛围和文化语境。其五，为中国现代早期诗坛传播泰戈尔反映社会人生、表现人的情感、追求民主平等自由光明、蕴含爱的哲学及天人和谐精神的诗歌，以及这些诗歌所蕴含的梵爱和谐思想，创造了良好的文学氛围和文化语境。

总之，文学革命丰富的理论建设和新文学丰硕的创作成果，为泰戈尔梵爱和谐思想在我国现代早期的传播储备了丰沛的文学雨露。

五　诗歌嬗变：泰戈尔梵爱和谐思想在我国现代早期传播的诗歌生态苑囿

众所周知，文学的内容与形式存在不可分割的辩证关系，内容决定形式，而形式制约内容。前文主要从文学"内容"的视角，论述了戊戌维新运动、新文化运动、五四运动及后期新文化运动、文学革命为泰戈尔梵爱和谐思想在我国的传播创造了良好氛围和有利语境，但从泰戈尔的大量诗

---

① 王统照：《本刊的缘起及主张》，载《文学旬刊》第 1 号，北京《晨报副刊》1923 年 6 月 1 日。

② 赵家璧：《中国新文学大系·前言》，见《〈1917—1927 中国新文学大系〉导言集》，天津人民出版社 2009 年版，第 1 页。

歌在我国传播的情形来看，我国诗歌"形式"的嬗变对泰戈尔梵爱和谐思想的传播具有特殊的意义，因为在我国传播的泰戈尔诗歌都是形式自由的抒情诗、哲理诗、叙事诗，且多为散文诗和小诗，如果中国诗歌发展到近现代仍然是形式严格的格律诗或古体诗，那么泰戈尔的诗歌几乎不可能在我国传播，更谈不上流行与接受。因此，有必要专题研究我国诗歌形式的嬗变为泰戈尔梵爱和谐思想在我国传播所创造的有利语境。

从近代的诗界革命到现代的文学革命，即从 19 世纪 90 年代中叶到 20 世纪 20 年代，我国诗歌形式嬗变的轨迹大体为三部曲：诗界革命时期所产生的新派诗→新文化运动初期的白话诗→文学革命时期产生的新诗（包括抒情诗、哲理诗、叙事诗、小诗和散文诗）。

（一）新派诗

严格说来，近代"新派诗"的先声始于 1868 年（同治七年）黄遵宪（1848—1905）所作的《杂感》（时年诗人 21 岁），因为这首诗破天荒地提出了诗歌创作应该"我手写我口"的鲜明观点，毋庸置疑，这是我国诗歌史上也是文学史上第一次喊出的关于诗歌变革的鲜明通俗、大胆创新的口号，因此黄遵宪"被梁启超推为造诗界新国之第一人"。① 黄遵宪呼吁"我手写我口"，意在从语言形式入手变革诗歌的现状，开拓诗歌的未来。此后，黄遵宪大胆地把口语中的词汇和现代科学知识的词汇写入诗中，吟咏新的事物，创造美的意境，表现了他所倡导的"古人未有之物，未辟之境"。例如他的新派诗代表作四首《今离别诗》（其一），这首诗以通俗清新的语言将现代交通工具"轮船"写入诗中，赞美了轮船行驶轻捷矫健，快速稳健，不仅使交通便利，而且快速缩短亲人之间的空间距离和心理距离，让离愁化为轻烟淡雾，倏然远去，表现了现代的离别与古代的离别天壤有别，古代亲人之间的离别是因离而愁，因别而伤，而现代亲人之间的离别由于轮船的便捷，所以不会因离而愁，而是暂别而喜。在《今离别诗》其他三首中，作者分别描写和歌赞了现代的火车、电报、照片以及东西两半球昼夜相反的新事物和趣事，这不仅是古典诗歌未曾有过的意象、意境和意趣，而且是与黄遵宪同时代的诗人甚至更年轻的诗人

①　沈金浩：《诗界革命的先声——黄遵宪〈杂感〉五首之二浅析》，载《古典文学知识》1997 年第 1 期。

的诗中也不曾有过的，例如比黄遵宪年轻 15 岁的诗坛拟古派泰斗王运，同样写"离别"，而诗中仍然套用唐宋思妇诗的陈词滥调，充斥着"断肠"、"罗裳"、"空帷"等意象，弥漫着惨愁浓伤的意境和情调。因此梁启超对黄遵宪及其新派诗给予了高度评价，认为在近代诗人中，能将新理想熔铸于旧风格的，当首推黄遵宪，他的新派诗独辟境界，卓然自立于 20世纪诗界中。今人对黄遵宪的新派诗也有中肯评价："在近代，当旧形式还未被彻底打破之前，要想表现新内容，而又使诗不失其为诗，继续保持其艺术魅力，黄遵宪的《今别离》这类诗已达到了当时'新派诗'所能达到的最高成就。"[1]

　　但是，因为黄遵宪当时在诗坛上的地位并不高，加之他自己的不少诗歌仍然以用典见长，所以黄遵宪"我手写我口"的呼吁并未得到诗人们的广泛响应。直到在他的"我手写我口"的呼吁出现 31 年后的戊戌维新运动中，文坛巨擘梁启超（1873—1929）举起"诗界革命"的旗帜登高一呼，才出现应者甚众、始成规模的"新派诗"局面。诗界革命倡导者之一的夏曾佑（1863—1924）写过一些新派诗，他运用佛教、孔教、基督教的经典语录和科学名词，以促进新派诗的发展。被梁启超赞为"诗界革命巨子"的丘逢甲（1864—1912）本来年少就有诗名，后来在诗界革命中用力颇深，作诗也多，他的诗在语言形式上不拘格律，颇为恣肆，好用俗语新词，语言圆熟清畅，为新派诗作出了重要贡献。谭嗣同（1865—1898）既是戊戌变法干将，又鼎力襄助诗界革命，他的不少诗歌也是"我手写我口"的新派诗，如《儿缆船并叙》："北风蓬蓬，大浪雷吼，小儿曳缆逆风走。惶惶船中人，生死在儿手。缆倒曳儿儿屡仆，持缆愈力缆縻肉，儿肉附缆去，儿掌惟见骨。掌见骨，儿莫哭，儿掌有白骨，江心无白骨。"这首诗的可贵之处不仅在于生动描写了船遇风浪的险景，歌颂了小小船夫舍生忘死拯救渡河人的义勇精神，更可贵的是诗人娴熟地运用了抒写"我口"、"我心"的通俗语言，而且诗歌句式富于变化，四言、七言、五言、三言穿插使用，长短参差，摇曳多姿。谭嗣同的另外一些诗如《三鸳鸯篇》在语言和句式上也有这样的特点。应该说谭嗣同的新派诗对新文化运

---

　　① 郭延礼：《关于黄遵宪新派诗的评价问题——读〈谈艺录〉对公度诗的评论》，载《文史哲》2007 年第 5 期。

动初期的白话诗产生了一定影响，树立了一定规范。

毋庸讳言，总体来看诗界革命前后产生的新派诗，其形式还是旧体的，审美形态仍是传统的，未能从根本上突破旧体诗句式或格律的严重束缚，表现手法上还常常"使事用典"，因此在当时文坛和整个诗歌史上未能产生划时代的作用，但是，这种新派诗毕竟是"维新派文化思想在文学革新和语言革新运动中的具体表现"，"'诗界革命'和'新文体'变革了具有正统地位的古典诗文"，[1] 为后来新文化运动初期的"白话诗"开辟了道路，对"新诗运动"产生了积极影响。

（二）白话诗

白话诗是远承清末"诗界革命"的新派诗、近随"白话文运动"而产生的崭新的诗种。白话文运动是新文化运动的必然产物，白话诗是白话文运动的必然产物。新文化运动伊始，胡适在《文学改良刍议》中就发表了一个富有远见的论断："以今世历史进化的眼光观之，则白话文学之为中国文学之正宗，又为将来文学必用之利器，可断言也。"同时提出了一个鲜明主张："以此之故，吾主张今日作文作诗，宜采用俗语俗字。"[2] 陈独秀、刘半农、钱玄同等都赞成胡适的这个基本判断和主张。胡适还认为："文学革命的作战方略，简单地说，只有'用白话作文作诗'一条是最基本的。这一条中心理论，有两个方面：一面要推倒旧文学，一面要建立白话为一切文学的工具。"[3] 胡适不仅在理论上极力主张用白话作诗，而且在创作实践上身体力行，率先进行白话诗的创作实践，如 1916 年 8月创作的《蝴蝶》："两个黄蝴蝶，双双飞上天 / 不知为什么，一个忽飞远。剩下那一个，孤单怪可怜。也无心上天，天上太孤单。"[4] 显然，从这首诗可以看出，胡适是有意以白话为工具在作诗，歌颂自然生命的自由多彩，也感叹生命一旦落伍就孤单寂寞的无奈。这是白话诗的一种大胆"尝试"，但也明显带有诗界革命"新派诗"的痕迹，未能突破旧诗整饬僵化形式的限制，并且谈不上什么艺术性，胡适自己也坦承："起于民国

---

① 郭志刚、孙中田主编：《中国现代文学史》，高等教育出版社 1999 年版，第 46—47 页。

② 胡适：《文学改良刍议》，载《新青年》1917 年第 2 卷第 5 号。

③ 胡适：《中国新文学大系·建设理论集·导言》，见《〈1917—1927 中国新文学大系〉导言集》，天津人民出版社 2009 年版，第 17 页。

④ 载《新青年》1917 年第 2 卷第 6 号。

五年七月，到民国六年九月我到北京时，已成一小册子了，这一年中，白话诗的实验室里只有我一个人。因为没有积极的帮助，故这一年的诗，无论怎样大胆，终不能跳出旧诗的范围。"① 胡适在写《蝴蝶》的同一年和次年初还写了《中秋》、《江上》、《寒江》等白话诗，这些诗除了语言的通俗和不讲平仄之外，与传统的五言绝句并无多少差异。但是到了民国六年（1917 年）下半年，即胡适发表《文学改良刍议》倡导文学革命的基本作战方略"用白话作文作诗"半年之后，胡适联想到外国诗歌体式和语言上的特点与自己创作白话诗的体会时认识道："若要作真正的白话诗，若要充分采用白话的字，白话的文法，和白话的自然音节，非作长短不一的白话诗不可。这种主张，叫做'诗体大解放'。诗体的大解放就是把从前一切束缚自由的枷锁镣铐，一切打破；有什么话，说什么话；话怎么说，就怎么说。这样方才有真正的白话诗，方才可以表现白话的文学可能性。"② 于是，胡适根据"诗体大解放"的设想，他的白话诗创作在形式上有了大突破，不再用句式整饬的体式作诗，而是用参差错落的句式和通俗白话作诗，且有意追求一定的艺术性。这些白话诗陆续在《新青年》杂志发表，引起了诗界的注意，产生了积极影响。如 1918 年在《新青年》发表的有：运用丰富的想象、大胆的夸张和恰切的比拟描写男女相思、歌颂纯真爱情的《一念》，以白描手法和对话形式的散文化手法、表达同情劳动人民主题的《人力车夫》，以人格化手法描写花与人相知、人与自然和谐的，大受康白情赞赏、俞平伯认可的《看花》等；1919 年至 1921 年在《新青年》发表的有：追忆为爱情而死的朋友曼陀的《应该》，歌赞自然和追求光明的《一颗星儿》，批判统治者淫威和歌颂奴隶们反抗的《威权》，以树和种子的无限生命力歌颂新生力量的无限生命力的《乐观》，以老槐树枣树的摇晃无力喻示腐朽势力行将没落的《十一月二十四日夜》等。在胡适这些体式解放、形式活泼、语言通俗、主题积极、有一定艺术性的白话诗的影响带动下，在陈独秀、刘半农、钱玄同、周作人等名人的大力支持下，白话诗遂成风气，诗坛充满生机，不少在新文化运动中十分活跃、受人敬仰的诗人和作家都提起笔来创作白话诗。如周作人的长诗

---

① 胡适：《〈尝试集〉自序》，《胡适代表作·尝试集》，华夏出版社 2009 年版，第 41 页。
② 同上书，第 42 页。

《小河》，这首诗被胡适称赞为"新诗中的第一首杰作，但是那样细密的观察，那样曲折的理想，绝不是那旧式的诗体词调所能达得出的"；[①] 影响较大的白话诗还有沈尹默的诗体"从古乐府化出来"的《人力车夫》，康白情以人格化的月儿比喻相思、歌颂爱情的《窗外》（他的诗在当时给了人们极大的新鲜感，被赞为天籁，"读来爽口，听来爽耳"），刘半农的《相隔一层纸》、《教我如何不想她》（本意是写思乡之情，而人们一般解读为思念爱人，后来被赵元任谱成歌曲广为传唱），还有傅斯年写景抒情的《深秋永定门晚景》，俞平伯朴素真实的《春水船》，鲁迅于1918 年在《新青年》上先后发表的白话诗《爱之神》、《桃花》、《他们的花园》、《人与时》等，都是"诗体大解放"的背景下涌现的白话诗。

　　白话诗对于"诗体大解放"立下了破阵之功，对于中国诗歌体式的大变革具有开天辟地的划时代意义。但是毋庸讳言，五四时期的白话诗尚处于草创阶段，白话诗只是新诗的一种尝试，意在砸碎"从前一切束缚自由的枷锁镣铐"，探索诗歌体式一种新的可能性。在胡适的写白话诗就是"有什么话，说什么话；话怎么说，就怎么说"的观点的负面影响下，有些白话诗幼稚得如中学生的习作，有些诗的语言过于"白话"、"口水话"，太白、太实、太直、太露，无甚艺术性可言，只能称作"口水诗"、"口号诗"，就连胡适本人也对自己缺乏艺术上的创造力有清醒的认识，当年瑞典诺贝尔奖评委斯文赫定说有可能提名胡适获诺贝尔文学奖时，胡适私下认为自己不配得到这个荣誉。由于白话诗这些先天不足，以及任何新事物在初创时期固有的稚嫩，因此新文化运动初期的白话诗未能对诗苑、文坛和社会产生巨大的冲击力和影响力，还不能称作真正意义上的"新诗"。

　　（三）新诗

　　在中国现代文学史上能够称作真正意义上的"新诗"，应是始于郭沫若的《浴海》、《匪徒颂》[②]、《凤凰涅槃》[③]。"郭沫若虽然不是中国第一个写新诗的人，但他却是中国第一个真正的新诗人"，[④] "郭沫若的诗歌，在

---

① 胡适：《谈新诗》，见《胡适代表作·尝试集》，华夏出版社 2009 年版，第 45 页。

② 1919 年年末作，载上海《时事新报·学灯》1920 年 1 月 23 日。

③ 载上海《时事新报·学灯》1920 年 1 月 30 日和 31 日。

④ 十四院校编写组编著：《中国现代文学史》，云南人民出版社 1981 年版，第 119—120 页。

中国诗歌史上开一代诗风，成为我国新诗歌运动的奠基之作"，① 且看他的《浴海》："太阳当顶了／无限的太平洋鼓奏着男性的音调／万象森罗，一个圆形舞蹈／我在这舞蹈场中戏弄波涛／我的血和海浪同潮／我的心和日火同烧／我有生以来的尘垢、秕糠／早已被全盘洗掉／我如今变了个脱了壳的蝉虫／正在这烈日光中叫／太阳的光威／要把这全宇宙来熔化了／弟兄们！快快／快也来戏弄波涛／趁着我们的血浪还在潮／趁着我们的心火还在烧／快把那陈腐了的旧皮囊／全盘洗掉／新社会的改造／全赖吾曹！"② 这首诗运用富有张力的语言、错落多姿的句式和铿锵响亮的韵调，选取"太阳"、"太平洋"、"海浪"、"宇宙"等硕大无朋的意象，张扬了新生代青年人敢于与凶恶海浪一样的旧恶势力搏斗的大无畏精神，歌颂了新生代青年人敢于洗净"旧皮囊"、熔化"全宇宙"、埋葬旧世界、建设"新社会"的所向无敌的英雄气概。《凤凰涅槃》更是化用催人奋发、令人自新的关于凤凰涅槃更生的神话传说，运用灵动飞扬的语言、重叠复沓的句式和掷地有声的叹号，以旷世未有、火山爆发似的激情，前无古人、弥天漫地的想象，雄奇瑰丽、烂漫多彩的意象，无情地批判了血腥"屠场"似的旧世界，尽情地描绘了朝阳灿烂的理想世界，抒发了埋葬旧世界、建设新社会的真挚感情，它把"社会的改造和个人精神的自新结合在一起，表达了诗人追求理想、追求精神自新的决心"。③ 因此，《凤凰涅槃》一经发表，立即轰动诗坛，震动文坛，人们竞相传诵，竞相效仿。《浴海》和《凤凰涅槃》的问世，标志着真正"新诗"的诞生。此后，郭沫若将1919年至1921年所写的新诗结集为《女神》，于1921年由泰东书店出版。《女神》热情洋溢地召唤中华民族的新生，高瞻远瞩地预示宇宙美好的未来，集中体现了诗人否定旧我，诅咒旧世界、追求新生的精神，第一次以真正的新诗唱出了中国人民彻底反帝反封建的心声。《女神》都是感情浓烈的抒情诗，诗人所抒发的既是自我的主观之情，更是时代的诉求之情，"抒情并不是说要限于抒写个人的小感情，不是的，决不是的。一个伟大的诗人或一首伟大的诗，无疑是抒写时代的大

---

① 林志浩主编：《中国现代文学史》，中国人民大学出版社1979年版，第153页。
② 郭沫若：《浴海》，1919年9月间作，载上海《时事新报·学灯》1919年10月24日。
③ 郭志刚、孙中田主编：《中国现代文学史》，高等教育出版社1999年版，第218页。

感情的。诗人要活在时代里面，把时代的痛苦、欢乐、希望、动荡……能够最深最广地体现于一身，那你所写出来的诗也就是铸造时代的伟大的史诗了"。① 《女神》的出版在诗界、文学界和社会上产生了巨大的思想冲击力、精神冲击力、想象冲击力、诗体冲击力和语言冲击力，以及广泛的社会作用和审美作用；《女神》的问世确立了真正"新诗"的地位，它在中国现代文学史上具有里程碑的意义。"新诗的出现及实验的成功，为 20 世纪中国文学革命的胜利写下了决定性的一笔"，② 从此"新诗在文学上的正统以立"。③

在新文学运动的推动或郭沫若诗歌的影响和带动下，一大批新诗作者及其百花齐放的作品应运而生、蓬勃向荣，影响较大的新诗集就有俞平伯的《冬夜》（1922）、《西还》（1924）和《忆》（1925），康白情的《草儿》（1922），汪静之的《蕙的风》（1922），闻一多的《红烛》（1923）和《死水》（1928），李金发的《微雨》（1923），刘大白的《旧梦》（1924）和《邮吻》（1926），王统照的《童心》（1925），徐志摩的《志摩的诗》（1925）和《翡冷翠的一夜》（1927）等，还有周作人、陈衡哲、沈玄庐、庐隐、朱自清、冰心、宗白华、穆木天、王独清、冯乃超、朱湘、饶孟侃、刘梦苇、林徽因、邵洵美、蒋光慈、冯至、戴望舒、胡也频、姚蓬子等大批诗人的大量新诗。"新诗的发展，很自然地会把更完美的新形式的要求提到日程上来。"④ 于是，新诗多姿多彩的"新形式"出现了：有抒情诗，包括直抒胸臆的抒情诗和含蓄蕴藉的抒情诗，如郭沫若式、闻一多式、蒋光慈式的直抒胸臆的抒情诗，康白情式、徐志摩式、朱自清式、冯至式的含蓄蕴藉的抒情诗；有叙事诗，如刘半农的《敲冰》和《一个小农家的暮》，沈玄庐的《十五娘》，冯至的《昨日之歌》（下集）等；尤其值得一论的是出现了别具一格的散文诗。郭沫若对散文诗有一种通俗生动的解释："我相信有裸体的诗，便是不借重于音乐的韵语，而直抒情绪中的观念之推移，这便是所谓散文诗，所谓自由诗。这儿虽没有一定的外形

---

① 郭沫若：《诗歌底创作》，见《郭沫若谈创作》，黑龙江人民出版社 1982 年版，第 50 页。
② 谢冕：《中国新诗总系·总序》，人民文学出版社 2010 年版，第 1 页。
③ 朱自清：《诗集·选诗杂记》，见《〈1917—1927 中国新文学大系〉导言集》，天津人民出版社 2009 年版，第 156 页。
④ 林庚：《问路集·自序》，北京大学出版社 1984 年版，第 1 页。

的韵律，但在自体是有节奏的。……诗自己的节奏可以说是情调，外形的韵语可以说是声调。具有声调的不必一定是诗，但我们可以说，没有情调的便决不是诗。"① 优秀的散文诗如沈尹默的《月夜》、《三弦》，周作人的《小河》，刘半农的《雨》，鲁迅的《野草》，许地山的《暾将出兮东方》，茅盾的《雷雨前》，陆蠡的《海星》，莫洛的《生命树》等。康白情（1896—1959）认为："第一首散文诗而具备新诗的美德的是沈尹默的'月夜'，在一九一七年。继而周作人随刘复作散文诗之后而作'小河'，新诗乃正式成立。"② 鲁迅先生对新诗创作的主要贡献是散文诗，他最初尝试的散文诗是《自言自语》，"《自言自语》是鲁迅最早创作的一组散文诗，也是中国现代最早的散文诗创作之一"，③ 后来鲁迅的《野草》标志着他的散文诗创作已臻于完善。此外，还出现了短小蕴藉、耐人寻味的哲理诗，如冰心、宗白华、徐玉诺等人的一部分新诗就是哲理诗。"那时新诗普遍的趋势是发展向旧诗中所无的方面去，故大抵都是在形式上求自由，求散文化，在内容上则求说理，求写实，喜用第一身。……那时的诗却有普遍的一片欣欣向荣之意"。④ 这个时期抒情诗、叙事诗、散文诗和哲理诗等多种体式的新诗姹紫嫣红、姚黄魏紫，构成了我国现代早期诗苑百花齐放、欣欣向荣的生态景观。

新诗蓬勃发展的盛况，可从我国现代早期阵容强大、影响深远的文学社团、诗歌流派、代表诗人的异军突起，窥见早期诗苑生机勃勃的生态景观。如：以胡适、沈尹默、刘半农、刘大白、康白情、俞平伯为代表的，提倡诗体大解放、最早创作我国现代白话诗的尝试派；文学研究会中以周作人、朱自清、冰心、刘半农、王统照、俞平伯、黄庐隐、蹇先艾为代表的，主张"文学是一种工作，而且又是于人生很切要的一种工作"，⑤ 应"为人生而艺术"，文学理念和创作实践皆倾向于现实主义的"为人生诗派"；创造社中以郭沫若、宗白华、成

---

① 郭沫若：《论节奏》，见《郭沫若全集》第 15 卷，人民文学出版社 1990 年版，第 360 页。

② 愚庵（康白情）：《新诗年选·一九一九年诗坛略纪》，转引自朱自清《诗集·选诗杂记》，见《〈1917—1927 中国新文学大系〉导言集》，天津人民出版社 2009 年版，第 156 页。

③ 路业、蒋明玳：《中国现代散文诗的发轫之作——鲁迅的散文诗〈自言自语〉初探》，载《南京广播电视大学学报》2003 年第 1 期。

④ 林庚：《新文学略说》，载《中国现代文学研究丛刊》2011 年第 1 期。

⑤ 《文学研究会宣言》，载《小说月报》第十二卷第一号。

仿吾、冯乃超、王独清、穆木天为代表的，主张自我表现和个性解放，具有浓重浪漫主义倾向的"浪漫主义诗派"；以应修人、汪静之、潘漠华、冯雪峰为代表的专注于爱情诗歌创作的"湖畔诗派"；以徐志摩、闻一多、朱湘、饶孟侃、邵洵美、卞之琳为代表的，主张诗歌的建筑美、绘画美和音乐美，有鲜明艺术纲领、系统诗歌理论和丰硕创作成果的"新月派·新格律诗派"；以李金发、王独清、穆木天、冯乃超为代表的，注重自我心灵的艺术表现、强调诗的暗示性和神秘性的"早期象征诗派"等。

　　新诗蓬勃发展的盛况，还可通过新诗的载体——报刊的激增和传播空间的大幅度扩张窥见一斑。五四前后，新出版物激增，"及至'五四运动'以后，新诗便风行于海内外的报章杂志了"①。胡适在《五十年来中国之文学》中称，有人估计仅仅在 1919 年中，至少出了 400 种白话报。当时在各类新式杂志上登载新诗成了一种风气，报纸上所载的，自北京至广州，从上海到成都，多有新诗出现。从某种意义上说，新诗成了新文化的符号和标志，一位评论者曾讽刺中带夸赞地说，当时"无论什么报章杂志，至少也得印上两首新诗，表示这是新文化"。②

　　除《新青年》是新诗的主阵地之外，《新潮》、《少年中国》、《每周评论》、《星期评论》也成为新诗的主要发表刊物，并培养出一批新的作者和读者。《尝试集》、《女神》、《草儿》、《冬夜》等新诗集的出版，更是扩充了读者群，"当时新出的诗集，如胡适的《尝试集》，郭沫若的《女神》，康白情的《草儿集》，汪静之的《蕙的风》，谢冰心的《春水》等等都买来读"。③ 新诗颇受读者欢迎，还可从新诗集的发行量看出一端，如《尝试集》出版三年就再版四次，印数达 15000 册，到 1935 年亚东结业时，共出 47000 册，这个发行量在当时是非常惊人的；④《女神》初版后的两年之内竟四次再版；《蕙的风》也风行一时，前三年就销了二万余部。须知在当时，一本文学书籍的销量超过一万就属于最畅销之列，化鲁曾

----

① 朱自清：《选诗杂记》，见《〈1917—1927 中国新文学大系〉导言集》，天津人民出版社 2009 年版，第 156 页。
② 张友鸾：《新诗坛上一颗炸弹》，载《京报·文学周刊》1923 年 6 月 16 日第 2 号。
③ 苏金伞：《创作生活回顾》，载《新文学史料》1985 年第 3 期。
④ 参见汪原放《回忆亚东图书馆》，学林出版社 1983 年版，第 53、82 页。

说："文学书籍的销路，在中国至多不过一万，而报纸行销至四五万，却是很平常的。"① 其他一些早期新诗集，虽然不如这三本风光，但销数都很可观。

我国现代早期的这些新诗，其体式不管是抒情诗，还是叙事诗，不管是哲理诗，还是散文诗，都日渐成熟、日臻完善，都在中国现代文学史上写下了浓墨重彩的华章，为泰戈尔负载梵爱和谐思想的抒情诗、叙事诗、哲理诗尤其是散文诗在中国现代早期的传播创造了良好的生态条件和文化语境。

综上所述，由于我国现代早期的时代与社会已经具备了上文所言的良好的政治土壤、文化阳光、思想新风和文学雨露等生态条件和文化语境，因此泰戈尔梵爱和谐思想的种子就可以在这里生根、发芽、开花、结果，就可以顺利地传播与流行，直至被接受，就可以融入中国现代文学的繁荣范围，构成时代需要、读者欣赏的生态景观。

第二节　媒介·译介·主体的多向传播：泰戈尔梵爱和谐思想在我国现代早期传播的方式

如前所述，比较文学的影响研究主张以文学关系为主轴，以流传学为起点，以媒介学为中介，以渊源学为重点，研究文学的传播者与接受者之间的影响与被影响的关系，它的基本方法是流传学、媒介学和渊源学。流传学是研究某位作家和作品在他国的影响、评价和际遇，媒介学是研究外国作品传入本国的方式，渊源学是以接受者为出发点，去探寻放送者的影响，以揭示本国作家的作品内容和形式的外来因子。本节拟从影响研究的流传学和媒介学的角度，研究泰戈尔梵爱和谐思想在我国现代早期传播的主要方式，包括媒介传播、译介传播、主体传播（泰戈尔访华给我国带来的影响、所受到的评价和际遇）的生态状况。

一　媒介传播：翻译与评介

从媒介学的视角看，泰戈尔梵爱和谐思想在我国现代早期传播的主要

① 《中国的报纸文学》（一），载《文学旬刊》1922 年第 44 期。

方式，是以翻译和评介为手段的媒介传播。

梵·第根认为，所谓媒介就是在两种或两种以上文学发生相互关系的"经过路线"中，从"放送者"到"接受者"之间的沟通者。基亚继承和发展了梵·第根的学说，将媒介具体解释为在国家与国家或文学与文学之间起桥梁作用的人和物，即"文学世界主义的代理，包括翻译作品或译者、评介文献与报章杂志、语言知识或语言学家等因子"。①

众所周知，如果一个国家的文化、文学要传播至另一个不同语言系统的国家，那么必须依靠翻译和评介，翻译和评介是国家之间文化文学沟通的桥梁、纽带和重要方式，没有翻译和评介，文化文学的传播、交流就是异想天开的事情。千百年来，中国与印度的文化就有深度的交流。在古代，中国文化与印度文化的交流，得益于佛教文化经典的翻译和评介，如唐代高僧玄奘历经千难万险西去印度（古代称为天竺）传播大唐文化，取回佛教真经，然后召集一批人才在长安慈恩寺花费整整十三年时间，将取回的佛教真经翻译为汉文，并讲法扬佛，传播印度文化。在现代，中国文化与印度文化的交流，得益于文学经典的翻译和评介，尤其是泰戈尔的大量文学作品特别是诗歌的翻译和评介。

泰戈尔思想及作品蕴含的梵爱和谐思想（放送者）在我国现代早期的传播，就是主要通过众多热心的个体媒介（译者）、文本媒介（评介文献与报章杂志）和接受者（读者）来实现的。

（一）新文化运动和新文学运动中译介外国文学的媒介生态

如果要了解、理解泰戈尔作品及其梵爱和谐思想在我国现代早期的传播、接受和影响的情形，那么必须首先了解新文化运动和新文学运动中译介外国文学作家作品所形成的有利的媒介生态。

如前所述，我国轰轰烈烈的新文化运动是由陈独秀、胡适、鲁迅等接受过外国文化熏陶浸染的文化人大力倡导和推动而产生的，这些新文化的先驱者意在以西方文化的民主（德先生）和科学（赛先生）推倒中国的封建专制和文化专制，以西方文学的人道主义（包括个性主义和博爱主义）文学，改造中国的封建主义文学，从而构建现代中国的"人的文学"。但是，当时国人对外国的先进文化和文学并不了解、不理解，更谈

---

① 基亚：《比较文学》，颜保译，北京大学出版社 1983 年版，第 15 页。

不上接受。因此，新文化的先驱们和进步的文化人深刻意识到，必须首先以翻译和评介为手段，将外国文学（包括西方和东方的文学）引进到中国来，先从思想上、精神上影响国人，进而再从行动上、实践上影响国人，从而推动我国的现代化进程。以翻译、介绍外国作家作品而形成的"翻译文学"在我国新文化运动中扮演了重要角色，对我国新文学的诞生和成长产生了积极作用。

陈独秀是一位以理论新锐、行动迅速著称的新文化运动的领导人，他最早意识到译介外国优秀文学作品对新文化和新文学建设的迫切性和重要性。因此在新文化运动伊始的 1915 年，他就着手翻译泰戈尔的诗歌；他主编的《新青年》从创刊之时起就率先译介外国文学作品。在胡适、周作人等新文化运动先驱和文学研究会等重要组织的大力倡导下，在陈独秀、周作人、郑振铎、许地山、王统照等学者和翻译家积极译介外国文学作家作品的带动下，在《新青年》、《小说月报》、《时事新报》、《晨报副刊》等著名报刊大量刊载外国文学作家的译介作品的推动下，新文化运动之初和五四运动之后，迅速形成了翻译优秀的外国文学（尤其是诗歌、小说）作品、评介进步外国文学诗人、作家的热潮。"由于新文化启蒙与新文学开创基业的双重需求，以及新闻出版业与新式教育的迅速发展，文学翻译呈现出前所未有的盛况。"①

从 1915 年起，全国各种报刊发表了许多翻译作品。现代文学史家林庚（1910—2006）说："一九一五年九月《青年杂志》由陈独秀在上海主编，由群益书社出版……注重介绍欧洲人物思想，如'现代欧洲文艺史谈'，及屠格涅夫、王尔德、太戈尔诸人著作的介绍，较之林琴南不辨好坏只译第二之流作品已渐渐与新文学运动接近。"② 据林庚介绍，对翻译工作最努力的是文学研究会，因为文研会以研究为主，除研究中国文学之外，尤其重视对外国文学的研究、翻译和介绍，因此其译介工作成绩斐然。文研会与《新青年》一脉相承，其发起人之一的周作人就是"三朝元老"，例如他翻译了日本的许多诗歌和短篇小说，后来结集为《点滴》

---

① 秦弓：《"泰戈尔热"——五四时期翻译文学研究之一》，载《中国社会科学院研究生院学报》2002 年第 4 期。

② 林庚：《新文学略说》，载《中国现代文学研究丛刊》2011 年第 1 期。

与《陀螺》出版。鲁迅虽然不曾加入文研会，但他与周作人一样重视译介工作，周氏兄弟在文学革命之前就译介过外国文学作品。此时鲁迅在北平又组织成立了以翻译为主的未名社，该社的翻译家韦素园、曹靖华、李霁野等不仅译介西方文学的作家作品，而且注重译介东方文学尤其是印度文学的作家作品，"所译亦以俄国作品居多。至于日本、印度的作品以其同在东方，故介绍及影响自亦甚多"，"故翻译的工作很可以看出一时文坛的要求与大势来"。① 在《新青年》的带动下，对外国文学的翻译评介进入了一个新阶段，出现了空前的大规模译介外国文学的局面。当时，几乎所有进步报刊都登载翻译作品，所有文学革命的倡导者和重要参与者都译介过外国文学作家作品，如鲁迅、刘半农、胡适、周作人、沈雁冰、郑振铎、瞿秋白、耿济之、郭沫若、田汉等，都是外国文学热心的译介者。《小说月报》等一些影响较大的刊物还特辟专栏，定期译介外国文学作家作品和文艺思潮动态。欧美、俄国、日本、印度等东西方的文学名家名著，从这时起被陆陆续续译介到我国来。

在所有外译文学样式中，翻译外国的优秀诗歌对于催生我国的新诗尤为重要，因为诗歌是时代的号角，"在五四前后中国古老的传统经受前所未有的内在危机、文言的生命变得衰竭，而新的语言力量挣脱和涌动之时，翻译对于中国的新诗，正起到一种'接生'的作用。"② 五四前后外国诗歌的热译，是我国新诗自身发展的需求，也与中国文化因内在危机而急需变革密切相关。于是，莎士比亚、但丁、歌德、席勒、海涅、雨果、波德莱尔、魏尔伦、拜伦、雪莱、莱蒙托夫、普希金、叶芝、泰戈尔、惠特曼、庞德、艾略特等诗人的作品（尤其是泰戈尔的诗歌），以及现实主义、浪漫主义、批判现实主义、自然主义、唯美主义、表现主义、象征主义、现代主义等诗歌流派，在诗歌中表现的人道主义、进化论、实证主义、超人哲学、泛神论等哲学思想，十四行诗、自由诗、象征诗、抒情诗、叙事诗、哲理诗和散文诗等诗歌体式，都被陆续译介到我国来。外国诗歌的热译促进了我国新诗渐行渐壮、欣欣向荣地向前发展。

---

① 林庚：《新文学略说》，载《中国现代文学研究丛刊》2011 年第 1 期。
② 王家新：《翻译与中国新诗的语言问题》，载《文艺研究》2011 年第 10 期。

（二）泰戈尔及其作品的媒介传播生态

在新文化运动和新文学运动对外国文学的翻译评介的传播中，毫无疑问，泰戈尔及其作品的译介是一个重镇，以至于在 1924 年泰戈尔第一次访华前就已然掀起了可惊可喜、蔚然壮观的"泰戈尔热"。

根据传播学的原理，传播须包括传播者、传播信息、传播媒介、受传者和传播效果等五个因子，这五个因子构成一条完整的传播链，其中，传播媒介是使传播者的作品和思想的信息到达受传者、从而产生传播效果（影响和接受）的桥梁和纽带，如果没有传播媒介，那么传播的整个过程就无从谈起，更别说产生传播效果。可见，在传播的链式结构中，传播媒介具有十分重要的作用。传播媒介主要包括个体媒介和文本媒介，个体媒介包括翻译者和评介者，文本媒介则包括报纸杂志、文献资料和出版社等。

第一，从个体媒介"译者"的角度来看泰戈尔诗歌的媒介传播生态。

最早翻译泰戈尔诗歌的译者是陈独秀。泰戈尔于 1913 年获得诺贝尔文学奖后，很快引起了眼光独到、思想敏锐的陈独秀的注意。出于寻找新文化运动的思想武器和精神食粮的需要，出于提倡民主科学、反对封建专制愚昧，提倡学习外国文学、反对封建主义文学的需要，陈独秀于 1915 年 10 月在自己主编的《青年》杂志第一卷第二号上，发表了他亲自翻译的泰戈尔（陈独秀译为"达噶尔"）获得诺贝尔文学奖的抒情诗《吉檀迦利》的第一至第四首，命名为《赞歌》：

赞歌（The Gitanjali.）
达噶尔作　陈独秀译
其一
我生无终极，造化乐其功。微躯历代谢，生理资无穷。
越来千山谷，短笛鸣和雍。和雍挹汝美，日新以永终。
汝手不死触，乐我百障空。锡我以嘉言，乃绝言语踪。
弱手载群惠，万劫无尽工。
其二
当汝命我歌，矜喜动肝膈。举目睹汝面，不觉泪盈睫。
纯一而和谐，泯我百徽纆。乐如海上鸥，临波厉羽翮。

前进致我歌，我歌汝怿悦。余音溢天衢，稀宠幸接迹。

欢歌醉忘我，苍冥为友戚。

其三

深夜群动息，吾亦百虑消。偃卧无所营，委身任灵保。

惰气渎神命，毋令相混淆。夜色若张幕，倦眼息尘劳。

朝醒乐新景，感此神功高。

其四

远离恐怖心，矫首出尘表。慧力无尽藏，体性遍明窈。

语发真理源，奋臂赴完好。清流径寒碛，而不迷中道。

行解趣永旷，心径资灵诏。挈临自在天，使我长皎皎。①

　　陈独秀所译的泰戈尔这四首诗虽然是以传统五言诗的形式翻译的，其
影响力有限，但它相当准确地传达了泰戈尔的思想和作品的诗味，并且它
毕竟是我国读者在现代早期第一次读到的泰戈尔的思想深邃、意义宏远、
意境隽永的诗歌，它对于泰戈尔的作品在我国现代早期的传播勇开先河，
功不可没。

　　最早集中翻译泰戈尔诗歌的译者是黄仲苏。黄仲苏（1896—?）早年
加入了北京少年学会，后来任教于南京东南大学，主讲文学概论。黄仲苏
于 1920 年集中翻译了泰戈尔的 23 首诗歌，分为两组先后在《少年中国》
杂志发表，第一组译诗是《泰戈尔的诗十七首》，第二组译诗是《泰戈尔
的诗六首》。

　　最系统、最全面翻译泰戈尔诗歌的译者是郑振铎。郑振铎是文学研究
会的十二名发起人之一、著名文学批评家和翻译家，也是文学家。郑振铎
最早翻译的泰戈尔《吉檀迦利》中的 22 首诗，发表在 1920 年 8 月《人
道》月刊上，这是“我们现在见到的他最早发表的翻译泰戈尔的诗”，
“同时，还附有他在六月二十一日写的关于泰戈尔的生平介绍”。② 1921
年，郑振铎又以“杂译太戈尔诗”、“译太戈尔诗”为题，经常在改革
后的《小说月报》和创刊后的《文学旬刊》上发表他翻译的泰戈尔的

---

① 此译作载《青年》杂志 1915 年第 1 卷第 2 号。
② 陈福康：《郑振铎论》修订版，商务印书馆 2010 年版，第 434 页。

诗歌，"总数有几百首之多，分别选自泰戈尔当时所有已有英译的六本诗集《园丁集》、《新月集》、《采果集》、《飞鸟集》、《吉檀迦利》、《爱者之赠与歧路》等"，① 如他在《小说月报》第十二卷第一、第四号上发表了他翻译的泰戈尔《新月集》、《飞鸟集》、《采果集》等诗集里的10首诗。1922年10月，郑振铎出版了他翻译的《飞鸟集》，这是"我国最早的一本泰戈尔译诗"，② 也是泰戈尔诗歌在我国现代早期开始产生广泛影响的一部诗集，如著名诗人冰心就是在阅读了郑振铎翻译的《飞鸟集》之后，才对小诗产生了极为浓厚的兴趣，才奋笔撰写了许多"泰戈尔式"的小诗，从而结集为《繁星》和《春水》的，因此"我们不妨这样说，如果没有郑译的《飞鸟集》那种自由的散文化形式，那么冰心的《繁星》、《春水》和中国的小诗潮流也许就不会成为诗坛风景了"。③ 1923年，郑振铎又选译了《飞鸟集》、《歧路》、《吉檀迦利》、《爱者之赠遗》等诗集里的数十首诗，在《小说月报》发表；同年9月，又出版了他翻译的《新月集》。1925年3月，他又将自己翻译的《飞鸟集》、《新月集》之外的泰戈尔译诗编成《太戈尔诗》出版。由于郑振铎大量翻译、传播了泰戈尔的诗歌，因此孟加拉语文学女翻译家、东方学家石真（原名石素真，1918—2009）认定："中国最早较有系统地介绍和研究泰戈尔的是西谛先生（西谛是郑振铎的笔名——引者注）。"④ 正是在郑振铎等译者的辛勤耕耘和大力传播下，"我们邻国的一个大作家的创作才广为我国读者所熟知"。⑤

此外，翻译泰戈尔诗歌的著名译者还有郭沫若、沈雁冰、许地山、徐志摩、瞿世英、刘大白、叶绍钧、李金发、沈泽民、梁宗岱、王独清、赵景深、陈南士、王靖、陈竹影等。

第二，从文本媒介的视角来看泰戈尔诗歌在我国的媒介传播生态。

文本媒介是传播泰戈尔作品和思想的重要载体。当时的报刊业和新闻

---

① 陈福康：《郑振铎论》修订版，商务印书馆2010年版，第435页。
② 同上。
③ 熊辉：《两只笔的恋语：中国现代诗人的译与作》，西南师范大学出版社2011年版，第212页。
④ 石真：《〈泰戈尔诗选〉前言》，人民文学出版社2002年版。
⑤ 陈福康：《郑振铎论》修订版，商务印书馆2010年版，第436页。

出版业虽然才起步不久，但已呈现蓬勃发展的势头，"从 1901 年到 1920
年的二十年里，报刊业增加了十倍左右"，① 大量的报刊和出版社为诗歌
的传播搭建了平台，拓展了传播空间。发表泰戈尔译诗最早的刊物是《青
年》杂志（1915 年）；最多最集中的刊物是《小说月报》和《文学旬
刊》，从 1921 年 1 月至 1924 年 12 月，这两个刊物共发表了泰戈尔译诗数
百首。此外，《少年中国》、《时事新报·学灯》、《东方杂志》、《晨报副
刊》、《文学周报》、《创造周报》、《京报副刊》、《民国日报·觉悟》、《中
国青年》周刊等报刊也常常发表汉译泰戈尔诗歌，"登载泰戈尔作品的杂
志约 30 多种"，② 泰戈尔诗歌在我国现代早期的传播范围已相当广泛。

　　第三，从泰戈尔多种体裁的作品在我国现代早期的发表来看泰戈尔作
品的翻译、传播生态。

　　据不完全统计，1915 年至 1929 年的十四年间，《新青年》、《小说月
报》、《少年中国》、《时事新报·学灯》、《东方杂志》、《晨报副刊》、《文
学周报》、《创造周报》、《民国日报·觉悟》、《京报副刊》、《中国青年》
等 23 种报刊，共计发表泰戈尔作品中文译作 350 篇次以上；商务印书馆、
泰东图书局等 5 家出版机构出版了泰戈尔诗集中文译本《吉檀迦利》、
《飞鸟集》、《新月集》、《园丁集》、《采果集》、《游思集》等 7 种以上；
还有泰戈尔的自传、论文、讲演、书信多种，如《我底回忆》、《人生之
实现》（即《人生的亲证》）、《人格》、《国家主义》、《创造与统一》等；
还有《太戈尔短篇小说集》、《太戈尔戏曲集》等中译本 18 种。在上述这
些译著中，有 16 种出版于 1920—1925 年，250 余篇次的译文中也有 92%
以上在 1920—1925 年刊出，有的作品译文达五种之多。③

　　第四，从个体媒介和文本媒介对泰戈尔的评介的视角来看泰戈尔思想
在我国早期的传播生态。

　　最早评介泰戈尔思想的文献是钱智修的《台莪尔氏之人生观》，文本
媒介是《东方杂志》。钱智修（1883—1947）是我国著名国学家、东方学
派思想家。他 1911 年毕业于复旦大学后，即担任商务印书馆编译所编辑，

---

①　朱栋霖等：《中国现代文学史 1917—1997》，高等教育出版社 2005 年版，第 4 页。
②　牛水莲：《泰戈尔作品在中国的流传及影响》，载《商丘师范学院学报》2003 年第 1 期。
③　参见北京图书馆文献研究室编《泰戈尔著作中译书目》，转引自秦弓《"泰戈尔热"——
五四时期翻译文学研究之一》，载《中国社会科学院研究生院学报》2002 年第 4 期。

1920 年起任《东方杂志》主编长达 12 年。钱智修毕生在宣传西方学术思想的同时，努力捍卫东方传统文化价值，提倡中西文化调和。他的这种学术思想和价值观与泰戈尔思想是基本一致的，所以在泰戈尔刚获得诺贝尔文学奖不久，钱智修便以敏锐的眼光和先觉的思想，于 1913 年 10 月在《东方杂志》第 10 卷第 4 号发表了他的评介文章《台莪尔氏之人生观》，向国人介绍泰戈尔思想。

最早以文章表达对泰戈尔景仰之情的是冰心，文本媒介是《燕大季刊》。1920 年，冰心以"阙名"为笔名在《燕大季刊》发表了《遥寄印度哲人泰戈尔》一文，热情赞颂了"庄严美丽的泰戈尔"及其天籁之音的诗歌，抒发了对泰戈尔的无限景仰之情。

最早较为深入系统研究、评介泰戈尔思想的个体媒介是瞿世英和郑振铎，文本媒介是《晨报》、《时事新报》、《小说月报》和《文学周报》。

瞿世英别号菊农，是瞿秋白的远房叔叔、文学研究会十二位发起人之一，早年与郑振铎、瞿秋白、赵世炎等创办《新社会》旬刊、《人道》月刊。1921 年，他与郑振铎合作在《晨报》、《时事新报·学灯》上先后发表了《泰戈尔研究》、《关于泰戈尔的通信》。不久，瞿世英又独立发表了泰戈尔译作《齐德拉》、《演完泰戈尔〈齐德拉〉之后》、《泰戈尔的人生观与世界观》、《泰戈尔的思想及其诗》。其中，《泰戈尔的人生观与世界观》一文虽然篇幅不长，但是作者对泰戈尔的人生观和世界观概括得相当准确简要。瞿世英在该文中认为，泰戈尔的世界观形成的精神动力"是以伟大的人格濡浸在印度精神里面，尽力的表现东方思想；同时却受到了西方的基督教的精神的感力。于是印度文明之火炬，加了时代精神的油，照耀起来，便成就了他的思想"。[1] 泰戈尔的宇宙观的核心是生命、运动和爱："宇宙中全是生命，全是改变，全是运动。我们爱生命所以工作，而生命之起源与价值与意义就是爱。世界是从爱生的，是靠爱维系的，是向爱运动的，是进入爱里的，宇宙之创造是爱，而人生之目的亦是爱。"[2] 这就是说，宇宙是运动变化的，生命是组成宇宙的基本元素，而爱是生命的本源，所以宇宙与生命和爱是统一和谐的整体；人与宇宙的关系是统一

---

① 瞿世英：《泰戈尔的人生观与世界观》，载《小说月报》1922 年第 13 卷第 2 号。
② 同上。

的，最终目的是调和、和谐为一体，而维系这种和谐关系的就是生命，"生活之所以有价值有意义便因为宇宙与个人是个大调和"。① 瞿世英分析道，泰戈尔的世界观、宇宙观与他的人生观是统一的，他的人生观源于他的世界观、宇宙观，因为泰戈尔认为宇宙是运动的，它运动的力量来自于"神"，来自于"爱"："宇宙的创造是爱的实现，是绝对的实现，是神的实现。爱就是宇宙，就是绝对，就是神。（从这方面看他是泛神论者）这创造的快乐——爱——是宇宙的母亲。"② 泰戈尔认为宇宙是大生命，当人的大爱与宇宙的大生命合为一体时就达到了人生的最高境界，即梵我合一、梵爱和谐。瞿世英还评介道，泰戈尔认为"人生是不朽的，是无限的"，"人生的目的，便是快乐，但'人的快乐不在为他自己得着什么好处，是要将他自己贡献给大于他的，大于他个人的观念，如人类，如国家，如神均是'"。③ 实现人生不朽的途径是"以爱的精神牺牲自己去服务人的，便是人生的正路"。④ 作为个体媒介的译者和泰戈尔研究的学者，瞿世英第一次向国人评介了泰戈尔以人与宇宙协调和谐为核心的世界观、以爱和生命为核心的人生观，这对于泰戈尔梵爱和谐在我国现代早期的传播、接受和影响创造了有利的条件和沟通的平台。

　　郑振铎不仅是泰戈尔诗歌的积极翻译者，而且是泰戈尔长篇传记的首位撰写者、泰戈尔思想的传播者。他在与瞿世英合作发表了几篇研究泰戈尔的文章之后，又于 1922 年 2 月至 1923 年 9 月先后在《小说月报》、《文学周报》上独立发表了《太戈尔的艺术观》，《论〈飞鸟集〉译文——答赵荫棠》，《再论〈飞鸟集〉译文——答梁实秋》，《太戈尔〈新月集〉译序》，《欢迎太戈尔》，《关于太戈尔研究的四部书》等文章，介绍泰戈尔思想及其诗歌。最难能可贵的是，郑振铎充分利用自己主编《小说月报》的便利条件，于 1923 年 9 月、10 月在《小说月报》连续两期开辟"泰戈尔号"，先后四次集中译介泰戈尔作品及其思想，系统发表著名的泰戈尔研究学者和泰戈尔作品译者的文章，如迎接太戈尔即将访华的文章有郑振铎的《欢迎太戈尔》，徐志摩的《泰山日出》、《太戈尔来华幻想》、《太戈

---

① 瞿世英：《泰戈尔的人生观与世界观》，载《小说月报》1922 年第 13 卷第 2 号。

② 同上。

③ 同上。

④ 同上。

尔来华的确期》；评介泰戈尔的文章有王统照的《太戈尔的思想与其诗歌的表象》，徐调孚的《太戈尔的重要著作介绍》；翻译泰戈尔评介的文章有仲云译的《太戈尔和托尔斯泰》、《太戈尔的戏剧和舞台》、《太戈尔与音乐教育》，高滋译的《夏芝的太戈尔观》；翻译泰戈尔诗歌的有：郑振铎译的《微丝》、《吉檀迦利》选译、《爱者之赠遗》选译、《新月集》选译、《园丁集》选译，沈雁冰、郑振铎的《歧路》选译，邓演存译的《隐谜》，白序之译的《我的美邻》，徐培的《园丁集》选译，赵景深的《采果集》选译，朱枕新译的《卖果人》，高滋译的《马丽妮》；翻译的泰戈尔哲学著作及论文有胡愈之译的《诗人的宗教》（即《人的宗教》），陈建明译的《西方的国家主义》；等等。尤其难能可贵的是郑振铎经过深入研究和整理，在《小说月报》两期专号上连续发表了他翻译的近三万字的我国第一部《太戈尔传》。郑振铎所做的这些关于泰戈尔访华、泰戈尔研究、泰戈尔作品评介的扎实的传播工作，为我国读者了解泰戈尔的作品和思想，为我国学者研究泰戈尔付出了艰苦努力，作出了开拓性贡献。

最早最系统深入地从泰戈尔"诗歌与思想"关系的角度评介泰戈尔的长篇论文是张闻天的《太戈尔之"诗与哲学观"》和王统照的《太戈尔的思想与其诗歌的表象》。

众所周知，张闻天是中国共产党早期领导人、无产阶级革命家和理论家。其实，青年时期的张闻天却是一位文学作者、翻译家和学者，他在五四运动后开始从事文艺创作和翻译，评介外国名著。在"西风盛行"的五四时期，张闻天对外国名著的译介不仅重视西方的文学名著，而且独具慧眼，重视东方的文学名家名著，特别是对泰戈尔的研究评介。他在一万多字的论文《太戈尔之"诗与哲学观"》中，深刻地论述了泰戈尔的诗歌与哲学思想的辩证关系："太戈尔是大诗人，也是大哲学家；他的诗就含有他的哲学，他的哲学也就是他的诗。如《生之实现》是他的哲学而又是一首散文诗，如《园丁集》，如《新月》，如《采果》，如《迷途之鸟》等是他的诗而又包含他的哲学。"[①] 张闻天认为，真正的艺术使我们的思想离开单纯的机械生活，把我们的灵魂举到天上。一切艺术的秘密是在"自

---

① 张闻天：《太戈尔之"诗与哲学观"》，载《小说月报》1922 年第 13 卷第 2 号。

我的遗忘"。这就是艺术与哲学的关系。诗人的作品，使我们的心得到自由，遗忘自我。当"自我与非自我"、"内在的生命和在外的生命"和合一致的时候，艺术就会产生。因为艺术不仅是在这类快乐里产生的，而且它还产生快乐，这就是诗歌与哲学的关系。泰戈尔做到了让诗歌作品释放哲学思想的光芒，让诗的艺术产生快乐，使人们获得精神自由，如在《春之循环里》"太戈尔说：'我们（诗人）把人类从他们欲望的束缚上解放出来。'（一八页）真正艺术的功用是达到自由的大路"。① 张闻天从黑格尔关于诗的目的是把谐和宇宙的理想形状放进想象的形式里，亚里士多德所谓诗是一切文学中最有哲学思想的、它的目的就是呈现真理的观点出发，阐述了诗歌与人生哲学的关系，认为真正的诗人，在每一部分里能够看到全体，并且使他的诗表现他的全部幻想。虽然诗的目的不是把哲学告诉我们，但是如果一首诗不含有哲学的幻想便不能达到它的目的。诗一定要贡献一种人生观，使我们对现实世界有更完全的见解。泰戈尔的诗歌不仅表现了作者的爱和生命的张力，而且传达了艺术的目的、人生的目的和人格的力量，"在艺术里，自我的表现没有别的目的。他自己就是他的目的物……'当我们的心，完全在爱里，或者在别的大情绪里，觉醒的时候，我们的人格是在他的潮流里了。'（人格页一七）诗不是做的，是冲出来的。他是过多的表现，在那里，全人格完全出现了"。② 张闻天从诗与生命的节奏、心灵的状态的角度，阐述了泰戈尔关于诗歌与生命哲学的关系，强调诗人只有使个我的有限生命与"梵"的无限生命和合一致、"爱"的崇高精神与"梵"的最高灵魂整体和谐，才能让诗神光临。他认为如果"诗人的心灵不在和平状态，决不能产生好的诗。混乱的心灵决不能做好的诗家。生命的节奏，表现他自己在诗的节奏中间。只有心中有音律的，舌头才有音律。我们一定要把我们的灵魂和灵魂外的东西谐和，把内我外我和合一致，才可以得到诗的欢喜。诗是宇宙的音律在人心中的反响"。③ 泰戈尔论述了诗人的灵魂和宇宙灵魂的关系，认为诗人要以敏锐的眼光发现地球上、自然中的美，发现人间的善，发现人与自然

---

① 张闻天：《太戈尔之"诗与哲学观"》，载《小说月报》1922 年第 13 卷第 2 号。
② 同上。
③ 同上。

与宇宙的和谐，发现有限空间里的无限，从而爱自然，爱宇宙，爱生命，爱人类，使诗与人生与世界和谐一致，"对于宇宙的纯爱，是世界上真正艺术家的态度。……固然，世界上也有喧哗的声音，也有罪恶，但是真正的诗家在喧哗里可以找出和谐，在罪恶里看出善。在流转不居的时间里见有永久；在有限的空间里看出无限"。①

　　王统照的《太戈尔的思想与其诗歌的表象》是一篇将近一万五千字的评介泰戈尔思想的长篇论文。王统照是文学研究会的发起人之一，著名作家、诗人、学者，曾主编《晨报》的《文学旬刊》。他的作品多表现"爱"与"美"的思想。他的《太戈尔的思想与其诗歌的表象》分为以下六个部分，深入系统地评介了泰戈尔的思想与诗歌表象的密切关系。（1）何为印度思想。王统照认为，我们如果将泰戈尔思想与其作品的表象作一个整体而加以研究探索时，就不能不尽力去讨探他的思想的发源。毋庸置疑，泰戈尔的思想导源于印度思想，而印度最古的思想，不能不推尊吠陀，其《优盘尼塞》一书，是古印度思想的结晶。印度人的特有天性是宗教性，"宇宙合一，生之不朽的意念，恒为他们惟一的思潮，而产生这种思想的根本，'全是由于"爱"字上来的，因爱己力，（广义的）便爱人类，爱一切众生。而我，人类，众生，都是宇宙的个体，都是与宇宙相合融而不可分剖的'"。② 这就是印度思想。（2）古文明国思想的结晶——太戈尔的哲学。王统照说："太戈儿的思想，为印度思想之结晶，这是世界异口同声所认可的。"③ 印度宗教的哲学认为世界建造于"爱"的基础上，"爱"能够激活每个人存储在心中的热情，去创造出宇宙中永久的普遍性。"太戈儿却不仅是印度正统之宗教的实行者，并且为'爱'的哲学与创造者，'爱'的伟大的讴歌者"，④ 是"爱"的崇高精神与"梵"的最高灵魂须整体和谐的倡导者。王统照以泰戈尔的《迷途之鸟》（即《飞鸟集》）、《吉檀迦利》、《新月集》、《园丁集》中的诗句，证明泰戈尔"是有光明之智而且有前进之勇的快乐的人格的人"，⑤ 他的哲学是"爱"的

---

① 张闻天：《太戈尔之"诗与哲学观"》，载《小说月报》1922年第13卷第2号。
② 王统照：《泰戈尔的思想与其诗歌的表象》，载《小说月报》1923年第14卷第9号。
③ 同上。
④ 同上。
⑤ 同上。

哲学，是追求"生如夏花之绚烂，死如秋叶之静美"、个我的有限生命与
"梵"的无限生命整体和谐的生命哲学，是传达"宇宙与自我为一个"的
"梵我合一"的哲学。他的诗歌作品"既合文学与哲学为一炉，更添上印
度古宗教之思想的燃料，而后乃成熟了他的人格的表现"。①（3）哲学家
乎？诗人乎？王统照认为，文学与哲学都是表现人生的。文学旨在抒发人
生的情感，哲学旨在"剖解开人生的内面，去获求世界的真理……诗的本
来目的，绝不是将哲学来教导我们，然诗的灵魂，却是人生观的艺术
化"。② 在泰戈尔的诗中，每一首里都有他对于人生的真实了解与主张，
而又绝没有哲学的直接教训与陈腐道德的评判。他的诗歌使人读过只知
其美，又能将哲学所要探讨的人的意识、企求和欲望渗化在无数读者的
心里。"我们不必强为分判它是属于哲学，或属于文学的文字"。泰戈尔
《吉檀迦利》诗集中的每首诗都表现了他的哲学思想——人生观与宇宙
观的思想。即使他的《园丁集》、《新月集》等抒写微妙爱情、描绘美
丽自然、刻画可爱儿童的篇章，都充满着哲学观念。所以"我们极难下
武断的批评，说太戈儿只是一个诗人，或为一个哲学家，但我们称之为
诗哲，他总是可以受之无愧"。③（4）太戈尔的思想与其诗歌的链锁。王
统照认为，泰戈尔的信仰是"将现实世界，都赋予一种精神化，而在善与
爱之中推广我们自己对于宇宙的意识"。④ 他的诗中阐明此义谛的极多，
如《飞鸟集》、《吉檀迦利》中的诗。泰戈尔赞美"无限"，知道世界是烦
恼与痛苦，所以必须用"爱"去作慰藉，才能使生命存在于永久不朽的宇
宙之中，才能实现个我的有限生命与"梵"的无限生命整体和谐。他的诗
歌"发掘到一种势力的约束——在喜悦中的一种精力 Energy 与自然合
一"，⑤ 在有限的空间去寻求无限，在有涯之生里去企求无涯，体悟
"生"的伟大、我与宇宙是一个本体，证悟生命的价值：个我的有限生
命与"梵"的无限生命达到整体和谐。他的颂神的诗《吉檀迦利》、抒
情的诗《园丁集》，以及《新月集》、《飞鸟集》等，"无论他去狂歌男

---

① 王统照：《泰戈尔的思想与其诗歌的表象》，载《小说月报》1923 年第 14 卷第 9 号。
② 同上。
③ 同上。
④ 同上。
⑤ 同上。

女之恋的秘密，儿童之欲望的欢忻，以及短句，灵感，都是去挥抒他自己的人生观的"。① 泰戈尔的思想及其诗歌的链锁可用三句话来概括，就是"自我的实现与宇宙相调和"，"精神的不朽与'生'之赞美"，"创造的'爱'与人生之'动'的价值"。② 王统照对泰戈尔的思想及其诗歌精髓的这三点概括可谓高屋建瓴、切中肯綮，其"自我的实现与宇宙相调和"就是梵我合一、我梵和谐；其"精神的不朽与'生'之赞美"就是个我的有限生命与"梵"的无限生命整体和谐所创造的精神不朽；其"创造的'爱'与人生之'动'的价值"就是"爱"的崇高精神与"梵"的最高灵魂整体和谐所创造的人生价值。(5) 虚空世界里一个黎明的高歌者。众所周知，在泰戈尔所处的殖民地的印度，人生的悲苦触目皆是，包括殖民者刀箭的伤痕，统治者虎狼般咆哮的声音、被压迫被奴役者饥寒交迫、精神禁锢的痛苦呻吟等。一般人都认为世界是虚空的，不知人生的价值究竟何在。王统照经过深入研究泰戈尔的诗歌后发现，泰戈尔"是诗人，但他不是对于现世界绝望的诗人，更不是用其郁勃悲伤的情绪，来怨诅人生的诗人"，他和叔本华的人生价值论相似，"处处用广义的'爱'与'同情'来作他的诗的哲学。他的高歌，在此混扰，烦苦的，无趣味的世界里，是有生命的节奏的，是与自然相调谐的，他想望世界终是满浮有快乐与光明的"。③ 泰戈尔要以他的蓄满"爱"、"善"和"美"的诗歌减轻人们精神的痛苦，抚慰人们心灵的创伤，点燃人们未来的希望。（6）"爱"之光的普照。印度的哲学思想，经过泰戈尔加以时代化的融合，已有一些变更。王统照用一个简单的字眼将泰戈尔思想及其作品的全体表现出来，这就是一个"爱"字。泰戈尔对个人与宇宙的观察，对自我的实现和对无限的赞美的基本点都是"爱"。在泰戈尔看来，世间的人和事物莫非有"生"，莫不含有神的意义，我们要获得最大快乐，获得与宇宙的最大调谐，须以"爱"作根本，须使"爱"的崇高精神与"梵"的最高灵魂整体和谐，这样才能将理想化为现实。王统照在《太戈尔的思想与其诗歌的表象》里通过上述六个方面的分析论证，向我国现代早期的

① 王统照：《泰戈尔的思想与其诗歌的表象》，载《小说月报》1923 年第 14 卷第 9 号。
② 同上。
③ 同上。

读者系统地评介了泰戈尔"爱的哲学"和"生命哲学",传播了泰戈尔"人与宇宙调和一致"、"梵与爱和谐合一"、个我的有限生命与"梵"的无限生命须整体和谐、"爱"的崇高精神与"梵"的最高灵魂须整体和谐的梵爱和谐思想。

关于泰戈尔及其作品的媒介传播生态,除上述媒介传播之外,从1920年到1923年(泰戈尔访华前),还有许多作为个体媒介的著名译者、学者积极翻译泰戈尔作品,评介泰戈尔思想;作为文本媒介的知名报刊、出版社,积极刊载或出版翻译评介泰戈尔的文章。翻译的泰戈尔的重要作品有:许地山译《在加尔各答途中》,刘大白译《泰戈尔〈园丁集〉第二十三首,第二十八首》,李祖荫、卢正伸译《新月集》诗十六首,叶绍钧译《园丁集》,王靖译《迷途的鸟》(即《飞鸟集》),景梅九、张墨池译《人格》,钱家骧译《自我的实现》(即《人生的亲证》),王靖、钱家骧译《人生之实现》(即《人生的亲证》),陈南士译《偈檀伽利》、《园丁集》,冯飞译《生命之实现》(即《人生的亲证》),郑振铎译《飞鸟集》、《吉檀伽利》、《新月集》、《园丁集》选译,胡愈之译《诗人的宗教》(即《人的宗教》),何道生译《自由的精神》、《东方与西方》、《创造的理想》等。评介泰戈尔的有分量的文章如:黄玄的《太戈尔传》,冯友兰的《与印度台戈尔谈话——东西文明之比较观》,胡愈之的《台莪尔与东西文化之批判》、《台莪尔的东西文化联合运动》,沈雁冰(玄珠)的《印度文学家太戈尔的行踪》、《泰戈尔来华消息》,梁漱溟的《东西方文化及其哲学》,郭沫若的《昨日梦见泰戈尔》、《太戈尔来华的我见》,梁实秋的《读郑振铎译的〈飞鸟集〉》,王希和的《太戈尔学说概观》等。

文本媒介传播泰戈尔思想和作品具有以下几个特点。一是译介泰戈尔思想和作品的广泛性。其表现为:个体媒介(译者)之广——从学者到诗人,从文学家到思想家,从名人到新秀,从新文化运动到五四运动及其后期所涌现出来的文化名人,都积极参与到译介泰戈尔思想和作品的行列中来了;文本媒介(报刊、文章和出版社)之广——从新文化运动的先锋和中军期刊《新青年》到拥有大量读者、积极集中推出泰戈尔思想和作品的《小说月报》,从著名文学社团主办主编的文学期刊到文化名人操刀的著名出版社和新兴出版社,都积极发表和出版译介泰戈尔思想和作品的文章和著作;译介对象(泰戈尔思想和作品)之广——从泰戈尔的诗歌到泰戈尔的小说戏剧论著，从泰戈尔诗歌等作品的零散译介到泰戈尔传记及梵爱和谐思想的系统译介，广泛涉猎到了泰戈尔诗集的代表作和生命哲学、宗教哲学、泛神论，尤其是梵爱和谐思想；译作影响范围之广——从北京到南京，从上海到天津，从武汉到广州，几乎全国各地都有泰戈尔思想和作品的译作和读者。二是开辟"泰戈尔专号"或"泰戈尔特号"，系统全面地翻译泰戈尔作品、评介泰戈尔思想。除前述《小说月报》所辟两期专号外，还有办刊历史最久的大型杂志《东方杂志》特辟了"太戈尔专号"（1923 年 7 月），《中国青年》第 27 期辟为"泰戈尔特号"（1924 年 4 月 18 日）。这些"专号"、"特号"以系列性文章评介了泰戈尔作品及其思想。三是有的文本媒介出版或刊载了外国作者评介泰戈尔的著作、文章，如海新文化书社出版了 Emest Rhys 所著、杨甸葛和钟余荫翻译的《太戈尔》中译本；作为新文学重要阵地的《小说月报》，其第 14 卷第 9 号（1923 年 9 月 10 日）特地发表了一组外国学者译介泰戈尔及其作品的文章，如日本宫岛新三郎的《太戈尔和托尔斯泰》（仲云译）、武田丰四郎的《太戈尔的戏剧和舞台》，爱尔兰叶芝的《我的泰戈尔观——〈吉檀伽利〉序》（高滋译）。四是让泰戈尔的形象走进我国读者的眼中和心中。如《小说月报》从第 12 卷第 1 号起，陆续在封面上刊载泰戈尔像，在正文前插入泰戈尔的画像、摄影和手迹。这是外国其他作家、诗人从未享受过的殊荣。五是用泰戈尔的作品作为"卷头语"以示强调和敬意，如《小说月报》"太戈尔号"（上）录《飞鸟集》与《新月集》诗句和夏芝（通译叶芝）的《〈吉檀迦利〉序》为卷头语，"太戈尔号"（下）摘引泰戈尔《跟随着光明》句作卷头语。[①] 上述这几个特点足以显示，泰戈尔访华前的现代中国业已掀起一股声势浩大、席卷神州的"泰戈尔热"。

　　综上可见，由上述个体媒介和文本媒介掀起的泰戈尔访华前的"泰戈尔热"，高密度、大范围、广视角、多层次、连续性地翻译和评介了泰戈尔的作品及其思想，使泰戈尔的作品和思想迅速在我国现代早期广泛传播，并逐渐对国人产生了深刻的影响。我国 20 世纪初期对泰戈尔作品及

---

　　① 参见陈思和主编《诗人的精神——泰戈尔在中国》附录二、三，江西高校出版社 2009 年版；董红钧编著《泰戈尔精读》附录"泰戈尔研究资料索引"，上海大学出版社 2009 年版；秦弓《"泰戈尔热"——五四时期翻译文学研究之一》，载《中国社会科学院研究生院学报》2002 年第 4 期。

其思想所作的颇有广度和深度的翻译和评介，是一次可喜的外国文化的传播现象，这在我国文化史和文学史上是绝无仅有的，它为泰戈尔访华以及泰戈尔梵爱和谐思想更为广泛、深入的传播与接受构建了良好的媒介传播生态。

二　阅读传播：接触与接受

由于我国 20 世纪初期对泰戈尔作品及其思想所作的高密度、大范围、广视角、多层次、连续性的翻译和评介，掀起了"阅读泰戈尔"的热潮，因此，泰戈尔的"爱的哲学"、"生命哲学"，以及"人与宇宙调和一致"、"梵与爱和谐合一"的思想逐渐被国人从了解到理解，从接触到接受其影响。

林庚谈到新文学运动中翻译工作对译者的影响时说："翻译至少表明译者对于作者的爱好，而经过一番翻译的劳苦，自然更能多了解一些作品的精神，多作一些与作者的接近，其受到影响自较容易了。"① 的确，翻译家要翻译某种作品，都要经过译前、译中和译后三个阶段的周密思考、审慎选择、精心翻译的"一番劳苦"，从而受到作者不同程度的影响。在翻译之前，首先要根据自己"对于作者的爱好"和时代、社会的需要，对作者和作品进行一番审慎的选择；其次要作出这种选择，就必须对所选作家及其作品进行深入的阅读、了解和研究，这就比读者先行一步与作者近距离接触；在阅读、了解和研究的接触过程中，译者或者主动地接受作者思想的一些影响，或者被动地受到作者思想的一些影响，而以前者居多，因为选定作者"表明译者对于作者的爱好"、喜欢，只有喜爱作者才会主动接近作者、理解作者、译介作者，进而接受作者。在翻译的过程之中，要对原作进行再创作，只有基本消化、融化了作者的思想情感，才能准确地以本国语言传达出外国作者的思想情感，所以译者"受到影响自较容易了"。曾经翻译过泰戈尔诗作的郭沫若深有感触地说："翻译家要他自己于翻译作品时涌起创作的精神，是不是对于该作品应当有精深的研究、正确的理解，视该作品的表现和内涵，不啻如自己出，乃从而为迫不得已的移译？这个我想，无论若何强词夺理的人，也怕要说一个'是'。"② 有些译

---

① 林庚：《新文学略说》，载《中国现代文学研究丛刊》2011 年第 1 期。
② 郭沫若：《论文学的研究与介绍》，载上海《时事新报·学灯》1922 年 7 月 27 日。

者在翻译之后的创作或研究中，还会受到作者的影响。在我国"泰戈尔热"的译介过程中，不少译者在翻译之前、翻译之中广泛、深入的"阅读"过程中，都曾受过泰戈尔思想或多或少、或深或浅的影响，从而接受了泰戈尔的某些思想，如郭沫若、郑振铎、张闻天、瞿世英、王统照、许地山、徐志摩、刘大白、梁宗岱、王独清、何道生、王靖、钱家骧、陈南士、冯飞等人受到的影响，其中，郭沫若和郑振铎接受泰戈尔思想影响的程度最深最明显，因此最具典型性。关于郭沫若、郑振铎阅读和翻译泰戈尔诗歌之后在思想、诗作方面受到泰戈尔梵爱和谐的影响，本书第三、第四、第五、第六章都将论及，此不赘述。

泰戈尔诗歌及其蕴含的梵爱和谐思想经过从陈独秀的最早阅读、翻译，到郑振铎、郭沫若、沈雁冰、徐志摩、叶绍钧、陈南士、王靖、钱家骧等众多译者的大量阅读、译介，再到瞿世英、张闻天、王统照、胡愈之、何道生、梁实秋等许多学者通过阅读所作的深入评介和报刊的广泛传播，直到 1924 年泰戈尔访华前后掀起的波及全国的"泰戈尔热"，泰戈尔的作品和思想逐渐被我国现代早期的思想家、学者和一般受众所了解、理解和接受，因此贾植芳评价道，泰戈尔是"对中国文学和文化产生过很大影响的外国作家之一"，"泰戈尔给现代中国的思想家们留下了不可磨灭的影响"，[①] 陈福康认为泰戈尔的"思想与作品受到中国广大读者的热烈欢迎"，"其影响不论大小，总的说来是好的"，"泰戈尔的诗歌，对中国新诗的发展就起了良好的作用"。[②]

至于通过"阅读"的路径而接受泰戈尔梵爱和谐思想影响的问题，本著作将在第六章中详细论述。

三 主体传播：访问与演讲

如果说泰戈尔访华前我国已经由个体媒介和文本媒介掀起了"泰戈尔热"，使泰戈尔的作品和思想在我国广泛传播和逐渐流行，那么"泰戈尔热"的真正高潮则出现在泰戈尔本人作为"传播主体"而登场的访华期

---

① 贾植芳：《〈诗人的精神——泰戈尔在中国〉序》，见陈思和主编《诗人的精神——泰戈尔在中国》，江西高校出版社 2009 年版，第 7—8 页。

② 陈福康：《郑振铎论》，商务印书馆 2010 年版，第 436 页。

间，这股"泰戈尔热潮"像一部气势恢宏的交响乐，由高规格的欢迎、广视角的评介、大主题的演讲、强阵营的论争和深层次的影响等五个乐章所构成。

（一）高规格的欢迎

1923 年春，以增进国际文化交流、聘请国外著名学者来华讲学为宗旨的讲学社的梁启超社长和蔡元培，代表中国知识界以"北京讲学社"的名义向泰戈尔发出了访华的邀请，泰戈尔在多国的邀请中选择、答应了梁启超与蔡元培的盛情邀请。1924 年 4 月初，泰戈尔率团访华成行。其访华团的成员规格颇高，有国际大学艺术学院院长、现代孟加拉画派大画家达尔·鲍斯，国际大学教授、梵文学者克提·莫亨·沈，加尔各答大学史学教授卡里达斯·诺格，英籍私人秘书恩厚之，美籍社会工作者葛玲女士等人。从这个访华代表团的组成人员可以看出，泰戈尔对这次访华高度重视。

泰戈尔访华的首站是上海。4 月 12 日清晨，徐志摩、郑振铎、张君劢等人以及文学研究会、江苏省教育会、上海青年会、日本新闻记者、时事新报和许多印度人已聚集汇山码头，迎候泰戈尔的莅临。上午十时许，泰戈尔一行抵达汇山码头，欢迎者人头攒动，围者如堵，"欢迎者都向他脱帽为礼了！印度人排成一行，合声唱着预备好的欢迎的歌"。① 泰戈尔访华期间，由泰戈尔的崇拜者徐志摩担任翻译和接待陪侍任务，全程陪伴在泰戈尔身边，王统照担任泰戈尔演讲录的编辑，有时瞿菊农、林徽因等也参加陪同。4 月 14 日，泰戈尔抵达杭州访问，莅临西湖，受到西泠印社艺术家们的热烈欢迎，著名京剧艺术家梅兰芳陪同泰戈尔访问。16 日上午，"浙江省教育会，敦请太戈尔先生讲演，是日到会听讲者人数，达三千余人，为从来未有之盛况"。② 4 月 18 日，泰戈尔回到上海，上海 20 多个团体在商务印书馆会议所举行盛大的欢迎会，到会者有江苏省教育会、文学研究会、讲学社、商务印书馆、中华书局、南方大学、约翰大学、中国公学、时报、新闻报、时事新报、申报、实验剧社等 27 个团体，社会及文化名流有沈信卿、王岫庐、刘湛恩、叶元龙、郑振铎、张菊生等。4 月 18

---

① 《太戈尔到华的第一次记事》，载《小说月报》1924 年第 15 卷第 4 号。
② 《印诗人太戈尔在杭讲演记》，载《申报》1924 年 4 月 18、19、20 日。

日晚泰戈尔受到上海各团体高规格的宴请，出席宴会的有各界名流徐志摩、郑振铎、刘海粟、殷芝龄、汤仁熙、汪慎夫、胡宣明夫人等六十余人，宴后凌晨二时乘江轮赴南京访问。4 月 19 日，"孙中山电邀太戈尔游粤"，泰戈尔因早已安排在北京的系列讲演事宜，故"复电，须待五月下旬或六月初，由京返南时，始得顺道一游"。① 20 日抵达南京，下午三时，南京各界在东南大学召开欢迎大会，由校长郭秉文主持会议，"中西男女人士到六七千人"。② 4 月 22 日泰戈尔抵达济南访问，济南的欢迎会虽受恶劣天气干扰，但欢迎会和演讲会的规模较之杭州、南京更盛，各中等学校校长、齐鲁大学教授、山东省议会宋议长及各位议员等到场，陪同者王统照说"在浙在宁，欢迎泰戈尔者，均不如山东人数之多而热烈"。③ 4 月 23 日下午三时，泰戈尔乘车"抵天津，梁启超曾赴车站欢迎"；下午七时，泰戈尔乘坐火车到达北京，受到北京各界的热烈欢迎。"车到东站，赴站欢迎者有蒋百里、林长民、陈源、林语堂、张逢春等，尚有北大各校多数教授学生，各团体代表及英美日本印度各界人士，共计约四五百人……欢迎者群拥而行，途为之塞"。④ 25 日，梁启超"特由天津来京，下车后即往访太氏，快谈一小时之久"，讲学社正式举行欢迎会，梁启超主持欢迎会，出席者有各界名流胡适、熊希龄、范源濂、张逢春、张歆海、梁漱溟、林长民、林志钧、蒋方震、杨荫榆、威礼贤（德国人）、庄士敦（英国人）等五十余人。28 日，泰戈尔在北京先农坛发表演讲，"无数男女学生驱车或步行入坛，络绎不绝，沿途非常拥挤"，"坛之四周，布满听众，计有二三千人之多"，"听众咸鼓掌欢迎，声同爆竹"。⑤ 在北京天坛，京华知识界举行的欢迎泰戈尔的大会盛况空前，陪伴泰戈尔左右的是徐志摩和林徽因。

从 4 月 28 日到 5 月 20 日，北京学界、文学界、画界、戏剧界、教育界等举行了多次欢迎会、专场演讲会和茶会，以及泰戈尔 64 岁生日祝寿

① 《孙中山电邀太戈尔游粤》，载《申报》1924 年 4 月 19 日。
② 《太戈尔在宁讲演记》，载《申报》1924 年 4 月 22 日。
③ 《泰戈尔过济盛况补记》，载《大公报》1924 年 4 月 25 日。
④ 《各界热烈欢迎太戈尔》，载《晨报》1924 年 4 月 24 日。
⑤ 《泰戈尔对京学界演说——东西文化之不同，吾人前途之光明》，载《晨报》1924 年 4 月 29 日。

会，泰戈尔也在各界欢迎会、专场演讲会上多次发表演说，他所到之处，欢迎的规格高、场面大，听众如云，气氛热烈。泰戈尔在京访问期间，胡适、蔡元培、蒋梦麟、辜鸿铭、梁思成、梁实秋、陈源、颜惠庆、张彭春、黄子美等一大批名流参加了欢迎会、演讲会和茶会，溥仪、郑孝胥等还会见了泰戈尔。5月25日，泰戈尔到武汉访问，并发表演讲；5月28日，上海举行泰戈尔告别会，泰戈尔在会上发表最后一次演讲。5月30日他离开中国，前往日本访问。泰戈尔此次访华之旅，徐志摩与之旦暮相伴，二人情谊日益笃深。泰戈尔为了表达对徐志摩的感激之情，特赠给徐一套印度袍服和帽子，还给徐取了一个"素思玛"（Susima，意即太阳神，喻阳光和希望）的印度名字。泰戈尔与徐志摩的深厚友谊终其徐志摩一生。

从上述概述可以看出，我国对泰戈尔访华的欢迎具有四个特点。一是名流咸集。首先是发起邀请的梁启超、蔡元培和孙中山是中国近现代文化界、思想界、文学界、教育界和政治界的顶级名流，梁启超不仅是戊戌维新运动的领袖人物之一，而且是我国近代文学改良、现代东西方文化交流的领军人物之一，是德高望重、蜚声宇内的启蒙思想家、文学家、教育家和史学家。蔡元培不仅以担任北京大学校长期间实行"思想自由、兼容并包"的改革而著称，而且为新文化运动、五四运动、我国教育事业和文化事业殚精竭虑，立下了不世功勋，因此被毛泽东赞为"学界泰斗、人世楷模"，颇受世人敬仰。尤其是中国近代民主革命的先行者孙中山先生也欢迎泰戈尔访华，并"电邀太戈尔游粤"。其次是迎接泰戈尔、出席泰戈尔欢迎会、茶会、生日庆祝会的多为文化界、思想界、文学界、教育界、政界的精英和名流，其中不少人物建功至伟，名垂史册，其人其事至今仍然镌刻在人们的记忆中，除梁启超、蔡元培和孙中山之外，还有胡适、熊希龄、范源濂、蒋梦麟、辜鸿铭、梁漱溟、刘海粟、林长民、梁实秋、梁思成、林徽因、陈源等。二是机构众多。讲学社对泰戈尔发出邀请并多次主持欢迎会和茶会，文学研究会自始至终积极支持和高度关注泰戈尔访华，其重要成员王统照始终负责编辑泰戈尔演讲录，有时还写新闻稿，及时报道有关消息；郑振铎积极参加迎接仪式，多次出席有关会议。新月社也举办过泰戈尔欢迎会，该社主将徐志摩更是全程陪侍泰戈尔，并担任翻译。当时影响度颇大的报社、出版社、大学、教育会、省议会和民间文艺组织，都积极参与泰戈尔欢迎会和演讲会。三是规模宏大。泰戈尔的欢迎会和演讲会的规模可谓前所未有，蔚为壮观，动辄名流会聚，欢迎者和到会者数以千计，常为二三千人，最盛者六七千人，甚至更多。还有英美日本印度人士、议会议长及议员。四是气氛热烈。泰戈尔所到之时或所到之处，或鲜花簇拥，音乐高奏；或"群趋车旁，鼓掌欢呼"，"群拥而行，途为之塞"，"鼓掌欢迎，声同爆竹"；或听众"络绎不绝，沿途非常拥挤"。可谓气氛热烈，盛况空前。对泰戈尔在华的精彩演讲，文学研究会重要成员王统照作了生动形象的总括性描述："当彼讲演时，直立台上，俯视听众，若古时仙人置身云端，以诚恳真挚之态度，传布其使命于群众者。彼恒喜负手而言，若中国之老叟，每讲之重要处，则两臂颤动，声若银钟之响于幽谷，若清磬之响于古寺，听者即不知英语，于彼之态度中，亦大受之感动。尤有趣味者，诗人之思想，变化难测。"①

（二）广视角的评介

对于泰戈尔访华事件，我国的文本媒介和个体媒介作了全方位、广视角的宣传、介绍和评论。据不完全统计，仅 1924 年，全国就发表了有关泰戈尔的新闻稿和研究文章 88 篇，其中访华期间见诸各知名报刊的新闻稿就达 40 多篇。② 宣传、评介泰戈尔访华事件的密度如此之高、范围如此之广、力度如此之大，即使在信息社会的今天某位外国政要来华访问，恐怕也望尘莫及。宣传、介绍和评论泰戈尔访华的报刊多属影响力大、开办时间较悠久的文本媒介，如《小说月报》、《申报》、《晨报》、《大公报》、《东方杂志》、《创造周刊》、《时事新报》、《中国青年》、《民国日报》、《向导》、《政治生活周刊》、《文学周报》、《佛化新青年》、《文学》等。参与宣传、评介的个体媒介即宣传者、介绍者和评论者，多为知名度高、感召力强的学者、诗人、作家和记者，如梁启超、瞿世英、郑振铎、徐志摩、沈雁冰、瞿秋白、吴稚晖、沈泽民、陈独秀、恽代英、徐调孚、诵虞、周作人、毅甫、灵华、冯飞、成仿吾、闻一多等。这些文本媒介和个体媒介从不同角度来宣传和评介泰戈尔访华事件：多数作者积极报道泰戈尔访华的欢迎盛况、访华意义、访问内容、演讲主题和行程踪迹，少数作

① 《今晚抵京之太戈尔》，载《晨报》1924 年 4 月 23 日。
② 董红钧编著：《泰戈尔精读·附录》，上海大学出版社 2009 年版，第 255—259 页。

者批评或反对泰戈尔访华，甚至批判泰戈尔满怀爱意和温情的演讲；有的
作者只作新闻报道，有的作者专作研究评论；在研究评论的文章中，有的
作者热情赞扬泰戈尔的爱的哲学、人道主义、东方精神文化优于西方物质
主义等思想，有的作者则对泰戈尔的人道主义、反对物质主义的思想表示
质疑和反对。这些不同视角的宣传、介绍和评论，在社会上引起了巨大反
响，也对读者产生了较大影响，使我国人民进一步认识、理解了泰戈尔访
华的意义和泰戈尔思想的价值。

（三）大主题的演讲

泰戈尔在访华之前对自己在中国演讲的主题和内容是经过精心准备
的，到达中国后的演讲基本围绕行前准备的主题和内容有序进行，其形式
上多为围绕某一主题的即兴演讲，有时也按照精心准备的讲演稿进行演
讲。从 1924 年 4 月 12 日到 5 月 30 日的 49 天访问中，他在不同场合共发
表 20 多次公开演讲，还有数十次谈话。泰戈尔这些演讲和谈话的大主题，
除了歌颂中印传统友谊、加强中印文化交流之外，主要就是传播他的"梵
爱和谐"的思想。他在演讲中传播的梵爱和谐思想包括两大内容：一是以
"博爱"为核心，以仁慈、宽恕、和平、反对西方物质主义为表征的"人
道主义"思想；二是以"和谐"为核心，以牺牲、舍我、张扬东方精神
文明为表征，以圆满快乐为终极目标的"梵我合一"的思想。

其一，泰戈尔访华传播了以"博爱"为核心，以仁慈、宽恕、和平、
反对西方物质主义为表征的"人道主义"思想。

作为诺贝尔文学奖亚洲第一位得主、年过花甲的老者、与中国远隔千
山万水的诗人，泰戈尔为什么要访问中国？这是中国人首先关心的问题。
对于这个问题，泰戈尔在杭州对学生的讲话直截了当地回答说，因为他是
爱的使者，所以要访华："印度往中国派遣了爱的使者，他们不是商人，
不是士兵，而是印度最优秀的儿子。他们横渡大海，穿越沙漠，带来了一
份厚礼。"① "爱的使者"这是一个光荣的称号，也是一份神圣的使命，说
明泰戈尔访华的首要目的就是联结中印两国人民的友爱，传播人类共享的
博爱，传递灵魂深处的大爱，这就是他作为印度人民的代表和作为纯真善

---

① 泰戈尔：《在杭州对学生的讲话》，见《泰戈尔经典散文集》，白开元译，新世界出版社
2010 年版，第 223 页。

良的诗人所"带来的一份厚礼",因为"印度与欧洲各国不同……只有爱和文化,自从印度的文明传入中国,两大民族之间就像兄弟一般,已发生一种不自觉的精神上的关系"。①

泰戈尔回顾印度先贤将印度文化传播给中国时谈到博爱及其巨大作用:"这儿的中国人自觉地聚集在一起,接受印度僧人带来的礼物,他生活在他们中间,并在他们中间圆寂。他不曾带来民族或宗教的优越感,带来的是鼓舞他离别故土的博爱。"②在泰戈尔看来,他访华也和他的先贤一样,向具有悠久文化传统的中国传播的不是佛教、印度教等宗教的优越感,而是人类的博爱。他认为这种博爱是一种彼此的爱,真正的爱:"作为人类,我们没有能使彼此息息相通的语言,这使我感到悲哀。也许,这是有益的,它迫使我们为相互了解付出一定的代价。起初我们都是陌生的,赢得彼此的爱,要作艰苦的努力。真正的爱能排除道路上的重重障碍,扩展自己的极限。③"彼此的爱"是双向的,是相互尊重、自觉自愿的;"真正的爱"是纯粹而不掺杂念的,是发自内心而不是挂在嘴上的、真挚虔诚而不是虚情假意的。因此这种彼此的、真正的爱在国家与国家、人与人的交往交流中,能够"排除道路上的重重障碍",扩展自己灵魂的极限,以期到达梵的崇高境界。真爱不仅可以提升自我的精神境界和灵魂的修养,消弭群体交际的障碍,而且能够使世界变成家庭。博爱可以沟通民族心灵,调和人类关系,加强彼此了解,消除世人误会。泰戈尔在浙江省教育会组织的欢迎会上的讲演时说:"人类语言不同,才生出世界上种种的误会,使我们彼此不能了解、诚心相待,所以要举我心中的爱,给不同种的民族,很不容易。但是人类要用爱来调和,这种调和的成功,必定要有传道的人。"④泰戈尔认为他就是这种"传道的人"。

博爱须有博大的胸襟,慈爱的情怀,善良的人性,从而回归精神乐土,走上仁爱之路。泰戈尔说他创办"和平学院"(即后来的"国际大学")的缘由和目的是:"我办这个大学,因为现世可怕,到处都是人类

---

①　《泰戈尔过济盛况补志》,载《大公报》1924年4月25日。

②　泰戈尔:《在杭州对学生的讲话》,见《泰戈尔经典散文集》,白开元译,新世界出版社2010年版,第223页。

③　同上书,第222页。

④　《印诗人太戈尔在杭讲演记》,载《申报》1924年4月18、19、20日。

互相残杀的情景，所以大声疾呼，想要回复人类精神上的乐土。我初立这宏愿，觉着有种伟大声浪，从黑暗中发出来，激动我们，并引导我们走到光明仁爱的路上去。"① 人类要走上仁爱之路，就要杜绝贪婪，尊重生命，消灭残杀。人类只有广施博爱，杜绝贪婪，才能获得精神自由。泰戈尔既认为"贪是毁人的魔鬼"，又认为"爱是救世的良方"。他在北京北海讲学社招待会上倡导：（中印）"两国先民之努力，在精神上，道德上，对于人类，实有莫大之贡献。今后正宜发挥吾侪文化所结晶之'爱'，感化西方民族，使此悲惨无情之世界，得有救济良方。"②

既然爱是救世的良方，仁爱是博爱的途径，那么仁爱就不仅仅是从个人关系出发的"小我"之爱，它的终极目的是由人与人之间的许许多多的"小我"之爱，组成普及众生的人类之爱，达到"爱"的崇高精神与"梵"的最高灵魂整体和谐、个我的有限生命与"梵"的无限生命整体和谐的境界。因此泰戈尔在杭州对学生们的讲话中强调，他访华就是为了传播人类之爱："我荣幸地认为，通过这次访华，中印两国将更加贴近，这不是为实现政治或商业的目的，仅是为无私的人类之爱。"③ "爱人类"不是空泛的口号和抽象的概念，而是表现为爱人类生命、爱人类文化、爱人类生存所依赖的大自然，使人类生命的生态系统与自然生命的生态系统整体和谐。所以泰戈尔在上海欢迎会上的演讲中谈到，爱文化、爱生命就要伸张灵魂的势力，他以自己的祖国印度深受物质主义危害的惨状为例，指出爱自然、爱生命就要伸张灵魂的势力的重要意义。这种灵魂的势力就是有生命、有生趣的东方文化的精神，具备了这种精神，人的灵魂就可以获得快乐，求得圆满，达到梵的境界。

泰戈尔在访华的演讲中，多次倡扬以博爱为核心的人道主义。在济南的演讲中他认为，人道主义主张精神文明，主张将普遍的爱降给人间，使人们获得幸福。他说："我在上海时，也曾有人撒传单反对我，说是在以物质文明相竞争的时代，忽有人专讲精神未免过于迂腐，他不知道物质文明，已发生了极悲惨的结果，惟有这人道主义与普遍的爱，可以降与人间

---

① 《印诗人太戈尔在杭讲演记》，载《申报》1924 年 4 月 18、19、20 日。
② 《碧水绿茵之北海与须发皓白之印度诗哲》，载《晨报》1924 年 4 月 26 日。
③ 泰戈尔：《在杭州对学生的讲话》，见《泰戈尔经典散文集》，白开元译，新世界出版社2010 年版，第 224 页。

幸福。"①泰戈尔在南京游览清凉山、莫愁湖等名胜古迹后，向文化界作了精彩的演讲，他倡导中国和印度都应重视人道，坚守人道，让人道的种子在黑暗中次第萌发新的生命。泰戈尔在北京金鱼胡同联欢会上的演讲，赞扬文学中的人道精神与人情。在清华大学的演讲中，泰戈尔谈到人道与人的生存权息息相关：不要让污损的工程在市场里站住脚，不要让污损的精神闯入人们的心灵，这就是对人道和人类生存权的贡献。

　　泰戈尔在访华的多次演讲中，猛烈批评西方贩卖的物质主义，歌颂东方倡导的人道主义。因为他认为物质主义将物质利益置于人的需求的中心地位，使人们为了物质利益而丧失天良，抛弃道德，甚至灭绝人性，发动战争，大肆屠戮生命，这都有悖于人类固有的人性与人道。所以泰戈尔大声疾呼实施人道主义，批判物质主义。他在访华的首站上海发表演讲，严厉批判物质主义，认为物质主义没有人道、萎伤生命、破坏生态，因此必须倡扬精神生命："物质文明，虽然负着有光致的表面，但却不如精神生活有活泼自然的愉慰，能给人以真的充实的生命"，"物质和精神两样东西，我决不说物质不能有他相当的地位。他只能用来辅助精神生活的发展，而不能使精神为其制服所扑灭，而造成无上之烦恼"，"我们应当竭力为人道说话，与惨厉的物质的魔鬼相抗，不要为他的势力所降服，要使世界入于理想主义、人道主义，而打破物质主义！"②泰戈尔在这里一针见血地指出了物质主义的要害是没有人道、萎伤生命、制服精神，造成"无生态"的畸形世界。泰戈尔从上海到北京，一路演讲，一路批判物质主义。他在清华大学讲演的题目就是《你们要远离物质主义的毒害》，他在演讲中也坚决反对物质主义："我听得有人说，你们自己也有人说：你们是实利主义的与唯物主义的……因为唯物主义的倾向是独占的，所以偏重物的人们往往不让步他们私人独享的权利、攒聚与占有的习惯。"③泰戈尔在演讲中有时将"唯物主义"误解为"物质主义"，所以他旗帜鲜明地批判物质主义、张扬人道主义遭到了不少人的指责、批评甚至批判，但是他仍然不改初衷，对物质主义一批到底，因为他

① 《泰戈尔过济盛况补志》，载《大公报》1924 年 4 月 25 日。
② 郑振铎：《太戈尔到华的第一次记 4 事》，载《小说月报》1924 年第 15 卷第 4 号。
③ 《泰戈尔昨在清华讲演》，载《晨报》1924 年 5 月 2 日。

认为崇拜物质主义的西方列强为了自身的物质利益，往往发动侵略战争，屠杀宝贵生命，破坏世界和平，而"生命、大爱、和平"才是人类应有的终极关怀。

其二，泰戈尔访华传播了以"和谐"为核心，以牺牲、舍我、张扬东方精神文明为表征，以圆满快乐为终极目标的"梵我合一"、"梵爱和谐"的思想。

泰戈尔认为，"梵"是世界的最高精神主宰，这种精神主宰就是宇宙的无限的"大我"；梵的精神遍布于世界万物，包括人的身体和灵魂之中，梵入于人的灵魂之中，就形成有限的"个我"（或"自我"）；当"个我"为了"爱他人""爱人类"而牺牲了自我的利益、舍弃了有限的自我时，就与无限的"大我"融合为一体，即个我的有限生命与"梵"的无限生命整体和谐，就可达到"梵我合一"、"梵爱和谐"的圆满的人生最高境界。这是东方精神文明的精髓。因此，泰戈尔在访华的多次演讲中，尽力传播他的以"和谐"为核心，以牺牲、舍我、张扬东方精神文明为表征，以圆满快乐为终极目标的"梵我合一"、"梵爱和谐"的思想。

泰戈尔在上海各团体于商务印书馆俱乐部召开的欢迎会上的演讲，大力倡导"牺牲精神"，这种牺牲精神包含可贵的牺牲精神和可悲的牺牲精神。他由衷赞扬可贵的牺牲精神："我到中国之后，仿佛是在一所古庙里面，看见背后有无量的牺牲的精神。这使得我心中很受感动的。"① 泰戈尔在这里所说的令他深受感动的无量牺牲精神，是指我国历史上可贵的牺牲物质利益而保全精神追求的牺牲精神，他说，"我之所以崇拜中国的文化，就是因为他的历史上向来是使物质受制于精神"② 的。于是泰戈尔语重心长地告诫中国朋友从迷幻中觉醒过来，破除精神与物质的畸形，而还它的本来地位。不过这种工作的进行，却非有牺牲精神不可。作为访华者，按照常理常情，泰戈尔一踏上中国土地就应该首先表示自己来华的愉快心情，但恰恰相反，泰戈尔对他访华的首站上海却表现出令人惊讶的不愉快，因为他发现上海这个西方冒险家的乐园里出现了为物质利益而牺牲生命的可悲的牺牲精神，对此他提出批评，敦促人们抛弃可悲的牺牲精

---

① 郑振铎：《太戈尔到华的第一次记事》，《小说月报》1924年第15卷第4号。
② 同上。

神。他说："不幸我第一处便来上海这地方，使我颇生出不很愉快的感想。因为我看不出一点点的中华文化的精神。将无价的精神，都渐渐化成贱价的物质的死的现象了。这是非常可为悲痛的"，"只看现在的工业主义，物质主义，仿佛一块大石头，在碧柔的草上擂滚，所向无不压伤。……这样破坏的牺牲岂是值得的？"① 泰戈尔所赞的可贵的牺牲精神能够将人们引向获得圆满的"梵的境界"，而可悲的牺牲精神只能将人们留在贪图享乐的"俗的世界"。在北京地坛的集会上，泰戈尔对学者们传播了关于舍弃自我寻求终极真理而到达梵的境界的思想："我们生活在幽暗之中，不能全面地认识外部世界；我们也蜷缩在外壳里面。甘愿自我牺牲，奋起打破外壳，蒙受的损失不是恒久的损失，而收获巨大。所有的宗教详述了以牺牲求收获的观点。这已成为伟人的信念。这是人性的信念，是灵魂托起的信念。我们舍弃自我时，也就获得了自我。"② 因为舍弃自我实际上是"个我"的有限生命与"梵"的无限生命达到了整体和谐的境界。

在清华大学的讲演，泰戈尔指出人类文明的圆满就是梵爱和谐的境界。他说："人类的文明是正等着一个伟大的圆满，等着它的灵魂的纯美的表现。这是你们的责任，你们应得在这个方向里尽你们的贡献。"③ 他认为梵具有普在性，圆满具备共有性：凡是具有圆满的品性的事物都是人类共有的，凡是美的东西就不能让人独占。于是，泰戈尔呼吁人们扛起自己的使命，把天堂拿给人间，把爱的灵魂拿给一切事物，这样才能达到"爱"的崇高精神与"梵"的最高灵魂整体和谐，即梵爱和谐的圆满境界。

泰戈尔根据自己的人生哲学观，在北京真光影戏院向青年演讲时阐述了他的梵爱和谐的"人之三格"论："吾以为一人可析为三：一曰肉，二曰心，三曰灵魂。"④ 并认为灵魂是生命之源，其永存之道在于"梵"。他说，在人的"三格"中，"'肉'为最无关重要者，心欢之，灵魂则为吾人生命之源。……唯吾人之所谓新，非新其羽毛之谓，乃探吾灵魂，抉出

① 郑振铎：《太戈尔到华的第一次记事》，《小说月报》1924 年第 15 卷第 4 号。
② 泰戈尔：《在北京地坛对学者的演讲》，见《泰戈尔经典散文集》，白开元译，新世界出版社 2010 年版，第 220—221 页。
③ 《泰戈尔在清华大学的讲演》，载《晨报》1924 年 5 月 2 日。
④ 《泰戈尔昨天讲演纪略——述其运动文学革命之经过》，载《晨报》1924 年 5 月 10 日。

可以永久存在之生命，使之趋于神明之路之谓。……吾人所必须者，乃灵魂之修养，非肉体之供给"。① 基于这个原理，泰戈尔将世界的发展分为三期："第一期世界，为体力征服，第二期为体力智力二者之征服，第三期则为道德征服。"② 人类的三期世界是由体力征服发展到体力智力二者合力征服，再发展到道德征服的漫长过程，这是一个由低级到高级、由野蛮到文明、由物质到精神、由肉体到灵魂的发展过程，只有真正到达第三期世界时，才到达了"道德"与"梵"的崇高境界："唯吾东方人士已到达于第三期，吾人已霍然觉醒，知体力智力征服世界外，尚有一更光明、更深奥、更广阔之世界，吾人于黑暗寂寞之中，已见一导引吾人达于此光明、深奥而广阔之世界之明灯，唯吾人如欲到达此世界，则吾人不可不知服从与牺牲，乃吾人到达彼世界之唯一阶梯。……总之，未来之时代，决非体力智力征服之时代，体力智力之外，尚有更悠久、更真切、更深奥之生命。……此次吾至中国，吾深感中国乃一至奇异之国家，中国有如许绵延不绝之历史及伟大悠久之道德，而其道德又适为牺牲之道德，恰如吾人想象中之一国家。"③ 泰戈尔在这里指出了东方文明属于人类第三期世界的属性，肯定了东方文明的对历史发展的重要作用，因为"东方文明中也存在着推动现代化和人类文明进步的内在动力"。④ 泰戈尔所说的"光明、深奥而广阔之世界之明灯"就是"服从与牺牲"的精神，即"牺牲的道德"。我们要想到达这种境界，必须努力培养牺牲的道德；具备了牺牲的道德，就到达了真正的人类的第三期世界，即"道德的时代"。其实，泰戈尔在这里所论的"道德"已不是一般人所理解的"道德品质"的意思，而是近乎老子所谓的"道"与"德"的真谛："道"是指自然、宇宙，以及人与自然、宇宙和谐化一的最佳状态；"德"是指人类追求的仁爱、慈善、信义、和平的最佳境界。人类只有放弃以体力智力征服世界的追求，崇尚对"更光明、更深奥、更广阔"的"道"与"德"的膜拜，才能呈

① 《泰戈尔昨天讲演纪略——述其运动文学革命之经过》，载《晨报》1924年5月10日。
② 同上。
③ 《泰戈尔对京学界演说——东西文化之不同，吾人前途之光明》，载《晨报》1924年4月29日。
④ 徐行言：《全球化语境下的文明碰撞与文化抉择》，见曹顺庆、徐行言主编《跨文明对话·视界融合与文化互动》，巴蜀书社2008年版，第96页。

现生命"更悠久、更真切、更深奥"的魅力，展现世界仁爱、和平、和谐的美好；只有舍弃自我、牺牲自我，施行仁爱，远离征服杀伐，服从自然和宇宙的规律，才能将"个我"与宇宙的"大我"融为一体，使个我的有限生命与"梵"的无限生命整体和谐，达到"梵我合一"的人生终极目标；只有"道"的最佳状态与"德"的最佳境界相结合，"爱"的崇高精神与"梵"的最高灵魂整体和谐，才能达到"梵我合一"、"梵爱和谐"的最高精神境界。

（四）强阵营的论争

泰戈尔访华是我国现代早期思想界、知识界和文学界的一件大事。围绕着泰戈尔访华，欢迎者甚多，反对者也不少，全国上下卷起了一场声势颇大的"泰戈尔风波"，展开了一场言论激烈、颇具规模的"泰戈尔访华及其演讲"的论争。1923年至1924年，全国多家报刊发表了论争性文章百余篇，参与论争的有梁启超、冯友兰、梁漱溟、辜鸿铭、胡适、周作人、徐志摩、王统照、郑振铎、瞿世英、江绍原、陈独秀、郭沫若、沈雁冰、鲁迅、瞿秋白、沈泽民、张闻天、闻一多、吴稚晖等，这些人都是我国现代早期著名思想家、哲学家、文学评论家、诗人、作家和学者。

这场激烈的影响颇大的论争是我国现代早期两大强势力阵营的论争。从论争参与者对待泰戈尔访华及其演讲的态度来看，可分为支持者赞扬者阵营与反对者批评者阵营；从论争参与者的政治立场来看，可分为温和民主主义者阵营与无产阶级革命者（个别为激进民主主义者）阵营。前者有梁启超、梁漱溟、冯友兰、辜鸿铭、胡适、徐志摩、王统照、郑振铎、瞿世英、江绍原等，后者有陈独秀、瞿秋白、郭沫若、沈雁冰、沈泽民、鲁迅、闻一多等。

温和民主主义者阵营坚决支持和热情赞扬泰戈尔访华行为和思想言论，其主要理由如下。

其一，支持者赞扬者认为，诗哲泰戈尔访华大益于中印文化文学的交流和思想的沟通。以梁启超为社长的讲学社的宗旨就是为了加强中外文化文学的交流而邀请外国思想文化名流来华讲学，讲学社邀请泰戈尔访华的初衷就是为了加强中印文化文学的交流和思想的沟通，尤其是领略印度及泰戈尔传播给我们的思想。所以梁启超对泰戈尔访华表示热忱的欢迎和高度的赞赏，他满怀激情地说："我们用一千多年前洛阳人士欢迎摄摩腾的

情绪来欢迎泰谷尔哥哥，用长安人士欢迎鸠摩罗什的情绪来欢迎泰谷尔哥
哥，用庐山人士欢迎真谛的情绪来欢迎泰谷尔哥哥。"① 梁启超对泰戈尔
访华不仅有言论的支持和赞赏，而且对泰戈尔访华的整个行程安排得周
详细致，多次亲临泰戈尔演讲现场讲解泰戈尔访华的意义和介绍泰戈尔
的思想和精神。在讲学社于北京北海举行的欢迎会上，梁启超说："中
印两国是兄弟之邦"，"吾国文化上所受印度之筵席，深且大。今兹吾人
又获与印度现代伟人相接，使数百年中断之沟通，又得一接近之机缘，
此实吾人最为荣幸之事。吾国之哲学、文学、美术、雕刻、小学、音
乐，乃至医学、数学、天文亦莫不受其影响。"② 时任福建大学校长的林
长民（1876—1925）在泰戈尔莅临北京时特往拜会，并在金鱼胡同欢迎
泰戈尔的公宴上说："吾人并非以哲学家、教育家、宗教家欢迎泰氏，
实以世界的诗人、革命的诗人欢迎之也……吾深信泰氏必能以其勇识传
授吾人也。"③ 林长民认为，泰戈尔访华有益于中国文学的革命和中印文
学的交流。

其二，由于敬仰泰戈尔的人格和爱心，因此对泰戈尔访华及其思想言
论表示支持和赞赏。徐志摩十分崇拜泰戈尔的人格和爱心，他发自肺腑地
说："我们所以加倍的欢迎太戈尔来华，因为他那高超和谐的人格，可以
给我们不可计量的慰安，可以开发我们原来淤塞的心灵泉源……可以使我
们扩大同情与爱心"，"他是个诗人，尤其是一个男子，一个纯粹的人；他
最伟大的作品就是他的人格"。④ 正因为徐志摩对泰戈尔的人格和爱心如
此崇拜，所以在邀请泰戈尔访华、全程陪同泰戈尔访问并任翻译的过程
中，徐志摩都表现得特别热忱周到，并与泰戈尔建立了深厚的友谊，多次
亲切地称呼泰戈尔为"老戈爹"，特别喜欢泰戈尔给他起的"素思玛"的
印度名字。王统照对泰戈尔的伟大人格和崇高精神也高山仰止，他在随泰
戈尔从南京至济南的轮船中给《晨报》社友的书信中说，他陪伴泰戈尔一
路小心翼翼，周到照顾，仍然惴惴不安，但泰戈尔的态度"恺恻慈祥，彼

---

① 梁启超：《印度与中国文化之亲属的关系——为欢迎泰谷尔先生而讲》，载《晨报副镌》
1924 年 5 月 3 日。

② 《碧水绿茵之北海与须发皓白之印度诗哲》，载《晨报》1924 年 4 月 26 日。

③ 《成功为诗人堕落之始——泰戈尔诗界革命战迹之回顾》，载《晨报》1924 年 4 月 29 日。

④ 徐志摩：《太戈尔来华》，载《小说月报》第十四卷第九号"太戈尔号"。

之待人和厚宽易，而弟辈所以有此感想者，实以其人格过于伟大，其精神过于崇高，故不自禁生此由崇敬而惴惴之思也"。①

其三，支持和赞同泰戈尔维护和发扬东方的精神文明、反对物质主义、倡导博爱、和平的人道主义，追求人类和谐圆满的第三期世界等思想和言论。梁漱溟（1893—1988）从东西方文明和哲学的视角高度评价了泰戈尔的思想，表明了他对泰戈尔的态度。他说，我们"敬仰他思想的伟大。他惟一无二的只是个'爱'；这自然是西洋人的对症药。西洋人的宇宙和人生断裂隔阂、矛盾冲突、无情无趣、疲殆垂绝，他实在有把他融合昭苏的力量"。②新儒学著名学者、哲学家冯友兰（1895—1990）将泰戈尔看成是"东方的第一流人物"，他赞成泰戈尔关于维护和发扬东方的精神文明的主张："认为东西文明是一个真理的两个方面……应该用系统的方法去评价东方文明，用适当的理论去解说它。"③我国现代著名史学家陆懋德（1888—20世纪60年代）从分析泰戈尔的思想、对比当日中国物质文明状况、批评时人醉心欧美文化的立场出发，以放眼未来的历史眼光的尺度，赞成泰戈尔厌恶物质文明、重视精神文明的观点："余意吾国人当引泰氏为同调，而不意吾国人之反对泰氏者，正在此点也！试问吾国之物质文明，有何可言？吾国之主张物质文明者，其成绩又如何？……就其思想而言之，如厌恶物质文明，重视精神文明，实为醉心欧美文化者之'一剂清凉散'"，"不可用狭小的眼光，短期的时间，与现在的效果，而评议其高下。"④郑振铎在泰戈尔访华之前、之时和之后都积极译介、评价泰戈尔思想和作品，在泰戈尔访华过程中，经常代表文学研究会出席泰戈尔的欢迎会和演讲会。他在《小说月报》"太戈尔号"上发表的《欢迎太戈尔》一文中盛赞泰戈尔是一个最伟大的发现者，如曙光照亮人们的生命与灵魂，他认为泰戈尔访华是给人类带来和平与爱的福音："太戈尔则如一个伟人似的，立在喜马拉耶山之巅，立在阿尔卑斯山之巅，在静谧绚烂的旭光中，以他的迅雷似的语声，为他们宣传和平的福音，

---

① 王统照：《今晚抵京之太戈尔》，载《晨报》1924年4月23日。
② 梁漱溟：《东西方文化及其哲学·泰戈尔的态度》，见《东西方文化及其哲学》，上海商务印书馆1922年版。
③ 张羽：《泰戈尔与中国现代文学》，云南人民出版社2004年版，第33页。
④ 陆懋德：《个人对于泰戈尔之感想》，载《晨报》1924年6月3日。

爱的福音。……他将使我们在黑漆漆的室中得见一线的光明，得见世界与人生的真相，他将为我们宣传和平的福音。"[1]

其四，为不失中国礼仪之邦的风度和效法泰戈尔的文学革命精神而欢迎泰戈尔访华。胡适就是持这种观点的代表。胡适是素来肯定西方文明、反对中国传统文化的，但他也欢迎泰戈尔访华。他认为："吾尝亦为反对欢迎泰戈尔来华亡一人，然自泰戈尔来华之后，则又绝对敬仰之。盖吾以为中国乃一君子之国，吾人应为有礼之人"，"吾人自迎之以礼，方不失为君子之国民。同时泰戈尔为印度最伟大之人物，自十二岁起，以阪格耳（即'孟加拉'——引者注）之方言为诗，求文学革命之成功，历五十年而不改其志。今阪格耳之方言，已经泰氏之努力，而成为世界的文学，其革命的精神，实有足为吾青年取法者。"[2]

无产阶级革命者（个别为激进民主主义者）阵营坚决反对和尖锐批评泰戈尔访华行为和思想言论，其主要理由如下。

其一，为反对讲学社所代表的"玄学派"而反对泰戈尔。在泰戈尔访华前的1923年初，北京发生了"科学"与"玄学"的大论战，史称"科玄之争"。"玄学派"的代表人物是张君劢、梁启超、张东荪等，科学派的代表人物是丁文江、胡适、吴稚晖等，支持者有陈独秀等。科学派认为，科学推动社会发展，科学的方法可以解决人生观的问题。陈独秀主张以唯物史观作指导，树立科学的人生观。科学派的实质是推崇西方文化。玄学派认为，科学对于人生观无能为力，除科学之知外，还有艺术方面的"美术之知"，宗教方面的"道德之知"。玄学派的实质是推崇东方文化。这场论战的实质是如何正确认识和处理东西方文化关系问题。科学派认为泰戈尔的思想与讲学社代表的"玄学派"思想有相同之处，而出面邀请泰戈尔访华的恰恰是讲学社，因此他们为反对讲学社代表的"玄学派"而反对泰戈尔访华。

其二，反对泰戈尔抨击物质文明、倡导精神文明及和平隐忍的思想和言论。泰戈尔在对中国现代国情并无深入了解的情况下，到达中国后就主张以"爱"和非暴力对抗"恶"和暴力，倡导服从、牺牲精神以及博爱和平、人道主义的思想，极力反对西方物质文明，传播他所钟爱的东方精

---

① 郑振铎：《欢迎太戈尔》，载《小说月报》1923年第十四卷第九号"太戈尔号"。
② 《泰戈尔第二次演讲——胡适为反对泰氏者之警告》，载《晨报》1924年5月11日。

神文明。所以陈独秀接连发表了几篇文章反对泰戈尔的思想和言论。本来陈独秀是我国最早翻译并发表泰戈尔诗歌的译者，并在他翻译的泰戈尔《赞歌》之后特以赞赏的口吻介绍泰戈尔："印度青年尊为先觉，其诗富于宗教哲学之理想"，"提倡东洋之精神文明。"① 但当泰戈尔正式访华时，陈独秀已于几年前成为马克思主义者，秉承唯物主义观，推崇西方物质文明，反对博爱主义和人道主义。所以，他署名为"实庵"在《向导》、《中国青年》上发表《太戈尔与东方文化》、《好个友爱无争的诗圣》、《评太戈尔在杭州上海的演说》等文章，对泰戈尔及其思想展开了猛烈的批评。陈独秀尖锐地批评泰戈尔的思想是推崇东方文化死朽的"尊君抑民"、"轻物质而重心灵"、"知足常乐，能忍自安"的思想，因此泰戈尔"所要提倡复活的东方特有之文化"，实质上是"东方民族正因富于忍让不争知足能忍的和平思想——奴隶的和平思想"，② 他抨击科学及物质文明、奢谈精神文明，主张博爱主义和人道主义，只是"多放莠言乱我思想界"，只会导致中国人思想的倒退，中国社会的落后和挨打。郭沫若本来是我国最早接触泰戈尔并深受其影响的诗人，但在泰戈尔访华时他的思想已倾向于无产阶级思想，所以他是第一个向泰戈尔访华提出异议的人，他说"对于太戈尔个人并不反对"，但"平和的宣传是现世界的最大的毒物。平和的宣传只是有产阶级的护符，无产阶级的铁锁"。③

其三，批评泰戈尔爱满天下、光明自由、梵我和谐的道德的"人类第三期世界"的思想。沈雁冰（1896—1981）说："现在太戈尔描写的第三期世界比克鲁泡特金的更空灵了。我们如果说克鲁泡特金的第三期世界是纸上的，那么，太戈尔的便是烟雾里的"，"因为太戈尔并不希望肉体的人类到他的第三期世界里去，只希望灵魂的人类去"，"太戈尔所冥想的人类第三期世界，是要我们经过了最忍耐的服从——奴隶式的生活，损失了我们的肉体，而后可以达到，所以这第三期世界是灵魂的世界。"④ 瞿秋白

---

① 此为陈独秀所译泰戈尔《吉檀迦利》第一至第四首，题名为《赞歌》诗后的注解。载《青年》杂志 1915 年第 1 卷第 2 号。
② 陈独秀：《太戈尔与东方文化》，载《中国青年》1924 年第 27 期。
③ 郭沫若：《太戈尔来华的我见》，载《创造周刊》1923 年第 23 号。
④ 沈雁冰：《太戈尔与东方文化——读太氏京沪两次讲演后的感想》，载《民国日报·觉悟》1924 年 5 月 16 日。

（1899—1935）则站在社会革命、政治斗争的阶级立场上，严厉批评泰戈尔爱与光明、梵我和谐的道德的"人类第三期世界"的思想："现代印度——一切社会运动及革命运动的印度，在太戈尔的思想里决不能有完全的反映。中国早已出现了士农工商式的农国，而落后的士大夫还在那里提倡农业立国——印度早已成了英国工业经济的一部分，而过去时代的太戈尔还在那里梦想'爱与光明'的呼声可以回资产阶级的心——因此竭力否认政治斗争。印度已经成了现代的印度，而太戈尔似乎还想返于梵天，难怪分道扬镳——太戈尔已经向后退走了几百年！"①

泰戈尔的访华行为和思想言论除了受到无产阶级革命者、激进民主主义者阵营从理论上的坚决反对和尖锐批评之外，还有一些人从行动上表示反对。如泰戈尔在雩坛演讲时，就有人反对泰戈尔在演讲中传播的博爱与和平主义、东方文明取代西方文明、反对以暴力驱逐暴力的观点，于是在会场上散发反对泰戈尔的传单。泰戈尔在真光影戏院的演讲也遇到了类似的情况，就在泰戈尔到达会场之前，已有人在会场上散发传单，认为中国目前所需要的不是泰戈尔所宣传的，而是正好相反；泰戈尔访华及其演讲，是中国革命的消极催化剂。于是祭出"驱逐泰戈尔"的逐客令。

本来，作为亚洲第一位诺贝尔文学奖得主、友好邻邦印度的使者，泰戈尔访华理应受到我国各界的一致欢迎，泰戈尔的思想和言论理应在深入研究、全面考量之后受到应有的尊重，但是，泰戈尔的访华行为和思想言论却受到如此状况的坚决反对和尖锐批评，其原因大致如下。

首先，剖析客观原因。

一是受传国——中国当时的社会生态发生了结构性变化。五四运动将马克思主义传入中国，泰戈尔访华时以马克思主义为指导思想的中国共产党已成立三年，昂然登上了历史舞台，陈独秀已经担任中国共产党总书记三年，沈雁冰、沈泽民、瞿秋白等人已成为马克思主义的信仰者，郭沫若的思想已倾向于无产阶级，而马克思主义力主阶级斗争和暴力革命，反对资产阶级的民主自由和人道主义，主张物质第一、精神第二，经济基础决定上层建筑，因此，马克思主义信奉者、无产阶级革命者阵营当然会尖锐批评泰戈尔以"博爱"为核心，以仁慈、宽恕、和平、反对西方物质主义

---

① 瞿秋白：《过去的人——太戈尔——〈家庭世界〉》，载《中国青年》1924 年第 27 期。

为表征的"人道主义"思想，以及以"和谐"为核心，以牺牲、舍我、张扬东方精神文明为表征，以圆满快乐为终极目标的"梵我合一"的思想。

二是无产阶级革命者阵营对泰戈尔的思想和言论未作深入研究、全面考量和正确理解，或由于有的人眼界狭窄、目光短浅，因而误解了泰戈尔的思想和言论。如泰戈尔所预言的"人类第三期世界"是一个"爱满天下、光明自由、人与自然及社会和谐"的道德世界，这与马克思所构想的、为共产党人和无产阶级革命者所追求的人们道德水平极大提高、物质产品极大丰富、社会高度文明和谐，共享平等自由、和平幸福的共产主义社会并无实质性的冲突，甚至大体相似。其实，泰戈尔所传播的人类第三期世界思想已经显示出泰戈尔思想的深刻性和前瞻性，就连陆懋德也能以历史的眼光评价泰戈尔的思想，奉劝人们"不可用狭小的眼光，短期的时间，与现在的效果，而评议其高下"，但我国有的所谓"无产阶级革命者"却眼界狭窄、目光短浅，未能发现泰戈尔"人类第三期世界"思想的深刻性和前瞻性。又如泰戈尔严厉批评的"物质主义"，并非完全否定物质的作用，而是批评西方人以科学为名、以金钱为轴心、以追求物质利益为目标的缺乏人道的物质主义，他在北海所作的演讲的题目就是"科学为无价宝库"，同时他还辩证地谈到物质文明与精神文明的关系，他郑重地宣示："世人常常谓余排斥西方物质文明，其实不然，西方之科学实为无价宝库，吾侪正多师承之处，万无鄙视之理。特其物质的财富之价值或步入精神的财富之永久。"①

三是"城门失火，殃及池鱼"的连累作用。如"科学派"学者并非反对泰戈尔的思想和言论，而是因为反对"玄学派"的主张而反对泰戈尔的思想和言论。有的激进民主主义者也并非反对泰戈尔的思想和言论，而是因为反对讲学社的梁启超、新月社的徐志摩把泰戈尔奉为"圣人"、"诗哲"、"救世神仙"，所以反对或讽刺泰戈尔，如鲁迅就是这方面的典型代表，他在《骂杀与捧杀》一文中不无讥讽地写道："人近而事古的，我记起了泰戈尔。他到中国来了，开坛讲演，人给他摆出一张琴，烧上一炉香，左有林长民，右有徐志摩，各各头戴印度帽。徐诗人开始介绍了：

---

① 《碧水绿茵之北海与须发皓白之印度诗哲——太戈尔谓科学为无价宝库》，《晨报》1924年4月26日。

'俺！叽哩咕噜，白云清风，银磬……当！'说得他好像活神仙一样，于是我们的地上的青年们失望，离开了。神仙和凡人，怎能不离开呢？"① 泰戈尔访华，满怀着一腔热情，也遭遇了几瓢冷水；带来了几多友情，也牵出了几分敌意；传播了一些观点，也惹来了一场争议。他之所以会有这种特殊的际遇，这"与五四新文化运动后，中国思想文化界的蓬勃发展有关，问题与主义之争，东西文化之争，科学与玄学之争，无不进行得如火如荼，泰翁无意中也被卷入了旋涡"。②

其次，从传播主体泰戈尔的视角来剖析主观原因。

虽然泰戈尔在《人的宗教》、《人生的证悟》等哲学著作中曾多次引用我国古代思想家老子的言论，说明他对中国古代文化有所了解，有所研究，但他毕竟是远隔千山万水的印度学者，对中国古代文明还缺乏深入的研究，对中国现代文化还没有深入接触，仅凭时间短暂的访问和观察，很难对中国当时的社会生态作深入的了解和准确的判断，所以他所赞扬的东方文明中的中国文明与印度文明尚有很大不同，他批评的"物质主义"在某种程度上正是当时中国所需要的，他预见的"人类第三期世界"与中国当时的现状格格不入、相距甚远。有的人认为，泰戈尔作为一位已经亡国的国家的诗人来给尚未亡国的中国人上课，本身就不够资格，中国人不愿步印度的后尘，而要积极抗争、富国强兵。所以此时的反对者很难以平常心来看待泰戈尔访华。此外，泰戈尔既不是一个社会主义者，也远非一个马克思主义者，所以他在演讲中有时将"唯物主义"误解为"物质主义"而加以反对，这自然会引起信奉马克思主义的人的坚决反对和激烈批评。

（五）深层次的影响

作为传播主体的泰戈尔在华的 49 天访问中，在不同场合发表了 20 多次公开演讲和数十次谈话，传播了他的以博爱为核心的仁慈、宽恕、和平和反对西方物质主义的人道主义思想，以和谐为核心的牺牲、舍我、张扬东方精神文明的梵我合一、梵爱和谐思想。

---

　　① 鲁迅：《骂杀与捧杀》，载《中华日报·动向》1934 年 11 月 23 日。
　　② 邢建榕：《上海聆听东方智者的声音——纪念泰戈尔诞辰 150 周年》，载《文汇报》2011 年 4 月 25 日。

　　从正面来看，泰戈尔的这些思想和言论直接影响了我国的众多听众，包括支持者赞扬者阵营的著名思想家、哲学家、文学评论家、诗人、作家和学者，并逐渐为他们所接受，这对我国现代早期的思想界、文化界、学界和文学界都产生了深层次的影响（尤其是对新诗生态的深刻影响，下文第四、第五、第六章将详细论述）；从反面来看，泰戈尔的这些思想和言论虽然受到无产阶级革命者、激进民主主义者和部分听众的坚决反对和尖锐批评，以至于掀起了一场"泰戈尔风波"的大论争，但是，从哲学的层面来看，真理是不怕论争和批评，甚至期待论争和批评的，因为真理越辩越明，道理越说越清，"莫道论争如浪深，莫言逐客似沙沉。千淘万漉虽辛苦，吹尽狂沙始到金"。从思想史的层面来看，前沿理论的论争正是冲破思想牢笼、突破思想禁区、迎来思想界百家争鸣、百花齐放的难得契机、必要手段和有益行为。我们不难设想，如果没有我国先秦时期的百家争鸣，那么就没有我国古代文化思想界第一次百花齐放的思想大发展；如果没有文艺复兴时期的百家争鸣，那么就没有西方近现代思想界第一次百花齐放的思想大发展；如果没有"泰戈尔风波"的大论争，那么就没有泰戈尔梵爱和谐在我国现代早期的广泛传播和巨大影响。从传播学的层面来看，如果只有正面的单向传播，那么其传播过程的穿透力就不强，传播效果的影响面就不广，影响度也就不深，而一旦加上反面的双向传播，其传播过程的穿透力就更强，传播效果的影响面就更广，影响度也就更深。从心理学的层面来看，正面的赞扬和肯定的刺激信息给人的印象往往是表层的、暂时的，而反面的批评和否定的刺激信息给人的印象往往是深层的、长久的。再从名人效应的层面来看，在这场"泰戈尔风波"的大论争中，正反双方的参与者几乎都是我国现代早期思想界和文化界的著名思想家、哲学家、文学评论家、诗人、作家和学者，他们都是文化名人和社会精英，从古至今，不同结构层次的普通受众对名人精英都存在崇拜心理，往往将他们的言论当作金科玉律和行动指南，他们的论争尤能引起普通受众的极大兴趣和格外注意，这种接受心理进一步加大了泰戈尔思想和言论对不同结构层次普通受众的影响广度、强度、梯度和深度。

　　因此，泰戈尔访华所传播的思想和言论以及"泰戈尔风波"大论争，无论从哪个角度和层面来看，都是特大的好事，它为中国人接受泰戈尔及其思想提供了有利的接触契机，传播了大量的思想信息，搭建了良好的沟通桥梁和交流平台。因此，"今日思之，泰戈尔重精神轻物质，主张爱、宽容、和平与和谐，宣扬东方精神文明的玄妙，甚至预言以东方文明为主体的世界必将取代现在这个以物质主义为第一要义的西方世界，这些思想自无不当之处，甚至值得尊敬"。①

---

① 邢建榕：《上海聆听东方智者的声音——纪念泰戈尔诞辰 150 周年》，载《文汇报》2011 年 4 月 25 日。

第三章　大象有意　大美无痕

——泰戈尔梵爱和谐思想对我国早期新诗意象与
　　形象生态的影响

　　泰戈尔梵爱和谐思想在我国现代早期的传播,除了本人访华的主体直接传播之外,主要得力于其诗作载体的间接传播,而我国读者要理解、认同和接受泰戈尔诗歌所蕴含的梵爱和谐思想,首先就须理解其诗歌中的意象,感受意象构成的文学形象,品味意象和形象所蕴含的看似无痕实则有意的审美趣味和美学理想,感知系列意象所构成的意象生态和系列形象所构成的形象生态,然后才能理解和认知其梵爱和谐的思想,接受梵爱和谐思想的影响。因此,本章意欲从形象学的角度,探讨泰戈尔梵爱和谐思想对我国现代早期新诗意象与形象生态的影响。

第一节　物象的观照·表象的再现:意象与形象概论

一　意象的源流和含义

　　"意象"这一范畴源于中国,但作为文学系统构成元素的现代阐释则来自于西方。

　　在中国古代,"意象"原是"意"与"象"的合称,包含"意"与"象"两个重要的概念。

　　"意"的本义是意向、愿望。《说文解字》曰:"意,志也,从心察言而知意也。从心,从音。"① "意"即意向、愿望。会意字,从心、音,其意谓根据其语言声音就能了解人的心意,即发自人的内心的声音。"意"

---

① 许慎:《说文解字》,社会科学文献出版社 2005 年版,第 572 页。

表本义"愿望"、"意向"的用法，如"今者项庄拔剑舞，其意常在沛公"。① "意"也训为"意思"，如"书不尽言，言不尽意"；② "意"也表"意图"，如"用君之心，行君之意"；③ 或表"志向"，如"明君在上，便辟不能食其意"。④ 后来，"意"引申为"意味"，如"帘外雨潺潺，春意阑珊"；⑤ 又引申为"情意"、"感情"，如"醉翁之意不在酒，在乎山水之间也"。⑥

"象"的本义是大象。《说文解字》曰："象，长鼻、牙，南越大兽。三年一乳。象耳、牙，四足之形。"⑦ 其意谓大象的特征是有很长的鼻子和牙齿，是生活在南越一带（泛指南岭以南至东南亚）的大型野兽，三年才生育一次；象形字，像其大耳、长牙和四足之形。段玉裁认为"耳"字当作"鼻"字解。后来转义为"形状、象貌。如图象、画象。通作像"，⑧ 如"乃审厥象"，⑨ 就是刻画其形象。"象"又可泛指事物显现于外的形状、形态或状况，即"物象"，如天象、星象、卦象、气象、迹象等，《周易》曰"圣人有以见天下之赜，而拟诸其形容，象其物宜，是故谓之象"；⑩ 司空图（837—908）的"景象论"，要求诗歌创作应做到"象外之象，景外之景"。⑪ 观物取象论和景象论中的"象"，主要指的是物象。

最早阐释"意"与"象"的关系的典籍是中国最古老的哲学经典《周易》。《周易》简明扼要地阐述了"意"与"象"的关系："子曰：'书不尽言，言不尽意。然则圣人之意，其不可见乎？'子曰：'圣人立象以尽意。'"⑫ 这就是说，书面语言不能完全表达口头语言的意义，口头语

① 司马迁：《史记·项羽本纪》。
② 《周易·系辞上·第十二章》。
③ 《楚辞·屈原·卜居》。
④ 《管子·君臣下》。
⑤ 李煜：《浪淘沙》。
⑥ 欧阳修：《醉翁亭记》。
⑦ 许慎：《说文解字》，社会科学文献出版社2005年版，第523页。
⑧ 《辞源》合订本，商务印书馆1988年版，第1595页。
⑨ 《尚书·说命上》。
⑩ 《周易·系辞上·第二章》。
⑪ 司空图：《与极浦谈诗书》，杜黎均《二十四诗品译注评析》，北京出版社1988年版，第200页。
⑫ 《周易·系辞上·第十二章》。

言不能完全表达人们内心的意愿或情意，因此圣人以具体可感的物象来暗示、表达人们内心深含的意愿或情意。因为"言之所传者浅，象之所示者深"。① 魏晋玄学理论的奠基人王弼（226—249）继承和发展了《周易》关于"意"与"象"的关系的观点，以老子思想解《易》，阐述了象与意的关系，他说："夫象者，出意者也"，"象者，所以存意，得意而忘象"，"尽意莫若象"。② 即是说，"象"可以暗示内在的"意"，并用于保存"意"，领悟了"意"的真谛就能够忘记"象"；而要完全表达"意"没有比用"象"更好的。因此，达"意"要通过"象"。在王弼看来，"象"与"意"是相互依存、互为表里、不可分割的。

最早将"意"与"象"合为"意象"一个范畴的大家是汉代著名哲学家王充（27—约97），他在《论衡》中说："夫画布为熊麋之象，名布为侯，礼贵意象，示义取名也。"③ 王充在这里所说的"意象"是指"意思与形象"，④ 还不是文学系统的范畴。中国古代文论之集大成者、南朝梁代刘勰（约465—520）将"意象"运用于文学理论系统，他说："积学以贮宝，酌理以富才……然后使玄解之宰，寻声律而定墨；独照之匠，窥意象而运斤。"⑤ 刘勰在这里所说的"意象"是指经过独造性运思而构成的形象。自刘勰之后，意象这一范畴被广泛地运用于文论、诗论和诗词作品之中：其义或与刘勰所说意象的含义大体相同，如苏轼（1037—1101）的"集中登临诸作，无不名句纷披，而意象各别"；⑥ 或以意象指意境，如司空图的"意象欲出，造化已奇"，⑦ 胡应麟（1551—1602）的"古诗之妙，专求意象"；⑧ 或以意象指心境，如王安石（1021—1086）诗"残年意象偏多感，回首烽烟更异乡"；⑨ 或以意象指情境，如黄庭坚（1045—1105）诗"革囊南渡传诗句，摹写相思意象真"；⑩ 或以意象指心

---

① 朱熹：《周易本义》，上海古籍出版社1987年版，第63页。
② 王弼：《周易略例·明象》。
③ 王充：《论衡·乱龙》。
④ 《辞源》合订本，商务印书馆1988年版，第618页。
⑤ 刘勰：《文心雕龙·神思》。
⑥ 苏轼：《与客游道场何山得鸟字》。
⑦ 司空图：《诗品·缜密》。
⑧ 胡应麟：《诗薮》。
⑨ 王安石：《宿土坊驿寄孔世长》。
⑩ 黄庭坚：《同韵和元明兄知命弟九日相忆》。

情与容貌，如陆游（1125—1210）诗"意象殊非昨，筋骸劣自持"。总之，上述中国古代名家认为，"意象"缘起于客观世界的"外在物象"，同时也是主观情意的"内心视象"；既观赏于目，又体验于心；观赏不断变化、变形，体验也不断延伸、深化，直至从中感悟出人与自然的和谐、人类生命的生态系统与自然生命的生态系统的整体和谐，领悟到人生的价值与真谛。

在中国古代，"意象"一词虽然早已出现并常常被文论家和诗人使用，但终究无人对其进行准确详细的解释，以至于有的人误认为意象这一范畴是舶来品。

在中国现代，由于受到西方文论和美学的影响，一些学者对"意象"作出了解释或界定。朱光潜（1897—1986）在谈到诗与直觉时对"意象"作了感性与理性相结合的解释："无论是欣赏或是创造，都必须见到一种诗的境界"，诗的"见"必须是直觉，所觉对象有它本身的形象，例如，在凝神注视梅花时，"无暇思索它的意义或是它与其他事物的关系。这时你仍有所觉，就是梅花本身形象（form）在你心中所现的'意象'（image）。这种'觉'就是克罗齐所说的'直觉'"。① 朱光潜以注视梅花为例对意象作出解释，认为意象就是呈现在审美者心中的具体可感的形象。他在论述意象与情趣的关系时，更为直截了当地说："每个诗的境界都必须有'情趣'（feeling）和'意象'（image）两个要素。'情趣'简称'情'，'意象'即是'景'。"②

在这里，朱光潜不仅阐述了意象在构成诗歌境界中的重要地位和作用，而且给出了意象就是景象、物象的定义，而景象、物象都具有形象性的特征。可见，朱光潜对意象的解释特别注重意象的形象性。著名哲学家、美学家李泽厚（1930—）对意象作了精要的解释，他认为，"意象"是中国审美文化的境界，是对象的形态或活动唤起作者的情感活动和意向，即自身情感与对象形式的合二为一。李泽厚所说的"意向"是指思想倾向，他强调意象是作者将自己的情感元素和思想倾向注入审美对象即客观事物之中，使作者的思想情感与客观物象有机结合、合二为一。李泽厚

---

① 朱光潜：《诗论》，北京出版社 2009 年版，第 42—43 页。
② 同上书，第 46 页。

解释意象的显著特点是突出了意象的情感性和思想理性，尤其是二者的辩证统一性。

在西方文论中，"意象"这一范畴的内涵有一定学术界定。康德（1724—1804）说："意象是一种想象力所形成的形象显现。它从属于某一概念，但由于想象力的自由运用，它又丰富多样，很难找出它所表现的是某一确定的概念。"① 康德认为，意象是一种形象，这种形象已经不是原有的客观事物的形象，而是主观想象力的产物，且丰富多样，带有明显的情感元素。康德对意象的定义的特点是将情感性的想象融入了意象。黑格尔（1770—1831）认为，意象是借助于想象将感性与理性、情感与理解统一起来的"充满敏感的观照"，② 黑格尔将想象作为意象的纽带，使感性与理性、情感与理解连接为一个整体，突出了意象的整体性和包容性。法国象征主义诗人瓦莱里（1871—1945）认为，诗歌语言应与意象结合得天衣无缝，从而表现出一种类似于梦境的"世界的幻象"。③ 瓦莱里强调了意象是客观外物反映在人们主观头脑中的富有情意色彩的梦幻景象，突出了意象的幻象性特征。美国"诗歌意象"理论奠基人、意象派运动发起人庞德（1885—1972）认为：意象不是一种图像式的重现，而是一种"在瞬间呈现的理智与感情的复杂经验……各种根本不同的观念的联合"。④ 庞德对意象的定义与康德基本一致，突出了意象中的情感元素，但庞德定义的特点是意象的观念性，即理智性与感情性的结合。美国符号论美学家苏珊·朗格（1895—1982）否定了意象的理智性，强调了意象的情感性，他对意象作了较详细的解释："艺术品作为一个整体来说，就是情感的意象"，这是"一种非理性的和不可用言语表达的意象，一种诉诸直接感觉的意象，一种充满了情感、生命和富有个性的意象，一种诉诸感受的活的东西"。⑤ 苏珊·朗格对意象的解释的特点是注重整体性与个性的统一，强调了意象的非理性、直觉性和生命力。总而言之，上述西方名家以形而

---

① 《西方文论选·上》，上海译文出版社 1979 年版，第 564 页。
② 黑格尔：《美学》第一卷，商务印书馆 1979 年版，第 166—167、359 页。
③ 瓦莱里：《纯诗》，载伍蠡甫主编《现代西方文论选》，上海译文出版社 1983 年版，第 25—38 页。
④ 韦勒克、沃伦：《文学理论》，生活·读书·新知三联书店 1984 年版，第 201 页。
⑤ 苏珊·朗格：《艺术问题》，中国社会科学出版社 1983 年版，第 129、134 页。

上和形而下为视角，从哲学、美学、文艺学的层面界定和阐释了意象的内涵和特征，强调了意象是感性与理性、情感与想象、整体与个性、外在物象与内在幻象的有机统一。

从现代心理学的视角来看，"意象"是认知主体对客观事物的表象信息进行加工后在头脑中留下的记忆痕迹所形成的形象。从文艺学的视角来看，"意象"是客观物象经过创作主体独特的情感活动而创造出来的艺术形象。从比较文学的视角来看，"意象"是融入作者思想感情，且赋予特殊含义和文学意味的具体形象。

众所周知，概念由内涵和外延两部分构成，对概念的定义必须包括解释内涵和界定外延。关于"意象"这一概念的定义，上述名家的观点以及心理学、文艺学、比较文学的观点不能不说言之有理、成一家之言，但遗憾的是不够准确简洁明了，尤其是缺乏其外延的界定。

笔者认为，"意象"是作者选择并写入作品中的蕴含作者丰富思想情感的客观物象，它一般是某种具体可感的事物或物体。

凡是客观世界存在的事物或物体，只要赋予了作者的思想情感，都可以成为文学作品的意象，如宇宙空间的日月星辰，气象中的风雷雨电、云霞霜露，地面上的植物动物、江海河流，人为的灯火乐器、刀枪剑戟等。意象具有形象与理性、情感与思想、整体与个体、外在物象与内在幻象和谐统一的特点。

二　形象的源流和含义

"形象"一词在中国古代是一个并列式合成词。《说文解字》解释说："形，象形也。从彡。"① 其意为："形"是描画成物体的形状，且与物体相似。因所画为文，故以"彡"为形符，表意；另一部分表声。如上所述，"象"的转义为"形状"，有时"象"表示人的面貌时也作"相"。中国古时一般用"形"与"象"两个单音节词以表意，其原初意义是指事物的形状或人的面貌、形体。如《周易》所说的"在天成象，在地成形，变化见矣"，②

---

① 许慎：《说文解字》，社会科学文献出版社 2005 年版，第 487 页。
② 《周易·系辞上》，上海古籍出版社 1987 年版，第 56 页。

这里的"形"是指形状；陆机（261—303）说"体有万殊，物无一量，纷纭挥霍，形难为状"，"虽离方而遁员，期穷形而尽相"，① 这里的"形难为状"是说事物的形状和表现纷乱变幻、稍纵即逝，难以捕捉和描摹；"穷形而尽相"是说作者应在文学作品中尽其所能将事物的形状和人的面貌描绘得惟妙惟肖、纤毫毕陈。又如刘勰所说"神用象通，情变所孕，物以貌求，心以理应"② 的"神用象通"，就是说作者构思时内在的思维活动要与外在事物的形状、现象沟通融汇。

"形象"一词的原初意义是指"人、物的相貌形状"。③ 中国古代最早将"形"与"象"合用为"形象"一个词的是西汉经学家孔安国（约前156—前74），他在传解《尚书》说命"得诸傅岩"时说："使百官以所梦之形象，经营求之于外野，得之于傅岩之谿。"④《后汉书》在解释"大殿"时说，大殿是官府的形象。孔安国和《后汉书》所说的形象，都是指外物的形状，而杜甫（712—770）诗所写的"云台画形象，皆为扫妖氛"⑤ 的形象，指的是人物的相貌。虽然陆机和刘勰所说的"形"与"象"（"相"）在一定程度上奠定了界定"形象"含义的基础，但其毕竟是"形"与"象"两个概念的单列使用；孔安国、《后汉书》和杜甫虽然使用了"形象"一词，但是远非语言学、文艺学或心理学的重要范畴"形象"的含义。

因此，严格说来，作为语言学、文艺学或心理学意义上的重要范畴"形象"是一个舶来品。

西方文学理论对"形象"的来源和含义有明确的界定或解释。"形象"的原意是对事物的摹本。具体而言，"形象"是事物的本质与现象相统一的外部形式，它最初始于古希腊的摹仿论。如柏拉图（约前427—前347）认为文艺作品就是自然和生活的"摹本"，而将"形象"正式引入文学系统的是亚里士多德（前384—前322）。他在《诗学》中继承和发

---

① 陆机：《文赋》，张少康主编《中国历代文论精品》，时代文艺出版社1995年版，第129页。

② 刘勰：《文心雕龙·神思》，向长清《文心雕龙浅释》，吉林人民出版社1984年版，第259页。

③ 《辞源》合订本，商务印书馆1988年版，第574页。

④ 同上。

⑤ 同上。

展了自己老师柏拉图的"摹本说",提出了"摹仿说",他说:"史诗和悲剧、喜剧和酒神颂以及大部分双管箫乐和竖琴乐——这一切实际上是摹仿。"① 他认为诗起源于人的摹仿的天性:"一般说来,诗的起源仿佛有两个原因,都是出于人的天性。人从孩提的时候起就有摹仿本能……人对于摹仿的作品总是感到快感。"② 他认为文学艺术作品中的"图象"是作者摹仿自然和生活所形成的"形象":"有一些人(或凭艺术,或靠经验),用颜色和姿态来制造形象,摹仿许多事物";③ 他还认为形象是构成艺术作品的必然元素:"整个悲剧艺术的成分必然是六个——因为悲剧艺术是一种特别艺术——(即'情节'、'性格'、'言词'、'思想'、'形象'与'歌曲')。"④ 自此,西方的形象观基本形成。泰戈尔认为,文学的"形象"是作者丰富、复杂的情思所凝结而成的:"在整个人类社会,一个人心里的想法,力图在另一个人心里获得成功,在这种努力下,人的情思必然凝成形象。"⑤ 他坚定地认为,文学形象是外界实体事物在作者心灵中形成的表象,作者将这种表象具体化,形成心灵形象,并且这种形象具有深刻的思想和丰富的感情:"假如我们之中的每个人都是不平凡的诗人,那么每个人就以同样方式使自己的心具体形象化,从而显示了一个空前的特殊性,阐述了无限多样的'一'……但是,他们不知道,这中间有一个我们总想努力抓住,但总不能抓住的心灵形象,它们超越诗人的创造,通过整个世界艰巨努力的激励,穿越无数障碍,时多时少地显示着。那些具有深刻思想而富有感情的人,在诗人的诗篇里看到了那个完整的形象,他们就是真正的文学思想家。"⑥ 泰戈尔在这里所说的多样的"一"是"一与多"的关系,它是印度哲学和宗教理论的一个特殊命题。泰戈尔继承和发展了印度哲学和宗教理论,认为"一"是万物之源,是最高之神,是最高无形实体。"多"是有形实体,是大千世界;"一"是"多"的本源,"多"是"一"的表象。因此,文学形象就是外界实体

---

① 亚里斯多德:《诗学》,罗念生译,人民文学出版社1988年版,第3页。

② 同上书,第11页。

③ 同上书,第4页。

④ 同上书,第20—21页。

⑤ 泰戈尔:《泰戈尔谈文学》,白开元编译,商务印书馆2011年版,第72页。

⑥ 泰戈尔:《泰戈尔全集》第二十二卷,倪培耕、白开元等译,河北教育出版社2000年版,第117—118页。

事物在作者心灵中形成的表象。泰戈尔强调了"形象"的情感性、思想性和表象性。别林斯基（1811—1848）认为，诗歌的本质特征就是将抽象的思想描绘成感性的形象："诗的本质就在于给不具形的思想以生动的、感性的、美丽的形象。"① 别林斯基断定了形象的思想内在性、情感外化性和美的生动性。

后来，"形象观"逐渐发展成为反映论，最终构成由形象、性格等一系列重要范畴支撑的一整套文学理论，形象观也因此流行世界文坛。新文化运动和五四运动后，西风东渐，门户洞开，形象观随着西方启蒙主义、现代文艺思潮迅速传入中国。于是中国古代文论中所使用的形象概念被赋予了现代文论的崭新含义。

从现代心理学的视角来看，"形象"是人们通过各种感觉器官（包括视觉、听觉、味觉、触觉、嗅觉等）在大脑中形成的关于某种事物的整体印象，是各种感觉的再现。从文艺学的角度来看，"形象"是文学理论中具有普遍意义的重要范畴。众所周知，社会生活是文学艺术的唯一源泉，而社会生活是林林总总、五彩缤纷的，其中包括社会环境、自然景物、人物活动等，当这些社会生活经过作者的典型化、情意化手段进入作者头脑、写入文学作品时，就构成了生动丰富的文学形象。因此，文学形象应是文学作品中栩栩如生的人物、生动有趣的生活图景和精彩纷呈的自然画面。

笔者认为，简而言之，"形象"是客观事物在人的头脑中形成的实体表象，是各种感觉和印象在人脑中的再现。"文学形象"是文学作品中反映社会生活、融入作者思想情感的具体可感的人物、生活图景和自然画面，它具有具体可感性和思想情感性的特点。

三　意象与文学形象的关系

如上所述，意象是作者选择并写入作品中的蕴含作者丰富思想情感的客观物象，它一般是某种具体可感的事物或物体；文学形象是文学作品中反映社会生活、融入作者思想情感的具体可感的"人"、"物"（常为人格化之"物"或具有象征意义之"物"）、生活图景和自然画面。意象与文

---

① 别林斯基：《别林斯基论文学》，梁真译，新文艺出版社1958年版，第11页。

学形象的相同点为：一是所呈现的都是客观事物和社会生活，二是都融入了作者的思想情感，三是具体可感的，不是抽象的、观念的。但二者又有显著的区别：意象所呈现的是"物"，而不是"人"，"人"不能作为意象；文学形象不仅可以呈现"物"，如动物、植物，以及"物"所构成的图景和画面，如生活图景和自然画面，而且"人"往往是文学形象的主体。

意象与文学形象有密切的联系。文学形象要依托意象来呈现或表达，一个或多个意象可以构成一个文学形象或文学形象生态；如果没有意象，那么就没有文学形象，如果没有文学形象，那么意象则难以独立存在。正如朱光潜所说："如果不附丽到具体的意象上去，就根本没有可见的形象。"① 而诗歌中文学形象的形成更为特殊，不是所有的意象都能成为文学形象，只有那些富有生命的意象才能成为诗中完整的文学形象。"我们抬头一看，或是闭目一想，无数的意象就纷至沓来，其中也只有极少数的偶尔成为诗的意象，因为纷至沓来的意象零乱破碎，不成章法，不具生命，必须有情趣来融化它们，贯注它们，才内有生命，外有完整形象。"② 可见，意象与文学形象的关系是相互依托、相互表现、相互联系、二者不可或缺的辩证统一的关系。

第二节　人化的自然·情化的形象：泰戈尔梵爱和谐思想对我国早期新诗意象与文学形象生态的影响

纵观泰戈尔的诗歌，尤其是对我国现代早期新诗影响极大的几部诗集，其意象与文学形象对我国现代早期新诗中的意象与文学形象生态产生了重要的影响。现以泰戈尔所著的思想内容最丰富、艺术成就最高、在我国传播最广、对我国现代早期新诗影响最大的《吉檀迦利》、《飞鸟集》、《新月集》、《园丁集》、《采果集》等诗集为范本，③ 梳理泰戈尔诗歌的意

---

① 朱光潜：《诗论》，北京出版社 2009 年版，第 46 页。
② 同上。
③ 本著作所引泰戈尔诗歌的译本均为：冰心翻译的《吉檀迦利》、《园丁集》，郑振铎翻译的《飞鸟集》、《新月集》，吴笛翻译的《采果集》。下文不再注释所引诗歌的译本。

象与文学形象对我国现代早期新诗中的意象与文学形象生态所产生的重要影响。

　　从总体来看，泰戈尔这几部诗集的主要"意象"包括以下几大类：天体意象、花鸟意象和灯火意象等；其"形象"集中表现为梵爱和谐的文学形象，这种梵爱和谐的文学形象多为反映社会生活、融入作者思想情感的具体可感的"人"的文学形象，也有人格化之"物"或具有象征意义之"物"的文学形象，以及由"人"或"物"所构成的生活图景或自然画面。

一　天体意象与梵爱和谐的文学形象的影响

　　天体意象包括太阳、月亮和星星的意象，其中，太阳意象又包括以太阳为中心的阳光、光明、旭日、朝阳、红日、夕阳、曙光、晨光等意象，月亮意象又包括以月亮为中心的月儿、新月、明月、圆月、月光、月色等意象，星星意象又包括以星星为中心的星儿、星光、繁星、星球、晚星、夜星等意象。不同的意象可以构成不同的文学形象或相同的文学形象，相同的意象可以构成相同的文学形象或不同的文学形象。泰戈尔诗中的上述意象和文学形象对我国早期新诗中的意象与文学形象生态产生了影响。

　　（一）"太阳"意象与文学形象的影响

　　泰戈尔诗中的"太阳"意象所构成的文学形象主要包含两大类文学形象，一是梵爱和谐（泛神）的文学形象，二是爱的哲学（泛爱）的文学形象。

　　1. 泰戈尔诗中的"太阳"意象及其所构成的梵爱和谐的文学形象，对我国现代早期诗人郭沫若、宗白华新诗中的"太阳"意象与文学形象产生的影响

　　泰戈尔常在诗歌中以"太阳"为意象，表达梵我合一的泛神论思想，塑造梵爱和谐的文学形象。泰戈尔认为神是太阳，人是秋云，与神合一，快乐光明。于是纵情歌颂太阳，追求梵我合一，这是泛神论思想，其太阳的意象构成了梵我合一的遇合者的文学形象。如："啊，我的永远光耀的太阳！你的摩触还没有蒸化我的水汽，使我与你的光明合一，因此我计算着和你分离的悠长的年月。"① 泰戈尔常常思考、领悟生命的意义和本质，

---

　　①　泰戈尔：《吉檀迦利》第80首。

追求生命与梵合一、个我的有限生命与"梵"的无限生命的整体和谐，达到人生的最高境界。泰戈尔在《采果集》第 62 首诗中以"太阳"为意象，写生命的形态有伟有微，有长有短，有奇有凡，有雅有俗，因此不必为渺小平凡而气馁，也不必为宏伟壮阔而骄矜，因为伟大可以寓于渺小之中，奇异产生于平凡之时，这就是生命的变幻之姿和辩证之美。在这里，"太阳"的意象所构成的文学形象是生命变幻、辩证和谐的认知者的形象。郭沫若受泰戈尔的影响，常常表现爱自然、爱地球、爱宇宙之神的泛神论思想。他在《地球，我的母亲》中将地球比喻为母亲，描写"我"由无知到知恩，再到报恩的思想情感嬗变的轨迹；再描写由地球到太阳月亮，再到宇宙万物的物象，领悟生命的意义和本质，追求生命与梵合一，个我的有限生命与"梵"的无限生命整体和谐，达到人生的最高境界，这就集中表现了诗人爱地球、爱自然、爱宇宙之神——万物和谐，泛爱永在，梵爱合一的思想。在这里，"太阳"的意象所构成的文学形象是泛神论者的形象。宗白华也受到泰戈尔的影响，他在《信仰》中表现了爱神、泛神论、梵我合一的思想："我"信仰太阳、月亮、众星、万花、流云、音乐，因为他们如同"我"的父母、兄弟、姐妹、朋友和爱人："红日初升时，我心中开了信仰之花。我信仰太阳，如我的父！……一切都是神！我信仰——我也是神！"① 这"一切都是神！我信仰，我也是神"的直言告白，诗中太阳的意象的刻画，表明其文学形象是梵我和谐的追求者的形象。

2. 泰戈尔诗中的"太阳"意象及其所构成的泛爱（爱自然、爱光明等）文学形象，对我国现代早期诗歌的"太阳"意象与泛爱文学形象产生的影响

其一，以"太阳"意象塑造热爱自然者的文学形象。泰戈尔诗中的"太阳"意象所构成的爱自然的文学形象对俞平伯、王统照、戴望舒等人诗歌的"太阳"意象与文学形象产生了影响。

泰戈尔一生酷爱自然，追求人与自然的和谐、人类生命的生态系统与自然生命的生态系统的整体和谐。他说："我差不多在髫年的时候就感悟

---

① 宗白华：《信仰》，见赵家璧主编《中国新文学大系》第八集，朱自清编选《诗集》，上海良友图书印刷公司 1935 年版，第 267 页。下文所引诗作，凡出自本书者，均只注《诗集》和页码。

自然的美，嫩色的草木，流动的云彩，天空中随季变幻的鸟声的风籁，都给我一种亲密的伴侣的感觉。"① 因此，他常以"太阳"为意象，将热爱自然的感情和思想倾向融入他的诗歌里，塑造出动人的泛爱文学形象。在《飞鸟集》中他写到，太阳给月亮光明，月亮向太阳致敬，太阳的可爱在于无私奉献："月儿呀，你在等候什么呢？""向我将让位给他的太阳致敬。"② 这是大自然无私奉献的歌颂者的文学形象。白云装点天际，天光给云灿烂；万物和谐相处，便可相得益彰："白云谦逊地站在天之一隅。晨光给它戴上了霞彩。"③ 这是与大自然和谐相处的歌颂者的文学形象。大自然有自己特殊的运行规律，太阳生命无穷，西落是为了东升："当太阳横过西方的海面时，对着东方留下他的最后的敬礼。"④ 这是大自然变化规律的认知者的文学形象。俞平伯（1900—1990）的《孤山雨》⑤ 以初阳为意象，描绘了一幅和谐山水图画，勾勒了美丽和谐的大自然的形象，表现了人类生命的生态系统与自然生命的生态系统的整体和谐。其《小劫》⑥ 以东君（太阳）为意象，表现了神我合一的思想，即"我"是神仙飞天上，看尽人间苍凉：希冀神我合一，湮灭人生劫难，塑造了神我合一的追求者的文学形象。王统照的《微雨中的山游》⑦ 以日光为意象，表现了春末微雨，云烟氤氲，山林朦胧，景物和谐，梵我合一的热爱自然的浓烈感情，塑造了氤氲和谐的大自然的形象，表达了人类生命的生态系统与自然生命的生态系统的整体和谐。戴望舒（1905—1950）在《夕阳下》⑧里以残日为意象，将残日与晚云、暮天、溪水、古树、远山、落叶、清风融汇为一幅寂静而清美的自然画卷：夕阳下，荒冢流出芬芳，蝙蝠迷上老树，幽夜从天末归来，它们缠绵的私语，"我"独自恋恋的徘徊，忘却了忧愁，消隐了欢快，因为"我"已与大自然融为一体，灵魂感到了逍遥自在——天人和谐，梵我合一，个我的有限生命与"梵"的无限生命整体和

---

① 陈思和主编：《诗人的精神——泰戈尔在中国》，江西高校出版社 2009 年版，第 48 页。
② 泰戈尔：《飞鸟集》，第 30 首。
③ 同上书，第 100 首。
④ 同上书，第 39 首。
⑤ 《诗集》，第 25—26 页。
⑥ 同上书，第 27—28 页。
⑦ 同上书，第 91—92 页。
⑧ 同上书，第 217 页。

谐，人类生命的生态系统与自然生命的生态系统整体和谐，其文学形象是
梵我和谐的追求者的形象。

其二，以"太阳"意象塑造热爱光明者的文学形象。泰戈尔诗中的
"太阳"意象及其所构成的"光明"的文学形象，对郭沫若、郑振铎、
周作人、闻一多等人诗歌的"太阳"意象与"光明"的文学形象产生
了影响。

泰戈尔一生热爱光明、追求光明。他在诗歌中常以太阳所带来的"光
明"或"金光"为意象，写光明、颂光明，抒发热爱光明之情，让光明
在生命中舞蹈，让世界充满欢乐。如："光明，我的光明。充满世界的光
明，吻着眼泪的光明，甜沁肺腑的光明／呵，我的宝贝，光明在我的生命
的一角跳舞；我的宝贝，光明在勾拨我爱的心弦；天开了，大风狂奔，笑
声响彻大地。"[1] 在这里，太阳辐射出的"光明"意象所构成的文学形象
是光明的歌颂者的形象。《园丁集》第 39 首写生命厌弃黑暗、追逐光明。
生命的火焰可以融化怀疑和虚弱的利剑，使人生获得胜利；生命的火炬可
以照射死亡，将束缚自由的绳索烧成灰烬，使人生获得圆满，拨响与梵合
为一体的琴弦。这是生命的光明与梵合为一体和歌颂者的形象。郭沫若的
《太阳礼赞》直接以太阳为意象，写太阳给予人类光明与生命，照彻生命，
照彻灵魂，纵情抒发诗人热爱光明、热爱生命的磅礴感情："青沉沉的大
海，波涛汹涌着，潮向东方。光芒万丈地，将要出现了哟——新生的太
阳／太阳哟！我背立在大海边头紧觑着你。太阳哟！你不要把我照得个通
明，我不回去／太阳哟！你请永远照在我的面前，不使退转！太阳哟！我眼
光背开了你时，四面都是黑暗／太阳哟！你请把我的全部生命照成鲜红的血
流！太阳哟！你请把我全部的诗歌照成些金色的浮沤！"[2] 诗人塑造了太阳
是人类的创造者、光明与生命与"梵"合为一体和歌颂者的文学形象。

在泰戈尔的眼中，黑夜已经将尽，黎明还会远吗？黑暗之后是光明，
风雨之后见彩虹，这是光明的渴望者、期待者："夜之黑暗是一只口袋，
迸出黎明的金光。"[3] 神所赋予的有价值的生命使黑暗迸发出光明，使邪

---

[1]　泰戈尔：《吉檀迦利》，第 57 首。

[2]　郭沫若：《太阳礼赞》，《时事新报·学灯》1921 年 2 月 1 日。

[3]　泰戈尔：《飞鸟集》，第 213 首。

恶萌生出善良，使人心向世人敞开，使爱情催人敢于为国捐躯，使人失去物质财富时收获精神财富，使人间构建起连接天堂、普度众生的佛殿琼阁："你的光明是从黑暗中迸发而出，你的善良是从挣扎的裂开的心口萌发出来／你的房屋是向世界敞开，你的爱情是召唤人们奔赴战场。"① 诗人所塑造的文学形象是生命和光明的渴望者、期待者。郑振铎的《侮辱》以"太阳"为意象，不但表达了诗人对地位低贱、饱受侮辱的劳动者人力车夫的真诚同情，呼吁人与人应人格平等，而且激励人力车夫站立起来，行动起来，不做人格低贱的奴隶，要做光明无限、驱逐黑暗的太阳，这是光明的渴望者、期待者的形象："被侮辱的人，不要哭吧！／让我们做太阳，／让我们做太阳光的一线。／只要我们把无数的太阳光集在一起，／就可以把黑雾散开了。"② 应该说，在五四运动三年后的现代中国，极力唤醒、呼吁劳动人民挺直脊梁，不做奴隶而做太阳，即使郑振铎不是现代中国第一人，也应该是现代中国先驱者之一，这表明年仅 24 岁的郑振铎受到泰戈尔诗歌及其思想影响之后，其眼光何等锐利，目光何其高远，诗歌意象何其伟岸健硕。

在泰戈尔的心中，光明是天真无邪的，它拒绝欺诈和虚伪："光明如一个裸体的孩子，快快活活地在绿叶当中游戏，它不知道人是会欺诈的。"③ 这是光明磊落、真诚无邪、快乐无忧的生命的歌颂者。怯懦弱小者不敢追求光明，勇敢坚强者不会因为光明可能消失而放弃光明："萤火对天上的星说道：'学者说你的光明总有一天会消灭的。'／天上的星不回答它。"④ 诗人所塑造的文学形象是光明的执着追求者。《园丁集》第65 首写旭日为人间洒下一片光明，光明照亮世人前程，让世人敞开门户，获得温暖；使鲜花迎风怒放，开满花园。世人发现，在黑暗中获得的光明是人生最好的礼品。这是人生光明的追求者的形象。周作人的《梦想者的悲哀——读倍贝尔的〈妇人论〉而作》⑤ 以曙光为意象，写寒风吹灯火，女人心中的微焰在风中发火，歌赞妇女热爱光明、追求光

---

① 泰戈尔：《采果集》，第 58 首。
② 陈福康：《郑振铎论》（修订版），商务印书馆 2010 年版，第 282 页。
③ 泰戈尔：《飞鸟集》，第 27 首。
④ 同上书，第 163 首。
⑤ 《诗集》，第 45 页。

明的不屈不挠精神，塑造了追求光明的妇女的文学形象。闻一多（1899—
1946）在《太阳吟》① 中以太阳、金乌为意象，放声歌唱太阳的光明火
热、朝气蓬勃、自强不息、散发慈光、普照生命的伟大精神。在这里，诗
人塑造了太阳是人类的哺育者和拯救者、光明的歌颂者和执着追求者的文
学形象。

（二）"月亮"意象与文学形象的影响

1. 泰戈尔诗中的"月亮"意象及其所构成的梵爱和谐的文学形象，
对我国现代早期诗人朱自清、宗白华、李金发诗歌中的"月亮"意象及其
文学形象产生的影响

泰戈尔常在诗歌中以"月亮"为意象，表达梵我合一的泛神论思想，
塑造梵爱和谐的文学形象。泰戈尔有时在诗中以月光为意象，表示"我"
即孩子、人；妈妈即梵。爱母即爱梵：母子一体，梵我合一，个我的有限生
命与"梵"的无限生命整体和谐。母爱即爱梵：思子入夜，爱子心切，
"爱"的崇高精神与"梵"的最高灵魂与整体和谐。如："是我走的时候了，
妈妈，我走了 / 我要坐在各处游荡的月光上，偷偷地来到你的床上，乘你睡
着时，躺在你的胸上。"② 诗人所塑造的文学形象是梵我合一的母与子的形
象。宗白华（1897—1986）的思想和诗作受到泰戈尔的影响，他的《信仰》
以月亮为意象，将月亮视为母亲，抒写信仰神灵的泛神论，追求梵我合一、
个我的有限生命与"梵"的无限生命整体和谐的人生境界——"我"信仰
太阳、月亮、众星、万花、流云、音乐，因为他们如同我的父母、兄弟、姐
妹、朋友和爱人："我信仰月亮，如我的母！……一切都是神！我信仰——
我也是神！"③ 诗人塑造了梵我和谐的追求者的文学形象。

泰戈尔的诗也以月亮为意象抒写梵我合一的生命体验，表达为神服
务、梵爱和谐的思想。在《园丁集》中，泰戈尔有时以月亮为意象，将神
女性化，喻为"女王"，将抒情主人公"我"喻为"仆人"、"园丁"，乐
意终身为自己的主人女王辛勤服务，如："仆人：请对您的仆人开恩吧，
我的女王 / 女王：在这么晚的时间你还想做什么呢 / 仆人：让我做您花园

---

① 《诗集》，第 247—248 页。
② 泰戈尔：《新月集·告别》。
③ 宗白华：《信仰》，见《诗集》，第 267 页。

里的园丁吧／我将在七叶树的枝间推送您的秋千；向晚的月亮将挣扎着从叶隙里吻您的衣裙。"① 诗人塑造了为神服务的追求者的文学形象。泰戈尔有时以满月为意象，将神喻为"客人"，将第二人称的"你"喻为迎候客人的新娘，而"我"则为指示新娘行为的"新郎"，以表达世人惊羞迎神、低眸示敬的感情，如："放下你的工作吧，我的新娘。听，客人来了／不，这不是一阵阴风，新娘，不要惊惶／这是四月夜中的满月，院里的影子是暗淡的，头上的天空是明亮的／把轻纱遮上脸，若是你觉得需要；提着灯到门前去，若是你害怕／不，这不是一阵阴风，新娘，不要惊惶。"② 在这里，塑造了迎神敬神、梵我合一的歌颂者的文学形象。朱自清的《毁灭》③ 以淡月、月儿为意象抒写人生：尘世充满名利声色的诱惑，毁灭人性和灵魂；只有天界和故乡是"我"的归宿，因为那是梵我合一的境界。郭沫若的《蜜桑索罗普之夜歌》以明月为意象，表达了诗人追求像明月照碧海一样空明澄澈的梵我合一的境界："我独披着件白孔雀的羽衣，遥遥地，遥遥地，在一只象牙舟上翘首。……前进！莫辜负了前面的那轮月明！"④ 朱自清和郭沫若在这两首诗中，塑造了五四退潮后，迷惘的寻找灵魂皈依的知识分子的文学形象。宗白华在《发现》中以明月为意象写道："心中的宇宙／明月镜中的山河影。"⑤ 这是天人合一、梵我和谐的景象：宇宙之神显形于山河，山河之影映照于明月，明月之镜融藏于我心。这是梵我和谐的追求者的文学形象。李金发（1900—1976）的诗歌素以冷峻怪异著称，他的《夜之歌》⑥ 以月色为意象，抒写情爱与博爱相融合、"爱"的崇高精神与"梵"的最高灵魂整体和谐的梵爱和谐：月色知"我"心，任"我"在世界的某个角落，也能映出"我"无味的身形，反照出可笑的黑影。大神，启动你的铁锚吧，载"我"远航，因为"我"厌烦生物的汗气。在这里，物我一体，梵爱和谐；情爱无敌，博爱无由，梵爱无限。诗人塑造了梵爱和谐的追求者的文学形象。

---

① 泰戈尔：《园丁集》，第 1 首。
② 同上书，第 10 首。
③ 《诗集》，第 55—61 页。
④ 郭沫若：《蜜桑索罗普之夜歌》，见《诗集》，第 105—106 页。
⑤ 宗白华：《发现》，见《诗集》，第 257—258 页。
⑥ 《诗集》，第 202—204 页。

2. 泰戈尔诗中的"月亮"意象及其所构成的爱儿童的泛爱思想、儿童与母亲的文学形象，对我国现代早期诗人郭沫若、刘半农、陆志韦等人诗歌的"月亮"意象及其儿童与母亲的文学形象产生的影响

泰戈尔一生钟爱儿童，赞美儿童，描写儿童，因为儿童是梵天的使者。他的诗歌像儿童的心灵那样真诚纯洁，像儿童的眼睛那样澄澈透明，在《吉檀迦利》，尤其是《新月集》的字里行间流淌着对儿童的热爱之情，充满着对儿童的赞美之意，表达了"爱"的崇高精神与"梵"的最高灵魂的整体和谐。在《吉檀迦利》里，诗人以新月为意象写道："在婴儿睡梦中唇上闪现的微笑——有谁知道它是从哪里出来的吗？是的，有谣传说一线新月的微笑，触到了消散的秋云的边缘，微笑就在被朝露洗净的晨梦中，第一次出来了——这就是那婴儿睡梦中唇上闪现的微笑。"① 婴儿微笑时，母爱荡漾在心中；新月映萤火，生命在夜空中焕发出光彩。这首诗以母亲的视角表现童趣，童乐和母爱。写睡眠的来源，富有童趣；写生命的来源，富有童乐；写甜梦的展放，融入母爱，塑造了一位深爱孩子的母亲的文学形象。在《新月集》里，泰戈尔常以月亮为意象，抒写和表现儿童的童趣、童真、童乐、童爱的和谐世界。如：《孩童之道》以"新月"为意象，从他者的视角窥见儿童的内心世界，表现了童真、童乐、童趣——孩童恋母、求母、爱母，他在新月世界放弃自由，获得母爱："孩童在纤小的新月的世界里，是一切束缚都没有的。他所以放弃了他的自由，并不是没有缘故。"② 母亲亲子、怜子、爱子。母子情深，新月作证，诗人塑造了母爱孩子、子爱母亲、母子情深的母子文学形象。《云与波》以儿童的视角，通过"神"与"人"的比较，叙写神的邀约：与光与月游戏，表现儿童的自由快乐；神人的亲近：儿童与神亲近，表现人与神逐渐融合；儿童对神的邀约的拒绝：儿童不愿意离开母亲，只愿与母游戏，母子一体，同爱同乐。诗人在这里抒写了一片童真、童趣、童乐、爱母和母爱之情，塑造了母爱孩子、子爱母亲、母子同乐、融为一体的文学形象，抒发了人间更比天上乐的梵爱和谐的思想情感，表现了"爱"的崇高精神与"梵"的最高灵魂的整体和谐。郭沫若的《新月与晴海》明显受

---

① 泰戈尔：《吉檀迦利》，第 61 首。
② 泰戈尔：《新月集·孩童之道》。

到泰戈尔《吉檀迦利》第 61 首诗和《新月集》中《孩童之道》、《云与波》的影响，诗人在儿子语言动作的启示下，从父亲的视角，以"新月"为意象，描写儿童魂向月飞，与月神嫦娥吴刚游戏；心与海游，与海神敖广涌潮游戏的童真、童趣和童爱："儿见新月 / 遥指天空 / 知我儿魂已飞去 / 游戏广寒宫 / 儿见晴海 / 儿学海号 / 知我儿心正飘荡 / 追随海浪潮。"① 诗人在这里塑造了天真活泼、想象丰富的儿童形象，表达了神我合一、"爱"的崇高精神与"梵"的最高灵魂整体和谐的梵爱和谐思想。刘半农受印度文化和泰戈尔影响，曾在散文诗《在一家印度饭店里》歌颂印度的佛祖、恒河、榕树、夜月、草乱萤飞，表达自在的欢愉和自在的痛楚。其儿童诗《雨》受到泰戈尔《新月集》中《云与波》等诗篇的影响，从儿童的视角，运用第二人称"孩子向妈妈诉说"的方式，以月光为意象，表现了童真、童趣和童爱，抒发了热爱儿童的真挚感情，塑造了天真可爱的儿童的文学形象："'妈！我今天要睡了——要靠着我的妈早些睡了。'……'妈！你为什么笑？你说它没有家么？——昨天不下雨的时候，草地上全是月光，它到那里去了呢？你说它没有妈么？——不是你前天说，天上的黑云，便是它的妈么？'"② 泰戈尔的《天文家》以满月、月亮为意象，以"我"与哥哥对话的儿童视角，叙写小小天文家"我"异想天开想"捉月亮"的天真傻事趣事，表现了可贵的童趣、童真、童乐、童爱和母爱，塑造了天真有趣的儿童与爱子深沉的母亲的文学形象。陆志韦（1894—1970）的《摇篮歌》以泰戈尔式的视角，并以月光为意象，将月光人格化，写妈妈为宝宝摇着梦中的树，拣来紫罗兰，送灵魂到笑窝，送父亲到身边，抒写母爱溶溶，母子情深的情景："宝宝你睡吧，妈妈为宝宝摇着梦境的树，摇下一个小小的梦儿来。……宝宝你睡吧，妈妈为你留下些好时光，你醒来，月光送你的父亲来。"③ 诗人在这里刻画了深爱孩子的母亲形象。

（三）"星星"意象与文学形象的影响

1. 泰戈尔诗中的"星星"意象及其所构成的梵爱和谐的文学形象，

① 见郁龙余编《中国印度文学比较论文集》，中国美术学院出版社 2002 年版，第 130 页。
② 刘半农：《雨》，见《诗集》，第 16 页。
③ 陆志韦：《摇篮歌》，见《诗集》，第 116 页。

对郭沫若、梁宗岱、宗白华、徐志摩等人诗歌的"星星"意象及其文学形象产生的影响

　　泰戈尔常常在诗歌中以"星星"为意象表达梵我合一的泛神论思想，塑造梵爱和谐的文学形象。

　　《吉檀迦利》以寻神、求梵、求解脱的心理嬗变和精神需求为脉络，以星球、星辰、晚星为意象，表达了梵我合一的泛神论思想，塑造出梵爱和谐的文学形象："我旅行的时间很长，旅途也是很长的／天刚破晓，我就驱车起行，穿遍广漠的世界，在许多星球之上，留下辙痕／我的眼睛向空阔处四望，最后才合上眼说：'你原来在这里！'"① 诗人在诗中以星球为意象，意在写寻神何须远，居家即是梵；神在家中，梵在心上，塑造了梵的憧憬者和追寻者的文学形象。郭沫若在《天上的街市》② 中以明星、流星为意象，抒写天地一体、梵我一如、自由幸福的景象：世上街灯像明星，天上明星如街灯，天上街市任闲游，牛郎织女任来往，塑造了自由幸福、梵我一如的憧憬者和追寻者的文学形象。

　　泰戈尔在《吉檀迦利》中以"晚星"为意象，意在写寻求解脱、走向生命终点是美丽的，刻画人生解脱的祈祷者和追寻者的文学形象："在我动身的时光，祝我一路福星罢，我的朋友们！天空里晨光辉煌，我的前途是美丽的／旅途尽处，晚星将生，从王宫的门口将弹出黄昏的凄乐。"③《园丁集》中有的"晚星"意象意在抒写梵爱合一、梵爱和谐的生命体验——晚星消隐，爱情永恒；梵中求爱，梵爱和谐，刻画了梵爱和谐、"爱"的崇高精神与"梵"的最高灵魂整体和谐的祈祷者和歌颂者："'呵，诗人，夜晚渐临；你的头发已经变白'／'在你孤寂的沉思中听到了来生的消息么？'／'早现的晚星消隐了'／'火葬灰中的红光在沉静的河边慢慢地熄灭下去。'"④ 梁宗岱（1903—1983）的《晚祷——呈敏慧》以"晚星"（黄昏星）为意象，写黄昏星的忏悔，以表达爱神、爱和谐的思想：暮霭中向主祷告，忏悔"我"狂热的从前；黄昏中向主祈祷，望东风使"我"洗心革面。这是物我一体、梵我和谐、"爱"的崇高精神

---

① 泰戈尔：《吉檀迦利》，第 12 首。
② 《诗集》，第 107—108 页。
③ 同上书，第 94 首。
④ 泰戈尔：《园丁集》，第 2 首。

与"梵"的最高灵魂整体和谐的祈祷者的形象:"我独自地站在篱边。主呵,在这暮霭的茫昧中。……给暮春阑珊的东风/不经意地吹到我的面前:虔诚地静谧地,在黄昏星忏悔的温光中/完成我感恩的晚祷。"①

泰戈尔热爱生命,珍惜生命,歌赞生命,认为青春逝去时应将生命的果实采下来彻底地奉献给梵,心灵自由时应将生命的歌声愉快地奉献给梵。《采果集》中的"群星"意象,意在歌颂生命,追求生命与梵合一——让生命与神永在一起:"我的主啊,你的话语简洁明晰,可他们那些谈论你的话语却不是这样/我理解你群星的声音,我领悟你树木的沉寂。"② 在这里,天人一体,梵我合一,个我的有限生命与"梵"的无限生命整体和谐,诗人刻画了生命喜乐、梵我合一的歌颂者的文学形象。宗白华的《信仰》③ 以众星为信仰,表达敬神爱神的泛神论思想,祈望梵我合一,即个我的有限生命与"梵"的无限生命整体和谐的人生境界:"我"信仰众星,因为他们如同我的父母、兄弟、姐妹、朋友和爱人,这"一切都是神!我信仰,我也是神"。他的《夜》将"我"物化为小星、万星(即群星),表达天人和谐,梵我合一的思想:"我"像小星,与万星莹然一体;"我"心似明镜,宇宙万星都在镜中。诗人在这首诗里表现了天人一体,梵我合一,个我的有限生命与"梵"的无限生命整体和谐的思想,刻画了梵我合一的歌颂者的文学形象。

泰戈尔诗中以"星辰"为意象,意在写求得梵我合一的快乐圆满。如《吉檀迦利》第 92 首写星辰在夜中守望,在光明中死亡,虽然哀伤,但是欢乐,因为能与梵合一,个我的有限生命与"梵"的无限生命已整体和谐。这是梵我合一的守望者的文学形象。泰戈尔以"繁星"为意象,抒写别人愿意生活在辉煌的现实世界,"我"却渴望与神心心相通,融为一体。如:"让那些选择了他们自己的焰火啦啦的世界的,就生活在那里吧。/我的心渴望着您的繁星,我的上帝。"④ 这是与神心心相通、融为一体的追求者的文学形象。泰戈尔还在《采果集》第 51 首中以"星辰"、"繁星"为意象,抒写生命的存在与消失如同天空与星辰——星辰的光明可以

---

① 梁宗岱:《晚祷——呈敏慧》,见《诗集》,第 130 页。
② 泰戈尔:《采果集》,第 15 首。
③ 《诗集》,第 267 页。
④ 泰戈尔:《飞鸟集》,第 286 首。

照亮夜空，但当黎明到来后，星光便会消失，而星辰就会投入天空的怀抱，与天空合而为一。在这里，诗人塑造了梵我合一、个我的有限生命与"梵"的无限生命整体和谐的认知者的文学形象，也是一位泛神论者的文学形象。徐志摩的《我有一个恋爱》受泰戈尔"繁星"意象的影响，以天上的"明星"为意象，并非写"我"与某女性的恋爱，而是抒发爱梵天的泛神论思想情感："我有一个恋爱；——我爱天上的明星；我爱它们的晶莹：人间没有这样的神明／在冷峭的暮冬的黄昏，在寂寞的灰色的清晨，在海上，在风雨后的山顶——永远有一颗，万颗的明星／……我袒露我坦白的胸襟，献爱与一天的明星：任凭人生是幻是真，地球存在或是消泯——太空中永远有不昧的明星！"① 诗人写"我"爱天上的"明星"的愿望和情愫，着力刻画了一位泛神论者的文学形象，意在表达泛神论的思想。

2. 泰戈尔诗中的"星星"意象及其所构成的爱情、爱儿童、爱母亲等泛爱文学形象，对郭沫若、宗白华、田汉、汪静之、潘漠华、胡适等人诗歌的"星星"意象及其文学形象产生的影响

其一，以"星星"为意象塑造爱情的追求者、相思者、拥有者、歌颂者的文学形象。

泰戈尔诗中的"星星"意象，常常在于抒写爱情，歌颂爱情，塑造爱情追求者、相思者、拥有者的文学形象。当生命迷失方向时，爱情是痛苦的；当生命找到道路时，爱情是甜蜜的。用生命的太阳照亮爱情的道路，让星辰观看人间缠绵爱情的画卷："墨墨黑夜，你的睡眠深深地居于我静寂的存在中／醒来吧，爱情的痛苦，我不知道怎样把门打开，只好站在门外／时光在等待，星辰在观看，风儿已平息，我心中的静寂如此沉重／苏醒吧，爱情，苏醒吧！注满我的空杯，用轻轻的歌声触动平静的黑夜。"② 这是生命与爱情真谛的发现者、爱的相思者的文学形象。郭沫若的《瓶》第六首以星星为寄托，写寄情追梦的思念，海枯石烂的誓言；飞书传情的等待："星向天边坠了，石向海底沉了，信向芳心殒了……／我望邮差加勤，我望日脚加紧，等到明天再等。"③ 这是爱情的追求者、相思者的文

① 徐志摩：《我有一个恋爱》，见《诗集》，第 39 首。
② 泰戈尔：《采果集》，第 24 首。
③ 郭沫若：《瓶》，见《诗集》，第 111 页。

学形象。田汉（1898—1968）的《黄昏》则以星光作为爱的倾诉对象，写黄昏时，美景中，恋人唱新词、话私语的缠绵爱情："原之头／屋之角／尘非尘／雾非雾／烟非烟／……'私语啊／银灰的／星光底／安眠啊／溜圆的／露珠里。'"[①] 这是爱的相思者、美丽爱情的歌颂者的文学形象。

泰戈尔心目中的爱情是神圣的，神圣的爱情不容玷污；爱情之神是美丽的，美丽的爱神满怀包容。星辰透过黑暗，鄙视玷污美丽神圣爱情的人，为高洁的爱情蒙尘而恨憾难当，为神圣的爱情被玷污而痛心疾首："哦，美丽的神啊，当他们欣喜若狂地扬起尘埃、玷污了你的长袍的时候，我也感到痛心疾首／我向你呼喊：'拿起你的惩罚之棒，审判他们。'晨光落向那些被夜晚的狂欢熬红的眼睛，有着洁白百合的地方迎接了他们燃烧的呼吸；星辰透过神圣的深邃的黑暗，凝望他们痛饮，凝望那些扬起尘埃玷污你长袍的人们／哦，美丽的神啊！"[②] 这是美丽爱情的歌颂者、追求者、呵护者的文学形象。汪静之（1902—1996）的《无题曲》[③] 以星星为意象，写爱的快乐和甜蜜，并以天空、树根、海和蜂房的孤独悲哀作反衬，刻画爱的追求者的文学形象。潘漠华（1902—1934）的《问美丽的姑娘》也以天星为意象抒写爱情，但形式别具一格，以二人称的问答式写爱的追梦者——天破云裳织女补，星崩一角鬼火补，我梦破网以何补？借物起兴，问天问心，梦想爱情，执着追求："晚天扯破了云裳，美丽的姑娘，你告诉我，织女将织些锦霞来补去。／夜半天星崩颓了一角，美丽的姑娘，你告诉我，那地上阴森的丛林下，鬼火将飞蓬蓬地升上来补去。"[④] 这也是美丽爱情的歌颂者、追求者、呵护者的文学形象。

其二，以"星星"意象塑造纯真可爱的儿童和温柔慈爱的母亲的文学形象。

在《新月集》中，泰戈尔以星星为意象，从母亲的视角表现童趣、童真、童乐、童爱的儿童的和谐世界，抒发母亲对孩子的至亲至爱之情，塑造热爱儿童的母亲形象，表现个我的有限生命与"梵"的无限生命整体和谐的思想。如《召唤》以星星为意象，写母亲召唤孩子回家的心灵呼唤，

① 田汉：《黄昏》，见《诗集》，第126页。
② 泰戈尔：《采果集》，第36首。
③ 《诗集》，第147—148页。
④ 潘漠华：《问美丽的姑娘》，见《诗集》，第153页。

写母爱由夜到昼，由春到秋，由生命之始到生命之终都荡漾在孩子心间："她走的时候，夜间黑漆漆的，他们都睡了／现在，夜间也是黑漆漆的，我唤她道：'回来，我的宝贝；世界都在沉睡，当星星互相凝视的时候，你来一会儿是没有人会知道的。'"①《我的歌》以母亲的歌为载体写母亲给孩子快乐，期望星光照临覆盖在孩子路上的黑夜，以给孩子光明的前途："我的孩子，我这一支歌将扬起它的乐声围绕你的身旁，好像那爱情的热恋的手臂一样／当黑夜覆盖在你路上的时候，它又将成为那照临在你头上的忠实的星光。"②母亲为孩子付出一切，将一切给予孩子：给你快乐，给你梦想，给你光明，使你与梵合一、个我的有限生命与"梵"的无限生命整体和谐、"爱"的崇高精神与"梵"的最高灵魂的整体和谐。这就塑造了热爱孩子、甘愿为孩子付出一切、使孩子与梵合一的母亲形象。郭沫若受泰戈尔《新月集》的影响，他在《两个大星》中也以父母呼唤儿童仰看天上星星的对话式，以大星为意象勾画出父母深深爱着孩子的星光灿烂的童话世界，抒发父母对孩子的至亲至爱之情，塑造热爱儿童的父母形象："婴儿的眼睛闭了，青天上出现了两个大星。婴儿的眼睛闭了，海边上坐着个年少的母亲。／'儿呀，你还不忙睡吧，你看那两个大星，黄的黄，青的青。'／婴儿的眼睛闭了，青天上出现了两个大星。婴儿的眼睛闭了，海边上站着个年少的父亲。'爱呀，你莫用唤醒他吧，婴儿开了眼睛时，星星会要消去。'"③年轻的父母深情地看着自己的可爱婴儿，孩子的两只眼睛闭了，天上的两个大星现了，孩子的眼睛就是天上的大星。年轻父母深情地呼唤孩子睁开眼睛仰看天上大大的星星，而孩子闭着眼睛沉入梦中，在梦境中与大星为伴，徜徉于星光灿烂的天河，逍遥自在，快乐无比。年轻的父母希望孩子将来成为耀眼的明星。至此，深爱儿童的年轻父母形象跃然纸上，个我的有限生命与"梵"的无限生命整体和谐、"爱"的崇高精神与"梵"的最高灵魂整体和谐的思想闪耀诗中。

其三，以"星星"为意象塑造热爱光明、追求光明者的文学形象。

泰戈尔《飞鸟集》中多次以"星星"为意象，歌颂星星带来的光明，

---

① 泰戈尔：《新月集·召唤》。
② 泰戈尔：《新月集·我的歌》。
③ 郭沫若：《两个大星》，见《诗集》，第 109 页。

表达热爱光明的思想感情，塑造光明的追求者、歌颂者的文学形象。如：星星之光照耀生命，使生命穿越黑暗。星星是生命穿越黑暗的引导者、光明的使者："让我设想，在群星之中，有一颗星是指导着我的生命通过不可知的黑暗的。"① 这是光明的歌颂者。群星在天，求之未得，但仍要努力追求，让星星之光点亮生命之灯："我有群星在天上，但是，唉，我屋里的小灯却没有点亮。"② 这是光明的追求者。萤火是怯懦弱小者，不敢追求光明；星星是勇敢坚强者，不会因为光明可能消失而放弃光明："萤火对天上的星说道：'学者说你的光明总有一天会消灭的。'天上的星不回答它。"③ 这是光明的勇敢执着追求者的文学形象。胡适的《一颗星儿》以星星为意象，抒发热爱光明之情："平日月明时，月光不能遮住你；今天风雨后，寻不见一点半点光明，只有你依旧亮晶晶。"④ 蓝色天幕中，即使皎洁的月光也遮不住星星闪烁的光明；风雨之后云飞雾障，明月早已不见身影，而星星依旧闪亮：星星之光，永恒闪亮，光明之火，可以燎原。这是光明的追求者和歌颂者。郭沫若的《我们在赤光中相见》以群星为意象，抒发热爱光明之情："长夜纵使漫漫，终有时辰会旦；焦灼的群星之眼哟，你们不会望穿。"⑤ 长夜漫漫终有黎明之时，黑暗世界将有光明普照，群星不会望穿双眼，黎民不会失望，必将相会在一片光明的新世界。这是光明的深情盼望和执着追求者的文学形象。

二 花鸟意象与梵爱和谐的文学形象的影响

花鸟意象涵盖"花"和"鸟"两大类意象，其中，"花"的意象包括以花为中心的花儿、飞花、花朵、花香，以及各种花朵的意象，"鸟"的意象包括以鸟为中心的鸟儿、飞鸟、鸟语、群鸟、小鸟、夜鸟、鸽子、鹤，以及各种鸟的意象。不同的意象可以构成不同的文学形象或相同的文学形象，相同的意象可以构成相同的文学形象或不同的文学形象。泰戈尔诗中的上述意象及其文学形象对我国早期新诗中的意象与文学形象生态产生了影响。

---

① 泰戈尔：《飞鸟集》，第 142 首。
② 同上书，第 146 首。
③ 同上书，第 163 首。
④ 胡适：《一颗星儿》，见《诗集》，第 2 页。
⑤ 郭沫若：《我们在赤光中相见》，见《诗集》，第 110 页。

（一）"花"的意象与文学形象的影响

1. 泰戈尔诗中的"花"的意象及其所构成的梵爱和谐的文学形象，对我国现代早期梁宗岱、徐志摩、李金发、宗白华等人新诗中"花"的意象及其所构成的梵爱和谐的文学形象产生的影响

泰戈尔尤其喜欢在诗歌中以"花"为意象，塑造梵爱和谐的文学形象，表达梵我合一的泛神论思想，追求梵爱和谐，即个我的有限生命与"梵"的无限生命整体和谐、"爱"的崇高精神与"梵"的最高灵魂整体和谐的最高精神境界。

在《吉檀迦利》中，泰戈尔以"花"为中心意象（包括香花、莲花、玫瑰花环等具体意象），塑造了神我合一、梵爱和谐的歌颂者、渴望者和追求者的文学形象。"我"静坐着盼望与神相对，向神奉献生命之歌；以淡香之花献给神，以表心迹："摘下这朵花来，拿了去罢，不要迟延！我怕它会萎谢了，掉在尘土里 / 它也许配不上你的花冠，但请你采折它，以你手采折的痛苦来给它光宠 / 虽然它颜色不深，香气很淡，请仍用这花来礼拜，趁着还有时间，就采折吧。"① 这是神的歌颂者、崇拜者的文学形象。神在凡世人间，融于芸芸众生，与众生结合就是与神结合，与农夫、工人在一起就是与神在一起："从静坐里走出来罢，丢开供养的香花！你的衣服污损了又何妨呢？去迎接他，在劳动里，流汗里，和他站在一起罢。"② 这是神的追寻者的文学形象。《吉檀迦利》第 20 首写诗人渴望神那莲花般的温馨，寻求个我人格的圆满；但时光已逝，神却未到达：候神不见，魂飘心痛。这是神的渴望者的文学形象。在《采果集》中，泰戈尔以"花"为中心意象（包括花瓣、鲜花等具体意象），探索、领悟生命的意义和本质，表达梵我合一、个我的有限生命与"梵"的无限生命的整体和谐的思想："我年轻时的生命犹如一朵鲜花，当和煦的春风来到她门口乞求之时，她从充裕的花瓣中慷慨地解下一片两片，从未感觉到这是损失 / 现在青春已逝，我的生命犹如一颗果实，已经无物分让，只等着彻底地奉献自己 / 连同沉沉的甜蜜。"③ 在这里，诗人刻画了生命的歌赞者、

---

① 泰戈尔：《吉檀迦利》，第 6 首。
② 同上书，第 11 首。
③ 泰戈尔：《采果集》，第 2 首。

与梵合一的祈求者的文学形象。梁宗岱的《晚祷——呈敏慧》以野蔷薇、花朵为意象，写暮霭中向主祷告，忏悔"我"狂热的从前；黄昏中向主祈祷，祈望东风使"我"洗心革面，表达物我一体、人类生命的生态系统与自然生命的生态系统整体和谐，梵我合一、个我的有限生命与"梵"的无限生命整体和谐的泛神论思想，诗人刻画了神的祈祷者和渴望者的文学形象。徐志摩的《我有一个恋爱》的小草花与天上明星、暮冬黄昏、清晨、灯光、枯草、蟋蟀、地球一道，构成天人一体、个我的有限生命与"梵"的无限生命整体和谐，梵我合一、人类生命的生态系统与自然生命的生态系统整体和谐的渴望者的泛神境界：诗人爱山涧边富有生命力的小草花，因为这"山涧边小草花的知心，高楼上小孩童的欢欣，旅行人的灯亮与南针——万万里外闪烁的精灵！"[1] 在这里，诗人抒写沉闷的人生，获得神的空灵；心物一体，获得自由的圆满。这是梵我合一的渴望者的文学形象。

在《飞鸟集》中，泰戈尔以花朵、夏花、花为意象，表达了梵我一如、个我的有限生命与"梵"的无限生命整体和谐，万物一统、人类生命的生态系统与自然生命的生态系统整体和谐的思想，塑造出梵爱和谐的文学形象。如：神送"我"以花，"我"酬神以爱。活着追求生命的灿烂，死时追求梵的圆满。梵的温爱驱散我心冬寒的阴霾，催开我心春日的花朵。梵我同爱，和谐共生："神希望我们酬答他，在于他送给我们的花朵，而不在于太阳和土地。"[2] "使生如夏花之绚烂，死如秋叶之静美。"[3] 这是生死在梵、梵爱合一的证悟者的文学形象。在自然世界，花朵孕育果实，果实藏在花心：万物形异而神合。物物相爱便孕育新的生命，物物相依便组成和谐的世界："绿叶恋爱时便成了花／花崇拜时便成了果实。"[4] 这是万物和谐一统的认知者的文学形象。李金发的《希望与怜悯》[5] 以野花为意象，表达物我一体、梵我和谐的思想：希望如朝雾，忽往忽来，与野花相伴，被狂风嘲笑。个我的灵魂被花露湿透，只有时间的火焰能使其温暖，音乐的振动能使其奋发。播种灵魂的希望，寄托人类的怜悯，与鸥鸟

---

① 徐志摩：《我有一个恋爱》，见《诗集》，第 309 页。
② 泰戈尔：《飞鸟集》，第 26 首。
③ 同上书，第 82 首。
④ 同上书，第 133 首。
⑤ 《诗集》，第 201—202 页。

为伴，与万物为邻，与宇宙同眠，将生命托付给无限的宇宙，以臻达到人类生命的生态系统与自然生命的生态系统整体和谐、个我的有限生命与"梵"的无限生命整体和谐的崇高境界。这是梵我合一、梵爱和谐的认知者、证悟者和追求者的文学形象。

2. 泰戈尔诗中的"花"的意象及其爱自然、爱儿童（爱母亲）、爱情人和爱祖国等泛爱文学形象，对我国现代早期诗歌的"花"的意象与文学形象产生的影响

其一，以"花"为意象塑造热爱自然、追求梵爱和谐者的文学形象。

泰戈尔在《飞鸟集》中以花为意象，写树不惧风雨的坚定，花静对自然的淡定，表达人是花，花是人，物我一体，梵我和谐的思想，展现人类生命的生态系统与自然生命的生态系统整体和谐、个我的有限生命与"梵"的无限生命整体和谐的大千世界："'我们萧萧的树叶都有声响回答那风和雨。你是谁呢，那样的沉默着？' / '我不过是一朵小花。'"① 在《新月集》的《花的学校》中，诗人以群花、花朵为意象，以儿童的视角将花人格化，表现童乐、童趣和童心——自然万象，姹紫嫣红；热爱自然，梵爱和谐，展现儿童爱自然、爱和谐，物我一体、个我生命与自然生命整体和谐的童话世界，塑造出热爱自然、亲近自然、融入自然的活泼可爱的儿童形象。《第一次的茉莉》以茉莉花、花环为意象，回忆孩提时趣事，写童心如茉莉纯洁无瑕，表现儿童爱自然，爱和谐的追求，塑造热爱自然者、追求梵爱和谐者的文学形象："呵，这些茉莉花，这些白的茉莉花 / 我仿佛记得我第一次双手满捧着这些茉莉花，这些白的茉莉花的时候 / 秋天的夕阳，在荒原上大路转角处迎我，如新妇揭起她的面纱迎接她的爱人。"② 王统照在《盆中的蒲花》③ 中以蒲花、紫穗、花苞为意象，写蒲花被摘，但蒲叶碧绿，花苞欲放，以此比喻抗争的被损害者，讴歌自然的生命力的顽强、人类生命的生态系统与自然生命的生态系统的整体和谐。这两首诗都刻画了热爱自然者、追求梵我一如者的文学形象。朱自清的《香》以梅花为意象，以设问自答的形

---

① 泰戈尔：《飞鸟集》，第23首。
② 泰戈尔：《新月集·第一次的茉莉》。
③ 《诗集》，第92页。

式写道："'闻着梅花香么?'——徜徉在山光水色中的我们，陡然都默契着了。"① 梅香清芳，人心清澈，物我合一，梵我和谐，刻画了清芳沁人的梅花的文学形象。陆志韦在《小溪》② 中以野蔷薇、落花为意象，写诗人爱落花飘零的故乡，爱故乡从石竹根里呼啸而过的"我的朋友"小溪；寒食节回来见故乡的小溪，"招你的魂"；蔷薇的落花流泻，"是我享用不尽的心像"。诗人把小溪当朋友，以自然为友人，善待万物，崇敬自然，"我"与自然，灵魂相通，个我的有限生命与"梵"的无限生命整体和谐，刻画了热爱自然、追求梵我合一者的文学形象。

其二，以"花"为意象塑造爱情的追求者、相思者、奉献者的文学形象。

泰戈尔诗中"花"的意象及其所构成的爱情的文学形象，对刘半农、王统照、刘大白、郭沫若、冯雪峰、冯至、徐志摩等人诗歌"花"的意象及其爱情的文学形象产生了影响。

泰戈尔以花为意象抒写爱情，有时将花人格化，有时以花喻指少男少女相爱的微妙心理状态，有时以花刻画爱情真谛的探索者和歌咏者。如：《飞鸟集》以小花为意象，将小花人格化："小花问道：'我要怎样地对你唱，怎样地崇拜你呢？太阳呀？'太阳答道：'只要用你的纯洁的素朴的沉默。'"③ 太阳为小花奉献，不求小花的回报；爱为所爱的人奉献，不求爱人的回报：爱的奉献，无私无我，这就刻画了痴情男女青年为爱情奉献一切的文学形象。在《园丁集》中，泰戈尔以"荷花"为意象，写少女少男为保持热恋，以免它如春尽花谢："'即使爱只给你带来了哀愁，也信任它。不要把你的心关起。''呵，不，朋友，你的话语太隐晦了，我不懂得。''荷花在日中开放，丢掉了自己的一切所有。在永生的冬雾里，它将不再含苞。'"④ 虽然爱有哀愁，但请敞开心扉，以将眼泪和诗与心一起送给爱人，即使"丢掉了自己的一切所有"，为心爱的人而奉献也心甘情愿。爱如荷花，绽放生命，痴情男女，爱情至上。在这里，诗人刻画了可以为爱情奉献一切的青年男女的文学形象。郭沫若受泰戈尔诗歌的影响，其

---

① 朱自清：《香》，见《诗集》，第61页。
② 《诗集》，第119页。
③ 泰戈尔：《飞鸟集》，第247首。
④ 泰戈尔：《园丁集》，第27首。

《瓶》的第十六首诗效仿泰戈尔式小型诗剧的文学样式，以"梅"为总体意象，以梅花、梅子、梅林、花塚、残红为具体意象，抒写了半封建半殖民地的爱情悲剧：少女赠送少男一枝晕红清香的梅花，少男"要把这枝花吞进心头"，直到含梅死去，希望少女"把我运到你西湖边上，或者是葬在灵峰，或者是放鹤亭旁／在那时梅花在我的尸中会结成梅子，梅子再进成梅林，啊，我真是永远不死"。当春风吹来时，少女在花塚旁拉着提琴，琴声哀怨，相思缠绵，"黄莺儿唱着欢歌，歌声是赞扬你我，我便在花中暗笑，你便在琴上相和"。虽然"风过后一片残红，把孤坟化成了花塚，不见了弹琴的姑娘，琴却在塚中弹弄。"① 在这首诗里，诗人塑造了为爱情奉献一切的痴情男女青年的文学形象。

在《园丁集》中，泰戈尔以"花"为中心意象，以花枯花谢为爱情生命慨叹，写以少男少女等待爱情、想见爱人、爱的生命体验、离别爱人的微妙心理状态为脉络，塑造相互爱慕的少男少女形象。如《园丁集》第 4 首诗刻画了爱情的期待者、相思者的文学形象。泰戈尔还以花为意象，写少男少女为追求爱情，敢于与世俗风雨搏斗，竭尽全力不让爱情之花凋谢，不让爱情之灯熄灭，刻画了爱的生命体验者、追求者、呵护者的文学形象："灯为什么熄了呢？我用斗篷遮住它怕它被风吹灭，因此灯熄了。花为什么谢了呢？我的热恋的爱把它紧压在我的心上，因此花谢了。"② 王统照的《花影》写独自思爱人，人比花影瘦："花影瘦在架下，人影瘦在墙里，是三月的末日了，独有个黄莺在枝头上鸣着。"③ 刘大白（1880—1932）的《失恋的东风》④ 写东风恋花瓣儿，花瓣儿恋微波，月儿求恋东风，东风倦而无力追，月儿独自向西流，东风无人亲近而失恋。这两首诗都刻画了爱的期待者、相思者的文学形象。徐志摩的《她是睡着了》以白莲、玫瑰、月季、水仙为意象，运用一系列形象生动别致的比喻刻画心爱的人："看呀，美丽！三春的颜色移上了她的香肌，是玫瑰，是月季，是朝阳里的水仙，鲜妍，芳菲！"⑤ 诗人歌唱美丽、纯洁、

———————

① 郭沫若：《瓶》第十六首，见《诗集》，第 111—113 页。
② 泰戈尔：《园丁集》，第 52 首。
③ 王统照：《花影》，见《诗集》，第 92 页。
④ 《诗集》，第 78—80 页。
⑤ 徐志摩：《她是睡着了》，见《诗集》，第 320—322 页。

童真、温柔的少女，表达抒情主人公赞美真爱之情，刻画了纯真爱情的追求者的形象。

其三，以"花"为意象塑造母子亲昵亲爱的文学形象。

泰戈尔在诗歌中常从两个视角来表现热爱儿童的思想情感，一是母亲的视角，二是儿童的视角。泰戈尔从母亲的视角，以花心、鲜花为意象来表现孩子的多彩世界，刻画热爱儿童的母亲形象和生性天真活泼、无忌无拘的儿童形象：孩子的彩色玩具是花朵，是音乐，是甜蜜，是愉快，母亲了解孩子的多彩世界，理解孩子的快乐心灵；母亲满怀深情，流淌爱意："当我把糖果递到你贪婪的手中的时候，我懂得为什么花心里有蜜，为什么水果里隐藏着甜汁——当我把糖果递到你贪婪的手中的时候。"[①] 泰戈尔在《新月集》的《金色花》中，从儿童的视角，以金色花、花瓣、花香为意象，让金色花绽开童话世界，表现孩子的童趣、童真、童乐、童爱的和谐世界，刻画热爱儿童的母亲形象和天真顽皮、快乐可爱、爱母亲、爱世界的儿童形象。对陆志韦等人诗歌"花"的意象及其母亲与儿童的文学形象产生了影响。如陆志韦的《摇篮歌》以紫罗兰为意象，以泰戈尔式的母亲视角表现孩子的安谧宁静、缥缈多彩的梦幻世界，刻画热爱儿童、爱子情深的母亲形象和微笑迷人、纯真可爱的儿童形象：妈妈轻轻地拍着、柔柔地呼着宝宝，为宝宝摇着梦中的树，拣来紫罗兰，编织好时光："宝宝你睡吧，妈妈为宝宝摇着梦境的树，摇下一个小小的梦儿来。宝宝你睡吧，妈妈为你拣两朵紫罗兰，送灵魂儿到你笑窝里来。宝宝你睡吧，妈妈为你留下些好时光，你醒来，月光送你的父亲来。"[②]

其四，以"花"的意象塑造爱国者的文学形象。

泰戈尔一生深深地爱着自己贫弱的祖国和弱势的人民，憎恶倚强凌弱的殖民帝国主义者。他不仅多次以身作则、身先士卒投入到印度人民反帝爱国的火热运动中去，而且以笔作刀枪，讽刺、揭露、批判殖民帝国主义者，抒发爱国爱民之情。他以小花朵为意象，以神的旨意表达憎恶倚强凌弱的殖民帝国、同情弱小的印度人民、热爱贫弱而

---

① 泰戈尔：《吉檀迦利》，第 62 首。
② 陆志韦：《摇篮歌》，见《诗集》，第 116 页。

孕育希望的祖国的感情:"神对于那些大帝国会感到厌恶,却决不会厌恶那些小小的花朵。"① 他还以花环、蓓蕾、玫瑰为意象,抒写爱民爱国的生命体验。在《采果集》和《园丁集》中,泰戈尔以玫瑰、鲜花、花环为意象,表达了自己的人生观——为大家、为民族、为祖国奉献一切甚至生命,使个我的有限生命与祖国的无限生命整体和谐,刻画了为民奉献、浴血奋战的爱国者的文学形象。如:"来吧,战士们,扛起你们的旗帜,歌手们,唱起你们的战歌 / 啊,你呀,血红的玫瑰,我睡眠之花已经褪色并且凋谢 / 我确信我的漫游已经结束,我的债务全部偿还,这时我突然发现你的号角躺在尘埃里 / 用你青春的咒符敲击我没有生气的心吧 / 让我生命中的欢乐在火焰中熊熊燃烧吧。"② 这是浴血奋战的爱国者的伟大形象。在《园丁集》第37首诗里,泰戈尔以花环为意象,写抒情主人公不愿将花环献给佳人,只愿把花环献给祖国和人民。这是胸中只有祖国、心中只有人民、个我的有限生命与祖国的无限生命整体和谐的爱国爱民者的伟大形象。

　　泰戈尔诗中"花"的意象及其所构成的爱国者的文学形象对康白情、陆志韦、朱湘等人诗歌"花"的意象及其爱国者的文学形象产生了影响。康白情的《鸭绿江以东》以杜鹃花为意象,抒写爱国爱民之情,刻画爱国爱民的知识分子的文学形象:东西江水割不断人间的爱,隔不开可爱的老百姓,只求"溅我黄儿千尺血",但愿"染红世界自由花":"'鸭绿江以东不是殷家的旧土了!''什么东西江水,可以割断人间底爱么?'……回望故乡……呀!我最爱你杜鹃花,爱你底红,爱你底红好像是血染成的!呀哈!'溅我黄儿千尺血,染红世界自由花!'"③ 陆志韦的《航海归来》④以桃花为意象,抒写爱家乡、爱祖国之情:几年航海在外,"看尽江山飘尽海",历经许多风浪,想念家乡月光下的山峦、春风里的桃花和燕子,更想念母亲和弟弟,而"益近家乡心益苦",因为母亲益老家益穷。诗人刻画了思念家乡就是热爱故国、眷念亲人就是眷念人民的游子形象。朱湘(1904—1933)的《葬我》以马缨花为意象,抒写爱乡爱国之情,表达梵我

① 泰戈尔:《飞鸟集》,第67首。
② 泰戈尔:《采果集》,第35首。
③ 康白情:《鸭绿江以东》,见《诗集》,第69—71页。
④ 《诗集》,第116页。

合一的思想:"我"愿葬在祖国的山水之间、草木之下,让肉体与之结合,让灵魂为之升华。爱国爱自然,梵我合为一:"葬我在荷花池内,耳边有水蚓拖声,在绿荷叶的灯上 / 萤火虫时暗时明——葬我在马缨花下,永作着芬芳的梦。"① 这是梵我合一,个我的有限生命与祖国的无限生命整体和谐的爱国者形象。

(二)"鸟"的意象与文学形象的影响

1. 泰戈尔诗中的"鸟"的意象及其所构成的梵爱和谐的文学形象对王统照、郭沫若、刘大白、赛先艾、郑振铎、梁宗岱、徐志摩等人新诗中的"鸟"的意象及其梵爱和谐的文学形象产生的影响

泰戈尔在诗歌中有意识以"鸟"为中心意象,以鸟儿、鸟语、鹤鸟、飞鸟为具体意象,表达梵我合一的泛神论思想,追求梵爱和谐的最高精神境界,塑造梵爱和谐的文学形象。

在《吉檀迦利》中,泰戈尔以鸟儿、鸟语和鹤鸟为意象,意在抒写侯神的焦灼喜悦,见神的激动狂,达到梵我合一、快乐圆满的心理状态和情感变化,表达梵我合一、梵爱和谐的泛神论思想,刻画梵爱和谐的泛神论者的文学形象。如:侯神焦灼喜悦——时光已逝,而神未到达,虔诚侯神,心藏喜悦而面露焦急:"假如一天已经过去了,鸟儿也不歌唱,假如风儿也吹倦了,那就用黑暗的厚幕把我盖上吧,如同你在黄昏时节用睡眠的衾被裹上大地,又轻柔地将睡莲的花瓣合上。"② 这是虔诚侯神的泛神论者的文学形象。见神激动狂欢——历经艰难终于见到神,神在我身旁微笑,听到荡漾的鸟语,看见彩云的金光,诗人的心无比快乐。③ 这是见神狂欢的泛神论者的形象。梵我合一、快乐圆满——拜神融神,梵我合一,鹤飞山巢,生命回家:"在我向你合十膜拜之中,我的上帝,让我一切的感知都舒展在你的脚下,接触这个世界 / 像一群思乡的鹤鸟,日夜飞向他们的山巢,在我向你合十膜拜之中,让我全部的生命,启程回到它永久的家乡。"④ 这是期盼梵爱和谐的泛神论者的文学形象。王统照的《微雨中

---

① 朱湘:《葬我》,见《诗集》,第 295—296 页。
② 泰戈尔:《吉檀迦利》,第 24 首。
③ 同上书,第 48 首。
④ 同上书,第 103 首。

的山游》① 以燕子为意象，描写春末微雨，燕子斜飞，云烟氤氲，山林朦胧的景象，抒写景物和谐，梵我合一的思想，塑造了梵爱和谐的泛神论者的文学形象。刘大白在《秋江的晚上》中以鸟儿为意象，写倦鸟驮斜阳，斜阳掉江上，把芦苇妆成红颜，达到了物我一体、梵我和谐合一的境界，抒发了梵我合一、个我的有限生命与"梵"的无限生命整体和谐的泛神论思想，刻画了梵我合一的守望者的文学形象。赛先艾的《春晓》② 以林鸟和鸟歌为意象，写霞光、槐花、深院、墙垣、藤萝、月舟，织成了春晓的温柔；清风送着鸟的歌声，小巷荡着叫卖声，谱写出春的乐音。自然美丽，春光无限，物我一体，天人和谐，人类生命的生态系统与自然生命的生态系统整体和谐。"梵爱和谐"不仅表现为天人合一、梵我一如的和谐，而且表现为人与人的悲悯同情、爱怜平等的和谐，塑造了梵我合一的追求者的文学形象。

泰戈尔《采果集》中"悲号的鸟儿"的意象，意在赞颂生命与神在一起的永恒，思考领悟生命的意义和本质，表达梵我合一的思想，刻画梵爱和谐的文学形象。在人生旅途中，遇见生命的奇迹就拥有幸运，发现生命的真谛就拥有欢乐。抛弃人生的失望，寄托生命的希望，哪怕囊中空空，形同乞丐，但只要拥有弥足珍贵的生命，就是精神的富翁。热爱生命，歌赞生命，期望生命与神永在一起，个我的有限生命与"梵"的无限生命整体和谐、人类生命的生态系统与自然生命的生态系统整体和谐："我身上的乞丐举起瘦弱的双手，伸向没有星光的天空，用饥饿的嗓音，对着黑夜的耳朵喊叫／企求的叫喊在失望的深渊回荡，悲号的鸟儿盘旋在空荡荡的巢穴／他叫嚷：'啊，生命，啊，时光，你们弥足珍贵！但难能可贵的还有最终让我与你们相识的欢乐！'"③ 这是梵我合一、生命真谛的发现者的形象。郑振铎最长的散文诗《悲鸣之鸟》受泰戈尔的影响，与泰戈尔这首诗所写的"悲号的鸟儿"有异曲同工之妙，他以一只"悲鸣之鸟"为意象，描写了悲鸣之鸟"勉振着唱哑了的歌声唱着"人间的黑暗和惨象的情景，抒发了诗人悲悯爱怜社会底层人民并呼吁他们奋起斗争，

① 《诗集》，第91—92页。
② 同上书，第357页。
③ 泰戈尔：《采果集》，第26首。

以迎来人人平等、相爱和谐的世界的强烈感情，刻画出生命真谛的探寻者和发现者的文学形象："悲鸣之鸟／不唱也罢！寂沉沉的墟墓的人间／哪里有一个灵魂在听你?""不，／只要有一个灵魂起来!"① 梁宗岱的《太空》以百鸟为意象，写宇宙和谐，觉悟者凯旋；宇宙慈母，低唱天歌，抒发神在和谐自然中、人类生命的生态系统与自然生命的生态系统整体和谐的泛神论思想："熙和的百鸟／又奏起雄浑的凯旋曲来了：我们从渊默的黑暗里／唱着胜利之歌醒来的／又唱着胜利之歌／到渊默的黑暗里安息去了。"② 梁宗岱笔下的鸟歌鸟唱，其实是诗人热爱生命，歌赞生命，祈望生命与自然之神永在一起、人类生命的生态系统与自然生命的生态系统整体和谐。这是梵我合一、生命真谛的发现者的文学形象。徐志摩在《去吧》的意象新颖别致，他以人们并不喜欢的群鸦为意象，表达天人合一，梵我和谐的思想，塑造泛神论者的文学形象：面向无极的苍穹"我"高呼——去吧，绝望的人间，去吧，悲哀的青年，"我"愿与幽谷香草同埋；去吧，理想主义的梦乡，去吧，一切的幻景，"我"笑受山风与海涛的祝贺告别人间，寻找生命本质，追求物我一体，享受快乐，天人合一，梵我和谐，刻画梵我合一、生命本质的发现者和证悟者的文学形象。

2. 泰戈尔诗中的"鸟"的意象及其所构成的爱情文学形象对朱自清、郭沫若、郑振铎、康白情、徐志摩、王统照、戴望舒新诗中"鸟"的意象与爱情文学形象产生的影响

泰戈尔在《飞鸟集》中以海鸥、鸟儿为意象，描写爱情，歌颂爱情，塑造爱的守望者和证悟者的文学形象。人可以聚散离合，情不会流逝消散，这是永恒爱情的守望者："我们如海鸥之与波涛相遇似地，遇见了，走近了。海鸥飞去，波涛滚滚地流开，我们也分别了。"③ 朱自清在《不足之感》④ 中以鸟儿为意象，运用对比手法，描写心上人光鲜美艳，"我"耐心等候候爱的到来，刻画了永恒爱情的守望者的形象。

在《园丁集》中，泰戈尔以自由之鸟与笼中之鸟、晨鸟、鸟儿为意象，抒写爱情的生命体验，塑造青年男女渴望爱情、追求自由爱情，从而

---

① 见陈福康《郑振铎论》（修订版），商务印书馆 2010 年版，第 284 页。
② 梁宗岱：《太空》，见《诗集》，第 131 页。
③ 泰戈尔：《飞鸟集》，第 54 首。
④ 《诗集》，第 50 页。

相望相爱相恋的文学形象。其中第 6 首诗是抒写爱情的绚丽篇章，是一首
中外闻名的爱情诗：

> 驯养的鸟在笼里，自由的鸟在林中。
>
> 时间到了，他们相会，这是命中注定的。
>
> 自由的鸟说："呵，我爱，让我们飞到林中去吧。"
>
> 笼中的鸟低声说："到这里来吧，让我俩都住在笼里。"
>
> 自由的鸟说："在栅栏中间，哪有展翅的余地呢？"
>
> "可怜呵，"笼中的鸟说，"在天空中我不晓得到哪里去栖息。"
>
> 自由的鸟叫唤说："我的宝贝，唱起林野之歌吧。"
>
> 笼中的鸟说："坐在我旁边吧，我要教你说学者的语言。"
>
> 自由的鸟叫唤说："不，不！歌曲是不能传授的。"
>
> 笼中的鸟说："可怜的我呵，我不会唱林野之歌。" ／
>
> 他们的爱情因渴望而更加热烈，但是他们永不能比翼双飞。
>
> 他们隔栏相望，而他们相知的愿望是虚空的。
>
> 他们在依恋中振翼，唱说："靠近些吧，我爱！"
>
> 自由的鸟叫唤说："这是做不到的，我怕这笼子的紧闭的门。"
>
> 笼里的鸟低声说："我的翅翼是无力的，而且已经死去了。"①

　　这首诗以鸟为意象，以自由之鸟象征爱的自由者，以笼中之鸟象征爱
的囚禁者，以自由之鸟与笼中之鸟相互问答的形式结构为篇，抒写青年男
女渴望爱情，尤其渴望爱的自由。诗人首先设置了一个特殊的环境："驯
养的鸟在笼里"，喻指被宗教教义和礼法囚禁的青年浑然不知被囚禁，乐
意待在牢笼里；"自由的鸟在林中"，喻指敢于冲破宗教教义和礼法牢笼的
青年在广阔天地自由翱翔。"自由之鸟"来到笼边，呼唤"笼中之鸟"飞
到森林里去享受爱的自由，而笼中之鸟惧怕在林中会挨饿受冻，天空栖无
定所，居然奉劝自由的鸟来笼中居住。自由之鸟不听笼中之鸟的劝告，坚
持要笼中之鸟到林野中去为爱而唱歌，并许诺教会他唱歌，笼中之鸟可怜
地说自己久被禁锢，不会唱歌，而承诺教自由之鸟说宗教学者的语言。双

---

　　① 泰戈尔：《园丁集》，第 6 首。

鸟隔栏相望，渴望自由热烈的爱情而不能比翼双飞。笼中之鸟只能在笼中振动翅膀，祈求自由之鸟靠近笼子，让他暂且享受几分依恋的爱；自由之鸟高声叫唤说她做不到，因为她惧怕"笼子的紧闭的门"。笼中之鸟哀叹说他的翅膀无力冲破这牢笼，他的心"已经死去"。这是自由爱情的渴望者生动典型的文学形象。郭沫若的《瓶》第十六首诗受泰戈尔的影响，以黄莺为意象谱写一支爱的"春莺曲"，刻画自由爱情的执着追求者——黄莺儿在梅林中自由飞翔，"唱着欢歌，歌声是赞扬你我"的爱情，"我"在花中暗笑地欣赏着姑娘，深情地呼唤着心上人："姑娘呀，啊，姑娘，你真是慧心的姑娘！你赠我的这枝梅花这样的晕红呀，清香／在那时，遍宇都是幽香，遍宇都是清响，我们俩藏在暗中，黄莺儿飞来欣赏／黄莺儿唱着欢歌，歌声是赞扬你我，我便在花中暗笑，你便在琴上相和。"[①] 这是青年男女渴望爱情、追求自由爱情，从而相望相爱相恋的文学形象。郑振铎在《云与月》中以小鸟为意象，写爱到情深处，不惜作万物，为你献一切，只为你幸福。"我"愿化作小鸟，鼓翼飞到你的窗前，黄昏时为你唱一支爱的歌，因为我爱你："我若是小鸟呀，我爱，我早已鼓翼飞到你的窗前，当黄昏时，停在梨树的枝头，看着你在微光里一针一针地缝你的丝裳。只要你停针，抬头外望，我便要唱歌，一只爱的歌给你听了。"[②] 这也是青年男女渴望爱情、追求自由爱情，从而相望相爱相恋的文学形象。康白情的《天亮了》[③] 以小鸟为意象，叙写女子临嫁，惜别母亲和嫂子，追求自由爱情而不得，刻画追求自由爱情的女子形象。徐志摩的《这是一个怯懦的世界》[④] 受泰戈尔《园丁集》中"自由之鸟与笼中之鸟"诗篇的影响，以飞鸟为意象，怨恨这个怯懦的世界容不得恋爱。但是为了爱，你拉着"我"的手，跟着"我"走。穿过荆棘，逃出牢笼，辞别人间，面朝大海，享受蓝天、鲜花和飞鸟的歌唱，获得我们恋爱的理想、欢欣和自由。为了自由的爱情，定要冲破人间的牢笼。这是自由爱情的勇敢追求者的文学形象。

　　泰戈尔在《采果集》第25首中以鸟儿、晨鸟为意象，旨在抒写爱情，

---

① 郭沫若：《瓶》第十六首，见《诗集》，第111—113页。
② 郑振铎：《云与月》，见《诗集》，第198页。
③ 《诗集》，第71—72页。
④ 同上书，第308—309页。

歌唱爱情。爱情是生命的组成元素，神是爱情的神秘天使，书信是传递爱情之心的天外飞鸿。相爱的人渴望爱的飞鸿从天降而临，为爱等待，为爱歌唱，为爱融为一体；有时虽然无法读懂爱的内容，但读不懂、说不清的感情正是爱。在这里，诗人塑造了美丽爱情的倾诉者和歌颂者的文学形象。戴望舒的《残叶之歌》①以小鸟为意象，以泰戈尔式的小型诗剧形式叙写道：女子说男子似小鸟，恋过枝头后却要忍心飘忽飞走，但心儿想的与残叶一样。女子呼唤男子的微风，吹动她生命的残叶，如小鸟飞进男子的心中。爱在语言，爱在心中，爱在缠缠绵绵的结合中。这是爱的倾诉者和追求者的文学形象。

三　灯火的意象与梵爱和谐的文学形象的影响

灯火的意象包括以"火"为中心的灯、明灯、灯火、火、火焰、焰火、灯盏、火炬等意象。不同的意象可以构成不同的文学形象或相同的文学形象，相同的意象可以构成相同的文学形象或不同的文学形象。泰戈尔诗中的上述意象及其文学形象对我国早期新诗中灯火的意象与文学形象生态产生了影响。

（一）泰戈尔诗中的灯火的意象及其构成的梵爱和谐的文学形象对郭沫若新诗中灯火的意象与文学形象产生了重要影响

泰戈尔有时在诗歌中以灯火为意象，表达梵我合一的泛神论思想，追求梵爱和谐的最高精神境界，塑造梵爱和谐的文学形象。在《吉檀迦利》中，泰戈尔以火焰、明灯为意象，营造梵我合一的境界。如："你不断地在我的瓦罐里满满地斟上不同颜色不同芬芳的新酒／我的世界，将以你的火焰点上他的万盏不同的明灯，安放在你庙宇的坛前。"②泰戈尔在这里抒写神的火焰照亮"我"的明灯，"我"的快乐含着你的快乐；你我融为一体，得到快乐、光明、自由和爱，从而达到梵我合一的崇高境界。诗人在这首诗中塑造了个我的有限生命与"梵"的无限生命整体和谐的追求者形象。在《园丁集》中，泰戈尔以灯盏、灯为意象，表现梵我合一的泛神论思想："仆人：请对您的仆人开恩吧，我的女王／我将在您床边的灯盏

---

① 《诗集》，第219页。
② 泰戈尔：《吉檀迦利》，第73首。

里添满香油，我将用檀香和番红花膏在您脚垫上涂画上美妙的花样。"①
"安静吧，我的心，让别离的时间甜柔吧／让它不是个死亡，而是圆满／
我向你鞠躬，举起我的灯来照亮你的归途。"② 诗人在这里所写的神是女
王，"我"愿作女王的仆人，为神周到服务，在神的灯盏里添满香油，举
起神的灯来照亮我的归途，跟着神的灯火前行，以求梵我合一，因为梵的
归途美妙无穷；"我"虔诚迎神敬神，以求梵我合一。这是梵爱和谐、恬
静圆满的追求者的形象。泰戈尔还在《园丁集》第81首诗中以灯盏、火
焰、灯火、火炬为意象，描写供神、敬神、祭神、绘神、赞神、颂神、藏
神的虔诚亲历，表达爱神、亲神是思想情感和达到梵我合一的期望，探索
火炬与死亡、复活的神秘关联。在这里，诗人怀着虔诚的心建构了一座精
神"庙宇"，供奉、祭祀自己崇拜的梵天，表达敬神、赞神、颂神的感情，
以净化"大千世界"的红尘，"忘掉一切"烦恼。在梵天火焰般的目光的
凝视下，"我的感官在狂欢中昏晕"，因为"我"的个我的有限生命与
"梵"的无限生命整体和谐了。于是梵天"低声地对我耳语"，告知"我"
肉体的生命即将"死亡"，精神的生命即将诞生。诗人期待着梵天的火炬
"使黑夜像着火一样的明亮"，照彻人类的世界，照彻"我"的灵魂，使
"我"的生命复活，让个我的有限生命与"梵"的无限生命整体和谐。在
这里，泰戈尔刻画了梵爱和谐、恬静圆满的泛神论追求者和梵我合一境界
的证悟者的文学形象——证悟从供神敬神到爱神亲神的生命体验历程，最
终达到生死一体、死而复生、个我的有限生命与"梵"的无限生命整体和
谐的人生境界。

泰戈尔的这些以"火"为中心意象的诗歌和梵我合一的泛神论思想、
追求梵爱和谐的最高精神境界、探索火与死亡、复活的神秘关联，欲求生
死一体、死而复生、个我的有限生命与"梵"的无限生命整体和谐的人生
境界的思想，对郭沫若的思想及其诗歌产生了深刻的影响。郭沫若在自己
最喜欢的，也是他最重要的代表作《凤凰涅槃》中，以"火"、"火光"
为意象，以凤与凰在火中涅槃、死而更生同声歌唱为中心，火山爆发似地
抒发了欲造新世界，必先毁灭旧世界，从而在毁灭中使新世界像凤凰一样

---

① 泰戈尔：《园丁集》，第1首。
② 同上书，第61首。

浴火重生的强烈思想感情，努力探索了火与死亡、复活的神秘关联，充分表达了梵我合一的泛神论思想，以及追求梵爱和谐的人生境界、欲求生死一体、死而复生、个我的有限生命与"梵"的无限生命整体和谐的人生境界的创造精神。郭沫若在《凤凰涅槃》的诗前小序中从天方国古的神话传说落笔，纵情赞美了神鸟菲尼克司集香木自焚而从死灰中更生不死的毁灭与创造精神："天方国古有神鸟名'菲尼克司'（Phoenix），满五百岁后，集香木自焚，复从死灰中更生，鲜美异常，不再死"，并由这种神鸟油然联想到中国的神鸟凤凰，赞美凤凰是火中精灵："此鸟殆即中国所谓凤凰；雄为凤，雌为凰。"《孔演图》云："凤凰火精，生丹穴"，进而抒写出"凤凰同歌"和"凤凰更生歌"——"凤凰同歌：啊啊／火光熊熊了／香气蓬蓬了／时期已到了／死期已到了／身外的一切／身内的一切／一切的一切／请了！请了／凤凰更生歌：我们热诚，我们挚爱／我们欢乐，我们和谐／一切的一，和谐／一的一切，和谐／和谐便是你，和谐便是我／和谐便是他，和谐便是火／火便是你／火便是我／火便是他／火便是火／翱翔！翱翔／欢唱！欢唱！"① 郭沫若主动接受泰戈尔梵我合一思想，有中国古代哲学元素的思想基础。在中国道家看来，"一"与"一切"、"生"与"死"、毁灭与创造是相互依存、辩证转化的关系。"道生一，一生二，二生三，三生万物。万物负阴而抱阳，冲气以为和"，② 道是独一无二的无极，即"一"，这种无极产生宇宙混沌一体的太极，太极蕴含着阴阳二气的两仪，阴阳两仪产生出三才，即天、地、人，三才产生出万事万物。至于这里的"三"有多种解释，其中冯友兰先生认为"三"不是确数，而是概数："三在先秦是多数的意思。二生三就是说，有了阴阳，很多的东西就生出来了。"③ 万物冲突交和、矛盾统一而形成新的均匀和谐状态。由此可推，"一"包含"一切事物"，"一切事物"就是"一"，"一"即调适均匀的和谐状态。所以，郭沫若认为凤凰在火中死去，就结束了生的一切，"身外的一切！身内的一切"，即世间的一切，"一切的一切"，这"一切的一切"在死中化为"一"，升华为新生的"和谐"，即达到梵我和

---

① 郭沫若：《女神》，人民文学出版社1958年第2版，第35页。
② 老子：《道德经》第四十二章。
③ 冯友兰：《老子哲学讨论集》，中华书局1959年版，第41页。

谐的境界："一切的一，和谐。一的一切，和谐。和谐便是你，和谐便是我。和谐便是他，和谐便是火。火便是你。火便是我。火便是他。火便是火"，因此，"火"便是象征世界的"凤凰"和谐更生、梵我和谐的生命之神。诗人在《凤凰涅槃》中描绘了人生最终达到生死一体、死而复生、个我的有限生命与"梵"的无限生命整体和谐的梵我合一的境界，表达了梵我融为一体，获得快乐、光明、自由和爱的思想，塑造了梵爱和谐、恬静圆满的泛神论追求者和梵我合一境界的证悟者的文学形象。

（二）泰戈尔诗中的"火"的意象及其构成的爱情和爱光明等泛爱文学形象，对我国现代早期诗人新诗中的"火"的意象及其爱情和爱光明等泛爱文学形象所产生的影响

其一，以"火"为意象塑造爱情的追求者、相思者、奉献者的文学形象。

泰戈尔诗中的"火"的意象及其构成的爱情文学形象，对刘半农、王统照、潘漠华、冯乃超、冰心、应修人等人新诗中的"火"的意象及其爱情文学形象产生了影响。

泰戈尔在诗中常以"火"为中心意象，以灯火、灯、灯盏、明灯为具体意象，叙写爱情，歌颂爱情，塑造爱的文学形象。

《吉檀迦利》第27首诗以灯火、灯为意象，写神令"我"奔赴爱的约会，"我"急切地呼唤"灯火，灯火在哪里"，愿用生命点燃爱的灯火。诗人刻画了用生命点燃爱情之灯的追爱者和相思者。《吉檀迦利》第64首诗以灯、灯火、灯光为意象，叙写在荒凉的河岸上，在深草丛中，姑娘的灯闪出爱的火光，少男欲借灯以求爱，献灯以献爱。这是纯洁自由的爱情的追求者的文学形象。刘半农在《忆》第二十八①中以红烛的火焰为意象，写红烛照伊人，人去床枕空，刻画了爱的相思者、追求者的文学形象。王统照的《小诗》第十二首以秋灯为意象写灯前思软语，余音落谁心，塑造爱情的相思者和追求者："多年的秋灯之前，一夕的温软之语，如今随着飞尘散去；不知那时的余音，又落在谁的心里了。"②

---

① 《诗集》，第40—42页。

② 王统照：《小诗》第十二首，见《诗集》，第92页。

　　泰戈尔在《采果集》中以灯、明灯为意象，抒写爱情之歌，塑造爱的形象。爱情是坚贞的，坚贞的爱情不怕暴风雨的吹打，经得起人生痛苦的折磨。爱情里自有痛苦的打击，但决没有死亡的冷寂："这只是我们之间爱情的嬉戏，我的恋人／一遍又一遍，呼啸的暴风雨之夜向我猛扑过来，吹灭了我的灯；黑色的怀疑聚集起来，从我的天空扼杀全部的星辰／这使我得知：在你的爱情里自有痛苦的打击，但决没有死亡的冷寂。"① 这是爱情的奉献者、坚贞爱情的歌颂者的文学形象。冯乃超（1901—1983）在《残烛》中将"飞蛾扑火、自取灭亡"反其意而用之，以焰心、残烛、烛火为意象，抒写飞蛾扑火，为光明献身；我愿化作飞蛾，为爱情献身："追求柔魅的死底陶醉／飞蛾扑向残烛的焰心／我看着奄奄垂灭的烛火／追寻过去的褪色欢忻／焰光的背后有朦胧的情爱／焰光的核心有青色的悲哀／我愿效灯蛾的无智／委身作情热火化的尘埃／烛心的情热尽管燃／丝丝的泪绳任它缠／当我的身心疲瘁后／空台残柱缭绕着迷离的梦烟／我看着奄奄垂灭的烛火／梦幻的圆晕罩着金光的疲惫／焰光的背后有朦胧的情爱／焰光的核心有青色的悲哀。"② 在这里，诗人塑造出爱情的献身者、坚贞爱情的歌颂者的文学形象。

　　泰戈尔在《采果集》中以灯光为意象，抒写爱情的生命体验——爱得热烈，爱求永恒。在生命的长河中，拥有爱情就拥有了幸福和甜蜜。在相爱的人心中点亮爱情之灯，让温柔的灯光洒遍全身。情人共享着夏季的花朵，潺潺的流水，飘飞的云朵，森林的激情，以及生命的音乐和爱情之屋的温暖甜蜜的灯光："当你把明灯举在空中，灯光洒在我的脸上，阴影却落到你的身上／当你在我心中举起爱情之灯，灯光落到你的身上，我则留在后面的阴影中。"③ "欢乐从全部世界奔赴而来，建构了我的躯体／天上的光芒把她亲吻了一遍又一遍，直至把她吻醒／云朵和森林里的五彩缤纷的激情，如潮水一般流入她的生命，万物的音乐把她的手足抚摸得婀娜多姿／她是我的新娘，——她在我的屋中点亮了灯光。"④ 这是幸福甜蜜爱情的体悟者的文学形象。冰心的《相思》以明灯为意象，写明月下，意

---

① 泰戈尔：《采果集》，第 38 首。
② 冯乃超：《残烛》，见《诗集》，第 363 页。
③ 泰戈尔：《采果集》，第 70 首。
④ 同上书，第 72 首。

欲躲开相思；雪地上，却又写满相思；明灯里，走进相思，品味相思，塑造了爱的相思者、追求者和幸福甜蜜爱情的生命体验者的文学形象。应修人在《到邮局去》中以繁灯为意象，运用泰戈尔的拟人式，抒写"我"给心爱的人寄信的激动而微妙心理——寄信前，因激动而觉得繁灯闪眼、异样，轻风醉心、异样；投信时，手指碰着邮箱又缩回，再仔细看看信封上心爱的人的名字和地址是否写错。这是幸福甜蜜爱情的体悟者的文学形象。

其二，以"火"为意象塑造追求光明自由、与梵合一者的文学形象。

泰戈尔诗歌以"火"为中心的意象及其构成的爱光明的文学形象对郭沫若、郑振铎、徐玉诺、赵景深等人的诗歌以"火"为中心的意象及其所构成的爱光明的文学形象产生了影响。

泰戈尔常常以"火"为中心意象，抒发热爱光明、追求光明的思想感情，塑造爱光明的文学形象。在《飞鸟集》中，泰戈尔以明灯、火光为意象，写明灯闪亮，黑影消失；光明来临，黑暗消失。光明在天，求之未得，但仍要努力追求。为求光明，死而灿烂，毁而无憾："我投射我自己的影子在我的路上，因为我有一盏还没有燃点起来的明灯。"[1] "燃烧着的木块，熊熊地生出火光，叫道：'这是我的花朵，我的死亡。'"[2] 这是人生光明的执着追求者。在《采果集》中，泰戈尔以火、火炬、火焰、烈焰为意象，写生命厌弃黑暗、追逐光明。生命的火炬可以照射死亡，将束缚自由的绳索烧成灰烬，使人生获得圆满，拨响与梵合为一体的琴弦："哦，火焰，我的兄弟，我向你歌颂胜利 / 你是极度自由的鲜红意象 / 你在空中挥动双臂，你的手指迅疾地掠过琴弦，你的舞曲美妙动人 / 当我岁月终结、大门敞开的时候，你将把我手脚上的绳索烧成灰烬 / 我的身躯将与你合为一体，我的心脏将被卷进你狂热的旋转，我的生命作为燃烧的热能，也将会闪烁发光，并且融入你的烈焰。"[3] 这是人生光明、自由、与梵合一的追求者的文学形象。郑振铎的散文诗《灯光》以灯光为意象，写一位青年在秋夜里提灯前行、追求世界光明；寻路迈进、探究国人出路；邀人

---

[1] 泰戈尔：《飞鸟集》，第 109 首。

[2] 同上书，第 200 首。

[3] 泰戈尔：《采果集》，第 40 首。

同往，到达光明世界的情景："一个人提着灯，在荒野中寻路迈往。灯光四射，融合光明；照着前途明白"，他觉得自己孤单，发现前面有几个人，在荒野中乱闯，"他叫他们，想同他们共享这个灯光，共向前迈往"，可"他们嫌他的灯光耀眼，叫他远远的离开"，"他就大声的叫道：'朋友！朋友！不可再前往！你们快跟着灯光来，我愿意做你们探路的拐杖'"，①诗人刻画了人生光明的执着追求者的文学形象。赵景深在《幻象》三《炉火》中以炉火、火门、火焰、火堆为意象，抒发爱光明、爱自由之情：炉里一片光明，景色壮观——火焰红红，烈烈向上；煤块呼呼，烘烘燃烧，如同非洲黑小人赤裸、自由、欢欣地跳舞弹琴。燃烧自己，战取光明；毁灭桎梏，获得自由："黝黑的铁的火门开了，炉里是如何的壮观哟！——疑是舞台的幕启，里面显出蛮荒的景色来／红炽的火焰烈烈的向上冒，煤块被燃得烘烘呼唤。——疑是奏演非洲野蛮的风俗，黑的小人赤裸裸的，弹着不知名的乐器，狂一般的欢欣，在火堆里跳舞。"② 这是光明、自由的追求者的文学形象。

从本章可见，意象构成形象，形象传达思想，意象与形象象征或宣示思想情感。泰戈尔诗中的意象与形象所象征和宣示的梵我合一、梵爱和谐的思想，或显或隐，或明或暗，或深或浅，或大或小地影响了我国现代早期新诗的生存状态和表现形态，我国现代早期新诗在这种影响下日趋繁荣、不断发展。

---

① 见陈福康《郑振铎论》（修订版），商务印书馆 2010 年版，第 272 页。
② 赵景深：《幻象》三《炉火》，见《诗集》，第 199 页。

第四章 大爱有缘 大仁无疆

——泰戈尔梵爱和谐思想对我国早期新诗主题生态的影响

就文学作品而言,从作品内容的构成来看,主题是作品的灵魂和核心;从作品内容与作者的关系来看,主题是作者思想感情的结晶,主题生态是作者生命律动的整体呈现和思想理念的有机形态。这里的"主题生态"是指研究泰戈尔梵爱和谐思想对我国早期新诗主题的系列性影响。

诗的语言显示永恒思想,当诗的语言的隐喻或暗示唤醒现实时,它就成为语言创作的一种艺术符号,从中显示出语言所附丽的永恒思想。这种永恒思想就是高度概括现实生活且准确观照现实生活的哲学思想。泰戈尔"既是伟大的诗人,又是伟大的哲学家。他把诗歌创作和哲学思想水乳交融地揉在一起,形成了自己独特的文体"。[1] 作为"伟大的哲学家",泰戈尔的梵爱和谐思想水乳交融地糅合在其诗歌里,蕴含着"梵我合一"、"泛神论"、"爱的哲学"的系列性生命元素。如前所述,作为印度文化经典的奥义书的主旨是阐扬"梵我合一"的哲学观,因为"梵"是宇宙的最高主宰和精神实在,是大自然伟大的无限生命,是生命的整体和谐,是印度文化的核心观念。泰戈尔崇信这种哲学观念,他把梵我合一、梵爱和谐作为自己思想的核心和行为的准绳。"泛神论"认为宇宙自然由神主宰,自然万物和人都是神的化身,因此神即我,我即神,神我一如,我神平等;泛神的实质即无神。"爱的哲学"是泰戈尔思想的基本理念和逻辑起点,他认为爱是人类前行和事物发展的原生动力,爱能使人的生命和人生旅程圆满完美。在泰戈尔的梵爱和谐思想体系中,"'梵'与'爱'是和谐辩证的生命整体,'梵'是'爱'的生命内在主宰,'爱'是'梵'的

---

① 季羡林:《泰戈尔经典散文集·代序》,新世界出版社 2010 年版,第 2 页。

生命外在表现，二者统一于生命的过程体验和终极完善之中"；① 这种和谐的生命整体，是个我的有限生命与"梵"的无限生命相结合的整体，是"爱"的崇高精神与"梵"的最高灵魂相结合的整体。泰戈尔梵爱和谐思想的内涵十分丰富，它主要涵盖梵我合一思想、泛神论思想和爱的哲学思想；爱的哲学包括自然之爱，神（梵）之爱，母亲之爱，儿童之爱，情爱，博爱（爱国爱民、爱自由、爱光明、爱和平、爱人类）等生命元素和情感内涵。泰戈尔在其诗集的代表作中以大量"诗的语言"显示出梵爱和谐的"永恒思想"。

本章仍然以泰戈尔所著的思想内容最丰富、艺术成就最高、在我国传播最广、对我国现代早期新诗影响最大的《吉檀迦利》、《飞鸟集》、《新月集》、《园丁集》、《采果集》等代表性诗集所蕴含的梵爱和谐思想为主，辅之以泰戈尔代表性论著中表达的梵爱和谐思想，探讨其梵爱和谐思想对我国现代早期新诗"主题生态"所产生的重要影响。

泰戈尔的梵爱和谐思想所蕴含的"梵我合一"、"泛神论"、"爱的哲学"的系列性生命元素，综合呈现为母爱与童爱、自然之爱与泛神论、情爱与泛爱、祖国之爱与博爱的系列性思想。因此，泰戈尔的梵爱和谐思想对我国早期新诗"主题生态"的影响，主要表现为母爱与童爱、自然之爱与泛神论、情爱与泛爱、祖国之爱与博爱的系列主题的影响。

第一节　大仁铸母爱，天使化童心：泰戈尔"母爱与童爱"思想对我国现代早期新诗主题的影响

季羡林说："在所有被介绍的外国大作家中，泰戈尔占有一个独特的地位。他的作品直接影响了五四运动后期中国新文学的创作。"② 事实确实如此，在我国现代早期声势浩大的新文化运动之初，译介外国文学的名家名作是这场大运动的首要之需。当时还在美国留学的胡适就写信给陈独

---

① 戴前伦：《生命律动的整体呈现与梵爱思想的主题观照——泰戈尔梵爱和谐思想对我国早期新诗主题生态的影响》，载《当代文坛》2012 年第 4 期。

② 季羡林：《泰戈尔经典散文集·代序》，新世界出版社 2010 年版，第 1 页。

秀，提出了他构想的新文学建设方略，其中提出创造中国新文学最迫切的事情就是尽快尽量译介外国文学名家的名作，并将这些译著作为我国文学革命的典范和圭臬。"文研会"的纲领性文件《文学研究会宣言》也向世人宣称："本会以研究介绍世界文学、整理中国旧文学、创造新文学为宗旨"，"整理旧文学的人也应该应用新的方法，研究新文学的更是专靠外国的资料。"① 因此，在译介外国文学名家名作的大潮中，"文研会"成员和其他学者对泰戈尔的译介尤其给力，因为泰戈尔在"外国大作家"中"占有一个独特的地位"。我国现代早期对泰戈尔及其作品的译介始于"爱的哲学"，其最早的译者钱智修评价泰戈尔的思想是"以爱情为根源，而爱儿心爱友心牺牲心，皆由是而出发"② 的"爱的思想"；王统照在长篇论文《泰戈尔的思想与其诗歌的表象》中首次将泰戈尔思想的核心概括为"爱的哲学"。

泰戈尔"爱的哲学"首先表现为"母爱与童爱"的思想。郑振铎在翻译泰戈尔的《新月集》之后认为，《新月集》之所以具有引人入胜、令人着迷的魅力，是因为它蕴含着浓厚的"母爱与童爱"思想，它"把我们从怀疑贪望的成人的世界，带到秀嫩天真的儿童的新月之国里去"，"能使我们在心里重温着在海滨以贝壳为餐具，以落叶为舟，以绿草的露点为圆珠的儿童的梦。总之，我们只要一翻开它来，便立刻如得到两只有魔术的翅膀，可以使自己从现实的苦闷的境地里飞翔到静美天真的儿童国里去"。③ 泰戈尔描写"儿童的新月之国"，呈现儿童的新月之梦，抒写母亲的亲子之情，表达母亲之爱和儿童之爱的思想感情集中反映在《新月集》等代表诗集和代表论著中。

一　泰戈尔"爱的哲学"中的"母爱与童爱"思想

泰戈尔一生挚爱儿童，对天真纯洁的儿童满怀慈父之情，他不仅出版了集中表现热爱儿童的主题的《童年的湿婆集》、《儿童集》、《戏谑集》、《错位集》、《新月集》等诗集，发表了大量的描写儿童生

---

① 《文学研究会宣言》，载《小说月报》1921 年第 12 卷第 1 号。
② 钱智修：《台莪尔氏之人生观》，载《东方》杂志 1913 年第 10 卷第 4 号。
③ 郑振铎：《新月集·译者自序》，载《飞鸟集·新月集》，湖南文艺出版社 2011 年版，第 136 页。

活的单篇诗歌，而且以切实的行动表达了挚爱儿童的慈父之情。1902年，泰戈尔的妻子默勒纳莉妮病逝，他不得不担负起照看孱弱多病的次女蕾努卡和另外两个孩子的责任。他想方设法地让孩子们高兴，尽快忘却过早失去母亲的凄苦。他与孩子们朝夕相处，更加深切地感受到了儿童的活泼可爱、天真无邪，更加深深地爱着自己的孩子以及他人的孩子。后来，泰戈尔他在"和平之院"（即后来的国际大学）里，每个星期总有两次对学生及教师们讲演。他极爱那些小孩子，孩子看他微笑着摇头写诗，说他像疯子，泰戈尔坦然地笑着自嘲；孩子坐在他的膝上，摆弄他的大胡子，他感到很开心。他在文学和生活中实践着自己的"爱的哲学"。

泰戈尔在诗歌中常常以母亲的身份、从母亲的视角、以母爱的形式去表达热爱儿童的诗歌主题，因为"天帝把慈爱注入儿童的父母心中，把慈怀赋予他们的母亲"。①

泰戈尔认为，"母亲不为自己怀里的孩子服务是无法安心的。母亲的抚爱不仅仅体现在这种服务里，而且往往毫无原因地迸发出来。这种爱通过逗乐、慈爱和言谈，从内心自然流露出来。她一定会给孩子穿上色彩鲜艳的衣服，佩戴上五光十色的首饰，无意识地用物质的丰富来表达内心的丰富，用美来表达甜蜜的情感，否则，母亲会坐立不安的"。② 母爱是孩子生命的源泉，童爱是母亲生命的回响。母爱"通过逗乐、慈爱和言谈，从内心自然流露出来"；童爱通过顽皮、亲昵和打闹游戏，从行为上有趣地表现出来。母亲之爱无我无边，温馨甜蜜；儿童之爱无忧无邪，纯洁天真。母亲是梵的化身，孩子是梵的天使；母爱是梵给孩子的赐予，童爱是梵给母亲的回赠。因此母爱与童爱的终极目的是梵爱和谐，即孩子的个我生命与母亲的伟大生命整体和谐，"爱"的崇高精神与"梵"的最高灵魂相结合整体和谐。泰戈尔诗歌中的母爱与童爱从孩子生命的孕育、逗乐、慈爱、活动和成长的过程中，整体呈现出母子相亲相融，相乐相映，梵我合一，融为一体的生命律动。

---

① 泰戈尔：《教育的弊端》，《泰戈尔谈教育》，白开元编译，商务印书馆 2010 年版，第132 页。

② 泰戈尔：《论文学·世界文学》，见《泰戈尔全集》第二十二卷，倪培耕、白开元等译，河北教育出版社 2000 年版，第 90 页。

母爱在生命的孕育中。母亲在爱的笑声中孕育着新的生命："妇人，在你的笑声里有着生命之泉的音乐"；① 孩子在爱的律动中占据着母亲心的世界："我愿我能在我孩子自己的世界的中心占一角清净地"。② 儿童是人类的希望，世界的花朵，地平线上的朝阳。母亲爱儿童，是神赋予的天职。孩子的生命的来源就是母爱的原点："当孩子睡时，微笑在他唇上浮动着，——有谁知道它是从什么地方生出来的？是的，有个谣传，说新月的一线幼嫩的清光，触着将消未消的秋云边上，于是微笑便初生在一个浴在清露里的早晨的梦中了。"③ 孩子的生命源于母爱的滋润，孩子的微笑初生在梦中，源于新月清光的爱抚，新月的清光源于梵的光辉，所以孩子的生命源于梵的观照，孩子的生命与母亲的生命的融合，就是梵与爱的和谐合一。

母爱在母子日常生活中。母爱无处不在，它融于美妙的日常生活之中。母爱在料理家务中，在溪水般的歌唱中："妇人，你在料理家务的时候，你的手足歌唱着，正如山间的溪水歌唱着在小石中流过。"④ 母爱在孩子的睡眠中，谁偷走了孩子的睡眠，母亲就会去捉住偷走睡眠者，让孩子好好睡觉，梦见天使。母爱在母子逗乐中，在孩子看似傻乎乎的行为中："妈妈，你的孩子真傻！她是那么可笑地不懂事／她不知道路灯和星星的区别／当我把洗衣人带来载衣服回去的驴子当作学生，并且警告她说，我是老师，她却无缘无故地乱叫起我哥哥来。"⑤ 孩子认为只要闪光的就是星星，于是把路灯当作星星；孩子顶想当经常教训人的老师，于是把"驴子当做学生"，而驴子却叫孩子为哥哥。这是多么可笑可乐的事，但从中表现出特别可爱的童真、童趣和童心。

母爱在孩子世界的有趣活动中。在《新月集》中，泰戈尔选取儿童喜欢的题材，以独特的儿童视角，表达了诗人追求纯真的生命状态、歌颂童爱与母爱的梵爱和谐的主题思想。如："孩子在纤小的新月的世界里，是一切束缚都没有的，他知道有无穷的快乐藏在妈妈的心的小小一隅里，被

---

① 泰戈尔：《飞鸟集》，第 192 首。
② 泰戈尔：《新月集·孩子的世界》。
③ 泰戈尔：《新月集·来源》。
④ 泰戈尔：《飞鸟集》，第 38 首。
⑤ 泰戈尔：《新月集·长者》。

妈妈亲爱的手臂所拥抱，其甜美远胜过自由。"① 在孩子的世界里，有母爱、神爱、众爱，有欢笑、自由、和谐；孩子的世界是自由的王国，爱的王国，美的王国，和谐的王国。于是泰戈尔深情地写道："谁给那件小外衫染上颜色的，我的孩子，什么事叫你大笑起来的，我的小小的命芽儿，妈妈站在门边，微笑地望着你，她拍着她的双手，她的手镯丁当地响着，你手里拿着你的竹竿儿在跳舞，活像一个小小的牧童，当你睡在你妈妈的臂弯里时，天空在上面望着你，而早晨蹑手蹑脚地走到你的床跟前，吻着你的双眼。"② 常人往往不会注意孩子的穿戴饰品，而母亲特别看重孩子的不被注意的花饰，她能从这花饰中发现孩子的童真、童趣和童心，表达对孩子的赞赏和深爱。这是诗人所歌颂的母爱。泰戈尔有时还以歌声为载体来抒写动人的童爱，如《吉檀迦利》第 62 首诗这样表达"母爱与童爱"：母亲为孩子唱一支深情美妙的歌，让这歌声伴着孩子跳舞，萦绕孩子身旁，轻吻孩子前额，留在孩子眼睛的瞳仁里，进入孩子的梦乡，沁入孩子的心灵。使孩子超然物外，把孩子的心"移送到不可知的岸边"，即梵我合一、梵爱和谐的彼岸。母亲心甘情愿为孩子付出一切，将一切给予孩子——给你快乐，使你超然；给你梦想，使你飞翔；给你光明，使你辉煌；给你深爱，使你与梵合一，实现梵爱和谐，歌声永在耳边，梵爱永在心中；母子个我的有限生命与"梵"的无限生命整体和谐，母爱与童爱的崇高精神与"梵"的最高灵魂整体和谐。因此母子的生命实现了整体和谐。众所周知，生命的初级形态是孩子，而孩子也是神（梵）的天使。于是泰戈尔写道："我的主啊，她还是个孩子 / 她在你的宫殿奔跑嬉戏，而且还想把你也变成她的玩具 / 当暴雨狂作，昏天黑地，她的睡意全然消失，玩偶丢到地上，惊恐地紧紧偎着你 / 她生怕她不能服侍你 / 可你却含着微笑观看她做着游戏 / 你了解她 / 坐在地上的孩子是你命中注定的新娘；她的嬉戏将会停息，并将化为深沉的爱恋。"③ 孩子生性天真活泼，毫无顾忌地在主（即"神"）的宫殿和花园肆意嬉戏，摆弄玩具，披落秀发，嬉笑打闹；当暴雨狂作、昏天黑地时，她就依偎在主的怀中酣然入

---

① 泰戈尔：《新月集·孩童之道》。
② 泰戈尔：《新月集·不被注意的花饰》。
③ 泰戈尔：《采果集》，第 61 首。

睡，神游梦境，博得主的爱恋，成为主的新娘，意欲将个我的有限生命与梵的无限生命合二而一。

母爱在儿童成长中。小孩子与大海嬉戏，同大自然游戏，他们不怕水淹，不求珠宝，不怕风暴，不惧死亡，在风浪中成长，无忧无虑，乐趣无穷："孩子们在无边的世界的海滨聚会。头上是静止的无垠的天空，不宁的海波奔腾喧闹／在无边的世界的海滨，孩子们欢呼跳跃地聚会着／小孩子们汇集在无边无际的世界的海边。狂风暴雨飘游在无辙迹的天空上，航船沉碎在无辙迹的海水里，死正在外面走着，小孩子们却在游戏。在无边无际的世界的海边上，小孩子们大汇集着。"① 孩子们哪里知道，他们嬉戏大海，母亲正为他们捏一把汗，悬一颗心，受一次惊，担一肩怕，这种母爱一直贯穿在孩子的成长过程中。泰戈尔有时以神的口吻表现爱儿童的深厚情感："当鸿蒙初辟，繁星第一次射出灿烂的光辉，众神在天上集会，唱着'呵，完美的画图，完全的快乐！'／有一位神忽然叫起来了——'光链里仿佛断了一环，一颗星星走失了。'／他们金琴的弦子猛然折断了，他们的歌声停止了，他们惊惶地叫着——'对了，那颗走失的星星是最美的，她是诸天的光荣！'"② 母亲抚育孩子十分不易，所以时时担心孩子丢失，就像天神担心星星丢失一样。儿童是天上的星星。失去孩子，世界失乐；失去的是最美的，残缺的却是完美的。泰戈尔有时又写到，孩子渴望成长，欲达彼岸。于是想做船夫，渡人到达彼岸，使人获得圆满："我渴想到河的对岸去／在那边，好些船只一行儿系在竹杆上／黄昏的时候，他们都回家了，只留下豺狼在这满长着野草的岛上哀叫／妈妈，如果你不在意，我长大的时候，要做这渡船的船夫。"③ 母亲爱孩子，所以支持孩子做船长的梦想，扶助孩子在助人圆满的过程中使自己获得梵我合一的圆满。

泰戈尔在诗歌中还常以儿童的身份，从儿童的视角，以儿童爱母亲的形式去表达热爱儿童的诗歌主题。

母亲之爱与儿童之爱往往水乳交融，密不可分，因此泰戈尔在淋漓尽

---

① 泰戈尔：《新月集·海边》。
② 泰戈尔：《吉檀迦利》，第78首。
③ 泰戈尔：《新月集·对岸》。

致地歌颂母爱的同时，又惟妙惟肖地表现童爱。如《恶邮差》写母亲没有收到父亲来信，孩子认为是邮差太坏，没有将信送达。孩子自信写信可以超过大人，于是给妈妈写信，结果是孩子错怪了邮差。这种误会表现了孩子天真无邪，深爱父母的主题。又如《告别》："是我走的时候了，妈妈，我走了／我要变成一个梦儿，从你的眼皮的微缝中，钻到你睡眠的深处／当你醒来吃惊地四望时，我便如闪耀的萤火似地熠熠地向暗中飞去了。"①这首诗以深沉、旷达的笔调写一个不幸夭亡的孩子化作水波与下河沐浴的妈妈逗乐，化作细雨在树叶上为孤寂的妈妈唱歌，化作月光亲妈妈的眼睛，化作梦与妈妈见面。孩子对妈妈的炽热真情，被渲染得淋漓尽致。孩子将离开母亲，告别人间，但又不舍母亲，想要变成轻梦，"钻到你睡眠的深处"，与妈妈合为一体，永不分离，让个我的有限生命与母亲的伟大生命和谐地融为整体。孩子夭亡是悲切的题材，但诗人独出机杼，不从伤悼下笔，而写夭亡的孩子化作水波、月光和轻梦伴随妈妈，间接地传达对妈妈的思念，并能使妈妈走出哀伤，乐观地生活下去，体现了诗人旨在以儿童的"纯美"，"濯洗世人的悲辛，使世界变得美好"的理想。诗人从儿童的视角，表现出强烈的爱母亲和爱神梵的情感，表达了作者热爱儿童，期望母子一体、和谐合一，"爱"的崇高精神与"梵"的最高灵魂整体和谐的思想。儿童之爱不仅是爱母亲，还有爱兄长，爱家人，如："妈妈，让我们想象，你待在家里，我到异邦去旅行／再想象，我的船已经装得满满地在码头上等候启碇了／我的哥哥呢，我要送他一对有翼的马，会在云端飞翔的。"② 在这里，诗人表达了作为亲人的个体生命与作为家族人、社会人的群体生命的整体和谐，即人与人、人与社会整体和谐的主题。

二　泰戈尔"爱的哲学"中"母爱与童爱"思想对冰心新诗主题的深刻影响

泰戈尔认为宇宙万物之间的关系是和谐的，人间充满着"爱"与"善"，人与宇宙、人与人的关系都是爱的关系。泰戈尔这种宇宙观与他的

---

① 泰戈尔：《新月集·告别》。
② 泰戈尔：《新月集·商人》。

人生观水乳交融之后建构为爱的哲学。因此他的诗总是流淌着爱的真情，表现出爱的主题。冰心自幼感受着家庭的温馨，体验着温柔的亲情，享受着敦厚的母爱，所以她对母亲之爱与儿童之爱体悟至深，"她是在对这个家庭的感受中形成她最初的对现实世界的印象的，这个家庭用它的温馨保护了冰心的童心，她也用自己的童心呈现了这个家庭，呈现了以这个家庭为模式想象出来的整个人类的世界。'童心'赋予了她笔下的语言以诗意，把本来的白话散文变成了诗"。① 爱可以滋润人间万物，爱可以丰富人类世界，爱可以温暖万物灵长的心灵，而母爱则是世界之爱、人类之爱的原点。冰心是泰戈尔的"私淑弟子"，她受泰戈尔爱的哲学的影响，要将自己的诗歌献给亲爱的母亲，以回馈母爱之情，折射童爱之心："母亲呵！这零碎的篇儿，你能看一看么？这些字，在没有我以前，已隐藏在你心怀里。"② 冰心敦厚的"母爱"与"童爱"的思想情感是她接受泰戈尔梵爱和谐思想影响的基础。

泰戈尔在诗中写母爱无时不有、无处不在，它贯穿于母子的一切言行之中。母爱给孩子温暖，使孩子的一生能够一步步地顺利成长："妇人，你用了你美丽的手指／触着我的什物／秩序便如音乐似的生出来了。"③ 母爱可以消融苦难的冰山，烧干痛苦的泪海，包容世界的心："妇人呀，你用泪海包绕着世界的心／正如大海包绕着大地。"④ 儿童是梵天赐予世界的希望，是人类双手托起的一轮朝阳。母亲心爱孩子，是神赐予的天职："每一个孩子出生时都带来信息说／神对人并未灰心失望。"⑤ 冰心的《繁星》和《春水》受泰戈尔诗歌的影响，写母爱与童爱无处不在，母爱源自于婴儿的美妙啼哭，呈现在儿童不完整的言语中，儿童是生命的主体，以神秘的啼声向世界宣告"我"的存在——"婴儿，在他颤动的啼声中／有无限神秘的言语／从最初的灵魂里带来／要告诉世界。"⑥ 这是冰心流自灵魂深处的对儿童生命的感发赞美，诚如叶嘉莹女士所说，感发

---

① 王富仁：《中国现代新诗的"芽儿"——冰心诗论》，《北京师范大学学报》1996年第5期。

② 冰心：《繁星》之一二〇。

③ 泰戈尔：《飞鸟集》，第143首。

④ 同上书，第179首。

⑤ 同上书，第77首。

⑥ 冰心：《春水》之六四。

生命的来源，可以大别为得之于自然界景物节气之变化的感发，与得之于人事界悲欢顺逆之遭际的感发两大因素。人的生命是美的，自然的生命也是美的，自然之美可以唤醒人性之美，自然的丰富灵动能够激活人心的枯燥乏味："自然唤着说 / '将你的笔尖儿 / 浸在我的海里罢 / 人类的心怀太枯燥了。'"① 母爱无处不在，它在儿童玩耍的花园中，在母亲对孩子的关心和希望中："小孩子！你可以进我的园 / 你不要摘我的花——看玫瑰的刺儿 / 刺伤你的手。"② 儿童是梵天赐给人类的希望，因为他们身躯里含着伟大的灵魂："万千的天使 / 要起来歌颂小孩子 / 小孩子！他细小的身躯里 / 蕴藏着伟大的灵魂。"③ 泰戈尔梵爱和谐思想对冰心新诗主题的影响，融会于《繁星》和《春水》的字里行间。

三　泰戈尔"母爱与童爱"思想对我国现代早期文学社团代表诗人新诗主题的重要影响

泰戈尔《新月集》的《云与波》以儿童的视角，运用第二人称"孩子向妈妈诉说"的方式，将神与人作比较，叙写孩子虽然受到神要把他"接到云端里""与黄金色的曙光游戏""与银白色的月亮游戏"的邀请，但是舍不得离开母亲，"我妈妈在家里等我呢"，"我怎么能离开她而来呢"，④ 表达儿童眷爱母亲的依依之情和浓浓之意，抒发母子同乐、融为一体、"爱"的崇高精神与"梵"的最高灵魂整体和谐的思想情感，表现人间更比天上乐的梵爱和谐思想。文研会"为人生诗派"的刘半农于 1920 年 8 月在伦敦所写的儿童诗《雨》明显受到泰戈尔《新月集》中《云与波》的影响："妈！我今天要睡了——要靠着我的妈早些睡了 / ……那不怕野狗野猫的雨，还在黑黑的草地上，叮叮咚咚的响。它为什么不回去呢？它为什么不靠着它的妈，早些睡呢 / ……你说它没有妈么？——不是你前天说，天上的黑云，便是它的妈么 / 妈！我要睡了！你就关上了窗，不要让雨来打湿了我们的床。你就把我的小雨衣借给雨，

---

①　冰心：《春水》之一四。
②　冰心：《繁星》之一五。
③　同上书，之三五。
④　泰戈尔：《新月集·云与波》。

不要让雨打湿了雨的衣裳。"① 诗人从儿童的视角，假托"小蕙的话"，运用泰戈尔式的第二人称"孩子向妈妈诉说"的方式，将雨人格化，叙写雨孩子离开黑云妈妈的无奈之状，抒写雨孩子有家不能回的孤独之情，表达希望妈妈"把我的小雨衣借给雨，不要让雨打湿了雨的衣裳"的同情之心，抒发儿童眷爱母亲的浓浓之意，表现祈望母子同乐、融为一体、"爱"的崇高精神与"梵"的最高灵魂整体和谐的思想情感。

泰戈尔在《新月集》的《孩子的世界》中写星星同孩子说话、母亲愿占孩子世界的中心，凸显了母爱、神爱、众爱、自由与和谐，展现了儿童丰富的心灵世界："我愿我能在我孩子的自己的世界的中心，占一角清净地 / 我知道有星星同他说话，天空也在他面前垂下，用它呆呆的云朵和彩虹来娱悦他。"② 《召唤》以母亲唤儿回家的心灵呼唤，写母爱由夜到昼，由春到秋，由生命之始到终荡漾在孩子心间："她走的时候，夜间黑漆漆的，他们都睡了 / 现在，夜间也是黑漆漆的，我唤她道：'回来，我的宝贝；世界都在沉睡，当星星互相凝视的时候，你来一会儿是没有人会知道的。'"③ 创造社的领军人物郭沫若受泰戈尔《新月集》的影响，他在《两个大星》中写道："婴儿的眼睛闭了，青天上出现了两个大星。婴儿的眼睛闭了，海边上坐着个年少的母亲 / '儿呀，你还不忙睡吧，你看那两个大星，黄的黄，青的青。' / 婴儿的眼睛闭了，青天上出现了两个大星。婴儿的眼睛闭了，海边上站着个年少的父亲。'爱呀，你莫用唤醒他吧，婴儿开了眼睛时，星星会要消去。'"④ 郭沫若这首诗明显受到泰戈尔《新月集》中《孩子的世界》和《召唤》的影响，他以父母与孩子对话的形式，描写年轻父母唤儿仰看天上大大的星星，儿童闭着眼睛与星星为伴，孩子占了父母世界的中心，抒写父母对孩子的深情呼唤，表现对孩子的爱自始至终荡漾在父母心间的无限寄托，表达诗人深爱儿童之情。湖畔诗派的应修人受泰戈尔"爱的哲学"和爱母情结的影响，在《小小儿的请求》⑤ 中写孩子不求雷止电归，只求雨住风停，别吹醒微笑睡着的妈

---

① 刘半农：《雨》，见《诗集》，第16页。
② 泰戈尔：《新月集·孩子的世界》。
③ 泰戈尔：《新月集·召唤》。
④ 郭沫若：《两个大星》，见《诗集》，第109页。
⑤ 《诗集》，第120页。

妈，因为妈妈醒了就会牵挂远航的儿子，但愿老天能满足小小儿子的这点请求，深情表现儿子深爱母亲、母亲牵挂儿子的至爱亲情。留美归来的陆志韦的《摇篮歌》也以泰戈尔式的母亲视角，并将月光人格化，写妈妈为宝宝摇着梦中的树，拣来紫罗兰，送灵魂到笑窝，送父亲到身边，表达了母亲对孩子的至爱深情。

第二节　神祇融自然，宇宙响梵音：泰戈尔"自然之爱与泛神论"思想对我国现代早期新诗主题的影响

匈牙利籍的重要德语诗人里尔克在谈到山水与人的关系时说，"山水成为人的情感的寄托、人的欢悦、朴素与虔诚的比喻"。[①] 这就是说，自然山水既是人类的生存环境，又是人化的感知对象、人类情感的寄托之所，也是宇宙生命的呈现形式。泰戈尔的诗歌常常呈现人类生命的生态系统与自然生命的生态系统的整体和谐，表现他热爱自然及自然界的所有生命、珍爱生物的思想感情，这"就是敬畏生命，就是对我们自身作为源于生物的本能感受"。[②] 泰戈尔的自然之爱融入了"泛神论"思想，其热爱自然、歌颂自然、赞美神（梵）的诗歌表现了泛神论思想，这种"自然之爱与泛神论"思想对我国现代早期新诗"主题"产生了重要影响。

一　泰戈尔的"自然之爱与泛神论"思想

泰戈尔认为印度民族是生于自然、长于森林的民族，伟大的自然与印度民族是和谐相处的整体，人类生命的生态系统与自然生命的生态系统是整体和谐的，物我合一，我梵同一，物本我存，我本物化，"我的生命中隐藏着树木的生命的回忆，今天我成为人，我承认这是真的。不单是树木，整个物质世界的回忆，也潜藏在我的体内"，"我体内的无穷欢乐，是河流、陆地、树林、飞禽走兽的欢乐"，"我的身心在一个宏大的存在的欢

---

① 引自陈卫《西方山水理念与冯至的〈山水〉、〈十四行集〉》，载《中国现代文学研究丛刊》2011 年第 7 期。

② 格伦·A. 洛夫：《实用生态批评——文学、生物学及环境》，胡志红等译，北京大学出版社 2010 年版，第 10 页。

悦中，不由自主地喜颤。这不是诗人的浪漫抒情，这是我的本性。我从本性出发，写诗写歌写故事"，"我是人，因而我也是尘埃、泥土、流水、树木、飞禽走兽，我就是万物"。① 因此，泰戈尔平生热爱自然，亲近自然，认为"梵"就是大自然伟大的无限生命，"我"是宇宙的有限个我生命。所以他的重要诗集和单篇诗歌常常抒发赞颂生命、热爱自然的浓烈感情，表现梵我合一、梵爱和谐、人类生命的生态系统与自然生命的生态系统整体和谐，个我的有限生命与"梵"的无限生命整体和谐，"爱"的崇高精神与"梵"的最高灵魂整体和谐的主题和泛神论思想。

在泰戈尔的诗中，自然是混元一统、和谐化一的："鸟儿愿为一朵云 / 云儿愿为一只鸟。"② 鸟儿奋翅飞翔，时而越岭，时而凌空，没入云朵，随风飘浮，漫步蓝天，鸟儿化作了云朵；云朵徜徉在天，着意变幻，时而为莺，时而为燕，乘风起舞，往来天穹，云朵化作了鸟儿。这是生命的无限张力，自然的和谐一统，天神的变幻造化。天神有时也与儿童游戏玩笑，偷走小孩的睡眠，诗人不知情，执意要捉住偷睡眠者，让孩子好好睡觉："谁从孩子的眼里把睡眠偷了去呢？我一定要知道 / 我一定要到醉花林中的沉寂的树影里搜寻"，诗人找不到偷睡眠者，但聪明的鸽子却知道偷睡眠者，"在这林中，鸽子在它们住的地方咕咕地叫着"，为诗人指引偷睡眠者的去向，因为鸽子听到了偷睡眠者"仙女的脚环在繁星满天的静夜里丁当地响着"。③ 诗人赞美聪明可爱的鸽子，表达了热爱自然生命的情感。泰戈尔说："儿童从不憎恨大地的泥土、尘埃，渴望阳光、雨霖、和风，动用自己的全部感觉器官，把直接考察世界当作幸福……保持一颗纯正的童心，他们从不羞怯，从不犹豫，从不抱怨。"④ 因此泰戈尔的诗歌常常将自然界的动物植物人格化、儿童化，在诗中洋溢着对自然的赞美和生命的热爱："喂，你站在池边的蓬头的榕树，你可会忘记了那小小的孩子，就像那在你的枝上筑巢又离开了你的鸟儿似的孩子？"⑤ 诗人从儿童的视

---

① 泰戈尔：《我就是万物》，见《泰戈尔经典散文集》，白开元译，新世界出版社 2010 年版，第 141—142 页。

② 泰戈尔：《飞鸟集》，第 35 首。

③ 泰戈尔：《新月集·偷睡眠者》。

④ 泰戈尔：《教育问题》，见《泰戈尔谈教育》，白开元编译，商务印书馆 2010 年版，第 123 页。

⑤ 泰戈尔：《新月集·榕树》。

角看世界，以小孩的口吻叙述趣事，将榕树作为孩子的小伙伴，写儿童在树下的梦想，"儿童不像成人那么分心，每一桩新鲜事儿，进入他们时时敞开的好奇的心灵。"① 他与树木有亲密的感情，乐意与榕树作朋友，将身心融入大自然。《榕树》表现了儿童天真好奇、热爱自然、向往自由的思想性格，表达了人类生命的生态系统与自然生命的生态系统整体和谐的思想，正如泰戈尔所说："在七岁之前……小男孩这时如果不在大地母亲的怀里打滚，滚一身泥浆，他什么时候才有这样的好运呢？这时如果不爬树摘水果，那么，一辈子就不能培养与树木的亲密感情。这个时期，他的身心自然而然为清风、蓝天、田野、树木所吸引——从所有的地方，传来对他的邀请。"② 泰戈尔诗歌儿童化、人格化的表现形式不仅用在人与动物、植物之间，而且用于自然物与自然物之间，以此表现热爱自然的思想感情："'海水呀，你说的是什么？''是永恒的疑问。''天空呀，你回答的话是什么？''是永恒的沉默'"；③ "白云谦逊地站在天之一隅／晨光给它戴上了霞彩。"④ 海水爱永恒的疑问，天空爱永恒的沉默，海天一色，物我一体。绿草爱地上相依相偎的伙伴，愿大地一片绿色，生机盎然；树木爱天空的寂静，愿成长空间无限，生盈天地。白云装点天际，天光给云灿烂；万物和谐相处，便可相得益彰。诗人热爱生机盎然、万物和谐的大自然。

泰戈尔如此热爱大自然，是因为大自然就是生命的组合体，或者说大自然的本质就是生命的生成、组合、流动和转换。他热爱大自然的深层次原因，是因为他将自然万物视为"梵"在人间的显现，梵我合一的形态就是物我合一的形态。泰戈尔的许多诗歌就是以歌咏大自然的物我合一，表现诗歌梵我合一、梵爱和谐，即生命的整体和谐为主题的。梵是宇宙，是天空，是飞鸟归宿的巢窠，是人类归宿的天堂："你是天空，你也是窝巢／呵，美丽的你，在窝巢里就是你的爱，用颜色、声音和香气来围拥住灵魂。"⑤ 金色的天穹令人渴望，梵我合一的境界使人向往——无望即希望，

① 泰戈尔：《在上海贝纳斯夫人家中谈儿童教育》，见《泰戈尔谈教育》，白开元编译，商务印书馆2010年版，第295页。
② 泰戈尔：《学生的隔离服》，见《泰戈尔谈教育》，白开元编译，商务印书馆2010年版，第171页。
③ 泰戈尔：《飞鸟集》，第12首。
④ 同上书，第100首。
⑤ 泰戈尔：《吉檀迦利》，第67首。

无恒即永恒，追求幸福，生命完满，万物不灭，这就是梵我合一、"爱"的崇高精神与"梵"的最高灵魂整体和谐的境界："在无望的希望中，我在房里的每一个角落找她；我找不到她／我站在你薄暮金色的天穹下，向你抬起渴望的眼／我来到了永恒的边涯，在这里万物不灭——无论是希望，是幸福，或是从泪眼中望见的人面。"① 苍穹无限，崇山遮不住望眼；流泉涓涓，汇聚成千里江河；梵界无限，一切皆有，爱在心中即为梵——梵爱和谐，人生圆满，生命整体和谐："'那边还是那个天空，'她说，'只是不受屏山的遮隔，——也还是那股流泉长成江河，——也还是那片土地伸广变成平原。''一切都有了，'我叹息说，'只有我们不在。'她含愁地笑着说：'你们是在我的心里。'"② 在人生旅途中，遇见生命的奇迹就拥有幸运，发现生命的真谛就拥有欢乐。抛弃人生的失望，寄托生命的希望，哪怕囊中空空，形同乞丐，但只要拥有弥足珍贵的生命，就是精神的富翁。个我的生命与神永在一起，与梵合为一体："我身上的乞丐举起瘦弱的双手……他叫嚷："啊，生命，啊，时光，你们弥足珍贵！但难能可贵的还有最终让我与你们相识的欢乐！"③ 大海无垠，看不见彼岸；天空无边，望不到尽头；巨星的光芒、飞鸟的羽影、花卉的色彩遮住了人们的双眼，遮住了人生的道路。这时神从天上来，像永恒的异乡人，指引诗人寻找通往生命本质的道路；而寻找生命本质的过程充满烦恼，痛苦不堪。诗人渴求与神同行，领悟生命的真谛，使生命与梵合一，即个我的有限生命与"梵"的无限生命整体和谐，达到生命整体和谐的人生最高境界："在道路铺就的地方，我迷失了道路／在茫无垠际的海面，在一片蔚蓝的天空，没有道路的踪迹……／我询问自己的心儿：血液能否领悟那条看不见的道路？"④ 炎炎暑日，湛湛蓝天，群蜂在花丛中弹唱生命之歌，鸽子在阴凉中吟咏和平之曲，牧童在榕树下编织快乐之梦，鹤鸟在仙山寻找生命回家之路。万物和谐，梵我合一，愿以一生的诗歌，向梵天膜拜，汇入梵天的大海般的胸怀，求得生命的圆满。泰戈尔还在《采果集》第73首诗中写道：生命源于无限的宇宙，充盈于无边的大地。春天来临，

---

① 泰戈尔：《吉檀迦利》，第 87 首。
② 泰戈尔：《园丁集》，第 83 首。
③ 泰戈尔：《采果集》，第 26 首。
④ 同上书，第 6 首。

生机盎然，到处充满着生命的律动——春光绽开了绿叶和鲜花，蜂蝶旋动着生命的舞步，春风与绿荫游玩嬉戏。阳春的气息和大地的花香融入诗人的生命，诗人的生命喷涌出无限的活力，于是诗人心旷神怡，脑清气爽，手脚灵动，舞步轻盈，歌声飞扬。大自然赋予万物五彩缤纷的形态，生命的张力彰显人与自然和谐合一、人类生命的生态系统与自然生命的生态系统整体和谐，即梵我合一、生命整体和谐的美妙圆融。泰戈尔的上述诗歌和论述表达了自然之爱和梵（神）之敬，表现了物我化一、梵我合一、人类生命的生态系统与自然生命的生态系统的整体和谐的泛神论思想。

从某种意义上说，泰戈尔的"梵我合一"的命题实际上是"泛神论"的思想。"泛神论"本是以斯宾诺莎为代表的哲学观，流行于西欧16—18世纪。泛神论认为神是世界的本源，万物由神化育，"神"与"自然"（或"宇宙"）同一同位，即神与自然融合为一个整体，神存在且融合于自然界的一切事物之中，"神是唯一的，它无所不在，无所不容，万物由它化育，人类由它生成"。① 这种"神即自然"的泛神论哲学观传至印度，经泰戈尔融入以《吠陀》、奥义书为代表的印度哲学之后，形成了具有"泰戈尔特色"的"泛神论"，以至渗入并流行于一般哲学和文学艺术领域。泰戈尔认为，"梵"即"造物主"，即"神"，梵是宇宙（自然）的本源和基础，是宇宙的精神实在、最高本体、最高灵魂，因此梵是宇宙（自然）的最高主宰，世界万物都是梵的创造物，也就是说世界万物都是梵的显现。梵创造了宇宙，化育了万物，主宰着世界；梵无形无状，无处不在，不仅存在于宇宙万物之中，而且存在于人的个我灵魂之中，个我的有限生命与梵的无限生命是整体和谐的，因此梵与我合体，我与梵和谐，人类生命的生态系统与自然生命的生态系统整体和谐；"梵"是大自然伟大的无限生命，"我"是宇宙的有限个我生命，因此，大自然伟大的无限生命与人类因爱而生的个我生命整体和谐，个我的有限生命与"梵"的无限生命整体和谐。这就是泰戈尔独具特色的蕴含梵我合一、自然之爱、梵（神）之爱的"泛神论"。

---

① 陈永志：《郭沫若的泛神论思想》，载《文学评论》丛刊第2辑，中国社会科学出版社1979年版，转引自中国当代文学研究资料《郭沫若专集1》，四川人民出版社1984年版，第275页。

泰戈尔的上述泛神论思想已经泛化为物我同一、梵我合一、梵爱和谐的思想境界和诗歌生态，这种泛神论思想对创造社的郭沫若、宗白华、成仿吾，"文研会"的王统照、冰心、周作人、朱自清、赛先艾、郭绍虞，新月派的徐志摩、饶孟侃，早期象征诗派的李金发、戴望舒、穆木天，湖畔诗派的应修人、汪静之，"尝试派"的胡适、康白情、刘大白，小诗诗派的何植三、徐玉诺，以及南国诗人梁宗岱、留美归来的陆志韦等人的新诗主题产生了影响，使他们的诗歌常常表现出"自然之爱与泛神论"的主题思想。

二 泰戈尔的"自然之爱与泛神论"思想对创造社郭沫若等人新诗主题的深刻影响

（一）泰戈尔"自然之爱与泛神论"思想对郭沫若的深刻影响

1. 郭沫若青少年时期的人生经历

在我国现代早期的诗人中，创造社的主帅郭沫若是受泰戈尔泛神论、梵我和谐影响最早、最大、最深、最典型的诗人。之所以如此，这与郭沫若青少年时期的人生经历密切相关。

郭沫若于 1892 年 11 月出生在四川省乐山县（今乐山市）观峨乡沙湾镇。沙湾镇距乐山县城南七十五里，在峨眉山东麓、大渡河西岸。父亲郭朝沛，字膏如，是中等地主，兼营商业，且通医道。母亲杜邀贞是没落的官宦人家之女，略有文化，聪慧通达。郭沫若乳名文豹，学名开贞，号尚武，后来以家乡大渡河及雅河的别称"沫水"和"若水"取名"沫若"。郭沫若从小受到严格的旧学的熏陶和训练，自幼时母亲就教他读唐诗宋词。郭沫若六岁入家塾"绥山山馆"读书，由沈焕章先生教读《唐诗三百首》、《诗经》、《古文观止》、《易经》、《尚书》、《周礼》等经典，他尤其喜欢王维、孟浩然、李白的诗歌。九岁起学作对子，又作五七言诗试帖等。十一岁时，家塾废诗课，学作经义策论。早年诗作有《村居即景》（五律）、《早起》（七绝）、《茶溪》（五绝）等旧体诗，初露才华。在家塾期间还阅读了不少新学期刊，如《新小说》、《启蒙画报》、《浙江潮》、《意大利建国三杰》、《经国美谭》等，受到资产阶级维新思想和革命思想的启蒙，以及爱国思想的熏染。1906 年春，清政府废科举办学校，时年十四岁的郭沫若入嘉定高等小学堂读书。十六岁时以优等成绩毕业，升入嘉定府中学堂（现为乐山一中）。1910 年 2 月插入成都高等学堂（四川大学前身）分设中学继续就读，次年春进成都高等学校理科读书。在嘉定府中学和成都求学期间，郭沫若继续阅读经史古籍，《庄子》、《楚辞》、《史记》尤其为他所喜爱，并对他产生深刻影响。通过林纾的译著，他开始接触外国文学。1913 年 11 月抵天津参加陆军军医学校复试，因不满现状，放弃入学，赴北京长兄郭开文处。在长兄的资助下，于 12 月 28 日离京，取道辽东，经朝鲜赴日本留学。1914 年 1 月抵东京，经勤勉学习，于 7 月考入东京第一高等学校预科，与郁达夫为同窗学友。1915 年 9 月升入冈山第六高等学校。在第六高等学校的三年间，他喜欢阅读泰戈尔、海涅、歌德的诗作，以及王阳明、斯宾诺莎的哲学著作。此时，郭沫若开始翻译泰戈尔等人的诗，并受到泰戈尔泛神论的影响。

2. 泰戈尔"自然之爱与泛神论"思想对郭沫若思想与新诗"主题"的深刻影响

1915 年春，郭沫若在日本第一次读到泰戈尔的《新月集》时，立即对泰戈尔的诗歌产生了浓厚的兴趣："那清新和平易径直使我吃惊，使我一跃便年青了二十年！""在他的诗里面我感受着诗美以上的欢悦。"[①] 郭沫若自豪地称自己新诗创作的"第一段是泰戈尔式"。郭沫若的泛神论思想在 1918 年至 1921 年创作、1921 年出版的《女神》中表现得尤为突出。最早评论《女神》的学者谢康于 1922 年就指出了泛神论对郭沫若的影响。[②] 郭沫若对泛神论的解释是："泛神便是无神。一切自然只是神的表现，我也只是神的表现。我即是神，一切自然都是我的表现。人到无我的时候，与神合体，超绝时空，而等齐生死。"[③] 郭沫若的这种"一切自然只是神的表现，我也只是神的表现"、"人到无我的时候，与神合体，超绝时空，而等齐生死"的泛神论思想，无疑是泰戈尔"'梵'是大自然伟大的无限生命，'我'是宇宙的有限个我生命"、"大自然伟大的无限生命与人类因爱而生的个我生命整体和谐"、"梵不仅存在于宇宙万物之中，而且存在于人的个我灵魂之中"、"梵与我合体，我与梵和谐"、"人类生命的

----

① 郭沫若：《我的作诗经过》，见《郭沫若文集·第 11 集》，花城出版社 2006 年版，第 140 页。

② 谢康：《读了〈女神〉之后》，载《创造季刊》第 1 卷第 2 期。

③ 郭沫若：《文艺论集》，光华书局 1925 年版，第 290 页。

生态系统与自然生命的生态系统整体和谐"、"个我的有限生命与梵的无限生命整体和谐"的泛神论思想的演绎。在《创造十年》中，郭沫若坦承自己在开始接触泰戈尔诗歌时就"成为了泰戈尔的崇拜者"；在接受泛神论之后，他不但没有成为"神"的奴隶，反而获得了超越时空的自由。他认为"我"与"神"与"自然"的地位同一平等，"我即是神，一切自然都是自我的表现"。因此，郭沫若的诗歌获得了超越时空的自我表现空间："自我"可以像天狗吞食日月，像六龙驰骋宇宙，像天火毁灭万物，像凤凰浴火重生，像女神创造世界。这就是郭沫若的泛神论。

《女神》的泛神论的特点是从"死亡主题"着眼，表达肉体解脱、灵魂解放、梵我合一、生命整体和谐的主题；从"自然主题"入手，表达物我和谐、梵我合一、人类生命的生态系统与自然生命的生态系统整体和谐的主题；从"人与宇宙主题"开掘，表达梵是宇宙的最高主宰、人是宇宙的个我灵魂、梵与我合一，即个我的有限生命与"梵"的无限生命整体和谐的主题。

首先，郭沫若从"死亡主题"着眼，表达肉体解脱、灵魂解放、梵我合一、生命整体和谐的主题。他的最早的新诗《死的诱惑》受《吉檀迦利》关于死亡主题的影响，认为死可以解脱一切烦恼，使灵魂与神融合——梵我合一，个我的有限生命与"梵"的无限生命整体和谐，表达了爱死亡、亲神灵、生命整体和谐的泛神论主题："我有一把小刀，倚在窗边向我笑。她向我笑道：沫若，你别用心焦！你快来亲我的嘴儿，我好替你除却许多烦恼／窗外的青青海水，不住声地也向我号／她向我叫道：沫若，你别用心焦！你快来入我的怀儿，我好替你除却许多烦恼。"① 郭沫若在本诗的"附白"中说："这是我最早的诗，大概是 1918 年初夏作的。"由此可以看出，《死的诱惑》既是郭沫若最早的新诗，也是郭沫若接受泰戈尔泛神论而创作的最早表达泛神论主题的新诗。《光海》不仅表达了爱自然、爱宇宙的一切的泛神论思想，而且表达了爱生命、爱自由、爱解放——"心爱的同窗"之死是肉体解脱、灵魂解放、梵我合一、"爱"的崇高精神与"梵"的最高灵魂整体和谐的主题："我有个心爱的同窗，听说今年死了！我契己的心友呀！你蒲柳一样的风姿，还在我眼底

---

① 郭沫若：《死的诱惑》，见《诗集》，第 105 页。

流连，你解放了的灵魂，可也在我身旁欢笑？你灵肉解体的时分，念到你海外的知交，你流了眼泪多少？"① 《死》更是直接地歌咏死亡，诗作写"年轻的处子"期望与"死的情郎"相会，以获得灵肉合一、梵我和谐的"真正的解脱"，从而表达泛神论的主题："嗳／要得到真正的解脱吓／还是除非死／死／我要几时才能见到你／你譬比是我的情郎／我譬比是个年轻的处子／我心儿很想见你／我心儿又有些怕你／我心爱的死／我到底要几时才能见到你？"②

　　其次，郭沫若从"自然主题"入手，表达物我和谐、梵我合一、人类生命的生态系统与自然生命的生态系统整体和谐的主题。郭沫若眼中的自然，不仅包括可见可感的实在性景物、事物，而且涵盖非实在性的想象的、虚构的事物。他于 1919 年发表的《夜步十里松原》赞美天宇，追求泛神，描写宇宙的广袤无限，大海的自由雄浑，表现爱自然、爱宇宙的情感，表达物我合一，生命整体和谐的梵爱和谐的主题："海已安眠了。远望去，只看见白茫茫一片幽光，听不出丝毫的涛声波语。哦，太空！怎么那样地高超，自由，雄浑，清寥！无数的明星正圆睁着他们的眼儿／在眺望这美丽的夜景。十里松原中无数的古松，都高擎着他们的手儿沉默着在赞美天宇。他们一枝枝的手儿在空中战栗，我的一枝枝的神经纤维在身中战栗。"③ 他于 1920 年 1 月发表的《三个泛神论者》，首次在题目和诗中明确运用了"泛神论"的概念，表现了他的"爱"的崇高精神与"梵"的最高灵魂整体和谐的"泛神论"思想："我爱印度的 Kabir／因为我爱他的 Pantheism／因为我爱他是靠编鱼网吃饭的人。"④ 《笔立山头展望》以自然物"山岳"和人为物"瓦屋"为歌咏对象，写自然与人生的关系，表达自然与社会融合、自然与人生一体的神我和谐、梵我合一、生命整体和谐的思想；《蜜桑索罗普之夜歌》受泰戈尔《吉檀迦利》中关于有限与无限主题的影响，以自然之物"天海"、"浮沤"、"星汉"、"孔雀羽衣"、"明月"和人为之物"象牙舟"为歌咏对象，表现追求"无穷"的执着精神，表达在有生之年宁愿幻灭，以达无限、与梵合一、个我的有限生命与

① 郭沫若：《光海》，载《时事新报·学灯》1919 年 3 月 19 日。

② 郭沫若：《死》，载《时事新报·学灯》1920 年 1 月 13 日。

③ 郭沫若：《夜步十里松原》，载《时事新报·学灯》1919 年 12 月 20 日。

④ 郭沫若：《三个泛神论者》，载《时事新报·学灯》1920 年 1 月 5 日。

"梵"的无限生命整体和谐的思想:"我独披着件白孔雀的羽衣,遥遥地,遥遥地,在一只象牙舟上翘首。啊,我与其学做个泪珠的鲛人,返向那沈黑的海底流泪偷生,宁在这缥缈的银辉之中,就好像那个坠落了的星辰,曳着带幻灭的美光,向着'无穷'长殒!前进!……前进!莫辜负了前面的那轮月明!"①《我是个偶像崇拜者》以典型的泛神论者的视角看待万物,具有强烈的万物泛神的特点。诗作以自然之物太阳、山岳、海洋、水、火、江河、光明、黑夜和人的身体之物血、心脏,以及人为之物巴拿马、苏彝士、金字塔、万里长城为崇拜对象,歌颂能够破坏一切,也能够创造一切的神力,表达诗人崇拜破坏旧世界偶像的"力"、个我的有限生命与"梵"的无限生命整体和谐的泛神论主题。《凤凰涅槃》是郭沫若自己最喜欢的,也是大众公认的郭沫若最重要的代表作。在《凤凰涅槃》中,诗人以可见可感的实在性事物"火"、"火光"为歌咏对象,以非实在性的想象的、虚构的事物"凤"与"凰"火中涅槃、死而更生同声歌唱为中心,火山爆发似地抒发欲造新世界,必先毁灭旧世界,从而在毁灭中使新世界像浴火重生的凤凰一样在混沌中更生的强烈思想感情,努力探索了火与死亡、复活的神秘关联,充分表达了梵我合一、生命整体和谐的泛神论思想,以及追求梵爱和谐的人生境界、欲求生死一体、死而复生的梵我合一的生命境界的创造精神:"一切的一,更生了 / 一的一切,更生了 / 我们便是他,他们便是我 / 我中也有你,你中也有我 / 我便是你,你便是我……一切的一,和谐 / 一的一切,和谐 / 和谐便是你,和谐便是我 / 和谐便是他,和谐便是火。"② 这是典型的物我和谐、梵我合一、个我的有限生命与"梵"的无限生命整体和谐、"爱"的崇高精神与"梵"的最高灵魂整体和谐的思想,是以"泛神论"为核心,以创造、自由、民主、平等,反对封建主义和帝国主义为表征的"个性主义"思想。郭沫若不仅在山呼海啸般的直抒胸臆的鸿篇巨制中表达泛神论思想,而且在月白风清式的温婉寄托的浅吟低唱中表达泛神论思想。如他在《霁月》③ 中以诗人与霁月对话的独特方式,以月光、明月、银海为描写对象,抒写自然

---

① 郭沫若:《蜜桑索罗普之夜歌》,载《少年中国》1921 年季刊第 2 卷第 9 期。

② 郭沫若:《女神》,人民文学出版社 1958 年版,第 44—45 页。

③ 《诗集》,第 106 页。

与生命的和谐：雨后月出，云遮雾绕，景色朦胧，视野缥缈，人的眼界在自然中无限拓展，人的生命在自然美景中获得解脱，人的心灵在自然美景中荡涤了烦恼的尘埃。这首诗表现了人类生命的生态系统与自然生命的生态系统整体和谐、个我的有限生命与梵的无限生命整体和谐的梵爱和谐思想。

再次，郭沫若从"人与宇宙主题"开掘，表达梵是宇宙的最高主宰、人是宇宙的个我灵魂、梵与我合一，即个我的有限生命与"梵"的无限生命整体和谐的主题。在《地球，我的母亲》中，诗人将地球比喻为人类的母亲，思绪由地球到太阳月亮再到宇宙万物，认为地球是人类的母亲，宇宙万物都是地球的化身，其实是将地球作为"神"的使者、"梵"的象征，这就表达了爱地球、爱自然、爱宇宙之神，期望万物和谐、泛爱永在、梵爱合一、"爱"的崇高精神与"梵"的最高灵魂整体和谐的主题："地球，我的母亲！我想宇宙中的一切的现象，都是你的化身：雷霆是你呼吸的声威，雪雨是你血液的飞腾／地球，我的母亲！我想那缥缈的天球，只不过是你化妆的明镜，那昼间的太阳，夜间的太阴，只不过是那明镜中的你自己的虚影／地球，我的母亲！我想那天空中一切的星球，只不过是我们生物的眼球的虚影；我只相信你是实有性的证明"，"地球，我的母亲！我感觉着一切的芬芳彩色，我知道那是你给我的赠品，特为安慰我的灵魂。"① 此外，他的《天狗》、《立在地球边上放号》、《晨安》等诗篇也是从宇宙主题落笔，写天狗将日月星球吞食、无限的太平洋把地球推倒、诗人祈愿宇宙万物与泰戈尔翁林肯惠特曼等伟人和谐晨安，鲜明地表现出"泛神论"的主题思想。《天上的街市》将天上、天河、天街、星空与街灯、明星、街市、世上、牛儿、流星、灯笼融为一体，写世上街灯像明星，天上明星如街灯，天上街市任闲游，牛郎织女任来往的自由幸福、梵我一如的憧憬，表达诗人所追求的天地一体、我梵一如、梵爱和谐、"爱"的崇高精神与"梵"的最高灵魂整体和谐的自由幸福境界。

对于泰戈尔的泛神论思想，郭沫若不仅在阅读和理解中去接受和继承，而且在诗歌创作的实践中加以改造和发展。泰戈尔的泛神论主张物我一体、梵我合一，追求在精神的"静"中沉思冥想，达到个我的有限生命

---

① 郭沫若：《地球，我的母亲》，见《诗集》，第95—98页。

与梵的无限生命的整体和谐；而郭沫若的泛神论主张神我同位、物我同一，追求在行为的"动"中由破坏而创造，达到作为自然人的个体生命与作为社会人的群体生命的整体和谐。不过，这两位卓越的诗人都在各自或清灵隽永或豪迈奔放的诗作中，充分呈现了生命律动的整体和谐，彰显了泛神论的主题，表现了人类生命的生态系统与自然生命的生态系统整体和谐、个我的有限生命与梵的无限生命整体和谐的思想，以及以"泛神论"为核心，以创造和自由为表征的"个性主义"思想、以"和谐"为核心，以张扬"爱"的精神为表征，以圆满幸福为终极目标的"梵爱和谐"的思想。

（二）泰戈尔"自然之爱与泛神论"思想对创造社其他诗人新诗"主题"的影响

创造社的宗白华、成仿吾的思想和诗歌主题也受到泰戈尔泛神论思想的影响。宗白华在《信仰》中表现了爱神、泛神论、梵我合一的主题，抒写信仰神灵的泛神论，追求梵我合一、个我的有限生命与"梵"的无限生命整体和谐的人生境界："红日初升时，我心中开了信仰之花。我信仰太阳，如我的父！""我信仰月亮，如我的母！"① 抒情主人公还信仰众星、万花、流云、音乐，因为他们如同我的父母、兄弟、姐妹、朋友和爱人。这"一切都是神！我信仰／我也是神！"② 他的《夜》写宇宙与微躯、小星、万星、明镜融为一体的景象——"我"像小星，与万星莹然一体；"我"心似明镜，宇宙万星都在镜中，表达天人和谐、梵我合一、人类生命的生态系统与自然生命的生态系统整体和谐的主题。成仿吾的《静夜》写静夜里，"我"在空中飞，听见大自然清徐的乐音，轻吻音波，抒写了爱自然的情感，表现了人与自然融为一体，物我和谐、梵我合一、人类生命的生态系统与自然生命的生态系统整体和谐的主题："死一般的静夜！我好像在空中浮起，渺渺茫茫的。我全身的热血，不住地低声潜跃，我的四肢微微地战着"，"我漂着，我听见大自然的音乐。徐徐的，清清的，我跟着他的音波，我把他轻轻吻着，我也飞起轻轻的。"③

---

① 宗白华：《信仰》，见《诗集》，第 267 页。
② 同上。
③ 成仿吾：《静夜》，见《诗集》，第 139 页。

三 泰戈尔"自然之爱与泛神论"思想对文学研究会的代表诗人新诗主题的影响

文学研究会的王统照、周作人、朱自清、赛先艾、郭绍虞等诗人受泰戈尔梵我合一、生命整体和谐思想的影响，常常在诗歌中表达自然之爱与泛神论的主题，其中王统照受泰戈尔"泛神论"思想的影响较大。

王统照不仅亲自翻译过泰戈尔的诗歌，而且曾经撰文评介过泰戈尔的思想与诗歌。在阅读、翻译和评介泰戈尔诗歌的过程中，王统照的思想和诗歌创作都受到了泰戈尔泛神论、梵我合一、梵爱和谐思想的影响，因为泰戈尔梵爱和谐思想以人类生命的生态系统与自然生命的生态系统的整体和谐、个我的有限生命与"梵"的无限生命的整体和谐来慰藉人们的心灵和苦难的人生，这与王统照的宇宙观、人生观和生命观产生了共鸣。于是王统照将泰戈尔思想高度概括为三个要点："自我的实现与宇宙相调和"，"精神的不朽与'生'之赞美"，"创造的'爱'与人生之'动'的价值。"① 在王统照看来，"爱"的作用是升华人类的思想境界，调节人类的精神情感；自然之爱是"自我的实现与宇宙相调和"的淳然情感，抒发自然之爱的诗歌是人的"精神的不朽与'生'之赞美"。因此王统照的首部诗集《童心》以一颗淳然诚挚的赤子之心，表达了抒情主人公对清风明月、大海高山、斑斓秋叶、高洁白莲等自然景物的热爱之情，生命之爱浸透纸背，自然之爱弥漫天章，人类生命的生态系统与自然生命的生态系统整体和谐、"爱"的崇高精神与"梵"的最高灵魂整体和谐的主题在诗间闪烁，如《春梦的灵魂》、《微雨中的山游》、《爱的线》等。从这些诗篇不难看出，王统照的诗歌往往表现出泛神论、梵我合一、梵爱和谐的主题观照：宇宙之神为人间洒下的温柔甘霖，化为暮春飘逸的迷蒙细雨，点染出羊声与人影和谐相融的微妙画图，荡涤了世人心灵的烦恼忧愁，使世人净化后的"自我的实现与宇宙相调和"，抒情主人公情愿自我的灵魂被潇潇春雨慢慢敲碎，从而实现个我的有限生命与"梵"的无限生命的整体和谐；自然之神向人间吹拂的和煦微风，化作袅袅的动人梵音，平息了世人灵魂的躁动，使世人沉醉在自然母亲的怀里，沐浴着自然母亲的慈光，聆

---

① 王统照：《泰戈尔的思想与其诗歌的表象》，载《小说月报》1923 年第 14 卷第 9 号。

听着"流泉"的歌吟，体验着"温风"的抚慰，生发出"精神的不朽与
'生'之赞美"，享受着人的生命与自然生命整体律动的和谐快乐。这时，
人与大自然水乳交融地合为一体，个我的有限生命与"梵"的无限生命实
现了整体和谐。王统照热爱自然，礼赞自然，敬畏生命，追求和谐，将人
类生命的生态系统与自然生命的生态系统的整体和谐视为"创造的'爱'
与人生之'动'的价值"，这与泰戈尔的《吉檀迦利》、《飞鸟集》、《采
果集》的主题基本相似。王统照自然之爱、生命之爱的诗歌主题，正是接
受泰戈尔泛神论、梵我合一、生命整体和谐思想影响的结果，因此，王统
照与泰戈尔热爱自然、歌咏自然的诗作都表现了个我的有限生命与"梵"
的无限生命整体和谐的生命律动。

文研会的其他诗人也常在诗中抒写爱自然、爱生命的自然之爱与泛神
论，表达梵我合一、梵爱和谐的主题。周作人在《山居杂诗》之四中以松
叶菊为歌咏对象，认为阻断自然物之爱是残酷的，抒发热爱自然的思想情
感，表达热爱自然、梵我一如、生死合一、个我的有限生命与"梵"的无
限生命整体和谐，"爱"的崇高精神与"梵"的最高灵魂整体和谐的主
题："我虽然不能懂得他歌里的意思，但我知道他正唱着迫切的恋之歌，
这却也便是他的迫切的死之歌了。"① 朱自清的长篇抒情自省诗《毁灭》
受《吉檀迦利》的影响，以淡月、雾露、萤火虫、青蛙为歌吟对象，抒
写人生和世态：尘世充满名利声色的诱惑，毁灭人性和灵魂；只有天界
和故乡是"我"的归宿，那就是梵我合一、个我的有限生命与"梵"
的无限生命整体和谐的境界："虽有茫茫的淡月，笼着静悄悄的湖面，
雾露蒙蒙的，雾露蒙蒙的；仿仿佛佛的群山，正安排着睡了。萤火虫在雾
里找不着路，只一闪一闪地乱飞。谁却放荷花灯哩？'哈哈哈哈～～～'
'吓吓吓～～～'夹着一缕低低的箫声，近处的青蛙也便响起来了。是被
摇荡着，是被牵惹着，说已睡在'月姊姊的臂膊'里了；真的，谁能不飘
飘然而去呢？但月儿其实是寂寂的，萤火虫也不曾和我亲近，欢笑更显然
是他们的了。"② 在这里，诗人抒写梵我合一、生命整体和谐的人生，表
达了五四退潮后，寻找灵魂皈依的知识分子的迷惘、彷徨和精神追求，表

① 周作人：《山居杂诗》之四，见《诗集》，第46页。
② 朱自清：《毁灭》，见《诗集》，第55—61页。

达了梵我合一、个我的有限生命与"梵"的无限生命整体和谐,"爱"的崇高精神与"梵"的最高灵魂整体和谐的主题。郭绍虞在《江边》中将天与云、地、影、水融为一体,抒写云天一体,水天一色的景色,表达天人和谐,梵我合一,个我的有限生命与"梵"的无限生命整体和谐,人类生命的生态系统与自然生命的生态系统整体和谐的主题。

四　泰戈尔"自然之爱与泛神论"思想对新月派和早期象征诗派代表诗人新诗主题的影响

新月派的代表诗人徐志摩深受泰戈尔自然之爱与泛神论的影响。他的《我有一个恋爱》① 将自然之爱与泛神论思想寄托于天上的"明星",并假托"我"与一位女郎的恋爱,意在通过抒写"我"爱天上的"明星"的愿望和情愫而表达抒情主人公的泛神论思想:天上明星、暮冬黄昏、清晨、小草花、灯光、枯草、蟋蟀、地球等自然之物融为一体,人类生命的生态系统与自然生命的生态系统整体和谐,诗人抒写爱天上晶莹的明星,因为它是人间没有的神明,不管是暮冬黄昏,还是寂寞清晨,它都是闪烁的精灵,照耀行人,照亮诗人破碎的灵魂,温暖人生的冰冷与柔情。诗人在这里将爱献给天上的明星,任人生的真幻、地球的毁存。诗人爱明星,如爱神明;沉闷人生,获得空灵;心物一体,自由圆满,天人合一,梵我和谐——当明星投入天空的怀抱、与天空合而为一,以及"我"的生命与"我"的爱织为一体时,人类生命的生态系统与自然生命的生态系统就整体和谐,个我的有限生命与"梵"的无限生命就整体和谐,"爱"的崇高精神与"梵"的最高灵魂就整体和谐。他的《去吧》将高山、苍穹、幽谷香草、群鸦、玉杯、山风、海涛、高峰融为一体,抒写诗人面向无极的苍穹的高声呼号:去吧绝望的人间,去吧悲哀的青年,"我"愿与幽谷香草同埋;去吧理想主义的梦乡,去吧一切的幻景,"我"笑受山风与海涛的祝贺。在这里,诗人表达了告别人间、追求无穷,物我一体、享受快乐,天人合一、梵我和谐,人类生命的生态系统与自然生命的生态系统整体和谐,个我的有限生命与"梵"的无限生命整体和谐的主题。他的

---

① 《诗集》,第 309 页。

《石虎胡同七号》[①] 以三幅图画表达人类生命的生态系统与自然生命的生态系统整体和谐的主题。第一幅图是温柔庭院美景和谐图——藤娘、柿掌、槐翁、棠姑自由生长，和谐相处；黄狗、小雀、小蛙、蝙蝠、蜻蜓自由往来，和睦相处。第二幅图是小小庭院生命轻喟图——暴雨捣鲜红，无奈；清秋落青叶，无奈；月儿乘云归，无奈。第三幅图是快乐庭院天人和谐图——雨后黄昏，满院清香，凉风轻拂，老友聚会，蹇翁擎着巨樽，一斤二斤不醉，"杯底喝尽，满怀酒欢，满面酒红，连珠的笑声中，浮沉着神仙似的酒翁"。这三幅图画抒写了爱自然，爱生命，天人和谐，其乐无穷的思想情感，表现了人类生命的生态系统与自然生命的生态系统的整体和谐，个我的有限生命与"梵"的无限生命的整体和谐。新月派的其他重要诗人的新诗主题也受到泰戈尔自然之爱与泛神论思想的影响。如"清华四子"之一的饶孟侃的《家乡》叙写游子回到家乡，家乡美景依旧——溪荷、田垅、杨柳、渔舟、炊烟、水牛，满眼美丽，满眼亲柔；歌声、笛声、笑声，车声、锣声、捣衣声，满耳温婉，满耳忘忧。可爱的家乡，梦一般萦绕心头。诗人在这里表达了家乡景色依然美丽，天人和谐物我一体——人类生命的生态系统与自然生命的生态系统整体和谐的主题。

早期象征诗派诗人也受到泰戈尔自然之爱与泛神论的影响，如李金发、戴望舒、穆木天等。李金发的《夜之歌》将大神与死草、朽兽、小城、心轮、月色、沙石、大神、汗气、心琴、香草、行商、沟壑、躯体、池沼融为一体，抒写情爱与博爱相融合，人类生命的生态系统与自然生命的生态系统整体和谐："大神！起你的铁锚，我烦厌诸生物之汗气／疾步之足音，扰乱之琴之悠扬／神奇之年岁，我将食园中，香草而了之／你总把灵魂儿，遮住可怖之岩穴／或一齐老死于沟壑，如落魄之豪士／但我们之躯体，既偏染硝矿／枯老之池沼里，终能得一休息之藏所？"[②] 诗人在这里写到，我们怀着爱与悲愤在死草间散步，粉红的记忆遍布于小城，期望大神载"我"远航，因为"我"厌烦生物的汗气。但不要疾走，以免扰乱"我"悠扬的心琴；在这神奇的年岁，"我"将食用园中的香草而终其一身。世人失其心，为金钱而远行；大家失其爱，为利益而仇视，"山

---

①　《诗集》，第315—316页。

②　李金发：《夜之歌》，见《诗集》，第202—204页。

盟海誓"、"溪桥人语"已随风飘散。但你总是以博爱的灵魂，遮住恐怖的岩穴；即使老死在沟壑之间，躯体染过人世的尘埃，我们也能在枯竭的池沼里找到灵魂的安息之所。这是物我一体，梵爱和谐；情爱无敌，博爱无由；梵爱无限，天人无忧。这是人类生命的生态系统与自然生命的生态系统的整体和谐，个我的有限生命与"梵"的无限生命的整体和谐，"爱"的崇高精神与"梵"的最高灵魂的整体和谐。戴望舒在《夕阳下》① 中以晚云、暮天、溪水、残日、古树、远山、落叶、清风构成了一幅寂静而清美的自然画卷，荒冢流出芬芳，蝙蝠迷上老树，它们缠绵的私语，幽夜从天末归来，"我"独自恋恋的徘徊，忘却了忧愁，消隐了欢快，因为灵魂感到了逍遥自在，"我"已与大自然融为一体，个我的有限生命与"梵"的无限生命已整体和谐。穆木天（1900—1971）的《薄暮的乡村》② 将村庄、院墙、草舍、余烟、白杨、道上、牛羊、犬、叶烟、蝙蝠、连山、平原融为一体，抒写村庄、院墙、草舍、余烟、白杨的朦胧澹然，连山、平原、农田、村道的苍茫幽然，牛羊、黄犬、蝙蝠的合和悠然，牧童、老妪、乡人、行人的温笑怡然，展现一幅天人和谐，梵我合一，生命整体和谐的乡村画卷。

第三节　飞鸟偕飞雪，自由翔云天：泰戈尔"情爱与泛爱"思想对我国现代早期新诗主题的影响

毋庸置疑，抒情诗是以情感为核心的诗歌，诗人将内心的情感进行编码，然后组合为动人心弦的篇章。印度批评家发明的"rasa"就是"情感编码"的意思。厄尔·迈纳认为："情感编码存在于诗人的观念之中，存在于诗作的字里行间，存在于听众和读者之中。"③ 因此，诗人在创作诗歌时就会将自己观念中的情感编码融入诗作之中，让读者领略、体验和解读这种情感编码。

---

① 《诗集》，第 217 页。
② 同上书，第 235—236 页。
③ 厄尔·迈纳：《比较诗学：文学理论的跨文化研究札记》，中央编译出版社 1998 年版，第 129—130 页。

关于抒情诗中的爱情诗（艳情诗）的特征，婆罗多从诗学意义的视角阐释道："艳情是由常情欢爱而生，以光彩的服饰为其灵魂……艳情味以男女为因，以最好的青春为本。"① 在泰戈尔看来，"艳情"不等于"爱情"，"爱情"不是男女之间因"光彩的服饰"和"青春"的胴体而相互吸引，不是男女之间"肉体"与"肉体"的简单叠加，而是"情"（感情）与"灵"（灵魂）的水乳交融。因此，"情爱与灵爱"的高尚融合远远超过"肉体与肉体"的庸俗结合。爱情的核心是飞雪似的纯洁感情，爱情的前提是水平似的人格平等，爱情的基础是飞鸟似的精神自由，爱情的目的是"情"与"灵"达到水乳交融、和谐一体的无私无我的"无限"境界。因此，如果没有纯情自由平等就没有爱情，没有爱情则纯情自由平等就是人性的空头支票。泰戈尔不仅有这样高尚的爱情观，而且将这种爱情观付诸实际行动，他与出身、家世、地位都比自己低的妻子的结合就是明证。泰戈尔还将"情爱与自由平等"思想融入其诗歌之中。泰戈尔认为，爱情是生命的原点，生命的起源和价值就是爱，世界从爱产生，靠爱维系，向爱运动；宇宙的创造是爱，人生的目的也是爱。诗人时常将这种"爱"献给一个具象的女性或男性，这是"情爱"；有时将这种"爱"献给一个抽象的人物或事物，或不定对象的人物，这是"泛爱"。泰戈尔的"情爱与泛爱"思想对我国现代早期新诗"主题"产生了重要影响。

一 泰戈尔"情爱与泛爱"思想对我国现代早期创造社诗人新诗主题的影响

（一）泰戈尔"情爱与泛爱"思想对创造社主帅郭沫若新诗"主题"的影响

泰戈尔的《园丁集》、《吉檀迦利》、《采果集》、《帕努辛赫诗抄》、《爱者之贻》、《祭品集》、《游思集》、《故事诗集》等诗集里都有不少爱情诗篇，其中《园丁集》、《采果集》更是抒写爱情的生命体验的代表诗集。

在《园丁集》中，泰戈尔尤其擅长细腻生动地描绘少女等待爱情→渴

---

① 倪培耕：《印度味论诗学》，漓江出版社 1997 年版，第 43 页。

望爱情→想见爱人→赞美爱人→体验爱情的惟妙惟肖的心理状态。例如写等待爱情：少女等待爱人烦躁不安。路人虽无数，只待心上人，静心守候纯真的爱情，期待与心上人的"情"与"灵"的相遇："我真烦，为什么他们把我的房子盖在通向市镇的路边呢／……中午，锣声在庙殿门前敲起／我不知道他们为什么放下工作在我篱畔流连／他们发上的花朵已经褪色枯萎了，他们横笛里的音调也显得乏倦／我不能回绝他们。我呼唤他们说：'我的树荫下是凉爽的。来吧，朋友们。'"①　写渴望爱情：泰戈尔以鸟比喻相爱的青年男女——双鸟隔栏相望，渴望自由热烈的爱情而身陷牢笼，渴望与心上人的"形"与"心"、"情"与"灵"的相合："驯养的鸟在笼里，自由的鸟在林中／自由的鸟说：'呵，我爱，让我们飞到林中去吧。'／笼中的鸟低声说：'到这里来吧，让我俩都住在笼里。'／自由的鸟说：'在栅栏中间，哪有展翅的余地呢?'／'可怜呵，'笼中的鸟说，'在天空中我不晓得到哪里去栖息。'"②　写想见爱人：少女追求心仪的王子，心不在焉，想念王子，"女为悦己者容"，零落成泥碾作尘，只有爱如故，寄寓于心上人的"情"与"灵"的相会："呵，母亲，年轻的王子要从我们门前走过，——今天早晨我哪有心思干活呢／我深知他不会仰视我的窗户；我知道一刹那间他就要走出我的视线以外；只有那残曳的笛声将从远处向我呜咽。"③　少男只想见少女，别无所求——心生爱而身不近，情愉悦而心飞扬；少女情弦震颤，春心萌动而娇羞欲滴："我一无所求，只站在林边树后／我没有走近你／天空和庙里的锣声一同醒起／街尘在驱走的牛蹄下飞扬／把汩汩发响的水瓶搂在腰上，女人们从河边走来／你的钏镯丁当，乳沫溢出罐沿／晨光渐逝而我没有走近你。"④　写对爱人的赞美：少女是云彩，少男是天空，天空希望云彩飘入怀中，居住天空；少男的音乐之网网住了少女"夕阳之歌的采集者"，让爱情之歌在天空永久回荡，让"情"与"灵"在心间无缝交融："你是一朵夜云，漂浮在我梦幻的天空／我永远用爱恋的渴想来描画你／你是我一个人的，仅仅是我一个人的，我无限无垠的梦幻里居住的人／你的双脚在我心的渴望

---

①　泰戈尔：《园丁集》，第4首。
②　同上书，第6首。
③　同上书，第7首。
④　同上书，第13首。

之光中玫瑰般红艳，我夕阳之歌的采集者／我的爱人，在我的音乐之网中，我抓住了你，裹住了你。"① 写对爱情的体验：少女少男为保持热恋，以免它如灯熄、花谢、泉干、琴弦断，体验热烈的爱情，证悟与心上人的"情"与"灵"的相融："灯为什么熄了呢？／我用斗篷遮住它怕它被风吹灭，因此灯熄了／琴弦为什么断了呢？／我强弹一个它力不能胜的音节，因此琴弦断了。"②

创造社主帅郭沫若受泰戈尔爱情诗歌的影响和自身爱情体验的双重激发，陆续创作了《维纳斯》、《新月与白云》、《别离》、《死的诱惑》等爱情诗；特别是系列爱情诗《瓶》中的40多首诗动人心弦，感人至深。他的《瓶》的第六首诗抒写热恋者一心一意等待爱人：抒写海枯石烂的爱情誓言，赞美爱情如春雨沁心，如云霞绚丽，如蔷薇灿烂，如幽兰芬芳，于是飞书传情，寄情追梦的爱人，渴望甜蜜的爱情："星向天边坠了，石向海底沉了，信向芳心殒了／春雨洒上流沙，轻烟散入云霞，沙弥礼赞菩萨／是蔷薇尚未抽芽？是青梅已被叶遮？是幽兰自赏芳华？／有鸩不可遽饮，有情不可遽冷，有梦不可遽醒／我望邮差加勤，我望日脚加紧，等到明天再等。"③《瓶》的第三十八首④以泰戈尔的独白式直抒胸臆，写少男向少女表白心迹，恳求姑娘不要不冷不热、不温不火，而要大胆说出"爱我"还是"不爱我"，抒写爱的急切和苦恼。尤其是《瓶》的第十六首诗受泰戈尔《园丁集》爱情诗歌的内容和泰戈尔式小型诗剧形式的影响最为明显：泰戈尔在《园丁集》中以爱情萌动、灵魂悸动的少女为抒写对象，细腻生动地描绘了少女等待爱情→渴望爱情→想见爱人→赞美爱人→体验爱情的惟妙惟肖的心理状态、情爱与灵爱的证悟融合、少男少女的爱情喜剧；郭沫若受其影响，在《瓶》的第十六首诗里以"梅"与"琴"为抒写中心，以"春莺曲"和"莺莺歌"为演绎场景，以少男赠梅→吞梅→化梅→听琴→绽梅，少女摘梅→寄梅→吊梅→绽梅→落梅为情感线索和行为过程，表现情爱与灵爱的主题证悟，不过所写的不是少男少女的爱情喜剧，而是痴男怨女的爱情悲剧：

① 泰戈尔：《园丁集》，第 30 首。
② 同上书，第 52 首。
③ 郭沫若：《瓶》第六首，见《诗集》，第 111 页。
④ 《诗集》，第 114—115 页。

　　春莺曲　姑娘呀，啊，姑娘，你真是慧心的姑娘！你赠我的这枝梅花这样的晕红呀，清香／这清香怕不是梅花所有？这清香怕吐自你的心头？这清香敢赛过百壶春酒。这清香战颤了我的诗喉／啊，姑娘呀，你便是这花中魁首，这朵朵的花上我看出你的灵眸。我深深地吮吸着你的芳心，我想吞下呀，但又不忍动口／啊，姑娘呀，我是死也甘休，我假如是要死的时候，啊，我假如是要死的时候，我要把这枝花吞进心头／在那时，啊，姑娘呀，请把我运到你西湖边上，或者是葬在灵峰，或者是放鹤亭旁／在那时梅花在我的尸中，会结成梅子，梅子再进成梅林，啊，我真是永远不死／在那时，啊，姑娘呀，你请提着琴来，我要应着你清缭的琴音，尽量地把梅花乱开／在那时，有识趣的春风，把梅花吹集成一座花冢，你便和你的提琴永远弹弄在我的花中／在那时，遍宇都是幽香，遍宇都是清响，我们俩藏在暗中，黄莺儿飞来欣赏／黄莺儿唱着欢歌，歌声是赞扬你我，我便在花中暗笑，你便在琴上相和。

　　莺莺歌　前几年有位姑娘，兴来时到灵峰去过，灵峰上开满了梅花，她摘了花儿五朵／她把花穿在针上，寄给了一位诗人，那诗人真是痴心，吞了花便丢了性命／自从那诗人死后，经过了几度春秋，他尸骸葬在灵峰，又进成一座梅篓／那姑娘到了春来，来到他墓前吊扫，梅上已缀着花苞，墓上还未生春草／那姑娘站在墓前，把提琴弹了几声，刚好才弹了几声，梅花儿都已破绽／清香在树上飘扬，琴弦在树下铿锵，忽然间一阵狂风，不见了弹琴的姑娘／风过后一片残红，把孤坟化成了花冢，不见了弹琴的姑娘，琴却在冢中弹弄。

　　尾声　啊，我真个有那样的时辰，我此时便想死去，你如能恕我的痴求，你请快来呀收殓我的遗尸！①

　　诗人在这首爱情诗中写男青年赠梅表爱心，吞梅表诚心，化梅表痴心，听琴表倾心，绽梅表欢心；写女青年摘梅表动心，寄梅表爱心，吊梅表痛心，绽梅表欢心，落梅表伤心。这正是梅花赠姑娘，姑娘吐清香；

---

　　① 郭沫若：《瓶》第十六首，见《诗集》，第111—113页。

"我"吞梅枝死，葬在西湖旁。"我"魂化梅林，姑娘来弹琴，琴音催梅开，春风葬花魂。遍宇飘幽香，黄莺长歌唱，"我"在花中笑，你随琴音唱。这首诗细致入微地描写了半封建半殖民地的爱情悲剧，扼腕浩叹地塑造了为纯洁爱情许命相依、为忠贞爱情以命相随的痴男怨女的感人形象。郭沫若在这首诗中将悲伤的情感编码释放得淋漓尽致，正如厄尔·迈纳所说，"幸福情感的编码与爱情情感的编码也许不能并行，但悲伤的与爱情的情感编码却可相伴而生"[1]。

郭沫若的上述爱情诗是诗人生命峰峦下泪出来的清泉，是真情海洋里翻卷的浪花，是心琴上跳动着的音符，是灵魂的呼叫，生命的颤动，精神的歌吟，它抒发了人的本真情感的诉求，传达了青年男女勇于冲破世俗藩篱、敢于追求自由爱情的主题，闪烁着年轻生命的纯情律动和真情光彩。

（二）泰戈尔"情爱与泛爱"思想对创造社其他代表诗人新诗"主题"的影响

创造社的重要成员成仿吾也受到泰戈尔的影响，他的《诗人的恋歌》写少男为打动恋人的心、切合爱人的意、拨动爱人的情而纵情歌唱。诗人在这首诗里写少男愿"歌儿"如孤云在少女的心琴上产生共鸣，带去少男的孤独与悲哀，如风儿为少女扛起愉快的歌舞，如飞鸟带去少男的心痛与梦想，如海洋为少女的抑郁而悲歌。全诗抒写爱之切切，思之绵绵，恋之深深。创造社的宗白华、田汉、冯乃超的爱情诗也颇有泰戈尔爱情诗的意旨和情味。如宗白华在《我的心》[2]中写"我"心如泉，映着蓝天星光、月华残照和哽咽的相思——相思如泉，时时滋润心田；相思如缕，夜夜萦绕心间。田汉的《黄昏》写黄昏中相恋的少男少女唱新词、话私语，倾诉爱的快乐甜蜜："原之头／屋之角／尘非尘／雾非雾／烟非烟／晚风儿／吹野树／低声泣／四野里／草虫儿／唧唧唧／恋人啊／试为我／唱新词——小声儿／如空隙的游丝——'私语啊／银灰的／星光底／安眠啊／溜圆的／露珠里。'"[3]冯乃超在《残烛》中以飞蛾为爱人的象征体，写

---

① 厄尔·迈纳：《比较诗学：文学理论的跨文化研究札记》，中央编译出版社1998年版，第129页。

② 《诗集》，第268页。

③ 田汉：《黄昏》，见《诗集》，第126页。

飞蛾扑火，为光明献身，"我"愿化作飞蛾，为爱情献身："追求柔魅的死底陶醉／飞蛾扑向残烛的焰心／我看着奄奄垂灭的烛火／追寻过去的褪色欢忻。"①

二　泰戈尔"情爱与泛爱"思想对我国现代早期新月诗派主将徐志摩新诗主题的深度影响

泰戈尔"情爱与泛爱"思想能够对我国现代早期新月诗派主将徐志摩新诗"主题"产生深度影响，这与徐志摩的家世、人生经历以及他和泰戈尔的交往情谊息息相关。

（一）徐志摩的家世和人生经历

徐志摩于 1896 年出生在浙江海宁县硖石镇一个富裕名望之家，父亲徐申如拥有发电厂、梅酱厂、丝绸庄和上海小钱庄，任硖石商会会长，被人们称为"硖石首富"、"硖石巨子"。其亲戚有不少名人，如表叔沈钧儒，姑表弟金庸，表外甥女琼瑶等。徐志摩于 1900 年起入家塾读书，1908 年入硖石开智学堂就读，1915 年毕业于杭州一中，考入上海浸信会学院暨神学院，受到宗教的浸润；同年 10 月由父母包办，与上海宝山县巨富张润之之女、政界风云人物张君劢之妹张幼仪结婚，但他不爱张幼仪，时常鄙夷她。1916 年他转入国立北洋大学法科预科，次年北洋大学法科并入北京大学，便入北大预科学习；1918 年由张君劢介绍拜梁启超为师，并举行了隆重的拜师大礼。在北方念大学的几年，徐志摩除本专业法学之外，还认真学习英语、日语、法语和政治学，并对文学产生兴趣，涉猎中外文学，其思想逐渐融入了新文化运动的新思想。1918 年 8 月赴美国留学，先入克拉克大学攻读历史学，兼修经济学，十个月便获学士学位；后转入哥伦比亚大学研究院经济系攻读经济学、银行学。1919 年五四运动波及中国留学生，他参加了当地留学生的爱国活动，经常阅读《新青年》等进步杂志，志趣由经济、金融转向文学，并获文学硕士学位。1920 年 10 月赴英国留学，与林长民之女、才华横溢清丽脱俗的林徽因邂逅而一见钟情；他先后在伦敦大学、剑桥大学攻读政治经济学博士学位；在剑桥大学期间结识了英国作家狄更生，喜欢阅读莎士比亚、拜伦、雪莱、济

①　冯乃超：《残烛》，见《诗集》，第 363 页。

慈、华兹华斯等著名诗人的作品；同时接触到了泰戈尔的已经蜚声世界诗坛的英文诗集《吉檀迦利》、《新月集》、《飞鸟集》、《园丁集》、《采果集》等优美诗歌，于是对诗歌产生了浓厚兴趣。在这些诗人的影响下，他开始创作新诗；由于爱慕林徽因，因此激发出强烈的创作灵感，迸发出山洪似的诗情，他为林徽因写下了《清风吹断春朝梦》、《月夜听琴》、《私语》、《情死》等追求自由爱情的新诗。1922 年他在报刊上发表大量新诗，后来他自己说："只有一个时期我的诗情真有些像山洪暴发，不分方向的乱冲，那就是我最早写诗那半年，生命受了一种伟大力量的震撼，什么半成熟的未成熟的意念都在指顾间散作缤纷的花雨。"① 在美英留学的几年时间里，徐志摩逐渐形成了英美式的自由民主平等的政治观念、社会理想、人生观和爱情观。1921 年秋，他与林徽因的交往日益密切，追求自由爱情，几近谈婚论嫁，但不久林徽因便随父回国（后来，林徽因于 1924 年 6 月与梁思成赴美国攻读建筑学，1928 年春与梁结婚）。1922 年 3 月，徐志摩决定与张幼仪离婚，终止这段没有爱情、没有自由、没有幸福、只有痛苦的婚姻；同年 10 月他回国后，在北京与陆小曼相识并相爱、热恋，为陆小曼写下感情浓烈的《爱眉小札》等爱情诗篇。1923 年 3 月，由徐志摩发起，北京文化名人梁启超、胡适、陈西滢、林长民、林语堂、张君劢、饶孟侃等参与，准备成立一个俱乐部，由于徐志摩对泰戈尔的崇敬和对其《新月集》的喜爱，因此徐志摩提议这个俱乐部的名称可定为"新月社"，意在以"它那纤弱的一弯分明暗示着，怀抱着未来的圆满"，② 这个提议得到大家的一致认同，于是我国现代文学史上影响颇大的"新月社"便正式成立了；与此同时，徐志摩在北京大学英文系任教授。1924 年 4 月 12 日起，在泰戈尔访华的 49 天里，徐志摩全程担任泰戈尔的联络、接待、翻译工作，与泰戈尔建立起深厚的终生友谊。1924 年 8 月，徐志摩的第一部诗集《志摩的诗》出版；12 月与胡适、陈西滢创办《现代评论》，并为主要撰稿人。1925 年 3 月，与陆小曼赴欧洲旅游。1926 年任上海光华大学教授，兼东吴大学教授，主持《晨报副刊·诗》；同年 10

① 徐志摩：《猛虎集·序》，见《徐志摩经典诗歌》，黑龙江科学技术出版社 2010 年版，第 241 页。
② 徐志摩：《新月的态度》，载《新月》1928 年第一卷第一号。

月，虽遭父母反对，但他仍坚持爱情自由的观念，与陆小曼结婚。1927 年
9 月，由新月书店出版第二部诗集《翡冷翠的一夜》；1928 年 2 月与闻一
多、饶孟侃、叶公超等创办《新月》月刊；6 月至 10 月赴日本、美国、
欧洲、印度旅游；11 月归国途中写下名作《再别康桥》。1929 年应聘担任
中央大学文学院教授。1931 年 1 月，与陈梦家等创办《诗刊》季刊；2
月，任北京大学英文系教授；8 月，第三部诗集《猛虎集》出版；11 月
19 日，因从南京乘飞机赶赴北京听林徽因的讲座，飞机至济南附近触山
失事而遇难。

综上可见，徐志摩的家世和人生经历的特点是家世显赫，阅历丰富，
学识渊博，诗才横溢，爱情曲折，交友广泛，思想进步，成就辉煌。

（二）徐志摩与泰戈尔的交谊

在现代中印文化交流史上，若论与泰戈尔的交谊，无人能出徐志摩之
右。徐志摩与泰戈尔的交往，既有精神上的无限景仰，又有行为上的密切
交往，由此他们建立了深厚的忘年之谊。

1. 神交的景仰。徐志摩对泰戈尔神交已久，景仰之至。他在英国留
学时，泰戈尔已是名满全球的诺贝尔文学奖得主，其代表诗集在欧美已相
当流行，此时正是徐志摩转向文学、热爱诗歌的诗意萌动时期，因此徐志
摩怀着虔诚之心阅读了泰戈尔的《新月集》等大量诗篇，从而对泰戈尔产
生了高山仰止之情。于是当他回国后发起组织参与的俱乐部时，便毫不犹
豫地提议将其命名为"新月社"，其后又编辑出版《新月》期刊，结成新
月诗社。泰戈尔访华前后，徐志摩积极撰写了系列文章，如《日出泰山》、
《泰戈尔来华》、《太戈尔来华的确期》、《泰谷尔最近消息》、《太戈尔》
等，先后发表于《小说月报》、《晨报副刊》、《晨报·文学旬刊》和《文
学周报》，热情洋溢地评介泰戈尔，向国人大力宣传泰戈尔，营造泰戈尔
访华的良好氛围，并表达对泰戈尔的神交景仰之情。

2. 交往的亲密。徐志摩与泰戈尔的行为交往，既有多次书信往来的
飞雁传谊，又有四次谋面交往的零距离接触。徐志摩与泰戈尔的交往始于
1923 年初。泰戈尔获诺贝尔文学奖之后，已访问过日本、美国、英国、法
国、荷兰、德国、瑞典等国家，而他自己向往已久、近在咫尺、博大从容
礼让的中国却未能造访。因此，1923 年初泰戈尔派自己的秘书、助理、英
国国籍的农业专家恩厚之前往中国，联系访华事宜。恩厚之来到中国，寻

找邀请和接待泰戈尔访华的大学或机构，他首先到北京大学联系，但北大有关负责人婉谢说不能接待；恩厚之找到正执教于北大的教授徐志摩谈及泰戈尔访华之事，徐志摩十分高兴，他认为自己仰慕已久的印度诗哲、亚洲第一位诺奖得主泰戈尔访华有利于中印文化文学的交流，有利于接通中印中断千年的传统友谊，这是天赐良机。于是徐志摩立即找到自己的老师、讲学社社长梁启超，师生二人商议妥当，由讲学社为主体向泰戈尔发出访华邀请，并多次与泰戈尔通信商谈他访华的具体事宜，敲定泰戈尔于1924 年春访华最宜，这样促成了泰戈尔访华。徐志摩的侄孙女徐欣说："在此期间徐志摩专心研究泰戈尔。"① 从 1923 年 7 月 26 日至 1925 年 4 月30 日，徐志摩写给泰戈尔的有案可稽的书信就有 "致太戈尔信四封"，并有《泰谷尔来信》；② 此外，从 1924 年 1 月 22 日至 1929 年 6 月 29 日，徐志摩还与泰戈尔的助手恩厚之多次通信，或商议泰戈尔访华事宜，或论及泰戈尔其人其诗。

徐志摩首次与泰戈尔的零距离接触是泰戈尔第一次访华。1924 年4 月 12 日，泰戈尔到达上海，开始访华旅程。在泰戈尔访华的四十多天里，徐志摩从上海、杭州、南京、济南，到北京（包括天坛、北大、清华、燕京等大学和真光剧院的演讲，以及泰戈尔 63 岁寿辰的文艺家宴会）始终与泰戈尔形影相随，甚至于 5 月 20 日陪同泰戈尔去山西太原，寻求泰戈尔的农村建设计划在我国合作推行的机会。在此期间，徐志摩自始至终都欣然担起接待和和翻译的重任，陪侍在泰戈尔左右。

在这辗转奔劳的旅途中，徐志摩与泰戈尔曾在杭州等地推心置腹地交流，彻夜不眠地畅谈——谈思想，谈人生，谈诗歌，谈艺术，其情怡怡，其乐融融。当泰戈尔的在华演讲受人误解、遭人批评指责甚至撒传单、发文章批判时，徐志摩在北京真光剧院挺身而出，力排众议，充满深情地对听众说：泰戈尔 "这次来华……为的只是一点看不见的情感，说远一点，他的使命是在修补中国与印度两民族间中断千余年的桥梁。说近一点，他只想感召我们青年真挚的同情。因为他是信仰生命的，他是尊崇青年的，

---

① 徐欣：《徐志摩与印度诗哲泰戈尔》，载《济南文史》2008 年第 3 期。

② 载《晨报副镌》1924 年 3 月 7 日。

他是歌颂青春与清晨的，他永远指点着前途的光明。悲悯是当初释迦牟尼证果的动机，悲悯也是泰戈尔先生不辞艰苦的动机"，① 他还高度评价泰戈尔，认为泰戈尔可与史上伟人并驾齐驱："他的人格我们只能到历史上去搜寻比拟。他的博大的温柔的灵魂我敢说永远是人类记忆里的一次灵绩。他的无边的想象和辽阔的同情使我们想起惠德曼；他的博爱的福音与宣传的热心使我们记起托尔斯泰……他的人格的和谐与优美使我们想念暮年的葛德。"② 5 月 29 日，泰戈尔离华赴日，徐志摩又陪同泰戈尔渡海跨洋去日本东京，陪同泰戈尔访日全程，并送泰戈尔到达香港，真可谓"山一程，水一程，身向日中万里行，海深千丈情"。徐志摩第二次与泰戈尔谋面交往是 1927 年秋；第三次谋面交往是 1928 年 10 月，那时徐志摩应邀赴印讲学访问；第四次谋面交往是 1929 年 3 月，这是泰戈尔的第二次访华：这后三次谋面交往在本著作第六章将要论及，此不赘述。通过四次谋面交往的零距离接触，徐志摩与泰戈尔跨国的忘年交谊与日俱增，泰戈尔对徐志摩的影响也与日俱增。

3. 情谊的绵长。徐志摩与泰戈尔的情谊不是集于一事，也不是终于一时，而是经久绵长的。当泰戈尔第一次访华结束后，徐志摩就着手整理泰戈尔在中国、日本的演讲和诗歌并翻译成中文，及时发表、出版；而泰戈尔回国之后，将他访华的演讲稿编辑为《在华谈话录》，由梁启超作序，于 1925 年 2 月在印度出版。泰戈尔在该书的扉页上深情地写道："感谢我友徐志摩的介绍，得与伟大的中国人民相见，谨以此书为献。"③ 在年仅 35 岁的徐志摩因飞机失事不幸遇难后的十年里，"泰戈尔一直怀念着他的中国朋友徐志摩"。④ 由此可见，徐志摩与泰戈尔的情谊相伴终身，沁入灵魂，如高山流水，知音相惜，如日月经天，久久相依。

（三）泰戈尔"情爱与泛爱"思想对徐志摩新诗"主题"的重要影响

泰戈尔"爱的哲学"所蕴含的"情爱与泛爱"思想对徐志摩影响颇深。作为"爱"的诗人和人道主义者，泰戈尔认为"爱是完美的意识……通过我们意识的升华而达到爱，并将它遍及到全世界，从而我们能获得梵中之

---

① 徐志摩：《泰戈尔》，载《晨报副镌》1924 年 5 月 19 日。

② 同上。

③ 同上。

④ 徐欣：《徐志摩与印度诗哲泰戈尔》，载《济南文史》2008 年第 3 期。

音，共享无限的欢乐"，① 泰戈尔所说的这种 "遍及到全世界" 的 "梵中之音"，就是 "完美的意识" 的 "爱"，这种完美的 "爱" 博大广泛，无处不在，所以泰戈尔被人们称为 "泛爱主义者"，他的不少诗歌就表达了 "泛爱主义" 的人生观，如："让死者有那不朽的名／但让生者有那不朽的爱。"② "爱就是充实了的生命／正如盛满了酒的酒杯。"③ "我知道因为你的大宇宙的宝物的报告／你将从我这里接受一朵小小的爱的花／在早上我心醒过来的时间。"④ 泰戈尔泛爱芸芸众生，热爱平等自由，在他看来，既然芸芸众生都是梵（神）在人间的显形，那么人的个我生命之间的关系都是平等自由的关系，这种平等自由源于 "爱"；人的个我生命与宇宙、自然、世界都是 "爱" 的关系，如果个我生命爱宇宙，爱自然，爱世界，那么宇宙、自然、世界也会爱我们的个我生命，并能为个我生命服务，满足个我生命的需求。这种关系就是 "爱的结合"、"爱的哲学"。泰戈尔 "爱的哲学" 的终极关怀是个我的有限生命与梵的无限生命的整体和谐，"爱" 的崇高精神与 "梵" 的最高灵魂的整体和谐，只有这种生命整体和谐的境界才是人类真善美的最高境界；而这一境界的基点就是 "爱"；如果没有 "爱"，就谈不上真、善、美，谈不上人格的平等和精神的自由。徐志摩受泰戈尔 "情爱与泛爱" 思想的影响，他的诗歌常常以生花妙笔抒写 "情爱与泛爱"，其《爱的灵感》表现出鲜明的 "泛爱" 思想："我再不能踌躇：我爱你／从此起，我的一瓣瓣的／思想都染着你……爱！因为只有／爱能给人／不可理解的英勇和胆／只有爱能使人睁开眼／认识真，认识价值，只有爱能使人全神的奋发／向前闯，为了一个目标／忘了火是能烧，水能淹。"⑤ 在徐志摩看来，要表达纯真的情感，净化个我的灵魂，保持独立的人格之爱，就必须毫不犹豫、勇敢执着地爱己所爱，求己所求，哪怕赴汤蹈火也在所不惜。徐志摩的许多诗都表达了爱情的主题，表现了泛爱的思想，诗人的爱或献给一个具象的心仪的女性，或献给一个抽

　　① 泰戈尔：《在爱中亲证》，见《人生的亲证》，商务印书馆 1994 年版，第 68 页。
　　② 泰戈尔：《飞鸟集》，第 279 首。
　　③ 同上书，第 283 首。
　　④ 泰戈尔：《歧路》，第 10 首。
　　⑤ 徐志摩：《爱的灵感——奉适之》，见《爱的灵感》，人民文学出版社 1988 年版，第 175—182 页。

象的心仪的人物，抑或事物。如《鲤跳》、《这是一个懦怯的世界》就是献给诗人当时心仪的陆小曼的："我拉着你的手，爱／你跟着我走／听凭荆棘把我们的脚心刺透／听凭冰雹劈破我们的头／你跟着我走／我拉着你的手／逃出了牢笼，恢复我们的自由！"① 诗人这种献给心仪恋人的爱是发自肺腑、纯洁真挚的，是诗人生命的自然呈现，因为"当我们内心充满爱时，只要有一点象征性的纪念品就对我们具有永恒的价值，因为它不是为了任何特殊的用途，它本身就是目的，它是为了我们全部的生命，因此它永远不会使我们厌倦"。② 这样的诗印证了林庚对徐志摩的评价："中国自白话诗运动以来，情诗渐渐萌芽，但直到徐志摩氏才是真正的以情诗为生命……这种为爱情而咏爱情的态度，使得爱情成为一个美的欣赏，所以比较超脱，比较洁净细腻，与创造社以来的热狂奔放不同。"③ 而徐志摩最著名的代表作《再别康桥》则表现了"泛爱"的主题，这种"爱"是诗人留学英国期间逐渐形成的泛爱思想，即爱一种心仪的抽象的事物：英国的平等、自由、民主的资本主义制度，并希望在中国建立起这样的民主政治制度；而"要实现民主、平等、自由，就必须以'爱'为基点：人民当家作主，是对人民的爱；人与人平等，是对人格、人权的爱；人们获得充分的自由，是对人的生存权和发展权的爱"。④ 这是徐志摩的泛爱思想的表现。

　　泰戈尔说："爱能包容一切，通过某种修炼，它可以成为一种动力，为了爱国家、爱人类，他们可以牺牲自己的生命去接受苦难，他们可以无视肉体的安全区公然反抗暴力。"⑤ 因此，泰戈尔的《吉檀迦利》、《园丁集》、《采果集》、《心灵集》、《金帆船》、《微思集》等诗集都蕴含着"情爱与泛爱"思想，表现出泰戈尔式的泛爱精神与梵爱和谐的主题观照，影响到徐志摩新诗"情爱与泛爱"的主题。在《采果集》中，泰戈尔常常描写爱情，歌颂爱情，如第 4 首诗和第 24 首诗写到，爱情是生命的组成

---

① 徐志摩：《这是一个懦怯的世界》，见《爱的灵感》，人民文学出版社 1988 年版，第 26 页。
② 泰戈尔：《在爱中亲证》，见《人生的亲证》，商务印书馆 1994 年版，第 68—69 页。
③ 林庚：《新文学略说》，载《中国现代文学研究丛刊》2011 年第 1 期。
④ 戴前伦：《生命律动的整体呈现与梵爱思想的主题观照——泰戈尔梵爱和谐思想对我国早期新诗主题生态的影响》，载《当代文坛》2012 年第 4 期。
⑤ 董红钧编著：《泰戈尔精读》，上海大学出版社 2009 年版，第 19 页。

元素，神是爱情的神秘天使，书信是传递爱情之心的天外飞鸿。相爱的人渴望爱的飞鸿从天而降，为爱等待，为爱歌唱，为爱融为一体，不管是黎明还是黑夜，都拥有幸运的星辰，用生命的星光照亮爱情的道路，让生命的歌声唤醒痛苦的爱情，使人生获取生命之星的赐福，带着幸福的虔诚，充满幸福的甜柔。徐志摩的《两地相思》受泰戈尔《采果集》第4首诗和第24首诗的影响，也以书信的特殊形式、"他"与"她"的特殊视角，抒写热恋中的青年男女的爱情故事，表现身处异地云阻山隔的相思之情，歌颂自由爱情的纯洁美好，表达相爱的人渴望爱的飞鸿从天而降，为爱等待，为爱歌唱，为爱融为一体的情愫。这首诗写道，在皎皎的月光里，在辽阔的天空下，男青年思念女青年，带着幸福的虔诚，充满幸福的甜柔，想象着追求爱情的甜蜜，期待着与心上人相见的佳期，赞美着心上人对爱的专一真诚："他——今晚的月亮像她的眉毛／这弯弯的够多俏／今晚的天空像她的爱情／这蓝蓝的够多深／……在半忧愁半欢喜的预计／计算着我的归期／啊，一颗纯洁的爱我的心／那样的专！那样的真／"；在溶溶的月色里，在辽阔的天空下，少女思念少男，带着幸福的虔诚，充满幸福的甜柔，品味爱情的滋味，反省受爱的怯懦："她——今晚的月色又使我想起／我半年前的昏迷／那晚我不该喝那三杯酒／添了我一世的愁／我不该把自由随手给扔／活该我今日的闷／……今晚月儿弓样，到月圆时／我，如何能躲避／我怕，我爱，这来我真是难／恨不能往地底钻／可是你，爱，永远有我的心／听凭我是浮是沉。"① 徐志摩的这首诗与泰戈尔抒写爱情的诗歌一样，将沉醉于爱的海洋中的少男少女的神态、语言、心理描摹得细腻传神、惟妙惟肖。

　　泰戈尔以一位热恋中的女子的口吻说："你居于我的内心深处，因此，每当我的心儿徘徊之时，她无法发现你；你始终隐瞒于我的爱情和希望，因为你总是存在于它们之中／你是我青春游戏中的最深沉的欢欣，每当我沉溺于游戏之时，欢欣便会流逝／你在我生命的狂欢时分曾经对我歌唱，可我竟忘了给你和上一曲。"② 这就是说，在生命的长河中，拥有爱情就

---

① 徐志摩：《两地相思》，《再别康桥·徐志摩经典诗歌》，黑龙江科学技术出版社2010年版，第172—173页。

② 泰戈尔：《采果集》，第69首。

拥有了无垠的天空和温柔的万物。追求爱情是幸福的,享受爱情是甜蜜的。泰戈尔写求爱的人执意让所爱的人居于内心深处,被爱的人故意隐藏爱情的甜蜜,却在青春的爱情游戏中获得欢欣,在生命的狂欢时纵情歌唱,在相爱的人心中点亮爱情之灯,让温柔的灯光洒遍全身。徐志摩的《翡冷翠的一夜》也写求爱的人执意让所爱的人居于内心深处,永远忘不了所爱的人,"我少不了你,你也不能没有我",青春的爱情能让灵魂的熟铁火花飞溅,能让生命的狂歌掀翻地狱,只要相爱,即使死在爱人胸前也在所不惜。于是徐志摩也在诗中以一位热恋中的女子的口吻说:"我可忘不了你,那一天你来 / 就比如黑暗的前途见了光彩 / 你是我的先生,我爱,我的恩人,你教给我什么是生命,什么是爱 / 你惊醒我的昏迷,偿还我的天真 / ……我晕了,抱着我 / 爱,就让我在这儿清静的园内 / 闭着眼,死在你的胸前,多美……什么,不成双就不是完全的'爱死' / 要飞升也得两对翅膀儿打伙 / 进了天堂还不一样的要照顾,我少不了你,你也不能没有我 / 要是地狱,我单身去你更不放心。"① 他的《我来扬子江边买一把莲蓬》则以莲蓬、莲衣为寄托,以相思的少女的视角描写爱情,思念心上人。少女手捧莲蓬想着少男,尝着莲瓢回味少男的温存和誓言,尝着莲心体验爱的痛苦,但少女坚信少男不会变心:"你是我的。"这是爱情的相思者和爱的生命体验者的真情写照。

　　泰戈尔在《采果集》中写到,爱情的欢乐从心里奔涌而出,爱情之神从云端翩然而降,拥抱亲吻相恋的情人;情人共享着夏季的花朵,潺潺的流水,飘飞的云朵,森林的激情,以及生命的音乐和爱情之屋的温暖甜蜜的灯光。人生得意须尽欢,莫使爱情空对云:"欢乐从全部世界奔赴而来,建构了我的躯体 / 天上的光芒把她亲吻了一遍又一遍,直至把她吻醒 / 匆匆奔驰的夏季的花朵,和着她的呼吸赞叹,飒飒的风声和潺潺的流水,和着她的运动歌唱 / 云朵和森林里的五彩缤纷的激情,如潮水一般流入她的生命,万物的音乐把她的手足抚摸得婀娜多姿 / 她是我的新娘,——她在我的屋中点亮了灯光。"② 徐志摩的《月夜听琴》写弹琴的爱神乘风踏月翩

―――――――――

① 徐志摩:《翡冷翠的一夜》,见《再别康桥·徐志摩经典诗歌》,黑龙江科学技术出版社2010年版,第116—117页。

② 泰戈尔:《采果集》,第72首。

然而降，也写爱情的歌声和生命的歌唱，虽然不是泰戈尔诗中所写的欢乐的歌声和激情的音乐，而是抑郁的歌声和悲缓的琴音，但少男少女相爱的深情是一致的——琴音即心音，歌声即情声；亦琴亦歌者深情款款，亦听亦思者灵魂共鸣；心心相印，超脱不自由的灵魂；恋爱生机，扣动甜蜜的神经。人生得意须尽欢，莫使爱情空对月："是谁家的歌声／和悲缓的琴音／星茫下，松影间，有我独步静听"，"我听，我听，我听出了／琴情，歌者的深心／枝头的宿鸟休惊／我们已心心相印"，"那边光明的秋月／已经脱卸了云衣／仿佛喜声地笑道：'恋爱是人类的生机！'／我多情的伴侣哟／我羡你蜜甜的爱焦／却不道黄昏和琴音／联就了你我的神交？"①

　　爱情的最高境界就是两颗相爱的心永远融为一体，不管是在相濡以沫的生命旅途中，还是在灵肉分离的生命尽头，抑或在阴阳两隔的冥冥世界，因为这种永恒爱情的融合，实际是有限的生命与无限的梵的融合，即个我的有限生命与梵的无限生命的整体和谐，"爱"的崇高精神与"梵"的最高灵魂的整体和谐。泰戈尔在《采果集》第55首诗中叙写了诗人杜尔西达斯亲眼见证的一个感人至深的爱情故事：一位衣着艳丽的妇女静静地坐在丈夫的遗体旁边，以淳澈的目光注视着诗人，恳求"大师，请允许我带着你的祝福，跟随我丈夫前去天国"，当诗人反问"这人间不也属于造就天国的上帝吗"时，她坚毅地回答"我并不向往天国"，"我只要我的丈夫"。她竭力寻找自己深爱的活着的丈夫，时光已过一个月，虽然没有找到活着的丈夫，但她欣慰地对邻居说"我的夫君在我心里，已与我融为一体"。这首诗表达了相爱的人可以为爱相守，为情而死，最终达到与爱人合为一体，直至升上天国与梵融为一体的最佳境界，实现了个我的有限生命与"梵"的无限生命的整体和谐，"爱"的崇高精神与"梵"的最高灵魂的整体和谐。徐志摩的《情死》的诗题即彰显了与泰戈尔《采果集》第55首诗相一致的主题，表达了作者爱情至上的观点。诗作以玫瑰象征心爱的女子，写相爱的男子不仅赞美她容颜"压倒群芳"，气质清丽纯醪，而且浓墨重彩地抒写她以带刺的精神和高洁的灵魂征服男子，使相爱的男女的有限生命与无限的爱情"登上了生命的峰极"，"顾不得你玉碎香销""尽胶结在一起"，实现了永恒爱情的融合、有限的生命与无限

① 徐志摩：《月夜听琴》，载《时事新报·学灯》1923年4月1日。

的梵的融合：“玫瑰，压倒群芳的红玫瑰，昨夜的雷雨，原来是你发出的信号——真娇贵的丽质”，“你迷醉的色香又征服了一个灵魂——我是你的俘虏／你在那里微笑！我在这里发抖／你已经登上了生命的峰极。你向你足下望——一个无底的深潭／你站在潭边，我站在你的背后，——我，你的俘虏”，“玫瑰！我顾不得你玉碎香销，我爱你／花瓣，花萼，花蕊，花刺你，我——多么痛快啊！——／尽胶结在一起，一片狼藉的猩红，两手模糊的鲜血／玫瑰，我爱你。”① 这首诗表达了相爱的人可以为爱相守、为情而死、与梵融为一体，实现了个我的有限生命与“梵”的无限生命的整体和谐，“爱”的崇高精神与“梵”的最高灵魂的整体和谐。

综上可见，泰戈尔“情爱与泛爱”思想对徐志摩的新诗“主题”产生了深度影响。徐志摩受泰戈尔影响所写的“情爱与泛爱”诗歌彰显了青年男女追求恋爱自由、张扬个性生命的精神，表现了“爱”的崇高精神与“梵”的最高灵魂整体和谐的主题。

（四）泰戈尔思想影响徐志摩思想的基础

泰戈尔“情爱与泛爱”思想之所以影响了徐志摩诗歌“情爱与泛爱”的主题，是因为其影响具有一定的基础，其基础包括家世和阅历基础、感情基础、思想基础和文学基础。

其一，家世和阅历基础。徐志摩的家世虽然不及泰戈尔的家世那样显赫，但两人的出身都是名门望族，这对他们的性格的成长和思想的形成都会产生相似的滋养。徐志摩与泰戈尔一样，都曾留学英国，游历欧美，都曾受到英国浪漫主义诗人作品的熏陶和英美爱情至上观念、自由民主平等和谐思想的浸润。这是泰戈尔思想影响徐志摩思想的同声相应的家世和阅历基础。

其二，感情基础。在现代中印文化史和文学史上，没有谁能超过徐志摩与泰戈尔之间交往的密度、感情的厚度、友爱的深度和情谊的长度，他们不仅仅是行动的交往，更是心灵的对话、感情的融合、精神的契合和灵魂的凝视，这样的忘年之交、终生之交确实是中印交往史上一段永不泯灭的佳话。这是泰戈尔思想影响徐志摩思想的惺惺相惜的情感基础。

① 徐志摩：《情死》，见《再别康桥·徐志摩经典诗歌》，黑龙江科学技术出版社 2010 年版，第 16 页。

其三，思想基础。现代西方社会自 17 世纪启蒙思想运动之后，平等、自由、民主、博爱、和谐的思想以及爱情至上的观念便普遍流行，尤其是在知识分子群体中。作为现代印度与中国的知识分子代表人物之一的泰戈尔和徐志摩，都曾留学英国，游历欧美。终其泰戈尔一生，印度都是英国的殖民地；终其徐志摩一生，中国都是半殖民地半封建的国家。因此，他们都迫切希望自己的祖国获得独立，人民获得自由民主平等，他们的思想都深深打上了平等、自由、民主、博爱、和谐的思想的烙印。这是泰戈尔影响徐志摩的精神共鸣的思想基础。

其四，文学基础。从信息论的视角来看，信息传播的路径是信源→信道→信宿。徐志摩受到泰戈尔影响的信源是泰戈尔因诗作《吉檀迦利》而荣膺诺贝尔文学奖的消息，其信道是徐志摩阅读并深入研究直至喜爱和推崇泰戈尔的诗歌，其信宿是徐志摩思想及其诗歌接受了泰戈尔思想及其诗歌的影响。可见，诗歌是泰戈尔思想影响徐志摩思想的心灵相通的文学基础。

具备了这些丰厚的基础，徐志摩的诗作在泰戈尔"情爱与泛爱"思想的阳光雨露滋润下，绽放了绚丽的"情爱与泛爱"之花，结出了丰硕的"情爱与泛爱"之果。

三　泰戈尔"情爱与泛爱"思想对我国现代早期其他诗人新诗主题的影响

泰戈尔的爱情诗给我国现代早期诗人提供了表情达意的范本，其"情爱与泛爱"思想对我国现代早期新诗诗坛的新诗流派代表诗人的诗歌主题产生了一定影响。尤其是对湖畔诗派的应修人、汪静之、冯雪峰等人诗歌的爱情主题产生了影响。应修人受泰戈尔《园丁集》第 36 首诗写"少女因未接受少男送花而悔恨、爱一旦撒手就再也找不回来"的影响，写下《悔煞》，这首诗写爱人外出闯世界，女人贸然答应，但未与爱人同行而后悔莫及，因为爱一旦撒手就再也找不回来，哪怕苦心等爱、尽心找爱，也是白费情感，表达了爱的悔恨的主题："悔煞许他出去；悔不跟他出去。等这许多时还不来；问过许多处都不在。"[1] 他在《野睡》[2] 中抒写清丽自

---

① 应修人：《悔煞》，见《诗集》，第 121 页。
② 《诗集》，第 121 页。

然中的浪漫爱情，表达情爱与泛爱思想——爱在轻云上，情在甜心中。冯雪峰（1903—1976）在《春的歌》中写在太阳、春雨和鹧鸪声中，渴望与山那边的爱人相会；但未能如愿，于是攀折杨柳，洒下相思之泪："东边太阳西边雨，鹧鸪唤得更急了；遥望你底家在朝雾的山下，攀了杨柳，捏了一把柳泪。"① 这首诗所写的少女的相思之泪，正是泰戈尔所写的少女的相思之泪："即使爱只给你带来了哀愁，也信任它。不要把你的心关起"，"心是应该和一滴眼泪、一首诗歌一起送给人的，我爱。"② 汪静之受泰戈尔《园丁集》第15、第16、第17首诗影响，将美丽迷人的自然景色与甜美迷人的恋人心情相结合，歌颂甜蜜爱情，表达情爱思想的影响，其《无题曲》③写悲哀是天空、树根、海和蜂房，快乐是星星、碧叶、海水和蜂蜜，少男少女是明月、花儿、鱼儿和蜂儿。爱是快乐甜蜜，没有孤独悲哀，诗人歌颂甜蜜美好的爱情，表达情爱无限的思想。泰戈尔"情爱与泛爱"思想对我国现代早期其他诗人新诗爱情主题也产生了一定影响。如梁宗岱在《晚情》中将少男少女的相思之情寄托于晚风、树梢、纤月和绿影，细腻地描写月下想念恋人而心颤，恋人的舞影在少男心中留下轻痕的相思。冯至（1905—1993）在《蛇》中一反常人对冷血动物"蛇"的恐惧之情，写寂寞的相思像条蛇，外表冰冷无语，内心热烈忠诚，它想念你草原般的乌发，又像月光潜入你的梦境，给"我"衔来你那花朵般的美梦。爱无语，思无言，忠诚热烈，美丽浪漫："我的寂寞是一条长蛇，静静地没有言语。你万一梦到它时，千万呵，不要悚惧／它是我忠诚的侣伴，心里害着热烈的相思：它想那茂密的草原——你头上的，浓郁的乌丝／它月光一般的轻轻地，从你那儿轻轻走过；它把你的梦境衔了来，像一只绯红的花朵！"④ 诗人歌颂甜蜜美好别致的爱情，表达情爱无限的思想。

① 冯雪峰：《春的歌》，见《诗集》，第158页。
② 泰戈尔：《园丁集》，第27首。
③ 《诗集》，第147—148页。
④ 冯至：《蛇》，见《诗集》，第161—162页。

第四节　赴国岂惜身,博爱盈天地:泰戈尔"祖国之爱与博爱"思想对我国现代早期新诗主题的影响

世所公认,泰戈尔是一位爱国主义者和博爱主义者,其爱国思想包括爱人民、反帝反殖、爱和平等思想,其博爱思想涵盖爱生命、爱光明、爱自由、爱人类等思想。他的许多诗篇表达了爱国与博爱的主题,充满了爱国与博爱精神,对我国现代早期新诗的"主题"产生了影响。

一　祖国之爱的影响

终其泰戈尔一生,他的祖国印度都是英国的殖民地,英国殖民主义者的残酷统治,致使印度政治黑暗,社会动荡,经济凋敝,民不聊生。因此,泰戈尔的心灵深深地烙上了故国沦丧、民族屈辱、人民生活悲惨的伤痕,产生了浓厚的爱国主义思想和民族忧患意识,这种思想意识强烈地表现在他的诗歌作品中。鲁迅先生说:"泰戈尔富有民族思想,是个爱国诗人。"① 冰心评价泰戈尔道:"他是一个爱国者、哲人和诗人。他的诗中喷溢着他对祖国的热恋。"② 泰戈尔积极参加反英政治活动,歌颂民族英雄,宣扬爱国主义精神,呼吁印度民族大团结,忧虑国家前途和人民命运,其作品充满了爱国主义精神。

泰戈尔认为:"倘若没有经无数人长期努力所建立起来的家庭、社会、国家、宗教和教派,那么每个独立的人就不能清晰地、充分地表现自己。……在国家和社会的某一活动里,我们个人是完全独立的,但个别假如不与整体相结合,我们就不文明。正因为如此,在文明社会里,当国家受到损害时,该国的每一个人也都会受到伤害。"③ 国家给人民以幸福感,因为"人类的国家不仅仅是自然的,而且是精神的。所以国家给

---

① 引自刘寿康《戈拉·译本序》,人民文学出版社1984年版,第1页。
② 冰心:《吉檀迦利·园丁集·译者序》,湖南人民出版社1982年版,第1页。
③ 泰戈尔:《论文学·世界文学》,见《泰戈尔全集》第二十二卷,倪培耕、白开元等译,河北教育出版社2000年版,第89页。

人以特殊的幸福感。"① 国家的建设和发展，人类的生存和生活都需要一个和平安宁的环境，因此爱国必须反战，因为战争不仅使人类生灵涂炭、财产毁灭，而且使人类心灵痛苦："在名叫'战争'的一个中心的下面，成千上万人的特殊心灵的痛苦折磨所燃起的火星，压在现实不可见的灰烬里。"②

泰戈尔在《吉檀迦利》中表达了爱国反帝思想，他的心灵向往和宏伟理想就是建造自由完美的天国，即建立民族独立、思想行为自由的国家："在那里，心是无畏的，头也抬得高昂／在那里，知识是自由的／在那里，世界还没有被狭小的家园的墙隔成片段／在那里，话是从真理的深处说出／在那里，心灵是受你的指引，走向那不断放宽的思想与行为——进入那自由的天国／我的父呵，让我的国家觉醒起来罢。"③ 在《采果集》里，泰戈尔纵情歌颂了祖国的勇士们为建"自由的天国"而浴血奋战、为国捐躯的忠义壮举，表达了强烈的爱国主义思想："来吧，战士们，扛起你们的旗帜，歌手们，唱起你们的战歌／来吧，朝圣者们，沿着征途快步行进！／躺进尘埃的号角在等待着我们／……用你青春的咒符敲击我没有生气的心吧／让我生命中的欢乐在火焰中熊熊燃烧吧／让觉醒的利箭刺透黑夜的心脏，让一阵恐怖震撼盲目和麻痹／我已从尘埃中捡起你的号角。……现在我站在你的面前——帮我穿上我的盔甲／让烦恼的沉重打击把火焰射进我的生命／让我的心在痛苦中敲击你胜利的战鼓／我将双手空空地去接你的号角。"④ 爱国需要号角的鼓动，需要战士的浴血奋战，需要诗人的呐喊。当祖国遭遇外国列强的蹂躏时，勇士们"视死忽如归"，战士们"赴国岂惜身"，诗人泰戈尔则以笔作刀枪，以诗为号角，以吟咏为长歌，歌颂了战士们为国战斗的血与火的搏击，为国夺胜的勇与武的壮举，为国捐躯的忠与义的精神，表现了个我的有限生命与祖国的无限生命的整体和谐，"爱"的崇高精神与"国"的最高利益的整体和谐。这是典型的爱国主义、梵爱和谐的诗篇。朱自清于 1924 年 4 月所写的《赠 A. S》明显受到泰戈尔《吉檀迦利》第 35 首、《采果集》第 35 首等爱国诗篇的

---

① 泰戈尔：《论文学·文学的意义》，见《泰戈尔全集》第二十二卷，倪培耕、白开元等译，河北教育出版社 2000 年版，第 290 页。

② 同上书，第 285 页。

③ 泰戈尔：《吉檀迦利》，第 35 首。

④ 泰戈尔：《采果集》，第 35 首。

影响，引吭高歌祖国的勇士们为"建红色的天国"而浴血奋战、视死如归的英雄主义壮举，表达了强烈的爱国主义思想："你的手像火把／你的眼像波涛／你的言语如石头／怎能使我忘记呢／你飞渡洞庭湖／你飞渡扬子江／你要建红色的天国在地上／地上是荆棘呀／地上是狐兔呀／地上是行尸呀／你将为一把快刀／披荆斩棘的快刀／你将为一声狮子吼／狐兔们披靡奔走／你将为春雷一震／让行尸们惊醒／我爱看你的骑马／在尘土里驰骋——／一会儿，不见踪影／……我想你是一阵飞沙走石的狂风／要吹倒那不能摇撼的黄金的王宫／……我怎能忘记你呢？"① 在这里，诗人赞颂了勇士们"视死忽如归"的英雄主义气概，歌颂了战士们"赴国岂惜身"的爱国主义精神，表现了个我的有限生命与祖国的无限生命的整体和谐，"爱"的崇高精神与"国"的最高利益的整体和谐。这是典型的爱国主义、梵爱和谐的诗篇。泰戈尔《吉檀迦利》第35首诗所追求的宏伟理想是建立"自由的天国"，即人民"头也抬得高昂"、能昂首挺胸做人的"自由的天国"，"知识是自由的"、"话是从真理的深处说出"的"自由的天国"，是"让我的国家觉醒"，使人民的"思想与行为""不断放宽"的"自由的天国"；朱自清的《赠 A.S》所追求的宏伟理想是建立"红色的天国"，即让人民的"思想与行为"任意"飞渡洞庭湖"，"飞渡扬子江"的"自由的天国"，是"让行尸们惊醒"，人们表达真理的"言语如石头"那样真诚坚定、从心灵"深处说出"的"红色天国"。泰戈尔《采果集》第35首诗赞美"战士们，扛起你们的旗帜"奋勇前进，因为祖国的"躺进尘埃的号角在等待着我们"；战士们用"青春的咒符"，让人们"生命中的欢乐在火焰中熊熊燃烧"；勇士们唤醒人们接过号角，穿上盔甲，敲击"胜利的战鼓"，取得建立"自由天国"的最后胜利。诗作歌颂了爱国战士为国浴血奋战、为国勇于捐躯的忠义精神；朱自清的《赠 A.S》赞美以 A.S 为代表的爱国战士"你的手像火把"指引黑暗中的人们前进，用他们"青春的咒符"让人们的生命在"火把"的"火焰中熊熊燃烧"；战士们是一把"披荆斩棘的快刀"，斩断了通往"红色天国"路上的荆棘，以"一声狮子吼"、一声春雷响使狐兔似的敌人"披靡奔走"；战士们敲

---

① 朱自清：《赠 A.S》，见《诗集》，第62—63页。

响"胜利的战鼓",催动战马"在尘土里驰骋",击倒那"不能摇撼的黄金的王宫",取得建立"红色天国"的最后胜利。诗作歌颂了为建立红色天国而燃烧生命、视死如归、为国捐躯的革命英雄。泰戈尔《采果集》第35首诗和朱自清的《赠 A. S》都歌颂了祖国的勇士们的英雄主义和爱国主义精神,颂扬了个我的有限生命与祖国的无限生命的整体和谐,"爱"的崇高精神与"国"的最高利益的整体和谐,都是典型的爱国主义、梵爱和谐的不朽诗篇。

泰戈尔在《飞鸟集》中讽刺、批判了殖民帝国主义者残酷迫害盘剥殖民地人民,却标榜这是善行善举的伪善行为,表达了爱祖国、反殖民、爱和平的主题:"鸟以为把鱼举在空中是一种慈善的举动。"① 殖民者是野兽,但比野兽还野蛮凶残:"当人是兽时,他比兽还坏。"② 好战者终归失败,因为他玷污了和平:"他把他的刀剑当作他的上帝／当他的刀剑胜利的时候他自己却失败了。"③ 人类前行的历史终将证明:殖民者、统治者必然失败,被统治者、被侮辱者必然胜利:"人类的历史在很忍耐地等待着被侮辱者的胜利。"④ 诗人在《吉檀迦利》中表达了强烈的爱国反帝的思想感情:殖民主义者谎话连篇——口头上谦恭卑让,骨子里疯狂贪婪,行动上强暴凶残:"白天的时候,他们来到我的房子里说:'我们只占用最小的一间屋子。'／他们说:'我们要帮助你礼拜你的上帝,而且只谦恭地领受我们应得的一份恩典'／他们就在屋角安静谦柔地坐下／但是在黑夜里,我发现他们强暴地冲进我的圣堂,贪婪地攫取了神坛上的祭品。"⑤ 泰戈尔的爱国反帝思想对文研会代表诗人新诗的爱国反封建主题产生了影响。如刘半农的长篇叙事诗《敲冰》⑥ 以坚冰喻封建主义的强大阻力和束缚,叙写人们同心戮力砸桎梏、求解放、盼光明,最终获得胜利的催人奋进的故事,歌颂了黑暗社会中坚强的反帝反封建主义者、探索祖国前途者、为国勇于捐躯乐于出力的前行者,表达了强烈的爱国主义精

---

① 泰戈尔:《飞鸟集》,第 123 首。
② 同上书,第 248 首。
③ 同上书,第 45 首。
④ 同上书,第 316 首。
⑤ 泰戈尔:《吉檀迦利》,第 33 首。
⑥ 《诗集》,第 8—15 页。

神：零下八度，七十里坚冰阻碍归路，冰是不解的冤仇。于是反抗者合力敲冰："敲冰！敲冰！敲一尺，进一尺！敲一程，进一程！"直敲到野犬声断，猫头鹰不唱，雄鸡啼鸣，百鸟欢鸣，牧羊儿放歌，枯草泛绿。"黑暗已死，光明复活了！光明啊！自然的光明，普遍的光明啊！"黑夜，白昼，黎明，正午，暮色，探索者不停敲冰，哪怕手麻，皮破，肉疼，脚酸，背汗，肚饿，槌断，仍然用斧头"敲冰！敲冰！"终于，黑云中"露出一颗两颗的星，是希望"。前行者敲冰！敲冰！太阳东升，云影徘徊，慈母含笑："好了！"坚冰破了，航船破浪前行了，反抗者探索者前行者爱国反封建者胜利了，虽然这是"痛苦换来的"。

"儿不嫌母丑，民不嫌国贫。"泰戈尔还在《园丁集》第73首诗中道尽祖国母亲的沧桑，唱尽诗人爱国的情愫：祖国母亲财而不富，劳而不获，乐而不全，苦而微笑，生而不朽；诗人对祖国母亲忠而不弃，爱而无尽，爱入你心，顶礼膜拜；爱祖国的无比温慈，爱祖国的宝贵热土。诗人在这里抒发了挚爱祖国的忠心终身不变、热爱祖国的痴心矢志不渝的情感，表达了个我的有限生命与祖国的无限生命整体和谐、"爱"的崇高精神与"国"的最高利益整体和谐的主题。泰戈尔的这类爱国诗篇对创造社代表诗人新诗的爱国主题产生了影响，如郭沫若的《炉中煤——眷念祖国的情绪》以年轻的女郎比喻年轻的民国（祖国），以炉中煤比喻抒情主人公，并且以独白形式一层深似一层地抒写诗人眷念贫弱的祖国、甘愿为国燃烧青春奉献力量的真挚情感："啊，我年轻的女郎！我不辜负你的殷勤，你也不要辜负了我的思量。我为我心爱的人儿，燃到了这般模样／……啊，我年轻的女郎！我自从重见天光，我常常思念我的故乡，我为我心爱的人儿，燃到了这般模样！"[①] 诗人对贫弱的祖国母亲忠而不弃，爱而无尽，爱入你心，顶礼膜拜；爱祖国母亲的无比温慈，爱故乡热土的无比宝贵。诗人在这里同样抒发了挚爱祖国的忠心终身不变、热爱祖国的痴心矢志不渝的情感，表达了个我的有限生命与祖国的无限生命整体和谐、"爱"的崇高精神与"国"的最高利益整体和谐的主题。泰戈尔的这类爱国诗篇对新月社代表诗人新诗的爱国主题也产生了影响，如闻一多的《发现》以春雷般的声音迸着血泪喊一声："这不是我的中国！"因为你被阴恶的罡风

① 郭沫若：《炉中煤——眷念祖国的情绪》，见《诗集》，第94页。

鞭笞着，你被恶梦缠绕着，你被恐怖推上了悬崖。"我"追问青天、大地，"我"心爱的中国，富强的中国，你在哪里？"我"哭着叫你，呕出一颗心来，你在"我"心里："我来了，我喊一声，迸着血泪，'这不是我的中华，不对，不对！'我来了，因为我听见你叫我；鞭着时间的罡风，擎一把火，我来了，不知道是一场空喜。我追问青天，逼迫八面的风，我问，拳头擂着大地的赤胸，总问不出消息；我哭着叫你，呕出一颗心来——在我心里！"① 闻一多在这首诗里抒发了对祖国爱之深、惜之切、哭之痛的激情，表达了对祖国母亲忠而不弃，爱而无尽，爱入你心，顶礼膜拜的思想，以及个我的有限生命与祖国的无限生命融为一体、整体和谐的愿景，彰显了强烈的爱国主义精神。

二　博爱的影响

（一）爱生命：梵天赐生命，浴火显性灵

如前所论，主题生态是作者生命律动的整体呈现和思想理念的有机形态；"梵爱和谐"是大自然伟大的无限生命与人类因爱而生的个我生命、与爱相关的珍贵感情的整体和谐，即生命的整体和谐。"在泰戈尔的哲学思想中，'梵'与'爱'是辩证和谐的生命整体，'梵'是'爱'的生命的内在主宰，'爱'是'梵'的生命的外在表现，二者统一于生命的过程体验和终极完善之中。"② 泰戈尔的梵爱和谐思想中蕴含着丰富的"生命哲学"的元素。

泰戈尔梵爱和谐思想中的生命哲学在其诗歌中表现为热爱生命、珍惜生命、讴歌生命、证悟生命、思辨生死，甚至歌颂死亡的生命形态。泰戈尔在遭遇了母亲、兄嫂、儿女等亲人的遽然离世之后，不仅常常思考、探索生命的哲学命题，而且在诗歌中常常歌赞生命的珍贵与美好，感叹生命的脆弱与坚强。在许多诗里，泰戈尔直接以"生命"为主题，描写生命，歌赞生命，感叹生命，塑造生命多姿多彩的文学形象，表现梵我合一、生命永恒、梵爱和谐、快乐圆满，个我的有限生命与"梵"的无限生命整体

---

① 闻一多：《发现》，见《诗集》，第257—258页。

② 戴前伦：《生命律动的整体呈现与梵爱思想的主题观照——泰戈尔梵爱和谐思想对我国早期新诗主题生态的影响》，载《当代文坛》2012年第4期。

和谐，"爱"的崇高精神与"梵"的最高灵魂整体和谐的思想感情。泰戈尔诗歌关于"生命之爱"的"生命哲学"对周作人、汪静之、郑振铎、李金发等人诗歌的生命主题产生了影响。

泰戈尔的《吉檀迦利》常以"生命"为吟咏对象，在颂神、候神、祈神、献神的过程中抒写梵我合一、个我的有限生命与"梵"的无限生命整体和谐的生命快乐圆满。颂神——神是真理，给世人力量。世人要除伪驱恶，保持生命的纯洁，在心中永远爱神爱梵，因为神（梵）的慈悲可以拯救世人的生命和心灵。候神、祈神、献神——善男信女将见神，生命接受祝福，因此虔诚而恳切，焦灼而喜悦，祈求神拯救其赤贫的心，让生命充满欢歌；死神无所畏惧，生命可见辉煌，因为梵我合一，快乐圆满，梵我合一，无量快乐。当生命化为嫣红时，神是世人之主，藏在世人之心，万物受惠，绽放奇葩，生命永恒，达到梵我合一的境界，如同鹤归巢，生命回家。愿以一生的诗歌，汇入神的大海般的胸怀，求得生命圆满、梵我合一。愿将生命的一切献给死亡，如同新娘嫁给新郎，因为死亡即新生，实现了梵我合一、我梵和谐，即个我的有限生命与"梵"的无限生命的整体和谐："呵，你这生命最后的完成，死亡，我的死亡，来对我低语罢／我天天地在守望着你；为你，我忍受着生命中的苦乐／我的一切存在，一切所有，一切希望，和一切的爱，总在深深的秘密中向你奔流。"[1] 周作人在经历了世事变迁、精神变化和身体病变之后，受泰戈尔关于生命哲学和死亡观念的影响，在《过去的生命》中表达了倍加热爱生命珍惜生命，敢于直面死亡的主题："这过去的我的三个月的生命，哪里去了？／没有了，永远地走过去了／我亲自听见他沉沉地缓缓地一步一步的／在我床头走过去了／我坐起来，拿了一支笔，在纸上乱点／想将他按在纸上，留下一些痕迹——／但是一行也不能写／一行也不能写／我仍是睡在床上／亲自听见他沉沉地，他缓缓地，一步一步的／在我床头走过去了。"[2] 诗人真切地写道，自己在病中听见生命从床头缓缓走过，仿佛听见了梵天的召唤；力量从身体渐渐丢失，仿佛感觉到肉体的消融；死神在唇边窃窃亲吻，仿佛体验到个我的有限生命与"梵"的无限生命整体

---

① 泰戈尔：《吉檀迦利》，第91首。
② 周作人：《过去的生命》，见《诗集》，第46页。

和谐的证悟。

在《飞鸟集》中，泰戈尔表达了热爱生命、个我的有限生命与"梵"的无限生命整体和谐的思想，他发现行吟者或漂泊者生命多舛而乐观，隐逸者或厌世者生活优裕而悲叹。人生的欢与悲，生命的歌与叹尽在诗篇中："夏天的飞鸟，飞到我的窗前唱歌，又飞去了／秋天的黄叶，它们没有什么可唱，只叹息一声，飞落在那里。"① 生命天赋，有失有得，奉献生命才能使生命永恒："我们的生命是天赋的，我们惟有献出生命，才能得到生命。"② 死是梵的圆满，给世人以新的生命，即死亡是梵的圆满和人的新生，因为个我的有限生命与"梵"的无限生命已整体和谐："夜与逝去的日子接吻，轻轻地在他耳旁说道：'我是死，是你的母亲。我就要给你以新的生命。'"③ 郑振铎受自己所翻译的泰戈尔《飞鸟集》的影响，在《鼓声》中写道："'人生'带着一面鼓，一边走着，一边打着。在凄凉的鼓声中，他一步步向墓场走去。"④ 郑振铎在这首诗中抒写了人生哲理和生命哲学——敲着奋进的鼓，走着人生的路；即便走向墓地的终点是凄凉的，但走的过程却是快乐而有价值的，因为将有限的生命与无限的梵融为了一体，"爱"的崇高精神与"梵"的最高灵魂实现了整体和谐。

《采果集》的许多诗篇都贯穿了泰戈尔生命之爱的生命哲学和梵爱和谐的思想。诗人热爱生命，歌赞生命，认为生命如鲜花，朵朵沐浴着梵的春风雨露；生命如果实，粒粒包孕着梵的宇宙灵魂。人生应遵照梵的意志和神的吩咐，在风华正茂时将生命的花瓣摘下来慷慨地奉献给梵，青春逝去时将生命的果实采下来彻底地奉献给梵，心灵自由时将生命的歌声愉快地奉献给梵，让生命与梵永在一起，个我的有限生命与"梵"的无限生命整体和谐："我年轻时的生命犹如一朵鲜花，当和煦的春风来到她门口乞求之时，她从充裕的花瓣中慷慨地解下一片两片，从未感觉到这是损失／现在青春已逝，我的生命犹如一颗果实，已经无物分让，只等着彻底地奉献自己，连同沉甸甸的甜蜜。"⑤ 在人生旅途中，遇见生命的奇迹就拥有

① 泰戈尔：《飞鸟集》，第 1 首。
② 同上书，第 56 首。
③ 同上书，第 119 首。
④ 郑振铎：《鼓声》，见《诗集》，第 198 页。
⑤ 泰戈尔：《采果集》，第 2 首。

幸运，发现生命的真谛就拥有欢乐。抛弃人生的失望，寄托生命的希望，哪怕囊中空空，形同乞丐，但只要拥有弥足珍贵的生命，就是精神的富翁，这是对生命真谛的证悟："我身上的乞丐举起瘦弱的双手，伸向没有星光的天空，用饥饿的嗓音，对着黑夜的耳朵喊叫／……他叫嚷：'啊，生命，啊，时光，你们弥足珍贵！但难能可贵的还有最终让我与你们相识的欢乐！"① 汪静之在《时间是一把剪刀》中以剪刀、绵绮、铁鞭和繁花比喻生命，表达热爱生命的主题："时间是一把剪刀，生命是一匹绵绮；一节一节的剪去，等到剪完的时候，把一堆破布付之一炬／时间是一根铁鞭，生命是一树繁花；一朵朵地击落，等到去完地时候，把满地残红踏入泥沙！"② 诗人抒写时间永恒，生命短暂，应珍惜时间，珍惜生命，让个我的有限生命与"梵"的无限生命整体和谐。这是对生命真谛的证悟。泰戈尔在《采果集》第 53 首诗里认定，生命的真谛就是"世界和我的生命合而为一"：当个体与梵相遇时，梵的晨光将生命亲吻成花朵；当个体与世界分离时，梵的晚钟将生命敲打成果实——采摘生命果实时就是将生命与梵合为一体，孕育生命再次降临的宝贵种子，让这些种子再次投进大地的怀抱而生生不息，个我的生命与世界合一就是梵我合一。《采果集》又写道："你在繁花中绽开我的生命，又在千姿百态的摇篮里摇我入眠；你在死亡中把我藏匿，又在生命中将我发现／我来了，你心潮起伏，悲喜交集／你抚摩我，我感受到爱的颤动。"③ 梵创造了世界的生命，让生命在欢乐中绽放，在人生旅途中歌唱，在光明中守望主的光临。死亡即新生，梵我融一体，因此世人便可证悟"生如夏花般灿烂，死如秋叶般静美"的生命的真谛。李金发在《有感》中以证悟生命、歌颂生命为主题。生命是何物？"生命便是死神唇边的笑"；生命是何态？生命如残叶，哪怕随风凋谢也要再现一刻溅血的辉煌；生命如歌，哪怕面对死神的狞笑也要唱出唇边的快乐；半死的月下，歌声裂喉，随风飘散，但至少可以抚慰所爱的人；洞开人生的窗户，生命被红尘蒙上可爱的眼睛，但它仍然要诉说被爱的羞怯和失爱的愤怒。生命的最佳境界就是与死神抗争，战胜死神，最终将生与死、梵

① 泰戈尔：《采果集》，第 26 首。
② 汪静之：《时间是一把剪刀》，见《诗集》，第 146 页。
③ 泰戈尔：《采果集》，第 80 首。

与我融合为不可分割的整体："如残叶溅／血在我们／脚上，生命便是／死神唇边／的笑。半死的月下，载饮载歌，裂喉的音／随北风飘散。吁！抚慰你所爱的去。开你户牖／使其羞怯，征尘蒙其／可爱之眼了。此是生命／之羞怯／与愤怒么？如残叶溅／血在我们／脚上，生命便是／神唇边的笑"，① 因为神看着生命微笑，将生命召回身边，就是让"人"的个我的有限生命与"梵"的无限生命合为一体，实现生命的整体和谐。

（二）爱光明：日月垂宇宙，光明满人间

泰戈尔在论述文学的现代化进程中由个人兴趣到现实性时说："19 世纪的诗歌也罢，20 世纪的诗歌也罢，都是描写自我的内容。但是，今天强调的是诗歌内容的现实性，而不是强调修饰。因为修饰表达个人的兴趣，而纯粹的现实性则强调内容的表达。……艺术事业不是迷住心灵，而是战胜心灵。它的目的不是艺术魅力，而是现实性。……今天的文学接受今天的职责，它蔑视小心翼翼地维护旧时代的高贵印记。"② 心理学认为，在现实社会中，人的心灵缺少什么，就需要弥补什么，就要追求什么。因此，需要产生动机，动机激发行为。这就是人的现实性。在人类社会，现实中由于充斥仇恨和贪婪，充斥侵略、残杀、专制，缺乏博爱，缺乏和平、仁慈、民主自由，因此诗人就追求博爱，追求和平、仁慈、民主自由；由于黑暗弥天，缺乏光明，因此诗人就热爱光明，歌颂光明，追求光明。这就是诗歌的现实性。

泰戈尔一生热爱光明，追求光明、歌颂光明，其光明之爱的思想照彻诗歌的华章。在《吉檀迦利》中，诗人抒写太阳带来的光明的壮丽景色和伟大力量，突出光明在生命中舞蹈，让世界充满欢乐，表达热爱光明、歌颂光明之情和追求光明之思："光明，我的光明，充满世界的光明，吻着眼目的光明，甜沁心腑的光明／呵，我的宝贝，光明在我生命的一角跳舞；我的宝贝，光明在勾拨我爱的心弦；天开了，大风狂奔，笑声响彻大地。"③ 在《采果集》中诗人写道，太阳为人间洒下一片光明，光明照亮世人前程，让世人敞开门户，获得温暖；光明使鲜花迎风怒放，开满花

---

① 李金发：《有感》，见《诗集》，第 213—214 页。
② 泰戈尔：《论文学·现代诗歌》，见《泰戈尔全集》第二十二卷，倪培耕、白开元等译，河北教育出版社 2000 年版，第 254—255 页。
③ 泰戈尔：《吉檀迦利》，第 57 首。

园。世人发现，在黑暗中获得的光明是人生最好的礼品："也许在这座城里，有一间房屋今晨在旭日的抚摩下永远敞开了门户，光明在此完成了自己的使命／也许就在今晨，有一颗心灵在篱边和花园的鲜花丛中，发现了无尽的时光送来的礼品。"① 郭沫若的《太阳礼赞》抒写太阳给予人类光明与生命，照彻生命，照彻灵魂，它是人类的创造者，生命的缔造者，光明的创造者和传播者，诗人表达了热爱光明、歌颂光明之情和追求光明之思："青沉沉的大海，波涛汹涌着，潮向东方。光芒万丈地，将要出现了哟——新生的太阳／天海中的云岛都已笑得来火一样地鲜明！我恨不得，把我眼前的障碍一概铲平！太阳哟！你请把我全部的生命照成道鲜红的血流！……太阳哟！我心海中的云岛也已笑得来火一样地鲜明了。"② 泰戈尔在《园丁集》第39首诗中写道，生命厌弃黑暗、追逐光明。生命的火焰可以融化怀疑和虚弱的利剑，使人生获得胜利；生命的火炬可以照射死亡，将束缚自由的绳索烧成灰烬，使人生获得圆满，拨响与梵合一的琴弦，使个我的有限生命与"梵"的无限生命整体和谐。闻一多在《太阳吟》中将太阳与柳叶、家乡、山川、风云、生命、慈光等融为一体，歌颂太阳的光明、火热，朝气蓬勃、自强不息，散发慈光、普照生命，赞美太阳是人类的哺育者和拯救者，表达中国人民希望在光明的普照下取得斗争的胜利、获得解放与新生的主题。

在《吉檀迦利》中，诗人常常表达热爱光明、歌颂光明的主题。如第57首诗写光明在生命中舞蹈，让世界充满欢乐；光明是宝贝，可将云彩变成金银珠宝；光明在树叶间舞蹈，让人心充满希望；光明在天河延伸，让世界弥漫欢喜："光明，我的光明，充满世界的光明，吻着眼目的光明，甜沁心腑的光明／我的宝贝，光明在每朵云彩上散映成金，它洒下无量的珠宝／我的宝贝，快乐在树叶间伸展，欢喜无边。天河的堤岸淹没了，欢乐的洪水在四散奔流。"③ 在《飞鸟集》中，泰戈尔抒写光明照耀生命，使生命穿越黑暗。黑夜已经将尽，黎明还会远吗？黑暗之后是光明，风雨之后见彩虹："夜之黑暗是一只口袋，迸出黎明的金光。"④ 郭沫若的《我

---

① 泰戈尔：《采果集》，第65首。
② 郭沫若：《太阳礼赞》，《时事新报·学灯》1921年2月1日。
③ 泰戈尔：《吉檀迦利》，第57首。
④ 泰戈尔：《飞鸟集》，第213首。

们在赤光中相见》以群星象征光明，歌颂光明的使者："长夜纵使漫漫，终有时辰会旦；焦灼的群星之眼哟，你们不会望穿。"① 长夜漫漫终有黎明之时，黑暗世界将有光明普照，群星不会望穿双眼，黎民不会失望，必将相会在一片光明的新世界。

在《飞鸟集》中，泰戈尔以明灯、小灯、火光象征光明，写明灯闪亮，黑影消失；光明来临，黑暗消失。光明在天，求之未得，但仍要努力追求。为追求光明，死而灿烂，毁而无憾："我投射我自己的影子在我的路上，因为我有一盏还没有燃点起来的明灯。"② "我有群星在天上／但是，唉，我屋里的小灯却没有点亮。"③ 郑振铎的散文诗《灯光》以灯光象征光明，写一位青年在秋夜里提灯前行、追求世界光明；寻路迈进、探究国人出路；邀人同往，到达光明世界的情景："一个人提着灯，在荒野中寻路迈往。灯光四射，融合光明；照着前途明白"，他觉得自己孤单，发现前面有几个人，在荒野中乱闯，"他叫他们，想同他们共享这个灯光，共向前迈往"，可"他们嫌他的灯光耀眼，叫他远远的离开"，"他就大声的叫道：'朋友！朋友！不可再前往！你们快跟着灯光来，我愿意做你们探路的拐杖'"。④

（三）爱自由、爱和谐：自由破藩篱，和谐盈世界

泰戈尔曾以亲身见闻的渔夫放歌为例，揭示了自由的奥秘所在，阐释了人的自由不在于权倾朝野、富甲天下，而在于心灵的通透和谐、精神的洒脱无拘："这些质朴的印度农民知道，皇帝只不过是冠冕堂皇的奴隶，长期束缚于自己的帝国，百万富翁被命运囚禁在自己的财富牢笼之中，而这个渔夫却在光明王国中自由自在。"⑤ 泰戈尔在这里揭示了自由的奥秘所在，赞颂了自由的可贵崇高。泰戈尔在《吉檀迦利》第 28 首诗中表达了热爱自由的思想：为求自由，冲破罗网；爱恨交加，羞愧彷徨；在第 29 首诗中写真我被囚，自由被束，囚住的手脚拘于高墙，囚不住的自由精神

① 郭沫若：《我们在赤光中相见》，见《诗集》，第 110 页。

② 泰戈尔：《飞鸟集》，第 109 首。

③ 同上书，第 146 首。

④ 见陈福康《郑振铎论》（修订版），商务印书馆 2010 年版，第 272 页。

⑤ 泰戈尔：《人的宗教》，刘建译，见《泰戈尔全集》第二十卷，河北教育出版社 2000 年版，第 357—358 页。

逆风飞扬。周作人的叙事诗《小河》① 叙写河水极力冲破坚固石堰的束缚，争取自由自在的流淌，象征封建主义的反抗者将冲破封建牢笼，获取自由，表达了爱自由、爱新生的主题。朱湘的《热情》② 歌颂爱情、彰显爱自由的主题——恋爱的吸力能够牵住"万千星宿"，使之"亘古周行"，我们饮完天河之水，"牛郎同织女便永远相逢"，以获得爱情的甜蜜和人生的自由。

　　泰戈尔访华期间传播了以"和谐"为核心，以牺牲、舍我、张扬东方精神文明为表征，以圆满快乐为终极目标的梵爱和谐的思想，多次阐扬了他所提出的独特的"人类的三期世界"思想。徐志摩不仅多次倾听了泰戈尔"人类的三期世界"思想的演讲，而且准确翻译传达了"人类的三期世界"思想。在北京，泰戈尔向青年演讲时阐述了他的"人之三格"论："吾以为一人可析为三：一曰肉，二曰心，三曰灵魂"，③ 并认为灵魂是生命之源，其永存之道在于"梵"。基于这个原理，泰戈尔将世界的发展分为三期："第一期世界，为体力征服，第二期为体力智力二者之征服，第三期则为道德征服"，④ "唯吾东方人士已到达于第三期，吾人已霍然觉醒，知体力智力征服世界外，尚有一更光明、更深奥、更广阔之世界，吾人于黑暗寂寞之中，已见一导引吾人达于此光明、深奥而广阔之世界之明灯"。⑤ 泰戈尔所说的人类达到第三期世界时"更光明、更深奥、更广阔"的世界，就是呈现生命"更悠久、更真切、更深奥"的魅力，展现仁爱、和平、和谐的世界，就是"梵爱和谐"的最高精神境界。泰戈尔的"人类的三期世界"思想是以"和谐"为核心，以张扬仁爱和平的东方精神文明为表征，以圆满快乐为终极目标的"梵爱和谐"的思想。

　　泰戈尔的爱自由、爱和谐和"人类第三期世界"的思想对徐志摩的新诗主题产生了重要影响。徐志摩的《雪花的快乐》表达了热爱自由和谐、追求个性解放的主题。诗中的雪花是"我"的灵魂的化身，"她"是自由

---

①　《诗集》，第 43—44 页。

②　同上书，第 293—294 页。

③　《泰戈尔昨天讲演纪略——述其运动文学革命之经过》，载《晨报》1924 年 5 月 10 日。

④　《泰戈尔对京学界演说——东西文化之不同，吾人前途之光明》，载《晨报》1924 年 4 月 29 日。

⑤　同上。

和谐和个性解放的象征，本诗表达了诗人向往自由和谐、追求个性解放的主题："我"是潇洒的雪花，向着我认清的方向，为自由和谐、个性解放而飞扬；"我"不去囚禁灵魂的幽谷，不去"凄清的山麓"，也不哀叹惆怅，"我"要向着个性解放快乐地飞扬。"我"追求自由，向着清幽的花园飞扬，因为自由在这花园里散发着朱砂梅的清香。"我"融入自由，凭借轻盈的身姿贴近自由的心胸，消溶于她的身体，"我"的灵魂与自由的灵魂融为一体，个我的有限生命与梵的无限生命融为整体。他的《呻吟语》抒写"我"愿像梅花雀一样自由歌唱，像鱼儿一样自由悠游。但"我"的心似火烧火燎，因为失去了生命的自由："我亦愿意赞美这神奇的宇宙，我亦愿意忘却了人间有忧愁，像一只没挂累的梅花雀，清朝上歌唱，黄昏时跳跃；——假如她清风似的常在我的左右！"[①]　徐志摩于1928年再访剑桥大学后在归国途中所写的《再别康桥》，抒写了寻求"人类第三期世界"，追求人生梦想、民主自由的"康桥情结"："在康桥的柔波里／我甘心做一条水草／那榆荫下的一潭／不是清泉，是天上虹／揉碎在浮藻间，沉淀着彩虹似的梦／寻梦？撑一支长篙／向青草更深处漫溯／满载一船星辉／在星辉斑斓里放歌。"[②]　徐志摩在英国剑桥大学留学的两年生活，对他一生的思想产生了重要影响，是他思想发展的转折点。他说："我的眼是康桥叫我睁的；我的自我意识是康桥给我胚胎的；我的求知欲是康桥给我振动的。"[③]　他在剑桥大学接受了英式自由民主教育，喜欢与英国名士交往，涉猎了世界名家名作，接触了各种思潮流派，孕育了他的政治观念和社会理想。"康桥的环境促进并形成了他的政治观和人生观"，[④]　即追求自由平等的人生价值的实现与仁爱和谐社会的构建，这就是他的"康桥情结"，就是他"撑一支长篙，向青草更青处漫溯"所寻的"彩虹似的梦"，就是建立"更光明、更深奥、更广阔"的仁爱和平、民主自由、梵爱和谐的"人类第三期世界"之梦。当这个"彩虹似的"人类第三期世界的梦想实现之时，就是天下人"满载一船星辉，在星辉斑斓

---

①　徐志摩：《呻吟语》，见《诗集》，第330页。

②　徐志摩：《再别康桥》，载《新月》月刊1928年第1卷第10号。

③　谈凤霞：《徐志摩比较研究述评》，载《南京师范大学学报》（社会科学版）2001年第2期。

④　戴前伦：《文化碰撞与心灵对话——徐志摩"康桥情结"与泰戈尔"人类第三期世界"比较研究》，载《江西社会科学》2009年第4期。

里放歌"之时。徐志摩的"康桥情结"与泰戈尔的"人类第三期世界"思想有着密切的联系，其联系的纽带就是"爱自由、爱和谐"的思想。徐志摩曾在散文诗《婴儿》中写道："我们要盼望一个伟大的事实出现，我们要守候一个馨香的婴儿出世。"茅盾对这首诗的解读是："我们读了志摩的全部作品就知道他所谓'婴儿'是指英美式的资产阶级的德谟克拉西。"① 茅盾的这种解读未免失之偏颇，其实徐志摩的思想更多的是爱自由、爱和谐的思想。泰戈尔的"人类第三期世界"期望印度与友好邻邦的中国一道，让以中印两国为代表的东方文明在全世界大放异彩，最终实现人类自由和谐统一的"人类第三期世界"。泰戈尔"人类第三期世界"的旨归是构建人与自然、宇宙、社会和谐统一的自由平等世界；徐志摩受泰戈尔爱自由、爱和谐思想和"人类第三期世界"思想的影响所积淀的"康桥情结"，其旨归是向往西方的自由、平等、民主，希望以自由民主来拯救专制的中国社会，最终在中国建立起民主平等自由的社会框架和政治制度，实现真正的人人平等自由，相互仁爱和谐的人生价值。徐志摩与泰戈尔在爱自由平等、爱和平和谐的支点上实现了思想的交集。

（四）爱人类：慈悲赎灵魂，博爱度众生

泰戈尔认为，"爱人类"的博爱就是人人怀有慈悲善良的爱心，同情众生尤其是穷困者并为之提供一切可能的服务。他说："你在慈悲、善良和怀有爱心之时，并不证悟星辰或岩石中的无限，而是在'人'身上所显现的无限。……这就必然意味着自我在爱的真理中的升华，它将所有我们应当寄予同情并提供服务的人们全都纳入自己的胸中。"② 宗教（含佛教和婆罗门教）的宗旨是救赎人的灵魂，普度善男信女，博爱芸芸众生。当众生饥荒时予以赈济，当众生贫穷时给予施舍，当众生空虚时引导其充实精神，当众生生命完结时超度其灵魂，从而使众生不因饥荒而丧命，不因穷困而潦倒，不因空虚而迷乱，不因死亡而灵魂无归。只要富有同情慈悲之心和普爱人类的思想，即使是最穷的人，也具有不可估计的救济饥饿平民、拯救人类灾难、救赎人的灵魂的强大力量。这就是爱的实践和梵的皈

---

① 茅盾：《徐志摩论》，载《现代》第二卷第四期。

② 泰戈尔：《人的宗教》，刘建译，见《泰戈尔全集》第二十卷，河北教育出版社 2000 年版，第 281—282 页。

依。泰戈尔同情饥寒交迫的下层人民，有时在诗中以宗教故事来表达自己这种同情慈悲之心和普爱人类的思想："当什拉瓦斯蒂地区饥荒猖獗的时候"，佛陀向门徒珠宝商拉特纳卡、皇家部队首领贾伊森和拥有大量土地的达马帕尔问道："你们中间谁愿承担救济饥民的重任？"这几位门徒都以各种冠冕堂皇的借口不愿意赈济灾民。"这时，托钵僧的女儿苏普利雅站了起来／她向大家鞠躬施礼，怯生生地说：'我愿救济饥民。'／'什么？'大家惊奇地呼叫。'你怎能履行这样的重任？'／'我是你们中间最贫穷的一个，'苏普利雅说，'这就是我的力量。在你们每位的家中都有我的财源和贮存的物品'。"① 这首宗教叙事诗将作者悲悯同情的博爱之心寄托在神的使者、梵的化身"托钵僧的女儿苏普利雅"身上，她在"最贫穷"的下层人民饥寒交迫时挺身而出，给予神圣的力量，在每位饥民的"家中都有我的财源和贮存的物品"，救助饥寒交迫的下层人民，充分表达了诗人"慈悲赎灵魂，博爱度众生"的思想。

泰戈尔同情饥寒交迫的下层人民的博爱思想对我国现代新月派代表诗人的作品主题产生了深远影响。如徐志摩的《先生！先生！》、《叫化活该》，都运用泰戈尔《采果集》第 31 首诗的简短叙事诗的形式，叙写饥寒交迫的下层人民的悲惨遭遇。前者写"一个单布褂的女孩"，以颤抖的呼声向坐在飞奔着的洋车上"戴大皮帽的先生"请求施舍，救助"又饿又冻又病，躺在道儿边上直呻"的可怜的妈妈，而这位富裕的先生一个铜子也不给，飞奔而去，跟跟跄跄追车呼叫的"紫涨的小孩，气喘着"，还在寒风中断断续续地呼叫着"先生……先生！"② 后者《叫化活该》写一个生活在社会最低层、最受人鄙夷、最叫人瞧不起的叫化子，在"西北风尖刀似的猛刺着他的脸"时，向朱门里的"大爷"乞讨："'赏给我一点你们吃剩的油水吧！'可怜我快饿死了，发财的爷！'可怜我快冻死了，有福的爷！'"但是发财的爷、有福的爷视而不见、充耳不闻，毫无同情怜悯之心，'大门内有笑声，有红炉，有玉杯'；'大门外西北风笑说：'叫化活该！'"其实这是发财的有福的老爷们的骂声："叫化活该！"此时的

---

① 泰戈尔：《采果集》，第 31 首。

② 徐志摩：《志摩的诗》，中华书局 1925 年版，见《再别康桥：徐志摩经典诗歌》，黑龙江科学技术出版社 2010 年版，第 59—60 页。

中国没有泰戈尔《采果集》第 31 首宗教叙事诗中神的使者、梵的化身的苏普利雅，饥寒交迫的下层人民没有这样的幸运救助。于是，诗人忍不住以叫化子的口吻愤怒地呼喊道："我也是战栗的黑影一堆／蠕伏在人道的前街／我也只要一些同情的温暖／遮掩我的剐残的余骸——但这沉沉的紧闭大门：谁来理睬／街道上只冷风的嘲讽'叫化活该'！"①徐志摩的这两首诗是典型的"朱门酒肉臭，路有冻死骨"的现代版，诗作的字里行间充溢着悲悯仁爱之心，充分表达了诗人同情饥寒交迫的下层人民的博爱思想。泰戈尔同情饥寒交迫的下层人民的博爱思想对我国现代早期其他文学社团代表诗人的诗歌主题也产生了一定影响。如尝试派的沈尹默的《三弦》，写中午时候，火一样的太阳，没法去遮拦，让它直晒着长街。四周静悄悄，少有路人行；只有悠悠风来，吹动路旁杨树。在这种恶劣艰难的环境中，一位孤独可怜的"弹三弦的人"的三弦声浪透过"低低土墙"，送进穿着破烂衣裳、"双手抱着头""不声不响"的老年人的耳鼓，唤起他苦难生活中的一线明灭的希望。诗作以爱平民、怜众生的精神，抒写平民苦中寻乐，抗争命运的博爱主题："谁家破大门里，半院子绿茸茸草草，都浮若闪闪的金光。旁边有一段低低土墙，挡住了个弹三弦的人，却不能隔断那三弦鼓荡的声浪／门外坐着一个穿破衣裳的老年人，双手抱着头，他不声不响。"②这是诗人同情饥寒交迫的下层人民的博爱思想的体现。

　　从本章的论述可知，泰戈尔"梵爱和谐"思想所包含的母爱与爱母、自然之爱与泛神论、情爱与泛爱、祖国之爱与博爱（爱生命、爱光明、爱自由、爱和谐、爱人类）思想，对我国现代早期各大文学社团、文学流派及其代表诗人的新诗主题产生了广泛的影响，极大地促进了我国现代早期新诗生态的日益繁荣，增添了我国现代早期新诗生态的亮丽春色。

---

① 徐志摩：《志摩的诗》，中华书局 1925 年版，见《再别康桥：徐志摩经典诗歌》，黑龙江科学技术出版社 2010 年版，第 59—60 页。
② 载《新青年》1919 年第五卷第二号。

第五章　大作有浸　大功无极

——泰戈尔梵爱和谐思想对我国现代早期"小诗"思想内容的影响

　　谈到泰戈尔梵爱和谐思想对我国现代早期新诗生态的影响，就不得不论及泰戈尔梵爱和谐思想对我国现代早期新诗生态中的重要生态系统——小诗的深远影响，因为泰戈尔的小诗集《飞鸟集》、《流萤集》直接影响和催生了我国现代早期新诗的重要代表诗人冰心的《繁星》和《春水》、宗白华的《流云》等小诗集，促进了其他诗人的小诗创作，从而浸润和促成了我国 20 世纪 20 年代初期至中期诗坛蓬勃兴起、蔚为壮观的小诗运动。小诗的繁荣对我国现代早期新诗生态的繁荣立下了无极大功。

第一节　新诗苑圃的奇葩：小诗的含义、源流和特征

一　小诗的含义

　　关于小诗的含义，周作人最早给予了明确的界定："所谓小诗，是指现今流行的一行至四行的新诗。这种小诗在形式上似乎有点新奇，其实只是一种很普通的抒情诗。"① 朱自清认为小诗"这种体裁适于写一地的景色，一时的情调，是真实简炼的诗"。②

　　一般而言，作为一个诗学概念和批评话语，在现代诗歌批评实践和一般文学史叙述中，"小诗"特指在 20 世纪一二十年代之际（我国是从 1921 年到 1926 年）流行的一种新诗体式。它是一种变异的诗歌形式，也

---

① 周作人：《自己的园地：论小诗》，载《晨报·副刊》1922 年 6 月 21 日、22 日。
② 朱自清：《〈诗集〉导言》，见赵家璧主编《中国新文学大系导言集 1917—1927》，天津人民出版社 2009 年版，第 148 页。

是一种即兴的短诗，它以二三行或数行诗为一首，大多在十行以内，其中二至六行的诗较为流行，并非一定是周作人所认定的"一行至四行的新诗"才是小诗。如冰心《繁星》之一、四、二四、二六、三五、三八、三九、四六、五二、七六、一二六、一三二等诗，《春水》之一、二、三、五三、六六、八一、九七、一四八、一七二等诗，宗白华的《夜》、《小诗》、《我的心》等诗，都是五至十行，其中《繁星》之九二甚至达十五行，《春水》之五甚至是三个诗节，每节六行，共十八行。小诗长于表现瞬间的情绪和感触，抒写吉光片羽的人生哲理、生命体验和思想火花，以引起读者的丰富联想和心灵共鸣。"如果我们'怀着爱惜这在忙碌的生活之中浮到心头又复随即消失的刹那的感觉之心'，想将他表现出来，那么数行的小诗便是最好的工具了。"① 胡愈之通过评论冰心的《繁星》而评价小诗说："小诗的长处是在于捉住一瞬间稍纵即逝的思潮，表现出偶尔涌现到意识城的幽微的情绪。……所以片段的诗句，在文学的鉴赏上也正和鸿篇巨制，有同样的价值。"②

二 小诗的源流

关于中国现代小诗的来源，周作人认为有三种渊源，一是中国古代的歌谣和绝句，二是日本的俳句，三是泰戈尔的小诗："在最近的收获，泰谷尔（Tagore）的诗，尤其是《迷途的鸟》里，我们能够见到印度的代表的小诗，他的在中国诗上的影响是极著明的。"③ 周作人对中国小诗来源的认定大体上是正确的，但是笔者认为，如果按照历时态溯源，中国现代小诗的来源应该是：中国古代的歌谣和绝句影响了日本古代的歌和近代的俳句，日本的俳句短诗影响了泰戈尔，泰戈尔的小诗影响了中国现代早期诗人胡适、周作人、俞平伯，尤其是冰心，进而影响到徐玉诺、何植三、宗白华等诗人，从而形成震响一时的小诗运动。再作简要归纳便是：中国现代小诗的来源分为直接来源和间接来源，直接来源是泰戈尔小诗的影响，间接来源则是日本的歌和俳句、中国古代的歌谣和绝句。

---

① 周作人：《自己的园地·论小诗》，载《晨报·副刊》1922年6月21日、22日。
② 引自陈恕《冰心全传》，中国青年出版社2011年版，第90页。
③ 周作人：《自己的园地·论小诗》，载《晨报·副刊》1922年6月21日、22日。

关于小诗的发展，梁实秋说："五四时期最流行的诗是'自由诗'，和所谓的'小诗'，这是两种最像白话的诗。"[①] 我国现代早期白话诗的开拓者胡适、周作人、俞平伯、康白情等都写过小诗，但那时的小诗尚未形成气候。严格说来，小诗是随着新文学运动一同诞生的。时至 1921 年 1 月，冰心在泰戈尔小诗集《飞鸟集》的影响下出版了小诗集《繁星》，开启中国现代小诗之先河，"自从冰心女士在《晨报副刊》上发表她的《繁星》后，小诗颇流行一时……使我们的文坛，收获了无数粒情绪的珍珠，这不得不归功于《繁星》的作者了"。[②] 《繁星》的出版引起了诗坛的轰动，在它的影响下，"诗人们几乎不约而同地写起小诗来了。小诗跨越了文学社团和文学流派，形成一种比较广泛的诗歌运动。……其中成绩最好、影响最大的是冰心和宗白华。是他们把小诗创作推向高潮，奠定了中国新诗这种独特形式的艺术基础"。[③] 在冰心《繁星》的示范效应推动下，当时诗人们竞相模仿泰戈尔式、冰心式的小诗，积极创作小诗，于是小诗蔚然兴起，迅速流行，如俞平伯的《忆游杂记》14 首，刘大白的《旧梦》101 首、《泪痕》141 首，王统照的《小诗》76 首。1922 年 11 月，冰心又出版了第二部小诗集《春水》。在《春水》的影响下，随后，朱自清、徐玉诺、何植三、宗白华等诗人发表了许多小诗，其中宗白华的小诗尤其突出，1923 年宗白华将所作的 48 首小诗结集为《流云》出版，诗界对其评价颇高。何植三的《农家的草紫》，梁宗岱的《晚祷》等小诗集都有一定影响。1925 年至 1926 年发表的小诗有冯铿的《深意》100 余首，出版的小诗集有张秀中的《清晨》、《晓风》、《动的宇宙》，谢采江的《荒山野唱》、《梦痕》、《不快意之歌》等。至此，被称为中国现代文学的"小诗运动"完满谢幕，画上了句号。中国现代文学学者潘颂德（1941—）评价道："在日本小诗和印度泰戈尔小诗的影响下，中国新诗坛掀起了一阵小诗热。……《时事新报·学灯》、《文学旬刊》、《晨报副刊》、《小说月报》、《诗》等报刊都为小诗的繁盛创造了条件。"[④] 曾任《诗刊》编委的

---

① 转引自龙泉明《诗与哲理的遇合——二十年代小诗艺术论》，载《文艺研究》1997 年第 2 期。

② 陈恕：《冰心全传》，中国青年出版社 2011 年版，第 90 页。

③ 龙泉明：《中国新诗流变史（1917—1949）》，人民文学出版社 1999 年版，第 110 页。

④ 潘颂德：《中国现代新诗理论与批评史》，学林出版社 2002 年版，第 105—106 页。

沙鸥（原名王世达，1922—1994）评价小诗道："我国 20 年代初，以冰心为代表，出现过领风骚好几年的小诗派……小诗这一诗体，影响了数代诗人，近十多年来写小诗的人又多起来了，遍及全国。"①

三　小诗的特征

对于小诗的特征，周作人在《论小诗》中作了简明扼要的概括："我们在日常生活中，随时随地都有感兴，自然便有适于写一地的景色，一时的情调的小诗之需要。不过在这里有一个条件，这便是须成为一首小诗——说明一句，可以说是真实简炼的诗。本来凡诗都非真实简炼不可，但在小诗尤为紧要。所谓真实并不单是非虚伪，还须有切迫的情思才行，否则只是谈话而非诗歌了。"② 在周作人看来，小诗的主要特征是源于"感兴"，表现"情调"，做到"真实简炼"："真实"包含两个层面的意思，一是不用虚构，"须表现实感"；二是诗人"有切迫的情思"，将描叙对象赋予新的生命。至于"简炼"，周作人强调小诗的暗示性和含蓄性。

应该说，周作人对小诗主要特征的概括是切中肯綮、高屋建瓴的，但由于他写《论小诗》时中国小诗尚处于初兴状态，小诗的作品还不够多，小诗的理论建设更是处于发轫之时，因此他的概括难免不够全面和精准。

笔者认为，小诗的主要特征是情思的现场感、内容的哲理性和语言的简约化。

其一，情思的现场感。诗歌是感物而生、缘情而作的，"诗缘情而绮靡，赋体物而浏亮"，"应感之会，通塞之纪，来不可遏，去不可止"，③ "诗者，持也，持人情性"，"人禀七情，应物斯感"，"诗人感物，联类不穷。流连万象之际，沉吟视听之区"。④ 小诗不仅"感物而生、缘情而作"，而且其情思常常无意识地产生于诗人所在现场，或者其创作有意识地追求现场感，或在特定现场激发情思为特定对象而作。这种现场感具有

---

① 沙鸥：《小诗的创作》，见《止庵·沙鸥谈诗》，首都师范大学出版社 1996 年版，第 403 页。

② 周作人：《自己的园地·论小诗》，载《晨报·副刊》1922 年 6 月 21 日、22 日。

③ 陆机：《文赋》，见张少康主编《中国历代文论精品》，时代文艺出版社 1995 年版，第 129、131 页。

④ 刘勰：《文心雕龙·明诗》，见向长清释《文心雕龙浅释》，吉林人民出版社 1984 年版，第 78、79、393 页。

极端共时呈现性，其手段必然是对即时存在的强化而不是对开始和延续的展开。泰戈尔的《飞鸟集》（即《迷途的鸟》）中许多诗的情思多产生于共时的现场，颇具即时呈现的现场感。泰戈尔于 1916 年 5 月 29 日抵达日本访问，在日本访问了三个多月，他常常"应男女青年的要求，在他们的扇子或签名簿上写上一些东西，谁能够无视他们崇高的谦虚和温存呢？这些零星的词句或短文，后来收集成册，以题为《迷途的鸟》和《习作》出版"。① 泰戈尔自己也说明了他的小诗创作来源于"日本之行：人们常常要求我亲笔把我的思想写在扇子和绢素上"，如："我们梦见，彼此不曾相识／今天醒来，彼此亲密无间"，"你微笑着同我闲聊／我不知从何时起把你盼等"。② 这两首小诗产生于泰戈尔访日的现场，由于日本青年的热烈欢迎，因此泰戈尔在题扇时就以小诗抒发了赞美印日人民亲密友谊、盼望交往的情思。小诗"婴儿带着上帝没有丧失对人的信念／降福于人间"则题写在访日的签名簿上，表达了诗人对上帝与世人相互信任、上帝就会"降福于人间"的美好愿望，抒发了对博爱仁道、梵爱和谐执着追求的情思。而小诗"你的偶像被碾成齑粉／证明上帝的尘土比你的偶像更伟大"则是在访日旅程中对日本的前途的展望，希望日本追求和平，与邻国和睦相处，别将军国主义作为自己祭拜的偶像，否则这种偶像将被"上帝的尘土""碾成齑粉"。泰戈尔的这首现场小诗具有超前的预见性，被二十九年后的日本在二战时战败投降所印证。泰戈尔在访日逗留期间，有一次别人请他写一首关于两个家族首领争斗残杀的诗歌，泰戈尔在亲临这个决斗现场观看其草地上的暴力活动后写了一首小诗："他们相互间仇恨残杀／上帝害羞地用青草把血迹覆盖。"这首现场小诗充分抒发了泰戈尔一以贯之的厌恶血腥、反对暴力、追求和平的情思，表现了热爱和平、泛爱天下的"泰戈尔主义"。冰心的小诗集《繁星》的诗也多产生于在某些现场突发情思而形成的"零星的思想"，如：1920 年夏夜，她在燕京大学校园遥望深蓝的太空，抒写闪烁的繁星相互的对话和赞颂，抒发热爱大自然之情，探索人生、生命和宇宙的真谛，表达宇宙无限，万物和谐，物我

---

① 克里巴拉尼：《泰戈尔传》，倪培耕译，人民文学出版社 2011 年版，第 235—236 页。
② 吴岩：《泰戈尔抒情诗选·〈情人的礼物〉序》，上海译文出版社 2012 年版，第 12 页。

一体，梵我和谐的情思："繁星闪烁着——深蓝的太空／何曾听得见他们对语？沉默中，微光里／他们深深的互相颂赞了。"① 她听着悠悠的琴声，心绪飞跃琴音，飞向明月，飞向梵音袅袅的天界，向往梵我合一的境界："窗外的琴弦拨动了／我的心呵！怎只深深的绕在余音里／是无限的树声，是无限的月明。"② 1923 年 8 月 17 日冰心登上赴美留学的邮轮，在邮轮上邂逅了同赴美国留学的社会学青年才俊吴文藻，从此彼此相爱。同年 9 月 17 日，冰心进入自己留学的马萨诸塞州波士顿威尔斯利女子学院开始留学生活，吴文藻却在新罕布什尔州的达特默斯学院学习。1925 年 12 月 12 日，冰心思念心爱的男友吴文藻而心神不定，便走出小屋，踏着白雪，举头望明月，意欲"躲开相思"，却思念心上人，雪地写遍相思——真是"此情无计可消除，才下眉头，又上心头"，于是她回屋写成小诗《相思》："躲开相思，被上裘儿／走出灯明人静的屋子／小径里明月相窥，枯枝——在雪地上／又纵横写遍了相思。"③ 可见，冰心小诗的情思也常常产生于诗人所在现场，即情感一旦因现场的人事景物激发而迸发"零碎的思想"的火花，诗人便将这"零碎的思想"凝结成小诗，最后收集而成《繁星》和《春水》，其小诗具有鲜明的现场感。

其二，内容的哲理性。毋庸置疑，小诗的情思要具有现场感，就要具备真实性，即周作人所说的"非虚伪"的"实感"。小诗的真实性既包括生活的真实，又包含艺术的真实，其中艺术的真实又涵盖虚构的手段、思想的抽提和思维的抽象。众所周知，诗歌是文学，文学是可以且需要虚构的，如果诗歌不用虚构，那么就很难展开"思接千载"、"视通万里"的丰富联想和创造性的想象，而缺乏联想和想象的作品则不能称之为诗。在诗歌中，生活的真实固然重要，但艺术的真实更为重要，因为艺术的真实是将生活的真实加以高度提炼概括、以典型化手段表现出来的真实，这种真实更具有生活的概括力、情思的感染力和艺术的张力。因此，小诗的真实性不排斥虚构的艺术手段，虚构的艺术真实与情思现场感的生活真实并不矛盾，它们是小诗写作的两种不同的艺术手

---

① 冰心：《繁星》之一。
② 同上书，之二一。
③ 冰心：《相思》，见《诗集》，第 135 页。

段、价值取向和审美趣味。事实上，不少小诗都蕴含了虚构的元素、思想的抽提和思维的抽象，从而形成内容的哲理性。这种内容的哲理性是小诗区别于其他新诗的显著特征。

小诗内容的哲理包括人生的哲理、自然的哲理和社会的哲理。人生的哲理多为生命的证悟、生活的感悟、爱的感慨等要素，自然的哲理多为自然的感动、宇宙的感慨、梵的证悟等要素。泰戈尔的《飞鸟集》和《流萤集》，冰心的《繁星》和《春水》，宗白华的《流云小诗》，以及我国现代早期其他小诗的思想内容都具有哲理性。

泰戈尔的小诗蕴含着丰富而深刻的人生的哲理、自然的哲理和社会的哲理。这些哲理表现为以下几种观念。一是"梵我合一"的生命观：个我的有限生命与"梵"的无限生命整体和谐。如"夜与逝去的日子接吻／轻轻地在他耳旁说道／'我是死，是你的母亲／我就要给你以新的生命'"，① "死亡的神灵只有一个／生活的神灵很多／神死了／宗教便合而为一"，② "两个分开的海岸／高唱深不可测的泪水之歌／歌声合而为一了"。③ 泰戈尔认为生命天赋，有失有得，奉献生命才能使生命永恒："我们的生命是天赋的／我们惟有献出生命／才能得到生命。"④ 生命要有放有收，绽放生命不要看重目标而要享受过程："春天吹得纷飞的花瓣，并非为了将来的果实而生／只是为了一时的兴会。"⑤ 在冥冥世界中，个我与梵融为一体；在现实世界中，众我沐浴梵的光辉。因为"道生一，一生二，二生三，三生万物"，⑥ 所以梵生万物，梵融于万物，万物沐浴着梵的光辉，梵与万物（包括人）融合为一体："在黑暗中，'一'视如一体／在光亮中，'一'便视如众多。"⑦ 二是"梵爱和谐"的宇宙观："爱"的崇高精神与"梵"的最高灵魂整体和谐。泰戈尔认为万物和谐一统、梵爱和谐相融。鸟为自然而歌唱，光为鸟声而回响。万有一统，声光互幻。梵的曙光照耀大地，大地回报以欢乐的歌声："鸟的歌声是曙光从

---

① 泰戈尔：《飞鸟集》，第 119 首。
② 泰戈尔：《流萤集》，第 64 首。
③ 同上书，第 81 首。
④ 同上书，第 56 首。
⑤ 同上书，第 4 首。
⑥ 老子：《道德经》第四十二章。
⑦ 泰戈尔：《飞鸟集》，第 90 首。

大地反响过去的回声。"① 梵的温爱驱散人心冬寒的阴霾，催开人心春日
的花朵。梵我同爱，和谐共生："您的阳光对着我的心头的冬天微笑／从
来不怀疑它的春天的花朵。"② 三是"认识自我"的人生观：个体生命与
社会人的群体生命整体和谐，即人与人、人与社会整体和谐。在人生中，
自我是虚幻的，个我看不见真实的自我，因为个体生命与社会人的群体生
命已和谐地融为整体："你看不见你自己／你所看见的只是你的影子。"③
如果一个人只看得到自己的优势，不能发现别人的长处，他就不能充分发
挥其优势，不能在取长补短中前行，正如"树木深情地凝视自己的美丽阴
影／然而永远抓不住它"。④ 四是无所不在的博爱观：这是以"博爱"为
核心，以仁慈、宽恕、和平，反对西方物质主义为表征的"人道主义"思
想观念。泰戈尔常以小诗蕴含爱情人、爱自然、爱光明和爱国反帝的哲
理。在爱情的园地，相爱的男女如同太阳与小花，太阳为小花奉献，不求
小花的回报；爱为所爱的人奉献，不求爱人的回报。爱的奉献，无私无
我。不过，追求爱情既需要勇气，又需要智慧："不要因为峭壁的高／便
让你的爱情坐在峭壁上。"⑤ 在自然与人生法则中，强与弱、远与近、久
与暂、升与落、隐与显、予与取、动与静、高于低、深与浅，都不是绝对
的，而是相对的，辩证的。萤火近前，闪亮耀眼，但夏季一过便销声匿
迹；星星遥远，闪光微弱，但它们永恒存在于宇宙的怀抱中："群星不怕
显得像萤火那样。"⑥ 只有动起来才知道自己的高度，只有静下来才知道
自己的深度："在山中，寂静涌起／以探测山岳自己的高度／在湖里，运
动静止／以静观湖水自己的深度。"⑦ 在人类发展史上，恶者标榜善，伪
者标榜真，暴者标榜仁——殖民帝国主义者残酷迫害残杀殖民地人民，却
标榜自己这是慈行善举："鸟以为把鱼举在空中是一种慈善的举动。"⑧
"暴君要求放手地扼杀自由／可又把自由留给他自己。"⑨

---

① 泰戈尔：《飞鸟集》，第 245 首。
② 同上书，第 301 首。
③ 同上书，第 18 首。
④ 泰戈尔：《流萤集》，第 10 首。
⑤ 泰戈尔：《飞鸟集》，第 15 首。
⑥ 同上书，第 48 首。
⑦ 泰戈尔：《流萤集》，第 19 首。
⑧ 泰戈尔：《飞鸟集》，第 123 首。
⑨ 泰戈尔：《流萤集》，第 38 首。

　　冰心的《繁星》和《春水》蕴含着人生的哲理、自然的哲理和社会的哲理。如：社会哲理——思想忠于事实、真理服从实践的认识论："云彩在天空中 / 人在地面上——思想被事实禁锢住 / 便是一切苦痛的根源。"①　"真理，在婴儿的沉默中 / 不在聪明人的辩论里。"②　又如人生的哲理——行胜于言的人生哲学："言论的花儿开的愈大 / 行为的果子结得愈小"，③　"沉默里 / 充满了胜利的凯歌！"④　宗白华的小诗也具有哲理性。如：蕴含人生与自然哲理的诗篇："理性的光 / 情绪的海 / 白云流空，便是思想片片 / 是自然伟大么？是人生伟大呢？"⑤　人之于物其伟大之处在于人有思想情感，思想闪烁着"理性的光"，情感激荡着澎湃的海；但宇宙的白云徜徉于万里晴空，自然的春风绽开了姹紫嫣红，难道自然不伟大吗？其实，自然与人生都是伟大的。除了冰心、宗白华之外，我国现代早期其他诗人的不少小诗也具有哲理性。如：徐玉诺的《小诗》之四"今天悲哀的美味 / 比起江南的香蕉来还要浓厚"，⑥　抒写悲哀比江南的香蕉更富美味，因为咀嚼悲哀，不惧死亡，可以达到梵我合一的境界。何植三的《野草花》之六"肩着臭的肥料 / 想望着将来的稻香"，⑦　抒写梵我合一的人生哲理：野草即使今日将化成臭的肥料，它的心却向往着明日的稻香；人的肉身即使将化为一缕青烟，灵魂却因此获得解脱，进入幸福圆满的梵的境界——灵肉一体，梵我合一。郭绍虞的《江边》写"云在天上 / 人在地上 / 影在水上 / 影在云上"，⑧　抒发爱自然、爱和谐的感慨，蕴含人生与自然的哲理——云天一体，水天一色，天人和谐，梵我合一。

　　其三，语言的简约化。在新诗中，小诗的语言是最简约的，这是小诗较之于其他诗歌最为彰显的外在特征。小诗之所以具备简约化的显性外在特征，是因为：首先，小诗的篇幅最短，少则一二行，多则五六行，最多十来行，超出此范围便不能称之为小诗。其次，小诗的内容多为诗人生活

---

① 冰心：《繁星》之四二。
② 同上书，之四三。
③ 同上书，之四五。
④ 冰心：《春水》之一五。
⑤ 宗白华：《流云·人生》。
⑥ 徐玉诺：《小诗》之四，见《诗集》，第 186 页。
⑦ 何植三：《野草花》之六，见《诗集》，第 191 页。
⑧ 郭绍虞：《江边》，见《诗集》，第 195 页。

中的细碎片段，情感上的偶尔震颤，心灵上的瞬间感受，思想上的零散火花。这些东西都只宜用简约的语言加以表达。再次，小诗以简约的文字包含最凝练的思想和最真挚的情感，给读者留下大片想象的空间、艺术的空白和审美的回味。因此，小诗简约而不简单，简短而不贫乏，大有尺幅兴波之妙，洞里乾坤之趣，掌中日月之味。

第二节 空明澄澈的星月：泰戈尔小诗中梵爱和谐 思想对冰心小诗思想内容的影响

在我国现代早期诗坛上，泰戈尔小诗集《飞鸟集》、《流萤集》对我国小诗的产生和发展的影响巨大而深远。在我国现代早期诗人中，"文研会"的重要代表诗人冰心受泰戈尔的影响最深，得惠最多。闻一多称冰心是"中国最善学泰戈尔"的女作家，徐志摩认为，冰心是"最有名的神形毕肖的泰戈尔的私淑弟子"。冰心为什么会是我国早期新诗诗坛受泰戈尔梵爱和谐思想影响最深，得惠最多的诗人？为什么她会成为"神形毕肖的泰戈尔的私淑弟子"？追根溯源，这与她的家世和早年经历密切相关。

一 冰心的家世和早年经历

冰心原名谢婉莹，祖籍福建长乐，1900 年 10 月出生于福州城内隆普营一个具有"爱的精神"和"维新思想"的海军军官家庭。其祖父谢大德（字銮恩，号子修）出身举人，在福州道南祠开设书馆，授徒为业，得意门生有萨镇冰（我国近代海军卓越将领，民国海军总长）、黄乃裳（著名华侨领袖、民主革命家）等。其祖父与同乡严复、林纾是好友，常在一起研讨诗文，民国时被推举为福建省兴文社社长，著有《游记诗钞》、《栽种抒情》等。祖父开启的书香之风对冰心耳濡目染，祖父大量的藏书为冰心的阅读提供了方便。冰心的父亲谢学朗（字葆璋，号镜如）是我国近现代爱国海军将领，曾任民国海军次长，海军中将。1887 年，清廷在英德两国订购了"致远"、"靖远"、"经远"、"来远"四艘巡洋舰，谢葆璋随管带邱宝仁赴德国接"来远"舰，任驾驶二副。1894 年，中日甲午海战爆发，谢葆璋驾舰追击日舰"赤城"号，被日本"吉野"号等四艘战舰夹击，"来远"舰无所畏惧，英勇还击，但寡不敌众，身受重创。接着，"来远"舰又被日本鱼雷艇偷袭而沉没，谢葆璋死里逃生，回到福州。童年冰心对英雄父亲十分敬仰崇拜，在烟台的八年，她与父亲相处时日甚多，"在这位爱国的海军将领父亲的关怀下，让耳濡目染的冰心，从小就种下了热爱祖国的种子"。① 冰心的母亲杨福慈温柔善良，贤惠慈爱。她19岁嫁到谢家，夫妻感情笃深，恩爱亲密。谢葆璋于1901年任北洋水师"海圻"巡洋舰副舰长，便将冰心一家人接到上海，住在昌寿里。这几年中，冰心是母亲膝下唯一的女儿，享受到温馨融融的母爱。冰心常常依偎在母亲身边，扑闪着眼睛听母亲讲述祖母、外祖母的故事。母亲话语温婉，故事细腻动人。母亲最喜欢女儿与她亲昵，冰心最怕母亲凝神不动，不再讲故事。母女俩常常这样亲密相依，相视而笑，这种情感的交流，培育了冰心的爱的种子，丰富了冰心的内心世界。母亲处处关爱冰心，冰心时时沐浴母爱，浓浓的母爱温暖着冰心幼小的心灵，在冰心的童年里积淀了纯洁丰富的母爱和爱母情愫。1903年，谢葆璋奉命到烟台，任海军训练营长，全家从上海迁至烟台。冰心的舅舅杨子敬从福州把家搬至烟台，他们两家就住在临海的海军医院三间正房里，从走廊东望就能看见大海，冰心喜欢大海，从此与大海结下了不解之缘。她"一想到大海，心胸就开阔起来，宁静了下去"。② 白天，冰心的母亲教她认"字片"，舅舅教她读课本，父亲带她到旗台、炮台、海军码头、火药库、龙王庙游逛，还教会了她骑马，让她有几分"小将军"的威风；晚上，母亲给她讲故事。1906年，冰心的大弟出世，舅舅杨子敬就成了她的第一任老师，利用冰心祖父的藏书，教她读《三国志》，讲故事。冰心7岁时就能自己阅读家藏的《三国志》、《水浒传》、《聊斋志异》等文学名著；她10岁时，表舅王逢逢接替舅舅杨子敬，成为她的第二任老师，教她学习《国文教科书》、《饮冰室自由书》和家藏的《论语》、《左传》、唐诗、宋词等。冰心聪颖好学，迷恋读书，尤其喜欢阅读诗词、散文和小说。在烟台的八年，冰心不仅认真学习，博览群书，而且常到山上、海边观赏大自然旖旎奇幻、美不胜收的风景，她喜欢海的辽阔澄澈、波飞浪卷，云的五色斑斓、奇异变

---

① 陈恕：《冰心全传》，中国青年出版社2011年版，第20页。
② 冰心：《我的童年》，见《冰心全集》第三卷，海峡文艺出版社1995年版，第235页。

幻，山的沉稳宁静、云蒸霞蔚，树的苍翠葱茏，鸟的自由翱翔，虫的弹琴吟唱。大自然的无穷生命力深深吸引着冰心，热爱大自然的种子在冰心心里萌芽生根。此外，冰心还常到烟台金沟寨的村落，与乡下孩子玩耍、游戏，给他们讲故事，她喜欢这些乡下小伙伴的活泼顽皮、淳朴天真，体验到了童年的天真、自由和快乐；同时，她看到了乡下贫民房屋的破败，饮食的粗劣，衣着的褴褛，精神的萎靡，生活的艰难，因而产生了同情怜悯之心。1911 年 10 月，冰心随父母回到福州老家，冰心家与祖父、伯父母、叔父母四家住在一起，组合成和谐的大家庭。平时大家互相爱护，互相帮助，关系融洽，相处甚欢。到了逢年过节时，相聚庆贺，热闹非凡。冰心在福州老家这个和睦友爱的大家庭生活了两年，她真切地感受到了大家庭的温暖幸福。1911 年秋，11 岁的冰心考上协和女子师范学校预科，从此告别童年，开始少女生活。1913 年，谢葆璋奉命到北京任海军部军学司司长、少将，冰心随父迁至北京。冰心后来回忆道："说到童年，我常常感谢我的好父母，他们养成我一种恬淡、'返乎自然'的习惯，他们给我一个快乐的环境，因此，在任何环境里都能自足，知足。我尊敬生命，宝爱生命，我对于人类没有怨恨，我觉得许多缺憾是可以改进的，只要人民有决心，肯努力。"①

冰心上海两年、烟台八年、福州两年的丰富多彩的童年和少年初期的生活，使她萌生了热爱父母、热爱亲人、热爱自然、热爱生命、同情平民的思想感情。冰心的童年是温馨、幸福、自由、快乐的，是充满母爱、父爱和家人之爱的。一个人的家世、童年经历和情感会直接影响其一生，尤其会影响青年时期的心理、感情和思想。冰心的家世和童年经历是她青年时期主动接受泰戈尔"爱的哲学"，纵情歌颂母亲之爱、儿童之爱和自然之爱的情感基础、心理基础和思想基础。

二　冰心与泰戈尔的家世和早年经历的相似点

冰心的家世和早年经历与泰戈尔的家世和早年经历有不少相似之处，要言之，其主要相似点如下。

---

① 冰心：《我的童年》，见《冰心全集》第三卷，海峡文艺出版社 1995 年版，第 238—239 页。

其一，家世显赫，地位崇高。冰心的祖父是举人，与同时代的文化名人严复、林纾、萨镇冰、黄乃裳过从甚密，授业弟子甚广，对福建文化发展影响较大；且家庭藏书甚多，文化底蕴深厚，开谢氏书香门第之风。其父亲是爱国海军将领，他进入天津海师学堂由该校总教习严复举荐，与辛亥革命武昌起义将军、民国总统黎元洪是同窗，曾参加震惊中外的甲午海战，与名将丁汝昌、邓世昌、刘步蟾等一道戮力抗击日军；1926 年任海军次长，1927 年任海军中将，对我国近现代海军发展影响较大，且开谢氏爱国尚武之风。泰戈尔家族在印度文化、经济之都加尔各答是名门望族，其祖父是当地商业王子，拥有船队、银行，家庭富裕，乐善好施，积极资助印度教徒学院、加尔各答第一所医学院，在政治、宗教方面，他与社会改革家、宗教改革家罗易是挚友，积极支持罗易的改革，创立了土地所有者协会；他对加尔各答的经济、政治、宗教发展影响较大。泰戈尔的父亲是一位哲学家，社会改革者，组织成立了宗教协会通梵协会（知梵协会），思想觉悟极高，反对逃避主义，时常关心祖国的前途和命运，同情下层人民的不幸遭遇；他对加尔各答的经济、政治、宗教的发展也有较大影响。泰戈尔的大哥是大学者、诗人、音乐家、哲学家和数学家，二哥是梵文学家，三哥、四哥是著名作家，五哥是著名音乐家、诗人、剧作家，七哥是秘密社会团体负责人，五姐是富有才干的音乐家和作家，其他姐姐有的是作家、音乐家，有的是民族独立运动的积极参加者。泰戈尔家族在加尔各答以及印度都享有显赫地位和崇高声望。冰心和泰戈尔的家世及其地位不仅孕育了他们两人的爱国思想和情怀，而且为冰心接受泰戈尔梵爱和谐思想奠定了基础。

其二，母爱浓浓，父爱深深。冰心的母亲温柔善良，贤惠慈爱。在冰心的童年时代，母亲不仅无微不至地关心她的生活，使她健康成长，而且经常给她讲述祖母、外祖母的感人故事和民间故事，教她认字片，自觉不自觉地担当了她的启蒙老师，浓浓的母爱时时流淌在冰心的心田。冰心的父亲不仅是我国近现代爱国海军将领，而且在家庭是合格的父亲，父亲最爱这位冰雪聪明的小闺女，不管职务升迁到何地，他总是带着一家人在身边，不管军务多么繁忙，他总是要带冰心到他管辖的营地、旗台、炮台、海军码头、火药库去游逛，教冰心骑马，让冰心感受军队之壮、军人之威和军国之重。深深的父爱时时扣动着冰心的心弦。泰戈尔的母亲善良淳

朴，温良俭让，聪慧上进，她的子女虽然众多，但对最小的儿子泰戈尔尤
其钟爱，常给泰戈尔唱儿歌，泰戈尔后来在《我的童年》中说：从母亲嘴
里听来的儿歌是我最初学到的文学，对我的心有吸引盘踞的力量。母亲不
仅在生活上处处关爱他，而且在学习上时时鼓励他，母亲特别喜欢泰戈尔
用梵语背诵瓦尔米基的《罗摩衍那》原本，鼓励他把《罗摩衍那》的故
事讲给全家听，给予他温馨的母爱。浓浓的母爱款款流淌在泰戈尔的心
田。泰戈尔童年时期，父亲的宗教事务繁忙，但仍然在百忙之中教泰戈尔
读史诗《罗摩衍那》、《摩诃婆罗多》，宗教经典《吠陀》、《奥义书》，让
他选读梵语、孟加拉语和英国文学，以及富兰克林传记，带他到喜马拉雅
山旅行，要求他背诵《吠陀》、《奥义书》，给他讲天文知识。他父亲教育
他成才，关心他成长，给予他深沉的爱。深深的父爱时时扣动着泰戈尔的
心弦。冰心和泰戈尔自幼获得的涓涓母爱和深深父爱，不仅孕育了他们两
人的爱母爱父爱亲人以及爱人类的思想和情怀，而且为冰心接受泰戈尔
"爱的哲学"、博爱精神奠定了基础。

其三，儿童生活，自由丰富。冰心的童年学历及学业状况与泰戈尔相
似。冰心在 10 岁之前，没有上过正规的学校，其学业都在家中完成。母
亲教她识字，舅舅是她的第一任老师，表舅是她的第二任老师，两位舅舅
利用冰心祖父的藏书，悉心教她读《三国志》、《论语》、《左传》、唐诗宋
词、《国文教科书》、《饮冰室自由书》等文史经典和百家作品，因此冰心
从小打下了扎实的文化、文学基础。在烟台的八年，冰心除了博览群书之
外，常到山上、海边观赏大自然的美丽风景，还时不时到乡下与小伙伴们
自由快乐地游玩。直至 11 岁时，冰心才进入正规的协和女子师范学校。
泰戈尔的童年学业也很特别，8 岁前没有上正规的学校，他曾把自己的童
年戏称为"仆人时代"，因为他家孩子多，父母有时觉得管不过来，就把
孩子们交给仆人管理，这些仆人有的较温顺，有的较凶悍，有的是文盲，
而有文学修养、多才多艺的仆人则给泰戈尔念《罗摩衍那》，编唱民歌，
"那时候，仆人的头领索沃罗摩是我们家的教头，他大部分时间练习拳术，
挥舞棍棒。有时坐在一边碾磨大麻，有时静静地吃生萝卜和嫩菜叶。我们
这些男孩子便趁机爬上他的肩头，在他耳边大喊'罗陀——黑天——'
（注：印度神话中的一对恋人），他越是奋力挥舞拳术反抗，我们越是开
心，他反抗是不是为了不断地听到他尊敬的神祇的圣名而使用的小伎俩

呢？天知道！"① 此外，他家聘请了家庭教师，每当夜幕降临，老师开始教他学习贝利塞尔卡尔编写的初级课本。但更重要的是他的父亲抽空不失时机地教他读史诗、宗教经典、孟加拉语、英国文学，给他讲天文知识。泰戈尔 8 岁时进入东方学校，后又转入加尔各答师范学校。冰心和泰戈尔的童年生活都是丰富多彩的，这样的儿童生活的最大特点是自由丰富：自由生活，自由活动，自由发展，多方面接触文学、艺术、哲学、民间文化，让儿童天真活泼、好奇好学的天性得到最大限度的展现和发展。

其四，热爱自然，尊重生命。大自然满是生命，热爱大自然就是尊重生命，热爱生命。冰心随父在烟台生活的八年，住房就紧邻大海。她时常去观赏大海，感受大海的生命和性格。大海给冰心敞开了博大无边的胸怀，呈现出湛蓝澄澈的透明生命和纯洁性格，展示出变幻无穷的你追我赶的雪浪和汹涌澎湃的波涛。同时，大海又是地球生命的摇篮。冰心酷爱大海，"尊重生命，宝爱生命"。此外，冰心还时常去游山戏水，观风望景，领略自然的生命魅力。泰戈尔出生在印度的母亲河、印度文化的发祥地——恒河之滨，童年的泰戈尔常常游走在恒河岸边，凝视清澈的河水款款流淌；有时到恒河里游泳，让圣洁的河水温温浸泡，洗涤身体和灵魂。他爱恒河水，爱大自然，爱梵天赐给印度人的圣河。虽然许多时候泰戈尔被限制在大家庭的庭院中，但天性热爱自然的他绝不待着不动，而是观赏庭院中枝繁叶茂的榕树，与榕树对话；观察水池中追逐嬉闹的鸭子，与鸭子交流；即使偶尔从黑暗中窜出的小动物吓他一跳，他也觉得趣味无穷。泰戈尔热爱自然，尊重和热爱自然以及梵天赐予的所有生命。这就是冰心和泰戈尔亲近自然、热爱自然，亲近生命、宝爱生命的可贵童心。

综上所述，冰心与泰戈尔的家世和早年经历的相似点，既为他们日后以"爱的哲学"和"生命哲学"为核心的思想和作品奠定了基础，又为冰心接近和了解泰戈尔的作品、主动接受泰戈尔梵爱和谐思想创造了有利条件。

三　泰戈尔《飞鸟集》对冰心《繁星》和《春水》的影响

冰心于 1918 年 8 月考入协和女子大学预科，1919 年初燕京大学成立，

---

① 泰戈尔：《童年》，见《泰戈尔经典散文集》，白开元译，新世界出版社 2010 年版，第 2 页。

协和女子大学并入其中，成为燕大女校，冰心便成为燕京大学学生。她积极投入轰轰烈烈的五四爱国运动，同时广泛涉猎外国文学作品，创作诗歌、小说、散文，开始接触和了解泰戈尔。她于1920年9月在《燕京大学季刊》上发表了题为《遥寄印度哲人泰戈尔》的热情洋溢、充满崇拜的文章，对泰戈尔伟大的人格、快美的诗情、超卓的哲理由衷景仰，对泰戈尔"宇宙和个人的灵中间有一大调和"的见解、"梵我合一"的思想深表赞同。

泰戈尔小诗集《飞鸟集》（初译为《迷途的鸟》）的早期译本是王靖译的《迷途的鸟》，[1] 但尚未流行；而郑振铎将泰戈尔的这部小诗集翻译并更名为《飞鸟集》后，《飞鸟集》便迅速在我国诗坛及文学界传播流行，并产生广泛影响。周作人认为，"中国的新诗在各方面都受欧洲的影响，独有小诗仿佛是在例外，因为他的来源是在东方的，这里边又有两种潮流，便是印度与日本，在思想上是冥想与享乐"，"在最近的收获，泰谷尔（Tagore）的诗，尤其是《迷途的鸟》里，我们能够见到印度的代表的小诗，他的在中国诗上的影响是极著明的。"[2]

关于冰心直接接受泰戈尔影响而写诗的缘由，冰心自己在多种场合都说过，她的小诗集《繁星》和《春水》都是直接受到泰戈尔的影响而积淀成集的。早在1921年9月《繁星》出版时，冰心就在《繁星·自序》中说："一九一九年的冬季，和弟弟冰仲围炉读泰戈尔（R. Tagore）的《迷途之鸟》（Stray Birds），冰仲和我说：'你不是常说有时思想太零碎了，不容易写成篇么？其实也可以这样的收集起来。'从那时起，我有时就记下在一个小本子里。"[3] 后来，冰心又在《我是怎样写〈繁星〉和〈春水〉的》一文中说：她在一本杂志上偶然读到郑振铎所译泰戈尔的《飞鸟集》连载，灵感被触动，思想被激发，就有意摹仿泰戈尔的小诗写起来，并一发而不可收，写了三百多首小诗（她称之为"零碎的思想"），不久便结为小诗集《繁星》和《春水》："我写《繁星》和《春水》的时候，并不是在写诗，只是受了泰戈尔《飞鸟集》的影响，把自

①　载1921年《新人》，孙宜学编《诗人的精神——泰戈尔在中国》，江西高校出版社2009年版，第300页。

②　周作人：《自己的园地：论小诗》，载《晨报·副刊》1922年6月21日、22日。

③　冰心：《繁星·自序》，商务印书馆1922年版，第1页。

己平时写在笔记本上的三言两语——这些'零碎的思想'收集在一个集子里。"① 从这里可以看出,冰心的新诗不仅形式上受到泰戈尔《飞鸟集》这种哲理式短章的影响,而且内容上也受到泰戈尔《飞鸟集》、《新月集》等诗歌主题的影响,表达自己的"零碎的思想",这些"零碎的思想"包括母亲之爱、儿童之爱、自然之爱和人生哲理的思想情感。由此可见,冰心的小诗集《繁星》和《春水》是直接受到泰戈尔《飞鸟集》的影响而创作的。《中国新文学运动史》的作者王哲甫经过考证认为:"《繁星》《春水》里表现出作者的整个灵魂,那样清澈美妙的笔锋,那样超逸的柔情美意,写得多么自然活泼。她写的虽然多是小诗,显然的是受了泰戈尔的影响。"②

毋庸置疑,在中国现代,"泰戈尔的私淑弟子"冰心是小诗体的创始人。冰心在泰戈尔《飞鸟集》的直接影响下,仿效泰戈尔小诗的思想内容和哲理化的短小形式,结合中国的诗歌审美传统大胆地进行小诗创作的试验,正如杜威所说:"一位艺术家必须是一位试验者,因为他不得不用众所周知的手段和材料来表现高度个性化的经验。……若非如此,艺术家便是重弹老调,失去了艺术生命,正是因为艺术家从事试验性的工作,所以他才能开拓新的经验,在常见的情景和事物中揭示新的方面和性质。"③ 冰心思想开放,才思敏捷,敏于接受泰戈尔的影响,勇于进行小诗"试验性的工作","开拓出新的经验",她情感贲张,思如泉涌,于 1919 年至 1922 年陆续创作了 346 首小诗,结集为《繁星》和《春水》并出版。

《繁星》和《春水》出版后好评如潮,其思想性和艺术性受到名家的高度评价。文学评论家胡愈之最早发表文章专门评论冰心及其作品,他在《繁星》出版后不久就发表文章中肯地评价了冰心的小诗及其价值:"自从冰心女士在《晨报副刊》上发表她的《繁星》后,小诗颇流行一时……使我们的文坛,收获了无数粒情绪的珍珠,这不得不归功于《繁星》的作者了……小诗的长处是在于捉住一瞬间稍纵即逝的思潮,表

---

① 冰心:《我是怎样写〈繁星〉和〈春水〉的》,载《诗刊》1959 年第 4 期。
② 引自陈恕《冰心全传》,中国青年出版社 2011 年版,第 93 页。
③ 杜威:《艺术即经验》,引自 M. 李普曼《当代美学》,光明日报出版社 1986 年版,第439 页。

现出偶尔涌现到意识域的幽微的情绪。……所以片段的诗句，在文学的鉴赏上也正和鸿篇巨制，有同样的价值。"① 周作人对冰心《繁星》的评价也相当高，他在篇幅短小的《论小诗》中竟不惜笔墨，先后两次引用《繁星》的小诗，并认为这是当时开始流行的小诗的"佳者"。他在厘清中国小诗所受影响的途径时首先谈到冰心所受泰戈尔的影响并加以简评："冰心女士的《繁星》，自己说明是受泰谷尔影响的，其中如六六及七四这两首云：'深林里的黄昏 / 是第一次么？又好似是几时经历过 / 婴儿 / 是伟大的诗人：在不完全的言语中，吐出最完全的诗句。'已算是代表的著作，其后辗转模仿的很多，现在都无须列举了。"② 然后，周作人谈到关于小诗的鉴赏时又引用冰心的小诗并评论道："如《繁星》第七五云：'父亲呵，出来坐在月明里，我要听你说你的海。'在我个人的意见，这几篇都可以算是小诗之佳者。"③ 王哲甫更是高度评价了冰心《繁星》和《春水》的重要地位和作用："她的诗集虽只有《繁星》《春水》两个小册子，但她在诗坛上已有了不朽的地位。……这种诗体却引起了文坛上的共鸣，而造成了所谓'小诗流行的时代'。"④ 冰心的小诗内容繁复，思想深刻，多涉及对自然与宇宙的探索，对人生与生命的思考，"诗人对宇宙人生，须入乎其内，又须出乎其外。入乎其内，故能写之；出乎其外，故能观之。入乎其内，故有生气；出乎其外，故有高致。"⑤ 冰心的小诗对自然与宇宙的探索，对人生与生命的思考，既能"入乎其内"，又能"出乎其外"，因此既"有生气"，又"有高致"。

四　泰戈尔诗歌中梵爱和谐思想对冰心小诗思想内容的影响

既然泰戈尔直接影响了冰心的《繁星》和《春水》，那么具体而言，泰戈尔的梵爱和谐思想对冰心小诗的思想内容产生了怎样的影响？一言以蔽之，其影响主要为"梵我合一"思想、"万物和谐一统"思想、"爱的

---

① 胡愈之：《评〈繁星〉》，载《时事新报·文学旬刊》1923 年 5 月，引自陈恕《冰心全传》，中国青年出版社 2011 年版，第 90 页。

② 周作人：《自己的园地：论小诗》，载《晨报·副刊》1922 年 6 月 21 日、22 日。

③ 同上。

④ 引自陈恕《冰心全传》，中国青年出版社 2011 年版，第 93 页。

⑤ 王国维：《人间词话》六〇，见《蕙风词话·人间词话》，人民文学出版社 1960 年版，第 220 页。

哲学"思想的影响，而"梵我合一"思想、"万物和谐一统"思想、"爱的哲学"思想又是"梵爱和谐"思想的具体呈现。

（一）梵我合一思想的影响

泰戈尔认为，人的生与死看似矛盾对立，两重天地，实则辩证统一，殊途同归。活着应如初夏之花，尽情绽放生命的绚烂；死时则如深秋之叶，独自享受梵我一如的静美——死是梵的圆满，给世人以新的生命，即死亡是梵的圆满和人的新生，是个我的有限生命与"梵"的无限生命的整体和谐："使生如夏花之绚烂／死如秋叶之静美。"① 冰心受其影响，认为生之离如日月，升落有度，虽朦胧而可知；死之别如落花，绚烂有时，而憔悴必然；生离死别、荣辱悲欢只不过是人生旅程的自然瞬间，梵我合一是人生最佳的选择，个我的有限生命须与"梵"的无限生命整体和谐："生离——是朦胧的月日／死别——是憔悴的落花。"② 泰戈尔认为，死是梵的圆满，给世人以新的生命，即死亡是梵的圆满，人的新生，因为死亡是个我的有限生命与"梵"的无限生命实现了整体和谐："夜与逝去的日子接吻／轻轻地在他耳旁说道／'我是死，是你的母亲／我就是要给你以新的生命。'"③ 冰心受其影响，认为"死之所"就是"生之源"，死亡是生命的安息，是梵我合一的呈现，是又一个新生命的诞生，因为个我的有限生命与"梵"的无限生命实现了整体和谐："死呵／起来颂扬它／是沉默的终归／是永远的安息。"④ "万顷的颤动——深黑的岛边／月儿上来了／生之源／死之所！"⑤

泰戈尔写道，繁星是上帝的眼睛，照亮了人的心灵；"我"的心渴望着上帝繁星般明亮的眼睛，让"我"的心与上帝的眼睛合为一体："让那些选择了他们自己的焰火哔哔的世界的／就生活在那里吧／我的心渴望着您的繁星／我的上帝。"⑥ 冰心受其影响，爱自然、爱生命、爱和谐，努力探索人生、生命和宇宙的真谛，她在诗中表达宇宙无限，万物和谐，物

---

① 泰戈尔：《飞鸟集》，第 82 首。
② 冰心：《繁星》之二二。
③ 泰戈尔：《飞鸟集》，第 119 首。
④ 冰心：《繁星》之二五。
⑤ 同上书，之三。
⑥ 泰戈尔：《飞鸟集》，第 286 首。

我一体，梵我和谐的思想："繁星闪烁着——深蓝的太空／何曾听得见他们的对语／沉默中／微光里／他们深深的互相颂赞了。"①

泰戈尔在诗中写道，神的"爱"赐予有涯的生命，人的"爱"追求无限的圆满，"爱"的崇高精神与"梵"的最高灵魂须整体和谐，这是人神相融、梵爱和谐的思想："神在他的爱里吻着'有涯'，而人却吻着'无涯'。"② 冥冥世界中，个我与梵融为一体；现实世界中，众我沐浴梵的光辉："在黑暗中，'一'视如一体；在光亮中，'一'便视如众多。"③ 生死互依，梵我合一；"一"是梵的衍生，"死"是"生"的转化，因为个我的有限生命与梵的无限生命实现了整体和谐："在死的时候，众多合而为一；在生的时候，一化为众多。神死了的时候，宗教便将合而为一。"④ 冰心受其影响，在诗中表达生命有限，宇宙无限，万物和谐，物我一体，梵我一如，个我的有限生命与梵的无限生命整体和谐，"爱"的崇高精神与"梵"的最高灵魂整体和谐的思想，如："轨道旁的花儿和石子／只这一秒的时间里／我和你／是无限之生中的偶遇／也是无限之生中的永别／再来时／万千同类中／何处更寻你？"⑤ "心呵／什么时候值得烦乱呢／为着宇宙／为着众生。"⑥ 无限的梵存在于人的语言笑貌之中，因为"梵"与"我"实为一体，"我"与"梵"心灵共鸣："无限的神秘／何处寻它／微笑之后／言语之前／便是无限的神秘了。"⑦

冰心在《繁星》和《春水》中尽情抒写爱自然、爱生命、爱和谐的思想情感，表达梵我合一的思想。她叙写繁星与太空的窃窃私语和亲密对话，表达诗人对宇宙一体、万物和谐、生命整体和谐的赞美和向往，如《繁星》一；她抒写大海是自然天神的杰作，大海里闪烁着星光，大海的氤氲水汽滋润着花朵，传送着花香，诗人遥望着大海，涌动着热爱大海、热爱大自然的激情，思考着自然与人生的微妙关系，思潮里回响着大海波涛的清响，如《繁星》之一三一，诗人抒发了热爱大海、热爱大自然的情

---

① 冰心：《繁星》之一。
② 泰戈尔：《飞鸟集》，第 302 首。
③ 同上书，第 90 首。
④ 同上书，第 84 首。
⑤ 冰心：《繁星》之五二。
⑥ 冰心：《春水》之一六。
⑦ 冰心：《繁星》之一一。

感，探索了人与自然的微妙关系，表达了梵遣大海、海容万物、梵我合一、个我的有限生命与"梵"的无限生命整体和谐的思想。她受泰戈尔常常将自然之物人格化的影响，也将"春"人格化，抒写温暖的春赶走冬的清冷，微小的草渲染着丝丝春意，春满大地，爱满人间，表达梵我合一、生命整体和谐的主题："春徘徊着来到 / 这庄严的坛上——在无边的清冷里，只能把一丝春意 / 交付与阶隙里 / 微小的草儿了。"① 她抒写爱如春水，流向人间，滋润万物，温暖心田，表达爱自然、爱生命、爱人生、"爱"的崇高精神与"梵"的最高灵魂整体和谐的梵爱和谐主题："别了！春水，感谢你一春潺潺的细流，带去我许多意绪 / 向你挥手了 / 缓缓地流到人间去罢，我要坐在泉源边，静听回响。"②

（二）万物和谐一统思想的影响

泰戈尔爱自然、爱生命、爱和谐，认为物我一体，和谐一统。如《飞鸟集》第 88 首诗写湖水滋养了荷叶，荷叶承载着露珠；如果没有湖水的清澈，就没有荷叶的繁茂；没有荷叶的繁茂，就没有露珠的晶莹；没有露珠的晶莹，就没有荷塘的精彩。湖水、荷叶、露珠相互依存，共生一体。"鸟的歌声是曙光从大地反响过去的回声。"③ 鸟为自然而歌唱，光为鸟声而回响。万有一统，声光互幻。万物相互依存，共生一体，和谐一统。冰心受其影响，也爱自然、爱生命、爱和谐，不断探索人生、生命和宇宙的真谛，认为万物和谐，物我一体，如《繁星》一三一写诗人面对大海，仰望星光，思潮翻涌：繁星照耀大海，大海映照星光，海风吹送花香，星光和花香激发诗人的思绪。如果没有繁星的灿烂，就没有海水的晶莹；没有海水的晶莹，就没有星光的跳跃；没有星光的跳跃，就没有诗人思潮的翻飞。《春水》二三写"平凡的池水——临照了夕阳 / 便成金海！"池水因夕阳而成金海，夕阳因池水而彰显与人间接近的生命；如果没有夕阳的光辉，就没有池水的辉煌；如果没有池水的澄澈，就没有夕阳虽将落山但可以彰显生命活力的空间。可见万物和谐共生，物我和谐一体。这是泰戈尔万物和谐一统思想所影响的结果。

---

① 冰心：《春水》之八八。
② 同上书，之一八二。
③ 泰戈尔：《飞鸟集》，第 245 首。

（三）"爱的哲学"思想的影响

泰戈尔"爱的哲学"思想对冰心小诗思想内容的影响具体表现为爱生命的梵爱和谐，爱自然的物我相融，爱儿童的母子一体，爱情的休戚与共。

爱生命——梵爱和谐。泰戈尔写道，"我"的生命和谐，神可弹奏出爱的乐音；神我合一，梵可谱写出爱的诗篇；梵爱和谐则生命无穷，"爱"的崇高精神与"梵"的最高灵魂则整体和谐："主呀，当我的生之琴弦都已调得谐和时／你的手的一弹一奏／都可以发出爱的乐声来。"① 冰心受其影响，抒写梵天的微笑拨动了诗人心灵的琴弦，梵的清辉像月光一样照彻诗人的灵魂，使"爱"的崇高精神与"梵"的最高灵魂整体和谐："窗外的琴弦拨动了／我的心呵／怎只深深的绕在余音里／是无限的树声／是无限的月明。"② 泰戈尔认为，人之生如小舟渡苦海，相聚不离，迎着风浪前行；人之死如行船到达彼岸，生命实现整体和谐，人生获得喜乐圆满："我们的生命就似渡过一个大海／我们都相聚在这个狭小的舟中／死时，我们便到了岸／各往各的世界去了。"③ 冰心受其影响，在诗中以母亲向造物者祈求孩子安全幸福的口吻，期望人生的小舟乘风渡过梵的清光照耀的大海，到达生命的彼岸，实现个我的有限生命与梵的无限生命整体和谐、"爱"的崇高精神与"梵"的最高灵魂整体和谐："造物者——倘若在永久的生命中／只容有一极乐的应许／我要至诚地求着／'我在母亲的怀里／母亲在小舟里／小舟在月明的大海里。'"④

爱自然——物我相融。泰戈尔认为，"梵"是大自然伟大的无限生命，"我"是宇宙的有限个我生命；大自然伟大的无限生命与人类因爱而生的个我生命是整体和谐的，人类的生命系统与自然的生命系统是整体和谐的。因此在自然与人生法则中，存与毁、动与静、高与低、深与浅，都不是绝对的，而是相对的。生命只有动起来才知道自己的高度，只有静下来才知道自己的深度，只有相依相存才能实现人类生命的生态系统与自然生命的生态系统的整体和谐，即生命的整体和谐："在山中，寂静涌起／以

① 泰戈尔：《飞鸟集》，第 314 首。
② 冰心：《繁星》之二一。
③ 泰戈尔：《飞鸟集》，第 242 首。
④ 冰心：《春水》之一〇五。

探测山岳自己的高度 / 在湖里，运动静止 / 以静观湖水自己的深度。"①
冰心受其影响，认为灵魂在生命的虚静中升华，在红尘的喧嚣中灭亡，在
"爱"的崇高精神指引下，实现大自然伟大的无限生命与人类因爱而生的
个我生命的整体和谐，个我灵魂与"梵"的最高灵魂的整体和谐："心灵
的灯 / 在寂静中光明 / 在热闹中熄灭。"② 爱如春水，流向人间，滋润万
物，温暖心田："别了！春水 / 感谢你一春潺潺的细流 / 带去我许多意
绪 / 向你挥手了 / 缓缓地流到人间去罢 / 我要坐在泉源边 / 静听回响。"③
亲近自然就是亲近生命，与自然渐行渐近，就是与生命渐行渐近，就是人
类与自然渐行渐近。泰戈尔在诗中表达爱海水的破疑奔涌，爱天空的沉思
无垠，因为天人一体，物我合一："'海水呀，你说的是什么？' / '是永
恒的疑问。' / '天空呀，你回答的话是什么？' / '是永恒的沉默。'"④
冰心在诗中写道："我们都是自然的婴儿 / 卧在宇宙的摇篮里。"⑤ 泰戈尔
认为，自然混元一统，和谐化一： "鸟儿愿为一朵云 / 云儿愿为一只
鸟。"⑥ 冰心也认为自然混元一统，和谐化一，她写道："空中的鸟 / 何必
和笼里的同伴争噪呢 / 你自有你的天地。"⑦ 泰戈尔写道，小草给土地以
绿色，土地给小草以生命；小草虽小却拥有丰厚的土地，土地之厚可滋养
生命的新芽："小草呀，你的足步虽小 / 但是你拥有你足下的土地。"⑧ 冰
心受其影响，也写小草与世界的生命关系——小草虽小却可染绿世界，世
界之广足可滋养小草的生命："弱小的草呵 / 骄傲些罢 / 只有你普遍的装
点了世界。"⑨ 泰戈尔说，花朵孕育果实，果实藏在花心——万物形异而
神合，自然伟大，物我相融："你离我有多远呢，果实呀？" / "我藏在
你心里呢，花呀。"⑩ 冰心也写花与果的生命关系，表达万物形异而神合，
自然伟大，物我相融的思想："风雨后——花儿的芬芳过去了 / 花儿的颜

① 泰戈尔：《流萤集》，第 19 首。
② 冰心：《繁星》之二三。
③ 冰心：《春水》之一八二。
④ 泰戈尔：《飞鸟集》，第 12 首。
⑤ 冰心：《繁星》之一四。
⑥ 泰戈尔：《飞鸟集》，第 35 首。
⑦ 冰心：《繁星》之七〇。
⑧ 泰戈尔：《飞鸟集》，第 65 首。
⑨ 冰心：《繁星》之四八。
⑩ 泰戈尔：《飞鸟集》，第 86 首。

色过去了／果儿沉默的在枝上悬着／花的价值／要因着果儿而定了!"①
冰心与泰戈尔一样，都赞颂和追求人类生命的生态系统与自然生命的生态
系统的整体和谐。

爱情——休戚与共。爱情是人类共有的美好感情，是泰戈尔诗中常写
常新的题材。泰戈尔写道，爱可驱走孤寂，爱是心灵的抚慰，精神的按
摩："我不要求你进我的屋里／你到我无量的孤寂里来吧／我的爱人!"②
爱是痛苦的，也是欢乐幸福的；历经痛苦的爱情才是幸福——为送走痛苦
而幸福，为与心爱的人相聚而幸福："爱情呀，当你手里拿着点亮了的痛
苦之灯走来时／我能够看见你的脸／而且以你为幸福。"③ 生命因爱情而
精彩，爱情因付出而富足："生命因为付出了的爱情而更为富足。"④ 生命
如水，因滋润花草庄稼而富有活力；爱情如树，因享受阳光雨露而常绿长
青；树甘于奉献，哪怕化为斧柄、牺牲自我；爱需要把一切奉献给爱人，哪
怕自己粉身碎骨，失去生命："樵夫的斧头／问树要斧柄／树便给了他。"⑤
冰心也是描写爱情的高手。她受泰戈尔影响在诗中写道，当少男远行时，
少女是孤寂的，但爱可驱走孤寂，穿越度日如年的时间的海洋："我的
心／孤舟似的／穿过了起伏不定的时间的海。"⑥ 男欢女爱，人之常情；
生离死别，情之极致。与爱人生离，虽然痛苦但有相思的甜蜜——"躲开
相思，被上裘儿／走出灯明人静的屋子／小径里明月相窥／枯枝——在雪
地上／又纵横写遍了相思。"⑦ 与爱人死别，虽然呈现生命的痛苦憔悴，
但可享受曾经爱过的幸福："生离——是朦胧的月日／死别——是憔悴的
落花。"⑧ 又如《繁星》二〇写爱是愁苦的，也是幸福的；当神向相爱的
人伸出玫瑰花枝时，幸福就降临心心相印的人儿；当乐意为相爱的人付出
完全的爱时，才是人生最幸福的时刻，因为爱情因付出而富足。

爱儿童——母子一体。母亲是梵的化身，儿童是梵的天使。泰戈尔一

---

① 冰心：《繁星》之一三六。
② 泰戈尔：《飞鸟集》，第 266 首。
③ 同上书，第 162 首。
④ 同上书，第 223 首。
⑤ 同上书，第 71 首。
⑥ 冰心：《繁星》之一九。
⑦ 冰心：《相思》，见《诗集》，第 135 页。
⑧ 冰心：《繁星》之二二。

生钟爱儿童，追求梵爱和谐，常常描写母子同乐、融为一体的情景，以表现热爱儿童的情感和梵爱和谐的主题，表达儿童的生命与母亲的生命整体和谐的思想情感；冰心也是一生钟爱儿童，追求梵爱和谐，所以泰戈尔诗歌中梵爱和谐思想中"爱的哲学"对冰心小诗思想内容的影响尤其深刻巨大，它使冰心诗集《繁星》和《春水》的主题抹上一层浓厚的母爱色彩，蕴含着丰富的"爱的哲学"思想，呈现热爱儿童的情感和梵爱和谐的主题，表达儿童的生命与母亲的生命整体和谐的思想情感。

　　泰戈尔热爱儿童的情感及梵爱和谐的思想在《新月集》中表现得尤为突出，因此对冰心的小诗思想内容的影响尤其显著。泰戈尔在《新月集》中写道："小孩子们汇集在无边无际的世界的海边。狂风暴雨飘游在无辙迹的天空上，航船沉碎在无辙迹的海水里，死正在外面走着，小孩子们却在游戏。在无边无际的世界的海边上，小孩子们大汇集着。"① 小孩与大海嬉戏，他们不怕水淹，不怕风暴，但他们哪里知道，他们快乐地嬉戏大海，母亲正为他们捏一把汗，悬一颗心，母亲希望孩子藏进她温暖的怀抱，躲避自然风暴的袭击，回避社会风雨的伤害，以获得生命的安全感。这种母爱贯穿在孩子的整个成长过程中。冰心受泰戈尔《新月集》的影响，在《繁星》中深情地写道："母亲啊，天上的风雨来了，鸟儿躲到它的巢里，心中的风雨来了，我只躲到你的怀里。"② 冰心以鸟儿比喻孩子，以鸟巢比喻母亲的怀抱。天上的风雨袭来，鸟儿归巢，以躲避恶风恶雨的袭击；人间的风雨袭来，孩子扑向母亲，藏进母亲温暖的怀抱，躲避社会风雨的袭击，以获得生命的安全感。母亲给孩子生命安全的依靠，母爱给孩子精神安全的抚慰。泰戈尔在诗中说："孩子在纤小的新月的世界里，是一切束缚都没有的，他知道有无穷的快乐藏在妈妈的心的小小一隅里，被妈妈亲爱的手臂所拥抱，其甜美远胜过自由。"③ 在梵的新月照耀下，孩子的童话世界里只有母爱和神爱，欢笑和自由，没有任何形式的束缚和伤害，这是孩子的自由王国，母亲的爱的王国，是母子和谐、梵爱和谐、"爱"的崇高精神与"梵"的最高灵魂整体和谐的王国。冰心受其影响，

---

① 泰戈尔：《新月集·海边》。
② 冰心：《繁星》之一五九。
③ 泰戈尔：《新月集·孩童之道》。

在《春水》中写道："造物者——倘若在永久的生命中／只容有一极乐的
应许。我要至诚地求着：'我在母亲的怀里，母亲在小舟里，小舟在月明
的大海里。'"① 造物者即基督教的上帝，印度教的梵天。冰心在这里直接
将泰戈尔诗中"新月"的意象化为"明月"的意象，叙写孩子对母亲的
至诚请求，抒写母亲爱孩子的深沉明澈、孩子爱母亲的亲昵淳朴，母子享
受梵爱和谐境界的快乐圆满："我在母亲的怀里，母亲在小舟里，小舟在
月明的大海里。"在本诗中，诗人以小舟喻生命之船，以明月喻梵天之光，
以大海喻梵我合一、个我的有限生命与"梵"的无限生命整体和谐的境
界。冰心认为，如果有梵天，如果向梵天祈祷生命极乐的应允，那么孩子
只向梵天表达唯一的祈求：孩子永远躺在母亲的怀抱里，享受安全、温
馨、甜蜜和灵魂的安顿——"母亲啊！撇开你的忧愁，容我沉酣在你的怀
里，只有你是我灵魂的安顿"；② 母亲惬意地躺在小舟里仰望蓝天，享受
自由、甜美和怀抱孩子的幸福；小舟则躺在明月朗照的无涯大海里，享受
梵光抚照、大海托举的无忧无虑、无我无物、梵我合一、个我的有限生命
与"梵"的无限生命整体和谐的人生最高礼遇。这就表现了诗人爱母亲、
爱儿童，物我一体、梵我合一的思想：母亲向造物者祈求孩子安全幸福，
母子自由快乐，梵我合为一体，个我的有限生命与"梵"的无限生命整体
和谐，"爱"的崇高精神与"梵"的最高灵魂整体和谐。我们深入比较阅
读不难看出，冰心的这些诗歌十分明显地受到泰戈尔《新月集》梵爱和谐
思想的深刻影响。泰戈尔有时以孩子给母亲写信的方式，以信纸为载体表
达儿童对母亲的深切之爱，如《恶邮差》："你为什么坐在那边地板上不
言不动的，告诉我呀，亲爱的妈妈／雨从开着的窗口打进来了，把你身上
全打湿了，你却不管／你听见钟已打四下了么？正是哥哥从学校里回家的
时候了／到底发生了什么事，你的神色这样不对／你今天没有接到爸爸的
信么？"③ 母亲没有收到父亲的来信，孩子误认为是邮差太坏而没有将信
送达，于是给妈妈写信，表达对母亲的挚爱。冰心受泰戈尔的影响，以女
儿给母亲写信的方式，以纸船为载体歌颂母亲之爱和儿童之爱："我从不

① 冰心：《春水》之一〇五。
② 冰心：《繁星》之三三。
③ 泰戈尔：《新月集·恶邮差》。

肯妄弃了一张纸，总是留着——留着，叠成一只一只很小的船儿，从舟上抛下在海里／有的被天风吹卷到舟中的窗里，有的被海浪打湿，沾在船头上。我仍是不灰心的每天的叠着，总希望有一只能流到我要他到的地方去／母亲，倘若你梦中看见一只很小的白船儿，不要惊讶他无端入梦。这是你至爱的女儿含着泪叠的，万水千山，求他载着她的爱和悲哀归来。"[①]孩子折叠一只又一只纸船放进海里，寄托远隔千山万水的至爱女儿对母亲的眷念、希望和祈福，让天风海浪把女儿的纸船送入母亲的梦中，让母亲体验女儿驾着船儿带着爱和悲哀平安归来的喜悦，享受母亲之爱和儿童之爱的快乐，证悟"爱"的崇高精神与"梵"的最高灵魂整体和谐的人生境界。

　　泰戈尔的《新月集》时时流淌着母亲爱孩子之情，处处跳动着孩子爱母亲之心。在《天文家》里，诗人以儿童的视角，以兄弟对话的形式，以捉月亮的奇想，表现了可贵的童真，可乐的童趣和可亲的母爱。当满月挂在枝头时，"我"突发奇想，想捉月亮，哥哥笑"我"傻，说"月亮离我们这样远，谁能去捉住它呢？"人去捉月亮，确实很傻，但傻即真，真即可爱。"我"便反唇相讥说哥哥傻，因为"当妈妈向窗外探望，微笑着往下看我们游戏时，你也能说她远么？"妈妈像月亮，因为母爱而贴近我们。哥哥又发疑问："孩子，你到哪里去找一个大得能逮住月亮的网呢／我说：'你自然可以用双手去捉住它呀。'"哥哥还是说"我"顶傻："'如果月亮走近了，你便知道它是多么大了。'我说：'当妈妈低下脸儿跟我们亲嘴时，她的脸看来也是很大的么？'"[②] 妈妈吻孩子，脸近心近爱更近；孩子爱妈妈，人亲心亲情更亲。如果说儿童是梵天的使者，那么母爱就是梵天赐予的礼物：母子和乐，梵爱和谐，"爱"的崇高精神与"梵"的最高灵魂整体和谐。金色花是印度的圣树，又译为瞻波伽或占博伽。在《新月集》的《金色花》里，母子之爱直接而彰著。在《金色花》的童话世界里，诗人以拟物的假设表现母子之爱。"假如我变了一朵金色花，只是为了好玩，长在那棵树的高枝上，笑哈哈地在风中摇摆，又在新生的树叶上

---

　　① 冰心：《纸船——寄母亲》，见朱自清编选《诗集》，上海良友图书印刷公司1935年版，第134页。

　　② 泰戈尔：《新月集·天文家》。

跳舞，妈妈，你会认识我么?"孩子变成花，母亲当然不认识，不知孩子去向，便呼唤孩子，而孩子"暗暗地在那里匿笑，却一声儿不响"。孩子故意和母亲捉迷藏，使妈妈担心，其实孩子是想让妈妈开心，因为孩子深深地爱着自己的妈妈。当妈妈工作时，"我要悄悄地开放花瓣儿，看着你工作"；当妈妈你沐浴后，湿发披肩，穿过金色花林荫，孩子要给妈妈香味，"你会嗅到这花的香气，却不知道这香气是从我身上来的"；当妈妈吃过午饭坐在窗前读《罗摩衍那》时，金色花树的阴影落在妈妈的膝上，孩子要陪妈妈读书，"我便要投我的小小的影子在你的书页上，正投在你所读的地方/但是你会猜得出这就是你的小孩子的小影子么?"当黄昏时妈妈拿了灯到牛棚里去，孩子要给妈妈惊喜，"我便要突然地再落到地上来，又成了你的孩子，求你讲个故事给我听"。妈妈见到天真顽皮可爱的孩子时，急切问话："你到哪里去了，你这坏孩子?"妈妈的嗔怪孩子懂得，这是妈妈的爱，于是天真顽皮的孩子说："我不告诉你，妈妈。"① 孩子故意不告诉自己的去向，更不愿意告诉妈妈，自己为她所做的一切，因为孩子爱母亲、母亲爱孩子心照不宣，更显出母子和乐融洽的趣味、和谐相爱的情感、合为一体的境界，表达了"爱"的崇高精神与"梵"的最高灵魂的整体和谐的思想。冰心的诗歌受泰戈尔《飞鸟集》、《新月集》等诗集中"爱的哲学"的影响，不但抒写母亲之爱的伟大无私，而且抒写儿童之爱的深沉炽烈，表现儿童活泼烂漫、富于幻想、天真无邪、纯洁澄澈的天性，展现童年五彩缤纷的童话世界，正如沈从文所说："冰心女士所写的爱，乃离去情欲的爱，一种母性的怜悯，一种儿童的纯洁，在作者作品中，是一个道德的基本，一个和平的欲求。"② 在冰心的笔下，童年如诗，童年如画，童年似星，童年似梦："童年呵！是梦中的真，是真中的梦，是回忆时含泪的微笑。"③ 童年是儿童天真烂漫的梦想世界，敢于上天摘星星，敢于入海戏蛟龙，自由自在，无所不能。童年对成年只能是美好的回忆，不能成为可行的现实，因为成年人在戴着镣铐行走，戴着面具跳舞，多了些桎梏，少了些幻想，多了些虚假，少了些真诚，多了些物质追

---

① 泰戈尔：《新月集·金色花》。

② 沈从文：《论冰心的创作》，转引自《文艺月刊》第 2 卷第 4 期。

③ 冰心：《繁星》之二。

求，少了些精神期待，因此成年对童年只能是含泪微笑的回忆。童年虽是成年遥远的记忆，却是儿童永远的快乐："小弟弟呵！我灵魂中三颗光明喜乐的星。温柔的，无可言说的，灵魂深处的孩子呵！"① 小弟弟是对儿童的泛指，"喜乐"既是诗人"对于人类没有怨恨"、只有爱和感恩的追求，也是奥义书和泰戈尔所谓"梵"的快乐光明圆满的境界就是喜乐的世界。儿童天真无邪，无忧无虑，温柔善良，淳朴可爱，是真善美的化身，是梵天的使者，是爱的结晶，是诗人灵魂深处喜乐圆满的梵的形象。诗人以儿童的这种美好形象，表达对梵爱和谐境界的向往，对个我的有限生命与"梵"的无限生命整体和谐的追求。梵在诗人的理想中，梵在世人的追求中，梵在婴儿的沉默不语的灵肉中，梵在最高灵魂与"爱"的崇高精神整体和谐的融合中："真理，在婴儿的沉默中，不在聪明人的辩论里。"②"婴儿！谁像他天真的赞颂？当他呢喃的／对着天末的晚霞，无力的笔儿，当真抛弃了。"③ 婴儿不言，"真"在嘴中——"谁像他天真的赞颂"，"对着天末的晚霞"呢喃；婴儿不辩，"理"在手中——心平气和，"槫气致柔，能婴儿乎"；④ 婴儿不为，"善"在心中——"含德之厚者，比之赤子"；⑤ 婴儿不欲，"舍"在腹中——"我独泊兮，其未兆，如婴儿之未孩"；⑥ 婴儿不刚，"德"在胸中——"为天下谿；常德不离，复归于婴儿"；⑦ 婴儿不忧，"乐"在其中——婴儿"唇上浮动着"的微笑，是泰戈尔眼中"一线新月的幼嫩的清光"；婴儿"四肢上绽放着的"爱意，是泰戈尔心中"甜蜜柔嫩的新鲜情景"和喜乐圆满的执着追求；婴儿"无力的笔儿"的涂鸦之作，是泰戈尔笔下陪伴母亲的金色花、装点孩童世界的"傻傻的云朵和彩虹"、"航过欲望之海"的独木船。冰心纵情歌颂的婴儿——泛指所有的儿童，与泰戈尔倾情赞颂的儿童有异曲同工之妙和遥相呼应之美。婴儿状态是哲人祈望的境界，儿童世界是诗人驰骋的天地，他们快乐自由，欢笑嬉闹，但他们也有寂寞孤单的时候：

① 冰心：《繁星》之四。
② 同上书，之四三。
③ 同上书，之一八〇。
④ 《老子》第十章。
⑤ 《老子》第五十五章。
⑥ 《老子》第二十章。
⑦ 《老子》第二十八章。

"小松树，容我伴你罢，山上白云深了！"① 小松树寂寞孤单，缥缈缭绕的白云前来陪伴；小孩子孤单寂寞，慈爱微笑的母亲甘愿陪伴。松树的孤寂有白云相伴，小孩的孤寂有母亲相伴，牧童的孤寂有牛儿笛声相伴："笠儿戴着，牛儿骑着，眉宇里深思着——小牧童！一般地沐着大地上的春光呵，完满的无声的赞扬，诗人如何比得你！"② 春日里，小小牧童沐浴着和煦的阳光，骑牛戴笠，自由徜徉。时而横笛，悠扬的小曲回荡山野；时而深思，如何永葆快乐自由的童年，希望"妈妈站在门边，微笑地望着你／她拍着她的双手，她的手镯丁当地响着，你手里拿着你的竹竿儿在跳舞，活像一个小小的牧童／但是什么事叫你大笑起来的，我的小小的命芽儿"，③ 母亲的生命与孩子的生命融为一体，个我的有限生命与"梵"的无限生命整体和谐；母亲之爱和儿童之爱融为一体，"爱"的崇高精神与"梵"的最高灵魂整体和谐。

　　泰戈尔和冰心的这些诗歌的主题，都"呈现出母亲爱儿童的生命律动和儿童爱母亲的生命跳荡……表达了诗人自己独特的生命感悟，以及对母亲之爱和儿童之爱独特的生命体验"，④ 表现了诗人个我的有限生命与"梵"的无限生命整体和谐、"爱"的崇高精神与"梵"的最高灵魂整体和谐的思想。

第三节　梵我一如的妙悟：泰戈尔小诗中梵爱和谐思想对宗白华小诗思想内容的影响

一　宗白华及其小诗概述

　　宗白华是我国现代哲学家、美学家、诗人。他祖籍为江苏常熟虞山镇，于 1897 年出生在安徽省安庆市。1916 年受聘于上海《时事新报》副刊《学灯》，任编辑、主编，颇有远见地将新文化运动思想和五四精神融入《学灯》，使之成为五四时期最有影响的四大副刊之一；他在

---

① 冰心：《春水》之四一。
② 同上书，之一五三。
③ 泰戈尔：《新月集·不被注意的花饰》。
④ 戴前伦：《生命律动的整体呈现与梵爱思想的主题观照——泰戈尔梵爱和谐思想对我国早期新诗主题生态的影响》，载《当代文坛》2012 年第 4 期。

《学灯》任职期间，颇具慧眼地发现和扶持了开新诗一代新风的郭沫若。他 1920 年赴德国留学，在法兰克福大学、柏林大学学习哲学、美学。在留学期间，受冰心小诗集《繁星》和泰戈尔思想的影响而开始创作小诗，1923 年将小诗结集为《流云》，并付梓出版。1925 年回国后在中央大学任哲学教授，1952 年后任北京大学哲学教授，后兼任中华全国美学学会顾问，著有《美学散步》、《艺境》等专著。1986 年 12 月在北京逝世。宗白华的小诗集《流云》是中国新诗最早的几部诗集之一（另外几部是胡适的《尝试集》、康白情的《草儿》、冰心的《繁星》、《春水》、郭沫若的《女神》等），它收入小诗 49 首（包括序诗），由上海亚东图书馆出版（1923 年 12 月），此小诗集再版时（1928 年 9 月）更名为《流云小诗》。

　　关于《流云》的写作背景、创作心态和创作目的，宗白华自己作了说明："当月下的水莲还在轻睡的时候，东方的晨星已渐渐的醒了，我梦魂里的心灵，披了件词藻的衣裳，踏着音乐的脚步，向我告辞去了。我低声说道：'不嫌早么？人们还在睡着呢！'他说：'黑夜的影将去，人心里的黑夜也将去了！我愿乘着晨光，呼集清醒的灵魂，起来颂扬初生的太阳。'"①从这里可以看出，宗白华小诗集《流云》的创作的背景是"水莲还在轻睡"，"晨星已渐渐的醒了"，即世人还在黑夜中睡眠，先觉的知识分子已经看见了东方的光明之星；创作的心态是"我梦魂里的心灵""踏着音乐的脚步"将以小诗的美妙音韵唤醒睡梦中的世人；创作的目的是"乘着晨光，呼集清醒的灵魂，起来颂扬初生的太阳"，即让小诗清醒世人的灵魂，使世人冲出社会的黑暗，拥抱"初生的太阳"，享受自由平等和谐的光明，表达了梵爱和谐的思想，呈现了梵我一如的妙悟，彰显了小诗的哲理性，如："宇宙的核心是寂寞／是黑暗／是悲哀／但是／他射出了／太阳的热／月亮的光／人间的情爱／我爱朦胧／我尤爱朦胧的落日／落日的朦胧中／我与宇宙为一。"因此，朱自清认定"民十二宗白华氏的《流云小诗》，也是如此。这是所谓哲理诗，小诗的又一派"。②宗白华的

---

　　① 宗白华：《流云·序》，上海亚东图书馆出版社 1923 年版，第 1 页。
　　② 朱自清：《〈诗集〉导言》，见赵家璧主编《中国新文学大系导言集 1917—1927》，天津人民出版社 2009 年版，第 148 页。

好友谢国桢（著名历史学家，1932年在中央大学任教时与宗白华相识）于1982年1月为重版的《流云小诗》所作的跋语畅谈了自己的读诗感受，并对《流云小诗》作出了中肯的评价：读了白华的小诗，如同吃哀家梨，如同听轻妙的音乐，如行云流水，悠然自在。如山间的明月，如初升海湾的太阳，如爱人的双手温存抚摩着已枯的心，招回了自己颓唐腐朽的灵魂，恢复了青春，方知道人生的愉快。小诗集《流云》表达了诗人对宇宙的探索，对人生的思考，对自然的热爱和对爱情的向往，表现了梵爱和谐的思想。

关于《流云》的创作动因和所受影响，宗白华在1922年6月5日《时事新报·学灯》首发他的八首小诗时写了一段话，从中显示了他创作小诗的直接动因和所受影响："读冰心女士繁星诗，拨动了久已沉默的心弦，成小歌数首，聊寄共鸣。4月18日晨柏林。"[①] 第一首小诗是："理性的光／情绪的海／白云流空，便似思想片片／是自然伟大么／是人生伟大么？"宗白华十分推崇冰心的哲理性小诗，他在给柯一岑的信中说："近来学灯上颇有好文章，我尤爱冰心的浪漫和诗，她的意境幽深，思致幽远，能将哲理化入诗意，人格表现于艺术。她的《繁星》70首，真给了我许多的愉快和安慰。"[②] 毋庸置疑，从宗白华上述的话可知，他"尤爱冰心的浪漫和诗"，冰心的"《繁星》70首，真给了我许多的愉快和安慰"，所以"读冰心女士繁星诗，拨动了久已沉默的心弦，成小歌数首"是他创作小诗的直接动因，他的小诗受到冰心的较大影响。虽然如此，但是从宗白华小诗所蕴含的丰富而深刻的泛神论、梵我一如的梵爱和谐思想内容来看，其实，宗白华的小诗受泰戈尔梵爱和谐思想的影响更大更深远。

二 泰戈尔小诗中梵爱和谐思想对宗白华小诗思想内容的影响

泰戈尔的小诗集《飞鸟集》蕴含了丰富深刻的梵爱和谐思想，这种思想包含物我一体、梵我一如，爱自然、歌颂爱情、爱生命、爱光明和爱祖国等思想，这些思想对宗白华小诗的思想内容产生了较大影响。

泰戈尔认为，在黑暗的混沌世界中，个我的有限生命与"梵"的无限

---

① 宗白华：《我和诗》，见林同华《宗白华全集》第二卷，安徽教育出版社1994年版，第333页。

② 载《时事新报·学灯》"通讯"栏1922年6月7日。

生命融为一体；在光明的现实世界中，众我沐浴着梵的光辉；个我的有限生命与"梵"的无限生命的整体和谐："在黑暗中，'一'视如一体／在光亮中，'一'便视如众多。"① 心中有梵便充实崇高，心中无梵则空虚渺小；个我的有限灵魂居于梵，梵即个我；梵的无限灵魂融入个我，个我即梵；因此个我的有限生命与"梵"的无限生命整体和谐："那些有一切东西而没有您的人／我的上帝，在讥笑着那些没有别的东西而只有您的人呢。"② 宗白华认为，世上的个我如同宇宙的小星，与万星莹然一体；个我之心如同明镜，宇宙万星都在镜中。因此天人一体，梵我合一，个我的有限生命与"梵"的无限生命整体和谐："一时间／觉得我的微躯／是一颗小星，莹然万星里／随著星流。一会儿／又觉著我的心／是一张明镜，宇宙的万星／在里面灿著。"③

在泰戈尔看来，聆听梵音，可以净化灵魂，达到与梵合一的境界："神呀，我的那些愿望真是愚傻呀／它们杂在你的歌声中喧叫着呢／让我只是静听着吧。"④ 梵的温爱驱散人心冬寒的阴霾，催开人心春日的花朵。因此梵我合一，我梵同爱，和谐共生："您的阳光对着我的心头的冬天微笑／从来不怀疑它的春天的花朵。"⑤ 在宗白华看来，宇宙之神显形于山河，山河之影映照于明月，明月之镜融藏于"我"心，"我"之灵魂融合于梵之最高灵魂。因此天人合一，梵我和谐，个我的有限生命与"梵"的无限生命整体和谐："心中的宇宙／明月镜中的山河影。"⑥

泰戈尔以生花妙笔描写神以爱的力量越过不毛之地的沙漠而发现了绿洲，实现了圆满；人以爱的力量走完苦难的生命旅程而得到证悟，达到解脱——梵爱和谐，境界崇高，"爱"的崇高精神与"梵"的最高灵魂整体和谐："您越过不毛之地的沙漠而到达了圆满的时刻。"⑦ 人的生命和谐，神可弹奏出爱的乐音；神我合一，梵可谱写出爱的诗篇——梵爱和谐，生命无穷，"爱"的崇高精神与"梵"的最高灵魂整体和谐："主呀，当我

---

① 泰戈尔：《飞鸟集》，第 90 首。
② 同上书，第 226 首。
③ 宗白华：《夜》，见《诗集》，第 267—268 页。
④ 泰戈尔：《飞鸟集》，第 19 首。
⑤ 同上书，第 301 首。
⑥ 宗白华：《断句》，见《诗集》，第 268 页。
⑦ 泰戈尔：《飞鸟集》，第 303 首。

的生之琴弦都已调得谐和时／你的手的一弹一奏／都可以发出爱的乐声来。"①　宗白华以银河的冷月、悠远的笛声、莹白的雪、枯黄的叶、清冷的晓色、剩残的夜影，展示客体的森罗的世界和主体的脆弱孤心，抒写人走完苦难之旅的生命旅程而得到证悟，得到解脱，实现个我的有限生命与"梵"的无限生命的整体和谐、"爱"的崇高精神与"梵"的最高灵魂的整体和谐："心中一段最后的幽凉／几时才能解脱呢？银河的月，照我楼上。笛声远远传来——月的幽凉／心的幽凉／同化为宇宙的幽凉了。"②"莹白的雪／深黄的叶／盖住了宇宙的心。但是，我的朋友／我知道你心中的热烈／在孕育着明春之花。"③

　　泰戈尔认为，梵爱和谐应包含人的生命的蓬勃绽放与死的宁静终结的整体和谐，"使生如夏花般绚烂／死如秋叶般静美"；④　死可生生，死是生的萌芽，形的变幻，质的延续，灵的再生——梵我合一，死即是生："死之流泉／使生的止水跳跃"；⑤"神等待着人在智慧中重新获得童年"。⑥　宗白华也认为，进取的人生如雨后的彩虹，七色缤纷，艳绝天地；飞跨苍穹，气贯乾坤。"不经历风雨，怎么见彩虹"；不拼搏进取，怎能有"夏花般绚烂"的人生；因奋力拼搏进取而死去，就是生的价值所在，生命的变异延续，个我的有限生命与"梵"的无限生命的整体和谐："彩虹一弓／艳绝天地／我欲造一句之诗／表现人生。"⑦　人之于物其伟大之处在于人有思想情感，思想闪烁着理性的光，情感激荡着澎湃的海；人生如宇宙的白云徜徉于万里晴空，自然的春风绽开了姹紫嫣红。其实，"秋叶般静美"的自然与"夏花般绚烂"的人生都是伟大的："理性的光／情绪的海／白云流空／便是思想片片／是自然伟大么／是人生伟大呢？"⑧　泰戈尔写道，大地是雨点的母亲，雨点思亲而扑入母亲怀中，母子相爱，亲昵迷人——生命循环，梵我合一，人类生命的生态系统与自然生命的生态

---

① 泰戈尔：《飞鸟集》，第 314 首。
② 宗白华：《解脱》。
③ 宗白华：《冬》。
④ 泰戈尔：《飞鸟集》，第 82 首。
⑤ 同上书，第 225 首。
⑥ 同上书，第 299 首。
⑦ 宗白华：《彩虹》。
⑧ 宗白华：《人生》。

系统整体和谐，个我的有限生命与"梵"的无限生命整体和谐："雨点吻着大地 / 微语道：'我们是你的思家的孩子 / 母亲，现在从天上回到你这里来了。'"① 宗白华也写道，生命之花即使"零落成泥碾作尘"，② 也可"化作春泥更护花"，③ 因为生命源于自然，本质纯洁，所以"质本洁来还洁去"，④ 岂羡杨柳舞东风——生命循环，梵我合一，人类生命的生态系统与自然生命的生态系统整体和谐，个我的有限生命与"梵"的无限生命整体和谐："生命的花呀 / 你还能开放多久呢 / 什么时候落地成泥呢 / 落地成泥 / 质从自然来 / 还归自然去 / 又何需艳羡那一树杨柳 / 迎风招展呢？"⑤

　　泰戈尔表达热爱自然、物我一体的思想，笔触不吝伸向小草，还有沙漠、绿树、树叶；宗白华表达热爱自然、物我一体的思想，笔触也不吝伸向小草，还有红花、细雨、流水、孤星。泰戈尔在《飞鸟集》第 65 首诗中写道，小草给土地以绿色，土地给小草以生命；小草虽小却显现出土地的博大，土地虽广却蕴藏着生命的小芽。他在《飞鸟集》第 5 首诗中写沙漠渴求绿色而终不可得，但仍不懈追求，唯愿绿满大地："无垠的沙漠热烈追求一叶绿草的爱 / 她摇摇头笑着飞开了。"⑥ 宗白华受泰戈尔影响，也在诗中写土地给小草以生命，小草献土地以绿色，赞美自然伟大，生命宝贵："小草啊小草，虽然你微不足道 / 可是你把全身的绿意 / 都贡献给大地了呀！"⑦ 泰戈尔的小诗描写树叶颤动，人心颤动；自然美丽无边，难以描绘；人心愉悦无尽，难以言说。这就是物我一体，梵爱相融的境界："这树的颤动之叶 / 触动着我的心 / 像一个婴儿的手指。"⑧ 宗白华的小诗写水恋人间，花赠春色；人行春风里，诗从自然来；"自在飞花轻似梦"，⑨ 无边丝雨融入梵。这就是物我一体，梵爱相融的境界："啊，诗从

---

① 泰戈尔：《飞鸟集》，第 160 首。
② 陆游：《卜算子·咏梅》。
③ 龚自珍：《己亥杂诗》之五。
④ 曹雪芹：《红楼梦》第二十七回"埋香冢飞燕泣残红"。
⑤ 宗白华：《生命的花》。
⑥ 泰戈尔：《飞鸟集》，第 5 首。
⑦ 宗白华：《小草》。
⑧ 泰戈尔：《飞鸟集》，第 262 首。
⑨ 秦观：《浣溪沙（漠漠轻寒上小楼）》。

何处寻？在细雨下，点碎落花声！在微风里，飘来流水音！在蓝空天末，摇摇欲坠的孤星！"①

泰戈尔在小诗中常以生动形象的客观事物为爱情的象征，如太阳与小花、海鸥与波涛、鸟儿与花林；宗白华在小诗中也常以生动形象的客观事物为爱情的象征，如花儿与朝露、星光与残照、明月与流云。泰戈尔在《飞鸟集》第247首诗中写太阳为小花奉献，不求小花的回报；爱为所爱的人奉献，不求爱人的回报。这是爱的奉献，无私无我。诗人有时以海鸥、大海波涛的生动形象写恋人可以聚散离合，爱情不会流逝消散："我们如海鸥之与波涛相遇似地／遇见了，走近了／海鸥飞去，波涛滚滚地流开／我们也分别了。"② 人的一生为爱而痛苦，更为爱而快乐："爱的痛苦环绕着我的一生／像汹涌的大海似的唱着／而爱的欢乐却像鸟儿们在花林里似的唱着。"③ 宗白华写爱情的视阈中，情心如泉，映着蓝天星光、月华残照，以及哽咽的相思；相思如泉，时时滋润心田；相思如缕，日日萦绕心间；爱人如明月，夜夜照琴心；爱人如星云，伴情到天涯："我的心／是深谷中的泉：他只映着了／蓝天的星光。他只流出了月华的残照／有时阳春信至，他也哽咽着／相思的歌调。"④ "她们么？是我情天底的流星／倏然起灭于蔚蓝空里／唯有你，是我心中的明月／青光常伴着我碧夜的流云。"⑤

在生命哲学的层面，生命蕴含着辩证的元素，不同的人有不同的生命观，因此对待生命的态度也迥然不同。泰戈尔在《飞鸟集》第1首诗中写热爱生命的行吟者、漂泊者虽然生命多舛，但乐观积极就会像飞鸟一样歌吟不断；销蚀生命的隐逸者、富贵者虽然生活优裕，但物质的碎片最终会像黄叶一样随风飘逝，余下的只有悲叹。此外，泰戈尔认为，生命天赋，有失有得，奉献生命才能使生命永恒；生命渴望生，也不惧死，希望拓展焕发活力的无限空间："绿叶的生与死乃是旋风的急骤的旋转／它的更广大的旋转的圈子乃是在天上繁星之间徐缓的转动。"⑥ 宗白华在《生命的

①　宗白华：《诗》。
②　泰戈尔：《飞鸟集》，第54首。
③　同上书，第287首。
④　宗白华：《我的心》。
⑤　宗白华：《有赠》。
⑥　泰戈尔：《飞鸟集》，第92首。

花》和《生命的流》中写道，生命如花，源于自然，虽然零落成泥归于自然，质本洁来还洁去，但仍有芬芳如故，生命依然；生命如河，汇流成海，映照无尽的蓝天碧树，容纳可人的秋星明月，但只有将生命之歌奉献给心仪的人，生命才会永恒："我生命的流／是海洋上的云波／永远地照见了海天的蔚蓝无尽／我生命的流／是小河上的微波／永远的映着了两岸的青山碧树／我生命的流／是琴弦上的音波／永远地绕住了松间的秋星明月／我生命的流／是她心泉上的情波／永远地萦住了她胸中的昼夜思潮。"①

泰戈尔在《飞鸟集》第 163 首诗中以星光、火光象征光明，表达热爱光明的思想感情，认为怯懦弱小者不敢追求光明，但勇敢坚强者不会因为光明可能消失而放弃光明；诗人还以木炭生出火光为喻，抒写生命为发光热，毁而无憾；为求光明，死而灿烂："燃烧着的木块，熊熊地生出火光／叫道：'这是我的花朵，我的死亡。'"② 宗白华以飞蛾扑火象征追求光明的执着，歌颂献身光明的伟大——火中涅槃，死而无憾；为求光明，死而崇高："一切群生中／我颂扬投火的飞蛾！唯有他，得着了光明中伟大的死！"③

泰戈尔借助神的旨意，表达憎恶强大的殖民帝国，同情弱小的印度人民，热爱贫弱而孕育希望的祖国的思想感情："神对于那些大帝国会感到厌恶／却决不会厌恶那些小小的花朵。"④ 爱情可人，博爱无边；爱自己心爱的人，更爱祖国的所有善良的人："我把小小的礼物留给我所爱的人，——大的礼物却留给一切的人。"⑤ 宗白华以深情的呼问，表达祖国山河蒙尘的哀愁，唤醒祖国沉睡的希望，热爱贫弱而孕育希望的祖国的思想感情："祖国！祖国／你这样灿烂明丽的河山／怎蒙了漫天无际的黑雾？你这样聪慧多才的民族／怎堕入长梦不醒的迷途／你沉雾几时消／你长梦几时寤？我在此独立苍茫／你对我默然无语！"⑥

---

① 宗白华：《生命的流》。
② 泰戈尔：《飞鸟集》，第 200 首。
③ 宗白华：《飞蛾》。
④ 泰戈尔：《飞鸟集》，第 67 首。
⑤ 同上书，第 178 首。
⑥ 宗白华：《问祖国》。

综上可见，泰戈尔《飞鸟集》的思想内容影响了宗白华《流云小诗》的思想内容，泰戈尔的梵爱和谐思想对宗白华的思想产生了较大影响。

第四节　绚烂照人的夏花：泰戈尔小诗中梵爱和谐思想对我国现代早期其他诗人小诗思想内容的影响

泰戈尔的小诗如绚烂照人的夏花，扮美了中印诗苑，促进了新诗生态的欣欣向荣。他的小诗中的梵爱和谐思想（包括梵我一如，爱母亲、爱儿童、爱情人、爱自然等思想）除了对冰心和宗白华的深远影响之外，还对我国现代早期其他诗人的小诗的思想内容产生过影响。

泰戈尔关于生与死、灵与肉、存与毁的辩证观念，关于梵爱和谐、个我的有限生命与"梵"的无限生命整体和谐、人类生命的生态系统与自然生命的生态系统整体和谐的思想，对徐玉诺、何植三、郭绍虞等人小诗的思想内容产生了影响。徐玉诺的《小诗》抒写咀嚼悲哀、不惧死亡的梵我合一，认为悲哀是梵的品味，比江南的香蕉更富美味："今天悲哀的美味／比起江南的香蕉来还要浓厚。"[①] 何植三在小诗《野草花》中表达梵我合一的人生哲理：野草即使今日将化成臭人的肥料，它的心却向往着明日的稻香；人的肉身即使将化为一缕青烟，灵魂却因此获得解脱，进入幸福圆满的梵的境界，实现个我的有限生命与"梵"的无限生命的整体和谐："肩着臭的肥料／想望着将来的稻香。"[②]

泰戈尔梵爱和谐的思想常常蕴含着甜蜜和谐的母子之爱。他有时以孩子爱母亲的视角表达，有时以母亲爱孩子的视角来表达。孩子爱母亲，希望母亲将自己带出黑暗；母亲爱孩子，力图给孩子带来温馨和光明："我是一个在黑暗中的孩子／我从夜的被单里向您伸出我的双手，母亲。"[③] 汪静之在小诗中也以母亲爱孩子的视角表达梵爱和谐的思想，寂寞的母亲常在门前柳树下寻找孩子童年的足迹，母亲爱孩子，时常挂心里："常在

① 徐玉诺：《小诗》之四，见《诗集》，第186页。
② 何植三：《野草花》，见《诗集》，第191页。
③ 泰戈尔：《飞鸟集》，第274首。

门前柳树下／寻我童年的足迹，寂寞的母亲呀！"①　泰戈尔写梵爱和谐的母爱——劳累时母亲是孩子休憩的林间小屋，返航时母亲是孩子避风的安全港湾，放飞时母亲是孩子的蓝天梦想："白天的工作完了／把我的脸掩藏在您的臂间吧，母亲／让我入梦吧。"②　母爱无处不在，它融于美妙的日常生活之中："妇人，你在料理家务的时候／你的手足歌唱着／正如山间的溪水歌唱着在小石中流过。"③　徐玉诺写母亲爱儿童——小孩子们怕离开家乡，风吹散了他们的希望，使他们远离家乡，漂泊他乡，但爱母之心如花团挂在树梢："小孩子们怕忘却了他们经过的地方／把白玫瑰花团／挂在等远的小树枝上／风起了，花团儿随风飘摇／恐怖弥布在林间／小风吹开了他们的家乡。"④

　　和谐甜美、纯洁真诚的爱情是泰戈尔梵爱和谐思想的重要内容。泰戈尔小诗中的爱情多姿多彩，时而以雨丝、笑脸比喻少男少女的相思之情，时而直抒胸臆，抒写爱情需要诚心和勇气，需要追求爱的自由，而不必拒绝残缺的美。泰戈尔写少男少女的相思之情，不是欢快的雨丝入夜来，而是心上人的笑脸入梦来——扰"我"的梦，摄"我"的魂。相思苦，相思甜，相思夜夜不能眠："她的热切的脸，如夜雨似的／搅扰着我的梦魂。"⑤　俞平伯的《夜雨》也以雨丝写少男少女的相思之情——丝丝夜雨如相思，相思之泪如烛泪，遥夜漫漫不能眠："短的白烛／残照依依地，想留几番摇曳／因流泪的初凝／便将开始了人间的遥夜。"⑥　他在《小诗呈佩弦》中也写心爱的人微红着脸，消失在街灯的影里，走入我的梦里："微倦的人／微红的脸／微温的风色／在微茫的街灯影里过去了。"⑦　汪静之的《在相思里》抒写从前相拥在眼前，于今相见在梦里。一日不见，如隔三秋，相思入骨，魂牵梦绕："于今不比从前呀——夜夜萦绕着伊的／仅仅是我自由的梦魂儿了。"⑧　在泰戈尔看来，爱情需要诚心，也需要勇

---

① 汪静之：《小诗》之三《足迹》，见《诗集》，第148页。
② 泰戈尔：《飞鸟集》，第275首。
③ 同上书，第38首。
④ 徐玉诺：《杂诗》之五，见《诗集》，第182页。
⑤ 泰戈尔：《飞鸟集》，第8首。
⑥ 俞平伯：《夜雨》，见《诗集》，第31页。
⑦ 俞平伯：《小诗呈佩弦》，见《诗集》，第34页。
⑧ 汪静之：《在相思里》，见《诗集》，第145页。

气。要勇于追求爱情，即使遇到悬崖摔得粉身碎骨也在所不惜："不要因
为峭壁是高的／便让你的爱情坐在峭壁上。"① 世界给权以囚禁，所以贪
婪者遭到失败；世界给爱以自由，所以求爱者得到自由："权势对世界说：
'你是我的。'／世界便把权势囚禁在宝座下面／爱情对世界说：'我是你
的。'／世界便给予爱情在她屋里来往的自由。"② 潘漠华的《小诗》之二
写姑娘如七叶树，穿着红装，精心打扮，却不知道嫁给谁。你要冲破包办
婚姻的牢笼，勇敢追求自由的爱情："七叶树呵／你穿了红的衣裳嫁与谁
呢？"③ 何植三的《农村的恋歌》之七叙写咳嗽是约会的暗号，因为婆婆
耳聋听不见；后墙是爱的跨栏，翻越过来就是幸福，就是勇敢追求自由而
获得的爱情："咳嗽一声吧／从后墙来／他要到坂里去睡的／婆婆是聋
的／放心的来吧。"④

　　泰戈尔梵爱和谐思想的原初基础是热爱自然、物我一体，梵我一如的
思想。泰戈尔认为"梵"其实是大自然伟大的无限生命，自然是富有生命
的，生命有无穷的张力、活力与发展动力："请看自然界，有生命的东西
为争取永恒存在和发展而奋斗不息。一个生物越能使自己无限地扩展，它
的生命界域就越宽广，就越能使世界感受到它的存在。"⑤ 因此，泰戈尔
在小诗中抒写树叶颤动，人心颤动；自然美丽无边，难以描绘；人心愉悦
无尽，难以言说；物我一体，爱喜相融："这树的颤动之叶／触动着我的
心／像一个婴儿的手指。"⑥ 何植三在小诗《杂句》中也写风吹叶，叶拍
叶，声如天籁，自然和谐，抒发热爱美妙和谐的大自然的思想情感。泰戈
尔又在小诗中写道，绿树生命无限，生机无限，期望不断成长："群树如
表示大地的愿望似的／踮起脚来向天空窥望。"⑦ 诗人愿大地皆绿，生机
盎然；愿成长空间无限，生盈天地。郭沫若的小诗虽然不多，但抒写物我
一体，梵我一如却很有特色。他在《南风》中抒写南风与烟霭合为一画，

　　① 泰戈尔：《飞鸟集》，第15首。
　　② 同上书，第93首。
　　③ 潘漠华：《小诗》之二，见《诗集》，第149页。
　　④ 何植三：《农村的恋歌》之七，见《诗集》，第190页。
　　⑤ 泰戈尔：《论文学·文学的材料》，《泰戈尔全集》第二十二卷，倪培耕、白开元等译，
河北教育出版社2000年版，第53页。
　　⑥ 同上书，第262首。
　　⑦ 泰戈尔：《飞鸟集》，第41首。

女人与自然融为一体，人类的幼年恬淡无为——物我合一，世界恬淡："南风自海上吹来／松林中斜标出几株烟霭／三五白帕蒙头的青衣女人／殷勤勤地在焚扫针骸／好幅典雅的画图／引诱着我的步儿延行／令我会想到人类的幼年／那恬淡无为的泰古。"①

　　梵爱和谐不仅是自然界的景物与景物、景物与人物的和谐一体，而且是景物与动物、动物与人物的和谐一体，即自然混元一统，和谐化一。于是泰戈尔的小诗写道："鸟儿愿为一朵云／云儿愿为一只鸟。"② 刘大白在小诗《秋江的晚上》中也将鸟儿与斜阳、芦苇融为一体，写倦鸟驮斜阳，斜阳掉江上，把芦苇妆成红颜——物我和谐合一。大自然生趣盎然、富有人性："归巢的鸟儿／尽管是倦了／还驮着斜阳回去／双翅一翻／把斜阳掉在江上／头白的芦苇／也妆成一瞬的红颜了。"③ 何植三在小诗《夏日农村杂句》中将田禾、绿萍与小鸭、蜻蜓以及儿童融为一体，展现宁静乡村小鸭戏禾间、儿童捉蜻蜓的物人和谐图，表达物我一体，梵我和谐的思想情感："青青的田禾里／遮着绿萍／浮出咻咻的小鸭"，"放着送饭去的篮／徘徊竹篱间／捉蜻蜓的儿童啊"。④

　　综上可见，泰戈尔小诗中的梵爱和谐思想对我国现代早期小诗思想内容的影响，或如太阳泻火，彰明直接，照耀草木而生命蓬勃；或如春风化雨，润物无声，滋润花草而生命渐长。因此，我国现代早期小诗因泰戈尔小诗中的梵爱和谐思想的影响而内涵更丰，思想更富，传播更广，生命更强。

---

① 郭沫若：《南风》，见《诗集》，第 107 页。
② 泰戈尔：《飞鸟集》，第 35 首。
③ 刘大白：《秋江的晚上》，见《诗集》，第 84 页。
④ 何植：《夏日农村杂句》，见《诗集》，第 189 页。

第六章　大化有融　大势无碍

——我国早期新诗接受泰戈尔梵爱和谐思想
影响的路径、哲学基础和文化历史语境

　　法国比较文学家梵·第根将文学的影响传播过程确定为三个因子：放送者、传递者和接受者，从影响的角度对接受者进行研究。通过接受、求证影响的"事实"，将接受视作起点，对影响进行原始性探寻，研究影响的渊源，以及接受的路径和机理。

　　从比较文学的视角来看，传统的"影响研究"多研究一国文学对另一国文学的"影响"，很少研究一国文学对另一国文学的"接受"；而当今的"接受研究"既要研究一国文学对另一国文学的影响，又要研究一国文学对另一国文学的接受，尤其"重视对接受的历史语境、现实语境、文化语境的研究"。① 回顾我国从近代开始的现代化进程可以发现，我国的现代化是在批判地继承传统文化和不断地接受外来文化的双向互动语境中行进的，甚至可以说，"近代以来，在中外文化的交流中，中国对外来文化的接受远多于对传统的继承或自主创发"。②

　　概而言之，我国现代早期新诗"接受"泰戈尔梵爱和谐思想的影响，既有一定的接受路径，又有我国已有的哲学基础，还有特定的时代元素。这种接受既是中印文化生态系统之间大圆融的文化选择，又是我国从近代到现代的文化与话语转型的大势所趋，以及我国现代初期的新文化运动及五四运动形成的时代必然。我国现代早期新诗接受泰戈尔梵爱和谐思想影响的主要路径为翻译、阅读和交往；主要哲学基础为"天人合一"观、

---

　　① 曹顺庆：《比较文学教程》，高等教育出版社 2006 年版，第 138 页。
　　② 徐行言：《全球化语境下的文明碰撞与文化抉择》，见曹顺庆、徐行言主编《跨文明对话·视界融合与文化互动》，巴蜀书社 2008 年版，第 113 页。

"仁爱"观和"生命"观；主要时代元素为新文化运动和五四运动构成的
文化语境和历史语境。

第一节　我国早期新诗接受泰戈尔梵爱和谐
　　　思想影响的路径

从总体来看，我国现代早期新诗"接受"泰戈尔梵爱和谐思想影响的
路径，除了泰戈尔访华的主体传播（本著作第二章已有详论）之外，还有
三条接受的路径：一是通过翻译泰戈尔的作品而接受其影响，二是通过阅读
泰戈尔的作品而接受其影响，三是通过与泰戈尔密切交往而接受其影响。

一　通过翻译泰戈尔的作品而接受其影响

在文化与文学的传播与接受过程中，翻译扮演着极其重要的角色，
"翻译在任何社会的、精神的、学术的变革中，都是一个至关重要的执行
者"。① 在新文学建设中，翻译包括东方文学作品在内的外国文学作品显
得格外迫切。胡适倡导以译介外国名著促进我国新文学建设，早在新文化
运动之初他在美国留学时就写信给陈独秀，谈了他所构想的新文学建设方
案的着手之处："今日欲为祖国造新文学，宜从输入的欧西名著入手，使
国中人士有所取法，有所观摩。然后乃由自己创造之新文学可言也。"②
他回国之后，重申了创建新文学的首要途径就是"赶紧多多地翻译西洋的
文学名著做我们的模范"，因为"西洋的文学的方法，比我们的文学，实
在完备得多，高明得多，不可不取例"。③ 我国现代最早最大的文学社团
文学研究会积极倡导新文学要以翻译为先导，其《文学研究会简章》明确
规定的本会三条宗旨的第一条就是翻译介绍世界文学："本会以研究介绍
世界文学、整理中国旧文学、创造新文学为宗旨"，"整理旧文学的人也应
该应用新的方法，研究新文学的更是专靠外国的资料"。④ 甚至可以说

---

① 顾彬：《翻译好比摆渡》，见海岸选编《中西诗歌翻译百年论集》，上海外语教育出版社
2007 年版，第 623 页。

② 胡适：《寄陈独秀》，见《胡适书信集》（上），北京大学出版社 1996 年版，第 69 页。

③ 胡适：《建设的文学革命论》，载《新青年》1918 年第 4 卷第 4 期。

④ 《文学研究会宣言》，载《小说月报》1921 年第十二卷一号。

"在《新青年》团体和文学研究会那里，以翻译为建设新文学的先导，是文学革命的根本方针"。① 钱玄同也明确提出了新文学建设的方略：第一步是翻译，第二步是新做。翻译对文化和文学的传播、对新文学建设都有不可低估的作用，因为翻译"刷新了文学语言，而这就从内部核心影响了文化"，"它……有一股总的力量，使这语言重新灵活起来、敏锐起来，使得这个语言所贯穿的文化也获得了新的生机"。② 周作人在谈到介绍译述外国著作的意义时说："我们偶有创作，自然偏于见闻较确的中国一方面，其余大多数都还需介绍译述外国的著作，扩大读者的精神，眼里看见了世界的人类，养成人的道德，实现人的生活。"③ 他通过分析日本文学发达繁荣的原因后，提出中国新文学的建设目前最切实可行的办法是翻译和研究外国文学著作。周作人还提出了选择翻译对象的标准："我以为我们可以在世界文学上分出不可不读的及供研究的两项：不可不读的（大抵以近代为主）应译出来；供研究的应该酌量了。"④

从接受美学的视角来看，"作家→作品→读者"构成传播和接受的链式关系，同一种语言的作家的作品要传播给本族读者（受众），其传播与接受过程需要上述三个因子共同完成，但不同语言的作家的作品要传播给另一国不同语言的读者（受众），其传播与接受过程还需一个因子，那就是"译者"，或称之为"介绍家"，这就形成传播与接受过程的四因子关系链，即"作家→作品→译者→读者"的关系链，其中"介绍家是顶主要的；因为他对于文学作品有选择的权能，对于读者有指导的责任"。⑤ 以读者（受众）为交集点和归宿点的接受理论在比较文学中具有重要作用。在比较文学的接受理论视阈中，文学作品及其蕴含的思想的传播、接受与影响的活动，"并非是一种指向作为客体的物的世界的对象性活动，而是将它处理成一种作为主体的人与人之间关系的沟通活动，是联结人与人之间的思想、感情和认识的一种'人际交流活动'"。⑥ 因此，接受学认

① 李春：《文学翻译如何进入文学革命——"Literature"概念的译介于文学革命的发生》，载《中国现代文学研究丛刊》2011 年第 1 期。

② 王佐良：《论诗的翻译》，江西教育出版社 1992 年版，第 1—2 页。

③ 周作人：《人的文学》，载《新青年》1918 年第 4 卷第 4 期。

④ 周作人：《关于翻译文学的讨论致雁冰先生》，载《小说月报》1921 年第十二卷二号。

⑤ 郭沫若：《论文学的研究与介绍》，上海《时事新报·学灯》1922 年 7 月 27 日。

⑥ 陈惇、孙景尧、谢天振主编：《比较文学》，高等教育出版社 1997 年版，第 479 页。

为，跨国跨语言的文学传播与接受过程，就是作为传播主体（作者）传播信息与读者（受众）接受信息的过程，是"人与人之间的思想、感情和认识的一种人际交流活动"。媒介学认为，作为个体媒介的译者不仅是跨国跨语言的"人与人之间的思想、感情和认识的一种人际交流活动"的使者，而且自身在翻译过程中，也会不同程度地受到传播主体即作者的影响，从而接受作者的某些思想。在泰戈尔作品及其思想向我国现代早期的传播过程中，不仅我国的读者（受众）受到影响，逐渐接受泰戈尔的梵爱和谐思想，而且泰戈尔作品的译者也会受到影响，不同程度地接受泰戈尔的梵爱和谐思想。译者郭沫若和郑振铎就是我国早期通过翻译泰戈尔的作品而接受泰戈尔梵爱和谐思想影响的典型代表。

郭沫若是继陈独秀之后泰戈尔作品较早的翻译者，只是因为他所译的作品由于当时的种种原因未能出版，所以鲜为人知。他在译介过程中受到泰戈尔梵爱和谐思想较为深刻的影响。郭沫若于 1914 年 1 月赴日本留学，7 月与郁达夫等一起考入东京第一高等学校预科，1915 年 9 月升入冈山第六高等学校，在这里学习了三年。据郭沫若 1923 年写的回忆文章《太戈尔来华的我见》和 1936 年写的回忆文章《我的作诗的经过》所述，他到了东京和冈山后，很快就感受到了日本的"泰戈尔热"。1915 年上半年一个偶然的机会，他的"一位同住的本科生有一次从学校里带了几页油印的英文诗回来，是英文的课外读物。我拿到手来看时，才是太戈尔的《新月集》（The Crentmoon）上抄选的几首"。① 读了这些诗，郭沫若感到十分惊异，惊异于泰戈尔诗歌内容的爱意融融、生命跳荡，以及风格的清新优美、晓畅清澈。从此，泰戈尔的名字在郭沫若的脑海里留下了深刻的印象。郭沫若极想购买泰戈尔的诗集来阅读，但泰戈尔的诗集在东京十分畅销，只要书一到，便很快脱销。因此直到一年后的 1916 年才买到了一本装帧淡雅并有静默插图的《新月集》，于是他如饥似渴地捧读泰戈尔的诗，痴迷于泰戈尔。泰戈尔的诗给他带来犹如孩童得到一本画报时的快乐，使他兴奋地感到自己探到了"生命的泉水"，获得了"生命的生命"，"享受着涅槃的快乐"。此后，他又爱不释卷地阅读了泰戈尔

---

① 郭沫若：《我的作诗的经过》，见《中国当代文学研究资料·郭沫若专集 1》，四川人民出版社 1984 年版，第 51 页。

的不少诗集，并因为特殊原因而萌生了翻译的念头，付诸翻译的行为。他说，1917 年底，"我为面包问题所迫，也曾向我精神上的先生太戈儿求过点物质的帮助。我把他的《新月集》、《园丁集》、《偈檀伽利》三部诗集来选了一部《太戈儿诗选》，想寄回上海来卖点钱。但是那时的太戈儿在我们中国还不曾行世，我写信去问商务印书馆，商务不要。我又写信去问中华书局，中华也不要"。① 郭沫若的这段回忆虽然没有直接说他所选编的这部《太戈儿诗选》是自己翻译的，但从中可以看出或推论出这样几个问题：其一，郭沫若初读泰戈尔的《新月集》是同学带回的未曾翻译的"课外读物英文诗"。其二，他在东京买到的《新月集》应该是在日本出版的，或是英文版的（因为泰戈尔的《新月集》就是泰戈尔自己翻译为英文而流传于世的，且英文在现代日本较通行），或是日文版的，而不会是中文版的。其三，他"在冈山图书馆突然寻出了他这几本书"，就是《新月集》、《园丁集》、《偈檀伽利》（即《吉檀迦利》），泰戈尔的这几本书是日本冈山图书馆馆藏书籍，应该是在日本出版的，或是英文，或是日文，不应是中文。如果要选编成"一部《太戈儿诗选》"，"寄回上海"出版"来卖点钱"，那么就必须翻译成中文才能让中国的广大读者去阅读。由此推论，郭沫若选编的《太戈儿诗选》是他自己翻译为中文后才寄给我国商务印书馆和中华书局的，因此郭沫若是泰戈尔诗作的翻译者。笔者这种推论得到了肖斌如、邵华的《郭沫若传略》的证实：郭沫若"一九一六年暑假与在圣路加医院当护士的安娜相识。安娜祖籍日本仙台，原名佐藤富子，出生于士族之家。同年十二月他们在冈山结婚"。

此时，"郭沫若开始翻译泰戈尔、海涅等人的诗，并试作新诗"，② 此时的郭沫若渴望自己翻译的作品在上海出版，以摆脱"为面包问题所迫"的生计窘境。笔者上述推论更得到了郭沫若自述的明证。郭沫若在回忆性文章《我的作诗的经过》中明确地说：民国六年（1917）起"有一个时期我曾经从事迻译，尤其太戈尔的诗我选译了不少。在民六的下半年因为

---

① 郭沫若：《太戈儿来华的我见》，载《创造周报》1923 年第 23 号。

② 肖斌如、邵华：《郭沫若传略》，见《中国当代文学研究资料·郭沫若专集1》，四川人民出版社 1984 年版，第 4 页。

我的第一个儿子要出生没有钱，我便辑了一部《太戈尔诗选》，用汉英对
照，更加以解释，写信向国内的两大书店求售"。① 由此可见，虽然郭沫
若的译作未能正式出版，但是他确实热心翻译过泰戈尔的诗作，他是泰戈
尔作品在我国的较早翻译者已确信无疑。从翻译心理和接受理论来看，郭
沫若之所以选择泰戈尔的《新月集》、《园丁集》、《吉檀迦利》中的诗歌
作为翻译对象，是因为泰戈尔的这些诗歌在内容上热爱自然、赞美童真、
追求自由、歌颂爱情，尤其是张扬个性与创造、梵与我合一的"泛神论"，
在形式上语句自由参差，风格清新优美。郭沫若曾说："既嗜好了太戈尔，
便不免要受他们的影响。在那个时期我在思想上是倾向着泛神论（Panthe-
ism）的"，所以在阅读翻译泰戈尔诗作的过程中，郭沫若感到"在他的诗
里面我感受着诗美以上的欢悦"。② 这"诗美以上的欢悦"是什么？就是
感受、理解泰戈尔热爱自然、赞美童真、追求自由、歌颂爱情，张扬个性
与创造、梵与我合一的泛神论的欢悦，因此郭沫若自然而然、潜移默化地
受到泰戈尔诗歌主题思想的影响，尤其是梵爱和谐思想中的泛神论的影
响。陆耀东在《中国新诗史》中分析郭沫若思想所受影响和泛神论思想的
形成时说："郭氏在日本，受到了革命民主主义、无政府主义、社会主义
等政治思想的熏陶，受到了斯宾诺莎、尼采、泰戈尔、达尔文、克罗齐、
歌德、惠特曼、列宁等人著作的影响，形成了以泛神论和革命民主主义为
核心的世界观。"③ 可见，早年的郭沫若受泰戈尔的影响较深，与他热心
翻译泰戈尔的作品密切相关，因为"翻译家要他自己于翻译作品时涌起创
作的精神，是不是对于该作品应当有精深的研究、正确的理解，视该作品
的表现和内涵，不啻如自己出"。④ 郭沫若在翻译泰戈尔诗作的过程中，
深刻地理解了泰戈尔泛神论思想的自由、唯我、创造之快，认为"泛神便
是无神"，"我即是神"，"人到无我的时候，与神合体，超绝时空，而等
齐生死"，⑤ 于是主动选择了对泰戈尔泛神论思想的顶礼膜拜之爱，"成为

---

　　① 郭沫若：《我的作诗的经过》，见《中国当代文学研究资料·郭沫若专集 1》，四川人民
出版社 1984 年版，第 52 页。
　　② 肖斌如、邵华：《郭沫若传略》，见《中国当代文学研究资料·郭沫若专集 1》，四川人
民出版社 1984 年版，第 52、51 页。
　　③ 陆耀东：《中国新诗史》第一卷，长江文艺出版社 2005 年版，第 229 页。
　　④ 郭沫若：《论文学的研究与介绍》，载上海《时事新报·学灯》1922 年 7 月 27 日。
　　⑤ 郭沫若：《文艺论集》，光华书局 1925 年版，第 290 页。

了泰戈尔的崇拜者"，欣然接受了泰戈尔的梵爱和谐思想，激情飞扬地创作了许多关于泛神论、关于梵我合一、关于无限创造的诗篇，如《死的诱惑》、《死》、《夜步十里松原》、《三个泛神论者》、《我是个偶像崇拜者》、《笔立山头展望》、《天狗》、《立在地球边上放号》、《晨安》，尤其是震撼我国现代诗坛和文坛的《凤凰涅槃》，在我国现代早期诗人接受泰戈尔梵爱和谐思想而创作的新诗生态系统中树起了丰碑。

郑振铎是泰戈尔诗作的最重要、最积极、最得力的翻译者，他翻译的《飞鸟集》、《新月集》是我国出版最早的泰戈尔诗集，他在译介过程中受到泰戈尔梵爱和谐思想较为深刻的影响。他翻译的泰戈尔《吉檀迦利》中的 22 首诗发表于 1920 年 8 月《人道》月刊，这是"我们现在见到的他最早发表的翻译泰戈尔的诗"。① 稍后的 1921 年，郑振铎在《小说月报》第十二卷第一期上发表了他翻译的泰戈尔《新月集》中的三首诗，即《云与波》、《对岸》和《同情》。郑振铎为什么会主要选择泰戈尔诗歌作为翻译对象？为什么在泰戈尔众多的诗歌中首先选择《吉檀迦利》，接着又选译《新月集》中的三首诗并在新文学运动主阵地之一的《小说月报》发表？泰戈尔的思想对译者郑振铎产生了什么影响？要回答这些问题，我们就得首先看看郑振铎与泰戈尔及其作品有何渊源，再看看泰戈尔的这些诗歌抒写了什么内容、表达了怎样的主题，与郑振铎的思想、情趣和时代需要有何联系。

第一，郑振铎主要选择泰戈尔诗歌作为翻译对象的机缘和原因。郑振铎在《太戈尔〈新月集〉·译者自序》中说：大约是泰戈尔获得诺贝尔文学奖五年后的 1918 年，郑振铎还在北京念大学的时候，有一天他的好友、燕京大学的许地山来到郑振铎借住的叔父家作客。许地山坐在客厅里，长发垂肩，在黄昏的微光中很神秘地对郑振铎谈到泰戈尔。他说在缅甸时看到过泰戈尔的画像，又听人讲到泰戈尔，便买了泰戈尔的诗集来读，读后一下子被牢牢吸引住了。郑振铎听后，受到许地山的感染，对泰戈尔产生了兴趣，很想也能读到这位印度大诗人的作品。过了几天，郑振铎到许地山的宿舍去，许地山送了一本日本人选编的英文版《泰戈尔诗选》给郑振铎，郑振铎十分高兴，"静静地等候读那本美

① 陈福康：《郑振铎论》修订版，商务印书馆 2010 年版，第 434 页。

丽的书"。① 郑振铎拿到这本泰戈尔诗选后，如获至宝，急忙坐车回到家中，借着新月与市灯的微光，把它读了一遍。这本日本人选的英文版《泰戈尔诗选》中应有《吉檀迦利》、《园丁集》、《新月集》中的诗，因为泰戈尔凭藉自己翻译为英文的诗集《吉檀迦利》自 1913 年获得诺贝尔文学奖后，已在日本和英语世界广泛流行，在自译《吉檀迦利》的同年，泰戈尔又将《园丁集》、《新月集》自译为英文而出版。1916 年 5 月泰戈尔访问了日本，访日前后日本掀起了"泰戈尔热"，所以日本出版了许多不同选本的泰戈尔诗选，这些选本一般都选入了《吉檀迦利》、《新月集》、《园丁集》中的诗。郑振铎被这本《泰戈尔诗选》里的诗深深打动了，他感到喜欢上了泰戈尔及其诗歌，便又读了一遍，更加喜欢泰戈尔及其诗歌了。隔了几天，许地山又送了一本英文版的《新月集》给郑振铎。郑振铎"由许地山的介绍，读到了泰戈尔的《新月集》的英译本，从此对泰戈尔的诗歌发生了浓厚的兴趣"。② 从那以后，郑振铎便把《新月集》放在书桌上，时时把它翻来读读。③ 1916 年，泰戈尔又将《飞鸟集》、《采果集》自译为英文而出版。至 1918 年时，泰戈尔的英文版诗集《吉檀迦利》、《新月集》、《飞鸟集》、《园丁集》和《采果集》在西方世界已经相当流行。但是，当时在我国还根本没有泰戈尔的中译本诗集。于是，在许地山的鼓动下，郑振铎于 1920 年开始翻译泰戈尔的诗。据郑振铎之子郑尔康回忆说：在所有外国诗人中，泰戈尔是他父亲最崇拜、最情有独钟的一位。在他父亲一生所译的、为数不算多的外国诗人的诗作中，绝大多数都是泰戈尔的诗。如《新月集》、《飞鸟集》、《吉檀迦利》、《采果集》等。对泰戈尔用英文写的这些诗集，他父亲开始只是零零星星地选译了其中的部分篇章，发表在他当时主编的《文学旬刊》和《小说月报》等刊物上，后来才先后翻译出版了《飞鸟集》、《新月集》两个完整的诗集。④

　　由上可知，郑振铎主要选择泰戈尔诗歌作为翻译对象的机缘和原因

---

　　① 郑振铎：《太戈尔〈新月集〉·译者自序》，见《飞鸟集·新月集》，湖南文艺出版社 2011 年版，第 134 页。

　　② 陈福康：《郑振铎论》修订版，商务印书馆 2010 年版，第 436 页。

　　③ 见郑振铎《太戈尔〈新月集〉·译序》，载《文学周报》1923 年第 85 期。

　　④ 参见郑尔康《石榴又红了：回忆我的父亲郑振铎》，中国人民大学出版社 1998 年版。

为：其一，接触泰戈尔的机缘是许地山的介绍和所赠泰戈尔的诗选。其二，因为泰戈尔对许地山的"牢牢吸引"，所以许地山喜欢上了泰戈尔；又因为许地山对泰戈尔的描绘感染，所以郑振铎对泰戈尔顿生好感和向往。其三，郑振铎迫不及待地、专心致志地反复阅读泰戈尔的诗歌，从而对泰戈尔及其诗歌产生了喜爱、崇敬之情。其四，敬其人而信其道，信其道而传其书，所以郑振铎开始翻译泰戈尔的诗歌，并一发而不可收，翻译了泰戈尔的许多诗篇和几部重要诗集，如《飞鸟集》、《新月集》、《吉檀迦利》、《采果集》、《园丁集》和《爱者之贻与歧路》等。郑振铎所译的泰戈尔的这些诗集在当时影响最大，至今仍广为流传，郑振铎成为了泰戈尔诗歌及其思想在我国现代早期的主要翻译者和传播者之一。其五，正因为郑振铎是泰戈尔诗歌及其思想在我国现代早期的主要翻译者和传播者，在翻译、传播过程中自然会受到泰戈尔思想的熏陶感染和潜在影响，如《吉檀迦利》以博爱为核心的人道主义、以和谐为核心的梵我合一思想，《园丁集》的爱情至上观，《飞鸟集》的生命哲学和喜乐人生观，《新月集》的母爱童爱观的影响，所以郑振铎也是泰戈尔梵爱和谐思想的主要接受者之一。

第二，郑振铎在泰戈尔众多脍炙人口的诗歌中首先选择《吉檀迦利》作为翻译对象的背景与动机。五四运动后，思想进步的瞿秋白准备与郑振铎、瞿世英、耿济之几个朋友筹办《新社会》杂志。1919 年 11 月 1 日《新社会》创刊，郑振铎负责集稿、校对和跑印刷所。《新社会》张扬反帝反封建的民主主义思想，是五四后影响较大的进步刊物，因此于 1920 年 5 月 1 日被京师警察厅查封。瞿秋白非常愤慨，他与郑振铎等人积极筹备，又创办了一种反帝反封建的进步月刊《人道》，《人道》的《宣言》宣称，"人道"与"畜道"对立而成，"人道"就是"仁"和"义"，仁即爱人，义即克己，人道的旨归是使一切人都享受平等的宠惠和进化的幸福。郑振铎等《人道》的同仁认为，中国的旧社会没有民主，没有自由，没有爱，没有和平幸福，总之一句话就是"没有人道"。这种黑暗的社会已到了极点。所以《人道》要"将世间一切的苦乐描写出来，让人道的光充满世界"。1920 年 8 月 15 日，《人道》月刊在北京创刊，出版了《人道》月刊第一期。郑振铎为创刊号撰写重头文章《人道主义》。由于郑振铎已在两年前接触了泰戈尔的作品和思想，受到泰戈尔《吉檀迦利》以博爱为核心的人道主义潜移默化的影响，因此他在《人道主义》一文中兴奋地高呼："人道主义！人道主义！人类的将来，系于此一语了！""人类的一线生机系于此了！""救人类于灭亡者，实在只有'己所欲者施之人，己所不欲勿施于人'一语可。此一语即人道主义精神的表现。"满怀博爱仁义之心的郑振铎还在《人道主义》创刊号上发表了他翻译的《吉檀迦利》的 22 首诗。据郑尔康回忆说："《人道》月刊只出了一期便停刊。"①郑振铎为什么要在《人道》月刊创刊号上发表他所翻译的泰戈尔《吉檀迦利》的 22 首诗？换言之，郑振铎为什么要选择翻译泰戈尔《吉檀迦利》的诗在仅存一期的《人道》月刊创刊号上发表？其主要原因一是郑振铎本来就很喜欢荣膺诺贝尔文学奖殊荣的抒情诗《吉檀迦利》，二是赞赏倾服泰戈尔在诗中表达的爱自然、爱亲人、爱恋人、爱自由、爱光明、爱祖国、爱人类的人道主义，三是泰戈尔《吉檀迦利》的主题思想符合《人道主义》的人道、仁义、仁爱的宣言和宗旨。因此郑振铎的《吉檀迦利》译诗既传播张扬了泰戈尔以博爱为核心的人道主义思想，又以亚洲首位诺贝尔文学奖得主的诗歌作为《人道主义》月刊强有力的支撑，具有一箭双雕的作用。所以，郑振铎要在泰戈尔众多脍炙人口的作品中首先选择《吉檀迦利》中的诗歌作为自己元初的翻译对象，并在《人道主义》创刊号发表。从郑振铎的这种慎重选择中可以看出，他接受泰戈尔思想影响的主动性，以及传播泰戈尔思想的及时性和适时性。

　　第三，郑振铎选译《新月集》中的《云与波》、《对岸》和《同情》在《小说月报》上发表的主观和客观因素。我们若要厘清郑振铎选译《新月集》中的《云与波》、《对岸》和《同情》在《小说月报》上发表的主观和客观因素，则须首先看看这三首诗所描写的内容、抒发的情感和表达的主题。《云与波》是《新月集》中很有情趣的一首诗，本诗以儿童的视角看世界，以游戏的方式叙故事，以母子对话的形式抒感情，将神界与人间进行比较，生动活泼、惟妙惟肖地描写了童趣、童爱、童真和童乐，抒发了母子同乐融为一体，孩子的生命与母亲的生命整体和谐的纯真情感，表达了母子之爱，和谐快乐——人间更比天上乐的主题。首先，诗人描写"神"发出邀约，希望孩子与光与月游戏，享受天界的自由自在、

---

　　①　郑尔康：《谁是〈国际歌〉最早的中译者》，载《文摘报》2004 年 6 月 18 日。

无限快乐。接着，诗人表现了纯洁的童真——与神亲近，逐渐融合。儿童
纯真可爱，孩子天性幼稚顽皮，他的直觉以为这样可以到达天界，与神同
行，漫游太空。但是孩子转念一想，妈妈在家里等我，我怎么能离开她而
远去呢？既然这样，那么就不如与母游戏，不必与神遨游，于是孩子愿意
为云朵，妈妈为月亮，云朵依恋月亮，月亮照耀云朵，这就充分抒写了童
真、童趣和童乐，表达了与母游戏、母子一体，儿童爱母亲、母子不相离
的浓浓情意。然后诗人又写道，神踏波浪，邀约孩子一同旅行，享受快
活，但是孩子却愿意化为波浪，以母亲为海岸，波浪拍海岸，海岸拥波
浪，与母游戏，不弃不离，表达了母子情深融为一体、人间自由和谐快乐
的思想情感。《对岸》和《同情》这首两诗仍然是以儿童的视角看世界，
所不同的是《对岸》以儿童视角抒写的童真是愿做船夫，其目的是渡人到
达彼岸，以期获取圆满，表达了孩子渴望成长，早日到达彼岸而获得圆满
的思想情感。《同情》以儿童视角抒写儿童同情小狗、小鹦鹉的爱心和行
为，表达了作者同情小动物，热爱大自然、深爱小孩子的"爱的哲学"和
人道情怀。郑振铎选译《新月集》中的《云与波》、《对岸》和《同情》
在《小说月报》上发表有主观和客观两方面的因素。从主观因素来看，首
先是郑振铎初读泰戈尔的诗时就特别喜欢《新月集》的诗，后来爱不释
手，反复阅读，觉得越读越解个中三味，因此有尽早将这样的好诗译介给
我国读者的强烈愿望。其次，郑振铎在阅读泰戈尔诗歌中受到泰戈尔思想
的影响，也有爱儿童、爱母亲、爱自然、爱自由、爱和平和谐的博爱情
怀。再从客观因素来看，当疾风暴雨、洪流浩荡的反帝反封建的五四运动
退潮之后，中国社会顿时一片迷茫，不知选何道路，走向何方，但以陈独
秀、李大钊、瞿秋白、鲁迅、周作人、郑振铎等为代表的知识分子群体清
醒地认识到，反帝反封建的任务远未完成，中国社会黑暗腐朽的现状仍未
改变，这个社会仍然是一个没有民主、没有平等、没有自由、没有光明、
尤其是没有以爱为核心的"人道"，只有"吃人"的"兽道"，因此需要
泰戈尔《新月集》式的诗歌，以博爱为道德良方，以人道主义为思想药
剂，唤起国人的精神自觉，疗救国人的精神创伤，最终建设成一个像《新
月集》所呈现的天下人共享真善美和自由快乐的"新月"的光明新世界。
因此，郑振铎要在选译并发表《吉檀迦利》之后，接着选译《新月集》
中的《云与波》、《对岸》和《同情》在新文学运动主阵地之一、对社会

影响极大的《小说月报》上发表。

郑振铎通过译介泰戈尔及其作品，其思想逐渐接受了泰戈尔梵爱和谐思想的影响，其诗作受到了泰戈尔梵爱和谐思想的浸润。在诗歌意象选择与文学形象塑造方面受到泰戈尔梵爱和谐思想的影响，如"太阳"意象与文学形象、"星星"意象与文学形象、"花"的意象与文学形象、"鸟"的意象与文学形象等梵爱和谐文学形象的塑造。在新诗主题生态方面接受了泰戈尔梵爱和谐思想的影响，如表现自然之爱与泛神论思想的散文诗《悲鸣之鸟》，表现情爱与泛爱思想的《云与月》，表现对饱受侮辱的劳动者真诚同情、具有博爱思想的《侮辱》，表现光明之爱的《灯光》，表现生命之爱的《鼓声》等。

我国现代早期其他译者接受泰戈尔梵爱和谐思想影响的，有张闻天、瞿世英、王统照、许地山、徐志摩、刘大白、梁宗岱等。其中，许地山翻译过泰戈尔的论文、诗歌，是深刻理解并自觉接受泰戈尔梵爱和谐思想的学者，他接受了泰戈尔"爱的哲学"，在诗学观中表现为"爱"的宗教，主张宗教的人间性、人道性和宽容忍耐性。

二　通过阅读泰戈尔的作品而接受其影响

接受美学认为，传统文学史和文学理论完全忽略了"读者"这个重要因素。接受美学的创始人和主要代表之一的尧斯（1921—）认为：在文学作品从创作到接受的传播过程中，"读者也是一种能动因素，作家与作品在文学史上的地位，作品能否流传下来，能否产生影响及影响的程度，与他们能否为读者欣赏、接受、认可密不可分"。① 可见读者及其"阅读"极为重要，可以决定作家作品对他人、社会和历史的"影响及影响的程度"。

"阅读"是读者的复杂的心理活动过程。中外学者对阅读有种种不同的诠释。

国外学者、作家多从心理学的视角对阅读进行诠释。英国心理学家巴特利特（1886—1969）于 20 世纪 30 年代构建了"现代图式理论"，他认为，图式是读者围绕某一主题建构起来的知识表征和记忆贮存方式，是各

---

① 蒋孔阳主编：《二十世纪西方美学名著选·下》，复旦大学出版社 1988 年版，第 475 页。

种过去反应、过去经历的动态组合体。巴特利特的图式理论对阅读的心理结构形式作出了肯定，强调了阅读必须依赖于读者过去的人生经历和已有的知识、经验。美国作家雷斯尼克（1942—）认为，阅读是一种构造过程，读者原有的知识和推断能力在阅读过程中起关键作用。雷斯尼克意识到阅读是一个认知结构的建构过程，强调了读者原有知识和推断能力在阅读过程中的作用。但我们知道阅读过程中仅有推断能力是不够的。美国作家吉布森（1948—）则认为，阅读是从文本中提取意义的过程。这种观点突出了提取和解读文本意义对阅读的重要意义，但怎样提取其意义则未言其详。雷格（生年不详）侧重研究了阅读的构成阶段，他认为阅读由感知、理解、反映和同化四个阶段所构成。其中，感知是读准字词的发音，并弄清其含义，理解是将词句组合为文章的观点和主题，反映是对文章内容的感受，同化是把文章的各种信息纳入读者的认知结构之中，使之构成读者个人经验的一部分。雷格的阅读理论的最大贡献是将阅读这种复杂的心理活动明确划分为符合人们认知规律的四个阶段，它对阅读理论的发展发挥了重要的推动作用。但雷格并未对阅读的内涵作出准确的阐释。

我国学者、教育家多从语文教育学的视角对阅读进行阐释。著名教育家、作家叶圣陶（1894—1988）说："阅读是吸收，写作是倾吐，倾吐能否合于法度，显然与吸收有密切的关系。单说写作程度如何如何是没有根的，要有根，就得追问那比较难捉摸的阅读程度。"① 叶圣陶认定了阅读在信息处理过程中的"吸收"功能，明确了阅读与写作的辩证关系，强调了阅读对于人们建构认知系统的"根基"作用。但他在这里并未对阅读的内涵和外延作出定义。语文教育家朱绍禹（1922—2008）认为：阅读是"通过书面文字去理解文章的形式与内容并参与创作的对话过程"。② 朱绍禹的观点突出了阅读的理解功能，强调了阅读是读者通过文本与作者进行对话的过程。但他对理解与对话的形式和程序未作诠释。语文教育家章熊（1931—）说："阅读，就是通过视线的扫描，筛选关键性语言信息，结合头脑中储存的思想材料，引起连锁性思考的过程。"③ 章熊的观点强调

---

① 叶圣陶：《国文教学的两个基本概念》，引自阎立钦主编《语文教育学引论》，高等教育出版社1996年版，第152页。

② 朱绍禹：《语文课程与教学论》，中国社会科学出版社2007年版，第155页。

③ 章熊：《谈谈现代文阅读的能力要求》，载《中学语文教学》1989年第1期。

了阅读的功能一是对文本信息的筛选，二是促使读者对所读文本进行思考，阅读的基础是读者头脑中原有的思想材料。但这种思考、基础应包括哪些要素未能明确。中国写作学会副会长、东北师大教授金振邦（1948—）认为，"阅读应该理解为是一种通过文本媒介，来获取信息、处理信息和创造信息的复杂过程"。① 这种观点凸显了阅读具有"获取信息、处理信息和创造信息"的三大功能，尤其难能可贵的是突出了阅读具有"创造信息"的功能。但对阅读与心理认知的关系和阅读过程的阶段性未作阐释。著名语文教育家、北大中文系教授冯钟芸（1919—2005）、语文教育家张鸿苓（1935—）则认为："阅读是以了解文字意义为中心的一种复杂的智力活动。读者先用视觉感知文字符号，然后，运用分解、综合、概括、判断、推理等思维活动将感知的材料进行加工，把经过理解、鉴别的内容归入或并列于已有的知识结合中，贮存起来，根据需要随时提取并加以运用。"② 冯钟芸、张鸿苓对阅读的阐释不仅认定了阅读的性质是"复杂的智力活动"，目的是"了解文字意义"，而且较为完整地说明了阅读过程的构成阶段和运用方法，是对阅读概念较全面的阐释。不过其定义尚不够凝练。

中国大百科全书对阅读的解释十分简练："阅读是一种从书面言语中获得意义的心理过程。"③ 这个诠释将阅读定性为"心理过程"，其目的是"从书面言语中获得意义"。但这是怎样的心理过程，怎样"从书面言语中获得意义"却语焉未详。

通过对上述中外学者、教育家、作家和权威工具书关于阅读的诠释的综合提炼，笔者认为：阅读是运用已有知识和经验对视觉扫描的文本信息进行思考加工，并纳入已有认知结构，以建构新的认知结构的复杂的心智活动。它由感知、理解、选择、接受和创造等阶段所构成。

阅读的性质是"复杂的心智活动"。这种心智活动包括感知、理解、分析、综合、推理等，如果没有这种复杂的心理智力活动过程，只是为阅读而阅读，"好读书而不求甚解"，那么阅读是缺乏意义的。阅读的前提是

---

① 金振邦主编：《阅读与写作》，中央广播电视大学出版社 2001 年版，第 27 页。
② 冯钟芸、张鸿苓：《中学语文教学指导书》，人民教育出版社 1988 年版，第 31 页。
③ 《中国大百科全书·教育卷》，中国大百科全书出版社 1985 年版，第 505 页。

读者头脑中的"已有知识和经验",如果读者在阅读之前没有一定的学科知识、生活经验、人生阅历,那么阅读几乎是不可能的。阅读不是对视觉扫描材料囫囵吞枣、全盘接收,而是要对"文本信息进行思考加工",这种文本信息包括知识、思想、文化等信息,这种思考加工包括对文本信息进行鉴别、选择,然后吸收、接受。阅读的目的是进行创造,建构读者自己"新的认知结构"。因此,阅读的过程是"由感知、理解、选择、接受和创造等阶段所构成"的复杂的心智活动过程。

"感知"是阅读的首要阶段。感知即感觉和知觉。"感觉是人脑对直接作用于它的客观事物的个别属性的反映。"① 感觉是客观的,其对象是客观事物,它具有直接性和个别性的特征。"知觉是人脑对直接作用于感觉器官的客观事物的各个部分和属性的整体的反映;知觉是在感觉的基础上产生的,是对感觉信息的整合和解释。"② 知觉的基础是感觉,没有感觉则没有知觉;知觉需借助已有的经验或知识的帮助,没有过去的经验或知识这个前提,则知觉无法形成;知觉的对象仍是客观事物,但它与感觉不同,它不仅需要把握客观事物"各个部分"的特性,而且重在经过选择、整合而理解客观事物的整体属性,所以它具有整体性、选择性和理解性的特征。在阅读过程中,感知的客观对象就是文本信息,读者在阅读之初要运用视觉扫描,不仅要对文本信息的"个别属性"进行甄别,而且要对文本信息的"个别属性"进行整合,从而把握文本信息的整体属性、整体特征。如对诗歌的感知,既要甄别所阅读的这首诗"个别属性"的独有意象、形态、主题和审美意味,又要整体把握这首诗由若干意象组合而成的"整体属性"的意境。可见,感知并非雷格所说的"读准字词的发音,并弄清其含义"那么简单。

"理解"是读者的第二个阶段。所谓理解就是对客观事物的部分和整体所含意义的认识解码。在阅读中,理解是读者通过视觉器官对文本信息进行较之感知更深入一步的认识、分析,从而对文本信息所含意义进行解码,它包括微观分析和宏观分析、逆向分析和顺向分析两组基本模型。微观分析涵盖字词解码、词义获得和句意抽取三个步骤,如对诗歌的微观分

① 孟昭兰主编:《普通心理学》,北京大学出版社 1994 年版,第 67 页。
② 同上书,第 107 页。

析，先分析认识字词尤其是"诗眼"的含义，再分析认识其词语或短语的涵义，尤其是意象的象征义或比喻义，最后解读、抽提诗句组合的意义。宏观分析包括段落解析、话语解析和篇章归结三个步骤，如对诗歌的宏观分析，先认识解码诗节的意义，再认识分析诗歌表层话语所隐含的深层意蕴，尤其是言外之意、象外之象，最后解码归纳诗篇的主题。逆向分析是指读者从认识分析文字符号入手，逐步扩展到文本篇章意义结构的认识解码的心理过程。顺向分析则与之相反，它是从认识分析文本篇章的意义结构入手，逐步到文字符号具体材料的认识解码的心理过程。如对诗歌的逆向分析是从诗歌的字词诗眼入手，以层层剥笋的方法，逐步分析解码诗节直至诗篇的意义、意味和意蕴；对诗歌的顺向分析的程序则与逆向分析相反。

　　"选择"是阅读的第三个阶段。选择是读者根据阅读目的有区别地吸收文本的重要信息、筛除非重要的文本信息，以促进分析加工和整合加工的取舍行为。这种取舍行为注重目的性、趋利性、区别性和组合性。选择的目的性是指读者阅读取舍的目的。确定阅读目的的主观依据包括读者的精神需要、创作需要、兴趣爱好、审美倾向、性格特征，人生观、世界观和价值取向，以及对作家作品和文体的偏好等；其客观依据一般是时代趋势、社会需求、文化取向，以及他人促使等。选择的趋利性的"利"并非物质利益之"利"，而是读者根据文本信息对自己精神需要、创作需要是否有益的取舍。选择的区别性既包含所读文本（客体）独立于其他文本的特色，又包含读者（主体）独立于其他读者的取舍。选择的组合性一方面指读者对文本取舍的各种主观因素的整合，另一方面是指读者对文本取舍的各种客观因素的整合。譬如，我国现代早期大量读者对泰戈尔作品及梵爱和谐思想的选择，就是这些读者根据当时社会的需求、时代的趋势、文化的价值取向的客观实际，结合读者自己的精神需要、创作需要、兴趣爱好、审美倾向、性格特征，人生观、世界观和价值取向的主观实际所作出的恰当取舍。

　　"接受"是阅读的第四个阶段。所谓接受是读者在阅读过程中通过选择后，利用原有知识去消化所读文本信息，并将消化后的信息纳入已有的知识结构和文化模型的认知过程。因此，接受不仅是一种认知结构的调整和建构，也是一种文化模型的调适和过滤，即"在既有文化框架内或'文化模子'中对被接受对象的修正、调适及文化过滤"。① 这种接受过程是激活原有知识、调整原有知识结构的过程。激活原有知识、接受所读文本信息对阅读认知过程十分重要，它具有产生阅读图式、补充省略信息和促进阅读回忆的作用。即：在阅读前，激活原有知识能使读者产生阅读期待或图式；在阅读时，激活原有知识能使读者运用原有知识来弥补所读文本里被省略的信息；在阅读后，激活原有知识能促进读者对所读文本的内容、主题进行有效回忆。文学接受的过程由接受的发生、发展和高潮构成。接受的"发生"需三个要素促成，即期待视野、接受动机和接受心境。"期待视野"是读者在阅读之前和阅读过程中的心理希冀和审美阈值。期待视野的层次为文体期待、形象期待和意蕴期待。不同读者对不同文体有不同偏好，如喜欢诗歌的读者在阅读前就会把优美动人、意蕴深刻的诗歌作为自己的期待文体。文体确定之后，读者又期待在所读文本中感受到自己心向往之的生动的立体可感的形象，如诗歌中抒情主人公的形象，诗人刻画的人物景物形象，小说影视文学中的人物形象。感知形象后，读者的期待视野中还会出现文本意蕴的期待，因为富有意蕴的文学文本才会激起读者的审美愉悦，如诗歌文本深层次的象征意义、精神寄托、言外之象、象外之境的意蕴。期待视野的类型有个人期待和群体期待两大类。阅读本是个体的行为，因此个人期待是其主要类型；群体期待主要指读者个体所代表的某一类人群的期待阈值。"接受动机"是发动、引起和维持读者阅读行为的心理活动的内在原因。读者的接受动机是形形色色的，在文学接受的发生阶段，读者的接受动机主要有审美动机、求知动机、受教动机、批评动机和借鉴动机等。审美动机旨在获得"美"的愉悦，求知动机旨在获得"真"的满足，受教动机旨在获得"善"的启迪，批评动机旨在进行是否接受的理性辨析，借鉴动机旨在积淀文本对读者进行创作的营养，如阅读诗歌的动机可以是获得诗歌意象意境之美、诗人情感之真、文本主题之善、诗歌创作借鉴之需。"接受心境"是读者在阅读时的心理状态、精神状况和情感开放程度。不同读者在阅读时的心理、精神和情感存在不同状态，同一读者在不同时空也有不同的心理、精神和情感状态，这种状态将左右读者接受文本信息的发生时点、发生强度、发生广度和发生

① 曹顺庆：《比较文学教程》，高等教育出版社 2006 年版，第 138 页。

偏离率。一般来说，读者阅读的心境如果处于单纯而良好的状态时，其接受的发生则时间快、强度大、范围宽、偏离率低。文学接受发生后，其流程便进入接受的"发展"阶段。文学接受的发展要经历思辨与对话、还原与异变、正解与误解的考验。读者对所读文本先要进行思辨，衡量文本信息的真伪、善恶、美丑、利弊，再进行去伪存真、去粗取精的取舍，然后与作者进行对话，寻求与作者的心灵沟通与精神契合。在对话过程中，读者会努力去还原作者的创作意图、寄寓思想和审美理想，以及作品的内涵主旨、呈现形式和艺术旨趣。但是，还原掺入了读者的主观推测和价值取向，因此难免发生接受的异变。这种异变是读者将作者原文本的形象、思想、情感的图式迁移转化为自己解读和想象的形象、思想、情感的图式，即由相同或相似性迁移转化为相关甚至相异性。在接受过程中，如果读者对作者原文本的解读符合或基本符合作者的创作意图和审美理想，那么是正解文本信息；反之则是误解文本信息。误解的发生与读者的主观无意、人生阅历、思维方式和审美倾向相关。文学接受的"高潮"包含共鸣、净化、领悟等元素。共鸣是读者在阅读过程中由作者或作品引起的情绪上的激动、心理上的感应、精神上的共振。当读者在阅读时感受到了与作者或作品中的人物有某种亲身体验过的类似经历、经验和思想情绪时，就会产生共鸣，于是与作者或作品人物在心理上认同，思想上融合，感情上相通。共鸣是阅读过程中读者在多种心理因素的作用下所形成的最强烈的情绪反应。在共鸣发生之后，另一种特殊的接受状态随即发生，这就是净化。净化是读者在接受过程中不由自主产生的去除心灵杂念、受到思想教育、实现精神升华的心理调节。当净化发生之后，阅读将达到接受的最高境界——领悟。领悟是读者对作者在文本中所传达的思想、情感、审美理想的感受所产生的飞跃，它由感性认识上升为理性认识，至此，读者就会体悟出一定的人生哲理，证悟到一定的生命境界，甚至觉察或把握住事物或世界发展的一定规律。因此，领悟是文学接受的最高境界。

"创造"是阅读的第五个阶段，也是阅读的最后、最高阶段。阅读中的创造包含两个层面的意义，一是指读者与作者共同完成作品形象的塑造，二是指读者在完成整个阅读行为之后所进行的文学创作。根据接受美学的观点，在文学活动中，从作者的创作到文本的完成，并非作者与作品的二元关系，而是由作者→读者→作品构成的三维关系，其中读者是连接作者与作品不可或缺的纽带和桥梁，因为如果没有读者，那么任何作品都将是一堆废纸，没有任何意义和作用，更不能奢谈认识功能、教育功能和审美功能。接受美学认为，作者创作的作品其实只是半成品，只完成了创造的一半的任务，另一半任务须由读者来完成。因为作者所创作的文本有意识或无意识地留下了许多"未定点"和艺术"空白"，需要读者在阅读过程中凭借自己独特的人生阅历、思想倾向和审美理想去能动地填补，这种能动地填补"未定点"和艺术"空白"的思维活动就是一种创造。不仅如此，而且作者创作的文本必须依靠千百万读者的感知、理解、选择、接受之后，才能充分发挥其认识功能、教育功能和审美功能，所以当读者填补了"未定点"、艺术"空白"和发挥了这三大功能之后，作者创作的文本才能够称为"成品"，而不是"半成品"。创造的第二层含义是指读者的创作，虽然不是所有的读者都会发生这种文学创作行为，但是喜欢阅读文学作品的许多读者的阅读动机之一便是借鉴作者的人生阅历、思想观念和创作技巧，拓展自身的阅历半径，积淀更多的间接生活经验和情感体验，积累更多的各种类型的知识，以便指导自己的文学创作。众所周知，古今中外的诗人、作家，莫不是文学作品的忠实读者。事实证明，没有广泛深入的阅读，就没有文学精品的创作和问世。所以，阅读的创造性间接地表现为读者的创作性。

在经过感知、理解、选择、接受和创造五个阶段之后，阅读这种认知活动才得以整体性完成。

本著作所涉及的我国现代早期的诗人，多在阅读泰戈尔的诗作或论著的过程中和阅读后，敏锐地感知、深刻地理解、慎重地选择、主动地接受了泰戈尔的梵爱和谐思想，创作出了大量的蕴含和表现爱和谐思想的诗作。其中，最有代表性的是郭沫若、冰心在阅读泰戈尔的诗作后，其思想和诗作所接受的泰戈尔梵爱和谐思想的影响。

郭沫若是我国现代早期最先接受泰戈尔影响的诗人，他的思想和诗作直接受到泰戈尔梵爱和谐思想所包含的梵我合一、爱的哲学，尤其是"泛神论"的影响，这是举世公认的。他在留学日本时如饥似渴地阅读泰戈尔的诗作，他曾说："我记得大约是民国五年的秋天，我在冈山图书馆突然寻出了他这几本书时，我真好像探得了我'生命的生命'，探得了我'生命的泉水'一样。每天学校一下课后，便跑到一间很幽暗的阅书室里去，坐在室隅面壁捧书而默诵，时而流着感谢的眼泪而暗记，一种恬静的悲调荡漾在我的身之内外。我享受着涅槃的快乐。"① 可见郭沫若在痴情阅读泰戈尔诗作的过程中，不仅享受到了精神的愉悦，"涅槃的快乐"，而且掘到了"生命的泉水"，获得了"生命的生命"，受到了泰戈尔思想春风化雨、润物无声的影响。虽然郭沫若也曾谦逊地说，"我对于太戈尔的作品，单是英译了的我也不曾全部读完"，② 但是从这句话中我们可以看出，他阅读过泰戈尔的许多作品，因为他留学日本时泰戈尔的许多诗集的英译文本在日本和西方国家已经相当流行，更何况他还说过曾"把他的《新月集》、《园丁集》、《偈檀伽里》三部诗集来选了一部《太戈儿诗选》"③ 翻译为中文寄回上海寻求出版，而翻译必须以深入细致地阅读理解为基础；当他阅读、翻译过泰戈尔的《吉檀迦利》、《新月集》、《园丁集》等作品后，深切地感受到了泰戈尔诗歌"那清新的平易径直使我吃惊，使我一跃便年青了二十年"，"在他的诗里面我感受着诗美以上的欢悦"。④ 泰戈尔的诗歌之所以使郭沫若"吃惊"，会突然感到"年轻了二十年"，是因为泰戈尔诗歌给他最初最直观的表层感受是"清新""平易"的语言风格，而深层次的因素是泰戈尔将其梵爱和谐的思想天衣无缝、水乳相亲地融入了清新平易的诗作之中，这才使他深切感受到了"诗美以上的欢悦"。这"诗美以上的"东西是什么？就是触动他心灵深处最敏感的神经、灵魂深处最微妙的琴弦的梵爱和谐思想；毋庸置疑，这"诗美以上的欢悦"，源自于郭沫若对泰戈尔诗作如饥似渴、深入细致的阅读。在阅读过程中，郭沫若真切地感知了泰戈尔诗歌的清新平易之美，深刻地理解了泰戈尔泛神论思想的自由唯我创造之快，主动地接受了泰戈尔的梵爱和谐思想，创作了许多关于泛神论、关于梵我合一的诗篇，这些诗篇的代表作前文已列。此外，郭沫若还受到泰戈尔梵爱和谐思想中"爱的哲学"的影响，创作了许多以"博爱"为主题的歌颂自由爱情，反抗封建婚姻，追求光明自由，热爱祖国，热爱儿童，热爱自然的诗篇，如《瓶》的 40 多首系列爱情诗、

---

① 郭沫若：《太戈儿来华的我见》，载《创造周报》1923 年第 23 号。

② 同上。

③ 同上。

④ 郭沫若：《我的作诗经过》，见《郭沫若文集·第 11 集》，人民文学出版社 1984 年版，第 140 页。

《维纳斯》、《新月与白云》、《别离》、《太阳礼赞》、《炉中煤——眷念祖国的情绪》、《霁月》等诗篇，尤其是《瓶》第十六首诗、《地球，我的母亲》、《天上的街市》等诗篇感人至深、影响极大。在诗歌意象选择与文学形象塑造方面也接受了泰戈尔梵爱和谐思想的影响，如"太阳"意象与文学形象、"月亮"意象与文学形象、"星星"意象与文学形象、"花"的意象与文学形象、"鸟"的意象与文学形象、"火"的意象与文学形象等梵爱和谐的文学形象的塑造。显而易见，郭沫若通过对泰戈尔诗作静心深入的阅读，敏锐地感知、深刻地理解、慎重地选择、直接地接受了泰戈尔的梵爱和谐思想，并将这种思想充分呈现于自己的诗歌创作之中。

冰心早年以虔诚和崇拜的心情深入阅读了泰戈尔的《飞鸟集》、《新月集》和《园丁集》等诗作，被泰戈尔梵爱和谐思想中"爱的哲学"深深吸引，并由衷折服。据冰心《〈繁星〉自序》说："一九一九年的冬季，和弟弟冰仲围炉读泰戈尔（R. Tagore）的《迷途之鸟》（Stray Birds）（《迷途之鸟》通译《飞鸟集》——引者注），冰仲和我说：'你不是常说有时思想太零碎了，不容易写成篇么？其实也可以这样的收集起来。'从那时起，我有时就记下在一个小本子里。"[1] 从此，她对泰戈尔产生了无限景仰之情。于是，冰心以"阙名"为笔名于 1920 年 9 月在《燕大季刊》发表《遥寄印度哲人泰戈尔》一文，由衷赞颂了泰戈尔梵我和谐、我梵合一的思想和颇具天然美感的诗歌，抒发了对泰戈尔的无限景仰之情，表达了她与泰戈尔心灵相通、同声相应的思想和感受。她写道："泰戈尔！美丽庄严的泰戈尔！当我越过'无限之生'的一条界线——生——的时候，你也已经越过了这条界线，为人类放了无限的光明了"，"你的极端信仰——你的'宇宙和个人的灵中间有一大调和'的信仰；你存蓄的'天然的美感'，发挥'天然的美感'的诗词，都渗入我的脑海中，和我原来的'不能言说'的思想，一缕缕的合成琴弦，奏出缥缈神奇无调无声的音乐"，"我们既在'梵'中合一了，我也写了，你也看见了"。[2] 这篇散文鲜明地表达了冰心对泰戈尔的诗歌、思想的赞美激情，以及希望与泰戈尔沟通心灵、实现"在'梵'中合一"的切切心愿。冰心于 1919 年冬

---

① 冰心：《繁星·自序》，商务印书馆 1922 年版，第 1 页。

② 阙名：《遥寄印度哲人泰戈尔》，载《燕大季刊》1920 年第 1 卷第 3 期。

季"围炉读泰戈尔"的《飞鸟集》，不仅是她创作小诗集《繁星》和《春水》的直接动因，而且《繁星》和《春水》的小诗表现形式、哲理蕴含和主题表达更是有意识模仿泰戈尔《飞鸟集》的直接结晶。此后，冰心还不断阅读泰戈尔的《新月集》、《园丁集》、《采果集》、《吉檀迦利》等诗集，主动接受了泰戈尔梵爱和谐思想的影响，因为从冰心的《繁星》和《春水》中可以明显看出泰戈尔自然之爱与泛神论、儿童之爱与母爱、生命之爱与光明之爱等梵爱和谐思想对冰心思想和诗作所产生的直接而深刻的影响。冰心广泛阅读泰戈尔的诗作，敏锐地感知泰戈尔的情感，深刻地理解泰戈尔的人格和精神，积极地选择泰戈尔诗歌的表现形式，能动地接受泰戈尔的梵爱和谐思想，精心地创作了对我国现代早期新诗主题尤其是小诗运动影响颇大的《繁星》和《春水》，逐渐构建了以母爱、童心和自然为核心的冰心"爱的哲学"思想，一跃而成为我国新诗生态中备受推崇和赞誉的著名诗人，为我国现代文学史书写了浓墨重彩的一笔，增添了璀璨夺目的一章。

　　除郭沫若和冰心之外，我国现代早期新诗作者通过阅读泰戈尔的作品而受到泰戈尔梵爱和谐思想的影响者为数众多，如周作人、刘半农、沈尹默、俞平伯、康白情、朱自清、成仿吾、田汉、闻一多、朱湘、李金发、戴望舒、穆木天、应修人、汪静之、潘漠华、冯雪峰、冯至、陆志韦、宗白华、何植三、徐玉诺、赛先艾、郭绍虞等，他们在思想和诗作的多个层面所受泰戈尔梵爱和谐思想的具体影响，已如前文所论。

三　通过与泰戈尔密切交往而接受其影响

　　在我国现代早期新诗接受泰戈尔梵爱和谐思想影响的路径中，译介是最早的途径，阅读是最广的途径，密切交往则是最直接的途径。在我国现代早期的诗人、作家中，有幸直接与泰戈尔密切交往、进行零距离接触并接受过泰戈尔影响的，有徐志摩、郑振铎、王统照、许地山等人。其中，郑振铎、王统照在泰戈尔访华期间作为文学研究会特派记者与泰戈尔随行，多次聆听泰戈尔的演讲，多次撰写新闻稿报道泰戈尔的访问、会见、演讲、交谈事宜，可谓与泰戈尔交往密切；许地山曾经拜谒过泰戈尔本人，与泰戈尔有语言的交流和精神的对话，也可谓有零距离接触的交往。不过，就与泰戈尔交往、交流、对话的范围之广、程度之深、时间之久和所受影响之大而言，徐志摩无疑是最典型的代表，无人能出其右。

徐志摩与泰戈尔过从甚密，交谊深厚，其密切交往包括泰戈尔访华前的神交景仰，泰戈尔访华中的亲密陪伴，泰戈尔访华后的绵长情谊等。尤其在 1924 年泰戈尔访华的 40 多天里，徐志摩时时伴侍泰戈尔左右，在陪同泰戈尔访问杭州时，徐志摩与泰戈尔甚至彻夜畅谈思想、人生、世界、诗歌创作和诗学理论。这段交往前文已有详细论述。此后，徐志摩与泰戈尔还有多次密切交往。1927 年秋天，泰戈尔在美国、日本讲学后途经中国，私访徐志摩，吃住均在徐志摩家中。1928 年 10 月，徐志摩从欧洲回国，应邀赴印讲学访问，他再次拜会了离别一年的泰戈尔，兴致勃勃地参观了泰戈尔一手创办的国际大学，并在欢迎会上发表演讲，赞美泰戈尔和国际大学崇尚自然的思想："田野、森林、山谷、湖、草地是我的课堂，云彩的变幻，晚霞的灿烂，星月的隐现，田野麦浪是我的功课，爆吼的松涛、鸟语、雷声是我的教师。"[1] 徐志摩还饶有兴味地参观了泰戈尔创办的农村建设基地桑地尼克坦，观摩了泰戈尔别具一格的钢笔画展览，在国际大学住了三个星期。泰戈尔非常喜欢徐志摩，在形影相随的日子里，他们进一步增进了深厚的忘年情谊。1929 年 3 月，泰戈尔第二次访华。据徐志摩的学生、编辑出版家赵家璧回忆，泰戈尔从印度来到上海，下榻于时住福煦路 613 号的徐志摩家中，与徐志摩交谈甚欢。大约两天后，泰戈尔启程去日本、美国等处讲学，归途中又来到了徐志摩家中。身心疲惫的泰戈尔嘱咐徐志摩：这次决不要像上次在北京时那样弄得大家都知道，到处去演讲，静悄悄地在你家住几天，做一个朋友的私访，大家谈谈家常，亲亲热热的像一家人，愈随便愈好。善解人意的徐志摩严格按照泰戈尔的吩咐，在去杨树浦大来轮船公司码头迎接泰戈尔时，只邀了郁达夫同去。在码头等船时，他神情呆滞地对郁达夫说：诗人老去，又遭了新时代的摈斥，他老人家的悲哀，正像孔子的悲哀。为了尽量让泰戈尔生活得舒适安逸、如归故里，徐志摩费尽心思，在三楼上精心布置了一个印度式房间，里边一切陈设全都模仿印度的风格。泰戈尔来到徐家，深情慈爱地抚摸着陆小曼的头，管陆小曼叫"小孩子"，这使徐志摩夫妇倍感亲切温暖；他们三人同去赴泰戈尔一个印度同乡的晚宴，泰戈尔在向印度同乡介绍徐志

---

① 徐欣：《徐志摩与印度诗哲泰戈尔》，载《济南文史》2008 年第 3 期。

摩和陆小曼时，自豪地说这是他的"儿子和儿媳妇"，这使徐志摩夫妇倍感亲切、受宠若惊。在这次访问的几天里，泰戈尔与徐志摩夫妇的确像亲亲热热的一家人，过着极普通的家居生活。泰戈尔总爱同三两人坐着清谈，他还特别喜欢朗诵诗，常把自己的诗低声吟诵给别人听，让人很快坠入到诗的意境之中，陆小曼由衷赞叹说是"比两个爱人喁喁情话的味儿还要好多"，徐志摩甚至亲昵地称呼泰戈尔为"戈老爹"。20世纪20年代后期，徐志摩又亲赴泰戈尔创办的国际大学中国学院任教，与泰戈尔朝夕相处，交流更多。徐志摩在与泰戈尔密切交往的过程中，实现了与泰戈尔的思想的交流、心灵的对话和理念的圆融。徐志摩认为，泰戈尔其人如日月经天，江河行地，是"世上一位伟大无比的人物"。

可见，泰戈尔的梵爱和谐思想对徐志摩的影响至为直接而深刻，徐志摩的思想和诗作多层面、多角度、几乎全方位地接受了泰戈尔思想和诗作的沾益和影响。在诗歌意象选择与文学形象塑造方面受到了泰戈尔梵爱和谐思想的影响，如"星星"意象与文学形象、"花"的意象与文学形象、"鸟"的意象与文学形象等梵爱和谐的文学形象的塑造；在新诗主题方面接受了泰戈尔梵爱和谐思想的影响，如表现自然之爱与泛神论思想的《我有一个恋爱》、《去吧》、《石虎胡同七号》等，表现情爱与泛爱思想的《爱的灵感》、《鲤跳》、《这是一个懦怯的世界》、《两地相思》、《我来扬子江边买一把莲蓬》、《月夜听琴》、《情死》、《再别康桥》等，表现爱自由、爱和谐和"人类第三期世界"的博爱思想的《雪花的快乐》、《呻吟语》、《再别康桥》等，表现爱人类、同情饥寒交迫的下层人民的思想的《先生！先生！》、《叫化活该》等。徐志摩所受泰戈尔梵爱和谐思想的具体影响，已如前文详论。

第二节　我国早期新诗接受泰戈尔梵爱和谐思想影响的哲学基础

如果从宏观视角和理论基础的层面来分析，那么我国现代早期新诗接受泰戈尔梵爱和谐思想影响的哲学基础有天人合一观、仁爱观、生命观等。"天人合一"观是以崇尚自然、顺应自然为核心的哲学观，"仁爱"观是以"仁"为本、泛爱众人为核心的哲学观，"生命"观是以生死一体为核心的哲学观。

一　"天人合一"观的哲学基础

"天人合一"观是中国哲学的根本观念。中国学者都极为重视天人合一观的研究和阐扬，所谓"学不际天人，不足以谓之学"。① 对"天人合一"内涵的理解，重在对"天人合一"中的"天"的理解。冯友兰解释说："中文里的'天'字在英文里通常译成'上天'（Heaven），也有时译成'自然'（Nature）。"② 金岳霖（1895—1984）则认为："在中国哲学里，'天'的含义既包括自然，又包括君临自然的上苍。人们使用这词语时，有时着重在'自然'，有时则着重在'上苍'。"③ 人们一般将中国哲学里所说的"天"理解为"自然"。不过金岳霖所说的"'天'的含义既包括自然，又包括君临自然的'上苍'"，这是与泰戈尔思想和印度哲学里"梵我一如"中的"梵"的含义基本接近的。中国哲学认为，天是人的根本，人是天的赋形；天是自然，人是自然的复制品。天人无二，不分"我"与"非我"，"我"与"非我"原为一体，人与自然本为一体。中国哲学的宇宙观实际上是主张天人合一，不分内外、物我、天人的宇宙观。

我国古代道家哲学主张"顺乎自然"的宇宙观和人生观，即人与自然和谐协调的宇宙观和人生观。顺乎自然就是"按照时势和事物的本性，不强行要求"，④ 也就是说人的活动应限于必要的与自然相协的范围，不可违背自然的运行规律而行事。道家认为，万物的本原是道，道是万物之所由来。老子《道德经》云："人法地，地法天，天法道，道法自然。"⑤ 所谓人法地，就是人应取法大地，因为大地（地球）是宇宙的一员，是大自然的一分子，它承载万物，使人与万物和谐生长，虽经风霜雨雪摧残而毫无怨言，其德甚厚，人就应该像大地那样厚德载物，这就是"地势坤，君子厚德以载物"。⑥ 所谓地法天，就是大地取法天，因为天是宇宙，是滋

---

① 邵雍：《皇极经世书·观物外篇》。
② 冯友兰：《中国哲学简史》，新世界出版社 2004 年版，第 168 页。
③ 同上。
④ 同上书，第 88 页。
⑤ 《老子》第二十五章。
⑥ 《周易上经·坤卦》。

生万物（包括大地）的本源，它浩瀚无边，广袤无限，胸怀宽广，包容一切，它使万物按照规律运作，各守规矩而不乱，其运行劲健，规则恒定，正所谓"天行健，君子以自强不息"。由此可推：因为人法地、地法天，所以人也应法天，即遵守天地运行的规律，与天地和谐地共生，与自然和谐地融为一体。

儒家哲学主张"天人合一"的宇宙观和人生观。关于人与宇宙的关系，儒家哲学的基本命题是天人合一。天人合一有两层含义：一是天人相通，这种观念肇始于孟子，大盛于宋代道学。二是天人相类，这是汉代大儒董仲舒的思想。"天人相类非即天人相通，然亦是一意义的天人合一"，① 所以后代学者一般将天人相类观认定为天人合一观。董仲舒（前179—前104）认为："天地之常，一阴一阳。阳者，天之德也；阴者，天之刑也。……天之任阳不任阴，好德不好刑。……天亦有喜怒之气，哀乐之心，与人相副。以类合之，天人一也。"② 在董仲舒看来，天喜欢阳而不喜欢阴，可见天有喜怒哀乐的感情，这与人有喜怒哀乐的感情是一致的。"以类合之，天人一也"，就是天人相类的意思，亦即天人合一之义。董仲舒还进一步解释说，"天、地、人，万物之本也"，"三者相为手足，合一成体，不可一无也"，③ 意即天与人合而为一，是一个不可分割的整体。汉儒的哲学思想合理吸收了老庄思想，进一步主张"天人感应"，认为宇宙万物、自然神明是人的主宰，人是宇宙万物、自然神明在人间、地上"感应"所产生的结晶。因此，天与人是一体的，这种天人合一的学说影响极其深远。既然"天"一般是指"自然"，那么"天人合一"就是人应顺乎自然，与自然和谐地融为一体。以张载为代表的宋儒继承和发展了天人合一观。张载（1020—1078）认为，宇宙万物（包括人）都来自于同一个包含阴阳的"气"，因此，人与万物都是一体的；人应当服侍乾坤（即天地、自然），一如服侍自己的父母一样。在人与自然的关系上，张载的哲学大大发展了天人合一的思想，强调人对自然的服从、服侍，而不是征服，这与泰戈尔"人类第三期世界"的思想是

---

① 张岱年：《中国哲学大纲》，生活·读书·新知三联书店 2005 年版，第 179 页。
② 董仲舒：《春秋繁露·阴阳义》第四十九，中华书局 2011 年版，第 153 页。
③ 董仲舒：《春秋繁露·立元神》第十九，中华书局 2011 年版，第 86—87 页。

一致的，"人类第三期世界"强调，人只能去顺应自然，不能去征服自然，人类的最终目的是达到梵我合一、梵爱和谐，与自然和谐地融为一体的最高境界。

古代东方民族一般认为人的个体生命与本我生命、人的精神小宇宙与自然的无限大宇宙是统一的，作为个体生命的人要努力设法获得这种统一，将生命个体与大自然融合为一。中国哲学的"天人合一"，在印度则为"梵我合一"。天人合一的宇宙本体观是中国文化的基础，它的基本要求是"人合于天"，而不是"天合于人"。这种宇宙本体观在人的实践层次上要求"顺天以和自然"，追求人与自然的和谐相处。中国哲学认为，"天人本来合一，而人生最高理想，是自觉地达到天人合一之境界"。① 泰戈尔的梵我合一、梵爱和谐思想强调人与自然和谐同一，强调泛爱，强调和谐，认为人生的最高境界就是自觉达到梵我合一（个我的有限生命与梵的无限生命整体和谐）、梵爱和谐（爱的崇高精神与梵的最高灵魂整体和谐）的境界。可见泰戈尔的梵爱和谐思想具有东方文化的圆融精神，与中国哲学思想默默一致，与中国传统文化精神息息相通，所以容易对中国人产生潜移默化的影响，容易被我国现代早期诗人所接受。我国现代早期诗人、学者的思想延续着古代老庄、儒家和禅宗崇尚自然、天人合一、天人感应的哲学思想，很容易与泰戈尔的梵爱和谐思想中的梵我合一思想产生契合与共鸣，从而接受泰戈尔的梵爱和谐思想，使东方文化之间达到圆融的境界，如郭沫若、宗白华、成仿吾、王统照、周作人、朱自清、赛先艾、郭绍虞、徐志摩、饶孟侃、李金发、戴望舒、穆木天、应修人、汪静、刘大白、俞平伯、康白情、郑振铎、梁宗岱、陆志韦等人接受泰戈尔梵爱和谐思想中的"自然之爱与泛神论"思想，其哲学基础就是"天人合一"观。

二 "仁爱"观的哲学基础

中华民族是一个仁爱的民族，中国文化是一种仁爱的文化，中国哲学蕴含着丰富的仁爱思想。

儒家哲学以孔子哲学为宗，以孔孟哲学为基准。孔子哲学以"仁"为

---

① 张岱年：《中国哲学大纲》，生活·读书·新知三联书店2005年版，第8页。

本，"仁"的核心是"爱"；孟子哲学以"仁义"为本，"义"的核心也是"爱"。孔子（前551—前479）将"仁"作为人生理想和人的行为准则，孟子（约前372—约前289）将"仁爱"作为人生的第一原则，人性的逻辑起点。在《论语》中，孔子常常论及"仁"，在不同的地方，对不同人的提问，他因材施教，对仁的阐释有所不同，但孔子对仁的基本立论是仁者爱人："樊迟问仁。子曰：'爱人'。"这就是孔子"仁者爱人"的立论。何谓"爱人"？朱熹的解释是："爱人，仁之施。"① 朱熹指出，孔子的"爱人"是"仁"的施付行为，是人的高尚的行为方式，但他没有指明所爱的对象。其实，孔子所说的"爱人"是指爱他人，爱一切人。孔子"仁爱"观的根本是孝悌，"孝弟也者，其为仁之本与"，② "孝"就是爱父母，"悌"就是交朋友、爱朋友。"爱人"的范畴极广，"弟子入则孝，出则弟，谨而信，泛爱众而亲仁"，这就是说，"爱人"包括爱父母、爱妻（夫）、爱儿女，爱朋友，爱众人，爱一切具有仁爱之心的人，甚至可以将爱施予自己并不喜欢的人，做到"仁者以其所爱，及其所不爱"。③ 孔孟哲学的这种仁爱、大爱思想与泰戈尔的泛爱、博爱思想是一致的。要爱他人，就得处理好自己与他人的关系："夫仁者，己欲立而立人，己欲达而达人"，④ "己所不欲，勿施于人"，处处为他人着想，时时舍弃自己的私欲，这才是从根本上"爱人"。仁爱不仅要有"爱人"之心，而且要有"怜人"之意、恻隐同情之心，即孟子所说的"人皆有不忍人之心"，"怵惕恻隐之心。……恻隐之心，仁之端也"。⑤ 孟子从人性的基点出发，认为"恻隐之心"不仅是人皆有之的本心，而且是仁爱的发端，人因恻隐同情而施人以爱。这与泰戈尔的博爱、爱民、同情下层人民的思想具有一致性。仁爱的最高层意义是敢于为正义、和平而献身，勇于为民族、国家而牺牲，正所谓"志士仁人，无求生以害仁，有杀身成仁"。⑥ 仁的内在含义是"爱"，外在表现是"义"，二者互为表里："仁，内也，非外也。

---

① 朱熹：《四书集注》，岳麓书社1988年版，第202页。

② 《论语·学而》，朱熹《四书集注》，岳麓书社1988年版，第66页。

③ 《孟子·公孙丑上》，《孟子·尽心下》，朱熹《四书集注》，岳麓书社1988年版，第521页。

④ 《论语·雍也》，朱熹《四书集注》，岳麓书社1988年版，第131页。

⑤ 《孟子·公孙丑上》，朱熹《四书集注》，岳麓书社1988年版，第341页。

⑥ 《论语·卫灵公》，朱熹《四书集注》，岳麓书社1988年版，第238页。

义，外也，非内也"，① 所以为了仁，可以杀身成仁；为了义，可以舍生
取义："生，亦我所欲也。义，亦我所欲也。二者不可得兼，舍生而取义
者也"。② 孔孟哲学思想的仁爱精神与泰戈尔梵爱和谐思想中的泛爱、博
爱精神是基本一致的。

墨家哲学看似与儒家哲学有较大区别，但其仁爱的主张是大同小异
的。墨子哲学的核心是"兼爱"，墨子（前468—前376）以兼爱为人生
的最高准则，认为仁义都是兼爱的表现。墨子常常谈到"仁"，他说：
"仁，体爱也。"体爱就是以己体人、以己推人之爱，亦即爱人如爱己。
墨子兼爱的"兼"，是总全、合而不别的意思，兼爱就是爱一切人或物，
对所爱的对象不分类别，不分亲疏，不分等级，"视人之国若视其国，
视人之家若视其家，视人之身若视其身"。③ 墨子认为，兼爱对于处理人
际关系、治理国家具有极大极广的作用："若使天下兼相爱，爱人若爱其
身，犹有不孝者乎？视父兄与君若其身，恶施不孝？……若使天下兼相
爱，国与国不相攻，家与家不相乱，盗贼无有，君臣父子皆能孝慈。若此
则天下治。"④ 在墨子看来，兼爱能使人与人和谐，国与国和平，于是
天下便太平。这便是墨子由兼爱思想引出的"非攻"思想，非攻就是
反对战争，主张和平，追求世界和谐。墨子的兼爱非攻思想与泰戈尔
梵爱和谐思想中反对战争，主张和平，追求博爱与世界和谐的思想有
异曲同工之妙。

在人生哲学中，谈到"爱"，必然会涉及"欲"、"性"、"情"。
一般人以为在中国古代哲学中，似乎"欲"、"性"、"情"、情爱的思
想阙如。的确，在古代哲学经典中鲜有关于情爱的直接论述。其实，
我们可以从两大方面来把握中国古代哲学关于情爱的思想。一是孔孟
墨家的仁爱、兼爱思想，既然是爱一切人，当然就包括爱自己的配
偶，即丈夫爱妻子，妻子爱丈夫，只不过这种情爱是含蓄委婉的，不
如现代人这样直接奔放。二是情爱与"欲"、"性"、"情"有关，而
关于"欲"、"性"、"情"的论述在我国古代哲学中可谓比比皆是。

---

① 《孟子·告子上》，朱熹《四书集注》，岳麓书社1988年版，第467页。
② 同上书，第475页。
③ 《墨子·兼爱中》，岳麓书社2014年版，第114页。
④ 《墨子·兼爱上》，岳麓书社2014年版，第110—111页。

《孟子》以告子的口吻说："食、色，性也"。①《礼记》也说："饮食男女，人之大欲存焉。"② 儒家经典并未忽视男女声色的存在，而是肯定了男女声色是人的本性。"欲"、"性"、"情"既有联系，又有区别。古代哲学家认为，"欲"是饮食、男女、声色、货利的欲望，"情"是喜怒哀乐爱恶惧的情绪，谓之七情，七情中的"爱"含有"情爱"之义，这是二者的区别；"欲"与"情"的联系是"声色"和"爱"，即性爱或情爱。荀子（前313—前238）首次将"性"与"情"作出区分，认为"性之好恶喜怒哀乐谓之情"，③ 荀子所说的"性"是指人的本性、天性。儒家认为人固有七情，但情感要节制，才能使人与人的关系和谐愉悦："喜怒哀乐之未发，谓之中。发而皆中节，谓之和。"④ 董仲舒、王弼、程颢、程颐的情感观与《中庸》一致，朱熹（1130—1200）的性情说与之相同，不过表述更明确，他不仅坦承"性与情"人皆有之，而且阐述了二者的关系："心"得之于天理而为"性"，"性"感之于外物而为"情"。清代哲学家戴震（1724—1777）的思想既与儒家思想一脉相承，又融入了西方哲学关于情爱的元素，他不仅反对道家的无情说，而且将情与欲相提并论，注重情与欲的联系，他在《原善》中说："性之徵于欲，声色臭味而爱畏分。既有欲矣，于是乎有情。性之徵于情，喜怒哀乐而惨舒分。"⑤ 这就是说，人有欲就有情，有情就有爱与憎，这可以从人们对声色味道的爱憎、对喜怒哀乐的表达得到徵证、证明。由此可见，中国哲学是重视情感与情爱的，这为我国现代早期诗人接受泰戈尔梵爱和谐思想中的"情爱与泛爱"思想奠定了哲学基础。

众所周知，我国的五四运动曾经高喊"打倒孔家店"的口号，对传统文化几乎全盘否定，但是，古代哲学中的"仁爱"思想和"情爱"观念已经深入人心，融入中国人的血液，植入中国人的骨髓和灵魂，所以我国现代早期诗人、学者的思想继承了古代哲学的仁爱精神和"情爱"观念，很容易与泰戈尔的情爱、泛爱、博爱思想产生心灵契合与哲

---

① 《孟子·告子上》，朱熹《四书集注》，岳麓书社1988年版，第467页。
② 《礼记·礼运》，上海古籍出版社1987年版，第126页。
③ 《荀子·正名篇》，上海古籍出版社1989年版，第130页。
④ 《中庸》，朱熹《四书集注》，岳麓书社1988年版，第25页。
⑤ 戴震：《原善上》，《戴震集》下编，上海古籍出版社1980年版，第333页。

学共鸣，从而接受泰戈尔的"爱的哲学"，使东方文化之间达到圆融的境界。因此，郭沫若、冰心、徐志摩、成仿吾、宗白华、田汉、冯乃超、穆木天、刘半农、刘大白、康白情、俞平伯、应修人、汪静之、冯雪峰、梁宗岱、冯至等人接受泰戈尔梵爱和谐思想中的"情爱与泛爱"、"祖国之爱与博爱"思想的影响，其哲学基础就是中国哲学中的"仁爱"思想。

三　"生命"观的哲学基础

生命是人类和动物植物微生物存在于世界的基本形态。有了生命的存在和延续，世界才有勃勃生机，才会发展；离开生命，人类就不复存在，世界就不能发展。生命自从诞生之后，就一直与死亡进行着抗争；生命的终点是死亡，死亡的起点是新的生命；生与死是生命的不同表现形式，生命与死亡是一组对立统一的矛盾体。因此，中国哲学始终活跃着生命与死亡的生命意识，呈现出生命观与死亡观的哲学观念。

儒家常常思考和探讨生命与死亡的话题，表现出对生命的珍爱和对死亡的肃然。《论语》记载，子路向孔子请教"死亡"的问题，孔子以反诘的方式回答道："未知生，焉知死？"[1] 孔子的话看似没有正面回答死亡的命题，其实是以一种特殊的方式表达了他对生死的追问和思考。朱熹引用程子的话对孔子这句话注解为："知生之道，则知死之道。……死、生、人、鬼，一而二，二而一者也。"[2] 从孔子的回答和朱熹的注解我们得知儒家的生命观：生死是一组对应关系，不知生则不知死，生与死看似分离的两种生命现象，其实是合二而一的生命形式，生死实为一体；死亡是人生必有之事，了解生比了解死更重要，所以应该重生安死，珍爱生命。孔子"未知生，焉知死"的实际意思是"哀死而不患死，重生安死，通过对于生的意义追问去达于对死的认知，生死一体，知生自然就会懂死"。[3] 孔子的生命观是儒家生命观的代表，定位了人们对生命的基本认知。荀子说："生，人之始也；死，人之终也。终始俱善，人道毕矣。"[4] 荀子认为

---

[1]　《论语·先进》，朱熹《四书集注》，岳麓书社1988年版，第182页。

[2]　同上。

[3]　陈跃红：《比较诗学导论》，北京大学出版社2005年版，第306页。

[4]　《荀子·礼论》，上海古籍出版社1989年版，第113页。

生命与死亡是人生的必然规律，但应珍爱生命，力争使生命善始善终。王夫之（1619—1692）继承和发展了孔子的生命观，他认为生命与死亡是辩证的："生死死生，成败败成"，"生死死生"意即生命连接着死亡，生命的终端是死亡，但死亡之后新的生命即诞生，所以死亡是生命的开端。生命如此循环，生生不息。因此生命具有无穷的力量，十分宝贵，应当珍惜。清儒洪亮吉（1746—1809）的生命观比王夫之更加直白，他认为"生者行也，死者归也"，生命就是在旅途自在行走，死亡不过像回家一样，应该珍爱生命，并坦然对待死亡。

　　道家也常思考和探讨生命与死亡的话题，表现出对生命的珍爱和对死亡的超然。庄子说："生也死之徒，死也生之始。"① 庄子认为，生是死的另一种变化形式，死是新生命的开始，生与死只是生命的不同转换形式而已，其本质并无区别。庄子对生死不仅有这种哲学层面的超然思考，而且在实际行为上也同样超然，当他的妻子逝世时，他并不像一般人对亲人之死那样悲痛欲绝，而是"鼓盆而歌"。庄子的这种行为看似违背人之常情，实际上折射出他对生命的尊重与欣赏，因为死是新生命的开始，"方生方死，方死方生"，② 岂不欣喜，何悲之有。以庄子为代表的道家对生命的这种冷静的哲学思考和超然的实践行为，与泰戈尔的生命哲学和实践行为极为相似。泰戈尔不仅在哲学层面认为生是死的另一种呈现形式，死是生命的延续，是新生命的开始，而且在妻子、两女一子相继逝世之后，在实践行为上更加热爱生命、欣赏生命、珍爱生命、超然对待生与死。

　　儒家道家学派的生命观对后世的影响极大，尤其是对历代知识分子的影响更为深刻。因此，儒家道家的生命观为我国现代早期的诗人、学者接受泰戈尔梵爱和谐思想中"生命之爱"的思想奠定了哲学基础。如周作人、郑振铎、汪静之、李金发等人接受泰戈尔"生命之爱"的思想就依托于这种哲学基础。

---

① 《庄子·知北游》，王先谦《庄子集解》卷六，成都古籍出版社 1988 年版，第 26 页。
② 《庄子·齐物论》，王先谦《庄子集解》卷一，成都古籍出版社 1988 年版，第 9 页。

第三节 我国早期新诗接受泰戈尔梵爱和谐思想影响的文化历史语境

新文化运动和五四运动是我国现代史上发生的重大文化事件和历史事件,它们构成了人们在当时和稍后对待、处理外来文化的特定文化语境和历史语境。比较文学的影响研究重视文化语境和历史语境的研究。我国现代早期新诗接受泰戈尔梵爱和谐思想的影响主要发生在五四运动前后,其时间阈值涵盖新文化运动、五四运动至 20 世纪 20 年代末期,这个时期是我国从近代到现代的社会转型时期,是风云激荡、时代变迁、思想激变、文化大碰撞的时期。因此,我国现代早期新诗接受泰戈尔梵爱和谐思想的影响有着复杂深刻的文化语境和历史语境,这些文化语境和历史语境在本书第二章中已有详论。

如前所述,新文化运动是我国先觉先进的知识分子批判反对封建文化、宣传接受外国文化的思想文化运动,是一次思想解放、文化革新的运动。它大力宣扬西方的民主、自由、平等、博爱的启蒙思想,大力提倡民主与科学,其主要精神是批判封建文化,传播外国文化,宣扬个性解放,彰显民主自由,倡导人道博爱。五四运动是我国人民彻底反帝反封建的爱国运动,也是承继前期新文化运动的文化革新运动。在五四运动及后期新文化运动中,有识之士和进步诗人受泰戈尔"泛神论"的影响,张扬泛神论思想、人道主义思想,并由泛神论引发出泛神即无神、神即我、我即神的自由、创造和反抗精神,从而化为反抗帝国主义和封建主义的思想和行为。同时,这个文化大碰撞时期要求人们既要有强烈的反抗精神,又要有博大的"爱"的情怀。五四运动进一步深化了前期新文化运动的主张,动摇了以儒家礼制文化为核心的封建等级制度,营造了借鉴和接受外国的平等、自由、博爱、和平、个性解放等先进文化的积极氛围。因此,新文化运动和五四运动为泰戈尔梵爱和谐思想中反帝爱国、热爱自由民主平等、张扬"爱的哲学"、重视个性生命释放和生命整体和谐的思想在中国的传播与接受,营造了良好的历史语境和文化语境。

五四运动前后,我国的社会、文化面临着从近代到现代转型的历史语境,也面临着从疏离外国文学的影响浸润到主动接受外国文学影响的话语转型的文化语境，还面临着东方各个文化生态系统之间圆融的文化选择。因此，有着深厚东方文化根基和西方文化影响的泰戈尔的梵爱和谐思想，自然就会成为我国早期诗人的选择，因为"泰戈尔信奉泛神论思想，毕生追求'梵我合一'的和谐统一的理想境界，在所共知的有限的空间中认识无限，把自己的生命融汇于伟大的自然中，从而找到了生命永恒的意义"，"泰戈尔崇拜爱，认为生命的起源、价值与意义就是爱，他的毕生的愿望就是为人类宣传爱的福音，让爱的光普照全世界"。①

泰戈尔的梵爱和谐思想主要包括梵我合一、泛神论、爱的哲学等重要因子。其梵我合一、泛神论认为宇宙世间万事万物都由至高无上的"梵"主宰，"梵"是自由的、无所不在、无所不往的，它可以冲破一切世俗凡尘而存在。我国现代初期的新文化运动及五四运动，高举反帝反封建和"民主"、"科学"的大旗，大力宣传、倡导人们要冲破一切传统和世俗的藩篱，维护人的尊严，争取人的平等自由，获取个性解放的权利，以郭沫若、冰心、徐志摩、郑振铎等人为典型代表的现代早期诗人的世界观、人生观，正体现了新文化运动及五四运动的时代精神，其思想极易接受泰戈尔梵我合一、泛神论思想的影响。泰戈尔的"爱的哲学"包含爱国反帝、热爱和平、爱自然、爱母亲、爱恋人、爱儿童、爱人类的博爱泛爱思想和人道主义精神，它之所以被国人接受，这与五四时期思想界普遍关注人生问题，推崇人道主义和人性之爱密切相关。随着五四思想启蒙的不断深入，我国现代早期青年的思想"渐渐地转移，趋重于哲学方面，人生观方面"。② 在我国现代早期诗人、学者看来，正确的人生观应当包括爱国反帝，爱和平，爱自由（包括爱情自由），爱母亲，爱儿童，爱自然，爱人类的思想。如冰心的思想就包含浓厚的爱母亲、爱儿童、爱自然的精神，所以她能主动接受泰戈尔"爱的哲学"的影响；她提倡"爱儿童"，因为儿童是国家的未来，人类的希望。五四时期的知识分子正积极探索国家未来的道路，寻找中国人未来的希望，探索人性的复归、个性的解放，追求思想自由、爱情自由。因此，郭沫若、徐志摩、应修人、汪静之、潘漠华、冯雪峰、周作人、朱自清、刘半农、康白情、郑振铎、成仿吾、宗白

---

① 郭翠林：《泰戈尔泛神论在诗歌中的具体表现》，《语文学刊》2001 年第 3 期。
② 瞿秋白：《俄乡纪程·四》，《瞿秋白文集·文学编》，人民文学出版社 1985 年版。

华等人的"情爱与泛爱"、"祖国之爱与博爱"思想，王统照、俞平伯、刘大白、何植三、徐玉诺、赛先艾、郭绍虞等人的"自然之爱"思想，无一不与五四时期大力倡导的思想解放、个性解放、爱情自由、爱自然、爱祖国、爱人类的文化历史语境密切相关，无一不与泰戈尔"爱的哲学"息息相连。

　　概而言之，新文化运动和五四运动是一场激烈的反帝、爱国、反封建、破坏旧世界、创造新世界的运动，是一场空前的追求平等、博爱，人生自由、精神自由和爱情自由的思想解放运动。五四运动强烈反对签订二十一条不平等条约，强烈要求还我青岛、还我山东、还我祖国河山，强烈呼吁罢免卖国贼曹汝霖、陆宗舆、章宗祥的职务，其实质是反帝爱国行为；新文化运动反对"君君臣臣父父子子"的封建等级制度，反对三纲五常、三从四德的封建礼教制度，反对包办婚姻、买卖婚姻的非人道恶习，其实质是破坏旧世界的反封建行为；新文化运动和五四运动的最终诉求是国家独立自主（独立），人民当家做主（民主），消除愚昧迷信（科学），精神行为自由，爱情婚姻自由，世界和谐大同，其实质是创造新世界的社会理想和时代愿景。可见，新文化运动和五四运动是以民主科学为旗帜，以平等为前提，以自由为精神，以博爱为核心，以和谐为目的的伟大运动，它构成了我国现代早期新诗接受泰戈尔梵爱和谐思想的广阔而良好的历史语境和文化语境。泰戈尔的梵爱和谐思想包括梵我合一、泛神论、爱的哲学（泛爱、博爱、人道主义）等重要内容。"梵我合一"不仅包括我梵如一的和谐思想，而且蕴含梵即我、我即梵的平等思想；"泛神论"不仅包括一切皆神、一切无神的宇宙观，而且蕴含我即神，神即我的平等思想；"爱的哲学"内涵更为丰富，它不仅包括爱所有人，爱一切物（自然、宇宙、动植物）、物我合一、我物一体的泛爱思想，而且蕴含爱祖国、反殖民，爱和平、反战争，爱光明、反黑暗，爱自由、反禁锢，爱生命、反迫害的博爱精神和人道主义。"梵爱和谐"思想的最终诉求是神我和谐，宇宙和谐，人与自然和谐，人与人和谐，人与社会和谐——实质是天下和谐、世界大同，其实质也是创造新世界的社会理想和时代愿景。由此可见，梵爱和谐思想是以平等为前提，以自由为精神，以博爱为核心，以和谐为目的的新锐思想，它与我国现代的新文化运动和五四运动的精神、实质是基本一致的。所以，在新文化运动和五四运动的广阔的社会背景、丰富的时代愿景、有利的历史语境和文化语境中，我国早期新诗自觉接受了泰戈尔的梵爱和谐思想的影响。泰戈尔梵爱和谐思想的影响，促进我国现代早期新诗出现了生机勃勃、欣欣向荣的生态景观，促进了以中国和印度为代表的东方文化生态之间逐渐达到圆融的境界。

第七章　大道有和　大善无价

——研究泰戈尔梵爱和谐思想对我国早期
新诗生态影响的意义与价值

　　泰戈尔曾于1916年访问日本，他在东京帝国大学发表演讲时说过："古希腊的明灯在初点燃的土地上熄灭。罗马的威力被埋藏在它广大的废墟之下。但是建筑在社会与人的精神理想基础上的文明仍然活在中国和印度。从今天机械强力的角度来看，这（文明生命）可能显得弱小，然而，正像活的种子一样，天上降下滋润的雨水，它就会抽芽，成长，伸展它造福的树枝，开花，结果。"① 泰戈尔的这段话对世界古老文明系统的分析洞若观火、切中肯綮。随着历史的风云变幻，古希腊和古罗马文明之灯早已熄灭，但中国和印度的古代文明之树不仅没有随风倒伏衰朽，反而在现代化进程中日益枝繁叶茂，当今的中国和印度已然成为"金砖国家"中最具活力的成员国。何以如此？因为中印文明是"建筑在社会与人的精神理想基础上的文明"，她们具有越来越强大的生命活力。这种强大的生命活力的内驱力之一就是相互交流、碰撞与合作；在交流中取长补短，在碰撞中激发创新，在合作中实现共融、共和、共赢和共荣。所谓"共融"就是梵爱融合，文化融合，相互影响，融为一体；"共和"就是结为整体，和谐共生；"共赢"就是兼得利益，皆得发展；"共荣"就是携手合作，共同繁荣。

　　大道有和，大善无价。中印文明的交流是世界潮流的大道，泰戈尔梵爱和谐思想是我国精神文明建设可资借鉴的大善。泰戈尔梵爱和谐思想对我国早期新诗生态的影响，就是中印文明交流、碰撞与合作的典范，研究

_____

　　① 邬玛、达斯古普多：《泰戈尔教育与民族主义文集》，牛津大学出版社2009年版。转引自吴敬琏、罗伯特、福格尔等著《中国未来30年》，中央编译出版社2011年版，第246页。

泰戈尔梵爱和谐思想对我国早期新诗生态的影响，就是为了使中印文明的交流与合作更加深入，更加发扬光大，进一步促进我国在全面建成小康社会的现代化进程中，在文学生态、文化生态、社会生态和环境生态等方面，实现广视角、全方位、深程度的共融、共和、共赢和共荣。

第一节　繁荣新诗创作生态，促进当代
文学生态多元化共荣

研究泰戈尔梵爱和谐思想影响我国早期新诗生态的文学生态的意义与价值，在于文学生态的世界性与交融性所具有的跨越与圆融的价值，在于中国当代诗歌存在状态所呈现的生存价值和发展空间，在于繁荣新诗创作生态、促进当代新诗创作多元化共荣。

一　文学生态的世界性与交融性具有跨越与圆融的价值

研究泰戈尔梵爱和谐思想对我国早期新诗生态的影响具有重要的文学生态的意义和价值，这种意义和价值首先表现在文学生态的世界性和共融性方面。所谓世界性，就是跨越国界，超越民族；所谓共融性，就是相互影响，融为一体。通过中印文化的交流与合作，创新跨越与圆融的文学生态，促进新世纪文学多因子共生共融。

泰戈尔认为，世界文学（比较文学）就是以世界的眼光看待人、作品、人类："在英语中成为 Comparative literature（比较文学），印度语叫'世界文学'。……从世界文学中观察世界的人。我们要在每一作家的作品里看到整体，要在这种整体里看到整个人类为表现自己所做的努力，现在是立下这样的决心的时候了。"① 文学是民族的，更是世界的。比较文学之所以谓之"世界文学"，是因为它要求以世界的博大胸怀接纳各国各民族的所有文学，以世界的眼光发现、鉴赏、传播各国各民族的所有文学，使世界的文学构成一个繁荣和谐、生机勃勃的生态系统。

在世界文学的生态系统中，各个要素互相促进，互相影响，可以是 A

---

① 泰戈尔：《论文学·世界文学》，《泰戈尔全集》第二十二卷，倪培耕、白开元等译，河北教育出版社 2000 年版，第 97、99 页。

要素影响 B 要素，也可以是 B 要素影响 A 要素，抑或是 A 要素影响 B 要素之前，已经接受过 B 要素的影响，然后反过来更加深刻地影响 B 要素。这是文学生态的共融性所致，在泰戈尔梵爱和谐思想对我国早期新诗生态的影响的过程中就呈现出这种情形。关于文学的世界性和共融性，泰戈尔自己就做出了表率，树立了典范，确立了圭臬。客观地说，不仅现代中国的早期诗坛慷慨大度地接受了泰戈尔的深刻影响，而且作为诗坛领袖和文学大师的泰戈尔也是先受到中国古代诗歌的影响，并对中国诗歌有深刻理解和精准把握；他的梵爱和谐思想形成并融入大量诗歌之后，再经过 20 世纪初叶的译介传播、媒体传播和泰戈尔本人的主体传播，又对我国早期新诗生态产生了深远的影响。这种情形就具体诠释了文学生态的共融性。泰戈尔素来仰慕中国文化，尤其喜欢我国古代大诗人李白、苏轼，对李白、苏轼的诗歌有深刻的理解和精准的把握，他在《论文学·现代诗歌》中论及诗歌的现代性时就中肯地评论过李白诗歌的超然性、超前性和现代性，并多次直接引用李白的诗歌。他说："中国诗人李白创作的诗已有上千年的历史……他的观点就是现今观察世界的观点，他以简洁的语言写下了五言诗和七言诗。"① 泰戈尔在全文引用了李白的《山中问答》、《秋浦歌》十三和《夏日山中》之后，又全文引用了李白的《长干行》，并对《长干行》作出了精要中肯的评价："这首诗没有一丝感伤的深沉的调门，也没有讽刺或缺乏信念的嘲笑。内容是十分陈旧的，然而其中不乏情味。……那时代的诗歌的庸俗习气是高尚的宝石，今天的诗歌也有庸俗习气，但它现在坠入了腐朽的肉感享受之中。"② 泰戈尔还十分喜欢苏轼及其诗作，在《论文学·现代诗歌》中谈到诗是外物入人心、人心融外物的结晶时，引用苏轼的《李思训画长江绝岛图》诗之后，中肯地评论过苏轼的这首诗"由于心与世界相结合，人心的痛苦和不幸平息了，那时文学从那结合中脱颖而出"。③ 泰戈尔能如此中肯精辟地评价李白和苏轼的诗作，必定认真阅读、深入研究过李白和苏轼的诗作，并接受过他们的影响。从泰戈尔对李白、苏轼的倾慕钟爱和所受李白、苏轼诗歌影响的案例中，我们能够

---

① 泰戈尔：《论文学·现代诗歌》，《泰戈尔全集》第二十二卷，倪培耕、白开元等译，河北教育出版社 2000 年版，第 259 页。

② 同上书，第 261—262 页。

③ 同上书，第 292 页。

初步体会到文学生态的世界性和共融性。尤其是泰戈尔凭借诗集《吉檀迦利》于 1913 年成为亚洲第一个荣获诺贝尔文学奖得主后，其诗歌及其思想通过大量的译者传播、媒介传播，在我国广泛流传，并深刻影响了我国现代早期新诗生态。直至今日，这种影响不仅没有消退，反而更加广泛，更加深入：泰戈尔的代表性诗集在我国当下不断再版，如《吉檀迦利》、《新月集》、《园丁集》、《飞鸟集》、《采果集》、《情人的礼物》、《流萤集》、《渡》等，还有将泰戈尔的诗歌选辑后编为《泰戈尔诗选》、《泰戈尔抒情诗选》、《泰戈尔爱情诗选》、《泰戈尔儿童诗选》、《泰戈尔的诗》、《最美的英文经典：泰戈尔诗选》等；更难能可贵的是，泰戈尔的诗歌相继被选入我国当下小学、初中语文课本，如《金色花》、《纸船》、《对岸》、《职业》等；在教育部推荐的中小学生课外阅读书目和大学中文专业的阅读参考书目中，均有"泰戈尔诗集"。由此我们可以体会到泰戈尔带来的文学生态的世界性和共融性。

但是，我国当下诗歌尚未很好地实现跨越与圆融，凸显世界性和共融性。在小说领域，以莫言摘取诺贝尔文学奖为标志，我国当代小说已经走向世界，跨入了世界文学的领先行列，实现了与世界文学的良好交融，凸显了小说的世界性和交融性。在"全球化"语境下，我国当下的诗歌欲达到小说的这种境界，像泰戈尔的诗歌一样跨入世界文学的金銮宝殿，似乎还有相当漫长的路要走。以中国当代诗歌在法国的传播为例，法国巴黎狄德罗第七大学中文系主任徐爽教授指出："考察 20 世纪 80 年代以来中国当代诗歌在法国的传播过程……中国当代诗歌在'全球化'语境下面临多重挑战。"① 这种挑战既有中西方文学交流的传统障碍，也有当代社会读者对诗歌这种文学文体选择的疏离、接受的隔膜，更重要的是中国当代诗歌自身的缺陷，有的法国学者认为，中国当代诗歌追求政治的思想性、忽略艺术的审美性："中国 90 年代的诗是'因为诗歌创作自由化而失去了价值'，诗歌'与精巧的艺术模式决裂，失去了对美的感觉，语言粗俗'"，而法国读者的审美倾向是"喜欢纷纷而至的质朴的意象和简约的风格"，"喜欢含蓄的中文。"② 如果将中国当代诗歌与同为亚洲国家的日本、越南

---

① 徐爽：《传播与想象：中国当代诗歌在法国》，《中国社会科学报》第 262 期。
② 同上。

诗歌进行比较，中国当代诗歌所呈现出的明显的功利性、庸俗性和自我性，就远离了西方诗歌追求的"现代、民主、世界"的特征，而"在法国，日本当代诗歌已完全摆脱了'东方主义'的雾霭，以世界性的姿态出现；越南诗歌也正通过译介者的努力，以最新的'全球化'诗歌的面貌出现"。① 因此，从诗歌的世界性和交融性的视角来看，中国当代诗歌所存在的上述缺陷或弊端，说明了中国当代诗歌与世界诗歌的生态状况和读者需求存在较大差距。从中国当代诗歌在法国的传播状况，可以窥见中国当代诗歌在世界的处境及其缺陷之一斑。

中国当代诗歌在法国的传播和境遇如上所陈，在其他国度（如欧美）的传播和境遇也基本相似。美国学者、诗人乔治·欧康奈尔谈到过欧美诗人和读者对中国当代诗歌的了解和认知情形，他说："尽管如今众多的欧美诗人通过阅读译文对中国唐代与宋代的诗歌早就不陌生，但他们对中国当代诗人却知之甚少，尤其是九十年代之后的情况，虽然不少中国当代诗人游历甚广，一些还在国外旅居多年，懂得至少一门外语，并且熟谙世界文学（包括美国和欧洲）中的经典与当代动向。"② 欧美诗人和读者对中国九十年代之后的情况"知之甚少"的原因，从媒介交流来看在于翻译不多和传播不广，而翻译不多和传播不广的原因，恐怕在于他们对中国当下有些诗歌热衷于描写"下半身"等低俗内容不屑一顾，甚至嗤之以鼻，因为"中国当代'垃圾派'和'下半身'这样的诗歌流派……对浅薄的新奇或震撼效果的追求反而胜过了对艺术中那道更为卓越和持久的光照的探索"。③ 由此可见，中国当代诗歌要实现跨越和圆融，凸显世界性和共融性，应当先借鉴泰戈尔诗歌和思想传播的范式，从诗歌内容和主题的角度切入进行洗心革面，再从艺术追求和审美趣味的角度进行革故鼎新，这样才能真正实现诗歌乃至文学的世界性和共融性。

此外，从诗歌的交流渠道来看，中国当代诗歌在国外传播的载体以纸质媒体为主，而纸质媒体正处于被边缘化的尴尬境地，例如"尚德兰编译的《飞逝的天空》是法国迄今为止极有价值的中国当代诗选，却不为法国

---

① 徐爽：《传播与想象：中国当代诗歌在法国》，《中国社会科学报》第 262 期。
② 乔治·欧康奈尔：《中国当代诗歌——彼岸之观》，载《当代诗》第三辑，文化艺术出版社 2012 年版。
③ 同上。

网络媒体所记录。这对诗歌传播来说实是一大憾事。"① 当今世界的网络媒体极为发达，它为诗歌的世界性交流拓展了前所未有的广度、深度和速度，这本来应该是中国当代诗歌在世界传播的幸事，但恰恰也给诗歌这种民族化、个性化极强的文学传播设置了障碍，增添了难度。"全球化语境"的时代强烈要求中国当代诗歌更新观念，突破重围，跨越障碍，攻克难关，"中国诗人要迎接挑战，解构不平等话语上的权力—知识体系，摆脱构建在西方叙事上的文化观念，重新定义'现代性'，确立本土的诗歌个性"，② 在个性中体现共性，在民族中体现世界，在碰撞中实现对话，在跨越中实现突破，从而凸显中国当代诗歌的世界性和共融性。

二　中国当代诗歌存在状态所呈现的生存价值和发展空间

在当下文坛和诗坛，对于中国当代诗歌的生存状态可谓众说纷纭，莫衷一是，仁者见仁，智者见智。记者杜晓英和笔者曾先后对"中国当代诗歌的生存状态"、"泰戈尔与中国现当代诗歌"作过采访调查和问卷调查。通过这两次较有代表性的调查，可以窥见中国当代诗歌的生存状态和发展空间之一斑。

（一）记者关于"中国当代诗歌生存状态"的采访调查

记者杜晓英在 21 世纪初曾对中国当代诗歌生存状态作过调查。这次调查是记者从"丝绸之路 2002·西安——第八次亚洲诗人大会"上来自日本、韩国、蒙古以及中国的近 60 位诗人、诗评家中挑选了 6 位著名诗人及权威诗评家进行的采访调查。这次调查虽然样本较少，涉及面较窄，但因为被采访调查者为著名诗人及权威诗评家，所以具有较强的权威性。

当下中国，有一部分对新诗发展满怀忧虑的所谓智者认为："物质时代，写诗的人比读诗的人多，饿死诗人。"③ 记者杜晓英不禁问道："中国白话诗是濒临死谷，还是表里平和回归诗的本质、蕴蓄不事张扬的强健生命力？"④

---

① 徐爽：《传播与想象：中国当代诗歌在法国》，《中国社会科学报》第 262 期。
② 同上。
③ 杜晓英：《中国当代诗歌生存状态调查》，载《三秦都市报》2002 年 9 月 27 日。
④ 同上。

参加"丝绸之路 2002·西安——第八次亚洲诗人大会"的著名诗人于坚（1954—）认为："目前是自 1949 年以来中国新诗生存最好的时期，诗歌的状态最为健康"，"其实诗歌就应当是在唐华宾馆召开第八次亚洲诗人大会时所见的状态——并不庞大热爱诗歌的人群围坐一起说着关于诗歌的话。"① 他认为我国当下新诗发展空间巨大。首都师范大学文学院教授、《诗探索》主编吴思敬（1942—）认为，我国"20 世纪八九十年代以后，大众文化、经济大潮对诗歌的冲击还没有结束。曾被称为文学皇冠上最耀眼宝石的诗歌，其位置已经边缘化，这样的现状仍然在持续"，"80 年代强烈的反传统情绪已经消失，在坚持借鉴世界优秀诗歌成果的同时，诗人们更多地关注与中国古典诗歌传统的衔接"，② 他坚持认为我国当下新诗的生存与发展同在，挑战与机遇并存。诗人、《作品》文学月刊主编杨克（1957—）认为，新诗不被一些人关注并非坏事，"不关注，恰恰使诗歌保存了更独立的精神"，"保留了它自身的生命力、民间性和人性"，"中国新诗未来的发展趋势是更平民化、更人性化，表达更关注个人，关注人的灵魂和欲望"。③ 著名诗人、西安外国语学院教授伊沙（1966—）以自己不断创作新诗的切身体验现身说法："我与诗的关系是契约的关系，这是生命的约定"，"我要强调一点，中国诗歌存亡的问题不存在"，④ 他曾在《中国当代诗歌：从"全球化"说开去》一文中将中国当代新诗的现实问题纳入到"全球化"的大背景下来论证，既强调文学的本土化、现实性和在场感，又强调文学的全球化、现代性和世界性。他认为中国当代新诗歌虽然存在不少问题，但它依然"走进了一个因为提早到来而显得十分奢侈可以堪称伟大的'自由发表'时期。……连自称'对互联网了解不多'的谢冕先生都承认：'网络给了诗人机会'"。⑤

从上述记者的视角和具有代表性的诗人、诗歌评论家的评说展望中可见，中国当代诗歌的生存状态总体上是良性的，新诗是有存在价值和发展空间的。

---

① 杜晓英：《中国当代诗歌生存状态调查》，载《三秦都市报》2002 年 9 月 27 日。
② 同上。
③ 同上。
④ 同上。
⑤ 同上。

（二）笔者关于"泰戈尔与中国现当代诗歌"的问卷调查

关于中国当代诗歌的生存状态和发展空间问题，上述著名诗人及权威诗评家的观点与普通青年的观点是否一致？2013 年 6 月中旬，笔者进行了一次"泰戈尔与中国现当代诗歌"的问卷调查。这次问卷调查较之杜晓英的采访调查，数量更多，样本更广，涉及面更宽，因此调查更具普遍性和代表性，结果更有普适性和可信性。

1. 本次问卷调查的基本情况及统计

调查对象：内江师范学院学生

样本层次：大学本科生

样本专业：汉语言文学、英语、音乐表演、音乐学、地理科学、物理学、电子信息工程、土木工程八个专业

样本份数：发出 700 份，收回及有效份数 680 份

样本性别及比例：男生 163 人，占 24%；女生 517 人，占 76%

样本年级及比例：大一 139 人，占 20.4%；大二 344 人，占 50.6%；大三 193 人，占 28.4%；大四 4 人，占 0.6%

样本籍贯：四川省 296 人，占 43.5%；外省市：384 人，占 56.5%

样本专业、人数及比例：汉语言文学 317 人，占 46.6%；英语 92 人，占 13.5%；音乐表演 38 人，占 5.6%；音乐学 20 人，占 2.9%；地理科学 64 人，占 9.4%；物理学 33 人，占 4.9%；电子信息工程 16 人，占 2.4%；土木工程 16 人，占 2.4%。

样本所涉及的问题：包括你对泰戈尔的了解程度，泰戈尔于 1913 年获得了什么世界性大奖，你了解的泰戈尔的代表诗集有哪些，泰戈尔对我国现代早期哪些诗人和作家产生过影响，你喜欢阅读新诗吗，你阅读过泰戈尔的哪些诗集或诗篇，你阅读过我国现代哪些诗人的诗歌，你写过多少新诗（包括纸质的和在博客、微博、微信中的），你公开发表过多少新诗，你认为我国当代诗歌值得肯定的是什么，你认为我国当代诗歌存在的问题是什么，你认为我国当代诗歌的发展前景怎么样，你认为我国当代诗歌的出路何在，你认为中国与印度的文化应该怎样发展等 16 个问题。

该样本的层次、专业、性别、年级、籍贯等要素分布合理，代表性强，重点明确（以汉语言专业为重点，所占比例近五成）；所涉及的问题涵盖面较广，代表性强。

2. 关于中国现当代诗歌的调查情况及统计简析

"你喜欢阅读新诗吗": 非常喜欢的 35 人, 占 5.1%, 其中汉语言文学专业 19 人, 占本专业的 6%; 喜欢的 172 人, 占 25.3%, 其中汉语言文学专业 92 人, 占本专业的 29%; 较喜欢的 295 人, 占 43.4%, 其中汉语言文学专业 151 人, 占本专业的 47.6%; 不喜欢的 178 人, 占 26.2%, 其中汉语言文学专业 55 人, 占 17.4%。总体来看, 不喜欢阅读新诗的只占 20% 左右, 这一数据有力地否定了当下流行较广的"写诗的比读诗的多"的所谓"名言"。

"你阅读过我国现代哪些诗人的诗歌": 阅读过郭沫若、冰心和徐志摩的诗歌的 520 人, 占 76.5%, 其中汉语言文学专业 263 人, 占本专业的 83%; 阅读过朱自清、刘半农、胡适的诗歌的 216 人, 占 31.8%; 其中汉语言文学专业 102 人, 占本专业的 32%。

以上两项调查表明, 当代大学生非常喜欢、喜欢和比较喜欢阅读新诗的共占 73.8%, 汉语言文学专业学生所占比例自然稍高, 达到 82.6%; 尤其喜欢或较喜欢阅读郭沫若、冰心和徐志摩诗歌的, 达到 76% 以上。由此说明新诗在当代大学生中是有市场、有存在价值和发展空间的。

"你写过多少新诗": 写过 10 首以上的 77 人, 占 11.3%, 其中汉语言文学专业, 42 人, 占本专业的 13.2%; 3—9 首的 143 人, 占 21%, 其中汉语言文学专业 93 人, 占本专业的 29.3%; 1—2 首的 196 人, 占 28.8%, 其中汉语言文学专业 104 人, 占本专业的 32.8%; 0 首的 264 人, 占 38.8%, 其中汉语言文学专业 78 人, 占本专业的 24.6%。

"你公开发表过多少新诗": 发表过 10 首以上的 12 人, 占 1.8%, 其中汉语言文学专业 5 人, 占本专业的 1.6%; 3—9 首的 17 人, 占 2.5%, 其中汉语言文学专业 4 人, 占本专业的 1.3%; 1—2 首的 60 人, 占 8.8%, 其中汉语言文学专业 21 人, 占本专业的 6.6%; 0 首的 591 人, 占 86.9%, 其中汉语言文学专业 287 人, 占本专业的 90.5%。

以上两项调查表明, 当代大学生大部分人都写过诗歌, 所占比例达到 61.2%, 其中汉语言文学专业的较多, 达到本专业的 75.4%; 写过三首诗歌以上的达到 32.3%, 其中汉语言文学专业的稍多, 达到本专业的 42.5%; 而公开发表新诗因为要受诸多因素的影响, 难度较大, 因此要大大逊于写作诗歌的情形, 发表过一首及其以上的 89 人, 占 13%, 其中汉语言文学专业 30 人，占 9.5%，尚未达到平均数，这是一种反常现象，因为按照常理汉语言文学专业的学生发表诗歌的应该比其他专业更多一些。本次问卷调查未设计在校大学生出版诗集的情况，但据笔者所知，从 2011 年到 2013 年的两年间，内江师范学院在校大学生公开出版过 4 部诗集（包括 3 部新诗集，1 部旧体诗集），其中汉语言文学专业学生 2 部，其他专业的 2 部。由此可见，新诗的创作和发表在当代大学生中也是有市场、有存在价值和发展空间的。

"你认为我国当代诗歌存在的问题是什么"（多项选择）：认为"无病呻吟"的 389 人，占 58.1%；"缺乏个性"的 343 人，占 51.2%；"媚俗庸俗"的 345 人，占 51.5%；"爱情泛滥"的 331 人，占 49.4%；"过于直白"的 209 人，占 31.2%。该项调查表明，当代大学生超过一半的人认为我国当代诗歌自身存在较大问题。这就提醒诗歌作者在创作中应从内容上杜绝无病呻吟、媚俗庸俗，可以且应该描写和歌颂爱情，但不要"无爱不成诗"而致使"爱情泛滥"；在表现形式上不要过于直白，应将我国古典诗歌注重形象思维、注重含蓄蕴藉的优良传统发扬光大。

"你认为我国当代诗歌的发展前景怎样"：认为"前景广阔美好"的 86 人，占 12.6%，其中汉语言文学专业 30 人，占本专业的 9.5%；"前景较好"的 256 人，占 37.6%，其中汉语言文学专业 130 人，占本专业的 41%；认为"黯淡堪忧"的 253 人，占 37.2%，其中汉语言文学专业 132 人，占本专业的 41.6%；"不关心"的 85 人，占 12.5%，其中汉语言文学专业 25 人，占本专业的 7.9%。该项调查表明，当代大学生对我国当代诗歌的发展前景的看法发生了明显分歧，认为其"前景美好和较好"的与认为其"前景黯淡堪忧和不关心"的几乎各占一半，这种现象应该引起我们文学界和社会的高度重视。因为中国自古以来就是诗的国度，大学生是最敏锐的人群，青春时期是诗的时期，而这个群体有 50% 的人不看好诗歌的前景，认为其前景黯淡堪忧或不关心其前景，说明诗歌自身（如上所调查的数据）和所处社会生态环境都存在较大问题，需要我们共同努力去解决诗歌自身的问题和所处环境的问题，去构建适合诗歌生存和发展的良好的文学生态环境和社会生态环境。

3. 关于泰戈尔与中印文化交流的调查情况及统计简析

关于泰戈尔及其诗作的调查情况和统计简析：

"你对泰戈尔的了解程度"：非常熟悉的 20 人，占 2.9%，其中汉语言文学专业 7 人，占本专业的 2.2%；熟悉的 98 人，占 14.4%，其中汉语言文学专业 48 人，占本专业的 15.1%；了解的 394 人，占 57.9%，其中汉语言文学专业 192 人，占本专业的 60.6%；不了解的 168 人，占 24.7%，其中汉语言文学专业 70 人，占本专业的 22%。

"泰戈尔于 1913 年获得了什么世界性大奖"：知道泰戈尔获得诺贝尔文学奖的 524 人，占 77.1%，其中汉语言文学专业 253 人，占本专业的 79.8%；而不知道泰戈尔获得诺贝尔文学奖的 156 人，占 22.9%，其中汉语言文学专业 64 人，占本专业的 20.2%。

"你阅读过泰戈尔的哪些诗集或诗篇"：阅读过《吉檀迦利》、《新月集》、《飞鸟集》、《园丁集》的 229 人，33.73%，其中汉语言文学专业 104 人，占本专业的 32.8%；换言之，汉语言文学专业没有读过泰戈尔这几部代表诗集的多达 213 人，高达 67.2%，其他专业的学生也达到 66.2%。

以上三项调查表明，当代大学生有相当一部分人对泰戈尔不了解，大部分学生没有阅读过泰戈尔的代表诗集，更谈不上研究这些作品，尤其是汉语言文学专业竟然有 22% 的学生对泰戈尔不了解，有 67.2% 的学生居然没有阅读过《吉檀迦利》、《新月集》、《飞鸟集》、《园丁集》等重要诗集。因此，亟待加强中印文化和文学的交流，加强对泰戈尔及其作品的研究。

关于中印文化交流的调查情况及统计简析：

"你认为中国与印度的文化应该怎样相处"（多项选择）：认为应该"加强交流合作"的 561 人，占 86.2%；"强化竞争发展"的 292 人，占 44.9%；"淡化交流合作"的 80 人，占 12.3%；"融化对方"的 126 人，占 19.4%。该项调查表明，当代大学生绝大部分赞成中国文化与印度文化应该"加强交流合作"，"强化竞争发展"，不应该"淡化交流合作"，将对方视为对手或敌手而融化、消解对方的文化。在中印文化交流方面，代表未来希望和发展方向的我国年轻一代有如此的卓识远见、博大胸怀和强烈愿望，这就为以研究泰戈尔梵爱和谐思想为契机，进而对泰戈尔梵爱和谐思想取其精华去其糟粕，从而促进我国全面建成小康社会直至建成强大文明的现代化国家奠定了一定的文化基础。

（三）采访调查和问卷调查的几点结论：研究泰戈尔梵爱和谐思想对我国早期新诗生态影响的文学生态意义与价值

通过分析上述杜晓英和笔者对中国当代诗歌的生存状态、泰戈尔与中国现当代诗歌所作的采访调查和问卷调查，可以得出以下几点结论。

1. 我国当代不存在"写诗的人比读诗的人多"的状况。"写诗的人比读诗的人多"只是一个传说，或是时人对诗人、诗歌的戏谑，并非诗歌本身的生存状态，世人不可轻信这种传说，诗人更无必要妄自菲薄。

2. 多数青年人喜欢阅读和写作诗歌，尤其是新诗。可见中国当代诗歌很有希望，具有重要的生存价值和广阔的发展空间。

3. 诗人、学者和约占五成的青年人认为中国当代诗歌的前景美好，对中国当代诗歌的发展充满信心。

4. 诗人、学者和较多青年人认为中国当下诗歌所处的文学氛围良好，社会环境宽松，创作条件优越，这就有利于出好诗人和好作品。

5. 当代青年的代表即在校大学生公开发表新诗的数量不多。其原因较多：或因客观条件有限；或因爱诗的感情不够深，写诗的兴趣不够浓；或因生活的积淀不够厚，贮存的材料不够多；或因写诗的难度较大，技巧不够熟；或因投稿屡屡失败，丧失信心；或因文坛、期刊用稿存在的重视名人、忽视新人、讲究"关系"的传统痼疾。

6. 当代大学生超过一半的人认为我国当代诗歌自身存在无病呻吟、媚俗庸俗、爱情泛滥、过于直白等问题。这就提醒诗歌作者在创作中应杜绝这些问题，注重诗歌抒写真情实感，保持独立个性，继承和发扬我国古典诗歌"为时而作、为事而著"、注重意象意境的优良传统。

7. 相当多的青年人对泰戈尔不了解，大部分青年没有阅读过泰戈尔的代表诗集，更谈不上研究这些作品，甚至汉语言文学专业竟有20%以上的学生对泰戈尔不了解。因此，亟待加强中印文学的交流，加强对泰戈尔及其作品的研究，以实现中印文学的跨越与圆融。

8. 当代青年绝大部分赞成中国文化与印度文化应该加强交流合作，强化竞争发展，这就为研究泰戈尔梵爱和谐思想，以实现中印文化的跨越与圆融，促进我国全面建成小康社会直至建成强大繁荣、文明昌盛的现代化国家奠定了一定的文化基础。

从上述调查和分析可见，研究泰戈尔梵爱和谐思想对我国早期新诗生态的影响，对我国文学生态的"跨越与圆融"具有重要的现实意义与学术价值。

三 繁荣新诗创作生态，促进当代新诗创作多元化共荣

关于我国目前新诗存在的弊端，从上述的笔者问卷调查的统计可见一斑：被调查者在回答"你认为我国当代诗歌存在的问题是什么"（多项选择）时，认为"无病呻吟"的占58.1%，"缺乏个性"的占51.2%，"媚俗庸俗"的占51.5%，"爱情泛滥"的占49.4%。由此可以窥见，我国目前的新诗往往存在题材狭窄（如"爱情泛滥"）、情感虚假（如"无病呻吟"）、主题平庸（如"缺乏个性"）、媚俗庸俗等弊端，而泰戈尔的《吉檀迦利》、《新月集》、《飞鸟集》、《采果集》、《园丁集》等范式的诗歌，题材来自于生活中的瞬间所见所闻所感，内容涉及自然与梵的世界、人生与宗教体验、社会与个体感悟的点点滴滴，主题关系到爱自然、爱生命、爱母亲、爱儿童、爱亲人、爱光明、爱自由、爱民族、爱祖国、爱人类的方方面面，这对于治疗我国目前新诗的弊病，形成生机勃勃的新诗发展生态具有示范作用和借鉴意义。

我国目前的新诗创作，应借鉴泰戈尔梵爱和谐思想，创作多元化的新诗，使新诗的题材和主题呈现人类与自然共生，个体与群体和谐，心灵与万物协调，民族与国家共荣的多元发展生态。

（一）在生活中撷取瞬间所见所闻所感的题材，表现新诗生态的现时性与在场感

生活定格存在的现时，存在的现时展现生存的现场，生存的现场充满动人的诗意，动人的诗意织就诗歌的云锦天章，诗歌的云锦天章又使读者回归到生存的现场。因此，诗人应当表现新诗生态的现时性与在场感。当代著名诗人于坚"对故乡的讴歌，像他笔下的高山大河一样，大气磅礴、波涛翻滚又泥沙俱下，塑造出一个与原型相匹配的'第二自然'。同时，他也使诗歌回到了我们生存的现场，还日常生活以庄严和乐趣，这对形而上的中国诗传统不啻为革命性变革"。[①] 罗丹说，生活不是缺少美，而是缺少对美的发现；我们可以说，生活不是缺少诗意，而是缺少对诗意的发

---

① 杜晓英：《中国当代诗歌生存状态调查》，载《三秦都市报》2002年9月27日。

现和感知。"若乃春风春鸟，秋月秋蝉，夏云暑雨，冬月祈寒，斯四候之感诸诗者也。嘉会寄诗以亲，离群托诗以怨。"① 生活的诗意往往存在于我们不经意的一颦一笑，一言一行，所见所闻，所感所悟之中，我们只要用心去拾取生活中瞬间见闻感受的吉光片羽，就可以吐纳金玉珠玑般的诗句。因为诗歌的题材与一般文学样式的题材有所不同，如中篇长篇小说、戏剧、影视剧等文学样式，常常需要积淀丰厚的生活，往往选取现实生活或历史生活中的重大题材来叙述故事，刻画人物，表现主题，而诗歌则不同，虽然它也需要生活的丰厚积淀，但是其题材往往选自于生活的片段见闻，精神的瞬间感受，心灵的刹那震颤，灵感的倏然光顾，泰戈尔《飞鸟集》、《新月集》、《流萤集》、《采果集》、《吉檀迦利》中的大量诗章就是这样采撷而来的。泰戈尔常常为生活中瞬间的所见所闻而震颤、感动、体悟，从而选取诗歌的题材，表现生命的体验、人生的证悟和精神的寓托，他诗歌中的题材七色斑斓，意象精彩纷呈，不仅有光焰万丈的太阳，清丽顽皮的新月，梦幻迷离的星星，神秘无边的宇宙，浩瀚无垠的大海，变幻诡异的风云，震撼天地的雷电，而且有翱翔蓝天的飞鸟，闪烁清夜的流萤，绚烂多姿的夏花，斑斓静美的秋叶，遮天蔽日的森林，更有寄托希望的灯火，催人奋进的鼓点，甜美迷人的爱情，纯真澄澈的童心，温馨无私的母爱，张力无限的生命，亦真亦幻的故事，多灾多难的民族，命运多舛的国家，净化灵魂的梵音，与神幸会的际遇。这些题材林林总总，不一而足，泰戈尔得心应手、左右逢源地将这些题材化为蓝宝石般的诗句，让诗句彰显出鲜明的现时性与在场感。尤其是《飞鸟集》的题材及其诗句，多来自于泰戈尔访问中国和日本时当场为聆听他演讲和与他交谈的"粉丝"的各种请求，《新月集》的题材及其诗句多来自于泰戈尔在痛失儿女之后而感怀的童爱童心童趣，这些题材尤能彰显出鲜明的现时性与在场感，这是"诗人感物，联类不穷。流连万象之际，沉吟视听之区；写气图貌，既随物以宛转；属采附声，亦与心而徘徊"。② 因为"我们的感情有一个自然倾向：我们总想把自己亲身的体验感染他人。……从远古时代起，人类

---

　　① 钟嵘：《诗品·序》，徐达译注《诗品全译》，贵州人民出版社1990年版，第12页。
　　② 刘勰：《文心雕龙·物色》，向长清《文心雕龙浅释》，吉林人民出版社1984年版，第393—394页。

就一直为实现这种愿望而做出巨大的努力。人类在无数的符号、语言、文字、石刻、金属铸物、皮制品、树皮、树叶和纸上，用画笔、凿子、毛笔，勾勒了不可胜数的图画，表达了无数复杂而丰富的感情"。① 在泰戈尔看来，诗歌的题材应来自于自然界和人类接触的所有事物。但遗憾的是，我国当下不少诗人热衷于选取单一乏味的爱情题材，诗中除了爱情还是爱情，仿佛诗坛只是爱情题材的苑囿，别无他途，这在大学生诗派、第三代诗歌流派（新生代）、网络诗歌群的诗中特别明显，而爱情题材最泛滥的要数流行歌曲的歌词，不说"爱爱爱"的流行歌曲的歌词真是凤毛麟角。毋庸置疑，爱情是文学的永恒题材，但不是唯一的题材；更有一些诗人将"爱情"庸俗化为"爱欲"，热衷于选取"下半身"题材入诗，甚至形成了颇有势力的"下半身写作"流派。这些诗人选取狭窄、庸俗的题材，较之泰戈尔选取广泛、高雅的题材是否应该耳热汗颜？是否应该借鉴一下泰戈尔？因为"纯粹为自己写的作品，不能被称作为文学。……仅仅为自己而表达感情——这也如同那类无聊的事一样无意义。创作不是为创作者自己的——这一点是必须承认的，也是不得不承认的。"② 不过，从我国当下诗坛的正面视角来看，也有不少诗人愿意像泰戈尔一样选取广泛的题材入诗，注重诗歌的正能量的现时性与在场感，"在成都平原，非非主义诗人杨黎、何小竹，以及有点颓废的柏桦，有点怪癖的钟鸣，好像都着迷于汉语的诗性潜质，也都擅长脱口而出的即兴发挥。他们的诗有让人震惊的效果，有类似川菜的别样味道"。③ 川菜的味道以麻辣为主，多味杂陈；新诗的题材、味道也应如此。可见，撷取生活中真实的瞬间所见所闻所感的题材，展现生活的诗意，抒发生活的诗情，表现新诗生态的现实性与在场感并非难事，因为"诗有天机，待时而发，触物而后成"。④ 在笔者"关于中国当代新诗"的问卷调查中，大学生们在回答"你认为我国当代诗歌的出路在于什么"（多项选择）时，认为应"抒写社会现实"

---

① 泰戈尔：《文学的材料》，倪培耕译，见《泰戈尔全集》第二十二卷，河北教育出版社2000年版，第53页。

② 同上书，第52—53页。

③ 杜晓英：《中国当代诗歌生存状态调查》，载《三秦都市报》2002年9月27日。

④ 谢榛：《四溟诗话》，张少康主编《中国历代文论精品》，时代文艺出版社1995年版，第526页。

的 371 人，占 55.7%；应"抒写个性灵魂"的 432 人，占 64.9%；应"抒发高雅情趣"的 286 人，占 42.9%。由此可以看出，多数青年人认同新诗创作的题材应借鉴泰戈尔创作诗歌的选材方法，取自社会现实的见闻乐趣和个性灵魂的感悟体验，反映新诗生态的现时性与在场感，表现人类与自然共生，个体与群体和谐，心灵与万物协调，民族与国家共荣的多元发展生态。

（二）在丰富题材中提炼出真情实感的"个别性"主题，表现新诗主题生态的梵爱和谐思想

主题是作品的中心，是作者在作品中所表达的中心内容和思想倾向，是作者思想情感的结晶。王夫之说："无论诗歌与长行文字，俱以意为主。意犹帅也；无帅之兵，谓之乌合。李、杜所以称大家者，无意之诗，十不一、二也。烟云石泉，花鸟苔林，金铺锦帐，寓意则灵。"① 王夫之所说的"意"的内涵是"意旨"、"主旨"，即"主题"，他提出的诗文以意为主、"意"是诗文统帅的观点是对传统写作学的一大贡献，他在这里不仅突出了主题在创作中的核心地位和作用，而且以李杜诗歌为例证明了诗歌只有蕴含了深刻的寄意、新颖的主题，才会飞扬灵动，获得艺术的生命。同时他强调，诗歌创作的首要任务就是要使所用材料合符主题的需要，并能恰当地表达主题；如果诗不称意就不真实，不忠信，诗的精气神韵就荡然无存，诗歌就仅仅剩下形式而已。王夫之关于诗歌主题的论述十分深刻具体，对于诗歌的创作具有指导性和操作性。

在泰戈尔访华之际，梁启超发表专文指出：泰戈尔赠给中国人最珍贵的礼物是"教给我们知道有绝对的爱——对于众生不妒不恚不厌不憎不净的纯爱，对于愚人或蛮人悲怜同情的挚爱，体认出众生和我不可分离'冤亲平等''物我如一'的绝对的爱"。② 梁启超将"绝对的爱"概括为泰戈尔精神的标志是深得其旨的。如前所述，泰戈尔诗篇的主题集中表现梵爱和谐思想，包括爱自然、爱生命、爱母亲、爱儿童、爱恋人、爱人类、爱光明、爱自由、爱民族、爱祖国、爱宇宙等博爱精神，即"对于众生不

---

① 王夫之：《姜斋诗话》卷下，《清诗话·上》，上海古籍出版社 1963 年版，第 8 页。
② 梁启超：《印度与中国文化之亲属关系》，载《晨纸副镌》1924 年 5 月 30 日。

炉不恚不厌不憎不净的纯爱"；其梵爱和谐思想包括个人与自然之爱的和谐，人类与自然之爱的和谐，个体与群体（含民族、国家）之爱的和谐，肉体与灵魂之爱的和谐，"爱"的崇高精神与"梵"的最高灵魂的整体和谐，概而言之就是生命的整体和谐。我国当代新诗的创作应该借鉴泰戈尔的这种梵爱和谐思想，创作出新意迭出、主题深刻的佳作。不过我们要知道，这种梵爱和谐思想的主题表现在诗歌中不是空洞虚幻的概念，更不是千人同调的"类同"，而是诗人独特感悟的"个别"，诚如泰戈尔所说："文学的本质内容是个别的，不是类别的，在这里，我想强调'个别'的词根的意义。在自己特殊性里表达出来的东西就被称为个别，这个个别完全是独立的，在世上没有与它完全一模一样的第二个个别。"① 每个个别形态的表达都不是雷同的，有的明白晓畅，有的朦朦胧胧，至少对被认识的东西都有这种情况。文学的个别不仅指"人"，也指"物"，在文学里的范畴里表达出来的凸显自身本质特征的任何东西都是"个别"。如植物与动物、河流与高山、陆地与大海、好的与坏的、物质与精神的东西都是个别的。"我们很容易遗忘这个事实：科学决定了类型，历史解释着类型。但文学里没有类别思想，在那儿大家忘掉一切，只承认个别主体。……文学是梵天居住的地方，在这里以类型的命意对个人施行污辱是无法得逞的，甚至不存在种族混血的缺陷"，②泰戈尔强调文学主题的"个别性"，反对文学主题的"类型性"，突出了文学（包括诗歌）的主题必须是作者在丰富的题材中披沙沥金、千锤百炼提炼出来的，必须是作者呕心沥血琢磨出来的，甚至是由切肤之痛、彻心之爱、净灵之思所体验和证悟出来的，因此具有独立性、独特性和创见性。泰戈尔所说的文学（包括诗歌）的"个别性"与黑格尔所说的文学作品必须写好"这一个"有异曲同工之妙。

我国当下的不少新诗由于题材狭窄单一，有的甚至庸俗，因此除了反复表现"爱"、"下本身"等主题之外，极少表现博爱的主题。有鉴于此，我们的广大诗人很有必要借鉴泰戈尔梵爱和谐思想中的博爱

---

① 泰戈尔：《文学思想》，倪培耕译，见《泰戈尔全集》第二十二卷，河北教育出版社2000年版，第240页。

② 同上书，第242页。

精神，在新诗创作中全方位、多角度表现博爱，因为"有爱存在，就不会有鄙视"，① 尽情吟咏爱情、爱自然、爱生命、爱母亲、爱儿童、爱人类、爱光明、爱自由、爱民族、爱祖国、爱宇宙的博爱主题，表达个人与自然之爱的和谐，人类与自然之爱的和谐，个体与群体之爱的和谐，肉体与灵魂之爱的和谐，个我的有限生命与"梵"的无限生命的整体和谐，"爱"的崇高精神与"梵"的最高灵魂的整体和谐，即生命整体和谐的梵爱和谐思想，这样就能使新诗主题生态既百花齐放，又"个别性"呈现。

歌德说："所有的文学都不时地需要向外国学习。"② 如果我国当下的新诗能够充分借鉴泰戈尔诗歌蕴含的梵爱和谐思想，在生活中撷取瞬间所见所闻所感的题材，表现新诗生态的现时性与在场感，在丰富题材中提炼出真情实感的"个别性"主题，表现梵爱和谐思想尤其是博爱精神，那么，就能够繁荣新诗的创作生态，促进当代新诗创作的多元化共荣。

第二节　营造人与自然和谐生态，促进我国生态文明建设和人类生活家园多成员共生

翻开漫长的人类进化的文明史，赫然在目的事实是：大自然是人类的母亲，人类是大自然的儿子，人类前行的步伐始终与大自然演变的进程高度一致，自然生则人类生，自然盛则人类盛，自然衰则人类衰，人类与自然具有和谐共生的密切关系。

从历时态的向度来看，印度和中国的古代哲学和现代哲学，虽然都强调人与自然的共生关系，但从共时态的向度来看，在我国当下现实中却存在人与自然极不和谐的现象，因此，很有必要借鉴泰戈尔的梵爱和谐思想，以营造人与自然的和谐生态，促进我国生态文明建设以及人类生活家园多成员的和谐共生。

---

① 泰戈尔：《现代诗歌》，倪培耕译，见《泰戈尔全集》第二十二卷，河北教育出版社2000年版，第248页。

② 引自基亚《比较文学》，颜保译，北京大学出版社1983年版，第1页。

一　梵爱和谐是人类群体生命与自然整体生命的生命共同体的整体和谐

如本著作"绪论"所释，泰戈尔"梵爱和谐"思想中的"梵"不是"神"，而是大自然伟大的无限生命，因此"梵爱和谐"思想的本质是"生命的整体和谐"，包含人与自然的和谐，即人类群体与自然整体的和谐，人的个体生命与自然的伟大生命的整体和谐，人类群体生命与自然整体生命的生命共同体的整体和谐。

其一，梵爱和谐是人与自然的和谐，即人类群体与自然整体的和谐。马克思主义认为，人类与自然是和谐友爱的家人，不是对立仇视的敌人；是和谐共存的关系，不是冲突分离的关系；人类对自然只能顺从，不能征服。恩格斯说："那种把精神和物质、人类和自然、灵魂和肉体对立起来的荒谬的、反自然的观点，也就愈不可能存在了。"[1] 恩格斯旗帜鲜明地指出，将人类和自然对立起来的观点是荒谬的、反自然的，被恩格斯批评的这种观点，恰恰是西方人的观点。"西方人似乎将征服自然引以为荣，好像我们是住在一个敌对的时间里，我们所要的任何东西都必须从不情愿、异己的东西的安排中掠夺过来……这样就在他和他所寄居的大自然之间造成了人为的分离。"[2] 而印度人对待自然的态度、看待自然的观点与西方人恰恰相反。"印度人的看法是不同的，他们把世界和人一起包括在一个伟大的真理里。印度人强调在个人和宇宙之间的和谐，他们认为如果宇宙对我们来说是绝对无关的东西，那么我们就不能与周围环境有任何交往了。"[3] 为了将这个道理说得更加透彻，泰戈尔又形象地阐述了人类与宇宙同在的道理："在我心脏碧血的流动中回荡的语言，在光影间无声旋转的声籁，化为绿叶的沙沙声传入我的耳鼓。这是宇宙的官方语言。它的基调是：我在，我在，我们同在。"[4] 泰戈尔在这里所说的"我"不是指个体的自我，而是指群体的人类，他旨在说明人类与自然的关系是相互依存、合为一体的和谐关系，人类群体应该与自然整体和谐相处，相依共

---

①　《马克思恩格斯选集》第3卷，人民出版社1972年版，第518页。
②　泰戈尔：《人生的亲证》，宫静译，商务印书馆1994年版，第4页。
③　同上。
④　泰戈尔：《泰戈尔经典散文集》，白开元译，新世界出版社2010年版，第114页。

存，正如美国生态哲学家伯林特所说："'自然之外并无一物。'人与自然的关系仍然只是共存而已。"[1]

其二，梵爱和谐是人的个体生命与自然生命的整体和谐。关于人的个体生命的存在形式，从人格的视角来看，有独立的形态，也有依附的形态；从生命呈现的视角来看，生命有显现的形态，也有隐没的形态；从灵与肉的视角来看，有融合于梵的不朽的形态，也有以时间为量度的肉体生命形态，这是生命的有限的形态。如果这种有限的个体生命要达到不朽的无限的理想境界，那么就须经历人生的四个时期，即梵行期，家居期，林栖期，遁世期，"由于这种四重的生活方式，印度使人与宇宙的崇高的和谐协调一致，不给猖獗的个人主义的未经训练的欲望以不受约束地推进自己的毁灭性进程的余地，而是将其导向'至高无上者'，从而使之得到终极调节"[2]。在这四个时期中，"林栖期"特别重要，因为这个时期要求修习者必须离开家庭，走进自然，淡出红尘，居于森林之中，让个体生命与自然生命亲密接触，在林中虚静默思，排除一切杂念，净化个我灵魂，探寻生命真谛，体验人的宗教，证悟"至高无上者"梵天赐教的奥秘。这样，个体生命就与自然的整体生命、宇宙的无限生命和谐地融为一体，从而实现梵我合一的人生最高目标。

其三，梵爱和谐是人类群体生命与自然整体生命的生命共同体的整体和谐。印度独特的地理位置、自然条件和宗教传统使人们切身体会到，水土风火森林等自然整体生命对人类群体生命生存和发展的极端重要性，恒河水不仅可以洗涤身体四肢，而且可以净化心灵；土地不仅滋养了万物和人类，而且能够使人类的精神愉快；森林不仅是地球呼吸的肺，给人氧气而使人存活，而且在修习者栖居时感觉到与它的接触不仅是一种物质接触，更是生命淳化、灵魂净化、精神升华的体现。因此，人类群体生命与自然整体生命构成了生命共同体，他们之间是极度亲密和谐的。当人类群体生命因肉体和精神的障碍而脱离自然界无穷无尽的整体生命时，就会深深感到自己是孤立的人，而不是宇宙之中的群体生命，就会给自己生存、

① 伯林特：《环境美学》，张敏、周雨译，湖南科技出版社 2006 年版，第 9 页。
② 泰戈尔：《人的宗教》，刘建译，《泰戈尔全集》第二十卷，河北教育出版社 2000 年版，第 368 页。

生活和发展带来无穷的困难，就会在心灵中产生困惑不解的难题；反之，当人类群体生命"认识了万物之中永恒的精神时，于是他就解脱了，因为他发现了赖以生存的这个世界的最完美的意义，到那时人发现自身是在完全的真理中，并且与万物建立了和谐"，"他们与周围事物（物质的和精神的）具有最密切的关系，他们向朝阳，向流水，向果实累累的大地祝福，将它们看成同一种生活真理的显现，他们自己也置身于这种真理的怀抱中"；① 人类群体生命在与自然整体生命的接触、融合的漫长过程中，亲证人类精神和宇宙精神之间的伟大和谐，证悟"生活真理"，从而实现梵我合一，达到梵爱和谐的最高境界。

二 我国当代社会存在人与自然不和谐的问题

泰戈尔曾尖锐地指出人类利用世界、与自然不和谐的严重危害："当我们的全部思想只集中在利用这个世界时，世界则对我们失去了它的真正价值，由于我们贪婪的欲望而使世界的价值贬低。这样，最后总有一天，我们只知道让它提供食物而失去它的真理，正像贪吃的儿童从一本珍贵的书中撕下好多页，并试图吞掉它们一样。"② 但遗憾的是，在泰戈尔发表这个观点近八十年之后的今日中国，却存在相当严重的人与自然不和谐、环境严重污染的问题。

（一）我国人与自然不和谐、环境严重污染的现状

关于我国目前人与自然不和谐、环境严重污染的问题，现以国家权威部门环保部发布的《2013年中国环境状况公报》的数据和环保部副部长李干杰回答中外记者的提问为例加以说明。

国务院新闻办公室于2014年6月4日在北京举行新闻发布会，发布了《2013年中国环境状况公报》。环保部副部长李干杰在发布会上回答了中外记者的提问。李干杰说，2013年"生态环境保护形势依然严峻，还面临不少困难和挑战。一是全国水环境质量不容乐观"，"十大水系的国控断面中，Ⅳ—Ⅴ类和劣Ⅴ类水质的断面比例分别为19.3%和9.0%。……在4778个地下水监测点位中，较差和极差水质的监测点比例为59.6%"，

---

① 泰戈尔：《人生的亲证》，宫静译，商务印书馆1994年版，第5—6页。
② 同上书，第69页。

"三是全国城市环境空气质量形势严峻。依据新的《环境空气质量标准》（GB 3095—2012）对 SO_2、NO_2、PM10、PM2.5、CO 和 O_3 六项污染物进行评价，74 个新标准监测实施第一阶段城市环境空气质量达标城市比例仅为 4.1%"，"六是土地环境形势依然严峻。耕地土壤环境质量堪忧，区域性退化问题较为严重。全国年内净减少耕地面积 8.02 万公顷。全国现有土壤侵蚀总面积 2.95 亿公顷，占国土面积的 30.7%"。[1] 我国当下不仅水污染、空气污染和土壤污染非常严重，而且全国突发了不少恶性环境事件，据《2013 年中国环境状况公报》称："2013 年，全国共发生突发环境事件 712 起，较上年增加 31.4%；其中重大突发环境事件 3 起，较大突发环境事件 12 起，一般突发环境事件 697 起。……从污染类型看，涉及水污染和大气污染的突发环境事件分别占 45.2% 和 30.1%。"[2]

由此可见，我国目前环境污染、人与自然不和谐的问题仍然相当严重，解决这个问题已刻不容缓。

（二）我国人与自然不和谐、环境严重污染的主要原因

我国当下现实中所存在的人与自然不和谐、环境严重污染问题的原因很多，不过概括起来，其主因应是人们"认知错位"的意识因素和"举措失当"的行为因素。

1. 认知错位的思想意识因素

首先是对人与自然的关系的认知错位。我国的地理位置与印度不同，气候也不同，因此人们对自然的直观感受也迥然不同。印度地处热带，气候炎热，从物质生活的角度来看，人的生存与生活极度依赖自然，人们普遍认识到必须顺从自然，与自然和谐相处才能生存、生活和发展；从精神生活来看，古代印度人信仰吠陀教、婆罗门教和佛教，近现代印度人信仰印度教、耆那教、伊斯兰教和基督教，大部分人信仰婆罗门教和印度教，而婆罗门教和印度教要求修习者要度过一段林居期，与自然融为一体、和谐相处，以证悟梵我合一，体验梵爱和谐。我国漫长的原始社会和奴隶社会时期的先民，主要生活在中原和长江中下游一带，从秦代开始，人们逐渐扩迁，南至五岭桂粤琼州，北及阴山蒙古，但主体生活周径位于北温带

以及亚热带，这里气候温暖湿润，四季分明，人们直观觉得对自然不是特别的依赖，所以对自然的敏感程度和依赖程度远不及印度人。于是人们一般误认为拥有山水、花鸟、树木、森林可以怡情，没有花鸟、树木、森林也可以生存；再加之我国多数国民不信宗教，完全没有度过林居期，与自然和谐相处融为一体，以达到梵我合一境界的切身体验，因此人与自然是否和谐相处并不十分紧要。这是对人与自然的关系的认知错位。

其次是对古代典籍的释义和先贤伟人有关人与自然思想的认知错位。在我国诸多的先贤伟人中，国人尤其对荀子和毛泽东有关人与自然的论断的认知发生了错位。

一是对"人定胜天"含义的认知错位。关于"人定胜天"的来源和含义，国家教育部门推荐使用的工具书《汉语成语词典》解释说："人定，人谋，人的谋划或谋定，即主观努力，指人力能够战胜自然。语出《逸周书·文传》：'兵强胜人，人强胜天。'"① 《汉语成语词典》将"人定胜天"的"胜天"解释为"战胜自然"是否正确？这需要先回到《逸周书》，再看看其他典籍的释义和例句。《逸周书》原名《周书》，是我国古代文献的汇编，其性质与《尚书》类似。旧说《逸周书》是孔子删定《尚书》所剩，是《周书》的逸篇，故名，今人多认为该书出自战国人之手。《逸周书》所说的"人强胜天"中的"胜"字当作何解？"胜"的繁体字为"勝"，《说文解字》释为："任也。从力，朕声。识蒸切。"② 《辞源》先解释其本义为："力能担任，禁得起。"③ 后又释其引申义分别为"尽"，"制服"，"胜过、超过"等。④ 在古代典籍中，"胜"作为动词，可训为"克，制服，战胜，打败"，多用于战争、战事，如"胜殷遏刘"，⑤ "以守则固，以战则胜"，"其势弱于秦，而犹有可以不赂而胜之之势"。"胜"作为动词，还常训为"胜过、超过"，如"平生所娇儿，颜色白胜雪"，⑥ "日出江花红胜火，春来江水绿如蓝"。从以上典

---

① 马在淮主编：《汉语成语词典》，内蒙古人民出版社2004年版，第507页。
② 许慎：《说文解字》第十三，见《说文解字·现代版》，社会科学文献出版社2005年版，第781页。
③ 《辞源合订本》，商务印书馆1988年版，第206页。
④ 同上。
⑤ 《诗经》，《周颂·武》，高亨《诗经今注》，上海古籍出版社1980年版，第495页。
⑥ 杜甫：《北征》，萧涤非《杜甫诗选注》，人民文学出版社1985年版，第88页。

籍的释义和例句可知，"胜"用于战争、战事时，可作"战胜"解；而用于非战争、战事时，常作"胜过、超过"解。因此，"人强胜天"的含义应当是：如果人的智慧和力量强大，就可以胜过、超过大自然的力量；而"人定胜天"的含义应当是：当人经过深思熟虑的正确谋划之后所产生的力量，可以胜过、超过大自然的力量。这个成语意在强调人的主观能动性的重要作用，而不是突出人能够战胜大自然的超级力量。但是，由于长期以来国人对成语"人定胜天"的误解，因此造成了人可以且能够战胜大自然，而不是人的生存、生活与发展必须顺从、依赖大自然的主观意识的认知错位，这种认知错位的负面力量和严重后果不可小觑，因为马克思主义认为意识可以反作用于物质。

二是对荀子"制天命而用之"的哲学命题的认知错位。荀子是先秦朴素的唯物主义思想家，他在《天论》中提出了"制天命而用之"的哲学命题。他说："从天而颂之，孰与制天命而用之？"① 一般人认为，"制天命而用之"中的"制"是"控制"、"改造"的意思，"制天命而用之"的表层意思就是：与其顺从天而赞美它，哪里比得上控制自然的变化规律而利用它呢？于是人们历来认为荀子这个命题的含义是人类应该控制自然，并且充分利用和改造自然。由于产生了这种"控制、利用、改造自然"的观点，因此人们便放开手脚，大肆开发自然资源，恣意掠夺自然资源，毫无顾忌地污染环境，因此人类赖以生存的自然遭到严重破坏，人类生存的环境受到严重威胁。其实，上述观点是对"制天命而用之"的"制"的误解，是对"制天命而用之"命题的认知错位。关于"制"的含义，《说文解字》释义为："裁也。从刀，从未。未，物成有滋味，可裁断。"② 在这里，"制"作"剪裁、裁断、判断"解。《辞源》解释"制"的本义认可了《说文解字》的释义，也将"制"训为"裁断"，并引《荀子·成相》言"臣谨修，君制变"③ 为例，佐证"制"为"裁断、判断"之意。因此，"制天命而用之"的表层含义是：人应该根据自然的特点去判断它的运行规律和利用价值，然后按照自然的运行

---

① 《荀子·天论》，《中国古代文学作品选》，江苏人民出版社 1979 年版，第 72 页。

② 许慎：《说文解字》第十三，《说文解字·现代版》，社会科学文献出版社 2005 年版，第 234 页。

③ 《辞源合订本》，商务印书馆 1988 年版，第 191 页。

规律、利用价值和人类的合理需要去开发它利用它。"制天命而用之"的深层含义是"此命题揭示了荀子的社会历史时空观——人是宗法人伦中的人，人应在礼法中循'礼法'而生活。荀子的重心不在'天'而在'人本身'……'制天命而用之'命题真实含义是'顺人伦而生活'"。① 荀子"制天命而用之"强调了人在对待自然的关系中的主观能动性的重要作用，在自然面前，人类可以有所作为，但应当按照自然的运行规律，根据人类伦理的生活准则和合理需要，适当地利用自然，改造自然和开发自然，使自然环境更加适宜于人类的生存，有利于人类的生活与发展。

　　三是对毛泽东"与天奋斗，其乐无穷；与地奋斗，其乐无穷；与人奋斗，其乐无穷"思想的认知错位。毛泽东的这几句名言出自他 1917 年的日记《奋斗自勉》，后来被人们简化为"与天斗其乐无穷，与地斗其乐无穷，与人斗其乐无穷"。毛泽东早年所倡导的"三奋斗"思想，其背景是近代中国人尤其缺乏敢于竞争、奋起斗争的精神，被洋人戏称为"东亚病夫"、"一盘散沙"，所以造成鸦片战争的失败，八国联军的暴行，大片国土的沦丧，亿万人民的流离失所。于是，毛泽东大力倡导"三奋斗"精神，意在召唤国人不要畏天，不要畏地，不要畏惧外国列强，要勇于竞争，奋起斗争，敢于砸碎旧世界，建设新世界，"盖毁旧宇宙而得新宇宙，岂不愈于旧宇宙耶"。② 但是，从 1958 年开始的"大跃进"到十年"文化大革命"，国人误用、滥用毛泽东的"三奋斗"思想，大规模开展"与天斗、与地斗"的运动；甚至到了改革开放初期，国人仍大量运用"与天斗其乐无穷，与地斗其乐无穷"的思想，向大自然进军，向"现代化"进军，因此出现了人与自然极不和谐、环境严重污染的大问题。这是对毛泽东"与天奋斗，其乐无穷；与地奋斗，其乐无穷"思想认知错位的恶果。

　　2. 举措失当的策略行为因素

　　在我国当代的几个重要时期，从中央到地方在人与自然的关系、环境

---

① 何江新：《"制天命而用之"新解》，载兰州大学学位论文，2008 年。

② 毛泽东：《〈伦理学〉批注》，引自康志杰、陈思先《毛泽东对世界三大宗教的解读和研究》，载《湖北省社会主义学院学报》2008 年第 5 期。

保护方面的不少决策或策略都举措失当，因而导致了人与自然不和谐、环境严重污染的问题。

在"大跃进"时期，1958年8月中央号令全国人民要坚决执行党中央"鼓足干劲，力争上游，多快好省地建设社会主义"的总路线，号召生产大跃进、赶英超美，用十年左右时间，钢铁产量赶上或超过英国。除大型钢铁厂增产之外，还要"土法上马炼钢铁"。在全国人民大炼钢铁的运动中，广大农村极度缺乏炼钢设备和材料，于是土法上马，蛮干冒进，大肆砍树烧炭以炼钢铁，千万把斧头砍掉了片片树林，千万个"土高炉"烧掉了亿万吨木材。因此，一座座山峦变为秃山，一片片森林化为废铁，不是"蜀山兀，阿房出"，而是"万山兀，铁不出"，炼钢事与愿违，生态失去平衡，环境迅速恶化，自然大伤元气。

"文革"十年，空前浩劫。一是从中央到地方都一门心思搞"阶级斗争"，谁也没有心思去思考环境保护和生态平衡的事情，去制定环境保护的有关政策和策略；二是"打倒一切"和"全面内战"使国民经济濒临崩溃的边缘，生产力遭到严重破坏，因此中央和地方实在没有经济实力和技术能力去保护环境和生态，只好让废气任意排，污水四处流，垃圾熏天臭。因此，全国的环境和生态在"大跃进"时期脆弱、恶化的基础上更加脆弱和恶化。

改革开放以来，尤其是其前一二十年，从中央到地方急于恢复和发展生产力，促进国民经济快速发展，全国人民大干苦干，经济实力迅速增强，国民经济实现腾飞。但是，这种"腾飞"依靠的是粗放式经营，多想到向土地要粮食，少考虑为土地设保护；多想到向企业要产量利润，少考虑为废气废水作净化；多想到向城市要高楼，少考虑为城市除废渣；多想到向河海要鱼类石油，少考虑为河海除污染。于是，大肆伐林造楼，圈地造城，许多工矿企业排废气、放废水，房产商向地要钱，家具商向林索财，高尔夫商人向辽阔的草坪索取高额利润，如此恶状，不一而足。因此，自然环境惨遭破坏，人与自然不和谐，人类生态"岌岌乎殆哉"，于是出现了《2012年中国环境状况公报》所述的严重环境生态问题。这是有些管理者和执行者的行为举措失当所带来的严重后果。

　　三　借鉴泰戈尔梵爱和谐思想，营造人与自然的和谐生态，加强生态文明建设，促进我国以及地球家园多成员共生

　　在泰戈尔看来，"梵"是大自然伟大的无限生命，"我"是宇宙的有限个我生命，人与自然万物构成了无限的宇宙。人是富有生命的，自然也是富有生命的；人的生命由个体生命和群体生命所构成，自然的生命由动物、植物、微生物所构成；富有生命的人、动物、植物和微生物都是共同生存、生活在地球家园中的成员。因此，我们借鉴泰戈尔的梵爱和谐思想，可以营造人与自然的和谐生态，加强生态文明建设，促进我国以及地球家园的和谐共生。

　　我国当下借鉴泰戈尔梵爱和谐思想、营造人与自然的和谐生态、加强生态文明建设的条件良好，环境有利。一是具有中印关于人与自然和谐共生的哲学基础，即中国传统的天人合一观，印度传统的梵我合一观，泰戈尔的梵爱和谐观。二是人与自然和谐共生的认知复位。近年来国人逐渐纠正了对"人定胜天"、"与天奋斗其乐无穷，与地奋斗其乐无穷"的认知错位，逐渐树立了尊重自然、顺应自然、保护自然的生态文明理念。三是具有法律保障。2014 年 4 月 24 日全国人大常委会修订通过了《中华人民共和国环境保护法》，并将于 2015 年 1 月 1 日起施行。本法是我国第一部环境保护法，它为保护和改善环境、防治污染、公众健康、生态文明建设、经济和社会可持续发展提供了国家级别的法律保障。四是具有中央决策和制度保证。党的"十八大政治报告"新增了位于国家战略的"生态文明"，将生态文明与政治文明、经济文明、社会文明相提并论，并将生态文明确定为"基本国策"，这是中央关于环境保护前所未有的制度性重大决策。"十八大政治报告"对生态文明和环境保护作出了庄严承诺："为人民创造良好生产生活环境，为全球生态安全作出贡献。"① 近年来，以绿色变革与经济转型为核心的生态文明受到我国党和政府的高度重视。中国政府于 2013 年 7 月 20 日至 21 日举办了"生态文明贵阳国际论坛 2013 年年会"，这次年会层次高，规模大，内容广，到会的各国政

---

　　① 胡锦涛：《坚定不移沿着中国特色社会主义道路前进，为全面建成小康社会而奋斗——在中国共产党第十八次全国代表大会上的报告》，载《人民日报》2012 年 11 月 8 日。

要、专家和企业代表 2000 余人，其中外国政要、专家、学者和企业家 300 余人，包括联合国副秘书长、联合国环境规划署执行主任、世界自然保护联盟总干事、哥伦比亚大学地球政策研究所所长等。国务院副总理张高丽出席会议、宣读习近平的贺信并发表讲话。中共中央总书记、国家主席习近平在《贺信》中高瞻远瞩地指出："走向生态文明新时代，建设美丽中国，是实现中华民族伟大复兴的中国梦的重要内容。中国将按照尊重自然、顺应自然、保护自然的理念，贯彻节约资源和保护环境的基本国策，更加自觉地推动绿色发展、循环发展、低碳发展，把生态文明建设融入经济建设、政治建设、文化建设、社会建设各方面和全过程……携手共建生态良好的美好家园。"① 具有里程碑意义的党的十八届三中全会通过的《中共中央关于全面深化改革若干重大问题的决定》，将生态文明建设确定为全面深化改革的指导思想和总目标之一和国家级制度："紧紧围绕建设美丽中国深化生态文明体制改革，加快建立生态文明制度，健全国土空间开发、资源节约利用、生态环境保护的体制机制，推动形成人与自然和谐发展的现代化建设新格局"；在关于"加快生态文明制度建设"的专章中又明确规定："建设生态文明，必须建立系统完整的生态文明制度体系，实行最严格的源头保护制度、损害赔偿制度、责任追究制度，完善环境治理和生态修复制度，用制度保护生态环境。"② 十八届三中全会在十八大将生态文明建设确定为"基本国策"的基础上，又将生态文明建设列入全面深化改革的指导思想和总目标，并以"制度建设"作出了明文规定，这必将营造出生态文明建设的良好政策环境、制度环境和社会环境。

由于上述几方面的良好条件和有利环境，因此我们完全有理由相信，我国人民在新一届党中央、国务院的坚强领导下，一定能够阔步迈入社会主义生态文明新时代，并与世界人民一道营造人与自然的和谐生态，携手共建生态良好的人类生活家园多成员和谐共生的美丽地球家园。

---

① 习近平：《致生态文明贵阳国际论坛 2013 年年会的贺信》，载《新华每日电讯》2013 年 7 月 21 日。
② 《中共中央关于全面深化改革若干重大问题的决定》，载《人民日报》2013 年 11 月 16 日。

第三节 构建社会和谐生态,促进精神文明建设 和爱的精神家园多元素共和

在我国全面建设小康社会的现代化进程中,我们借鉴泰戈尔梵爱和谐的思想,可以促进精神文明建设和"爱的精神家园"建设,为构建和谐社会奉献力量,使我国人民进一步强化爱祖国、爱自然、爱人类的理念,使人与人、人与社会、人与国家的关系更加和谐,以建成和谐的社会生态和爱的精神家园。

马克思认为,人是社会关系的总和。每个人都是一个生命体,所有的人构成一个系统的生命共同体,系统的生命共同体构成社会。而社会中处处充满矛盾,人际间时时暗藏冲突。"大千世界,在所有完美的底部,我们看到这种矛盾。想缩小的,反而扩大;想分离的,反而合并;想拘禁的,反而给予自由。'无限'创造'有限',而'有限'又展示'无限'。事实上,矛盾在哪儿完全合二为一,那儿便产生完美。哪儿双方分离,一方变得极为强大,那儿便出现灾祸……自由否认约束,它就是疯狂,约束不承认自由,它就是压迫。"① 只有处理好社会的矛盾,平息掉人际的冲突,社会才会和谐,"矛盾在哪儿完全合二为一,那儿便产生完美",这种美能够带来社会的和谐。社会和谐包括个体生命自身的和谐,个体生命与个体生命的和谐,个体生命与群体生命的和谐,以及群体生命与群体生命的整体和谐,即整体生命的和谐。泰戈尔梵爱和谐思想的核心就是生命的整体和谐。

一 保持个体生命自身的和谐:热爱自身生命,做到心理平衡,情绪稳定,个性健康,人格健全

和谐的自身个体生命的表达形式和呈现方式之一是精神追求与肉体欲望(即"灵"与"肉")的整体和谐。在物欲横流的当今社会,有许多诱惑和刺激,大到金钱的多寡,财产的贫富,名声的毁誉,地位的高低,才能的强弱,小到吃喝的腴淡,衣着的艳素,车马的贵贱,言行的雅俗,这

---

① 泰戈尔:《有限与无限》,见《泰戈尔经典散文集》,白开元译,新世界出版社 2010 年版,第 152 页。

些因素都会导致个体生命的精神追求与肉体欲望的矛盾冲突，从而产生不平衡、不和谐的烦恼和痛苦。如果个体生命常常陷入这种不平衡、不和谐的烦恼和痛苦之中，那么人的心理就会扭曲，精神就会异常，个性就会乖张，人格就会分裂，就会产生过激行为，从而导致社会的不和谐。因此，要热爱自身生命，克制个体生命的肉体欲望，增强个体生命的精神欲望，做到"海纳百川有容乃大，壁立千仞无欲则刚"（林则徐语），使心理平衡和情绪稳定，达到个性健康和人格健全，保持个体生命自身的和谐，这是维护社会和谐的生命基础。

　　和谐的自身个体生命的表达形式和呈现方式有时是爱与怨、利与害、苦与乐的整体和谐。"世界上的具象，不是永恒的东西，仅仅是形体；进入它的内心，才能从束缚中得到解脱，在快乐中得到拯救。"①　在物欲横流、张扬个性和凸显个人情感的当今社会，有不少诱惑和刺激会导致个体生命的矛盾冲突，从而产生心理不平衡，如情感的爱与怨，职级的升与降，精神的苦与乐。爱上一个人，则甘愿"衣带渐宽终不悔，为伊消得人憔悴"，发誓"在天愿作比翼鸟，在地愿为连理枝"，"山无棱，江水为竭，冬雷震震，夏雨雪，乃敢与君绝"，这时的爱情是快乐甜蜜的。不过，一旦爱而不得，便产生痛苦、怨艾或遗恨，"思悠悠，恨悠悠，恨到归时方始休，月明人倚楼"，"风里落花谁是主，思悠悠。青鸟不传云外信，丁香空结雨中愁"，"恨满牙床翡翠衾，怨折金钗凤凰股"，这时的爱情是烦恼痛苦的。遇到职级的升与降的事情，便产生追求与放弃的行为和利与害的心理冲突，如果不择手段地追求，即使获得了升迁，得到了利益，但良心安否？何况对手还可能时时找麻烦；如果轻言放弃，则会在失去利益之后悔之不及。不管做出何种抉择都会在心理上产生快乐与痛苦的冲突，"快乐的本质，在于展现界限。天帝的快乐，在规则的界限内拘禁了全部创造。劳动者的快乐，诗人的快乐，艺术家的快乐，不过是清楚地标定界限。……这种界限，越是简单明了，就越美。人越是能获得力量、健康和财富，快乐就越是清楚地在人身上表现出来"。②　无数个体生命组成的社

---

　　①　泰戈尔：《内心与外界》，见《泰戈尔经典散文集》，白开元译，新世界出版社 2010 年版，第 147 页。

　　②　泰戈尔：《有限与无限》，见《泰戈尔经典散文集》，白开元译，新世界出版社 2010 年版，第 152 页。

会必须有道德准则和行为规范，这些准则和规范就是"界限"，被界限约束是痛苦的，但已经隐忍了这种痛苦，就会获得灵魂的快乐、精神的愉悦和行动的自由，就可以创造人世间的奇迹，"世世代代，人必须忍受受制于界限的巨大痛苦，因为，欢乐通过这种痛苦得以表现。《奥义书》云：他经受修行的痛苦，创造了一切"。①

人在自己的生命旅程中会遇到许多矛盾冲突，亲证到许多不和谐的心理情绪和人生感悟，只有看轻得失，淡化名利，敢于舍弃，淡泊以明志，宁静以致远，才能化解矛盾，平息冲突，使个体生命和谐协调。"关于精神世界的探索，有一句耐人寻味的话：以付出获取享受。对无所不在的梵的探索，也是艺术的极终探索"，②　"这是人性的信念，是灵魂托起的信念。我们舍弃自我时，也就获得了自我"。③　无数事实证明，要使个体生命自身和谐，就必须学会情绪的克制，欲望和行为的节制；只有能动自为地克制住本我的情绪，节制住本我的欲望和行为的人，才能体验到纯洁的快乐，证悟到高尚的幸福，才能达到"梵"的境界。"我们可以看到，人接受各种教育的根本目的，是学会克制。人学会节制自身的行为，才能稳步前进；人能够驾驭自己的思绪，才能思考问题。……在真实的界限内节制自己欲望的人，能够找到那体现探索的最终成果和终极快乐的他（原注：指天帝）。"④有限就是界限，就是约束、限制；无限就是没有约束、限制；没有约束、限制的无限是包含在有约束、限制之中的，即自由存在于约束中，快乐存在于痛苦后，获得存在于舍弃后，爱存在于痛定后，梵存在于修为中，"当人明白'无限'在'有限'之中，他也就懂得，这里面的奥秘，就是爱的奥秘；……薄伽梵在'有限'中奉献了自己，也接受了自己"。⑤　人类的灵魂应从个体生命的肉体欲望提升到精神追求，从患得患失升华到舍

①　泰戈尔：《有限与无限》，见《泰戈尔经典散文集》，白开元译，新世界出版社2010年版，第153页。
②　泰戈尔：《内心与外界》，见《泰戈尔经典散文集》，白开元译，新世界出版社2010年版，第150页。
③　泰戈尔：《在北京地坛对学者的演讲》，见《泰戈尔经典散文集》，白开元译，新世界出版社2010年版，第220页。
④　泰戈尔：《有限与无限》，见《泰戈尔经典散文集》，白开元译，新世界出版社2010年版，第153页。
⑤　同上书，第155页。

弃自我，从怨恨回归到爱，从空虚烦恼回归到梵，"人类的灵魂正在继续他的旅程，从法则到爱，从戒律到解脱，从道德阶段到精神阶段。……我们要通过充分掌握它来获得超越法则的意义，也就是通过法则的有限形式来表现自己回归到梵，回到无限的爱。佛陀把它称为 Brahmavihāra，即生活在梵中的欢喜"。① 其实，"梵"就是生命和谐快乐幸福的最佳境界。

二　维持个我生命与他人生命的和谐，即人与人的和谐：爱父母，爱配偶，爱儿童，爱他人

每一个人自呱呱坠地来到世间起，他就不是孤立的，一般都是幼年有父母，少年有师长，青年有夫妻，中年有儿女，生活有他人的。如果离开了父母、师长、夫妻、儿女、他人，那么他（她）就很难生存和生活，更谈不上发展和自我价值的实现。个体生命与个体生命之间的"声音不是疑惑和否定的声音，而是信念的声音，爱的声音。真理已征服人心。否则世界早已沉入无边的黑暗。要做的事是为仁慈、爱和美的最高真理效力"。② 因此，个体生命与个体生命是相互依靠、相互支持、相互帮助的依存关系；要维持这种关系的和谐，就必须有一片爱心，必须"入则孝，出则悌，谨而信，泛爱众，而亲仁"，正确处理生命个体之间敏感而重要的父母关系、夫妻关系、婆媳关系、父子（母子）关系、同事关系和朋友关系，切实做到爱父母，爱配偶，爱子女，爱儿媳，爱儿童，"幼吾幼以及人之幼"，爱老人，"老吾老以及人之老"；"真正的爱能排除道路上的重重障碍，扩展自己的极限"，③ 因为父母有生育抚养之恩，师长有教育培养之恩，夫妻有爱慕扶持之情，儿女有哺育教养之情，他人有帮助支持之义，所以个体生命与个体生命需以爱相待，和谐相处，这样才能凝结成一个和谐的生命集合体，最终构成社会的和谐整体，因为"从人开始真正意识到自己的自我之时起，他也就开始意识到一种通过自己在人类社会得到表现的神秘的和谐精神。这是一种微妙的个人之间的关系的媒介，它并没

① 泰戈尔：《人生的亲证》，宫静译，商务印书馆1994年版，第67页
② 泰戈尔：《在北京地坛对学者的演讲》，见《泰戈尔经典散文集》，白开元译，新世界出版社2010年版，第221页。
③ 泰戈尔：《在杭州对学生的讲话》，见《泰戈尔经典散文集》，白开元译，新世界出版社2010年版，第222页。

有任何功利主义的目的，而是为了自己的终极真理，不是一个算术中的和，而是一种人生价值。……随着人的和谐意识的流布，他的神就逐渐以一个独一无二的同时也是普遍存在的神的面貌呈现在他的面前，从而证明人类和谐这一真理就是人类之神的真理"。①

三　维持个体生命与群体生命的和谐：爱平民，爱民族，爱民主，爱光明，爱自由，爱祖国，爱人类

中国传统文化的特征之一是人际关系的等级化和伦理化。这种文化认为人与自然的关系是"天人合一"的和谐关系，并将此关系推及社会层面，认为人与人之间应追求整体和谐，作为自然人的个体生命与作为社会人的群体生命也应追求整体和谐。为使社会整体和谐，以维持社会共同体长期和谐有序的延续，因而构建了以宗法血缘关系为基础的种种伦理规范，要求作为自然人的个体生命必须依据作为社会人的群体生命整体和谐的规范，确定各自的地位等级和身份等级，每个生命个体都在等级化和伦理化的范围内生存与活动。当生命个体与社会群体的利益发生冲突时，则要求牺牲生命个体利益以维护社会群体利益。

在泰戈尔的梵爱和谐思想中，爱平民，爱民族，爱祖国，爱人类是极其重要的组成部分。季羡林评价泰戈尔说："他虽然生长在一个非常富于幻想的民族中，但是在八十年的漫长人生旅程中，他关心自己民族的兴亡，反对殖民主义和帝国主义的掠夺，抗议英国的鸦片贸易，抗议法西斯的横暴，抗议日本军国主义分子侵华，关心周围的社会，同情弱小者、儿童和妇女，歌唱世界大同。所有这一切都表露在他的文学创作中。他既是低眉善目的菩萨，又是威猛怒目的金刚"。② "既是低眉善目的菩萨，又是威猛怒目的金刚"是对泰戈尔的思想和人格最准确的评价。在爱平民，爱民族，爱祖国，爱人类的爱的世界里，泰戈尔是我们大可资鉴的典范，借鉴泰戈尔的这种大爱、博爱的精神，可以维持个体生命与群体生命的和谐。

平民是社会的主要生命群体。这里的平民不是与贵族相对的阶层，而

---

① 泰戈尔：《人的宗教》，刘建译，见《泰戈尔全集》第二十卷，河北教育出版社 2000 年版，第 331 页。
② 季羡林：《泰戈尔经典散文集·代序》，见《泰戈尔经典散文集》，白开元译，新世界出版社 2010 年版，第 2 页。

是指一般的人民大众。如果说人类的整体生命是汪洋，那么个体生命就是微乎其微的一滴水，人民大众就是洪波涌起的大海；如果说个体生命是一棵不起眼的树，那么人民大众就是遮天蔽日的森林。水滴离开大海瞬间就会被太阳化为乌有，小树远离森林刹那就会被风暴连根拔起；个体生命离开群体生命就不能生存，更无从谈发展，所谓"单丝不成线，独木不成林"就是这个道理。因此个体生命对群体生命应满怀爱意和敬意，"爱人者，人恒爱之。敬人者，人恒敬之"；个体生命只有真诚地爱群体生命，才会得到群体生命无私的爱；相应的，群体生命也要爱个体生命，因为群体生命也是由个体生命组成的，"太山不让土壤，故能成其大；河海不择细流，故能就其深"，① 个体生命与群体生命互爱互助，人类生命就可实现整体和谐。

民族是个体生命存在的血统和系统，是在历史发展过程中形成的具有共同地域、语言、行为习俗、思维方式、心理素质、经济生活和文化特征的生命群体。个体生命依赖于本民族的群体生命的存在而存在，依靠于本民族的群体生命的发展而发展，因此个体生命必须尊重本民族群体生命的语言文字、行为习俗、思维方式、心理素质、经济生活和文化特征，以形成民族群体生命更大更强的合力，抗击外来民族的扰攘、侵犯和侵略，维护本民族群体生命的尊严和利益。中华民族和印度民族都是东方民族的杰出代表，都是爱民主，爱平等，爱光明、爱自由、爱祖国、爱和平、爱人类的伟大民族。作为这个伟大民族中的个体生命，就要热爱本民族，与本民族的思想情感、行为倾向保持高度的一致；同时借鉴和接受其他民族的优秀文化和先进思想，使各民族和谐共生、共同发展。

个体生命要迸发无限活力，维系与群体生命的高度和谐，还要借鉴泰戈尔的梵爱和谐思想中爱平等、爱民主、爱光明、爱自由、爱祖国、爱和平，以及爱人类的精神。爱平等：既注重本民族每个个体生命之间的真诚相对，平等相待，又尊重本民族群体生命与其他民族群体生命之间的真诚相对，平等相待。爱民主：既保持个体生命的主人翁精神，又为群体生命的当家做主而奉献生命的力量。爱光明：既保持个体生命光明正大、正直

---

① 李斯：《谏逐客书》，见刘盼遂、郭预衡主编《中国历代散文选·上》，北京出版社 1980 年版，第 219 页。

通透的个性，坚持向往光明、批判黑暗，做事光明正大，为人光明磊落，又与本民族群体生命一道为争取光明、扫除黑暗而努力奋战。爱自由：既保持个体生命在精神上和行为上一定的自由空间，又保持与本民族群体生命一致行动的纪律和制约。爱祖国：祖国不仅是由千千万万个体生命构成的生命群体，而且是由许多民族组成的社会群体；因此个体生命必须树立国家利益高于一切，更高于个人利益的牢固观念，凝结热爱祖国的赤诚感情，铸成乐于且勇于为祖国奉献一切直至生命的行为，将为国献身作为真正的享受，这种真正的享受决不能通过满足个体生命的贪欲而得到，而只能通过将个体生命的"个我"献给民族群体生命的"祖国大我"而获得。个体生命要有融入民族、国家群体生命为维护国家尊严、捍卫国家主权和领土完整的一致行为，维持与民族、国家群体生命同生死、同命运的和谐状态，像泰戈尔一样终生最爱自己的祖国，泰戈尔说："我生生死死都情愿在印度；不论他如何贫困，悲苦和哀愁，我最爱印度。"① 爱和平、爱人类：和平是个体生命生存和发展的氛围和环境，也是民族、国家群体生命生存和发展的氛围和环境；人类是个体生命生存和发展的必要条件，也是民族、国家生存和发展的必要条件。因此，个体生命既要树立牢固的爱和平、爱人类的理念，具有追求世界和平、热爱人类文明的精神，"认识到世界的整体性和我们与它的统一性。当这种统一的完美的概念不仅仅是理智的，当我们整个生命呈现在辉煌的万物的意识中时，它就会变为一种衍射出光辉的喜悦，变为普通的爱"，② 也要有为和平和人类文明而奋斗的行动，更要有融入民族、国家群体生命为追求和平的境界、赢得和平的环境、维护和发展人类文明的一致行为，维持与民族、国家、人类群体生命同生死、同命运的和谐状态，为世界的整体和谐、个体生命与人类生命和谐尽献绵薄之力，"当一个人在他自己的灵魂中感觉到整个宇宙灵魂的生命颤动的韵律时，那时，他是自由的。……他唱到：'宇宙从爱生，依爱而维护，向爱而运动，最终归入爱'"，③ 个体生命要为构建人类共同的"爱的精神家园"奉献绵薄之力。

---

① 张闻天：《太戈尔对于印度和世界的使命》，载《小说月报》1922 年第十三卷第二号。
② 泰戈尔：《人生的亲证》，宫静译，商务印书馆 1994 年版，第 72—73 页。
③ 同上。

我们要借鉴泰戈尔的梵爱和谐的思想，使自己的个体生命进一步强化爱平等、爱民主、爱光明、爱自由、爱祖国、爱和平，以及爱人类的理念，使自己的个体生命与民族、国家的群体生命的关系更加和谐，为构建和谐社会和人类的爱的精神家园，"余心之所向善兮，虽九死其犹未悔"。

第四节　拓展中印文化协调发展生态，促进中印文化交流多平台共享

"秦星汉月任徜徉，楚雨欧风网上狂。莫道寰球行万里，茫茫河汉一村庄。"① 在互联网、无线通信、航空航天等高科技日益发达的今天，世界越来越像地球村，世界经济一体化与文化多元化，区域性与国际性，开放性与共融性的特征越来越鲜明。因此，研究泰戈尔梵爱和谐思想有利于拓展中印文化协调发展的和谐生态，促进中印文化交流多平台共享。

一　中印文化交流是中印友爱合作、人类文明合一的需要

泰戈尔的梵爱和谐思想是生命的哲学、爱的哲学的体现，是情感本体论的表现；他的"梵我合一"思想已经幻化为"天我同一"、"爱我同一"的人生境界；他的"梵爱和谐"思想已经凝结成"中印和谐"、"生命和谐"、"天人和谐"、"人类文明和谐"的人文境界和社会需求。在当下国际局势风云变幻、波诡云谲，经济科技龙争虎斗、弱肉强食，文化碰撞火花四溅、乱象丛生的节点上，中印文化加强交流是中印友爱合作、人类文明合一的需要。

当今世界，虽然中印之间的竞争是必然的，但中印两国的合作也是必需的；虽然中印之间已然存在一些不够和谐的现象，但中印人民业已存在的友好确是源远流长的；虽然中华文明与印度文明之间存在一些不够一致、不够和谐的因子，但是中印同属亚洲最具代表性的文明，存在互补互助互进的极大空间。因此，"惟有合作、友爱、互相信任、互相帮助，能

---

① 戴前伦：《地球村》，见《中美语文教育比较研究》，巴蜀书社 2010 年版，第 1 页。

使文明显示真正的伟大价值"，① 中印之间友好、博爱、宽容、人道的传统文明和道德力量特别需要维护和传承。泰戈尔认为："特别需要加以维护的，不是风俗习惯，而是道德力量。道德力量能够提高我们文明的质量，使之受到广泛的尊重。所以，我请求中国人民给予合作。我愿援引中国的先哲老子的一句名言：进步，追寻着无穷利欲的满足。然而，文明是一种理想，能给予我们尽责的力量和快乐。"② 中印两国的和谐、合作、协同、共进的永恒精神，应当且可以成为人类和谐合一的典范，因为在人类的生命的表面，有着个我的永远在流转变幻的种种因子，但在人们的内心深处，存在着追求合一的永恒精神。这种永恒精神"激励我们创作表现宇宙精神的作品；它出乎意料地向以自我为中心的生活呼唤一种至高至上的牺牲精神。在它的感召之下，我们赶紧将我们的生命献给真与美的事业，献给对他人的无偿服务"。③ 中国人自古以来就追求天人合一、天下大同，印度人自古以来就追求梵我一如、宇宙同一，这种追求就是世界同一的崇高理想，"由于发现这一世界的运行与我们的'理想'的活动之间的和谐，我们认识到我们与这一世界的同一，从而也认识到我们的自由"。④ 所以，中印文化交流是中印友爱合作、人类文明合一的需要。

二　加强中印文化交流，促进中印文化交流多平台共享

众所周知，文化交流包括文学交流、学术交流、艺术交流、科技交流和文化使团交流等形式。中印文化交流首先应加强文学交流。在文学交流方面，中印两国有深厚的基础和许多共同点。在现当代，中印两国都有诺贝尔文学奖获得者，印度的泰戈尔是亚洲首位诺贝尔文学奖得主，其影响早已流播世界各地；中国的莫言是诺贝尔文学奖新科得主，其影响正在全球范围内逐渐扩大。在古代，中国有浩若烟海的诗歌、散文、戏剧、小说作品，但除《格萨尔王》之外，尚缺乏影响深远的史

① 泰戈尔：《中国和印度》，《泰戈尔经典散文集》，白开元译，新世界出版社 2010 年版，第 239 页。
② 同上书，第 240 页。
③ 泰戈尔：《人的宗教》，刘建译，《泰戈尔全集》第二十卷，河北教育出版社 2000 年版，第 250 页。
④ 同上书，第 359 页。

诗；印度也有汗牛充栋的诗歌、散文、戏剧、小说作品，并且有影响世界文学发展的伟大史诗《摩诃婆罗多》和《罗摩衍那》。所有这些都是中印文化相互交流、取长补短的有利条件，我们应当充分利用。在学术交流方面，中国有居于正统地位、深入国人骨髓的儒家文化，有几乎与儒家文化并驾齐驱、对知识分子影响极大的道家文化，而印度有世界三大宗教之一的佛教文化，有当今印度大多数人信仰的印度教文化，其中佛教文化对世界尤其是中国的影响极其深远。这些都是中印文化交流与发展的有利条件，我们应当以爱的博大胸怀充分借鉴和利用。在艺术交流方面，中印两国都有发源悠远的音乐，诗意流淌的绘画，摄人心魄的舞蹈，泰戈尔本人就是音乐家和画家，就是中印艺术交流的信使。在科技交流方面，因为科技是文化的重要组成部分，所以文化交流不能缺少科技交流。印度的软件，中国的超级计算机，中印的空间技术（如多头卫星发射，嫦娥工程，人造空间站，太空实验室）和海洋技术（如中国的蛟龙号，海洋石油勘探；中印的航空母舰）等领域都有交流合作的广阔空间。此外，中印两国还可以互派文化使团进行经常性的交流与合作，这种文化使团可以是官方的，也可以是民间的；可以是公派的，也可以是私往的；可以是大型紧密的，也可以是小型零散的。形式不拘，灵活多样，常来常往，常往常新。倘能如此，那么中印两国就搭建起了全方位、多层次、互动共享的文化交流平台。

　　"沧海横流，方显出英雄本色"，① 天下大同，正需要梵爱和谐。我们要加强以泰戈尔梵爱和谐思想为重要借鉴的精神文明建设，加强以尊重自然、顺应自然、保护自然，维护环境、净化环境、美化环境为重要内容的生态文明建设，实现人与自然的整体和谐，人与人的整体和谐，人与社会的整体和谐，为实现在共和国建国一百周年时将我国建设成政治清明、经济发达、文化繁荣、社会和谐、生态平衡的现代化强国的伟大梦想，为建成人类和谐友好的"爱的精神家园"、世界和平绿色的"地球美丽家园"，众志成城，戮力奋斗，真正实现爱满人间，和盈天下，"太平世界，环球同此凉热"。②

---

① 郭沫若：《满江红·一九六三年元旦抒怀》。
② 毛泽东：《念奴娇·昆仑》。

参考文献

一 著作

[印] 泰戈尔：《泰戈尔全集》，倪培耕、白开元等译，刘安武等主编，河北教育出版社 2000 年版。

[印] 泰戈尔：《人生的亲证》，商务印书馆 1994 年版。

[印] 泰戈尔：《人的宗教》，刘建译，《泰戈尔全集》第二十卷，刘安武等主编，河北教育出版社 2000 年版。

[印] 泰戈尔：《泰戈尔谈文学》，白开元编译，商务印书馆 2011 年版。

[印] 泰戈尔：《回忆录》，谢冰心、金克木译，人民文学出版社 1988 年版。

[印] 泰戈尔：《吉檀迦利》，冰心译，译林出版社 2009 年版。

[印] 泰戈尔：《园丁集》，冰心译，译林出版社 2009 年版。

[印] 泰戈尔：《飞鸟集》，郑振铎译，武汉出版社 2011 年版。

[印] 泰戈尔：《新月集》，郑振铎译，武汉出版社 2011 年版。

[印] 泰戈尔：《采果集》，程丽萍译，安徽人民出版社 2012 年版。

[印] 泰戈尔：《流萤集》，程丽萍译，安徽人民出版社 2012 年版。

[印] 泰戈尔：《泰戈尔诗选》，冰心译，译林出版社 2009 年版。

[印] 泰戈尔：《泰戈尔诗集》（典藏本），郑振铎译，武汉出版社 2011 年版。

[印] 泰戈尔：《情人的礼物》，吴岩译，上海译文出版社 2012 年版。

[印] 泰戈尔：《吉檀迦利·新月集·采果集》，长江文艺出版社 2011 年版。

[印] 泰戈尔：《飞鸟集·新月集》，湖南文艺出版社 2011 年版。

[印] 泰戈尔：《泰戈尔的诗》，徐翰林译，海南出版社 2006 年版。

[印] 泰戈尔：《泰戈尔经典散文集》，白开元译，新世界出版社 2010 年版。

[印] 泰戈尔：《泰戈尔谈教育》，白开元编译，商务印书馆 2010 年版。

［印］《奥义书》，黄宝生译，商务印书馆 2010 年版。

［印］《罗摩衍那》，季羡林译，译林出版社 2005 年版。

［印］克里巴拉尼：《泰戈尔传》，倪培耕译，人民文学出版社 2011 年版。

［印］罗浮洛·桑克利迪耶那：《印度史话》，中华书局 1958 年版。

［希］亚里斯多德：《诗学》，罗念生译，人民文学出版社 1988 年版。

［法］梵·第根：《比较文学论》，戴望舒译，吉林出版集团有限责任公司
    2010 年版。

［法］基亚：《比较文学》，颜保译，北京大学出版社 1983 年版。

［德］黑格尔：《美学》第一至四卷，朱光潜译，商务印书馆 1979 年版。

［德］库尔克、罗特蒙特：《印度史》，王立新、周红江译，中国青年出版
    社 2008 年版。

［俄］别林斯基：《别林斯基论文学》，梁真译，新文艺出版社 1958 年版。

［美］韦勒克、沃伦：《文学理论》，刘象愚等译，生活·读书·新知三联
    书店 1984 年版。

［美］苏珊·朗格：《艺术问题》，滕守尧等译，中国社会科学出版社 1983
    年版。

［美］M. 李普曼：《当代美学》，邓鹏译，光明日报出版社 1986 年版。

［美］伯林特：《环境美学》，张敏、周雨译，湖南科技出版社 2006 年版。

［美］厄尔·迈纳：《比较诗学》，中央编译出版社 1998 年版。

［美］格伦·A. 洛夫：《实用生态批评——文学、生物学及环境·导论》，
    胡志红等译，北京大学出版社 2010 年版。

汤用彤：《印度哲学史略》，中华书局 1960 年版。

郁龙余编：《中国印度文学比较论文集》，中国美术学院出版社 2002 年版。

倪培耕：《印度味论诗学》，漓江出版社 1997 年版。

石真：《泰戈尔诗选》，人民文学出版社 2002 年版。

郭莹：《外国文化讲习录》，北京大学出版社 2010 年版。

季羡林：《季羡林全集》，外语教学与研究出版社 2009 年版。

季羡林：《季羡林讲佛教》，中国社会出版社 2011 年版。

郑振铎：《太戈尔传》，商务印书馆 1933 年版。

郑振铎：《郑振铎全集》，花山文艺出版社 1998 年版。

陈福康：《郑振铎论》修订版，商务印书馆 2010 年版。

徐志摩：《爱的灵感》，人民文学出版社 1988 年版。

徐志摩：《再别康桥：徐志摩经典诗歌》，黑龙江科学技术出版社 2010 年版。

徐志摩：《志摩的诗·徐志摩经典诗歌全集》，长江文艺出版社 2010 年版。

韩石山：《徐志摩传》，人民文学出版社 2010 年版。

郭沫若：《郭沫若全集》，人民文学出版社 1990 年版。

郭沫若：《女神》，人民文学出版社 1958 年第 2 版。

郭沫若：《郭沫若谈创作》，黑龙江人民出版社 1982 年版。

郭沫若：《文艺论集》，光华书局 1925 年版。

上海图书馆文献组编：《中国当代文学研究资料·郭沫若专集》，四川人民
　　出版社 1984 年版。

肖斌如、邵华：《郭沫若传略》，四川人民出版社 1984 年版。

冰心：《繁星·春水》，人民文学出版社 1998 年版。

陈恕：《冰心全传》，中国青年出版社 2011 年版。

《宗白华全集》，安徽教育出版社 1994 年版。

宗白华：《流云》，上海亚东图书馆 1923 年版。

鲁迅等：《〈1917—1927 中国新文学大系〉导言集》，天津人民出版社 2009
　　年版。

赵家璧：《中国新文学大系》，天津人民出版社 2009 年版。

胡适：《尝试集》，华夏出版社 2009 年版。

胡适：《胡适书信集》，北京大学出版社 1996 年版。

王国维：《人间词话》，人民文学出版社 1960 年版。

朱自清编选：《诗集》，上海良友图书印刷公司 1935 年版。

朱光潜：《诗论》，北京出版社 2009 年版。

钱钟书：《谈艺录》，生活·读书·新知三联书店 2008 年版。

废名、朱英诞：《新诗讲稿》，北京大学出版社 2008 年版。

林庚：《问路集》，北京大学出版社 1984 年版。

冯友兰：《中国哲学简史》，新世界出版社 2004 年版。

冯友兰：《老子哲学讨论集》，中华书局 1959 年版。

张岱年：《中国哲学大纲》，生活·读书·新知三联书店 2005 年版。

梁漱溟：《东西方文化及其哲学》，上海商务印书馆 1922 年版。

曹顺庆：《比较文学论》，四川教育出版社 2002 年版。

曹顺庆:《比较文学教程》,高等教育出版社 2006 年版。

曹顺庆:《中西比较诗学》(修订版),中国人民大学出版社 2010 年版。

曹顺庆、徐行言:《跨文明对话·视界融合与文化互动》,巴蜀书社 2008
　　年版。

陈绍伟编:《中国新诗集序跋选 (1918—1949)》,湖南文艺出版社 1986
　　年版。

王佐良:《论诗的翻译》,江西教育出版社 1992 年版。

李泽厚:《中国现代思想史论》,天津社会科学院出版社 2003 年版。

陈思和主编,孙宜学编:《诗人的精神——泰戈尔在中国》,江西高校出版
　　社 2009 年版

陈惇、孙景尧、谢天振主编:《比较文学》,高等教育出版社 1997 年版。

孟昭毅等:《20 世纪东方文学与中国文学》,中国社会科学出版社 2011
　　年版。

陈跃红:《比较诗学导论》,北京大学出版社 2005 年版。

童庆炳主编:《文学理论教程》(第四版),高等教育出版社 2008 年版。

张隆溪选编:《比较文学译文集》,北京大学出版社 1982 年版。

侯传文:《寂园飞鸟——泰戈尔传》,河北人民出版社 1999 年版。

董红钧编著:《泰戈尔精读》,上海大学出版社 2009 年版。

林志浩主编:《中国现代文学史》,中国人民大学出版社 1979 年版。

朱栋霖等编:《中国现代文学史 1917—1997》,高等教育出版社 2005 年版。

郭志刚、孙中田主编:《中国现代文学史》,高等教育出版社 1999 年版。

十四院校编写组编著:《中国现代文学史》,云南人民出版社 1981 年版。

《中国近代史》编写组:《中国近代史》,工人出版社 1984 年版。

伍蠡甫主编:《现代西方文论选》,上海译文出版社 1983 年版。

尹锡南:《世界文明视野中的泰戈尔》,巴蜀书社 2003 年版。

尹锡南:《印度的中国形象》,人民出版社 2010 年版。

胡志红:《西方生态批评研究》,中国社会科学出版社 2006 年版。

汪原放:《回忆亚东图书馆》,学林出版社 1983 年版。

孟泽:《何所从来——早期新诗的自我诠释》,九州出版社 2011 年版。

张羽:《泰戈尔与中国现代文学》,云南人民出版社 2004 年版。

熊辉:《两支笔的恋语:中国现代诗人的译与作》,西南师范大学出版社

2011 年版。

陆耀东：《中国新诗史》，长江文艺出版社 2005 年版。

龙泉明：《中国新诗流变史（1917—1949）》，人民文学出版社 1999 年版。

潘颂德：《中国现代新诗理论与批评史》，学林出版社 2002 年版。

沙鸥：《止庵·沙鸥谈诗》，首都师范大学出版社 1996 年版。

海岸选编：《中西诗歌翻译百年论集》，上海外语教育出版社 2007 年版。

郭宏安：《波德莱尔诗论及其他》，同济大学出版社 2006 年版。

老子：《道德经》，山西古籍出版社 1999 年版。

《论语》，岳麓书社 1988 年版。

《孟子》，岳麓书社 1988 年版。

《墨子》，上海古籍出版社 1987 年版。

《庄子》，上海古籍出版社 1987 年版。

《荀子》，上海古籍出版社 1987 年版。

《中庸》，岳麓书社 1988 年版。

《礼记》，上海古籍出版社 1987 年版。

《诗经》，上海古籍出版社 1980 年版。

《书经》，上海古籍出版社 1987 年版。

《周易》，上海古籍出版社 1987 年版。

董仲舒：《春秋繁露》，上海古籍出版社 1989 年版。

司马迁：《史记》，岳麓书社 1988 年版。

王充：《论衡》，岳麓书社 2006 年版。

范晔：《后汉书》，中华书局 1965 年版。

朱熹：《四书集注》，岳麓书社 1988 年版。

朱熹：《周易本义》，上海古籍出版社 1987 年版。

胡应麟：《诗薮》，上海古籍出版社 1979 年版。

黄寿祺：《〈楚辞〉全译》，贵州人民出版社 1984 年版。

向长清：《〈文心雕龙〉浅释》，吉林人民出版社 1984 年版。

安祺：《李诗咀华》，北京十月出版社 1984 年版。

萧涤非：《杜诗选注》，人民文学出版社 1979 年版。

《大唐西域记》，陕西人民出版社 1985 年版。

徐达：《〈诗品〉全译》，贵州人民出版社 1989 年版。

钱仲联:《〈剑南诗稿〉校注》，上海古籍出版社 1985 年版。

张寿康:《中国历代文精品》，时代文艺出版社 1989 年版。

《不列颠百科全书国际中文版》（修订版），中国大百科全书出版社 2007 年版。

许慎:《说文解字》，社会科学文献出版社 2005 年版。

《辞源》合订本，商务印书馆 1988 年版。

《汉语成语词典》（第五版），商务印书馆 2005 年版。

毛泽东:《毛泽东选集》袖珍本，人民出版社 1967 年版。

［德］马克思、恩格斯:《马克思恩格斯选集》，人民出版社 1972 年版。

瞿秋白:《瞿秋白文集》，人民文学出版社·1985 年版。

吴敬琏、罗伯特、福格尔等著:《中国未来 30 年》，中央编译出版社 2011 年版。

二　期刊

《新青年》（1916—1920），第 1 卷、第 2 卷、第 3 卷、第 4 卷、第 5 卷、第 6 卷、第 7 卷。

《小说月报》（1921—1924），第 11 卷、第 12 卷、第 13 卷、第 14 卷、第 15 卷。

《东方》杂志（1913—1921），第 10 卷、第 11 卷、第 18 卷。

《创造》季刊（1922—1923），第 1 卷、第 2 卷、第 3 卷、第 13 卷、第 14 卷。

《创造》周刊（1923），第 9 期、第 10 期、第 22 期、第 23 期。

《新月》月刊（1928—1930），第 1 卷、第 2 卷、第 3 卷。

《文学旬刊》（1921—1922），第 1 号、第 2 号、第 3 号，第 43 期、第 44 期。

《少年中国》（1920—1921），第 1 卷、第 2 卷。

《新潮》（1921），第 1 卷。

《中国青年》（1923—1924），第 2 期、第 3 期、第 26 期、第 27 期。

《文学评论》，2011—2013 年第 1—6 期，2014 年第 1—2 期。

《中国现代文学研究丛刊》，2011—2013 年第 1—12 期，2014 年第 1—4 期。

《新文学史料》，1985—1986 年第 1—4 期，2011—2013 年第 1—4 期，

2014 年第 1—2 期。

《文艺研究》，1997 年第 1—3 期，2011 年第 8—10 期，2014 年第 1—2 期。

《中国社会科学报》，第 262 期。

《中国社会科学院研究生院学报》，2002 年第 1—4 期。

《江西社会科学》，2009 年第 1—4 期，2013 年第 1—4 期，2014 年第 1—2 期。

《中外文化与文论》，第 21—25 辑。

《当代文坛》，2012 年第 1—4 期，2013 年第 1—4 期，2014 年第 1—2 期。

《南京大学学报》，2006 年第 1—4 期，2013 年第 1—6 期，2014 年第
　　1—2 期。

《北京师范大学学报》，1996 年第 1—5 期，2013 年第 1—6 期，2014 年第
　　1—2 期。

《南京师范大学学报》（社会科学版），2001 年第 1—3 期，2013 年第 1—6
　　期，2014 年第 1—2 期。

《文史哲》，1998 年第 1—4 期，2007 年第 1—4 期，2013 年第 1—4 期。

《古典文学知识》，1997 年第 1—3 期。

《东方文学研究通讯》，2001 年第 1—4 期。

《南亚研究》，2013 年第 1—4 期，2014 年第 1 期。

《南亚研究季刊》，2013 年第 1—4 期，2014 年第 1 期。

《外国文学评论》，2013 年第 1—4 期，2014 年第 1 期。

《外国文学研究》，2013 年第 1—6 期，2014 年第 1—2 期。

《国外文学》，2013 年第 1—4 期，2014 年第 1 期。

三　报纸

《时事新报·学灯》，1919 年 3 月 19 日，1919 年 10 月 24 日，1919 年 12
　　月 20 日，1920 年 1 月 13 日，1920 年 1 月 23 日，1922 年 6 月 7 日，
　　1923 年 4 月 1 日。

《晨报·副刊》，1922 年 6 月 21 日、22 日，1923 年 6 月 1 日，1924 年 5
　　月 3 日，1924 年 5 月 18 日、6 月 4 日、6 月 13 日、7 月 2 日。

《晨报》，1924 年 4 月 23 日，1924 年 4 月 29 日，1924 年 4 月 24 日，1924
　　年 4 月 26 日，1924 年 4 月 28 日，1924 年 4 月 29 日，1924 年 5 月 2
　　日，1924 年 5 月 10 日，1924 年 5 月 11 日，1924 年 6 月 3 日。

《晨报·文学旬刊》，1924 年 6 月 21 日。

《民国日报·觉悟》，1924 年 5 月 16 日。

《中华日报·动向》，1934 年 11 月 23 日。

《人民日报海外版》，2002 年 6 月 14 日。

《人民日报》，2012 年 11 月 8 日，2013 年 6 月 5 日，2013 年 7 月 20 日，
　　2013 年 11 月 16 日。

《三秦都市报》，2002 年 9 月 27 日。

四　论文

季羡林：《泰戈尔》，见《季羡林全集·第十卷·学术论著二》，外语教学
　　与研究出版社 2009 年版。

季羡林：《泰戈尔与中国》，见《季羡林全集·第十卷·学术论著二》，外
　　语教学与研究出版社 2009 年版。

季羡林：《纪念泰戈尔诞生一百周年》，见《季羡林全集·第十卷·学术
　　论著二》，外语教学与研究出版社 2009 年版。

季羡林：《纪念泰戈尔诞生 118 周年》，见《季羡林全集·第十卷·学术
　　论著二》，外语教学与研究出版社 2009 年版。

季羡林：《印度文化特征——答〈电影艺术〉杂志记者问》，见《季羡林
　　全集·第十卷·学术论著二》，外语教学与研究出版社 2009 年版。

季羡林：《印度简史》，见《季羡林全集·第十卷·学术论著二》，外语教
　　学与研究出版社 2009 年版。

郑振铎：《太戈尔〈新月集〉·译序》，载《文学周报》1923 年第 85 期。

郑振铎：《太戈尔〈新月集〉·译者自序》，见《飞鸟集·新月集》，湖南
　　文艺出版社 2011 年版。

郭沫若：《太戈儿来华的我见》，载《创造周报》1923 年第 23 号。

郭沫若：《论文学的研究与介绍》，载《时事新报·学灯》1922 年 7 月
　　27 日。

郭沫若：《诗歌底创作》，见《郭沫若谈创作》，黑龙江人民出版社 1982
　　年版。

郭沫若：《我的作诗的经过》，见《中国当代文学研究资料·郭沫若专集
　　1》，四川人民出版社 1984 年版。

郭沫若：《郭沫若致宗白华》，见《郭沫若全集》第 15 卷，人民文学出版社 1990 年版。

郭沫若：《论节奏》，见《郭沫若全集》第 15 卷，人民文学出版社 1990 年版。

徐志摩：《太戈尔来华》，载《小说月报》1923 年第十四卷第九号"太戈尔号"。

徐志摩：《泰戈尔》，载《晨报副镌》1924 年 5 月 19 日。

徐志摩：《新月的态度》，载《新月》1928 年第一卷第一号。

徐志摩：《爱的灵感——奉适之》，见《爱的灵感》，人民文学出版社 1988 年版。

徐志摩：《猛虎集·序》，见《再别康桥：徐志摩经典诗歌》，黑龙江科学技术出版社 2010 年版。

阙名（冰心）：《遥寄印度哲人泰戈尔》，载《燕大季刊》1920 年第 1 卷第 3 期。

冰心：《繁星·自序》，商务印书馆 1922 年版。

冰心：《纸船——寄母亲》，见朱自清编选《诗集》，上海良友图书印刷公司 1935 年版。

冰心：《吉檀迦利·园丁集·译者序》，湖南人民出版社 1982 年版。

冰心：《我的童年》，见《冰心全集》第三卷，海峡文艺出版社 1995 年版。

沈从文：《论冰心的创作》，见《文艺月刊》第 2 卷第 4 期。

宗白华：《我和诗》，见林同华《宗白华全集》第二卷，安徽教育出版社 1994 年版。

钱智修：《台莪尔氏之人生观》，载《东方》杂志 1913 年第 10 卷第 4 号。

刘半农：《我之文学改良观》，载《新青年》1917 年第 3 卷第 3 号。

胡适：《寄陈独秀》（1916 年 2 月 3 日），见《胡适书信集》（上），北京大学出版社 1996 年版。

胡适：《文学改良刍议》，载《新青年》1917 年第 2 卷第 5 号。

胡适：《建设的文学革命论》，载《新青年》1918 年第 4 卷第 4 期。

胡适：《〈尝试集〉自序》，载《新青年》1919 年第 6 卷第 5 号。

胡适：《建设理论集·导言》，见《〈1917—1927 中国新文学大系〉导言集》，天津人民出版社 2009 年版。

胡适：《谈新诗》，见《胡适代表作·尝试集》，华夏出版社 2009 年版。

陈独秀：《文学革命论》，载《新青年》1917 年第 2 卷第 6 号。

陈独秀：《我们为什么欢迎泰戈尔？》，载《中国青年》1923 年第二期。

陈独秀：《太戈尔与东方文化》，载《中国青年》1924 年第 27 期。

周作人：《人的文学》，载《新青年》1918 年第 4 卷第 4 号。

周作人：《关于翻译文学的讨论致雁冰先生》，载《小说月报》1921 年第
　　十二卷第二号。

周作人：《自己的园地：论小诗》，载《晨报·副刊》1922 年 6 月 21 日、
　　22 日。

梁漱溟：《东西方文化及其哲学·泰戈尔的态度》，见《东西方文化及其
　　哲学》，上海商务印书馆 1922 年版。

瞿世英：《太戈尔的人生观与世界观》，载《小说月报》1922 年第十三卷
　　第二号。

张闻天：《太戈尔之"诗与哲学"观》，载《小说月报》1922 年第十三卷
　　第二号。

张闻天：《太戈尔对于印度和世界的使命》，载《小说月报》1922 年第十
　　三卷第二号。

夏芝：《太戈尔〈迦檀吉利集〉序》，高滋译，载《小说月报》1923 年第
　　十四卷第九号"太戈尔号"。

王统照：《泰戈尔的思想与其诗歌的表象》，载《小说月报》1923 年第 14
　　卷第 9 号。

王统照：《本刊的缘起及主张》，载《文学旬刊》第 1 号、北京《晨报副
　　刊》1923 年 6 月 1 日。

张友鸾：《新诗坛上一颗炸弹》，载《京报·文学周刊》1923 年第 2 号。

沈雁冰：《太戈尔与东方文化——读太氏京沪两次讲演后的感想》，载
　　《民国日报·觉悟》1924 年 5 月 16 日。

茅盾：《中国新文学大系·小说一集·导言》，见《〈1917—1927 中国新文
　　学大系〉导言集》，天津人民出版社 2009 年版。

茅盾《徐志摩论》，载《现代》第二卷第四期。

梁启超：《印度与中国文化之亲属的关系——为欢迎泰谷尔先生而讲》，载
　　《晨报副镌》1924 年 5 月 3 日。

陆懋德：《个人对于泰戈尔之感想》，载《晨报》1924年6月3日。

秋白：《过去的人——太戈尔——〈家庭世界〉》，载《中国青年》1924
　　年第27期。

沈泽民：《台戈尔与中国青年》，载《中国青年》1924年第27期。

江绍原：《一个研究宗教史的人对于泰戈尔该怎样想呢》，载《晨报副镌》
　　1924年5月18日、6月4日、6月13日、7月2日。

谢康：《读了〈女神〉之后》，载《创造季刊》第1卷第2期。

郑伯奇：《中国新文学大系·小说三集·导言》，见《〈1917—1927中国新
　　文学大系〉导言集》，天津人民出版社2009年版。

朱自清：《〈诗集〉导言》，《〈1917—1927中国新文学大系〉导言集》，天
　　津人民出版社2009年版。

朱自清：《选诗杂记》，《〈1917—1927中国新文学大系〉导言集》，天津
　　人民出版社2009年版。

鲁迅：《骂杀与捧杀》，载《中华日报·动向》1934年11月23日。

郁龙余：《泰戈尔与中国新文学——纪念泰戈尔诞辰140周年》，载《东
　　方文学研究通讯》2001年第4期。

贾植芳：《〈诗人的精神——泰戈尔在中国〉序》，见孙宜学编《诗人的精
　　神——泰戈尔在中国》，江西高校出版社2009年版。

谢冕：《中国新诗总系·总序》，人民文学出版社2010年版。

林庚：《新文学略说》，载《中国现代文学研究丛刊》2011年第1期。

王向远：《比较文学"影响研究"新解》，载《商丘师范学院学报》2003
　　年第6期。

陈永志：《郭沫若的泛神论思想》，载《文学评论》丛刊第2辑，中国社
　　会科学出版社1979年版。

刘寿康：《戈拉·译本序》，人民文学出版社1984年版。

苏金伞：《创作生活回顾》，载《新文学史料》1985年第3期。

魏风江：《我的老师泰戈尔》，贵州人民出版社1986年版。

吕进：《现代格律诗的新足音——黄淮〈九言格律诗〉》，见《新诗文学
　　体》，花城出版社1990年版。

王富仁：《中国现代新诗的"芽儿"——冰心诗论》，载《北京师范大学
　　学报》1996年第5期。

龙泉明：《诗与哲理的遇合——二十年代小诗艺术论》，载《文艺研究》
　　1997 年第 2 期。

沈金浩：《诗界革命的先声——黄遵宪〈杂感〉五首之二浅析》，载《古
　　典文学知识》1997 年第 1 期。

郑尔康：《石榴又红了：回忆我的父亲郑振铎》，中国人民大学出版社
　　1998 年版。

仪平策：《中国近代史上第一次思想启蒙运动》，载《文史哲》1998 年第
　　五期。

谈凤霞：《徐志摩比较研究述评》，载《南京师范大学学报》（社会科学
　　版）2001 年第 2 期。

郭翠林：《泰戈尔泛神论在诗歌中的具体表现》，载《语文学刊》2001 年
　　第 3 期。

秦弓：《“泰戈尔热”——五四时期翻译文学研究之一》，载《中国社会科
　　学院研究生院学报》2002 年第 4 期。

《泰戈尔两度访华纪事》，载《人民日报海外版》2002 年 6 月 14 日。

杜晓英：《中国当代诗歌生存状态调查》，载《三秦都市报》2002 年 9 月
　　27 日。

牛水莲：《泰戈尔作品在中国的流传及影响》，载《商丘师范学院学报》
　　2003 年第 1 期。

王诺：《生态危机的思想文化根源——当代西方生态思潮的核心问题》，载
　　《南京大学学报》2006 年第 4 期。

郭延礼：《关于黄遵宪新派诗的评价问题——读〈谈艺录〉对公度诗的评
　　论》，载《文史哲》2007 年第 5 期。

顾彬：《翻译好比摆渡》，见海岸选编《中西诗歌翻译百年论集》，上海外
　　语教育出版社 2007 年版。

董红钧编：《泰戈尔精读》，上海大学出版社 2009 年版。

戴前伦：《文化碰撞与心灵对话——徐志摩“康桥情结”与泰戈尔“人类
　　第三期世界”比较研究》，载《江西社会科学》2009 年第 4 期。

戴前伦：《生命律动的整体呈现与梵爱思想的主题观照——泰戈尔梵爱和
　　谐思想对我国早期新诗主题生态的影响》，载《当代文坛》2012 年第
　　4 期。

戴前伦：《泰戈尔梵爱和谐思想的文化渊源》，载《中外文化与文论》第
　　25 辑，四川大学出版社 2013 年版。

李春：《文学翻译如何进入文学革命——"Literature"概念的译介于文学
　　革命的发生》，载《中国现代文学研究丛刊》2011 年第 1 期。

邢建榕：《上海聆听东方智者的声音——纪念泰戈尔诞辰 150 周年》，载
　　《文汇报》2011 年 4 月 25 日。

王家新：《翻译与中国新诗的语言问题》，载《文艺研究》2011 年第 10 期。

陈卫：《西方山水理念与冯至的〈山水〉、〈十四行集〉》，载《中国现代文
　　学研究丛刊》2011 年第 7 期。

乔治·欧康奈尔：《中国当代诗歌——彼岸之观》，载《当代诗》第三辑，
　　文化艺术出版社 2012 年版。

徐爽：《传播与想象：中国当代诗歌在法国》，载《中国社会科学报》第
　　262 期。

吴岩：《泰戈尔抒情诗选·〈情人的礼物〉序》，上海译文出版社 2012
　　年版。

五　其他文件

胡锦涛：《坚定不移沿着中国特色社会主义道路前进，为全面建成小康社
　　会而奋斗——在中国共产党第十八次全国代表大会上的报告》，载
　　《人民日报》2012 年 11 月 8 日。

习近平：《致生态文明贵阳国际论坛 2013 年年会的贺信》，载《新华每日
　　电讯》2013 年 7 月 21 日。

《中共中央关于全面深化改革若干重大问题的决定》，载《人民日报》
　　2013 年 11 月 16 日。

《环境保护部发布〈2012 年中国环境状况公报〉》，载《中国环保产业》
　　2013 年第 6 期。

后　记

　　2011 年 6 月 21 日，我申报的国家社科基金西部项目《泰戈尔梵爱和谐思想对我国早期新诗生态的影响研究》被全国哲学社科规划办批准立项，我得知这一讯息时兴奋不已，感慨良多，于是填《渔家傲》一阕以遣怀：

　　　　鹊语莺歌枝底闹，长空如洗紫阳照，千仞高峰花立俏。燕云眺，斩关夺隘传佳报。　　冠顶明珠千首翘，藏龙卧虎争吟啸，慧眼神思谁最妙？开新道，南图鹏举青天昊。

的确，像我们这类普通高校的教师要获得一项国家级科研立项极为不易，学界藏龙卧虎，学者斩关夺隘，方得一席之地，因此难免兴奋感慨。

　　短暂的兴奋感慨之后，我感到更多的是国家级科研项目责任重，时间紧，要求严，压力大。于是，我立即全身心投入到项目的研究之中。我首先制定了本项目的研究计划，然后严格实施该计划。我一边悉心阅读整理自藏的有关书籍资料，一边大量购买图书资料，一边广泛搜集文献资料，利用暑假、寒假亲赴国家图书馆、首都图书馆、北京大学图书馆、上海图书馆、浦东图书馆、四川大学图书馆等全国著名图书馆查阅、搜集、整理有关文献资料，尤其难得的是搜集、影印到了 20 世纪初我国知名期刊、报纸如《新青年》、《小说月报》、《东方》杂志、《创造》季刊、《创造》周刊、《新月》、《文学旬刊》、《少年中国》、《中国青年》、《时事新报·学灯》、《晨报》、《晨报·副刊》、《民国日报·觉悟》原件上有关泰戈尔诗歌、泰戈尔访华、泰戈尔研究、泰戈尔对我国现代早期诗人的影响的文献资料。文献资料准备基本完成后，我便潜心研究文献资料，研究的重点是泰戈尔梵爱和谐思想的内涵、渊源与形成、传播与接受；难点则是泰戈尔梵爱和谐思想对我国现代早期诗人及其新诗生态的影响，这个问题颇费斟酌：其影响的对象、内容有哪些？形式、途径是什么？结果、意义如何？这是整个项目的关键所在，对此，我费时最多，思量最繁，着力最深，将研究的核心问题集中于泰戈尔梵爱和谐思想对我国现代早期各个文学社团和流派的代表诗人及其新诗主题生态的影响，以及对小诗内容的影响。由于突破了这个核心问题，其他问题也就迎刃而解了。在历时近一年的文献资料搜集、爬梳和研究之后，我严格按照《国家社会科学基金管理办法》有关学术研究规范性的要求，全力以赴撰写项目的最终成果——专著。专著的初稿写作比较顺利，历时一年零五个月完成。初稿完成后，又费时半年，时时小心，处处谨慎，六易其稿，反复推敲，尤其注重文献引用的准确性和规范性，于 2014 年 4 月下旬定稿，6 月中旬申请结项。

　　从立项至今的三年来，我对本项目的研究心无旁骛、专心致志，耗费了所有的教学之余，不知寒假暑假何起何止，遑论双休节日吟花赏月，仅逢除夕元日偕同家人共享天伦。其事何其多，其情何其苦，而其心何其乐！"文章千古事，得失寸心知。"

　　2014 年 11 月 28 日，全国哲学社科规划办官方网站公告，我主持的国家社科基金项目顺利通过结项的鉴定验收，并获得"良好"等级。我看到这一消息时终于一舒长气，一放悬心，顿感全身轻松，心灵解放，即席赋绝一首以写意：

　　　　迤逦青山一点红，清飔万缕扫长空。
　　　　心灵解脱轻如燕，且受蓬莱自在风！

　　我的本项目得以顺利完成，本专著得以付梓出版，我真心感谢全国哲社规划办、四川省社科联、内江师范学院等各级领导的关心支持，感谢省内外同行专家的公正鉴定，感谢课题组成员的通力合作，感谢中国社会科学出版社领导和责任编辑的大力支持！我还要特别感谢我的贤妻以无微不至的关爱照顾所作的默默支持！

　　最后，谨以小诗一首作结：

目不窥园尘浪远，心游奥义梵音清。

庭前且对花开落，万里云霄一鹤轻。

是为后记。

戴前伦

2014 年 12 月 18 日于内江师范学院野云居